Eduardo Garrigues

DIE HERRIN DER SAVANNE

atb aufbau taschenbuch

EDUARDO GARRIGUES, geb. 1944, ist Schriftsteller, Diplomat und ein wahrer Afrika-Kenner. Mehrere Jahre war er als spanischer Botschafter u. a. in Namibia und Botswana tätig. Er hat bereits mehrere Romane veröffentlicht, darunter *El canto del urogallo*, für den er den Premio Café Gijón erhielt.

Jayta Humphreys ist die Tochter eines reichen Unternehmers aus New York. 1907 lernt sie in Dresden Hansheinrich von Wolf kennen, verliebt sich in ihn und lässt sich von seiner Begeisterung für Südwestafrika anstecken. Die beiden heiraten und wandern nach Namibia aus, um sich dort der Aufzucht reinrassiger Pferde zu widmen. Sieben Jahre verbringen sie in Afrika, bis der Erste Weltkrieg ihrem Abenteuer ein abruptes Ende setzt und ihre Liebe an Grenzen stößt. Sieben Jahre, in denen Jayta die Härten in einem vom Kolonialkrieg gezeichneten Land erfährt – und zugleich in die geheimnisvolle Welt einer faszinierenden Kultur eintaucht.

Eduardo Garrigues

DIE HERRIN DER SAVANNE

Eine Afrika-Saga

Aus dem Spanischen
von Petra Strien-Bourmer

atb aufbau taschenbuch

Die Originalausgabe unter dem Titel
La dama de Duwisib
Erschien 2008 bei Ediciones Martínez Roca, Madrid.

FSC
www.fsc.org
MIX
Papier aus verantwortungsvollen Quellen
FSC® C083411

ISBN 978-3-7466-2968-1

Aufbau Taschenbuch ist eine Marke
der Aufbau Verlag GmbH & Co. KG

1. Auflage 2013

Umschlaggestaltung Mediabureau Di Stefano, Berlin
unter Verwendung zweier Motive von Arcangel Images:
© Joana Kruse und © Mark Owen
Satz LVD GmbH, Berlin
Druck und Binden CPI – Clausen & Bosse, Leck
Printed in Germany
www.aufbau-verlag.de

Vorwort

Herrn Rumsfeld lernte ich während eines Wochenendaufenthaltes in Easthampton kennen, einem Küstenort auf Long Island, wohin mich meine Jugendfreundin Estela Powell kurz nach meiner Rückkehr aus Europa eingeladen hatte. Estela war so nett, noch ein paar alte Kameradinnen aus dem Internat in Richmond hinzuzubitten, die ich, hätte Estela sie mir nicht erneut vorgestellt, wohl kaum wiedererkannt hätte. Der Weg zur Hölle ist bekanntermaßen mit guten Vorsätzen gepflastert, und anstatt mich zu freuen, gab mir dieses unverhoffte Wiedersehen mit meiner Vergangenheit eher zu denken. Ich musste diese liebenswerten Tattergreisinnen erst leibhaftig vor mir sehen, um zu begreifen, dass schon mehr als vierzig Jahre vergangen waren, seit ich in Begleitung meiner Mutter New York verlassen hatte, nachdem Roosevelt meinen Stiefvater John Gaffney 1905 zum Generalkonsul in Dresden ernannt hatte.

Menschen, die relativ häufig den Wohnort wechseln, verlieren die Bezugspunkte, die es sesshafteren Leuten erleichtern, das Verstreichen der Jahre, die Veränderung der Umgebung und vor allem das Altern der Menschen in ihrem Umfeld wahrzunehmen – es widerstrebt uns von Natur aus, die Veränderungen unseres eigenen Erscheinungsbildes zu registrieren. Glücklicherweise verhält sich der Spiegel, vor den wir allmorgendlich treten, gemeinhin nachsichtiger als Schneewittchens böse Stiefmutter, die ihn in tausend Stücke zerschlug, als ihr sprechendes Ebenbild sie daran erinnerte, dass sie nicht mehr die Schönste im ganzen Land war. Ich an ihrer Stelle hätte genau das Gleiche getan.

In den Jahrzehnten, die vergangen waren, seit wir das Internat verlassen hatten, waren zwei Weltkriege ausgebrochen – mit all den grausamen Folgen für jeden Einzelnen –, so dass wir ehemaligen

Schulkameradinnen uns eine Menge zu erzählen hatten. Doch mein Schicksal schien die besondere Neugier der anderen zu wecken, denn als wir nach dem Abendessen in den Salon hinüberwechselten, scharten sich mehrere meiner einstigen Mitschülerinnen um meinen Sessel und versuchten, mir Einzelheiten über mein Leben im Südwesten Afrikas zu entlocken, nachdem ich in Dresden den deutschen Hauptmann Hansheinrich von Wolf kennengelernt und bald darauf geheiratet hatte. Ich ahnte schon, dass es meinen Kameradinnen vor allem darum ging zu erfahren, ob ich Zeugin der vermeintlich von den Deutschen begangenen Gräueltaten an den afrikanischen Ureinwohnern geworden war. Wenngleich der Erste Weltkrieg der Präsenz der Deutschen auf dem Kontinent ein abruptes Ende bereitet hatte, waren die Engländer nach dem Zweiten Weltkrieg darum bemüht gewesen, einen alten Bericht aus jener Zeit wieder auszugraben, in dem die deutschen Kolonialherren beschuldigt wurden, die Afrikaner in der kaum verhohlenen Absicht misshandelt zu haben, sich ein Gebiet anzueignen, in dem man reiche Diamantenvorkommen entdeckt hatte.

Doch da ich nicht geneigt war, mich einer Gewissensprüfung auszusetzen, bemühte ich mich, die Neugier des Damenkränzchens mit einer Reihe von Allgemeinplätzen hinsichtlich meiner Erfahrungen in Deutsch-Südwestafrika abzuspeisen, etwa mit Aussagen über den herrlichen afrikanischen Sternenhimmel, die Großartigkeit der Wüste und darüber, wie schwer es einer Frau mit meiner Erziehung fallen musste, sich an diese fernab gelegene Einöde zu gewöhnen; obwohl jene Lebensumstände, wenn ich es recht bedenke, sich vielleicht gar nicht so sehr von denen der Frauen unserer Pioniere in den weiten Einöden des amerikanischen Westens unterschieden. Und so beendete ich meinen langen Vortrag mit einem absichtlich vagen und oberflächlichen Satz: »Meine Zeit in Afrika war zweifellos ein interessantes Experiment für mich.«

Ich hatte bemerkt, dass einer der anderen Gäste es sich in einem Ohrensessel in Hörweite bequem gemacht hatte. Ihm, der scheinbar mit dem Reinigen seiner Pfeife beschäftigt war, schien nichts von unserer Unterhaltung entgangen zu sein. Als Estela mir diesen Mann zu Beginn des Abends als Herrn Rumsfeld vorgestellt hatte, war mir außer der listig drapierten grauen Haarsträhne, mit der er seine Glatze zu kaschieren suchte, nichts Besonderes an ihm aufgefallen. Jedenfalls kam dieser Herr Rumsfeld, kaum hatten meine Gesprächspartnerinnen sich plappernd und gackernd entfernt, auf mich zu und sagte nach einer knappen Verneigung:

»Frau von Wolf, bitte verzeihen Sie, wenn ich mich erdreiste, Sie anzusprechen, aber ich bin der Leiter einer New Yorker Literaturagentur und wollte Sie fragen, ob Sie schon einmal daran gedacht haben, Ihre Memoiren zu schreiben.«

Da ich vor lauter Erstaunen über seinen Vorschlag in dem Moment nicht wusste, was ich ihm erwidern sollte, verschaffte ich mir erst einmal etwas Zeit, indem ich den Mann mit derselben Ungeniertheit musterte, mit der er unsere Unterhaltung belauscht hatte. Äußerlich hob sich Rumsfeld mit seiner ovalen Hornbrille und dem karierten Jackett auffällig von den Bankiers und Börsenmaklern ab, die normalerweise ihre Sommerferien in den Hamptons verbringen und alle in dem gleichen gestreiften Blazer mit Goldknöpfen herumlaufen. Ich dachte mir, dieser ungebetene Zuhörer müsse wohl ein Vertreter jener New Yorker Intellektuellen- und Künstlerkreise sein, die ab und zu in den Hamptons auftauchten und dem Ort mit ihrer Anwesenheit einen Hauch von Kultiviertheit verliehen: so wie die rosa Sauce, die man bei traditionellen Strand-Barbecues zu Meeresfrüchten reicht. Als Herr Rumsfeld den vorwurfsvollen Ausdruck bemerkte, mit dem mein Blick sich auf den Sessel heftete, wo er sich verschanzt gehalten hatte, sah er sich zu einer Entschuldigung genötigt:

»Da die Unterhaltung im Raucherzimmer nicht allzu spannend war, bin ich, wie ich gestehen muss, der Versuchung erlegen, dem zuzuhören, was Sie Ihren Freundinnen erzählten. Aber glauben Sie mir, es ist sonst nicht meine Art, fremde Unterhaltungen zu belauschen. Allerdings hat mich die Erfahrung gelehrt, dass die Menschen schreiben, wie sie reden, und Sie schildern die Dinge auf eine so gewinnende und fesselnde Art, dass es nach meiner festen Überzeugung auch in schriftlicher Form sehr gut ankommen würde.«

Ich versuchte gar nicht erst meinen Ärger über die reichlich ungenierte Art zu verhehlen, mit der der Agent mich angesprochen hatte.

»Herr Rumsfeld, da Sie nun schon einmal ›rein zufällig‹ unserer Unterhaltung gelauscht haben, werden Sie auch festgestellt haben, dass es nichts besonders Faszinierendes an den Erlebnissen gibt, die ich geschildert habe ...«

Mein harscher Ton schien Rumsfeld nicht im Geringsten einzuschüchtern, denn er erwiderte:

»Im Gegenteil, die Art, mit der Sie die Aufmerksamkeit Ihrer Freundinnen abgelenkt haben, ohne irgendetwas Wesentliches zu erwähnen, bestärkt mich in der Annahme, dass Sie während Ihres Afrikaaufenthaltes äußerst interessante Erfahrungen gemacht haben müssen. Mir ist aufgefallen, dass Sie vorhin den Ausdruck ›Experiment‹ benutzt haben, um die Jahre zu charakterisieren, die Sie in Südwestafrika verbrachten, während Sie soeben von Ihren ›Erfahrungen‹ gesprochen haben. Welcher der beiden Begriffe erscheint Ihnen treffender?«

»Ich denke, dass Sie den Worten vielleicht aufgrund Ihrer häufigen Kontakte mit Schriftstellern zu viel Bedeutung beimessen, Herr Rumsfeld. Tatsache ist, dass meine Erfahrungen in Afrika für mich auch einem Experiment gleichkamen, denn ich war damals noch sehr jung, hatte gerade geheiratet und wollte ein anderes Leben wagen. Ich wollte etwas ganz Neues ausprobieren, was mir allerdings durch den Ausbruch des Ersten Weltkriegs letztlich verwehrt blieb ...«

Ich hielt einen Moment inne und dachte, dass ich diesem dreisten Kerl gerade auf den Leim ging, indem ich ihm Details aus meinem Leben in Südwestafrika verriet, doch Herr Rumsfeld war so schlau, den Mund zu halten, so dass mir nichts weiter übrigblieb, als fortzufahren:

»Mein Mann und ich hatten eine Farm im Süden des deutschen Schutzgebietes gekauft, in einer kargen Gegend von außerordentlicher Schönheit, wo wir Stuten und Deckhengste der weltbesten Rassen hinschafften. Mit vielen Mühen und Opfern stellten wir ein Gestüt von mehr als dreihundert Tieren auf die Beine, doch als die Deutschen das Gebiet infolge des Ersten Weltkriegs und des Sieges der Alliierten aufgeben mussten, waren wir gezwungen, alles zurückzulassen.«

»Sind Sie denn nie mehr auf Ihre Besitztümer in Südwestafrika zurückgekehrt?«

»Nach Kriegsende wurde das Landgut mitsamt dem Schloss, das wir mitten in der Wüste aus Stein erbaut hatten, und den ganzen Nebengebäuden verkauft.«

»Was geschah mit den Pferden?«

»Die Pferde wurden von den Weiden verjagt, damit sie den Schafen nicht in die Quere kamen, die man später auf der Farm züchtete, und viele sind wohl umgekommen. Doch ein paar flohen in die Wüste und überlebten. Noch heute kann man ihre Nachkommen dort frei herumlaufen sehen.«

»Reinrassige Pferde in der Wüste?«

»Man hat ganze Mustangherden zwischen den Dünen gefunden, mehr als hundert Kilometer von dem Ort entfernt, wo wir unser Landgut hatten – das müssen Abkömmlinge unseres Gestüts sein. Bedenken Sie, dass reinrassige Araber aus der Wüste stammen, wenn auch aus einer weniger harten als der südwestafrikanischen.«

»Warum haben Sie Ihren Freundinnen dieses interessante Detail verschwiegen?«

»Ich fürchte, ich habe meinen alten Klassenkameradinnen nicht alles erzählt, was sie hören wollten. Ich bin mir sicher, dass sie hofften, ich würde von den Gräueltaten sprechen, die die Deutschen an den Eingeborenenstämmen begingen. Im Zusammenhang mit den Verbrechen, die momentan hinsichtlich der Konzentrationslager ans Licht kommen, rücken die Schandtaten von damals auch wieder in den Fokus.«

»Ich höre nicht zum ersten Mal, dass die Vernichtungsmethoden, mit denen die Nazis gegen ihre Feinde vorgingen, in der Kolonialzeit bereits gegen die Ureinwohner praktiziert wurden. Ich nehme an, es war ihr Selbstverständnis von der Überlegenheit ihrer eigenen Rasse, das die Deutschen zu einer derart abnormen Entgleisung verleitete.«

»Ich glaube, die Missstände, zu denen die Verhältnisse einer Kolonialherrschaft zwangsläufig führen, haben gemeinhin andere und weitaus komplexere Gründe als das bloße Gefühl rassischer Überlegenheit. Denken Sie nur daran, wie die Engländer mit den irischen Nationalisten umgegangen sind, obwohl es Menschen der gleichen Kultur und Rasse waren. Und wie sie die aufständischen Buren in Südafrika behandelt haben, die sie in Lager sperrten wie die Wanzen … Aber von diesen Konzentrationslagern redet natürlich keiner, denn aus beiden Weltkriegen gingen die Engländer als Sieger hervor.«

Ich muss meine Argumente wohl mit übermäßiger Leidenschaft vorgebracht haben, denn ich bemerkte, wie Rumsfeld mich mit einem Anflug von Lächeln beobachtete.

»Sie verstehen es, Ihre Meinung überzeugend vorzubringen, was mich nur in meiner kühnen Annahme bestätigt, dass Sie ein spannendes Buch schreiben könnten. Aber ich möchte Sie nicht zu etwas überreden, wozu Sie vielleicht gar nicht bereit sind. Wenn Sie erlauben, lasse ich Ihnen meine Karte da, und bei Ihrem nächsten Besuch in New York lade ich Sie zum Tee im Plaza ein. Dann reden wir über das Buch, falls Sie Lust haben.«

Was mich an der Unterhaltung mit dem Agenten vielleicht am meisten beeindruckt hatte, war sein feines Gespür, mit dem er sofort mein Bemühen durchschaut hatte, meine Freundinnen mit nichtssagenden Auskünften über mein Leben in Afrika abzuspeisen. Aber sein Angebot ließ mich nicht kalt. Hatte dieser alte Fuchs etwa erraten, dass ich selbst bereits mit dem Gedanken gespielt hatte, meine Memoiren zu schreiben oder zumindest ein Tagebuch über mein afrikanisches Experiment? Ich hatte sogar irgendwann angefangen, mir einige Notizen zu machen, sie später aber wieder zerrissen. Mir wurde klar, dass ich eine Weile allein sein musste, und so verabschiedete ich mich unter dem Vorwand, ich sei müde, von der Gastgeberin und meinen neugierigen Klassenkameradinnen, zog mich auf mein Zimmer zurück und nahm ein heißes Bad.

Den Körper bis zum Nacken in die breite Wanne getaucht und den Blick nach innen gekehrt, ließ ich meinen Erinnerungen freien Lauf. Mit erstaunlicher Klarheit durchlebte ich noch einmal meine Ankunft am Strand von Swakopmund auf dem Rücken eines afrikanischen Lastträgers, meine erste Strecke mit der Eisenbahn, die mich durch die endlosen Graslandschaften nach Windhuk führte, die Fahrt mit Hansheinrich auf einem Ochsenkarren durch die Savanne, als wir zum ersten Mal das Grundstück sahen, auf dem wir später das Schloss Duwisib errichten sollten, über dessen Eingang wir das Jahr 1909 eingravieren ließen. Schon damals ahnte ich, dass die Dinge überdauern, während die Menschen verschwinden. Und dass jenes Schloss aus rotem Sandstein an dem Tag, an dem der afrikanische Traum zerplatzen würde, als Einziges an uns erinnern würde. Selbst wenn man unsere Namen längst vergessen haben würde.

Das Leben erscheint wie ein ewiger Kreislauf, und so wollte es der Zufall, dass man mir wenige Tage vor meinem Aufbruch nach Easthampton einen großen Überseekoffer mit Fotos, Dokumenten und Rechnungen aus Duwisib – vielen Rechnungen – daheim in der Morris Avenue in Summit zugestellt hatte. Die Sendung war vor langer Zeit in Pretoria von Graf Max von Lüttichau aufgegeben worden, dem Mann, der sich um unsere Besitztümer in Südafrika gekümmert hatte, als wir mit Ausbruch des Krieges in

Europa von dort aus auf Reisen gegangen waren. Dieser Koffer, solide deutsche Verarbeitung, mit Guttapercha ausgekleidet und Metallverstärkung an den Ecken, war um die halbe Welt gereist, wie man den diversen Etiketten und Zollstempeln, mit denen er außen beklebt war, sowie mindestens ebenso vielen Verwaltungsplomben entnehmen konnte, die in den Seitenfächern steckten.

Ich war nahe daran gewesen, das mächtige Gepäckstück zurückzuschicken – nicht um mir die fälligen Portokosten zu ersparen, die, gemessen am reichhaltigen Inhalt, nicht unverhältnismäßig hoch waren, sondern weil ich mir nicht sicher war, ob ich jene Bundeslade mit den Tafeln einer Vergangenheit, die ich beschlossen hatte zu vergessen, tatsächlich zurückhaben wollte. Schließlich rang ich mich dazu durch, den Briefträger zu bezahlen und den Koffer zu behalten, um ihn sogleich auf den Speicher zu verfrachten, ohne dass ich mir auch nur die Mühe gemacht hätte, das versiegelte Schloss aufzubrechen. Der Lieferschein gab mir Vorstellung genug vom Inhalt.

Das Gespräch mit Herrn Rumsfeld rief mir nun die Existenz dieses Überseekoffers erneut ins Gedächtnis und schürte meine Neugier, ihn zu öffnen. Ich nahm die Visitenkarte des Literaturagenten vom Badewannenrand, da der Dampf sie allmählich aufweichte und die in englischen Lettern darauf vermerkte Anschrift auf der Wall Street verblassen ließ. Ich dachte darüber nach, dass der Agent mir nicht vorgeschlagen hatte, meine Gedanken über die verschlungenen Pfade der Vergangenheit wandern zu lassen, um diese Erinnerungen anschließend kommentarlos in eine Kiste zu sperren. Nein, er wollte, dass ich ein Buch schrieb, das veröffentlicht werden sollte, was weitaus mehr Mühe und Engagement erforderte. Denn wenn Rumsfeld sein Angebot aufrechterhielt, würden wir einen Vertrag unterzeichnen müssen, und ich würde mich gezwungen sehen, meine Erinnerungen allesamt schwarz auf weiß auszuformulieren. Obwohl es in Anbetracht des sozialen Klimas der Kolonie wohl richtiger wäre, »weiß auf schwarz« zu sagen.

Ich befürchtete allerdings, dass mir nach all den Jahren, die seit meiner Zeit in Afrika vergangen waren, einige Irrtümer und Ungenauigkeiten unterlaufen könnten. Würde ich das, was ich erlebt hatte, so erzählen, wie es sich zugetragen hatte, oder aus der inzwischen erlangten Distanz heraus? Selbst wenn ich mich noch so sehr bemühte, beim Sammeln der Fakten objektiv vorzugehen, konnte ich nicht vermeiden, dass sich hier und da in meinem Kopf tatsächlich Erlebtes mit dem vermengte, was ich mir erträumt hätte. Wie sollte es mir nach so langer Zeit noch gelingen, Erfahrungen von Wunschdenken zu trennen?

Ein wenig beruhigte mich der Gedanke, dass die Dokumente, die mich eingeschlossen in den Koffer auf dem Speicher erwarteten, mir bei der Rekonstruktion der Vergangenheit behilflich sein würden. Ich durfte andererseits nicht zulassen, dass ein allzu verbissenes Streben nach Wahrhaftigkeit jegliche Spontaneität hemmte.

Ich hatte das Badezimmerfenster halb offen gelassen, und in diesem Augenblick zog eine nächtliche Meeresbrise herein. Die Mischung der kühlen Frische von draußen und der angenehmen Wärme des Wassers wirkte auf mich dermaßen entspannend, dass ich in tiefen Schlaf fiel. Als ich aufwachte, hörte ich schon die Vögel im Garten singen, und obwohl der Morgen noch nicht angebrochen war, beschloss ich hinauszugehen, um den Sonnenaufgang am Meeresufer zu betrachten. Rasch streifte ich mir einen Sportpulli und einen Jerseyrock über und schlich so leise wie möglich die Treppe hinunter in den Hausflur, um die übrigen Gäste nicht aufzuwecken. Bis zum Sonnenaufgang war es allerdings noch eine Weile hin, wie mir plötzlich klar wurde. Ich hatte mich durch das helle Mondlicht irritieren lassen, genau wie die Vögel, die mit ihrem Gezwitscher auf den umstehenden Bäumen einen falschen Morgen verkündeten. Doch da ich nun schon einmal wach war, beschloss ich, einen Spaziergang im Mondschein zu machen, auf dem Kiesweg, der zum Strand führte.

Als ich mich dem Atlantik näherte, stieg mir ein beißender Geruch in die Nase, der mich an meine Strandspaziergänge in Südwestafrika erinnerte. An den Küsten kam es dort häufig zu kleineren vulkanischen Eruptionen mit austretendem Magma, die den Strand mit Schwefelschwaden und dem Gestank nach totem Fisch überzogen. Am Ufer waren dann sterbende Robben und die Gerippe großer, von den Vulkandünsten vergifteter Fische zu sehen gewesen. Hier, an den Stränden von Long Island, hinterließ die See bei Ebbe zerbrochene Muschelschalen, Sepiaknochen und faulige Algen, die ebenfalls einen beißenden Geruch verbreiteten. Letzten Endes war es ein und derselbe Atlantische Ozean, wenngleich auf einem ganz anderen Längen- und Breitengrad.

An einem Strand nicht weit von Lüderitz – dem Hafen im Süden der Kolonien – hatte mich einmal ganz in der Nähe eines kleinen Eilands namens Haifischinsel, wo das deutsche Heer nach dem Sieg über die aufständischen Stämme ein Gefangenenlager eingerichtet hatte, die Abenddämmerung überrascht. Aufgrund der mangelhaften hygienischen Verhältnisse jenes Internierungslagers war die Sterblichkeitsrate der Gefangenen dort sehr hoch, und die Gefängniswärter nutzten die nächtliche Ebbe, um die Leichen in Löchern zu vergraben, die sie im feuchten Sand aushoben. Wenn dann die Flut kam, spülte die starke Strömung die nicht sehr tiefen Gräber wieder frei, womit sie sowohl den Schakalen, die am Strand in den Sanddünen herumlungerten, als auch den Haien, die sich in Küstennähe aufhielten, ein wahres Festmahl bereitete. Die Szene, die ich am Strand der Haifischinsel im Mondschein von ferne beobachtet hatte, war so grauenhaft gewesen, dass es mir schwerfallen würde, das Ganze in Worte zu fassen.

Ich schlenderte eine Weile am Wasser entlang, bemüht, die hässlichsten Erinnerungen an jene Zeit beiseitezuschieben. Doch plötzlich stießen meine nackten Füße an einen großen, glitschigen Körper, den die Flut ans Ufer gespült hatte. Ohne mich zu vergewissern, um was es sich dabei handelte, rannte ich wie vom Teufel gejagt davon.

Die Möwen und die Kormorane waren schon dabei, sich an den Abfällen gütlich zu tun, die die nächtliche Flut an den Strand gespült hatte. Auf meiner wilden Flucht scheuchte ich Schwärme von Seevögeln auf, und mit ihnen stieg allmählich mit rötlichem Schimmer der Morgen auf.

Easthampton, 4. Juni 1946

ERSTES BUCH

Swakopmund

Das Kreischen der Seevögel über dem Schiffsdeck an jenem frostigen Morgen im April des Jahres 1907 kündete von der nahen Küste. Der Landstreifen lag hinter einer dichten Nebelwand, und der Kapitän der *Windhuk* hatte befohlen, die Motoren zu drosseln, aus Sorge, er könnte den Hafen von Swakopmund verfehlen. Doch er wagte es nicht, sich zu sehr der Küste zu nähern, aus Angst, auf eine der Klippen aufzulaufen.

Drei Wochen war es her, dass Hansheinrich und ich Hamburg mit dem Ziel Deutsch-Südwestafrika verlassen hatten – eine Reise, die zugleich unsere Hochzeitsreise war. Es kam mir immer noch seltsam vor, morgens neben diesem Koloss von Mann aufzuwachen. Obwohl wir die geräumigste Kabine mit der komfortabelsten Ausstattung gebucht hatten, passte mein Mann mit seinen langen Beinen nicht in das Ehebett. Zum Glück blieb Hansheinrich nach den Abendmahlzeiten am Tisch des Kapitäns noch auf, um sich an der Bar ein paar Gläschen zu genehmigen oder in der Offiziersmesse Karten zu spielen, während ich mich zurückzog und schon schlief beziehungsweise mich schlafend stellte, wenn er in die Kabine trat und sie mit seinem Geruch nach Zigarrenrauch und Cognac erfüllte.

Doch an den beiden letzten Tagen vor unserer Ankunft in Swakopmund trank mein Mann weder Alkohol, noch rührte er auch nur eine Karte an, und am Abend, bevor wir von Bord gingen, wanderte er bis spät in die Nacht auf der Kommandobrücke umher wie ein Löwe im Käfig. Es war das erste Mal, dass mein Mann auf südafrikanischen Boden zurückkehrte, nachdem er während der Hottentottenkriege in der Schutztruppe gedient hatte. Und so war es nicht verwunderlich, dass er eingedenk dessen, was ihm auf seiner ersten Reise an ebenjener Küste widerfahren war, nervös wurde, je näher wir unserem Ziel kamen.

In der Nacht vom 19. auf den 20. November 1904 war der Dampfer *Gertrude Woermann*, an Bord die Offiziere und Verstärkungstruppen für den Kampf gegen die Aufständischen sowie reichlich Kriegsmaterial und dreihundert Pferde, bei dichtem Nebel zwanzig Kilometer nördlich von Swakopmund auf Grund gelaufen. Obwohl es bei diesem Unfall keine Toten zu beklagen gab, ging doch ein Großteil der Ladung verloren, ebenso wie der Dampfer, der schließlich kenterte. Nur weil das Panzerschiff *SMS Vineta* der deutschen Kriegsmarine in Swakopmund, das die Verstärkungstruppen erwartete, unverzüglich zu ihrer Rettung herbeieilte, konnte eine schlimmere Katastrophe verhindert werden.

Gewiss war Hansheinrich unter diesen Voraussetzungen weniger um sein eigenes Schicksal und das des Dampfers besorgt als darum, was mit seinem Bestand von Pferden geschah, die im Frachtraum mitreisten. Er erzählte mir, als das Schiff anfing zu schlingern, hätten die armen Tiere die Gefahr gewittert und gescheut und verzweifelt mit den Hufen gegen ihre Boxen getreten. Glücklicherweise konnten auch die meisten der dreihundert Pferde in Sicherheit gebracht werden, indem man sie auf hölzernen Flößen ans nahe Ufer verfrachtete.

An dem Tag, als wir die Küste von Swakopmund erreichten, wurde ich morgens von merkwürdigen Geräuschen aus dem Flur unserer Kabine geweckt, und als ich das Licht anschaltete, sah ich die imposante Gestalt eines Mannes in Heeresuniform und Reitstiefeln mit den dazugehörigen Sporen. Ich erschrak, da ich meinen Mann in diesem Aufzug – der Uniform eines Artilleriehauptmanns der deutschen Kolonialmacht – zunächst nicht wiedererkannte. Hansheinrich war immerhin ein Meter achtundneunzig groß, von athletischer Statur, mit gleichmäßigen Gesichtzügen und graublauen Augen, passend zu dem graublauen Brustlatz seines Uniformrocks.

Als ich mich an Deck begab, tauchten nach und nach die Umrisse der Dünen aus dem Nebel auf und bald auch die Häuser von Swakopmund, als hätte ein Zauberspruch mitten in der Wüste eine kleine Stadt sprießen lassen. Anders als die von dichtem Busch umgebenen afrikanischen Dörfer, die wir während unserer Fahrt längs der Westküste gesehen hatten, war jene Küstenstadt an einem völlig lichten Ort erbaut worden, wo die mächtigen roten Sanddünen der Wüste sich an die ausgedehnten, sehr weißen Sandstrände anschlossen. Von ferne hatte die Anordnung der von kleinen Palmenwäldchen umgebenen weißgetünchten Häuser mit Türmchen wie Minarette das Flair eines orientalischen Städtchens, doch aus der Nähe erinnerten sie eher an die Wachttürme der hanseatischen Hafenstädte.

Ich nutzte den Moment, den wir auf Deck zubrachten, darauf wartend, dass sich der Nebel verzog, um mich vom Kapitän und den übrigen Besatzungsmitgliedern, die uns mit ausgesuchter Höflichkeit behandelt hatten, sowie den Passagieren, die noch bis zu der südlich gelegenen Hafenstadt Lüderitz weiterreisten, zu verabschieden. Bei einem Spaziergang auf dem Zwischendeck war ich mit einem gewissen August Stauch aus Eisenach ins Gespräch gekommen, der sich auf dem Weg nach Lüderitz befand, um bei der Gesellschaft zu arbeiten, die die Eisenbahnstrecke durch die Wüste ins Landesinnere baute. Da Stauch an einer Atemwegserkrankung litt, die für ihn ein trockenes Klima erforderlich machte, hatte er keine andere Wahl gehabt, als diese Arbeit anzunehmen und seine Familie in der Hoffnung auf bessere Zeiten in Deutschland zurückzulassen. In dieser vom Wüstenwind gepeitschten Einöde, wo jeder Hauch von Feuchtigkeit sich verflüchtigt, bevor er den Boden erreicht, klang die Empfehlung des Arztes mehr als überflüssig.

Die optimistische Einstellung, mit der Stauch einer so wenig verlockenden Zukunft entgegenblickte, bestärkte mich in meinem Entschluss, in jenem entlegenen Winkel der Erde mein Glück zu suchen, wenngleich Hansheinrich, als ich ihm Stauch vorstellte, zur Begrüßung gerade einmal ein paar Höflichkeitsfloskeln mit ihm wechselte. Gewiss, Stauch war nicht eben eine ansehnliche Erscheinung – mittelgroß und untersetzt, ohne wirklich dick zu sein –, doch in seinen tiefen blauen Augen erkannte ich ein entschlossenes Funkeln, das mich ahnen ließ, dass es ihm gelingen würde, sich in der Gegend eine Zukunft aufzubauen.

Da der Landgang auf mit afrikanischen Ruderern besetzten Booten erfolgen würde, müsse man unbedingt abwarten, bis der Nebel sich vollständig gelichtet habe, erklärte mir der verantwortliche Wachoffizier. Nur so hätten die *kru-boys* (wie die schwarzen, aus Liberia stammenden Bootsführer hießen) eine Chance, die Kraft der Strömung und die Entfernung zur Küste korrekt einschätzen zu können, falls die Brandung das Schiff zum Kentern brächte. Im Wissen, dass Swakopmund der Hauptversorgungshafen jener Kolonie war, fragte ich den Offizier, ob niemand daran gedacht habe, eine Mole zu bauen, um das Verlassen des Schiffs weniger waghalsig zu machen, woraufhin der Marineoffizier mir zur Antwort gab, dass man in der Tat während des Krieges einen von großen Holzpfählen getragenen Hafendamm gebaut habe, der ins Meer hinausragte. Allerdings hätten die deutschen Ingenieure nicht bedacht, dass sich in jenen Gewässern eine räuberische Moluskenart namens *Teredo navalis* tummele, die die Träger der Mole binnen weniger Monate komplett ausgehöhlt habe, so dass der Hafendamm in kürzester Zeit in sich zusammengefallen sei.

Ich fand es ergreifend, dass die Naturkräfte Afrikas sich derart gegen die technischen Hilfsmittel der Zivilisation aufgelehnt hatten, doch nur kurze Zeit später änderte ich meine Meinung, als man mich in einen fragilen, nur mit einem einfachen Stahlseil an einer Winde hängenden Weidenkorbstuhl verfrachtete und, Kopf und Füße frei über dem Ozean schwebend, in rasantem Tempo auf das schwankende Deck eines Landeboots herabließ, wo mich die starken Arme eines Offiziers der Woermann-Linie in Empfang nahmen, während die schwarzen Ruderer dem Ansturm der Brandung trotzten, um das Beiboot im Windschatten des Hauptschiffs zu halten.

Als die *kru-boys* auf halber Strecke an Bord gekommen waren, hatte ich mich durch die Anwesenheit dieses dunkelhäutigen, an Deck herumlungernden Lumpengesindels mit seinem ewigen gutturalen Singsang gestört gefühlt. Doch sobald mir klar wurde, dass wir von der ruhigen Hand und dem Geschick jener guten Meeresgeister abhingen, um den Ansturm der heftigen Brandung zu überlisten, bereute ich, dass ich an ihren traurigen Liedern Anstoß genommen hatte, und schon bald konnte ich bewundern, mit welcher Kraft ihre sehnigen Unterarme die Ruder schwangen.

Geschickt manövrierten die Ruderer das Beiboot so, dass es mit dem Bug die Wellenkämme diagonal durchschnitt und anschließend mit der Leichtigkeit eines Delphins in die Lücke hinabglitt, die die Wellen ließen. Es dauerte nicht lange, bis wir uns jenseits der Brandung in der ruhigen Bucht befanden, in die der Swapok mündete, der Fluss, dem die Stadt ihren Namen verdankt. Mir wurde erklärt, das Flussbett sei den größten Teil des Jahres über ausgetrocknet und führe nur während der Regenzeit einen reißenden Strom voller Schlamm, abgebrochener Zweige und toter Tiere, wobei er das gesamte Umland der Stadt in ein ungesundes Sumpfgebiet verwandle. Wenn es auch wenig romantisch klinge, bedeute Swakopmund im regionalen Stammesdialekt »Fluss voller Abfall«.

Sobald der Bootskiel sich in den sandigen Boden bohrte, sprang einer jener dunkelhäutigen Jasons ins Wasser, packte mich ohne Vorwarnung um die Taille, hievte mich auf den Rücken und trug mich in Windeseile an den Strand. Ich merkte, wie mein Rocksaum in der Brise aufflog und meine Brust sich gegen sein krauses Haar und seine muskulösen Schultern presste. Mit wenigen Schritten durchwatete mein Träger – der nichts als einen Lendenschurz trug – die letzten Meter glasklaren Wassers und setzte mich behutsam auf dem glutheißen Sand ab, ohne dass ich mir auch nur die Spitzen meiner feinen Schnürstiefel benetzt hätte.

Als ich mich nach dem Schiff umblickte, auf dem Hansheinrich zurückgeblieben war, sah ich, wie die *kru-boys* sich darum balgten, wem die Ehre zuteil würde, eine so hochrangige Persönlichkeit in Uniform zu schultern, während mein Mann sich mit aller Macht ihrer eilfertigen Hilfsbereitschaft zu erwehren versuchte. Bei all dem Gerangel wäre er um ein Haar im Wasser gelandet. Am Ende beschloss er, einfach ins Wasser zu springen und selbst ans Ufer zu waten, auch wenn seine feinen Ziegenlederstiefel stumpf und seine Hosenbeine mit dem leuchtenden Rot ein wenig ausgeblichen waren, als er den Strand erreichte.

Zum ersten Mal fiel mir auf, wie winzig der Orden war, den ihm der Kaiser nach Beendigung seines Dienstes in Afrika verliehen hatte. So winzig, dass er auf dem großen blauen Brustlatz seines Uniformrocks verloren wirkte wie ein Boot auf dem unendlichen Ozean. Da bekam ich, vielleicht wegen der Anspannung während der letzten Überfahrt oder der Erleichterung, endlich im Land der Verheißung angekommen zu sein, einen hysterischen Lachanfall, den ich trotz der Feierlichkeit des Augenblicks nicht zu unterdrücken vermochte. Zuerst starrte mein Mann mich nur verständnislos an, doch nach ein paar Minuten ließ er sich von meiner Heiterkeit anstecken und brach in ein polterndes Lachen aus, und am Ende fielen alle, die mit uns von Bord gegangen waren, mit ein, einschließlich der *kru-boys*, die sich mit ihren schwieligen Händen auf ihre nackten Schenkel klatschten.

Hohenzollernhaus

Rasch machten uns die Träger des Hotels ausfindig, begrüßten meinen Mann mit zeremonieller Höflichkeit und verfrachteten uns in ein von Maultieren gezogenes Wägelchen, das auf Eisenschienen durch die in Sand versinkenden Straßen der Stadt glitt, zu einem dreistöckigen Gebäude, dem Hohenzollernhaus. Der Hoteleingang war mit neogotischen Säulen und Fresken verziert, die Szenen aus der Mythologie darstellten, und eine Statue des Titanen Atlas mit der Weltkugel auf den Schultern vollendete die prachtvolle Gestaltung der Hauptfassade.

Ein paar weiße und farbige Türsteher stritten sich um die Ehre, uns das Gepäck aufs Zimmer zu tragen, das im obersten Stockwerk lag. Dort erwartete mich eine große Keramikbadewanne mit dampfendem Wasser. Mir blieb kaum Zeit, mich zu entkleiden, als auch schon ein afrikanisches Zimmermädchen namens Esther anklopfte, sich die Ärmel ihres merkwürdig viktorianisch anmutenden Kleides aufkrempelte und sich daranmachte, mich am ganzen Körper mit einem Waschlappen einzuseifen. Damals vermochte ich die charakteristischen Züge der verschiedenen Volksgruppen noch nicht zu unterscheiden, doch Esther hatte das runde Gesicht und die aufgeworfenen Lippen der Hereros, und der Kontrast zwischen ihrem sehr dunklen Teint und dem karierten Turban machte sie zu einer anziehenden, fast majestätischen Erscheinung. Ich stellte fest, dass mir die Berührung ihrer sanften Hände keineswegs unangenehm war, ebenso wenig wie zuvor der Druck der muskulösen Arme des Ruderers, der mich huckepack an den Strand getragen hatte.

Hansheinrich hatte mich gebeten, um sechs Uhr fürs Abendessen fertig angekleidet zu sein, denn das werde in den Kolonien bereits zu einer Zeit eingenommen, wenn der Europäer noch seinen Tee trinke. Tatsächlich erschien er mit militärischer Pünktlichkeit, um mich abzuholen, elegant im grauen Seidenfrack mit passender Krawatte. Zu diesem besonderen Anlass wählte ich das lavendelfarbene Abendkleid mit Spitzenärmeln, das ich schon auf dem Fest im Plaza-Hotel in New York getragen hatte – aber ich brauchte wohl kaum zu befürchten, dass dies hier jemandem auffallen würde. Als ich in dieser Garderobe am Arm meines Mannes in der Hotelhalle erschien, verstummten alle für einen kurzen Moment, dann ging ein anerkennendes Raunen durch den Raum. Da wurde mir klar, dass die Rückkehr in die Kolonien des Barons von Wolf mit seiner Gemahlin, die man damals bereits die »amerikanische Millionärin« nannte, nicht unbemerkt bleiben würde.

Im Speisesaal servierte uns ein deutscher Kellner mit hochgezwirbelten Schnurrbartspitzen Kaviar zu eisgekühltem Wodka und anschließend einen Hummer, den wir mit einem köstlichen, von Hansheinrich sorgfältig ausgewählten Rheinwein begossen. Ich ließ mich von der Magie des Augenblicks und der Extravaganz hinreißen, diese Weine an jenem fernen Ort, nur wenige hundert Kilometer vom tropischen Wendekreis entfernt, zu genießen. Und während ich, tief in die blauen Augen meines Mannes blickend, mein Glas erhob, dachte ich, dass sich in der Nacht vielleicht das Wunder einer leidenschaftlichen Annäherung ereignen würde, wie sie sonst nur die Heldinnen romantischer Liebesromane erleben durften. Ich muss allerdings sagen, dass Hansheinrich sich während der Überfahrt sehr feinfühlig verhalten hatte, ohne eine wollüstige Hingabe von mir zu erwarten, die zu improvisieren ich niemals in der Lage gewesen wäre. Wir waren schon rein physisch gesehen so gegensätzlich, dass die Akrobatik des Liebesakts uns Probleme bereitete, besonders bei hohem Seegang, wenn alles in unserer Kabine schwankte. Ich neige zwar nicht dazu, gleich seekrank zu werden, und hatte zuvor schon mehrmals den Atlantik überquert – wenngleich nicht von Nord nach Süd –, doch auf dieser jüngsten Schiffsreise hatte ich zum ersten Mal erfahren, wie sehr das ständige Schaukeln den Liebeshunger zu bremsen vermag.

Nach dem Abendessen bot Hansheinrich mir erneut seinen Arm und begleitete mich bis zur Zimmertür, wo er mir eröffnete, er habe sich noch mit ein paar alten Kameraden von der Schutztruppe auf ein Gläschen an der Bar verabredet. Ich zweifelte keinen Moment daran, dass dies nur eine feinfühlige Geste meines Mannes war, der mir die nötige Zeit lassen wollte, mich auszukleiden und mir mein Negligé überzustreifen, um so die erste Nacht unserer Hochzeitsreise auf festem Boden zu feiern. Also machte ich in aller Eile meine Toilette und schlüpfte, nachdem ich mein Nachtgewand angezogen hatte, rasch mit einem Buch in der Hand unter das feine Laken, wobei ich noch einmal überprüfte, ob das Gaslicht auf dem Nachttisch auch halb heruntergeschraubt war, um für die angemessene Stimmung zu sorgen. Nach dem langen Tag zogen die Seiten an mir vorbei, ohne dass ich mich recht auf die Lektüre zu konzentrieren vermochte, aber ich wagte auch nicht, den Blick von ihnen abzuwenden, aus Furcht, ich könnte vom Schlaf übermannt werden, woraufhin Hansheinrich es nicht über sich bringen würde, mich aufzuwecken, wenn er zurückkehrte.

Als ich Stunden später erwachte, war der Platz im Bett neben mir immer noch kalt und leer. Da erst begriff ich, dass Hansheinrich womöglich die ganze Nacht über meinem Zimmer fernbleiben und mich sicherlich erst aufsuchen würde, wenn es an der Zeit wäre, mit dem Zug nach Windhuk aufzubrechen. Mich beschlich ein Gefühl tiefer Enttäuschung, das sehr rasch in Wut umschlug. Wie war es möglich, dass dieser Mann mich bis ans andere Ende der Welt schleppte, um mich gleich in der ersten Nacht nach unserer Ankunft im Land der Verheißung alleinzulassen? Wie dumm war ich doch gewesen, nicht auf die Stimmen derer zu hören, die mich rechtzeitig vor dem unsteten Charakter meines stattlichen Verlobten gewarnt hatten!

Kennengelernt hatte ich Hansheinrich kurze Zeit nachdem ich mit meiner Mutter und meinem Stiefvater in Dresden eingetroffen und er selbst erst wenige Monate von seinem Kolonialdienst aus Südwestafrika heimgekehrt war. Während einer Parade der Kaiserlichen Artillerie im Schlosspark hatte ich ein Auge auf ihn geworfen, beeindruckt von der natürlichen Eleganz, mit der er einen riesigen Trakehnerfuchs mit auffällig dunkler Mähne ritt. Ich war immer der Meinung gewesen, Reiter von kleinem Wuchs könnten besser mit dem Sattel verschmelzen, doch eine perfektere

Symbiose zwischen einem solch stattlichen Ross und einem ebensolchen Reiter hatte ich noch nie gesehen, und nun verstand ich auch, wie es den teutonischen Rittern gelingen konnte, ganz Europa zu erobern. Einige Wochen später hatten wir unsere Verlobung bekanntgegeben, und wenige Monate darauf hatte Hansheinrich um meine Hand angehalten und mich gebeten, gemeinsam mit ihm ein neues Leben in Südwestafrika zu beginnen.

Während meine Mutter und mein Stiefvater John Gaffney meine überstürzte Verlobung mit Hansheinrich noch hingenommen hatten, konnten sie ihre Besorgnis nicht länger verhehlen, als ihnen mein Verlobter wenige Wochen später eröffnete, er gedenke, mit mir nach Südwestafrika auszuwandern.

»Deine Mutter und ich respektieren deinen Entschluss, diesen Hauptmann von Wolf zu ehelichen, wenn du meinst, in ihm den Richtigen gefunden zu haben«, sagte John. »Aber wir begreifen nicht, warum du, um mit dem Mann, den du liebst, glücklich zu werden, gleich bis ans andere Ende der Welt ziehen musst. Wir machen uns Sorgen, dass du deinen Entschluss später einmal bereuen könntest.«

»Ich verstehe ja, dass ihr euch sorgt, weil alles in meiner Beziehung zu Hansheinrich etwas überstürzt wirkt«, antwortete ich meinem Stiefvater mit der gleichen Aufrichtigkeit und Offenheit, die er mir gegenüber bezeugt hatte. »Aber wenn man schon fünfundzwanzig Jahre alt ist und einen Menschen gefunden hat, der es wert ist, sollte man nicht lange zögern.«

John Gaffney hatte mich in sein Büro ins Konsulat gebeten – vielleicht um unserer Unterredung mehr Feierlichkeit zu verleihen –, und ich weiß noch, dass das Sonnenlicht an jenem Vormittag durch eines der hohen Fenster auf eine große Holztafel mit Fotos fiel, die John zusammen mit berühmten Persönlichkeiten wie Präsident Roosevelt, Kaiser Wilhelm oder seiner Heiligkeit Papst Pius X. zeigten. Auf einem Foto war auch ich zu sehen. Es stammte von einer Reise, auf die ich John ohne meine Mutter begleitet hatte und an die ich wegen eines Autounfalls, in den wir verwickelt wurden, als ich uns durch die engen Gassen Roms kutschierte, keine gute Erinnerung hatte.

»Ich versichere dir, dass Hansheinrichs Entschluss, nach Südwestafrika zurückzukehren, keineswegs nur einer Laune entspringt. Er kennt die deutsche Kolonie aus der Zeit, als er während des Krieges dort stationiert war, und weiß, dass man in der unberührten Natur jener Region ein freies Leben führen kann, ohne die absurden Konventionen, die die sogenannte zivilisierte Gesellschaft uns auferlegt.«

»Um euren Wunsch nach Freiheit und reiner Natur zu stillen, braucht ihr doch nicht so weit fortzugehen. Im Süden Europas, in Spanien oder Italien, kann man auch ausgedehnte Ländereien erwerben, nur nicht ganz so weit abgelegen von der zivilisierten Welt. Warum ausgerechnet Südafrika?«

»An keinem anderen Ort auf diesem Planeten herrschen so gute Voraussetzungen, viel Land zu erwerben und ein eigenes Gestüt aufzubauen. Das ist ein Plan, der uns beiden gleichermaßen am Herzen liegt. Nachdem der Krieg nun zu Ende ist, bietet die Kolonialregierung den Offizieren, die an den Kämpfen teilgenommen haben, überaus günstige Konditionen, denn dort werden weiße Siedler gebraucht, die bereit sind, das Land zu erschließen, und in der Lage, Geld zu investieren.«

»Dein Verlobter mag ja die Chancen kennen, die dieses Land bietet, doch die parlamentarische Opposition wirft der Regierung ständig vor, sie habe ein Vermögen ausgegeben für eine Kolonie, die nichts sei als eine verheerende Wüste.«

»Hansheinrich würde es niemals zulassen, dass ich mich auf ein Unternehmen einlasse, bei dem ich finanziellen Schaden erleiden könnte, und ich versichere dir, dass er in Berlin die nötigen Informationen hinsichtlich der Möglichkeiten eingeholt hat, dort unseren Traum zu verwirklichen. Ich denke, du kennst mich gut genug, um zu wissen, dass ich mich niemals von allzu romantischen Gefühlen dazu hinreißen lassen würde, mein Geld für ein Unternehmen zu riskieren, das mich in den Ruin treiben könnte.«

»Es freut mich, dass du so denkst, und ich vertraue darauf, dass es dir gelingt, einen kühlen Kopf zu bewahren, und dass du, sobald die Dinge nicht mehr so laufen, wie du es dir erhoffst, den Mut aufbringst, dich rechtzeitig zurückzuziehen«, fügte er mit einem verschwörerischen Augenzwinkern hinzu. »Das heißt, dass du weißt, wann der Moment gekommen ist, den Schaden zu begrenzen, wie die Geschäftsleute sagen.«

Seit der Heirat mit meiner Mutter hatte John eine Haltung wohlwollender Distanz mir gegenüber bewahrt. Nicht ein Mal hatte er versucht, mir den Vater zu ersetzen, den ich nie kennengelernt hatte, und er wusste, dass er mir mit einem gewissen Grad an Toleranz und Solidarität begegnen musste, so wie in Rom, als er mir aus der misslichen Lage herausgeholfen hatte, in die ich mich durch den Unfall gebracht hatte. John ahnte, dass die einzige Möglichkeit, mich von einem Vorhaben abzubringen, das ich mir einmal in den Kopf gesetzt hatte, darin bestand, es zu verwirklichen, und dass er mir niemals würde ausreden können, nach Afrika zu gehen, allein schon, weil ich finanziell unabhängig war. Gemeinsam mit meinem Bruder Jo-Jo war ich seit meiner Volljährigkeit in den Besitz eines umfangreichen Vermächtnisses gelangt, das uns unser Großvater Frederick Humphreys hinterlassen hatte, und wir waren es, die meiner Mutter freiwillig eine monatliche Zuwendung aus unserem Erbe zukommen ließen.

Allerdings wollte ich unsere Unterredung nicht beenden, ohne John mit einem vertraulichen Eingeständnis zu zeigen, dass ich seine Anteilnahme schätzte.

»Ich würde lügen, wenn ich behauptete, dass mich nie Zweifel befielen, aber ich habe keine andere Wahl, als dieses Wagnis einzugehen. Hansheinrich und mich verbinden viele gemeinsame Interessen, einschließlich unserer Leidenschaft für Pferde, und da gibt es noch eine Menge anderer Facetten seiner Persönlichkeit, die ich bewundere. Aber ich leugne auch nicht, dass wir eine sehr unterschiedliche Erziehung genossen haben, und hinter seiner scheinbar fröhlichen und kontaktfreudigen Art spüre ich eine Melancholie und eine Unsicherheit, die mir durchaus Sorge bereiten.«

»Gewiss sind Unsicherheit und Scheu nicht gerade die hervorstechenden Charaktereigenschaften deines Verlobten«, sagte John mit einem leicht ironischen Unterton, dessen Bedeutung ich zu erahnen glaubte.

»Keine Sorge, es hat nicht an mitfühlenden Seelen gemangelt, die es für nötig hielten, mich über Hansheinrichs Ruf in Dresdener Kreisen als Glücksspieler und Frauenheld in Kenntnis zu setzen. Aber das ist gewiss nichts, was mir den Schlaf raubt, denn da er, wo er doch so viele andere Frauen haben kann, mich zu seiner Gemahlin erwählt hat, muss ich ihm wohl mehr bedeuten als all die anderen.«

Ich bemerkte, wie John, der trotz seiner irischen Abstammung äußerlich etwas von einem Südländer hatte, besorgt die Stirn runzelte, als er sagte:

»Ich nehme an, man hat dir auch erzählt, dass Hansheinrich im Feldzug gegen die afrikanischen Aufständischen einen schweren Fehlschlag erlitten hat, wenngleich in dieser Angelegenheit anscheinend niemand über den genauen Hergang sprechen will. Aufgrund meiner ausgezeichneten Beziehungen zu den militärischen Befehlshabern wäre es mir allerdings ein Leichtes, Genaueres über den Vorfall herausfinden, aber ich wollte nicht ohne deine Zustimmung tätig werden.«

»Das war ganz richtig, denn wenn man verliebt ist, interessiert man sich weniger für die Vergangenheit des geliebten Mannes als für die gemeinsame Zukunft mit ihm. Falls es etwas in Hansheinrichs früheren Leben gibt, das ich wissen sollte, bin ich sicher, dass er es mir über kurz oder lang erzählen wird. Jedenfalls bezweifle ich, dass er eine traumatische Erfahrung in Afrika gemacht hat, denn dann hegte er sicherlich nicht den Wunsch, dorthin zurückzukehren.«

Während der Nacht, die ich allein im Zimmer des Hohenzollernhauses verbrachte, kam mir dieses Gespräch wieder in den Sinn. Ich dachte, ich müsste endlich diesem Hang abschwören, die ganze Welt zu schultern wie der die Stuckfassade des Hohenzollernhauses beherrschende Atlas. Eine so junge eheliche Verbindung musste zwangsläufig ihre Höhen und Tiefen haben, und außerdem wollte ich keinen Gedanken daran verschwenden, jetzt das Schiff zurück nach Hamburg zu nehmen, denn allzu verlockend war die Aussicht, am nächsten Tag die weiten afrikanischen Ebenen zu durchqueren, um sich dieses einmalige Erlebnis durch einen Streit zwischen Frischvermählten zu verderben.

Ich denke, es wäre mir erheblich schwerer gefallen, meine Seele zu besänftigen, hätte ich gewusst, dass die Behörden von Swakopmund jenem so achtbar wirkenden Etablissement im Zusammenhang mit einem Skandal um Glücksspiel und Prostitution die Lizenz entziehen würden. Aber, wie heißt es doch so schön: Was ich nicht weiß, macht mich nicht heiß.

THE NEW YORK TIMES, 11. April 1904

Gaffney in einen Autounfall verwickelt – von Miss Humphreys gesteuerter Wagen überfährt Kinder in Rom

Rom, 11. April. Miss Humphreys aus New York befand sich in Begleitung von St. John Gaffney, Miss Tupignac aus New York und dem Kapitän Marquis Paolucci, als sie trotz geringer Geschwindigkeit zwei Kinder überfuhr, wobei eines von ihnen schwere Verletzungen erlitt.

Der Unfall ereignete sich in dem meistbevölkerten Stadtteil, und der Wagen wurde umlagert von einer Menschenmenge, die die Insassen beschimpfte. Die Polizei musste zum Schutz der Wageninsassen einschreiten. Man brachte sie aufs Revier, das sie, nachdem man sie über den Unfallhergang befragt hatte, wieder verlassen durften.

St. John Gaffney ist eine bekannte Persönlichkeit aus New York, wohnhaft auf der Riverside Drive Nummer 41, Ecke Morristown, N.Y. Er war eng befreundet mit Charles Steward Parnell und gilt als ebenso prominenter wie einflussreicher Republikaner. Er betreibt eine Anwaltskanzlei auf dem Broadway Nummer 52.

Die Bay-Route

Erst gegen Morgen betrat Hansheinrich das Zimmer mit einem Blumenstrauß in der einen und einer Tasse heißen Tee in der anderen Hand und verkündete, wir müssten uns beeilen, um den Zug nach Windhuk zu erreichen. Er besaß die beneidenswerte Fähigkeit, am Morgen nach einer durchzechten Nacht frisch zu wirken wie eine Rose, und ich brachte es fertig, meinen verletzten Stolz herunterzuschlucken und meinen Mann zu begrüßen, als hätte ich seine Abwesenheit gar nicht bemerkt.

Der Bahnhof sah aus wie eine der kleinen Bergstationen in Deutschland, nur dass sich auf den Bahnsteigen in Swakopmund eine buntgewürfelte Menschenmenge aus afrikanischen Trägern, Militärs in Kolonialuniform und Zivilisten beiderlei Geschlechts mit Koffern, Proviantbeuteln und Schnapsflaschen tummelte, mit denen die Passagiere sich die Langeweile einer langen Reise zu vertreiben gedachten. Glücklicherweise waren die Abteile der ersten Klasse recht geräumig, und in unserem reisten nur vier Personen. Außerdem konnten wir im vorderen Bereich des Waggons auf einen kleinen überdachten Balkon hinaustreten, um frische Luft zu schnappen.

Wenngleich unverkennbar ein deutsches Fabrikat, erinnerte die Dampflok mit ihrem rauchenden Schornstein ein wenig an die Loks aus dem Wilden Westen Amerikas. Als kleines Mädchen hatte Großvater Frederick mich auf eine Fahrt mit der *Santa Fe-Topeka Railway* ins Grenzgebiet mitgenommen, und an diese in den Fotoalben und auf Postkarten festgehaltenen Szenen, die mein Großvater von der Reise aufbewahrt hatte, erinnerte mich nun viele Jahre später die Landschaft in Südwestafrika. Die Eisenbahnlinie von Swakopmund folgte der alten Strecke ins Landesinnere, die die ersten Händler die Bay-Route genannt hatten, obwohl ihr ursprüngliches Ziel der englische Seehafen Walvis Bay gewesen war, der später zu einer Enklave an der Küste der deutschen Kolonie wurde.

Auf dem ersten Streckenabschnitt war nur wenig durch das Abteilfenster zu sehen, da das Morgenlicht es schwer hatte, den dichten Nebel zu durchbrechen. Als wir die erste Anhöhe erreichten und den Dunstnebel hinter uns gelassen hatten, passierten wir einen Baustellenbereich, wo ein Trupp afrikanischer Arbeiter im bläulichen Schein mehrerer Acetylenlampen den Graben aushob, in dem die Schienen eingelassen wurden. Selbst im Halbdunkel fiel mir die extreme Magerkeit der Zwangsarbeiter auf, unter denen sich auch bis auf die Knochen ausgemergelte Frauen und Kinder befanden. Mehrere bewaffnete Soldaten überwachten die Arbeit dieser armen Teufel, die an den Füßen angekettet waren. Jenes düstere Bild sollte sich mir für ewig einprägen.

Später überflutete ein intensives orangefarbenes Licht eine kahle Hochebene, auf der die Felsformationen unwirkliche Schattierungen zeigten – ein Landschaft, die mich an die Bilder der flämischen Maler denken ließ, auf denen die Halluzinationen irgendeines heiligen Eremiten dargestellt waren, der nicht weniger abgezehrt war als jene Arbeiter, die ich zuvor gesehen hatte.

Je weiter wir Swakopmund hinter uns ließen, desto greller wurde das Wüstenlicht, das eine majestätische, von tiefen Schluchten durchfurchte Einöde enthüllte, wo kleine Eisenstege steinige Taleinschnitte überbrückten. Mit wachsender Entfernung von der Küste war die Temperatur erheblich angestiegen, und alle Schals und Mäntel, die wir beim Aufbruch in Swakopmund noch zum Schutz gegen die kühle Meeresluft benötigt hatten, waren plötzlich überflüssig geworden.

Gegen Einbruch der Dämmerung erreichten wir Karibib, ein Dorf aus weißgetünchten Hütten mit Wellblechdächern, das noch die Spuren der von den Aufständischen im letzten Krieg gelegten Brände zeigte. Mehrere Provinzrouten liefen hier zusammen, und einige Passagiere stiegen hier um, darunter auch Frau Müller, die ich auf dem Schiff kennengelernt hatte. Wir waren einmal ins Gespräch gekommen, als wir uns auf dem Zwischendeck die Beine vertraten. Dort hatte sie mir grauenerregende Details von der Rebellion der Hereros erzählt, die ohne Vorwarnung Farmen überfallen und viele Weiße erschlagen hätten, die bis dahin ihre Herren und Aufseher gewesen seien. Zum ersten Mal seit Kriegsende kehrte Frau Müller nun in die Kolonie zu ihrem Mann zurück, von dem sie voller Ehrfurcht sprach. Sie konnte den Moment kaum erwarten, wieder bei ihm zu sein und ihm beim Wiederaufbau der Farm zu helfen, die sie nach den Kämpfen halb zerstört hatten zurücklassen müssen. Ähnlich wie bei Herrn Stauch beeindruckte mich die Entschlossenheit dieser Frau, sich in einem so fernen Land eine neue Existenz aufzubauen – und das, obschon sie hier während des Krieges zwei ihrer Kinder in zartem Alter verloren hatte.

Von meinem Abteil aus konnte ich sehen, wie die schwarzen Träger Gepäckbündel und Arbeitsgeräte aufhäuften, die Frau Müller aus Deutschland mitgebracht hatte, um die im Krieg zerstörten Dinge zu ersetzen. Nach und nach leerte sich der Bahnsteig, bis nur noch Frau Müller dort auf ihren Gepäckstücken saß und darauf hoffte, jeden Moment den Wagen ihres Mannes auftauchen zu sehen. Als das Pfeifen der Lok die unmittelbare Abfahrt des Zuges verkündete, saß meine Freundin immer noch allein auf dem Bahnsteig. Und während der Zug sich langsam in Bewegung setzte und der Bahnhof immer ferner rückte, krampfte sich mir das Herz zusammen bei dem Gedanken, dass Frau Müller in diesem einsamen Nest mitten im Nichts zurückblieb. Ich machte Anstalten, mich zu erheben, doch Hansheinrich hielt mich zurück, indem er sanft meine Hand ergriff. Als ein in Karibib zugestiegener Farmer mit gewaltigem Schnäuzer mitbekam, dass wir uns für Frau Müller interessierten, kaute er auf seiner Zigarre herum und erklärte uns:

»Frau Müller kann dort warten bis zum Sankt-Nimmerleins-Tag, ihr Mann wird sie nicht abholen. Nach Kriegsende hat er sich nämlich mit der Mulattin aus Rehoboth eingelassen, die bei ihnen als Haushälterin arbeitete. Mittlerweile tollen mehrere dunkelhäutige Kinder auf ihrer Farm herum.« Er seufzte – aus Entrüstung oder Mitleid. »Sie sollte diese Geräte besser einem anderen weißen Farmer verkaufen, der sie gebrauchen kann, denn wenn einer von uns sich mit einer Farbigen einlässt, vergisst er im Nu, wie man die Instrumente der Zivilisation benutzt.«

Ich tat so, als belästigte mich der Zigarrenqualm, und hustete übertrieben heftig, um mich auf den kleinen Balkon zu entfernen, von wo aus ich in der Ferne Frau Müller schemenhaft auf ihrem Gepäckstapel sitzen sah wie eine im Abendrot schimmernde Bronzestatue auf ihrem Sockel.

Von nun an führte die Eisenbahnlinie durch eine weite Savanne mit gelblichem Gras. Hier und da wurde die baumlose Landschaft von dornigen Büschen oder kleinen Akazienwäldern gesprenkelt, und bisweilen erkannte man auf den kräftigen Ästen riesige Strohnester, die von Hunderten buntgefiederter Bienenfresser durchlöchert worden waren. Der Reisende mit dem Schnauzbart, der, als er uns Englisch reden hörte, die Rolle des Fremdenführers übernommen hatte, zeigte durchs Fenster auf eine Herde kleiner Antilopen mit graubraunem Rückenfell und weißgestreiftem Bauch, die, von der vorbeifahrenden Lok aufgeschreckt, davonpreschten und im vollen Lauf Luftsprünge bis mehrere Spann breit über den Boden vollführten, als seien ihre dünnen Beinchen mit Sprungfedern versehen.

»Springböcke!«, erklärte der schnauzbärtige Herr. »Das beste Wildfleisch: Springbocksteaks!«

Zur einen Seite erstreckte sich die Ebene weiter, als das Auge reichte, und zur anderen verlief die Eisenbahnstrecke parallel zu einer Bergkette mit tiefen Zerklüftungen und steilen Felswänden, zwischen denen Kakteenstauden und blühende Büsche wuchsen. Auf einem der Felsvorsprünge entdeckte ich einen Kudu, eine Antilope mit gewundenen Hörnern, von der ich bereits Abbildungen in Jagdbüchern gesehen hatte. Doch die Schönheit des graubraunen Fells, das die malvenfarbigen Schattierungen der Morgendämmerung aufnahm, und die stolze Pracht der spiralförmigen Hörner wirkten in natura hundertmal imposanter als auf einem Foto. Verzückt betrachtete ich die Eleganz des Tieres, das seinen Hals leicht in unsere Richtung neigte und seine fächerförmigen Ohren in einer Mischung aus Entsetzen und Faszination aufstellte, um dem Dröhnen der vorbeiratternden Lok zu lauschen.

Doch meine Freude währte nur kurz, denn plötzlich wurde der Lärm der Lok durch den Knall eines Gewehrschusses übertönt, und schon zuckte der Kudu unter der Wucht des Treffers zusammen und stürzte von seinem Aussichtspunkt auf dem Felsen in die tiefe Schlucht. Jemand hatte aus dem Fenster eines anderen Waggons heraus geschossen und damit dem Leben jener Antilope, deren Trophäe keinem nützen würde, ein Ende gesetzt. Ihr Kadaver lag jetzt sicherlich zerschmettert am Boden der Schlucht und diente einzig den Aasfressern zum Festschmaus.

Ich fragte mich, ob das die Art des weißen Mannes war, allen Lebewesen auf dem afrikanischen Kontinent, seien es nun Tiere oder Menschen, seine Überlegenheit zu beweisen. Dann flüchtete ich mich wieder in meine Reiselektüre, ein Buch von Peter Moore: *Fahrt nach Südwest*. Es waren die realen oder fiktiven Erinnerungen eines Freiwilligen aus dem Kolonialkrieg, die nach ihrer Veröffentlichung in Deutschland für einige Furore gesorgt hatten, da der Autor darin das Recht der kolonialen Schutzmacht, den Aufstand der Eingeborenenstämme gewaltsam niederzuschlagen, in Frage stellte.

Doch nach einer Weile ließ mich ein heller Lichtschein, der durch das Abteilfenster hereinfiel, von meiner Lektüre aufblicken. Am Horizont hatten sich schwere bleigraue Wolken zusammengebraut, die sich vom saftigen Grün der Hügel gespenstisch abhoben. Vor dieser melodramatischen Opernkulisse erleuchteten gewaltige Blitze jäh die wie ein Vorhang niederprasselnden Wassermassen eines tropischen Platzregens. An den Berghängen waren die kleinen Bäche zu reißenden Strömen angeschwollen, die sich als spektakuläre Wasserfälle in die Schluchten hinabstürzten. Nach dem Anblick des Kudu auf dem Felsvorsprung war dies das zweite überwältigende Schauspiel meiner noch frischen afrikanischen Erfahrungen.

Der bärtige Gelehrte

Infolge einer kuriosen Gedankenverknüpfung rief das Dröhnen der Donnerschläge und das Aufleuchten der Blitze die Erinnerung an eine Geschichte in mir wach, die Hansheinrich einige Monate zuvor widerfahren war, kurz nachdem wir offiziell unsere Verlobung bekanntgegeben hatten.

Wir hatten gemeinsam die Eltern meines Verlobten auf ihrem Landsitz in Oberlößnitz-Radebeul in der Nähe eines Dorfes namens Ebenrecht besucht. Nach dem Mittagessen im Haus meiner zukünftigen Schwiegereltern mit der gesamten Familie Hansheinrichs unternahmen wir einen Ausflug in das benachbarte Dorf, wo eine Kirmes gefeiert wurde. Die typische Ausgelassenheit solcher Volksfeste – auf denen das Bier in Strömen fließt – wirkte ansteckend, und im Takt von Walzer, Polka und anderen eingängigen Rhythmen tanzten wir bis in den Abend hinein. Bis schließlich im letzten Schein der Dämmerung leuchtende Feuerwerkskörper über unseren Köpfen explodierten und den Himmel erstrahlen ließen. Einige glühende Funken regneten auf das Publikum nieder, das diese zusätzliche Aufregung genoss und die Explosionen mit seinem Getöse übertrumpfte.

Doch als ich Hansheinrich anschaute, bemerkte ich, dass sein Gesicht plötzlich erbleicht war, und sein Arm legte sich so fest um meine Taille, dass es schmerzte. Dann packte er mich bei der Hand und zog mich auf einem Weg durch die Menge, der in den Wald mündete. Wir rannten zwischen wuchtigen Baumstämmen umher, drohten ständig, über irgendein Hindernis zu stolpern, und hielten erst inne, als wir an einen Fels mit einer tiefen Mulde gelangten. Einen Moment lang dachte ich, Hansheinrich habe mich von der Menge weglocken wollen, um mit mir allein zu sein und mir im Dunkeln einen Kuss abzutrotzen. Doch als ich meinen Kopf an seine Brust legte, spürte ich, dass sein Herz heftig schlug, und bemerkte im aufflackernden Licht der Feuerwerkskörper seinen beinah panischen Gesichtsausdruck. Er stammelte Wörter und Sätze auf Deutsch, deren Sinn ich anfangs nicht zu entschlüsseln vermochte. Später verstand ich, dass es Kommandos waren, wie in einer Situation höchster Gefahr: »Sie kreisen uns von allen Seiten ein, wir sollten zum Rückzug blasen! Wir müssen zurück zum Fluss ...! Lasst das Geschütz hier, die Zugpferde haben sie getötet, aber entfernt den Zündbolzen, nicht dass diese Lumpen es noch gegen uns wenden! Mein Gott, noch ein Verwundeter, nur raus hier!«

Ich schmiegte mich mit meinem ganzen Körper an ihn, und schon bald normalisierte sich sein Pulsschlag, und er hörte auf, zusammenhangsloses Zeug zu stammeln. Wir blieben eine ganze Weile eng umschlungen an der Felsmulde, bevor wir schließlich dorthin zurückkehrten, wo die Pferdekutsche auf uns wartete.

Der Zwischenfall hatte keinerlei Auswirkung auf unsere Beziehung, denn damals war ich noch zu sehr geblendet von meinem Bräutigam und entzückt, in eine so vornehme Familie einzuheiraten, die eine enge Beziehung zum Kaiserhof pflegte. Immerhin stellte ich mir die Frage, ob Hansheinrich mich womöglich mit irgendeiner dunklen Seite seines Charakters überraschen würde, wenn wir erst einmal verheiratet wären. Jedenfalls dachte ich, es würde uns beiden guttun, ein paar Tage von unserer intensiven Beziehung auszuruhen. Daher nutzte ich die Gelegenheit, als ich ein spezielles Jagdgewehr in Wien abholen sollte, das Hansheinrich – als Ersatz für eines, das er während des Krieges in Afrika verloren hatte – bei einem Waffenschmied dort in Auftrag gegeben hatte, und verließ Dresden mit einem gewissen Gefühl der Erleichterung, wenngleich in der Überzeugung, dass ich noch verliebter in meinen Bräutigam zurückkehren würde.

Doch als ich in Wien ankam, erlag ich der Versuchung, gegenüber meiner österreichischen Freundin, der Gräfin Eli von Schönborn, die Zweifel zu erwähnen, die mich hinsichtlich des Charakters meines Bräutigams befallen hatten. Meine Freundin Eli gehörte zu den Menschen, die Spaß daran haben, das Leben anderer zu regeln. Sie hielt es für zwingend notwendig, es gewissen prominenten Wiener Damen gleichzutun und die Praxis eines herausragenden, mir allerdings unbekannten Arztes aufzusuchen, der sich damals mit seinen neuen Methoden in der Psychoanalyse einen Namen machte. Was meine Freundin mir nicht gesagt hatte, war, dass die reichlich unkonventionellen Methoden jenes Spezialisten in akademischen Kreisen ebenso viel überschwängliches Lob wie erbitterte Kritik auslösten.

Als täten wir etwas Verbotenes, setzte uns Schönborns Kutsche am Hotel Sacher ab, von wo aus wir uns in einer Mietdroschke in die Berggasse 19 zu einem kleinen Hotel aufmachten, das gut einen neuen Anstrich vertragen hätte. Als uns dann aus dem Hauseingang auch noch ein kräftiger Sauerkrautgeruch entgegenschlug, mutmaßte ich, dass meine Freundin sich in der Adresse geirrt hatte. Aber nein, in diesem ein wenig düster wirkenden Haus führte Professor Sigmund Freud tatsächlich seine Praxis.

Doktor Freud empfing mich in einem engen, schlecht beleuchteten Sprechzimmer. Ich weiß nicht mehr, ob dort in einer Ecke die Couch stand, die später so berühmt werden sollte, jedenfalls hieß er mich, auf einem Stuhl ihm gegenüber Platz zu nehmen, ohne mir auch nur anzubieten, den Mantel abzulegen, wofür ich ihm allerdings fast dankbar war, denn es war reichlich kühl. Weder der Ort, an dem er seine Behandlung zelebrierte, noch die liederliche Erscheinung des Arztes – dessen Kittel am Kragen leicht ausgefranst war – wirkten auf mich sehr vertrauenerweckend. Was mich allerdings beeindruckte, war der Blick des Doktors, denn Freuds dunkle Augen schienen wie dafür geschaffen, in sein Gegenüber hineinzuschauen.

Da Eli mir bereits angekündigt hatte, dass es zu den Methoden der Psychoanalyse gehörte, den Patienten in Hypnose zu versetzen, beeilte ich mich zu erklären:

»Ich sage Ihnen gleich, Doktor, dass ich mich aufgrund einer schlechten Erfahrung in meiner Kindheit auf keinen Fall irgendeiner Art von Hypnose unterziehen will.«

Ich hatte diese Worte noch nicht ganz ausgesprochen, da wurde mir klar, dass eine solche Ankündigung als Ausdruck von Misstrauen verstanden werden konnte, doch der Doktor verzog lediglich den Mund zu einem flüchtigen Lächeln, während er einen Blick in die Karteikarte mit meinem Namen warf, die sein Assistent für ihn vorbereitet hatte.

»Sie brauchen sich keine Sorgen zu machen, Fräulein Humphreys, in den ersten Sprechstunden greife ich nie zur Hypnose. Übrigens kommt mir Ihr Familienname bekannt vor, haben Sie zufällig etwas mit dem Doktor Humphreys zu tun?«

Als ich ihm erklärte, der Herr sei mein Großvater, nickte Freud und sagte: »Er war ein großer Erneuerer hinsichtlich der Herstellung homöopathischer Arzneimittel. Als jemand, der in einem anderen Bereich der Medizin ebenfalls versucht eine neue Bresche zu schlagen, halte ich große Stücke auf Ihren Großvater.«

Ermutigt durch die wohlwollende Reaktion des Doktors, wagte ich es, ihm gegenüber offen zu sein:

»Bevor wir anfangen, muss ich Ihnen gestehen, dass ich nicht hergekommen bin, weil ich selbst eine Behandlung brauche … Ich habe Sie aufgesucht, um mit Ihnen über meinen Verlobten zu reden.«

Der Doktor starrte mich an, während er sich mit dem Zeigefinger das Brillengestell auf der Nase zurechtrückte.

»Obwohl ich häufig Dinge zu hören bekomme, die aus dem Rahmen fallen, versichere ich Ihnen, dass Sie die Erste sind, die mich bittet, eine Diagnose indirekt über eine Mittelsperson zu erstellen«, sagte er mit einem leichten Stirnrunzeln, weshalb ich schon fürchtete, er würde die Sprechstunde für beendet erklären. Doch vielleicht aus Respekt vor dem Andenken meines Großvaters oder aus Freundschaft zu Gräfin von Schönborn wollte er sich bemühen, mir entgegenzukommen.

»Nachdem Sie nun schon nach Wien gereist sind, nur um mich zu sehen, will ich nicht, dass Sie diese Chance verpassen. Erklären Sie mir bitte, unter welchen Symptomen Ihr Verlobter leidet?«

»Es würde mir schwerfallen, die Symptome in Worte zu fassen, aber er muss irgendeine schlimme Erfahrung während seines Kolonialdienstes gemacht haben, als er in Afrika als Artilleriehauptmann gegen die Aufständischen kämpfte. Mir gegenüber hat er nie etwas von diesem Vorfall erwähnt, so als wollte er diese Phase seines Lebens einfach vergessen.«

Freud hatte inzwischen ein Notizheft hervorgeholt und begann mitzuschreiben wie ein eifriger Schüler, der dem Diktat folgt.

»Sollte sich Ihr Verlobter während seines Militärdienstes etwas zuschulden kommen lassen haben, würde es mich nicht wundern, wenn er versuchte, diesen Fehltritt der Person zu verheimlichen, die er zu heiraten gedenkt. Er möchte vor Ihnen nicht das Gesicht verlieren und womöglich Ihre Beziehung gefährden«, sagte er schließlich.

»Ja, aber es ist doch äußerst merkwürdig, dass er mir vorgeschlagen hat, mit ihm nach Südwestafrika zu gehen, um dort zu leben, wo es ihm doch sicher schwerer fallen wird, sich seiner Vergangenheit zu entziehen und zu vermeiden, dass ich von dem Vorfall erfahre.«

»Es überrascht mich nicht, dass Ihr Verlobter an den Ort seines Scheiterns zurückkehren will. Offenbar möchte er das Ereignis, das ihn traumatisiert hat, noch einmal durchleben, um seinen Komplex zu überwinden. Und wie steht es mit Ihnen, behagt Ihnen die Vorstellung, in Afrika zu leben?«

»Ich denke, fernab in der Wildnis zu leben, frei von jeglicher gesellschaftlicher Konvention oder Reglementierung, ist die beste Voraussetzung für ein gutes Gedeihen unserer Beziehung. Allerdings wird mir ein wenig bang bei dem Gedanken, dieses neue Leben gleich mit dem Damoklesschwert einer belasteten Vergangenheit über unseren Köpfen zu beginnen.«

»So oder so kann ich Ihnen versichern, dass mir das Verhalten Ihres Verlobten vollkommen logisch erscheint. Was Ihr Verlobter versucht, auch wenn er es vielleicht selbst nicht weiß, ist, sich den verdrängten emotionalen Schock wieder bewusst zu machen. Wenn er einverstanden wäre, sich einer Analyse zu unterziehen, könnte ich ihm möglicherweise bei diesem Prozess behilflich sein.«

Ich begriff nicht so recht, wovon der Doktor redete, doch ich war mir absolut sicher, dass Hansheinrich nicht einmal im Zustand der Amnesie bereit gewesen wäre, dieses düstere Treppenhaus hinaufzusteigen, in dem es nach Sauerkraut stank, um die Praxis des Pioniers einer wenig anerkannten medizinischen Disziplin aufzusuchen. Freud muss wohl erraten haben, was mir durch den Kopf ging, denn er machte sich die Mühe, mir darzulegen, was er gemeint hatte.

»Es ist anzunehmen, dass die schlimme Erfahrung, die Ihr Bräutigam während des Krieges gemacht hat, einen so starken innerlichen Abscheu bei ihm erregt, dass er, um das ertragen zu können, gezwungen war, es ins Unterbewusstsein zu verbannen, von wo es jetzt wieder an die Oberfläche drängt. Die unterdrückten Triebe kämpfen sich auf verschiedenen Wegen, vor allem mit Hilfe der Träume, aus den Tiefen des Unterbewusstseins wieder hervor.«

Als er merkte, dass ich seinen Erläuterungen nicht ganz folgen konnte, versuchte der Doktor, sie mir mit Begriffen zu veranschaulichen, die mir vertrauter waren.

»Stellen Sie sich das Unbewusste vor wie einen großen Salon, wo die Gäste die Impulse oder Erinnerungen darstellen, die versuchen, sich der Aufsicht eines Kammerherrn – welcher in diesem Fall der innere Abscheu ist – zu entziehen und in einen anderen Raum zu wechseln, wo sie mehr Platz und Freiheit erlangen. Das ist der Vorraum des Bewusstseins. Die Erinnerungen, die vom Kammerherrn abgewiesen werden, können sich in Komplexe verwandeln, und diejenigen, denen es gelingt, der Überwachung durch den Zerberus zu entkommen und in den anderen Raum zu wechseln, treten vielleicht wieder auf die Ebene des Bewusstseins, welches das Ich von diesem unterdrückten Impuls befreien kann.«

Allmählich begannen mich die Analysen des Doktors ein wenig zu langweilen, da mir seine Überlegungen zu spitzfindig erschienen, um den Gedanken eines Hauptmanns der Artillerie gerecht zu werden, dessen einziges Problem darin bestand, dass er bei einer militärischen Auseinandersetzung versagt hatte. In dem Moment fiel mir der Vorfall auf der Kirmes in Ebenrecht wieder ein, als das Krachen der Feuerwerkskörper Hansheinrich an den Gefechtsdonner erinnert hatte. Wahrscheinlich hätte ich dem Doktor von dieser Erfahrung erzählen müssen. Doch jenen Augenblick der Schwäche meines zukünftigen Gatten einem Fremden zu offenbaren, wäre mir wie ein Verrat vorgekommen, weshalb ich unter dem Vorwand, noch eine andere Verpflichtung zu haben, die Sprechstunde für beendet erklärte und Eli Schönborn im Wartezimmer abholte, die völlig überrascht war, mich nach so kurzer Zeit schon wiederzusehen.

Mir entging nicht, dass Doktor Freud ziemlich irritiert war, dass ich unser Gespräch so abrupt beendete. Mich beschlich das Gefühl, er hätte gern noch ein wenig tiefer in der Wunde gewühlt, die der Krieg meinem Bräutigam zugefügt hatte. Dennoch bereute ich meinen Besuch in der Berggasse nicht, denn, wenngleich dieses Gespräch mir keinerlei neue Erkenntnis hinsichtlich meiner Beziehung zu Hansheinrich gebracht hatte, bestärkte es mich zumindest in meiner Absicht, ihn nach Südwestafrika zu begleiten, um ihm bei der Verarbeitung jenes traumatischen Erlebnisses zur Seite zu stehen.

Die Hauptstadt der Kolonie

Der Ort, an dem man Windhuk errichtet hatte, entbehrte nicht eines gewissen malerischen Charmes, doch seine Lage – er war umgeben von hohen Bergen, die wie die Mauern einer Festung emporragten – ließ darauf schließen, dass man ihn gewählt hatte, weil er als Zuflucht und Bollwerk gedacht war. Bereits vor der Zeit der deutschen Kolonialisierung, während der anhaltenden Kämpfe der Stämme aus dem Norden gegen die im Süden, hatte dieser Ort dem einen oder anderen Stammesoberhaupt als Stützpunkt gedient. Einer der Herero-Kapitäne war es gewesen, der dem ersten Heeresleiter der Kolonialmacht, einem gewissen Hauptmann von François, die Erlaubnis erteilte, dort eine Festung zu errichten, damit die weißen Soldaten ihm halfen, die ständigen Angriffe der Hottentottenstämme aus dem Süden abzuwehren, die ihnen die Herrschaft über das Weideland und die Viehherden streitig machten.

Nach mehreren Erweiterungen und Reparaturen war die Feste immer noch das auffälligste Wahrzeichen der Stadt. Der massive Bau aus Backstein und Zement mit seinen vier Zwillingstürmen wirkte ein wenig beklemmend – ein Eindruck, der sich verstärkte, wenn man sah, dass sich auf dem Gelände, das sich vor den Mauern erstreckte, die Baracken eines großen, mit Stacheldraht eingezäunten Kriegsgefangenenlagers drängten.

Der Hügel, auf dem die Festung aufragte, teilte die Stadt in zwei Sektoren: Im Westen lag Klein-Windhuk, wo sich noch vor der Stationierung der Truppengarnison die ersten Siedler niedergelassen und die katholischen Priester Gärten angelegt hatten, um die Warmwasserquellen aus den Bergen zu nutzen. Im Osten breitete sich Groß-Windhuk aus, die Neustadt mit den Geschäftshäusern und dem Sitz der zivilen Kolonialverwaltung, dem sogenannten *Tintenpalast*.

Das Hotel Kaiserkrone, wo wir logierten, ging auf die Hauptstraße, die Kaiser-Wilhelm-Straße, hinaus. Unzählige mit Waren und Schafen oder Ziegen vollgeladene Ochsenkarren waren zum Markt für Lebensmittel und Vieh unterwegs, der auf dem »Außenplatz« stattfand. Auf der Kaiser-Wilhelm-Straße patrouillierten außerdem unentwegt Truppen der Kavallerie. Wenngleich Berlin den Krieg gegen die aufständischen Eingeborenenstämme Ende März, wenige Wochen vor unserer Hochzeit, offiziell für beendet erklärt hatte – was Hansheinrichs Kameraden an einem dieser Abende im Klub der Artillerie, an denen am Ende alle betrunken waren, ausgiebig gefeiert hatten –, hielten sich vereinzelte Widerstandsnester hartnäckig entlang der Grenzen im Süden und im Osten des Territoriums. Manche Eingeborenenhäuptlinge hatten in diesem Gebiet Unterschlupf gefunden und verübten handstreichartige Überfälle auf Garnisonen oder abgelegene Farmen, was ein Klima der Unsicherheit in jener Gegend schuf.

In den Hotels, den Wirtschaften und Kaufläden der Hauptstadt kannten die Menschen kein anderes Gesprächsthema als die Folgen des Konflikts und die Klage über die durch die Vernichtung der Farmen und des Viehs erlittenen Verluste. Die Beharrlichkeit dieser Klage war mir nicht geheuer, fast mochte man denken, dahinter verberge sich das schlechte Gewissen der Kolonialgesellschaft, der zivilen wie der militärischen. Durch meine Lektüre des Buchs von Peter Moore wusste ich, dass die deutschen Truppen im Norden des Landes sich nicht damit begnügt hatten, den Aufstand der Hereros niederzuschlagen, sondern dass sie die gegnerischen Überlebenden in die grausame Omaheke-Wüste getrieben hatten, wo die Alten, Frauen und Kinder des Stammes auf jämmerliche Weise verhungert und verdurstet waren.

Neben diesem leicht bedrückenden gesellschaftlichen Klima bemerkte ich, als ich in Windhuk begann, in militärischen Kreisen zu verkehren, dass viele seiner Waffenbrüder Hansheinrich wie Luft behandelten, während sie mir immer mit ausgesuchter Höflichkeit begegneten. Außerhalb der Offiziersklubs hingegen verhielt sich die Kolonialgesellschaft uns gegenüber äußerst zuvorkommend, man könnte fast behaupten, die Leute rissen sich darum, der Gattin des Barons von Wolf vorgestellt zu werden. Obwohl Hansheinrich einer militärischen Adelsfamilie entstammte und sein Vater es bis zum Kammerherrn des Sachsenkönigs gebracht hatte, wusste ich, dass wir nicht das Recht hatten, diesen Adelstitel zu tragen. Doch in meinem kindlichen Wunsch nach Respekt und Anerkennung in dieser neuen Umgebung ließ ich mich dazu hinreißen, mich mit »Baronin« anreden zu lassen.

In Dresden hatte ich kaum Gelegenheit gehabt, mich im Deutschen zu üben, da man in diplomatischen Kreisen entweder Französisch oder Englisch sprach. Und die Tatsache, dass Hansheinrich sich über meine deutsche Aussprache lustig machte, erleichterte mir das Deutschlernen nicht unbedingt – anstatt mir zu helfen und meine Fehler zu korrigieren, verständigte er sich mit mir ausschließlich auf Englisch, selbst im Beisein von Leuten, die dieser Sprache nicht mächtig waren, was nachgerade an Unhöflichkeit grenzte. Außerdem zeigte mir dergleichen, dass mein Mann mich noch nicht richtig kannte, denn eine echte Herausforderung spornte mich an, über mich hinauszuwachsen.

Ich raffte mich dazu auf, in Hansheinrichs Abwesenheit Deutsch zu sprechen und kam auf diese Weise mit vielen Leuten ins Gespräch, die mir Dinge berichteten, die sie meinem Mann vielleicht nicht erzählt hätten. Dank meines Austauschs mit Kaufleuten und

Viehhändlern auf dem Markt am Außenplatz bekam ich eine genauere Vorstellung davon, was in der Kolonie vor sich ging, als durch meine Unterhaltungen mit Vertretern der Kolonialverwaltung, die bisweilen der Realität ferner schienen als der einfachste Farmer.

Das wichtigste Ziel unserer Übersiedelung nach Südwestafrika war, eine große Farm zu erwerben, die es ermöglichte, einen Viehzuchtbetrieb von höchstem Anspruch aufzubauen. Wir wollten Rassepferde aus England und anderen Ländern einführen und deren Erzeugnisse hierzulande verkaufen. In der gesamten Kolonie herrschte infolge der Verluste während des Krieges und einer verheerenden Rinderseuche, von der ein Großteil des Schutzgebiets heimgesucht worden war, ein erheblicher Viehmangel. Nach dem Sieg der deutschen Truppen hatte man die aufständischen Stämme enteignet und das Land in den Besitz der Krone überführt. Die Kolonialverwaltung war bereit, die Offiziere und Soldaten, die für die Befriedung des Landes gekämpft hatten, bevorzugt zu behandeln und den Kriegsveteranen die Ländereien zu einem vernünftigen Preis und guten Zahlungskonditionen anzubieten.

Kurz vor unserer Hochzeit hatten Hansheinrich und ich eine Art ritterlichen Pakt geschlossen – auch wenn mir dieser Ausdruck nicht sonderlich behagt: Unsere Vereinbarung besagte, dass ich mich, auch wenn ich den größten Teil dieser Unternehmung mit dem Vermögen meines Großvaters finanzieren würde, jederzeit aus dem Geschäft zurückziehen könnte, sobald mir Zweifel an dieser Investition kämen. Hansheinrichs Beitrag zu diesem Projekt war auf andere Weise wesentlich, zum einen besaß er wertvolle Erfahrungen im Bereich der Pferdezucht und kannte das Land, zum anderen hatte er als Veteran des Kolonialkriegs die Möglichkeit, das beste Land zum günstigsten Preis zu erwerben.

Bevor wir das Schiff nach Südwest bestiegen, hatte Hansheinrich mit hohen Staatsbeamten der Kolonialverwaltung in Berlin verhandelt und sichergestellt, dass wir Land in dem nötigen Umfang erhielten, um unseren Zuchtbetrieb aufzubauen. Doch als wir in Windhuk eintrafen, stellten wir sehr rasch fest, dass die Mühlen der lokalen Bürokratie unerträglich langsam mahlten und die Anweisungen in unserer Angelegenheit sich länger hinzogen, als unsere Überquerung des Ozeans es getan hatte.

Trotz ihrer totalen Abhängigkeit von der Nabelschnur nach Deutschland meinten die lokalen Verwaltungsbeamten, die Probleme im Land besser zu kennen als die Hauptstädter, und führten sich auf wie die Pharaonen einer auf Wüstensand gebauten Pyramide, stolz, über ein Gebiet zu herrschen, das um ein Vielfaches größer war als das Mutterland.

Während mein Mann durch die Korridore des *Tintenpalastes* eilte im Bemühen, die bürokratischen Vorgänge zu beschleunigen, und Telegramme nach Berlin sandte, damit die Lokalverwaltung erfüllte, was man uns im Ministerium zugesagt hatte, nutzte ich den milden Herbst, um in einem Zweispanner, den Hansheinrich gekauft hatte, Ausflüge in die Umgebung von Windhuk zu unternehmen.

Mein Mann hatte vorübergehend einen ehemaligen Feldwebel und Veteranen der Schutztruppe namens Victor Orlich als Kutscher und Garde de Corps eingestellt, der, von einem Granatsplitter getroffen, in der Beweglichkeit seines linken Arms eingeschränkt war. Orlich kannte die Gegend wie seine Westentasche, weshalb er als Fremdenführer überaus nützlich war. Obwohl Orlich nur ein paar Brocken Englisch sprach und ich zu der Zeit das Deutsche noch nicht recht beherrschte, schafften wir es, uns in einem schrecklichen Kauderwelsch zu verständigen.

Das Massaker von Hopefield

Eines Tages, als ich mich gerade für eine Spazierfahrt in der Kutsche fertig machte, fiel mir eine Mitteilung in der Lokalzeitung auf, den *Windhuker Nachrichten*, die ich zu lesen versuchte, um meine Deutschkenntnisse zu verbessern. In der Rubrik »Aktuelles« erfuhr ich, dass unweit der südlichen Grenze des deutschen Territoriums, in einem südafrikanischen Bergbaudorf namens Hopefield, ein schreckliches Verbrechen verübt worden war.

Ohne ersichtlichen Grund hatten farbige Arbeiter den weißen Minenaufseher und seine Familie im Schlaf überfallen und mit allem, was sie finden konnten, Steinen, Knüppeln, selbst mit einem hölzernen Joch, auf sie eingeprügelt. Der Aufseher erlag wenige Stunden nach dem brutalen Übergriff seinen Verletzungen, und ein anderes Opfer starb gleich an Ort und Stelle mit gespaltenem Schädel. Die Frau des Aufsehers konnte sich wie durch ein Wunder retten, mit ihrem Sohn auf dem Arm gelang es ihr, unbemerkt dem Chaos während des Überfalls zu entkommen.

Als die Mitglieder der Bande von der südafrikanischen Polizei gefasst wurden, erfuhr man, dass ein geistig verwirrter Schwarzer namens Hendrik Beeker zu dem Massaker angestiftet hatte – mit keinem geringeren Ziel, als alle in Südafrika lebenden Weißen zu eliminieren. Der Anführer der Bande sagte selbst vor dem südafrikanischen Gericht in Kimberley aus, die Mission, die Afrikaner vom Joch der Kolonialherrschaft zu befreien, sei ein Gottesauftrag. »Die Zeiten, in denen die Weißen das Sagen hatten, sind vorbei«, sagte Beeker. Er gestand außerdem, der Sekte der Äthiopischen Kirche Südafrikas anzugehören, und fügte hinzu: »Es wird nur in Afrika geschehen, aber Gott hat den Weißen überall auf der Welt die Macht entzogen.« Die Komplizen des Verbrechens, die dem Anführer im Glauben an seine Botschaft gefolgt waren, wurden mit ihm zum Tode verurteilt und sollten nun laut *Windhuker Nachrichten* gehenkt werden.

Am interessantesten an dieser Nachricht fand ich die Tatsache, dass die Polizei bei ihren Ermittlungen über Hendrik Beekers Hintergrund herausfand, dass er identisch war mit jenem visionären Propheten namens Shepherd Stürmann, der am Nama-Aufstand im Süden des Landes beteiligt gewesen war – in jenem Gebiet, wo mein Mann während des Krieges stationiert gewesen war. Dem Zeitungsbericht zufolge hatte der Prophet Stürmann den Entschluss des charismatischen Nama-Anführers Hendrik Witbooi, das zehn Jahre lang gewahrte Bündnis mit den Weißen aufzukündigen, entscheidend beeinflusst. Der Name Hendrik Witbooi war mir vertraut, denn in einer Vitrine auf dem Landsitz meiner Schwiegereltern in Oberlößnitz-Radebeul hatte ich einen mit einem großen weißen Tuch umbundenen Strohhut gesehen, der Witbooi gehört hatte und den Hansheinrich als Kriegstrophäe aus Südwestafrika mitgebracht hatte. Der Artikel endete mit den Worten, Stürmann sei, nachdem Hendrik Witbooi im Kampf gegen die Deutschen gefallen sei, nach Südafrika geflohen und habe dort eine andere Identität angenommen.

Da ich diesen Artikel noch einmal durchlesen wollte, verstaute ich ihn zusammengefaltet in meinem Mantel, um unseren Aufbruch nicht weiter hinauszuzögern. Doch als wir Hopefield erreichten und Halt machten, um mit herrlichem Blick auf die umliegenden Berge des Khomas-Hochlands zu picknicken, fiel mir die Zeitung aus der Manteltasche. Als Orlich sich danach bückte, blieb sein Blick an dem Artikel über Stürmann hängen. Ich lieh ihm die Zeitung aus, und während ich mich an dem Proviant gütlich tat, sah ich den Kutscher in die Lektüre des Artikels vertieft. Als er fertig war, gab er mir die Zeitung sorgfältig zusammengefaltet zurück und sagte mit bewegter Stimme:

»Ich habe den Propheten Stürmann und seine Gruppe von sechsunddreißig Gefolgsleuten gekannt. Ich musste im Tal des ausgetrockneten Auob-Flusslaufs gegen sie kämpfen. Stürmann und seine Männer waren an dem Gefecht an der Wasserstelle von

Groß-Nabas beteiligt, dem schlimmsten Kriegsschauplatz, den ich je erlebt habe. Während der Kämpfe waren Stürmanns fromme Jünger von Kopf bis Fuß weiß gekleidet, und sie duckten sich nicht einmal andeutungsweise, als sie die Kugeln pfeifend an sich vorbeifliegen hörten, wähnten sie sich doch von einer besonderen Kraft beschützt, die sie angeblich unverwundbar machte.«

Als ich das hörte, reichte ich Orlich die Flasche Rheinwein und bat ihn, was ich rückblickend vielleicht besser gelassen hätte, auf einem Felsblock in meiner Nähe Platz zu nehmen und mit seiner Schilderung fortzufahren.

Das Gefecht von Groß-Nabas

»Die Kompanie, der ich angehörte, verbrachte die Heiligabendnacht des Jahres 1904 in den Felsenbergen bei Kalkfontein, nördlich von Stampriet. Wir hatten einen riesigen Dornbusch mit weißer, aus der Sanitätskiste entwendeter Wundwatte wie eine Weihnachtstanne dekoriert und davor ein großes Lagerfeuer angezündet. Noch nie war ich so ergriffen gewesen wie an jenem Tag, als ich unter dem funkelnden afrikanischen Sternenhimmel, an dem hoch oben das Kreuz des Südens leuchtete, die rauen Stimmen der Soldaten *Stille Nacht, Heilige Nacht* singen hörte. Bis in den frühen Morgen tranken wir heißen Kakao, reichten den Rum, ein Geschenk der Offiziere, sowie Tabakbeutel und Zigarettenschachteln herum.

Doch trotz des vorübergehenden Trostes, den Rum und Weihnachtslieder spendeten, war uns völlig bewusst, dass einige von uns, die wir hier ums Lagerfeuer saßen und Hand in Hand Weihnachtslieder sangen, unter diesem Himmel ihr Grab finden würden. Am nächsten Morgen erhielten wir in aller Frühe den Befehl, uns der Division von Major Meister anzuschließen, die sich im Tal des ausgetrockneten Auob-Flusses in Richtung Süden in Marsch gesetzt hatte. Meister wollte die Truppenbewegungen in der Umgebung der Wasserstelle von Groß-Nabas unter dem Kommando von Hendrik Witbooi unterbinden. Wir beschleunigten unser Tempo, um die Division des Majors einzuholen, deren Nachhut die Geschütze der 5. Batterie mitführte.«

An diesem Punkt seiner Schilderung überkam mich eine Gänsehaut, denn ich hatte nicht vergessen, dass Hansheinrich kurz nach seiner Ankunft in Südwest als Artilleriehauptmann ebendieser Einheit zugeteilt worden war. Sollte Orlich mein Unbehagen bemerkt haben, dann wusste er es gut zu verbergen, denn er fuhr unbeirrt fort:

»Am ersten Tag des Jahres 1905 ging die Sonne wie ein riesiger Feuerball am Horizont auf, und wir, die wir in der Vorhut marschierten, sahen, wie das Flussbett sich weiterschlängelte zwischen steilen Erhebungen zu beiden Seiten. Die erfahreneren Soldaten erkannten sofort, dass wir in eine Falle marschierten. Das Tal von Groß-Nabas war hufeisenförmig, und obwohl es ja heißt, Hufeisen brächten Glück, versichere ich Ihnen, dass es in dem Fall kein gutes Omen war … Sobald wir, gefolgt von der 5. Batterie, das Tal betraten, ging aus allen vier Himmelsrichtungen Granatfeuer auf uns nieder. Unsere Feinde hatten sich hinter aufgeschichteten Steinen und Erdwällen verschanzt und befanden sich strategisch absolut im Vorteil. Das Getöse war so laut, dass die Kommandos der Offiziere im Gefechtslärm untergingen, und bald erlitten wir zahlreiche Verluste. Inzwischen stand die Sonne hoch am Himmel und die geballte Hitze in der trockenen Senke führte dazu, dass man sich Hände und Gesichtshaut an den glühend heißen Kieselsteinen des ausgetrockneten Flussbettes verbrannte, wenn man sich zu Boden warf. Als die Offiziere nach der ersten Verwirrung den Artilleristen der 5. Batterie den Befehl erteilten, die Geschütze in Stellung zu bringen, um das Feuer des Feindes zu erwidern, zogen sie ein so heftiges Kreuzfeuer auf sich, dass alle, die die Geschütze bedienten, sofort zu Boden gingen. Da gaben die Offiziere Befehl, die Kanonen zurückzuziehen oder zumindest die Schlagbolzen abzumontieren, um zu verhindern, dass sie vom Feind noch gegen uns eingesetzt würden, sollten sie ihm in die Hände fallen. Doch sobald sich jemand den Geschützen näherte, wurde er mit einem gezielten Schuss niedergestreckt. Leutnant Semper lag schwer verletzt am Oberschenkel neben dem Geschütz, weigerte sich jedoch, dass man ihn von dort wegschaffte, und brüllte: ›Ich will bei meiner Kanone sterben!‹ Und als ein Soldat versuchte, ihn aus der Schusslinie zu ziehen, schrie der Leutnant: ›Schieß doch endlich, du Idiot, mit mir geht es sowieso in wenigen Sekunden zu Ende!‹ Dank seines Heldenmuts konnten die beiden Geschütze davor bewahrt werden, dem Feind in die Hände zu fallen.

Da die Rebellentruppen den Zugang zu den Wasserstellen von Groß-Nabas kontrollierten, war unsere Wasserversorgung vollständig unterbrochen, und bereits am Nachmittag des 3. Januar machte sich ein weiterer unerbittlicher Feind bemerkbar: der Durst. Die Hottentotten waren über unsere schwierige Lage genauestens im Bilde und hielten über die Felsverschanzungen Ledersäcke voller Wasser hoch mit den hämischen Rufen: ›Du, Dütschmann, hier is stief Water! Hol es dir!‹ Einige von uns verloren vor lauter Durst den Verstand, und ich sah mit eigenen Augen, wie Oberleutnant Bollard-Blockenberg mit entblößter Brust auf den Feind zurannte und dann wenige Schritte vor dem Wasserloch im Kugelhagel zusammenbrach. Es galt mit aller Macht zu verhindern, dass weitere Soldaten und Offiziere vor Durst auf die gleiche Weise Selbstmord begingen.

Mit fortschreitender Nacht verloren die Hyänen und Kojoten, vom Aasgestank angelockt, die Furcht vor unserer Anwesenheit und fielen über die Leichen unserer Männer und die Tierkadaver her. Die Soldaten feuerten mit ihren Gewehren auf die Aasfresser, doch manchmal irrten sie sich, wenn sie ein Augenpaar in der Dunkelheit aufleuchten sahen, und trafen unsere eigenen Maultiere. Mit der Aussicht auf hohe Belohnungen überredeten wir die burischen Kutscher, kleine Schächte im Sand auszuheben, und nutzten die Dunkelheit, um unter uns, die wir an vorderster Front standen, ein paar Schlucke warmen, schlammigen Wassers zu verteilen, das wir gierig schlürften.

Aber noch gaben wir uns nicht geschlagen. Im Morgengrauen verließen Stürmann und seine Gefolgsleute ihre Verstecke mit den Rufen: ›Dütschmanns, hurra!‹ (womit sie unser Kriegsgeschrei nachäfften) und ›Schambock! Schambock!‹ (in Anspielung auf die Peitschen zur Züchtigung der Nama). Ihre makellos weißen Gewänder, die in der Dämmerung aufleuchteten, gaben ein perfektes Ziel ab, was die Soldaten der Kavallerie, die für die gefallenen Kameraden der Artillerie einsprangen, an den Geschützen der 5. Batterie ausnutzten. Wir schossen nicht eher, bis wir das Weiße ihrer Augen in den schwarzen Gesichtern aufblitzen sahen, und als der Offizier den Befehl gab, das Feuer zu eröffnen, schickte er mit einer einzigen Maschinengewehrsalve eine ganze Reihe jener Heiligen in einem Wirrwarr zerfetzter Gewänder, abgerissener Arme und schwarzer Köpfe mit verdrehten Augen auf direktem Weg in den Himmel. Die Hottentotten, die wir nicht ins Paradies verfrachtet hatten, ergriffen in wilder Panik die Flucht.

Unsere Befehlshaber nutzten die Gelegenheit zu einer letzten Verzweiflungstat. Als die Feinde uns mit in der Sonne blitzenden Säbeln vorwärtsstürmen sahen, verließen sie ihre Stellungen, wobei sie ihre ledernen Wassersäcke vergaßen, auf die wir uns gierig stürzten, bevor wir uns daranmachten, den Verwundeten in ihren Verschanzungen den Rest davon zu geben.

Am selben Abend konnten wir unseren Hunger mit gegrilltem Hammelfleisch und unseren Durst mit sauberem Wasser aus den Brunnen stillen. Doch leider häuften sich um die Wasserstellen von Groß-Nabas herum die Leichen unserer Kameraden. So ging das Jubelgeschrei der Division Meister unter im Ehrensalut des Beerdigungskommandos, bevor sie die Leichengruben zuschaufelten und auf das Sandgrab ein Holzkreuz setzten.

Während sich die feindlichen Truppen vorübergehend in die Kalahari-Wüste flüchteten, erzählte mir jemand, Stürmann sei nach dieser Niederlage nach Südafrika zurückgekehrt oder zumindest aus dem Grenzgebiet verschwunden. Hier sehe ich nun bestätigt, dass diese Information der Wahrheit entsprach.«

Am Ende des Tals begann die Silhouette der Khomas-Kordilleren sich dunkelviolett zu färben wie die Haut eines alten Büffels. Derweil ging ich Orlich beim Zusammenräumen der Essensreste zur Hand, und als hinter den bläulich schimmernden Bergen die ersten Sterne funkelten, machten wir uns auf den Rückweg in die Stadt.

Ich musste mich zusammenreißen, um den Kutscher nicht zu fragen, ob mein Mann an den Kämpfen bei Groß-Nabas teilgenommen hatte. Ich wusste, dass Hansheinrich, als er gegen Ende des Jahres 1904 das im Krieg befindliche Kolonialgebiet erreichte, mit der 5. Batterie der Artillerie in eine Garnison im Süden des Territoriums abkommandiert worden war.

Doch wenn das Gefecht bei Groß-Nabas in den ersten Januartagen des Jahres 1905 stattgefunden hatte, war es wenig wahrscheinlich, dass er daran beteiligt gewesen war. Im Übrigen hätte Hansheinrich, da alle Artillerieoffiziere, die dort mitgekämpft hatten, gefallen oder schwer verwundet worden waren, dieses Scharmützel nicht unbeschadet überstehen können, es sei denn, er hätte sich irgendwie der Gefahr entzogen.

Auob-Fluss, Stampriet, Groß-Nabas. Die Namen jener Orte blieben mir wie ein Brandmal im Gedächtnis haften, und ich ahnte, dass sie der Schlüssel für den Vorfall waren, den mein Mann aus seiner Erinnerung streichen wollte. Ich musste an mein Gespräch mit dem bärtigen Professor in Wien denken und an das Bild vom großen Salon des Unbewussten, in dem gewisse Erinnerungen versuchen, den Saaldiener oder Kammerherrn zu überlisten, um in einen kleineren Salon zu gelangen, den Vorraum des Bewusstseins. Ein Rest Rheinwein hatte dem Kutscher die Zunge gelöst und ihn dazu gebracht, die Pforten seiner Erinnerung zu öffnen; doch in Hansheinrichs Fall schien das sumpfige Wasser sehr viel tiefer zu liegen und war daher wohl schwerer wieder an die Oberfläche zu holen.

Für einen kurzen Augenblick dachte ich, ich hätte John Gaffney doch erlauben sollen, Nachforschungen über Hansheinrichs problematisches Kriegserlebnis anzustellen, doch dann verwarf ich diesen perfiden Gedanken wieder, denn über den Menschen, den man liebt, lässt man keine Erkundigungen einholen, als ginge es um eine Haushälterin, die man einstellen will.

Der Kolonialbeamte

Als wir in die Stadt zurückkehrten, erwartete mich Hansheinrich bereits ungeduldig in der Hotelhalle und machte Orlich Vorwürfe, weil er sich mit mir so weit von der Stadt entfernt hatte. Zum Glück war mein Mann gut gelaunt, da er am Nachmittag den für die Zuteilung der Farmen im Süden verantwortlichen Beamten namens Grassop im *Tintenpalast* hatte ausfindig machen und mit ihm einen Termin für den nächsten Tag vereinbaren können. Da er diesen Termin für wichtig hielt, bat Hansheinrich mich, ihn auf das Amt für Landvergabe zu begleiten.

Am nächsten Morgen verließen wir früh das Hotel und passierten die noch leeren Straßen von Windhuk in einer von Orlich gelenkten Kutsche, die Spuren im Raureif hinterließ, der sich auf dem Lehm der Hauptstraße gebildet hatte. Der frische Wind, der von den Bergen herabblies, kündete bereits vom nahen Winter in der südlichen Hemisphäre. Ich trug ein schlichtes dunkles Kostüm, und mein Mann hatte entschieden, in Zivil zu gehen, anstatt seine Uniform der Schutztruppe anzulegen, die ihm manche Türen zu öffnen, andere aber auch zu verschließen schien. Er trug eine graue

Weste mit einer goldenen Uhrkette quer über der Brust, eine weiße Strickjacke, dazu einen Spazierstock mit Elfenbeinknauf. Eine Mischung aus Schlichtheit und Eleganz, passend für ein Ehepaar, das danach trachtete, über ein großes Landgut zu herrschen, und mit dieser Aufmachung den Kolonialbeamten zu beeindrucken hoffte.

Doch als uns ein uniformierter Amtsdiener, nachdem man uns im kalten Flur des *Tintenpalasts* hatte warten lassen, durch endlose Gänge in das Büro von Herrn Grassop geführt hatte, blickte der Beamte kaum auf und hieß uns lediglich mit einer vagen Handbewegung, auf zwei wackeligen Stühlen Platz zu nehmen. Grassop brummte ein paar Worte der Entschuldigung im Namen des Oberlandmessers, Ingenieur Gorgens, der uns leider nicht empfangen könne, da er auf Reisen sei. Einem Ordner entnahm er eine dicke Akte, auf der mit roter Tinte in großen Lettern stand: »Anträge auf Grunderwerb«, und war eine ganze Weile damit beschäftigt, die Dokumente zu studieren, wobei seine Kehle einen ähnlichen Laut von sich gab wie ein Truthahn beim Verschlingen eines Wurms. Zu guter Letzt würgte er einen Teil der Information, die er verdaut hatte, wieder aus.

»Wie ich sehe, hat es schon einen regen Briefwechsel zwischen dem Kolonialministerium in Berlin und dem Distrikt Gibeon gegeben. Anscheinend waren Sie anfangs daran interessiert, Landbesitz im Auob-Flusstal in der Nähe von Stampriet zu erwerben.«

Dass Hansheinrich unsere Farm ausgerechnet in der Gegend kaufen wollte, wo die Kämpfe mit den Rebellen stattgefunden hatten, hörte ich zum ersten Mal, doch es gelang mir, nicht einen Gesichtsmuskel zu verziehen. Hansheinrich nickte lediglich mit dem Kopf.

»Richtig, richtig!«, fuhr der Beamte fort, »wie ich hier sehe, hat uns das Ministerium in Berlin gebeten, für bestimmte Personen Land zu reservieren, die Deutschland in Bälde verlassen würden und vermögend genug seien, um ein großes Stück Land zu erwerben, wo sie sich wahrscheinlich der Pferdezucht widmen würden. Obwohl Ihr Name hier nicht auftaucht, nehme ich an, dass es sich dabei um Sie handelt.«

Grassop nahm die Brille ab, um sie mit einem ziemlich schmutzigen Taschentuch zu putzen, bevor er sie wieder aufsetzte und uns durch die Gläser hindurch interessiert musterte. Ein kaum merkliches Aufblitzen in seinen Pupillen ließ mich vermuten, dass er vielleicht erkannt hatte, dass wir nicht ganz unbedeutende Persönlichkeiten waren. Zu guter Letzt schloss er die Akte und sagte, den Blick auf einen unbestimmten Punkt über unseren Köpfen gerichtet:

»Unglücklicherweise können wir Ihnen in der Region des Auob-Flusses keine Ländereien zuteilen«, und dann fügte er bedauernd hinzu: »Die meisten Landgüter in der Region wurden leider bereits anderen Antragstellern zugesichert!«

Am Klopfen der Spitze seines Spazierstocks auf dem Parkett merkte ich, dass Hansheinrich zutiefst verärgert war.

»In Berlin hat man mir zugesagt, dass Sie mit der Landverteilung bis zu unserer Ankunft warten würden. Hat man uns etwa extra herkommen lassen, nur um uns zu sagen, dass die Ländereien bereits verkauft sind?«

»Die Anträge zum Erwerb von Landbesitz müssen erst dem lokalen Distriktleiter vorgelegt werden, anschließend wird der Vorschlag im Windhuk geprüft, und dann wird die Zuteilung von Berlin genehmigt. Hier habe ich aber den Eindruck, dass man genau umgekehrt vorgegangen ist.«

Ich wusste, dass Hansheinrich aus der Haut fahren würde, und irrte mich nicht:

»Meine Frau und ich sind bereit, eine beträchtliche Investition zu tätigen, und haben die Reise von Europa auf uns genommen, weil man uns im Kolonialministerium versichert hat, man würde uns ein Terrain von etwa vierzigtausend Hektar für unser Projekt reservieren.«

»In Berlin versprechen sie manchmal Dinge, die sie nicht einhalten können, denn das Kolonialministerium hat verfügt, dass maximal zwanzigtausend Hektar Land im Süden des Schutzgebiets einem Besitzer zugeteilt werden dürfen. Es erstaunt mich, dass man Sie in Berlin nicht darüber aufgeklärt hat.«

»Ich kann Ihnen versichern, dass ich weder Deutschland mit meiner Frau den Rücken gekehrt noch meine einstweilige Entlassung aus der Kaiserlichen Artillerie beantragt hätte, wenn man mir das Gelingen der Transaktion in Berlin nicht zugesichert hätte.« Dann sagte mein Mann, vielleicht in der Annahme, der Beamte verstünde ihn nicht, auf Englisch: »Wir verlieren hier nur unsere Zeit mit diesem Schwachkopf; wir sollten wiederkommen, wenn sein Chef zurück ist.«

Ich erforschte Grassops Gesicht, um zu erraten, wie er auf diese beleidigenden Worte reagieren würde, falls er Englisch verstand, doch seine Miene ließ nicht die geringste Gemütsregung erkennen. Allerdings muss er meinem Mann seine Verärgerung angemerkt haben, denn er nahm einen neuen Ordner und sagte mit einem verheißungsvollen Lächeln:

»Hmmm … Ich sehe gerade, dass es ganz in der Nähe noch verfügbare Ländereien gibt. Hier ist von einem Farmgrundstück im Distrikt Maltahöhe die Rede, das wahrscheinlich eines der besten in der Region ist. Es liegt unweit eines anderen Farmgutes namens Schwartzschaf, das ebenfalls noch nicht vergeben ist, so dass man beide zusammenlegen könnte, um ein Terrain von beträchtlicher Ausdehnung zu erhalten.«

Hansheinrich hatte nun aufgehört, mit seinem Stock aufs Parkett zu klopfen, doch als erfahrener Spieler, der seine Reaktionen nicht zu erkennen gibt, warf er lediglich einen flüchtigen Blick auf die Karte mit der Bemerkung:

»Ich hatte bereits Gelegenheit, diese Region zu durchqueren, als ich im Auftrag des Heeres die Versorgung zwischen Lüderitz und Maltahöhe sichern sollte.«

Herr Grassop machte sich daran, den Bericht vorzulesen, den er in Händen hielt:

»Dieses breite, von Bergen umgebene Tal erinnert an Gegenden im Norden des Herero-Gebiets mit einer Vegetation aus hohem Gras und dornigen Akazienwäldchen. Abgesehen davon, dass diese Vegetation sich hervorragend für die Aufzucht von Pferden und Vieh jeglicher Art eignet, wächst dort eine Vielzahl von Buschwerk, das ideal als Futter für Kleinvieh ist.«

»Sollte uns dieses Land zusagen, müssten wir dann den Antrag an den Bezirksamtsleiter von Maltahöhe richten?«, fragte Hansheinrich offenkundig interessiert.

»Ich würde Ihnen raten abzuwarten, bis Herr Gorgens zurückkehrt, denn für die Farm Schwartzschaf gibt es bereits einen anderen Interessenten, einen gewissen Herrn Pienar, der während des Burenkriegs in dieses Gebiet ausgewandert ist.«

Diese Bemerkung brachte Hansheinrich erneut in Rage, weshalb er zu Grassop sagte:

»Ich kann mir kaum vorstellen, dass die Reichsregierung den Wünschen eines Buren gegenüber dem Antrag eines Artilleriehauptmanns der Schutztruppe, der für den Erhalt dieses Gebiets gekämpft hat, den Vorzug gibt.«

Grassop putzte erneut seine Brille, bevor er in unverändertem Tonfall erwiderte:

»Das Kolonialamt ist daran interessiert, dass dieses Farmland so rasch wie möglich Erträge abwirft, um die stagnierende Wirtschaft zu beleben und die während des Krieges zerstörte Viehzucht wieder in Gang zu bringen.«

»Aber um dieses Farmland zu bewirtschaften, braucht man investitionskräftige Siedler, und ich bezweifle, dass diese vagabundierenden Buren die nötigen Finanzen aufbringen, um die kargen Böden urbar zu machen.« Ohne sich zu verabschieden ergriff Hansheinrich seinen Stock und reichte mir die Hand, um mir von meinem Stuhl aufzuhelfen, während er wieder auf Englisch zu mir sagte: »Gehen wir, bevor ich noch endgültig die Geduld mit diesem Paragraphenreiter verliere.«

Herr Grassop begleitete uns bis zur Tür seines Amtszimmers, und bevor er sie hinter uns schloss, reichte er mir einen Umschlag voller Dokumente, wobei er mir in nahezu perfektem Englisch sagte:

»Baronin von Wolf, dies sind die Auflagen der Kolonialverwaltung für den Erwerb von Farmland, die ich höchstselbst für nicht deutsche Antragsteller auf Englisch zusammengestellt habe.« Und dann schloss er mit einer tiefen Verbeugung: »Ich hoffe, diese Dokumente werden Ihnen von Nutzen sein.«

Als wir auf unserem Rückweg die Halle des *Tintenpalasts* durchquerten, bemerkte ich, dass ein Ehepaar mit dem typischen Aussehen deutscher Bauern, das vor uns eingetroffen war, immer noch darauf wartete vorzusprechen. Der Mann redete äußerst aufgebracht mit seiner Frau, und sie schaute, als würde sie gleich in Tränen ausbrechen. Ich konnte nicht umhin, den Amtsdiener zu fragen, wer diese Leute seien, woraufhin er mir mitteilte, sie hätten wie wir bei der Verwaltung einen Antrag auf den Erwerb von Farmland gestellt, das man ihnen in Berlin zugesagt habe. Völlig unbeteiligt erklärte der Mann, man habe sie mit der Zusage für ein bestimmtes Grundstück aus Deutschland herkommen lassen, das, als sie eintrafen, bereits an jemand anderen verkauft worden sei. Die Frau blickte so traurig und hilflos drein, dass sich mir die Gesichter und Namen der beiden eingeprägt haben: Ludwig und Ada Cramer. Ich sollte ihnen viele Jahre später unter reichlich ungewöhnlichen Umständen wiederbegegnen.

Als ich, zurück im Hotel, die Verordnung durchsah, die mir Grassop in englischer Version ausgehändigt hatte, wurde mir klar, dass die von der Regierung festgesetzten Richtlinien für den Erwerb von Farmland weitaus strikter waren, als wir gedacht hatten. Der Käufer des Grundstücks musste vor Ort leben und die Farm selbst verwalten; der Besitz durfte nach dem Erwerb zehn Jahre lang nicht wieder verkauft werden, was bedeutete, dass wir, wenn wir genug von diesem Abenteuer hätten, entweder an das Grundstück gebunden bleiben oder unsere Investition verlieren würden. Außerdem lag die Größe der an einen einzigen Besitzer zu veräußernden Ländereien – 5 000 Hektar im Norden der Kolonie und 20 000 im Süden – weit unter dem, was wir für unser Projekt als profitabel erachteten.

Doch als ich Hansheinrich die Problematik dieser strengen Auflagen klarzumachen versuchte, sagte er lediglich, während er sich an der Hausbar des Hotelzimmers einen doppelten Brandy mit Soda einschenkte:

»Der alte Gouverneur von Lindequist hat mir, als ich ihn in Berlin aufgesucht habe, die Genehmigung für den Erwerb von insgesamt 140 000 Hektar Land erteilt. Sein Ressort ist daran interessiert, dass Leute wie wir in die Kolonie kommen, die finanziell in der Lage sind, ausgedehnte Ländereien zu bewirtschaften.«

»Meinst du, der neue Gouverneur hält sich an die Zusagen, die sein Vorgänger gemacht hat?«, wagte ich nachzufragen.

Hansheinrich nahm einen großen Schluck Brandy mit Soda, ergriff dann meine Hand wie jemand, der ein ungezogenes Kind zur Vernunft bringen will, und sagte:

»Lindequist wird in Berlin der neue Staatssekretär im Reichskolonialamt werden und folglich ebenso viel oder mehr Einfluss hinsichtlich der Zuweisungen von Farmland haben wie zuvor. Außerdem hat mir Lindequist versichert, dass er persönlich mit dem neuen Gouverneur reden würde, damit dieser sich an unsere Vereinbarung hält.«

Als er merkte, dass ich noch nicht überzeugt war, fuhr Hansheinrich im gleichen väterlichen Ton fort:

»Ich habe eine kleine List eingefädelt: Mein Vetter, Hans von Arnim, und mein Freund, Kapitän Tscharmann, sind bereit, Anträge für den Erwerb benachbarter Grundstücke zu stellen, wenngleich natürlich wir die eigentlichen Besitzer wären.« Mit einem verschwörerischen Augenzwinkern fügte er hinzu: »Ich hielt es nicht für nötig, dir diese winzige Nebensächlichkeit mitzuteilen, weil ich dachte, sie würde dich langweilen.«

Wenngleich das, was Hansheinrich »winzige Nebensächlichkeit« nannte, nicht unerhebliche Auswirkungen auf mein persönliches Vermögen hatte, schien es mir unziemlich, ihn jetzt daran zu erinnern, wo ihn die Vorstellung, den Kauf des Grundstücks bald abzuwickeln, so euphorisch stimmte. Ich sagte lediglich, wenn er sich für die Farm Maltahöhe interessiere, solle er dorthin fahren, um dem Bezirksamtsleiter den entsprechenden Antrag vorzulegen, wie Grassop uns nahegelegt hatte.

»Meine Liebe, du hast meine Gedanken erraten. In Maltahöhe können wir mit dem Bezirksamtsleiter reden, und vielleicht treffen wir sogar auf Lindequist selbst, denn der hatte vor, um diese Zeit das Gebiet zu bereisen. Alte Freunde, die Voigts, haben dort in der Nähe ein großes Anwesen und könnten uns vielleicht einige Ratschläge erteilen; gerade bevor wir zum *Tintenpalast* gegangen sind, bin ich Albert Voigt in der Hotelhalle begegnet und habe mich für morgen mit ihm zum Frühstück verabredet.«

Da Hansheinrich sich am nächsten Tag zum Außenplatz begeben wollte, um ein paar Pferde für unsere Reise in den Süden zu erwerben, blieb ich nach dem Frühstück mit Herrn Voigt noch eine Weile am Kamin in der Hotelhalle sitzen, wo wir uns bei einer Tasse Kaffee unterhielten. Wir verstanden uns gut, und ich erkannte rasch, dass Albert Voigt aufgrund seiner ausgiebigen Erfahrung im Schutzgebiet eine wichtige Informationsquelle darstellte.

Die Voigts stammten aus Norddeutschland, hatten aber, bevor sie nach Südafrika kamen, in Chile gelebt und sich ursprünglich in Transvaal niedergelassen, von wo aus sie einen erfolgreichen Handelsbetrieb mit der deutschen Kolonie aufgebaut hatten. Gemeinsam mit seinem Bruder Gustav und einem weiteren deutschen Partner, einem gewissen Herrn Wecke, hatte Albert Voigt ein Unternehmen gegründet, um Geschäfte mit den Hereros zu machen, denen sie Vieh abkauften, um es dann später in Johannesburg weiterzuverkaufen. Zu der Zeit waren die Hereros noch ein stolzes Volk, das sich seines Reichtums bewusst war, obwohl der eine oder andere weiße Händler bereits rücksichtslos versuchte, die Unwissenheit der Eingeborenen in Bezug auf den Wert des Geldes auszunutzen.

Dank der Ehrlichkeit und des Ansehens ihres Partners, Herrn Wecke, war es den Voigts gelungen, ein Handelsunternehmen in Okahandja zu gründen, dem Sitz des Oberhäuptlings der Hereros, Samuel Maherero, der ein Freundschaftsabkommen mit den deutschen Machthabern unterzeichnet hatte, obwohl zu jener Zeit der erbitterte Krieg zwischen den Hereros und den Nama den Handel in der Region äußerst riskant machte.

Als er begann, mir von den Anfängen seiner Laufbahn als Geschäftsmann zu erzählen, bemerkte ich, dass Albert Voigt gerne von seinen Erfahrungen redete, weshalb ich mich aufs Zuhören beschränkte.

Das Land des Hendrik Witbooi

»Nachdem wir von Transvaal aus mit unseren schweren Wagen die Kalahari-Wüste durchquert, es endlich bis Okahandja geschafft und den Hereros das Vieh zu einem vernünftigen Preis abgekauft hatten, lag der beschwerlichste Teil der Reise noch vor uns. Der Rückweg nach Südafrika führte uns durch das Gebiet der Nama, deren Anführer Hendrik Witbooi von seinem Stützpunkt in den Bergen südlich von Windhuk aus Überfälle auf das Territorium der Hereros organisierte, um ihnen ihr Vieh zu stehlen.

Um ihr Hoheitsgebiet zu durchqueren, musste ich mich mit Witbooi gut stellen, von dessen Wohlwollen es abhing, dass seine Anhänger mir nicht meine gesamte Ware raubten. Bereits sein Vater, Moses Witbooi, hatte sich im Süden von Maltahöhe in Gibeon angesiedelt, einem Ort, dem er im Gedenken an die Bibelstelle, wo der Prophet Josua Gott bat, den Lauf der Sonne anzuhalten, damit er die feindlichen Amoriten besiegen könne, diesen Namen gab, der an einen Sieg der Nama über die Hereros erinnern sollte.

Wie schon sein Vater hatte Hendrik Witbooi eine religiöse Erziehung bei den Missionaren der Rheinischen Missionsgesellschaft in Gibeon erhalten, doch nachdem er an die Macht gelangt war, benutzte der Häuptling die Lehren des Alten Testaments zur Rechtfertigung von Gewalt und Plünderung. Wie das Volk Israel im Krieg gegen die Amoriten, Assyrer und Amalekiten sich als Arm Jehovas verstand, hielt Hendrik Witbooi sich für den Stab Gottes, wenn er seine Feinde angriff, und sah es als angemessene Belohnung dafür an, dass er in Gottes Auftrag handelte, wenn er mehrere hundert Stück Vieh der Hereros in seine Gewalt brachte.

Auf meiner ersten Reise nach Okahandja trafen wir auf lauter von dem Nama-Kapitän geplünderte Dörfer. Nach seinen Raubzügen zog Witbooi sich in seine Kultstätte in Hornkranz im Herzen der unwegsamen Naukluftberge zurück. Und immer war das Erste, was mich die Hereros fragten: »Otjikorta tji ri pi?« (»Wo ist dieser Zwerg?«) Seine Feinde versuchten, den Häuptling Witbooi lächerlich zu machen, der eher von kleiner Statur war und mit leicht flötender Stimme sprach, aber sie konnten ihre Angst vor ihm kaum verhehlen. Trotz seines kleinen Wuchses verschuf sich

Hendrik Witbooi Autorität, ohne die Stimme zu erheben, denn seine Männer glaubten, er stünde unter dem Schutz Gottes.

Witbooi besaß eine ungeheure Macht über seine Leute, so etwa als sie nahe Osona ihr Lager aufgeschlagen hatten und er verkündete, Gott sei ihm im Traum erschienen und habe ihm aufgetragen, um zwölf Uhr mittags sieben seiner Krieger zu Pferd nach Okahandja, dem Sitz des Herero-Häuptlings Samuel Maherero, zu schicken, um diesen gefangen zu nehmen oder zu töten.

Kaum hatten sie das vernommen, meldeten sich sieben seiner mörderischen Gefolgsleute als Freiwillige zu dieser waghalsigen Großtat. Und als sie am helllichten Tage auf ihren Pferden in gemächlichem Trott mitten in der feindlichen Befestigung erschienen, waren die Hereros dermaßen erstaunt über ihre Unerschrockenheit, dass sie die Eindringlinge bis zur Hütte des Häuptlings vordringen, dort absteigen und fragen ließen, ob Samuel Maherero zu Hause sei. Als die Bewacher des Herero-Häuptlings sich wieder gefasst hatten, eröffneten sie das Feuer, und es kam zum Kampf zwischen den Fremden und den Bewohnern von Okahanja, wobei vier der Witbooi-Leute zu Tode kamen; aber die Übrigen überlebten das feindliche Feuer und kehrten noch am gleichen Abend ins Lager bei Osona zurück.

Wenngleich sie ihr Ziel nicht erreicht hatten, ging diese Heldentat in die Annalen der Nama als *Ojokondjuuo* (das Jahr des Hauses) ein.

Da die Witboois, damit der Feind sie von weitem erkennen konnte, ein spezielles weißes Abzeichen an ihrem Hut trugen, wirkte dieser Überfall der Witbooi-Krieger auf die feindliche Hauptstadt kaum anders, als wenn eine Horde von Apachen während des Krieges im Wilden Westen am helllichten Tag und in voller Kriegsbemalung in ein Fort eingedrungen wäre und die Soldaten gefragt hätte, wo ihr Kommandant wohne, um ihn zu töten.«

Albert Voigt machte eine Pause, um einen Schluck Kaffee zu

trinken und Holz ins Kaminfeuer nachzulegen. Dann fuhr er mit seiner spannenden Schilderung fort:

»Anders als bei dem obersten Herero-Häuptling Samuel Maherero, einem Mann von schwachem Charakter mit der Neigung zur Trunksucht, den die Kolonialmacht problemlos unterworfen hatte, konnten sie einen so harten und stolzen Mann wie Hendrik Witbooi nicht so leicht zähmen. Als Hauptmann Kurt von François, der Gleiche, der die Feste in Windhuk errichtet hatte, sich nach Hornkranz aufmachte, um den Nama-Häuptling von den Vorzügen eines Schutzvertrages mit dem deutschen Kaiserreich zu überzeugen, erwiderte Witbooi ihm, er könne nicht begreifen, warum ein unabhängiger Häuptling sich in den Schutz eines anderen Anführers begeben solle. ›Jeder, der um Schutz ersucht, wird zum Vasallen dessen, der ihm den Schutz gewährt.‹

Unglücklicherweise sollte sich das negative Bild, das Witbooi von unserer Kolonialherrschaft hatte, nur allzu bald bestätigen, als Hauptmann von François und seine Truppen den Zufluchtsort der Witboois in den Naukluftbergen überraschend und ohne vorherige Kriegserklärung angriffen. Auch wenn es ihm weder gelang, Hendrik Witbooi noch die Mehrheit seiner Krieger zu töten oder gefangen zu nehmen, brachten die Soldaten eine große Anzahl Frauen und Kinder um, was unter den Eingeborenen Misstrauen und Hass säte, da die Deutschen sich bei der Kriegsführung nicht an die elementarsten Regeln der Menschlichkeit hielten. Die Niederlage der Witboois war jedoch nur von kurzer Dauer, denn schon wenige Wochen später überfielen ihre Truppen eine Garnison der Schutztruppe in der Nähe von Windhuk und raubten ihnen alle Pferde.«

Albert unterbrach seinen Monolog für einen Moment, um einem seiner Angestellten mitzuteilen, wie die Wagen für die Reise beladen werden sollten. Dann nahm er wieder am Kamin Platz und musterte mich eingehend, um herauszufinden, ob seine Geschichte mich auch interessierte.

»Also, wo waren wir stehen geblieben? Dem nächsten Befehlshaber der Schutztruppe, Theodor Gotthilf Leutwein, gelang es, die Rivalitäten zwischen den einzelnen Stämmen zu nutzen, doch erst als Leutwein dem obersten Häuptling die Überlegenheit des deutschen Heeres sowohl hinsichtlich der Mittel als auch der Waffen beweisen konnte und ihm gleichzeitig ein faires Friedensangebot machte, willigte Witbooi ein, den Schutzvertrag mit den Deutschen zu unterzeichnen. Das Oberhaupt der Nama behielt seine Waffen und den größten Teil seines Landes, verzichtete aber fortan darauf, die anderen Stämme auf eigene Faust anzugreifen.

Dieser Frieden hielt zehn Jahre, in denen Witbooi und seine Krieger zuverlässig mit den deutschen Truppen kooperierten, und als Samuel Maherero den Weißen im Namen seines Volkes den Krieg erklärte, schickte Witbooi mehr als hundert seiner Krieger, um mit den deutschen Truppen gegen seine traditionellen Feinde, die Hereros, zu kämpfen.

Als der Herero-Aufstand im Herbst 1904 bereits von den deutschen Truppen niedergeschlagen war, hielt Hendrik Witbooi den Moment für gekommen, sich seinerseits zu erheben. So groß war das Ansehen des alten Häuptlings, dass die Fransmannama aus Gochas unter Simon Kopper und die Rote Nation unter Manasse Noreseb sich ihm auf der Stelle anschlossen; desgleichen die Veldskoendraer unter Kapitän Hans Hendrik und Cornelius Fredericks, der Witboois Schwiegersohn war und einen Großteil des Nama-Stamms der Bethanier kontrollierte.«

Ich wollte Voigt gerade fragen, ob es stimme, dass der Prophet Stürmann, der soeben in Südafrika verurteilt worden war, Witboois Entschluss, sich gegen die Deutschen zu erheben, mit beeinflusst habe; doch da betrat Hansheinrich die Hotelhalle, und ich hielt es für ratsam, das Thema zu wechseln.

Mehr über den Propheten

Am selben Abend lud Albert Voigt mich zu einem geselligen Beisammensein in der Halle des Hotels Kaiserkrone ein. Außer Albert waren an dem Abend noch der rheinische Missionar aus Gibeon, Joseph Watzberg, zugegen sowie der Oberleutnant Ernst von Siegler, ein junger Farmer, der soeben eine Farm südlich von Maltahöhe erworben hatte, wo er während des Krieges dem Hauptmann von Burgsdorff als Adjutant gedient hatte, dem Offizier, der damit beauftragt war, Hendrik Witbooi in Schach zu halten, nachdem dieser den Schutzvertrag mit den Deutschen unterzeichnet hatte. Zum Glück war Hansheinrich nach dem Abendessen in den Offiziersclub gegangen, um Karten zu spielen, denn noch traute ich mich nicht, in seiner Gegenwart mit Fremden deutsch zu sprechen.

Die Unterhaltung der kleinen Gesellschaft knüpfte an an das, worüber Albert Voigt und ich am Vormittag geredet hatten, denn die Wunden des Krieges waren noch frisch. Als Voigt wieder das Thema des zweiten Aufstands von Hendrik Witbooi aufgriff, erzählte Oberleutnant von Siegler, wie der Bezirksamtmann von Burgsdorff, als er erfuhr, dass der Nama-Anführer den Schutzvertrag mit den Deutschen aufgekündigt hatte, sich unverzüglich auf den Weg von Maltahöhe nach Mariental gemacht habe in der Absicht, den Häuptling von seinem Entschluss abzubringen; doch unterwegs sei er von einem der Witbooi-Männer, der diese Unterredung um jeden Preis verhindern wollte, ermordet worden.

»Ich bin überzeugt, der Krieg hätte vermieden werden können, wenn von Burgsdorff mit Witbooi geredet hätte«, sagte der Oberleutnant.

Nun mischte sich der Missionar Watzberg ein, der bisher vornehmlich damit beschäftigt gewesen war, seinen Becher mit Grog aufzufüllen und sich die Füße am Kamin zu wärmen.

»Bei allem Respekt, Oberleutnant von Siegler, gestatten Sie mir, in diesem Punkt anderer Meinung zu sein: Ich glaube, dass es Witbooi gelungen ist, viele gutgläubige Menschen zu täuschen, einschließlich von Burgsdorff, dem er vorgegaukelt hat, er sei sein Freund.«

»Mit dem gleichen Respekt, Reverend Watzberg, ich denke genau das Gegenteil«, sagte von Siegler. »Ich wage sogar zu behaupten, dass Witbooi den Friedensvertrag niemals aufgekündigt hätte, wenn die weißen Siedler und einige Missionare nach von Trothas Sieg über die Hereros sich den Nama gegenüber nicht so unversöhnlich gezeigt hätten.«

»Wenige Tage vor dem Aufstand im Süden«, pflichtete Voigt ihm bei, »hielt ich mich in Windhuk auf, wo der Missionar Wandres in einer seiner Predigten Hendriks Sohn, Isaac Witbooi, von der Kanzel herab drohte, sein Verhalten verdiene die gleiche Strafe, wie sie Abraham Christian, der Kapitän der Bondelswart, ereilt habe, der einige Jahre zuvor in Warmbad füsiliert worden sei.«

Es entstand ein beredtes Schweigen angesichts der Tragweite einer solchen Anschuldigung gegenüber dem Missionar Wandres, einem Gefährten des rheinischen Missionars; doch Watzberg nahm ihn in Schutz.

»Bedenken Sie, dass Wandres einer der Ersten war, die den Propheten Stürmann interviewten, und dass er voraussagte, was dieser vorhatte, auch wenn er nicht verhindern konnte, dass die Polizei ihn wieder auf freien Fuß setzte.«

Nun konnte ich nicht umhin, den Missionar zu fragen:

»Könnten Sie mir Genaueres über diese Befragung erzählen?«

Referent Watzberg verhehlte nicht seine Genugtuung darüber, ins Zentrum der Aufmerksamkeit zu rücken. Nachdem er sich einen ausgiebigen Schluck Grog genehmigt hatte, erhob er sich und begann mit halb geschlossenen Augen zu sprechen, so als wolle er sich jene Unterredung in allen Einzelheiten wieder ins Gedächtnis rufen.

»Verehrte Frau, ich kenne den Inhalt jenes Gesprächs mit dem

Propheten sehr gut, denn Wandres hat es kurz danach detailliert wiedergegeben. Stürmann war nach Windhuk gekommen, als der Herero-Aufstand bereits im Gange war, die Nama sich aber noch nicht erhoben hatten, und wurde von der Polizei bei einem Streifzug durch das Ghetto, wo die schwarze Bevölkerung lebte, festgenommen.

Auf die Frage der Polizei, ob er ein Lehrer oder ein Missionar sei, erwiderte er: ›Ich bin ein Prophet Gottes.‹ Und als man seine Habseligkeiten durchsah, fand man Asa Foetida und andere Drogen, wie sie die Schamanen der Hottentotten benutzen, um Zaubertränke herzustellen. Doch ihnen blieb keine andere Wahl, als ihn wieder frei zu lassen, da es keine Beweise dafür gab, dass er irgendein Verbrechen begangen hätte, und außerdem wollte man Unannehmlichkeiten mit den Engländern vermeiden, denn Stürmann kam aus Kapstadt.

Wandres ließ ihn rufen, kurz nachdem man ihn wieder auf freien Fuß gesetzt hatte, und als er ihn nach dem Ziel seiner Mission fragte, erzählte Stürmann ihm Folgendes: ›Ich habe als Stallknecht in Kimberley gearbeitet. Eines Tages erschien mir beim Ausmisten der Ställe ein Feuer, in dem ich eine Erscheinung erblickte, die mich fest und durchdringend ansah. Da erkannte ich, dass es die Gestalt Christi war, und entdeckte um ihn herum eine Menge dunkelhäutiger Menschen. Die Gestalt inmitten der Flammen befahl mir, gen Westen zu ziehen und den Schwarzen das Evangelium zu predigen.‹

Als Wandres einwarf, da sei er aber sehr weit von seinem anfänglichen Weg abgekommen, denn anstatt sich von Kimberley aus westwärts zu halten, sei er sechshundert Kilometer nach Norden gegangen, erwiderte Stürmann, dieser Richtungswechsel habe sich unterwegs ergeben. Wandres fiel auch auf, dass der Prophet nur das Holländische vom Kap und ein wenig Englisch sprach, aber kein Wort *Khoi Khoi* (die Sprache der Nama) oder *Ohiherero* (die Sprache der Hereros) verstand, und als er ihn fragte, wie er sich bei der schwarzen Gemeinde im Schutzgebiet verständlich zu machen gedenke, erwiderte Stürmann: ›Gott wird mir die Fähigkeit der Sprache geben, sobald der Moment gekommen ist.‹ Am Ende seiner Predigten auf Afrikaans pflegte der Prophet zu sagen: ›*De tyd van verlossen is nu gekommen.*‹ (Die Zeit der Erlösung ist nun gekommen.)

Doch zu dem Zeitpunkt hatte der Krieg im Süden noch nicht begonnen, weshalb der Prophet seelenruhig seinen Wagen besteigen und sich auf den Weg machen konnte, um sich mit Hendrik Witbooi zu treffen.«

Aus dem Augenwinkel sah ich Hansheinrich durch die Tür in den Salon treten und fragte noch rasch:

»Glauben Sie, dass Stürmann Witbooi dazu bewegte, den Schutzvertrag mit den Deutschen aufzukündigen?«

Hansheinrich durchbohrte mich geradezu mit seinem Blick. Er legte seinen Mantel auf einem Stuhl ab und trat dann ans Feuer, um sich die Stiefel zu wärmen.

»Gewiss hatten die Anwesenheit des Propheten im Süden und seine Beziehung zu Witbooi einen wesentlichen Einfluss auf den Verlauf der Rebellion«, sagte der Missionar, »wie die Beteiligung des Propheten an so entscheidenden Kämpfen wie dem Gefecht von Groß-Nabas zeigen.«

Von Siegler schüttelte bedächtig den Kopf und sagte mit leicht spöttischem Unterton:

»Der Prophet hat bei mehreren Gelegenheiten seine Feigheit oder seine mangelnde kämpferische Erfahrung bewiesen, so dass die Nama ihn nie als Anführer akzeptierten. Bei der von dem Missionar soeben angesprochenen Schlacht von Groß-Nabas, so sagt man, habe Stürmann die Niederlage der Rebellen heraufbeschworen, als er Witbooi verkündete, die geschlagene deutsche Kolonne befinde sich auf dem Rückzug gen Westen, was eine falsche Bewegung des Nama-Heeres zur Folge hatte, die unsere Truppen wiederum nutzten, um die Verteidigungslinie des Feindes zu durchbrechen.«

Ohne ein Wort zu sagen, ergriff mein Mann meine Hand, um mir von meinem Stuhl aufzuhelfen, und begleitete mich, nachdem er der kleinen Gesellschaft höflich eine gute Nacht gewünscht hatte, auf mein Zimmer im ersten Stock des Hotels.

Proklamation des General von Trotha als Reaktion auf die Erhebung der Stämme im Süden

Gibeon, den 22. April 1905

An die aufständischen Hottentotten.

Der große mächtige deutsche Kaiser will dem Volk der Hottentotten Gnade gewähren und hat befohlen, dass denen, die sich freiwillig ergeben, das Leben geschenkt werde. Nur solche, die bei Beginn des Aufstandes Weiße ermordet oder befohlen haben, dass sie ermordet werden, haben nach dem Gesetz ihr Leben verwirkt. Dies tue ich Euch kund und sage ferner, dass es den wenigen, welche sich nicht unterwerfen, ebenso ergehen wird, wie es dem Volk der Hereros ergangen ist, das in seiner Verblendung auch geglaubt hat, es könne mit dem mächtigen Deutschen Kaiser und dem deutschen Volk erfolgreich Krieg führen. Ich frage Euch, wo ist heute das Volk der Hereros, wo sind seine Häuptlinge? Samuel Maherero, der einst Tausende von Rindern sein Eigen nannte, ist gehetzt wie ein wildes Tier über die englische Grenze gelaufen, er ist so arm geworden wie der ärmste der Feldhereros und besitzt nichts mehr. Ebenso ist es den anderen Großleuten, von denen die meisten das Leben verloren haben, und dem ganzen Volke der Hereros ergangen, das teils im Sandfeld verhungert oder verdurstet, teils von deutschen Reitern getötet, teils von den Owambos ermordet ist.

Nicht anders wird es dem Volk der Hottentotten ergehen, wenn es sich nicht freiwillig stellt und seine Waffen abgibt. Ihr sollt kommen mit einem weißen Tuch an einem Stock mit Euren ganzen Waffen, und es soll Euch nichts geschehen, ihr werdet Arbeit erhalten und Kost bekommen, bis nach Beendigung des Krieges der große Deutsche Kaiser die Verhältnisse für dieses Gebiet regeln wird.

Wer hiernach glaubt, dass auf ihn Gnade keine Anwendung finden könne, der soll auswandern, denn wo er sich auf deutschem Gebiet blicken lässt, da wird auf ihn geschossen werden, bis alle vernichtet sind.

Für die Auslieferung an Ermordung Schuldiger, ob tot oder lebendig, setze ich folgende Belohnung:

Für Hendrik 5000 M.

Für Stürmann 3000 M.

Für Cornelius 3000 M.

Für die übrigen schuldigen Führer je 1000 M.

Der General der Deutschen und des mächtigen großen Deutschen Kaisers

von Trotha

ZWEITES BUCH

Der Ruf Afrikas

An dem Morgen, als wir Windhuk verließen und ich hinter den umliegenden Bergen eine endlose Ebene auftauchen sah, die sich in Richtung Süden erstreckte, merkte ich, wie sich mir vor Erregung die Kehle zuschnürte. Hansheinrich lenkte die Reisekutsche, und hinter uns folgten zwei Schwarze zu Pferd als Geleitschutz und Maultiere zum Auswechseln. Als wir den Fuß der Berge erreichten, blies mir eine sanfte, leicht süßliche Brise ins Gesicht, die die Spitzen der Gräser und Sträucher kräuselte und meinen Geist von den Zweifeln befreite, die mich in Windhuk plötzlich befallen hatten.

In der Ikonographie des amerikanischen Westens tauchen Bilder von Pionierfrauen auf, die in ledernen Beinkleidern und breitkrempigen Hüten riesige Rinderherden durch staubige Prärien treiben. Mir war eine gewisse Ähnlichkeit zwischen den endlosen Savannen Südwestafrikas und der ungeheuren Weite der großen amerikanischen Einöde aufgefallen, die ich als Kind mit meinem Großvater durchquert hatte, und diese Parallele hatte sicherlich diesen eindringlichen Ruf Afrikas beeinflusst, den ich verspürte.

Hansheinrich entspannte sich nun ebenfalls, seine imposante Statur passte sich den unendlichen Dimensionen der Landschaft an und seine Haltung wurde weniger steif. Zwischen den dichten Mauern der europäischen Häuser stolperten seine langen Gliedmaßen immer über irgendwelche Dinge, was einen Eindruck von Plumpheit erweckte, der nicht zu der Geschicklichkeit passte, die er als Reiter bewies. Ich gehörte noch weniger als er in diese Welt dunkler, von Wachsfackeln beleuchteter Behausungen, in die ich zufällig hineingeraten war, als ich meinen Eltern nach Dresden folgte.

Mein Mann hatte sich für die Reise in Reithosen und eine zerschlissene kakifarbene Windjacke gekleidet; dazu trug er einen alten Offiziershut der Schutztruppe, dessen Krempe seitlich hochgeklappt und am Kopf befestigt war, wodurch der Blick auf sein vornehmes Profil und seine wundervollen Augen frei wurde. Vielleicht zum ersten Mal, seit wir unsere Geschicke in der Amerikanischen Kirche von Dresden vereint hatten, fühlte ich mich vollkommen eins mit diesem riesigen Kerl, und beim Rattern der Kutsche auf der unebenen Piste nickte ich, den Kopf an seine Schulter gelehnt, schließlich ein.

Nach einer Weile weckte mich Hansheinrich, um mir eine Oryx-Antilopenherde zu zeigen, die in einiger Entfernung von unserem Weg friedlich im Tal weidete; die Tiere waren so ruhig, dass sie kaum aufsahen, als sie uns bemerkten. Es war nicht das erste Mal, dass ich diesen eigenartigen Antilopen mit ihren langen, spitzen Hörnern und den schwarzweißen Gesichtern begegnete, auf dieser saftigen Weide wirkten sie jedoch prächtiger als jene, die ich in den Bergen bei Windhuk gesehen hatte, und da sie sich durch unsere Gegenwart nicht einschüchtern ließen, waren ihre Bewegungen bedächtiger und majestätischer. Aber wir durften uns die Gelegenheit, Fleisch fürs Abendbrot zu bekommen, nicht entgehen lassen.

Hansheinrich zog den Karabiner aus dem Futteral, stieg vom Kutschbock und robbte sich zwischen ein paar Felsbrocken vor, um sich der Herde bis auf Schussweite zu nähern. Durchs Fernglas beobachtete ich, wie Hansheinrich auf einen jungen Bock anlegte, der in einer Entfernung von mehr als zweihundert Metern ein ideales Ziel abgab. Nachdem der Schuss ertönt war, vergingen einige Sekundenbruchteile, bis ich den dumpfen Knall des Einschlags hörte. Die Antilope rannte in vollem Galopp fünfzig Meter weit und sank dann in sich zusammen, wobei ihre spitzen Hörner sich in den Boden bohrten. Als wir uns der Stelle näherten, wo das Tier gefallen war, lag es auf einem Sandstau und aus einem kleinen

Loch links auf der Höhe des Herzens sickerte ein Rinnsal sehr roten Blutes.

Hansheinrich ließ mich nicht näher an die Antilope heran, bis er ihr mit seinem Jagdmesser die Kehle durchgeschnitten hatte, wobei er mit dem Stiefelabsatz beide Hörner am Boden fixierte, um zu verhindern, dass uns die langen, spitzen Waffen der Antilope in einem letzten Schlag noch trafen. Nachdem Hansheinrich das Messer an der Flanke des Tieres vorsichtig sauber gewischt hatte, nahm er seinen Hut ab, tauchte eine Grasknospe in das Blut und überreichte mir ganz nach dem Brauch der deutschen Jäger diese Trophäe mit einer leichten Verneigung.

In dem Moment fiel mir der traditionelle Jägergruß auf Deutsch ein:

»Weidmanns Heil!«, sagte ich mit einem knappen Kopfnicken.

»Weidmanns Dank!«, erwiderte Hansheinrich hocherfreut darüber, dass ich mich an dieses Ritual erinnerte.

Ich fragte Hansheinrich, wie er es fertigbrachte, einen so perfekten Schuss zu setzen, noch dazu aus solch einer Entfernung, und nahm ihm das Versprechen ab, mir das Schießen beizubringen; mein Mann, der manchmal durchaus anmaßend sein konnte, reagierte mit kindlicher Verlegenheit, als ich ihm dieses unverhoffte Kompliment machte, und errötete bis an die Ohren, bevor er antwortete:

»Ich kann dir beibringen, wie man das Gewehr anlegt und zielt, aber das Wichtigste, um ins Schwarze zu treffen, ist deine absolute Entschlossenheit zum Erfolg. In dem Augenblick, in dem du den Abzug drückst, ist es so, als ob du das Projektil kraft deines Willens antreibst, und du musst dich ganz auf den Wunsch konzentrieren, dass die Kugel genau dorthin trifft, wo du es willst. Ein guter Schütze könnte sogar in dem Moment, da er schießt, die Augen schließen …, wobei ich dir vorerst rate, sie gut offen zu halten, insbesondere, wenn ich neben dir stehe.«

Wir lachten beide über diesen Witz. Hansheinrich trug den Boys auf, dem Tier die Haut abzuziehen, die auf einer Farm zu vielem nutze war, einschließlich zum Knüpfen von stabilen Seilen, um damit das Wasser aus den Brunnen zu ziehen. Der Anblick der Schwarzen, während sie ungeheuer penibel und geschickt die Antilope häuteten, und ihrer sehnigen Unterarme auf dem schneeweißen Bauchfell der Tiere war äußerst ästhetisch. Und die Gewissheit, dass nicht eine Unze dieses Fleisches ungenutzt bleiben würde, linderte ein wenig das schlechte Gewissen, das Leben dieses herrlichen Tieres beendet zu haben.

Der Rest des Tages verging, ohne dass es mir, eingelullt vom Schaukeln der Kutsche und der Großartigkeit der auf eine hypnotische Weise monotonen Landschaft, so recht bewusst wurde. Als die Dämmerung hereinbrach, gerieten wir in ein Binsenfeld, gesprenkelt von rotbraunen Rohrgewächsen mit spindelförmigen Samenkolben, von denen die Abendbrise watteartige Bällchen löste, die wie Schmetterlingsschwärme über der Wiese schwebten. Als wir näher kamen, flatterte ein Entenschwarm aus dem Sumpf auf, und Hansheinrich sagte, die Anwesenheit der Wasservögel deute darauf hin, dass es genug Wasser gebe, um unsere Pferde zu tränken und unsere Feldflaschen aufzufüllen, weshalb wir hier unser Nachtlager aufschlagen würden.

Nachdem das Lagerfeuer brannte, hatten die Jungs in null Komma nichts das geräumige Zelt aufgebaut und eine Guttaperchawanne mit heißem Wasser gefüllt. Nach dem langen Tag konnte ich mir das Vergnügen einer flüchtigen Waschung gönnen – wobei ich den Boden des Bottichs ganz weiß vom Staub zurückließ, der sich während der Fahrt im Gesicht und an den Händen angesammelt hatte –, und schlüpfte in eine frische Bluse. Auch Hansheinrich zog sich um, und nachdem er unsere Gläser aus einer Flasche Sekt gefüllt hatte, die er in einem feuchten Sackleinenbeutel aufbewahrte, nahmen wir vor dem Zelteingang Platz, um den Sonnenuntergang zu betrachten, während auf dem Feuer langsam ein paar Oryxsteaks vor sich hin schmorten.

Als die Sonne schon fast verschwunden war, schillerte der Himmel in einem überwältigenden Glanz, während die Horizontlinie sich mit einem feinen Wolkensaum schmückte, der mit dem schwindenden Abendlicht die Farbe wechselte. Jener Sonnenuntergang bereitete mir den dritten visuellen Sinnenrausch meines afrikanischen Abenteuers: Die ersten beiden hatte ich auf der Zugreise von der Küste durch das endlose Flachland erlebt.

Das vierte, so lange ersehnte Mal erwartete mich in der darauffolgenden Nacht, als Hansheinrich sich mir auf der schmalen Feldpritsche näherte. Genau in dem Moment, als ich die Explosion in meinem Innern spürte, sah ich durch einen Spalt in der Zeltwand eine Sternschnuppe am Sternenhimmel aufflackern. Anders als sonst wünschte ich mir diesmal nichts, denn was konnte ich mir mehr ersehnen?

Der schwarze Napoleon

Das Anwesen der Voigts, das wir eine Woche später erreichten, glich anders als die heruntergekommenen Hütten der sonstigen Farmen, die wir unterwegs gesehen hatten, dem, was wir in Amerika als Landhaus bezeichnen. Den Eingang des Haupthauses erreichte man über eine steinerne Freitreppe, und der Salon führte auf eine große Veranda, die von grazilen Säulen gestützt war. Obwohl wir frühmorgens auf Voigtland eintrafen, hatte Alberts Frau Ida im Wohnzimmer bereits einen großen, typisch deutschen Kachelofen angezündet, und an den Wänden hingen Kupfergerätschaften und Stiche von europäischen Schneelandschaften, die in jenen Breiten etwas unpassend wirkten.

Unsere Gastgeber schienen hoch erfreut, uns zu empfangen, und hofften, dass wir eine Farm in der Umgebung von Maltahöhe erwerben würden. Denn die meisten benachbarten Farmer waren Buren, mit denen es oft Reibereien gab.

Ich ließ Hansheinrich mit Ida Voigt den Landsitz besichtigen, während Albert und ich vor dem Ofen Kaffee tranken, um unsere in der Halle des Hotels Kaiserkrone begonnene Unterhaltung fortzusetzen. Offensichtlich hatte meinen Gastgeber mein Interesse an diesem Land beeindruckt.

»Es freut mich, dass Sie etwas über die jüngste Geschichte dieses Landes wissen wollen, denn man kann kaum verstehen, was in der Kolonie geschieht, und voraussehen, was in Zukunft noch passieren mag, wenn man nichts über die Vorgeschichte weiß. Allerdings ist mir schleierhaft, was Sie so faszinierend an dem Propheten Stürmann finden, der meiner Ansicht nach nichts weiter war als ein Phantast. Zum Glück gibt es nicht allzu viele Menschen dieser Art, nicht einmal zu Kriegzeiten.«

»Ich glaube, ich hatte großes Glück, Sie kennenzulernen, denn die Art, wie Sie von den Afrikanern sprechen, unterscheidet sich sehr von der anderer Europäer. Die ersten Male, als man mir von Krieg, Aufstand und Gefechten wie dem bei Groß-Nabas erzählt hat, dachte ich, die Afrikaner seien ein blutrünstiges Volk, fähig, die schlimmsten Grausamkeiten zu begehen.«

»In manchen Fällen mag das durchaus vorgekommen sein, aber die können wohl kaum die schlimmsten Gräueltaten mancher Weißer an den Schwarzen übertroffen haben. Sie werden schon bald merken, dass ich die Dinge aus einem anderen Blickwinkel betrachte als viele meiner Landsleute, die es immer noch äußerst befremdlich finden, dass ich manchem Rebellenführer inzwischen so etwas wie Respekt, ja sogar Bewunderung entgegenbringe.«

»Meinen Sie den Nama-Häuptling Hendrik Witbooi?«

»Ich glaube, der einzige Rebellenanführer, dem es gelungen ist, in mir eine echte Bewunderung zu erwecken«, sagte Voigt, »ist Jakob Marengo, ein integerer Mann, der für seine Ideale kämpft, mit einem echten staatsmännischen Geist, was ihn natürlich besonders gefährlich für uns macht, da seine Interessen sich nicht mit den unseren decken.«

»Ist er denn nicht längst tot oder zumindest vertrieben wie die meisten Rebellenführer?«

Voigt lächelte.

»Marengo ist noch quicklebendig und wohlauf, obwohl er sich momentan im Gefängnis befindet. Um sich der Gefangennahme durch die deutschen Truppen zu entziehen, sah er sich gezwungen, über die Grenze nach Südafrika zu fliehen, wo ihn die englische Polizei in Haft nahm und ins Tokai-Gefängnis von Kapstadt sperrte. Aber falls die Engländer ihn freilassen, würde es mich nicht wundern, wenn er wieder zu den Waffen greifen würde. Außerdem ist er einer der wenigen afrikanischen Anführer, denen es gelingt, Vertreter der verschiedenen Stämme, die sich bisher regelmäßig bekämpft haben, unter seinem Kommando zu vereinen.«

Voigt stand auf, suchte einige Mappen durch, die er auf seinem Schreibtisch aufbewahrte, und reichte mir einen Zeitungsausschnitt aus Kapstadt.

»Lesen Sie die Erklärungen, die Marengo kurz nach seiner Festnahme hinter der Grenze abgegeben hat. Dieses Interview vermittelt Ihnen eine ziemlich genaue Vorstellung von seiner Art zu denken.«

Nachdem ich den Text überflogen hatte, musste ich Albert Voigt zustimmen:

»Diese Erklärungen lassen darauf schließen, dass er eine sehr einnehmende und charismatische Persönlichkeit ist, auch wenn ich nie zuvor von ihm gehört habe.«

»Wir, die wir Marengo kennengelernt haben, sind zweifellos der Anziehungskraft seiner Person und seiner einnehmenden Erscheinung erlegen. Ohne irgendeiner Stammesdynastie anzugehören, besitzt dieser schwarze Häuptling etwas Nobles und Majestätisches, das selbst die deutschen Generäle dazu verleitet hat, ihn den ›schwarzen Napoleon‹ zu nennen.«

Ich merkte, dass Albert mir gerne mehr über Jakob Marengo erzählen würde, so wie er es bei Hendrik Witbooi getan hatte, also holte ich ihm eine Tasse Kaffee vom nahen Tisch und setzte mich neben ihn. Mein Gastgeber ließ sich nicht lange bitten.

»Wie Sie bei der Lektüre seiner Erklärungen gemerkt haben, verfügt Jakob Marengo über eine starke Persönlichkeit, genau wie Hendrik Witbooi. Auch wenn die Charaktere beider Häuptlinge sehr unterschiedlich sind, weisen ihre Leben gewisse Parallelen auf, angefangen bei der Tatsache, dass Marengo in der Gegend von Vaalgras geboren wurde, dem Ort, wo Hendrik Witbooi bei einem Scharmützel mit den deutschen Truppen tödlich verwundet wurde.

Marengo ist ein gebürtiger Nama, aber nur mütterlicherseits; sein Vater war Herero, und die sind gemeinhin stattlicher, weshalb Marengo verhältnismäßig groß gewachsen ist, während Witbooi klein und hager war wie die meisten Nama. Jakob Marengo ist stolz darauf, das Blut der beiden Stämme in sich zu vereinen, die den Kampf gegen die deutsche Kolonialmacht auf sich genommen haben.

Beide Führer erhielten eine religiöse Erziehung bei den weißen Missionaren, doch Marengos Autorität basiert anders als die Witboois nicht auf Visionen und Prophezeiungen, sondern auf seiner tiefen Überzeugung von der Notwendigkeit, sein Volk vom Joch der Kolonialherrschaft zu befreien. Marengo versuchte, sich die Rivalitäten zwischen den Kolonialmächten Großbritannien und Deutschland zunutze zu machen, indem er seinerseits den Zusammenschluss der verschiedenen Eingeborenenstämme im Kampf gegen den gemeinsamen Feind vorantrieb.

Es heißt, Marengo sei in seiner Jugend nach Deutschland gereist, wo er sich mit der europäischen Kultur vertraut gemacht habe; außerdem verfüge er über eine außergewöhnliche Sprachbegabung und spreche abgesehen von seinen Stammessprachen fließend Deutsch, Französisch, Englisch und Holländisch. Allerdings habe er nie die traditionellen Werte seines Stammes aufgegeben und als Zentrum während des Krieges die heiligen Ruinen der alten Nama-Feste *Kouchanas* benutzt. Obwohl er ein gefürchteter Feind war, habe ihm die ritterliche Art, mit der er seine Gefangenen behandelte und die Verwundeten der gegnerischen Seite versorgte, die Achtung, ja sogar die Bewunderung seiner Rivalen eingebracht.

Als der Aufstand im Süden ausgerufen wurde, ergänzten Hendrik Witbooi und Jakob Marengo sich mit ihren Aktionen, obwohl sie in unterschiedlichen Regionen operierten. Anfangs stieß Marengo nur mit einer Handvoll Anhänger von seinem Stützpunkt in der Hochregion der Karras-Berge aus vor, doch der Erfolg seiner Handstreiche hat sicherlich Witboois Entschluss beeinflusst, das Friedensabkommen mit Leutwein aufzukündigen. Witboois anschließender Tod auf dem Schlachtfeld hat Marengos Beweglichkeit erheblich eingeschränkt, da die Deutschen ihre gesamte Truppenstärke in das Operationsgebiet des Rebellen verlegen und einen militärischen Sperrgürtel längs der Grenze zur Provinz El Gabo aufstellen konnten, wo es Marengo immer wieder gelang, sich der Verfolgung zu entziehen. Obwohl die Engländer ihn nach Kriegsende eigentlich freilassen müssten, beugen sie sich dem Druck der deutschen Regierung, die darauf drängt, ihn weiterhin in Haft zu behalten.

Das deutsche Heer weiß genauso gut wie das englische, dass Marengo die diversen Hottentottenstämme beiderseits der Grenze vereinen kann, und beide sind sich nicht sicher, was sie mit ihm anfangen sollen. Ich denke, über kurz oder lang werden sie ihn ausliefern oder ihm eine Falle stellen, um ihn loszuwerden.

CAPE TIMES, 29. Mai 1905

Die Ergreifung von Marengo

Interview des Korrespondenten in Prieska (Südafrika)

Frage: Wo wurdest du gefangen?

Antwort: Ich bin sechs Meilen auf englischem Gebiet gefangen worden.

F: Was hattest du auf englischem Gebiet zu suchen?

A: Ich brachte die Frauen und Kinder in Sicherheit und hatte eine Anzahl von Männern bei mir, aber wir waren sämtlich unbewaffnet, und die Deutschen schossen auf uns und töteten siebenundzwanzig meiner Männer auf englischem Gebiet. Wir leisteten keinen Widerstand, da wir nicht gekommen waren, um auf englischem Gebiet zu fechten.

F: Bist du verwundet worden?

A: Ja, ich wurde am Kopf verwundet, und die Spuren sind noch zu sehen.

F: Wie lange hast du gekämpft?

A: Ich habe zwei Jahre und fünf Monate gekämpft.

F: Habt ihr Lebensmittelvorräte in eurem Land?

A: Nein, wir leben von dem Proviant, den wir von den Deutschen erbeuten, und das ist eine Menge.

F: Glaubst du, dass deine Gefangennahme dem Krieg ein Ende bereiten wird?

A: Nein, mein Sohn Petrus Marengo wird das Kommando übernehmen und den Krieg fortsetzen.

F: Weshalb ergaben deine Landsleute sich nicht?

A: Wir würden uns ergeben, wenn die Engländer das Land übernehmen würden; aber ehe wir uns den Deutschen überliefern, werden wir bis zum Ende kämpfen.

F: Was glaubst du werden die anderen Kapitäne tun?

A: Jonathan und Christian und ein anderer Kapitän werden sich den Deutschen nicht ergeben, sondern weiterkämpfen.

F: Glaubst du, dass der Krieg noch lange dauern wird?

A: Ja, gewiss; so lange, wie noch einer sich im Felde befindet.

F: Weißt du nicht, dass Deutschland eine der stärksten Militärmächte der Welt ist?

A: Ja, das weiß ich; aber sie verstehen das Fechten in unserem Lande nicht. Sie kennen nicht die Wasserstellen und sind im Gelände nicht erfahren.

F: Weshalb begannst du den Krieg?

A: Weil ich meine, dass die Deutschen uns grausam behandeln, gleich Hunden, und wir das nicht länger ertragen, sondern lieber kämpfend zugrunde gehen wollten, da es für uns keine Gerechtigkeit gibt.

Das Schiff in der Wüste

An dem Abend gingen wir bald zu Bett, denn am nächsten Tag musste Hansheinrich in aller Frühe mit unserem Gastgeber zu einem anderen Landsitz von Albert Voigt namens Tsubgaris aufbrechen, um sich mit einer Delegation der Regierung zu treffen, die sich gerade auf einer Inspektionsreise durch die Region befand. Dieser offiziellen Delegation gehörte auch von Lindequist an, der frühere Gouverneur des Schutzgebiets, mit dem mein Mann in Berlin über die Landzuweisung gesprochen hatte.

Als ich am nächsten Morgen aufwachte, waren Hansheinrich und Albert schon seit einigen Stunden unterwegs. Ich begab mich in die Küche, wo Ida Voigt mit der Zubereitung des Frühstücks beschäftigt war. Während ich versuchte, ihr zur Hand zu gehen, muss ich wohl sehr unerfahren in Bezug auf kulinarische Fertigkeiten gewirkt haben, denn meine Gastgeberin nahm ein Kochbuch aus dem Regal, um es mir zu schenken. Ich wagte es nicht, ihr zu sagen, dass ich mich – abgesehen davon, dass es mir ernste Schwierigkeiten bereitete, die Fachausdrücke auf Deutsch zu verstehen – seit jeher schwergetan habe, Rezepte zu begreifen.

Während wir bei einer Tasse Kaffee am Ofen saßen, gab mir Ida eine Reihe praktischer Tipps, wie ich den Haushalt organisieren müsse, falls wir die Farm kaufen sollten; sie versuchte mich auf die Verständigungsschwierigkeiten mit den schwarzen Angestellten und auf den abgrundtiefen Unterschied ihrer Mentalität und der der Weißen vorzubereiten. Da diesen Leuten der Gebrauch vieler Haushaltsgeräte fremd war, konnten sie eine Silbergabel als Dosenöffner benutzen oder in dem Porzellantopf, den man normalerweise im Schlafzimmer unter dem Bett stehen hatte, die frisch gemolkene Milch aufbewahren. Ida erzählte mir, sie habe einen Koch dabei erwischt, wie er Nägel an den Spitzen seiner Sandalen anbrachte, um heimlich Mehl- und Zuckersäcke aufzuschlitzen und sich die Taschen mit den weißen Köstlichkeiten zu füllen, bevor er die Vorratskammer verließ. Einen anderen ihrer Boys habe sie dabei ertappt, wie er das Porzellangeschirr mit dem Saum seines Hemdes säuberte, und als sie ihn tadelte, sagte der Kerl in der Absicht, sie zu beruhigen, sein Hemd sei ja sowieso nicht allzu sauber.

Ich wagte es nicht, meiner Gastgeberin zu sagen, dass meiner Meinung nach die Schuld an diesen kulturellen Unterschieden bei uns Weißen liege, da wir nicht dafür gesorgt hätten, ihnen die notwendige Erziehung zukommen zu lassen. Soweit ich feststellen konnte, behandelten Ida und ihr Mann die schwarzen Hausangestellten jedoch respektvoll und mit Wohlwollen. Sowohl Albert Voigt als auch seine Geschäftspartner in Okahandja waren als ehrliche Kaufleute bekannt, und der beste Beweis dafür war, dass die Hereros ihre Lagerbestände anders als die mancher rücksichtsloser Händler während des Aufstands nicht ausgeplündert hatten.

Als Ida und ich mit dem Frühstück fast fertig waren, klopfte es an der Tür, und bald darauf führte ein schwarzer Bediensteter Oberleutnant von Siegler ins Esszimmer, der erfahren hatte, dass Hansheinrich und ich bei den Voigts zu Besuch waren, und uns begrüßen wollte. Ich fand es unglaublich, dass er von weiter als Maltahöhe angereist war, nur um uns einen Höflichkeitsbesuch abzustatten, doch schon bald sollte ich lernen, dass die Pflege sozialer Kontakte in jener Gegend manchmal stundenlange Reisen auf staubigen Pisten erforderte.

Während Ida Voigt in die Küche ging, um das Frühstück abzuräumen, wanderte von Sieglers Blick unstet durch den Raum, so als wolle er eingehend das Mobiliar begutachten, das er sicherlich schon von früheren Besuchen kannte, dabei vermied er es, mir ins

Gesicht zu sehen. Das einzige Mal, dass seine großen grauen Augen sich mit meinem Blick trafen, sprang so etwas wie ein Funke über, was von Siegler möglichst zu kaschieren suchte, wohingegen es meiner Eitelkeit schmeichelte.

Schüchternheit hat mich bei Männern seit jeher angezogen, wenngleich er mir an dem Abend, als wir uns im Hotel Kaiserkrone unterhalten hatten, gar nicht so schüchtern vorgekommen war. Von Siegler stand die legere Farmerkleidung – eine geflickte Safarijacke und ziemlich zerschlissene Reithosen – deutlich besser als der etwas knapp sitzende Gehrock, den er am Abend unserer ersten Begegnung getragen hatte. Da von Siegler seine Farm erst kürzlich erworben hatte, dachte ich, seine Erfahrung könnte uns nützlich sein. Trotz seiner seltsamen Schüchternheit erwies sich von Siegler als äußerst eloquent, als er mir die Vorteile seiner Gegend aufzählte:

»Frau Wolf, die Region um Duwisib eignet sich ideal dafür, Pferde zu züchten, denn sie ist nicht von der Pferdeseuche betroffen; und wenn Sie vorhaben, hochwertiges Saatgut aus Europa zu beziehen, wie Ihr Mann sagte, laufen Sie kaum Gefahr, Ihre Pferde durch die Seuche einzubüßen. Ich lernte diese Gegend kennen, als von Burgsdorff mich losschickte, um einen Transportweg zur Küste ausfindig zu machen, der nicht über die hohen Sanddünen führt, die den Weg von Maltahöhe nach Lüderitz versperren. Und der erste Ort, an dem ich auf dieser Expedition mein Lager aufschlug, befand sich ausgerechnet in der Nähe des Duwisib-Flusstals.

Anscheinend wollte von Siegler mir gerne von seiner Expedition in die Wüste erzählen, und da es mich interessierte, schenkte ich ihm noch eine Tasse Kaffee ein und lauschte. Während der Leutnant redete, vermied er es sorgsam, dass unsere Blicke sich trafen, indem er seinen durch den Raum schweifen ließ.

»Burgsdorff hatte die Information erhalten, nahe von Hottentotten Bay gebe es Süßwasserquellen und an einer dieser küstennahen Wasserstellen habe man eine verlassene Piste entdeckt, was die Vermutung nahelegte, dass wir den Ozean auf einem kürzeren Weg als bisher erreichen könnten.

Über einen Buschmann aus der Gegend habe ich versucht herauszufinden, ob jemand den Weg durch die Wüste bis zur Küste kannte, doch es ist mir nicht gelungen, viel aus ihm herauszubekommen. Wir hatten einige Verständigungsprobleme, da keiner von uns beiden eine Sprache beherrschte, die der andere verstand, aber der Mann schien bereit, mich auf meiner Expedition zu begleiten, auch wenn er zum ersten Mal in seinem Leben auf einem Pferd reiten sollte.

Man hatte uns gesagt, unterhalb der Felsenberge, unweit des ausgetrockneten Duwisib-Flussbetts, könnten wir Wasser finden, und tatsächlich stießen wir auf eine große Ansammlung von Regenwasser, obwohl der Tümpel seit dem Durchmarsch der Truppen verseucht war. In einiger Entfernung schlugen wir unser Lager auf, denn in dem Tal wuchs ausreichend Gras, so dass wir die Pferde frei weiden lassen konnten. Von einem in der untergehenden Sonne leuchtenden Felsen herab hieß uns eine Horde Paviane mit ihrem schrillen Gekreische willkommen.

Bevor ich die Garnison verließ, hatte ich versucht, mit Hilfe der Kameraden, die mit der lokalen Sprache vertraut waren, etwas über die Bedeutung des Wortes *Duwisib* zu erfahren. Einige sagten mir, dieser Name stamme aus der singsangartigen Sprache der Buschmänner, der ersten Bewohner dieses kargen Landstrichs; doch wer die Sprache der Nama kannte, meinte, der Name *Duwisib* sei eine Deformation des Wortes *Dubusib*, das bei den Hottentotten so viel wie »tosendes, sich drehendes Wasserloch« heiße und einen tiefen Wasserabfluss bezeichne, der sich bildet, wenn es am Fuß einer flussnahen Felswand regnet. Laut einer anderen Deutung soll *Duwisib* für »wasserloser Ort mit weißen Felsen« stehen, wofür die Häufigkeit von weißem Kalkstein in der Region sprechen würde. Als ich den Ort kennenlernte, entschied ich mich für die simpelste und poetischste Namensdeutung, die da lautet: »Ort, an dem der Regenbogen entspringt«, denn am Fuße des Felsenberges gab es einen kleinen Wasserfall, wo die sprühenden Wassertropfen das Licht in alle Spektralfarben zersprengte.

Während wir das Lager aufbauten, schickte ich den Buschmann zum Holzsammeln, der bei seiner Rückkehr ganz erschrocken berichtete, er habe in der Umgebung Löwenspuren gesichtet. Angesichts dessen sammelten wir noch mehr Holz, um ein ordentliches Lagerfeuer zu entfachen, das die Raubtiere von unserer Schlafstelle fernhalten sollte. Doch als wir die Fährten am nächsten Tag näher untersuchten, stellte sich heraus, dass es sich um Ochsenspuren handelte, die der Buschmann in der Abenddämmerung mit den Abdrücken von Löwentatzen verwechselt hatte.

Anschließend zogen wir durch die mit einem rötlichen Sandteppich bedeckte Ebene von Duwisib, die mit hohem Gras und einer Vielzahl blühender Sträucher bewachsen war. Überall gab es Oryx-Antilopenherden, die so zutraulich waren, dass sie sich kaum von der Stelle rührten, wenn wir vorbeikamen. Der im Westen auftauchende Gebirgsrand schien sich mit der Bergkette im Süden zu vereinen, doch als wir näherkamen, tat sich ein Engpass auf, der als Durchgang zwischen beiden diente und in eine in üppigem Grün erstrahlende Schlucht führte, wo eine große Springbockherde weidete. Diesmal konnte ich der Versuchung nicht widerstehen, stellte das Visier auf die richtige Zielentfernung ein und erlegte eine der kleinen Antilopen.

Mir behielt ich die Leber des Tieres vor, die ich mir auf dem Lagerfeuer grillte, während der Buschmann einen Großteil der Lende und der Rippenstücke so gierig verschlang, als würde er zum letzten Mal in seinem Leben Fleisch bekommen, wobei er immerhin so umsichtig war, die Keulen in einem Versteck zwischen den Felsen aufzubewahren. Am gleichen Abend erreichten wir die von üppigen Pfefferminzbüschen umgebene Ginnasquelle, wo wir, Mensch und Tier, uns an dem frischen Quellwasser aus den Bergen gütlich tun konnten.

Zwei Tagesmärsche später drangen wir in die eigentliche Wüste vor; obwohl ich schon Feldzüge durch andere unwirtliche Gegenden erlebt hatte, befiel mich ein mulmiges Gefühl, als wir uns in dieses Meer von Dünen ohne die geringste Spur von Vegetation vorwagten.

Auf der Suche nach der Wasserstelle von Kungeub, die sich hinter einer sehr hohen Düne verbarg, marschierten wir einen weiteren endlosen Tag lang, wobei ich das Pferd an den Zügeln hinter mir her führte, um es nicht zu erschöpfen. Doch als wir das Wasserloch erreichten, sickerte, so tief wir auch im Sand buddelten, nur ein dünner Strahl stark nach Salpeter schmeckenden Wassers hervor, den nicht einmal die Pferde trinken mochten. Da tauchte plötzlich ein hünenhafter Hottentotte mit seiner Familie auf, die ich mir gewogen machte, indem ich ihnen Tabak und Kaffee anbot.

Als ich ihn fragte, was sie an einen so abgelegenen Ort verschlagen habe, erklärte mir der Mann, der ein wenig Deutsch sprach, er und seine Familie seien auf der Suche nach einer runden Frucht namens Narra, deren Kerne sie später in Hottentotten Bay gegen andere Waren eintauschen wollten.

Der Mann bot mir an, mich zu einem anderen Wasserloch zu führen, wo es mehr Wasser von besserer Qualität gebe. Noch vor Einbruch der Dämmerung fanden wir einen von Schilfrohr umgebenen Tümpel mit einigermaßen klarem Wasser. Nicht weit entfernt entdeckte ich den verlassenen Ochsenkarren, nach dem ich gesucht hatte. Bei einer ausgiebigen Inspektion stellte ich fest, dass der Wüstenwind die Holzräder und die Bremsklötze ausgetrocknet und diese sich von den Metallfelgen gelöst hatten; aber es fehlte keine einzige Schraube, kein Zubehör, was ein Indiz dafür war, dass kein anderes Fuhrwerk hier vorbeigekommen war.

In Anbetracht der Mühe, die es mich gekostet hatte, bis hierher zu gelangen, und dessen, was der Mann mir über die noch verbleibende Wegstrecke bis zum Meer gesagt hatte, musste ich einsehen, dass eine neue Route vollkommen ungangbar war, und beschloss rechtzeitig kehrtzumachen, bevor mir das Wasser noch völlig ausging. Am zweiten Tag unseres Rückwegs sah ich gegen das Licht der untergehenden Sonne eine Silhouette, die ich anfangs für einen Felsblock hielt. Ich bog ein wenig vom Weg ab, um den Gegenstand genauer zu betrachten, und erkannte, als ich näherkam … ein Segelboot.

Der Mastbaum war abgebrochen, und die gesamte Takelage und die Segel waren verschwunden, doch der Rumpf und der Rest des Bootes waren noch vollständig erhalten. Ich fragte mich, wie dieses Boot wohl dorthin gelangt sein mochte, denn nach meiner Schätzung befanden wir uns hundertfünfzig Kilometer von der Küste entfernt. Wenn das Segelboot von den gigantischen Wellen eines nicht mehr existierenden Meeres angespült worden war, musste dieses Wrack bereits Hunderte von Jahren alt sein. Handelte es sich womöglich um ein Relikt aus uralten Zeiten, das vom Untergang des legendären Atlantis zeugte?

Ich durfte nicht zu viel Zeit mit Spekulationen über den Ursprung jenes außergewöhnlichen Fundes vergeuden, denn unsere Wasservorräte waren erschöpft, und bis zur Wasserstelle von Ginnas lag noch ein weiter Weg vor uns. Als wir am nächsten Morgen dort ankamen, zog der Buschmann die Fleischreste des Springbocks, den wir einige Tage zuvor erlegt hatten, aus einem kleinen Felsspalt hervor, so dass wir sie auf dem Feuer grillen konnten. Diesmal war ich es, der schlang, als sei es die letzte Gelegenheit in meinem Leben, Fleisch zwischen die Zähne zu bekommen.

Auf dem Rückweg trafen wir auf ein paar Schwarze, die der Garnisonskommandant, Kapitän Swarts, ausgeschickt hatte, nach uns zu suchen, nachdem ich schon seit neun Tagen vom Stützpunkt weg gewesen war.«

Von Sieglers Schilderung seines abenteuerlichen Ausflugs hatte mich zutiefst beeindruckt, ganz besonders seine Beschreibung der

Wüste, die bei mir eine Mischung aus Angst und Faszination hervorrief. Das Geheimnisvolle an der Geschichte mit dem verlassenen Ochsenkarren und dem Geisterschiff weckte wieder meine Sehnsucht nach Romantik und Abenteuer, die mich ja nach Afrika gelockt hatte. Die verschiedenen Deutungen des Wortes *Duwisib* blieben mir, umgeben von der mysteriösen Aura des Unbekannten, im Gedächtnis haften. Und als mir einige Zeit später dieses Gespräch wieder einfiel, merkte ich, dass von Sieglers Erzählung mich für Duwisib eingenommen hatte, noch bevor ich den Ort mit eigenen Augen gesehen hatte.

Am selben Abend kehrte Hansheinrich bestens gelaunt von seinem Ausflug nach Tsubgaris zurück, teils weil unterwegs sein Wasservorrat zur Neige gegangen war und er seinen Durst mit Rum hatte stillen müssen, aber vor allem weil Lindequist ihm sein Angebot, ihm sowie Leutnant von Arnim und Hauptmann Tscharmann jeweils ein Grundstück von 30 000 Hektar zuzuteilen und ihm für später ein angrenzendes Farmland von weiteren 20 000 Hektar zu reservieren, noch einmal vor Zeugen bestätigt hatte. Lindequist hatte ihm erklärt, sie wollten vermeiden, dass die südliche Zone in die Hände burischer Farmer gerate, weshalb sie bereit seien, die notwendigen Formalitäten für investitionskräftige deutsche Farmer wie uns zu erleichtern.

Ich wollte Hansheinrich nicht daran erinnern, dass die Vorschriften für die Veräußerung von Farmland verlangten, die Besitzer müssten eine bestimmte Anzahl von Jahren in der Kolonie residieren, eine Anforderung, die von Arnim und seine Frau Dorothea, die Stars der Dresdener Gesellschaft, wohl kaum erfüllen würden. Ich sah meine schöne, vornehme Schwägerin nicht auf Dauer ein Leben in der Wüste führen, aber da ich kein Spielverderber sein wollte, schloss ich mich an jenem Abend der vorgezogenen Feier an, mit der Hansheinrich unsere Gastgeber ehrte, indem er zum Abendessen ein paar Champagnerflaschen entkorkte.

Das Ehepaar Voigt stieß auf unser Glück an, wünschte uns nur das Beste für unser neues Leben, das wir im Süden von Maltahöhe beginnen würden, und präsentierte uns nach dem Abendessen ein Gästebuch, in das Hansheinrich – doppelt inspiriert von der Wirkung des Champagners und seiner Euphorie als angehender Großgrundbesitzer – etwas in der Art schrieb wie:

Wohin auch immer mich mein Lebensweg führen mag, habe ich unter allen Menschen, die mir bisher begegnet sind, nie so gastfreundliche getroffen wie die Voigts, so dass ich heute aus tiefstem Herzen sagen kann:

Auf gute Nachbarschaft!

Ich war weniger inspiriert bei meinen Dankesworten – auch proportional zu meinem sparsameren Alkoholkonsum – und begnügte mich damit, in das Gästebuch zu schreiben:

»Meine besten Wünsche für Herrn und Frau Voigt auf Voigtsgrund, dem Haus auf dem Hügel, in der Hoffnung, dass wir Nachbarn werden.«

Jakob Marengos Flucht

Wir standen noch vor Tagesanbruch auf, da wir zeitig bei dem Bezirksamtsleiter in Maltahöhe vorsprechen und die Formalitäten für die Zuweisung des Grundstücks einfädeln wollten, das man uns angeboten hatte. Auf dem Weg in die Küche sahen wir, dass unsere Gastgeber bereits auf den Beinen waren, und dachten, sie seien extra früher als gewöhnlich aufgestanden, um uns zu verabschieden. Allerdings ließ mich aufhorchen, dass Herr Voigt meinen Mann im Esszimmer beiseitenahm, wo sie eine Weile miteinander tuschelten und uns Frauen hin und wieder verstohlene Blicke zuwarfen.

Als wir am Tisch saßen, vor uns die dampfenden Brötchen und frische Butter in Tonschälchen, ergriff Albert mit ernster Miene das Wort:

»Heute Nacht hat ein Abgesandter von der Garnison aus Maltahöhe hier in Voigtsgrund vorbeigeschaut, um uns zu warnen, dass Jakob Marengo geflohen sei.«

Als sie das hörte, hätte Ida Voigt beinahe den Kaffee verschüttet und wollte sogleich wissen:

»Aber wie ist es möglich, dass er entkommen konnte? Hatten ihn die Engländer nicht ins Gefängnis von Kapstadt gesperrt?«

»Wie es scheint, hat der Rebell um Erlaubnis gebeten, sich mit seiner Frau in einem Dorf nahe Uptington zu treffen, und von dort aus die Flucht ergriffen. Die englische Polizei hat die Spur des Rebellen verloren, aber anscheinend hat er sich in der Nähe der Grenze mit einer Gruppe bewaffneter Anhänger zusammengetan, und jetzt fürchtet man, dass sie sich auf den Weg in deutsches Gebiet machen.«

Albert Voigt hatte so neutral wie möglich gesprochen, um uns nicht mehr als nötig zu beunruhigen, aber ich merkte sofort, dass diese Neuigkeit Hansheinrich aufgeschreckt hatte.

»Glaubst du, dass die Engländer mit unseren Truppen kollaborieren, wenn Marengo die Grenze überschreitet?«, fragte er, ohne seine Besorgnis zu verbergen.

»Die englischen Behörden haben ihn unter der ausdrücklichen Bedingung aus dem Gefängnis entlassen, dass er nie wieder einen Fuß auf deutsches Gebiet setzt, und sollte Marengo sein Versprechen brechen, wird er geächtet.«

»Es wird ihnen kaum gelingen, ihn zu finden, denn er kennt die Grenzübergänge und geheimen Wüstenpfade wie kein anderer«, bemerkte mein Mann mit leiser Stimme.

»Mein Informant sagte, der neue Gouverneur habe bereits beschlossen, die Heimreise der Truppen nach Deutschland zu stoppen. Alle Einheiten dieser Region sind auf dem Stützpunkt in Maltahöhe versammelt und werden sobald wie möglich zur Verstärkung der Grenzgarnisonen aufbrechen.«

Wenngleich Aufregung gemeinhin ansteckend wirkt, hatte ich

nicht ganz verstanden, wieso die Flucht eines einzelnen Mannes eine solche Besorgnis erregen konnte. Nach dem, was Albert Voigt erzählt hatte, galt es nicht einmal als sicher, dass Jakob Marengo auf deutsches Territorium vorgedrungen war, noch kannte man die genaue Zahl seiner Anhänger, weshalb ich es für übertrieben hielt, gleich zur generellen Mobilmachung zu blasen.

Albert Voigt riet uns, nicht nach Maltahöhe zu fahren, ehe wir keine genaueren Informationen über die derzeitige Lage hatten, doch Hansheinrich bestand darauf, so bald wie möglich aufzubrechen, und da die Boys noch nicht erschienen waren, ging er, um sie zu wecken, und gab ihnen Anweisung, die Kutsche anzuspannen. Während Ida den Frühstückstisch abräumte, nutzte ich den Moment, den ich mit Albert allein war, um ihm zu sagen, was ich dachte.

»Auch wenn Sie Marengo als einen charismatischen Anführer und erfahrenen Rebellenkämpfer beschrieben haben, verstehe ich nicht, wie die Flucht einer einzelnen Person eine solche Unruhe stiften kann. Glauben Sie, dass Marengo den Kampf wieder aufnimmt?«

»Was jetzt geschehen wird, das weiß nur Gott allein; laut eigenem Bekenntnis wird Marengo bis zum letzten Mann und bis zur letzten Patrone kämpfen. Ich halte seine Erfolgsaussichten diesmal allerdings für äußerst gering, da die Briten keine andere Wahl haben, als sich mit den deutschen Truppen zu verbünden.«

»Sie können mich ja für naiv halten, aber nach all dem, was ich von Marengo weiß, wäre es mir lieber, sie würden ihn nicht wieder einfangen.«

»Sollten Sie, wenn Sie nach Maltahöhe kommen, die Gelegenheit haben, noch einmal mit von Siegler zu sprechen, so fragen Sie ihn doch, was Marengo nun seiner Ansicht nach tun wird. Siegler hat an der Grenze des Oranje-Flusses gegen ihn gekämpft, und ich glaube, er hat gelernt, seinen Gegner einzuschätzen und Respekt vor ihm zu haben.«

In dem Moment betrat Hansheinrich den Raum, um zu verkünden, dass die Pferde bereits angespannt und das Gepäck aufgeladen sei. Ich verabschiedete mich von den Voigts und stieg auf den Kutschbock, dann machten wir uns auf den Weg nach Maltahöhe, wo sich die Truppen der ganzen Region zusammenzogen. Als wir die Randbezirke des Städtchens erreichten, sahen wir, dass sich die gesamte Ortschaft in Aufruhr befand. Und obwohl wir verstanden, dass wir unter diesen Umständen unmöglich mit dem Bezirksamtsleiter über den Erwerb von Land sprechen konnten, schauten wir beim Amt vorbei in der Hoffnung, wenigstens eine Karte aufzutreiben, auf der wir die uns versprochene Farm lokalisieren konnten.

Auf einem der leeren Flure sah ich zum ersten Mal Fahndungsfotos von Marengo, die mit der Aussicht auf Belohnung im Fall seiner Festnahme verteilt werden sollten. Auf dem Foto saß der Rebellenführer halb zurückgelehnt auf einem Stuhl in einer Haltung zwischen lässig und anmaßend, flankiert von zwei seiner Adjutanten, die kleiner waren als er; Albert Voigt hatte recht gehabt mit seiner Beschreibung des Rebellen als eines Schwarzen, der Würde ausstrahlte.

Inmitten des in der Zentralverwaltung herrschenden Durcheinanders fanden wir eine Militärkarte von der Gegend, auf der das Tal von Duwisib eingezeichnet war. Mit der Wachspapierrolle unter dem Arm verließen wir das Gebäude, in dem der Bezirksamtsleiter residierte, als hätten wir den Plan eines verborgenen Schatzes gestohlen. Als ich mich von Hansheinrich unbeobachtet fühlte, hatte ich mir klammheimlich auch das Foto des zur Fahndung Ausgeschriebenen in die Tasche gesteckt.

Meine Begegnung mit Duwisib

Die Piste, die zur Küste führte, verlief durch ein sehr breites Tal, wo zu beiden Seiten hohe grau schimmernde Felsklippen aufragten. Über eine weite Strecke hin trafen wir ständig auf Ochsenkarren mit Verpflegung für die Truppen und Munitionswagen der Artillerie, die von Lüderitz an der Küste in Richtung Bezirkshauptstadt unterwegs waren. In einiger Entfernung von Maltahöhe gabelte sich die Piste, so dass wir für den Rest der Fahrt Ruhe hatten.

Als es dunkel wurde, hielten wir an, um ein kleines Lagerfeuer zu entfachen, uns ein Stück Gamsbockfleisch zu braten und uns für ein paar Stunden in unsere Decken gehüllt auszuruhen. Wir wollten keine unnötige Zeit mit dem Zeltaufschlagen verlieren und gleich bei Tagesanbruch unseren Weg fortsetzen. Bevor die Sonne aufgegangen war, hatten wir bereits ein gutes Stück der Strecke zurückgelegt, und als wir das Ende einer Steigung erreichten, fiel unser Blick auf mit rötlichen Steinen gesprenkelte Berge, zu deren Füßen sich ein ausgetrocknetes Flussbett schlängelte, gesäumt von Akazienwäldern, in deren üppigen Wipfeln noch Dunstschwaden hingen. Mein Herz machte einen Satz, denn wenngleich wir schon durch ähnliche Talsohlen gekommen waren, ahnte ich, dass wir das Tal von Duwisib erreicht hatten.

Wenn meine Mutter meine romantische Liebe zu Hansheinrich schon als *coup de foudre* beschrieb, so war meine augenblickliche Verzückung beim ersten Anblick des Tals von Duwisib an jenem Herbstmorgen noch ungleich heftiger. Man versteht meine Gefühle besser, wenn man bedenkt, dass ich diese Landschaft in saftigem Grün und unter einem strahlenden Himmel kennenlernte, wobei eine frische Brise die langen Grashalme wogen ließ und einen Hauch von Meeresluft herüberwehte, was mich an die Nähe des Ozeans erinnerte und an das Segelboot, das von Siegler mitten in der Wüste entdeckt hatte.

Wenn ich später während der Trockenperiode den gleichen Weg

zurücklegte, war die Piste, die nach Maltahöhe führte, häufig von einer dicken Schicht feinen, weißen Staubs bedeckt, der beim leisesten Windhauch aufwirbelte, weshalb die Gesichter der Reisenden nach wenigen Kilometern von einer weißen Maske bedeckt waren. Die schnurgerade, hügellose Strecke zog sich durch eine so karge, monotone Landschaft, dass Hansheinrich sie »den Vorhof zur Hölle« taufte. Doch beim ersten Besuch erschien mir alles schön und bezaubernd.

Wir durchquerten das sandige Flussbett und nahmen dann eine Steigung bis zu einer Anhöhe hinauf, die uns beiden der ideale Ort für unser Haus schien, wobei wir uns schon ausmalten, wohin die Fassade ausgerichtet sein sollte und wo wir den Haupteingang anlegen würden. Dann passierten wir einen Engpass, der in eine kleine Senke mit dem Tümpel am Fuß einer Felswand mündete, die Stelle, wo von Siegler und der Buschmann ihr Lager aufgeschlagen hatten. Ich lächelte in Erinnerung an den Schrecken, der ihnen in die Knochen gefahren war, als der Eingeborene die Spuren eines Ochsen um die Wasserstelle im Dunkeln mit denen eines Löwen verwechselt hatte, doch als ich Hansheinrich davon erzählte, versicherte er mir, dass die großen Raubkatzen ihrer Beute nicht selten um die Wasserstellen herum auflauerten.

Obwohl es vor kurzem noch geregnet hatte, war ein Großteil des Tümpelwassers bereits in der Sonne verdunstet, so dass nur noch eine von einer Vielzahl unterschiedlicher Tierspuren umgebene Pfütze übrig geblieben war, darüber große Schwärme von Steppenhühnern, die ihre Gegenwart mit schrillen Klagelauten kundtaten. Nur ein dünner Wasserstrahl löste sich aus einer Quelle oberhalb der Klippe und stürzte mit einer solchen Gewalt auf die Felssteine herab, dass das aufspritzende Wasser der kleinen Kaskade sich in das bunte Spektrum des Lichts aufsplitterte, passend zu der Version, nach der Duwisib so viel heißt wie »Ort, wo der Regenbogen entspringt«.

Auf dem Rückweg von dort stießen wir auf eine weitere etwas

erhabenere Anhöhe als die, die wir für unser Haus gewählt hatten, und zögerten einen Moment, ob diese Stelle nicht vielleicht geeigneter wäre. Doch dann entschied Hansheinrich:

»Lassen wir das Haus dort, wo wir gedacht hatten, und errichten hier die Reithalle und die Stallungen, denn auch die Pferde haben das Recht auf eine schöne Aussicht.«

Den Rest des Tages erkundeten wir zu Pferd die Umgebung von Duwisib, und dank der Landkarte, die wir auf dem Amt in Maltahöhe entwendet hatten, konnten wir ungefähr den Grenzverlauf der anderen Grundstücke lokalisieren, mit denen Hansheinrich unseren Herrschaftsbereich erweitern wollte. Erst gegen Sonnenuntergang beschlossen wir, nach Duwisib zurückzukehren, wo die Boys so klug gewesen waren, ein großes Lagerfeuer anzuzünden, das uns den Rückweg wies, denn als wir ankamen, herrschte bereits völlige Dunkelheit. Bald saßen wir am Feuer mit gedörrtem Antilopenfleisch in der einen und einem Glas heißen Grogs in der anderen Hand.

In jener Nacht liebten wir uns erneut unter dem Zeltdach mit völliger Hingabe, so als hätten wir nicht nur eine dünne Wachsplane über den Köpfen, sondern ein festes Dach und um uns herum die schützenden Steinmauern eines bequemen Heims. Danach fand ich keinen Schlaf, denn die Nachricht von Marengos Flucht hatte mich mehr beeindruckt, als ich hatte zeigen wollen. Wenngleich ich wusste, dass der Rebell sich viele Kilometer weit entfernt aufhielt, fühlte ich ihn sehr nah, als schliche sein Schatten durchs Gebüsch und seien es seine Hände, die sanft die Äste des Baums bewegten, unter dem wir das Zelt aufgebaut hatten, wobei ich seine Nähe in keinem Moment als bedrohlich empfand.

Während Hansheinrich neben mir einschlief, überlegte ich mir, wie es wohl wäre, mit einem Schwarzen zu schlafen, der mir seine muskulösen Arme fest um die Taille schlang. Mit der Erinnerung an den Geruch der Haare des Ruderers, der mich bei unserer Ankunft in Swapokmund in Windeseile vom Schiff an den Strand getragen hatte, sank ich in den Schlaf und träumte davon, einen baumlangen Schwarzen zu lieben, wobei ich seine mahagonifarbenen Schultern und seine muskulöse Brust streichelte. Als ich aus diesem erotischen Traum erwachte, wollte ich mir noch einmal Marengos Bild anschauen und beleuchtete das Foto, das ich mir in die Manteltasche gesteckt hatte, mit einer Lampe.

Auf der Landstraße nach Mariental

Am nächsten Tag nahmen wir die Piste nach Norden in Richtung Mariental, und kurz nachdem wir auf die Hauptstraße eingeschwenkt waren, die von Nord nach Süd führte, kam uns eine Kolonne der Kavallerie entgegen, die mehrere in hoher Geschwindigkeit rollende Munitionswagen der Artillerie eskortierte. Als wir diese vom Dröhnen der Karren und einer erstickenden Staubwolke begleiteten bewaffneten Reiter auf uns zukommen sahen, fragte ich mich plötzlich, wie sich wohl die Eingeborenenkrieger fühlen mochten, wenn sie sich mit ihren primitiven Waffen der beängstigenden Kriegsmaschinerie einer Militärmacht gegenübersahen. Doch dann fiel mir ein, dass sie ja kämpften, um ihr Land und ihre Lebensweise zu verteidigen, folglich beruhte ihr Mut auf einem verzweifelten Selbsterhaltungstrieb. Sonst wäre es völlig unverständlich gewesen, dass manche ihrer Anführer – wie Marengo – nach all den Niederlagen und der Verfolgung den Kampf trotz seiner Aussichtslosigkeit weiterführten.

Hansheinrich erkannte den Offizier, der die Kolonne leitete, und sprang vom Kutschbock auf, um mit seinem Hut winkend auf sich aufmerksam zu machen. Der Offizier bemerkte rasch Hansheinrichs unverwechselbare Gestalt, ließ sein Pferd kehrtmachen und kam herbei, um uns zu begrüßen.

»Heiliger Himmel, von Wolf, was hast du denn in dieser gottverlassenen Gegend verloren? Ich wusste zwar, dass du ins Schutzgebiet zurückgekehrt bist, aber damit, dass wir uns mitten in der Wüste begegnen würden, habe ich nicht gerechnet …« Und als er mich erblickte, die ich daneben auf dem Kutschbock saß, verneigte sich der Offizier so tief, dass er mit seinem Hut beinahe die Mähne seines Pferdes berührt hätte. »Diese Dame muss deine bezaubernde Gattin sein; ich sehe, ihr Gauner seid echte Glückspilze, denn sie ist genauso schön und vornehm, wie man mir berichtet hat.«

Um das Pferdegetrappel zu übertönen, musste Hansheinrich sehr laut reden, als er uns einander vorstellte:

»In der Tat, Jayta Humphreys ist meine Gemahlin. Jayta, ich möchte dir Hauptmann Friedrich von Erckert vorstellen, einen alten Kameraden der Schutztruppe. Wir kommen aus der Region Maltahöhe, wo wir eine Farm gründen möchten.«

Hauptmann Erckert zwinkerte mir zu, was mir allzu schelmisch und anbiedernd erschien angesichts dessen, dass wir eben erst einander vorgestellt worden waren.

»Wie gesagt, Frau von Wolf, manche haben das große Los gezogen. Während wir armen Schlucker einem flüchtigen Rebellenführer bis an den Rand der Kalahari-Wüste hinterherjagen, sind andere auf der Suche nach einem passenden Ort für ihre Flitterwochen. Aber das ist mein Pech!«

Ich merkte, dass der Ton, in dem Hansheinrich antwortete, alles andere als entspannt war:

»Ich dachte, Marengo befände sich im südlichen Grenzgebiet, in der Nähe des Oranje-Flusses. Warum suchst du ihn also in der Kalahari?«

»Vor einigen Tagen hat Marengo die Grenze auf der Höhe von Orloskloof überquert, und aller Wahrscheinlichkeit nach ist er mit seinen Leuten in Richtung Nordosten unterwegs, um Kontakt mit dem Trupp von Simon Kopper aufzunehmen …«

Als dieser Name fiel, erstarrte Hansheinrich auf seinem Sitz und zog unwillkürlich die Zügel an, bis die Pferde vor Schmerz aufwieherten.

»Hast du Simon Kopper gesagt?«, wiederholte Hansheinrich außer sich. »Was hat Kopper denn mit Marengo zu tun?«

»Verzeih, mein Lieber, ich hatte ganz vergessen, dass du es ja auch mit diesem alten Fuchs zu tun hattest! Simon Kopper ist von jenseits der Grenze in die Wüste geflohen, und wir haben die Information erhalten, Marengo habe ihm vorgeschlagen, ihre Truppen zu vereinen. Deshalb müssen wir zur Verstärkung der Blockadetruppen von Gochas und Kowes rasch ins Auob-Tal. Fast hätte es eine Meuterei gegeben, denn viele dieser Männer standen kurz vor ihrer Heimkehr nach Deutschland …«

Erckert musste bemerkt haben, wie Hansheinrichs Gesicht sich verfinsterte, denn er klopfte ihm aufmunternd auf die Schulter mit den Worten:

»Verzeih, dass ich den Namen eines Ortes erwähnt habe, den du sicher in keiner guten Erinnerung hast, nachdem Koppers Männer dich in Kowes in die Falle gelockt haben. Aber ich kann dir versichern, dass sie diesmal nicht so einfach davonkommen werden. Wir werden die Gelegenheit nutzen, die beiden Schurken zu schnappen!«

Hansheinrich hatte die Zügel plötzlich locker gelassen, so dass die Pferde nicht mehr unter Kontrolle waren, und die entgegenkommenden Munitionswagen der Artillerie streiften fast unsere Kutsche. Unterdessen näherte sich ein Soldat, um Erckert zu melden, dass ein Wagen im Sand feststeckte, woraufhin der Offizier sich mit einem Griff an die Hutkrempe verabschiedete und sich im Galopp zu den Wagen aufmachte. Hansheinrich schien nicht einmal bemerkt zu haben, dass Erckert fort war, vielleicht hatte er sogar für einen Moment vergessen, wo er sich gerade befand.

Als er wieder zu sich kam, ließ er die Peitsche auf die Pferde niederprasseln, die schon unruhig geworden waren und nun in vollem Galopp lospreschten. Ich weiß nicht, wie wir es schafften, den entgegenkommenden Ochsenkarren und Militärfahrzeugen auszuweichen. Unter der Staubmaske sah ich, dass mein Mann den gleichen Gesichtsausdruck hatte wie damals auf der Kirmes in Oberlößnitz-Radebeul, wo er, als die Feuerwerkskörper über unseren Köpfen explodierten, voller Panik die Flucht ergriffen hatte.

DRITTES BUCH

Das Gefangenenlager

Bereits unter normalen Umständen fühlte ich mich in Windhuk wie in einer belagerten Festung, doch die Flucht des Rebellenführers diente den Weißen jetzt als Ausrede für ihre panische Angst vor einem erneuten Aufstand der Eingeborenen. Bewaffnete Soldaten patrouillierten auf den Straßen, und der Name Jakob Marengo war in aller Munde, so als stünden die Truppen des Rebellenführers bereits vor den Toren der Stadt. Die Farmerverbände und die Kommunalverwaltungen hatten die Regierung gebeten, den Abzug der Truppen zu stoppen, die – nachdem der Krieg offiziell für beendet erklärt worden war – bereits ihre Heimkehr nach Deutschland vorbereitet hatten.

Der neue Gouverneur, Bruno von Schuckmann, der mit dem Auftrag der Regierung aus Berlin in den Kolonien eingetroffen war, um das infolge der Kriege zerrüttete Verhältnis der verschiedenen Volksstämme untereinander zu normalisieren, sah sich nach Marengos Flucht nun mit einer Verschärfung der Spannungen zwischen Schwarzen und Weißen konfrontiert und gezwungen, dem Druck Letzterer nachzugeben. Und das, obwohl er sich verpflichtet hatte, die Ausgaben der öffentlichen Hand durch die Entlassung der Truppen, die die Staatskasse seit Jahren über Gebühr schröpften, zu reduzieren, wie der Gouverneur in seinen Memoiren berichtet: »Marengos Wiederauftauchen war wie ein elektrischer Stromschlag, der eine große Aufregung unter den Eingeborenen auslöste, selbst bei denen im Norden des Territoriums … Um die Ruhe wiederherzustellen war es nötig, die Rückkehr der Truppen nach Deutschland zu stoppen, um den Norden nicht völlig ohne Schutz zu lassen.«

Kaiser Wilhelm, der den neuen Gouverneur angewiesen hatte,

die Eingeborenen besser zu behandeln, hatte, besorgt über das erneute Aufflammen der Rebellion so kurz nach der Unterzeichnung des Friedensabkommens, angeordnet, eine Belohnung von 20 000 Mark auf Marengos Kopf auszusetzen und all seine Anhänger zu beseitigen.

Als ich im Hotel Kaiserkrone eintraf, erwartete mich ein vor mehreren Wochen datierter Brief meiner Mutter aus Dresden:

Allerliebste Jayta,

zunächst muss ich mich bei Dir entschuldigen, dass ich nicht eher auf Deinen Brief geantwortet habe, aber John hält uns mit seinen Verpflichtungen als Konsul ständig in Atem.

Es ist kaum verwunderlich, dass Deine Aufsätze in der Schule immer preisgekrönt waren, denn Deine Schilderungen sind großartig und alles, was Du erzählst, ist faszinierend. Manchmal werde ich sogar ein wenig neidisch, denn Einblick in eine so andere Welt zu bekommen als die, in der wir gelebt haben, und das zu einem Zeitpunkt, in dem Du noch die Kraft und die Illusionen der Jugend hast und in der Lage bist, neue Erfahrungen zu verarbeiten, ist fast so, als lebte man zweimal, und nicht alle genießen dieses Privileg.

Ich war begeistert von der Schilderung Deiner Ankunft in Swakopmund, der Zugfahrt durch die endlosen Ebenen und Deiner Ausflüge in die Umgebung von Windhuk. Schade nur, dass die Kolonialverwaltung Euch in Eurer Absicht behindert, einen großen Gutshof zu kaufen, aber bestimmt werdet Ihr diese Bürokraten noch von der Wichtigkeit Eures Vorhabens überzeugen können.

Hinsichtlich Deiner Frage in Deinem letzten Brief versichere ich Dir, dass ich noch nie von diesem schrecklichen Propheten Stürmann gehört habe ebenso wenig wie von der Äthiopischen Bewegung. Ich möchte Dich daran erinnern, dass wir auf den internationalen Treffen des Frauenbundes zwar die Anwesenheit angesehener religiöser Institutionen, aber niemals die von Sekten gebilligt haben. Es mag schon vorgekommen sein, dass die Spenden, die wir während des Burenkrieges nach Südafrika geschickt haben, in andere Hände gelangt sind, als wir dachten, doch wir hatten nie die Absicht, eine Bande von Verbrechern zu unterstützen.

Ich finde es jedoch durchaus achtenswert, dass Du gewisse Vorbehalte hegst, die Ungleichheiten hinzunehmen, die eine Kolonialherrschaft immer mit sich bringt, doch vergiss nicht, dass Du nicht in Begleitung eines Missionars, sondern eines ehemaligen Offiziers der deutschen Schutztruppe nach Südwestafrika gegangen bist. Ich denke, es ist Deine Pflicht, Deinem Mann zur Seite zu stehen, ohne ständig zu hinterfragen, ob die gesellschaftlichen Verhältnisse gerecht oder ungerecht sind. Ich rate Dir ja nicht, dass Du vor dem Elend und dem Leid, das Du um dich herum beobachtest, die Augen verschließt – was den Idealen widersprechen würde, nach denen ich Dich erzogen habe –, sondern dass Du eine praktische und wirksame Art findest, den Bedürftigen zu helfen, indem Du ihnen eine würdige und ordentlich bezahlte Arbeit bietest.

Vor kurzem habe ich in der deutschen und vor allem der englischen Presse gelesen, dass die Lebensumstände der Kriegsgefangenen in den Lagern der Kolonie sehr hart sind und viele dieser armen Menschen aus Mangel an Nahrung und medizinischer Versorgung sterben. Wenn Du meine Hilfe brauchst, kann ich vielleicht über den Amerikanischen Frauenbund, deren Ehrenvorsitzende ich noch immer bin, von hier aus etwas ausrichten.

Ich hätte Dir einige Dinge zu erzählen, doch wie mir scheint, sind Deine Erlebnisse in Südwestafrika weitaus interessanter und bereichernder als der Alltag einer Diplomatenfrau, weshalb ich Dir die Klatschgeschichten dieser kleinen Stadt mit dem kalten, unfreundlichen Klima erspare.

Genieße die Sonne.

Fannie

Nachdem ich in dem Brief den Hinweis auf die Kriegsgefangenen gelesen hatte, bat ich Orlich, mich zu dem Gefangenenlager zu bringen, das sich auf dem Vorplatz unterhalb der Festungsmauern erstreckte, einem Stadtbezirk, den ich während meines letzten Besuchs in Windhuk tunlichst gemieden hatte. Ich fragte mich, ob nach Marengos Flucht unter den afrikanischen Sträflingen die gleiche Aufregung ausgebrochen war wie bei den Weißen. Ich hatte den Eindruck, dass die Wachtposten im Umkreis des Lagers verstärkt worden waren, und selbst die Stacheldrahtumzäunung kam mir höher vor, als könnten diese armen Teufel auch nur davon träumen, von dort zu entkommen, um sich den Truppen eines Rebellen anzuschließen, der sich mehr als tausend Kilometer weit weg befand.

Die Frauen, die ich dort sah, mahlten Korn in Holzmörsern und einige stillten ihre Sprösslinge an ihren schlaffen Brüsten; andere Kinder streunten zwischen den Hütten umher. Bei Einbruch der Dämmerung bildeten einige Frauen vor einer der strohgedeckten Hütten einen Kreis und stimmten eine Melodie mit einem sanften, eingängigen Rhythmus an. Beim Refrain fielen alle Anwesenden mit ein, begleitet von einem dumpfen Händeklatschen.

Nichts am Verhalten jener Menschen ließ darauf schließen, dass sie nur auf die erstbeste Gelegenheit warteten, um ihren Wächtern die Kehle durchzuschneiden und sich Marengos Aufstand anzuschließen.

»Es scheint ein wenig übertrieben, dass sie die Wachtposten vor dem Lager verdoppelt haben, denn die Gefangenen verhalten sich doch völlig ruhig. Vielleicht haben sie ja gar nichts von Marengos Flucht gehört.«

Der Kutscher schüttelte den Kopf und sagte: »Frau von Wolf, wir Weißen sollten die Verstellungskünste der Schwarzen niemals unterschätzen. Wenn ein Herero zeigt, dass er verärgert ist, und laut wird, hat man nichts zu befürchten; wenn er aber ruhig wirkt und lächelt, müssen Sie sich in Acht nehmen, denn dann könnte er ein furchtbares Gemetzel im Schilde führen. Genau das ist geschehen bei Ausbruch der Rebellion, der uns völlig unvorbereitet traf.«

Der Kutscher wollte mir von seiner Erfahrung als Wachtposten in ebendiesem Gefangenenlager erzählen, doch ich bat ihn, mich woandershin zu bringen, denn der Anblick jener armen Teufel, die bewacht wurden wie wilde Tiere, schockierte mich zutiefst.

Die Verschwörung der Buren

»Unmittelbar nach der Niederschlagung des Herero-Aufstands im Norden und Witboois Kriegserklärung im Süden wurde ich als Wächter ins Gefangenenlager nach Windhuk beordert. Es war keine leichte Aufgabe, denn zu jener Zeit hatten wir bereits an die 2000 Hereros und 1500 Hottentotten interniert, einschließlich der Frauen und Kinder. Die beiden Stämme waren getrennt untergebracht, da wir fürchteten, sie könnten sich gegenseitig die Kehlen durchschneiden, wenn wir sie zusammensteckten.

Die Männer wurden täglich um fünf Uhr morgens zur Zwangsarbeit aus dem Lager abgeholt und kehrten nicht vor fünf Uhr nachmittags zurück, woraufhin sie eine üppige Verpflegung bekamen, Reis, Mehl, Speck und zweimal pro Woche für die Männer drei Tabaklagen und zwei Päckchen Zigaretten. Den Aufsässigen wurden, wenn nötig, auch fünfundzwanzig Peitschenhiebe verabreicht, und die Gefährlichsten mussten in Ketten gehen. Einige von ihnen wurden nach ihrer Verurteilung gehenkt.

Nachdem ich eine knappe Woche lang meinen Dienst als Wachtposten versehen hatte, befahl mir der Unteroffizier, ein paar alte Hütten abzureißen und neue im Stil der übrigen zu bauen. Zur Errichtung der Pantoks rammt man zunächst einen großen Holzpfosten in die Mitte der Fläche, auf der die Hütte stehen soll; nachdem man die Erde darum herum geebnet hat, bindet man eine Kordel an den Pfahl und zieht einen Kreis von zwei bis drei Metern Umfang, in den man in ein paar Finger breiten Abständen lange Stöcke etwa fünfzehn Zentimeter tief in den Boden bohrt; da die Stöcke mindestens zweieinhalb Meter lang und zur Spitze hin dünner und biegsamer sind, beschreiben sie gen Mitte eine Kurve und treffen oben zusammen, um das Dach für die Hütte zu bilden. Anschließend bedeckt man das Astwerk mit einer Mischung aus Kuhmist und Lehm, die rasch trocknet, kappt die kegelförmige Spitze, damit der Rauch abziehen kann, und schneidet eine Fensteröffnung sowie ein Loch für einen kleinen Eingang aus, der mit Tierfell abgedeckt wird.

Als ich ihnen nach dem Abriss der alten Hütten Anweisungen gab, die Löcher für die Stecken in die Erde zu bohren, die die Wände für die neuen Behausungen bilden sollten, merkten wir, dass die Sträflinge sich drückten; einige standen auf ihre in den Boden gerammten Schaufeln gestützt einfach so da und weigerten sich zu graben, woraufhin bei mir gleich die Alarmglocken schrillten. Also schnappte ich mir selbst eine Spitzhacke und schlug sie eine halbe Handbreit in die Erde. Plötzlich klang es so, als wäre ich auf Metall gestoßen, weshalb ich noch ein wenig tiefer hackte.

Nach kurzer Zeit hatte ich acht Gewehre ausgebuddelt, die in einem Erdloch versteckt waren, darunter zwei deutsche Fabrikate, die übrigen englischer Herkunft. Als die Sträflinge sahen, was ich da aus dem Loch zog, wussten sie nicht, wie sie sich verhalten sollten. Ich informierte sofort die anderen Wachhabenden und den Unteroffizier und schließlich gruben wir vierunddreißig Gewehre und reichlich Munition aus. Nachdem wir es unseren Vorgesetzten gemeldet hatten, rückte Oberleutnant Fischer mit einer Infanteriedivision an und unterzog die Gefangenen einem Verhör, doch keiner wollte gestehen, auch nicht unter Strafandrohung.

Wir hätten nie herausgefunden, was die Verschwörer im Schilde führten, wenn der Alkohol einem der in Windhuk lebenden Buren, der eingeweiht war, nicht die Zunge gelöst hätte. So erfuhren wir, dass er in jenen Tagen die Ankunft zweier weiterer Buren von außerhalb erwartete, mit denen er vorhatte, die Feste zu stürmen, die Geschütze abzutransportieren und sich Marengos Truppen anzuschließen. Vergessen Sie nicht, dass das vor gut drei Jahren geschah, als der Aufstand im Süden seinen Höhepunkt erreicht hatte, also noch bevor Marengo sich gezwungen sah, über die Grenze zu fliehen. Dank ihrer Spione in Windhuk hatten die Buren in Südafrika erfahren, dass die Munition bei uns in der Schutztruppe knapp wurde und die Wachtposten der Feste jeder nur zehn Kugeln zur Verfügung hatten, was einen Handstreich mit Hilfe der Lagerinsassen erleichterte, die gleichzeitig mit dem Überfall gemeutert und ihre Wächter mit den versteckten Gewehren getötet hätten.

Sie sehen also, was diese so unschuldig wirkenden Schwarzen alles aushecken können; doch ohne die Hilfe der Buren hätten sie natürlich nichts ausrichten können.«

Orlich schloss seine Geschichte mit einem guten Rat:

»Da Sie beabsichtigen, Land im Süden des Territoriums zu erwerben, rate ich Ihnen, sich von den burischen Farmern möglichst fernzuhalten. Sie wirken wie vollkommen harmlose Menschen, immer mit der Bibel in der Hand, aber man kann ihnen nicht trauen. Bedenken Sie nur, was jetzt nach Marengos Flucht passiert ist: Vor wenigen Tagen hat er das Gefängnis verlassen, mit völlig leeren Händen und nichts als Hanfschuhen an den Füßen. Wie ist es da möglich, dass er vor Überqueren der Grenze alle Bestände des Dorfladens in Cnydas aufkaufen konnte? Wer gab ihm wohl das Geld, um Vorräte zu beschaffen und seine Gefolgsleute mit Repetiergewehren auszustatten? Ich wette, dass diese Gewehre aus der gleichen Quelle stammen wie die, die ich vor ein paar Jahren im Lager ausgegraben habe.«

Wenngleich Orlichs Verdächtigungen unbegründet sein mochten, wusste ich von Albert Voigt, dass die Nachfahren der holländischen Siedler das Gebiet nördlich des Oranje-Flusses immer als natürlichen Anhang der Kapprovinz angesehen hatten, das, was sie

Groot Namakwaland nannten. Die ersten Elefantenjäger holländischer Abstammung hatten dort schon seit ewigen Zeiten ihr Jagdrevier – der Name des Oranje-Flusses lautete übrigens ursprünglich »Olifant River« –, bis die Elefanten in diesem Gebiet ausgerottet waren. Als das Englische Königreich dann erlaubte, dass dieses Gebiet unter die Flagge des deutschen Kaisers gestellt wurde, protestierten die Afrikaner der Kapprovinz heftig gegen die britischen Machthaber, obwohl sie nach dem verlorenen Krieg gegen die Engländer nur noch wenig ausrichten konnten.

Voigt hatte mir auch erklärt, einige Burenfamilien hätten die Grenze überquert, um in den Süden des deutschen Hoheitsgebiets zu flüchten, und die Behörden hätten sie geduldet, als die weiße Bevölkerung noch spärlich war und eigentlich die Nama die Region kontrollierten. Doch nachdem der Aufstand der Eingeborenen niedergeschlagen und ihr Hoheitsgebiet zum Eigentum der Krone erklärt worden war, bereitete die Präsenz der Buren in einer so grenznahen Region dem Kolonialministerium in Berlin Sorgen, wie Lindequist Hansheinrich bei ihrem Treffen in Tsubgaris selbst gesagt hatte, was mein Mann unter anderem als Argument benutzte, um die von uns angestrebte Erweiterung des Landbesitzes zu erwirken.

Von Estorff

Einer derjenigen, die die Ansiedlung der Verlierer des Burenkriegs im Süden des Schutzgebiets befürwortet hatten, war der damalige Kommandant Ludwig von Estorff, der während seiner Amtszeit als stellvertretender Kommandeur der Schutztruppe 1902 ein Abkommen mit den Buren unterzeichnet hatte, nach dem sie sich im Süden des deutschen Territoriums mit ihren Religionsgemeinschaften und Schulen niederlassen durften.

Von Estorff bewunderte die physische Widerstandkraft der Buren und dachte, nur diese abgehärteten Farmer wären in der Lage, jenes karge Land urbar zu machen. Von Estorffs Hochachtung vor den Buren stammte noch aus der Zeit, als er vom deutschen Generalstab zum Kriegsbeobachter im Konflikt zwischen Engländern und Buren ernannt worden war, und er behauptete immer, wenn die verschiedenen Burengruppen nicht so unorganisiert und auf eigene Faust gehandelt hätten, wären sie sogar in der Lage gewesen, die Briten zu schlagen. Seine Sympathie für die Buren erweckte schließlich Misstrauen unter den deutschen Farmern, die bei der Regierung in Berlin darauf drängten, dass von Estorff sein Abkommen mit den Vertretern der Besiegten aufkündigen solle, woraufhin der Kommandant sich genötigt sah, von seinem Posten zurückzutreten, und zeitweilig nach Deutschland heimkehrte.

Doch als 1904 der Herero-Aufstand ausbrach, war von Estorffs Ansehen immer noch so groß, dass man ihn wieder zurückrief und zum Bataillonskommandanten des 1. Feldregiments ernannte, als welcher er an der Schlacht bei Waterberg teilnahm, wo der Feind vernichtend geschlagen wurde. Als General von Trotha, Kommandant der Kaiserlichen Schutztruppe, den Hereros öffentlich den Krieg erklärte, versuchte Major von Estorff, die schlimmsten Folgen dieses Dekrets abzuwenden, indem er den Hereros anbot, sich in Internierungslager zu begeben, um ihr Leben zu retten. Doch von Trothas Reaktion lautete kurz und bündig: »Sie haben überhaupt nichts zu versprechen!«, weshalb die Truppen weiterhin ein Heer von Frauen, Kindern und Alten sowie die Überlebenden der Schlacht von Waterberg in die Omaheke-Wüste trieben, wo Hunderte von Geflohenen verhungerten und verdursteten. Zum Glück wollten nicht alle deutschen Offiziere dem Blutbefehl Folge leisten, so etwa von Estorff selbst sowie Leutnant Streitwolf, die sich an von Trothas Unnachgiebigkeit stießen.

In der Bibliothek des Offiziersclubs fand ich den Aufruf an die Hereros, den von Trotha an die Überlebenden von Waterberg gerichtet hatte:

Aufruf an das Volk der Hereros.

Ich, der große General der deutschen Soldaten, sende diesen Brief an das Volk der Hereros. Die Hereros sind nicht mehr deutsche Untertanen. Sie haben gemordet und gestohlen, haben verwundeten Soldaten Ohren und Nasen und andere Körperteile abgeschnitten und wollen jetzt aus Feigheit nicht mehr kämpfen. Ich sage dem Volk: Jeder, der einen der Kapitäne an eine meiner Stationen als Gefangenen abliefert, erhält 1000 Mark, wer Samuel Maherero bringt, erhält 5000 Mark. Das Volk der Hereros muss jedoch das Land verlassen. Wenn das Volk dies nicht tut, werde ich es mit dem *Groot Rohr* dazu zwingen. Innerhalb der deutschen Grenze wird jeder Herero mit oder ohne Gewehr, mit oder ohne Vieh erschossen, ich nehme keine Weiber und Kinder mehr auf, treibe sie zu ihrem Volke zurück oder lasse auf sie schießen. Das sind meine Worte an das Volk der Hereros.

Gez. Von Trotha, der große General
des mächtigen deutschen Kaisers.

In demselben Bericht des deutschen Generalstabs, der diesen Aufruf dokumentierte, las ich auch folgenden Kommentar:

Die mit eiserner Strenge monatelang durchgeführte Absperrung des Sandfelds vollendete das Werk der Vernichtung. Die Kriegsberichte des Generals von Trotha aus jener Zeit enthielten keine aufsehenerregenden Meldungen. Das Drama spielte sich auf der dunklen Bühne des Sandfelds ab. Aber als die Regenzeit kam, als sich die Bühne allmählich erhellte und unsere Patrouillen bis zur Grenze des Betschuanalandes vorstießen, enthüllte sich ihrem Auge das grauenhafte Bild verdursteter Heereszüge. Das Röcheln der Sterbenden und das Wutgeschrei des Wahnsinns … sie verhallten in der erhabenen Stille der Unendlichkeit! Das Strafgericht hatte sein Ende gefunden. Die Hereros hatten aufgehört, ein selbständiger Volksstamm zu sein.

Was der offizielle Bericht nicht erwähnte, war, dass zum Ausgang des Dramas, das sich »auf der dunklen Bühne des Sandfelds« abspielte, die deutschen Truppen aktiv beigetragen hatten, die sie, nachdem sie die Flüchtigen bis tief in die Wüste hineingetrieben hatten, mit Macheten und Keulen an den auf militärischen Befehl hin vergifteten Brunnen, manche schon halbtot vor Hunger und Durst, niedermachten, wo immer sie sie erwischten. Einige der Szenen, die der Protagonist des Buches von Peter Moore von diesem Gemetzel schilderte, hatten in Deutschland eine heftige Diskussion ausgelöst.

Als Gouverneur von Schuckmann in Windhuk eintraf, versuchte er, die wenigen Hereros, die die Durchquerung des Sandfelds überlebt und sich über die Grenze nach Betschuanaland ans Ufer des Ngamisees geflüchtet hatten, zur Rückkehr in die Kolonie zu bewegen. Nachdem er die britischen Machthaber um Erlaubnis ersucht hatte, schickte der Gouverneur Hauptmann Streitwolf, einen der aufgeschlosseneren Offiziere mit einer objektiveren Einschätzung des Konflikts, in einer Friedensmission zu den Hereros, um sie mit einem vernünftigen Friedensangebot zur Rückkehr zu bewegen.

Der Herero-Häuptling, ein gewisser Traugott, mit dem Streitwolf die Unterredung führte, erwiderte dem deutschen Offizier, er habe das Geschehene vielleicht vergessen, doch sie (die Hereros) könnten das nicht, und er persönlich wolle, unbewaffnet, wie er sei, nicht in ein Land zurückkehren, wo er jederzeit Gefahr laufe, wie ein Antilope niedergestreckt zu werden. Nachdem er sich davon überzeugt hatte, dass die meisten Hereros so dachten wie ihr Häuptling, erklärte Streitwolf seine Mission für beendet und scheute sich nicht, in seinem Bericht an die Kolonialregierung die Gründe zu nennen, die die Hereros seiner Meinung nach zu der Rebellion bewogen hatten, und erklärte, dass die Überlebenden jenes Holocausts sich nicht wieder unter die Fuchtel ihres alten Kolonialherren begeben wollten.

Der Zwischenfall von Kowes

Manchmal scheint das Leben sich im Kreis zu drehen, weshalb man nach einiger Zeit Menschen wiederbegegnet, die einem unter anderen Umständen schon einmal über den Weg gelaufen sind. Nachdem General von Estorff im Südwesten des Territoriums tätig gewesen war, zu der Zeit, als Hansheinrich in der Feste von Gochas diente, war er gleichzeitig mit unserer Ankunft in Windhuk zum Kommandeur der gesamten Schutztruppe von Deutsch-Südwestafrika ernannt worden. Seine erste Amtshandlung auf seinem neuen Posten war die Proklamation einer neuen Verordnung, die lautete: »Man hat mich soeben zum Kommandeur der Schutztruppe ernannt. Die Alkoholrationen sind mit sofortiger Wirkung gestrichen.« Wenn man bedenkt, dass die Biereinfuhr für die weiße Bevölkerung, die weniger als zehntausend Bürger zählte, viermal so hoch war wie der gesamte Bierkonsum des berüchtigten Oktoberfests in München, war dies vielleicht keine übertriebene Maßnahme.

Als überzeugter Christ gab von Estorff auch strikte Anweisungen, jegliches Fluchen in der Truppe zu unterbinden. Aufgrund seines patrizierhaften Aussehens war von Estorff unter dem respektvollen Spitznamen »Der alte Römer« bei seinen Soldaten bekannt, die ihn trotz seiner Unnachgiebigkeit hinsichtlich seiner Prinzipien sehr verehrten. Der General war nur mittelgroß, aber athletisch und sehnig, was seinem asketischen Naturell entsprach; mit seinen kleinen, lebhaften, leicht schlitzigen Augen sowie dem nach außen gebogenen Schnäuzer erinnerte er ein wenig an ein Meeresungeheuer.

Auf dem Willkommensfest anlässlich des Amtsantritts des neuen Gouverneurs von Südwestafrika, zu dem wir kurz nach der Rückkehr von unserer Reise nach Maltahöhe eingeladen wurden, hatte ich Gelegenheit, von Estorff kennenzulernen. Zu dem Anlass trug von Estorff lediglich eine Ausgehuniform, nicht die weiße Galauniform, und während die Brustlätze anderer, weniger verdienter

Offiziere mit Kreuzen und Schleifen behangen waren wie Weihnachtsbäume, schmückte den Rock des obersten Kommandeurs kein einziger Orden.

Ich trug an jenem Abend ein weißes Musselinkleid mit großzügigem Ausschnitt, das ich Jahre zuvor anlässlich des Jungfernballs zu Ehren von Roosevelts Tochter Marie schon einmal ausgeführt hatte, wohl wissend, dass ich auf dem Begrüßungsfest für den neuen Gouverneur kaum jemandem begegnen würde, der an jenem Debütantinnenball im Weißen Haus teilgenommen hatte. Die Willkommensfeier zu Ehren des neuen Gouverneurs war auch mein Debüt in der Kolonialgesellschaft, und ich glaube, es wurde ein voller Erfolg, wenngleich das eingedenk der relativ spärlichen Konkurrenz unter den Vertreterinnen des sogenannten schönen Geschlechts kein großes Verdienst war.

Ich glaube, der Ruhm, der mir als reiche Erbin vorausging, zusammen mit einem nicht unangenehmen Aussehen und der angemessenen Garderobe, waren Gründe genug, um in jenem äußerst überschaubaren Gesellschaftskreis eine übertriebene Bewunderung zu wecken. Einer von denen, die mich hinreißend fanden, war Oberleutnant von Siegler, denn ich merkte, wie er übers ganze Gesicht strahlte, als er mich eintreten sah. Der schmucke Offizier in seiner Galauniform, mit dem blitzenden Säbel an der rechten Seite und den gefalteten Handschuhen unter dem linken Unterarm erinnerte in nichts mehr an jenen abgerissenen Farmer, den ich im Hotel Kaiserkrone kennengelernt hatte. Albert und Ida Voigt waren ebenfalls zu dem Empfang geladen und begrüßten mich überschwänglich und voll des Lobes für meine Toilette.

Was Ernst von Siegler betraf, so brauchte seine Bewunderung keine Worte. Der Leutnant hatte wohl schon auf mein Erscheinen gewartet, denn kaum waren Hansheinrich und ich über die Schwelle getreten, merkte ich, dass mich jemand anstarrte, und als ich mich umschaute, traf mein Blick auf die grauen Augen von Sieglers.

Von Sieglers Blicke begleiteten mich für den Rest des Abends, und obwohl ich mich mit vielen Gästen unterhielt, brauchte ich nur ein wenig den Kopf umzuwenden, und schon blickte ich in die auf mich gerichteten Augen des Leutnants. Schließlich nutzte von Siegler die Gelegenheit, als ich mich der Bar näherte, um ein Getränk zu bestellen, herbeizueilen und mir das Gewünschte zu servieren, was in dem Moment nichts weiter war als ein Glas Wasser, da in dem überfüllten Saal eine unerträgliche Hitze herrschte.

Hingegen hatte ich aufgrund seines gelösten Auftretens den Eindruck, dass von Siegler einiges über den Durst getrunken hatte, und schließlich wagte er es, das Sektglas zu erheben und mir direkt in die Augen zu schauen mit den Worten:

»Sie mögen mir verzeihen, wenn ich wiederhole, was man Ihnen in den letzten Stunden wohl schon unzählige Male gesagt hat, aber Sie sehen heute Abend bezaubernder aus denn je.«

Einmal abgesehen von der möglichen Wirkung des Alkohols strahlten von Sieglers Augen in einem außergewöhnlichen Glanz. So fiel es mir nicht schwer, seine Galanterie mit einem Kompliment zu erwidern:

»Ich muss gestehen, dass Ihnen diese Uniform auch vortrefflich steht.«

Ich hätte nie gedacht, dass diese kleine Schmeichelei eine so verheerende Wirkung haben würde, doch da von Siegler ausgerechnet in dem Moment sein Sektglas leerte, verschluckte er sich, als er mir antworten wollte, und wurde rot wie eine Tomate. Es entstand eine peinliche Situation, da ich nicht wagte, dem Herrn Oberleutnant einmal ordentlich auf den Rücken zu klopfen, wie ich es mit einer mir vertrauten Person getan hätte, jedoch auch nicht wollte, dass der arme Mann aufgrund eines harmlosen Kompliments meinerseits jämmerlich erstickte.

»Vielleicht sollten Sie ein wenig frische Luft schnappen«, sagte ich, als ich merkte, dass von Sieglers Husten die Aufmerksamkeit der übrigen Gäste erregte.

Also begleitete ich den Oberleutnant hinaus auf die Veranda, die zum Garten führte und wo man eine bessere Luft atmete als in den Sälen voller trinkender und rauchender Menschen, damit von Siegler seinen Husten unter Kontrolle bringen konnte.

»Sie sind zu freundlich«, sagte der Oberleutnant, während er die letzten Krampfanfälle mit dem Taschentuch erstickte. »Ich wollte Ihnen noch sagen, dass ich mir mehr als alles andere wünsche, dass Sie und Ihr Gatte sich in der Gegend von Maltahöhe niederlassen.«

»Ich hoffe sehr, dass es so kommt, und ehrlich gesagt waren die Informationen, die Sie mir im Haus der Voigts gaben, sehr nützlich, denn dank Ihrer ausführlichen Beschreibung habe ich mich bei unserer Ankunft in Duwisib leichter zurechtgefunden. Als wir zu dem kleinen Wasserfall neben der Tränke kamen, wo Sie gerastet haben, musste ich an Sie denken. ›Der Ort, wo der Regenbogen entspringt‹, richtig?«

»Ich sehe, Sie haben ein gutes Gedächtnis. Wenn Sie in Duwisib bleiben, werden Sie es nicht bereuen; dieses Land eignet sich bestens für die Pferdezucht und natürlich für jede Art von Viehhaltung.«

»Mein Mann und ich sind beide leidenschaftliche Pferdeliebhaber, obwohl ich zugeben muss, dass er auf diesem Gebiet weitaus erfahrener ist, immerhin hat er es in der Hannoveraner Militärakademie bis zum Ausbilder gebracht. Außerdem kennt er die Gegend gut, da er die Region bereits auf seinen Patrouillen rund um Maltahöhe erkundet hat.«

»Stimmt, ich erinnere mich, dass er nach dem Vorfall von Kowes zeitweilig nach Gibeon beordert wurde, mit den Patrouillen, die die Versorgungskonvois aus Lüderitz eskortierten.«

Trotz seiner leichten Berauschtheit merkte von Siegler, dass er womöglich etwas gesagt hatte, was er besser hätte für sich behalten sollen, doch da war es bereits zu spät, um zu verhindern, dass ich ihn fragte:

»Der Vorfall von Kowes? Merkwürdig, aber innerhalb von weniger als einer Woche höre ich nun schon zum zweiten Mal von diesem Ort reden. Können Sie mir sagen, was dort geschehen ist?« Selbst auf der halbdunklen Veranda bemerkte ich, wie von Siegler erbleichte.

»Ich nehme an, Sie wissen, was ich meine«, stammelte er; er wirkte so fahrig, dass ich einen Moment lang fürchtete, er würde einen erneuten Hustenanfall bekommen. »Ich kann mir kaum vorstellen, dass bisher noch nie jemand mit Ihnen über den Vorfall von Kowes geredet hat, und sollte es tatsächlich so sein, bedaure ich zutiefst, ihn erwähnt zu haben.«

»Anstatt sich unnötig zu entschuldigen, sollten Sie mir lieber verraten, was an diesem Ort geschehen ist. Erst vor ein paar Tagen hörte ich zum ersten Mal von Kowes, und zwar, als wir auf dem Weg nach Windhuk Hauptmann Erckert begegneten, der, wie er uns erzählte, sich gerade auf dem Weg dorthin befand, um zu verhindern, dass Marengo sich mit einem gewissen Simon Kopper verbündet, anscheinend ein weiterer Rebellenführer, der in der Region sein Unwesen treibt.«

»Zweifellos weiß Hauptmann Erckert besser als ich, was in Kowes geschah, denn er war mit Ihrem Gatten auf der Festung von Gochas stationiert und sicherlich gemeinsam mit ihm an dem Geschehen am Auob-Fluss beteiligt.«

»Ja, nur zufällig ist von Erckert augenblicklich nicht hier. Ist es denn zu viel verlangt, wenn ich Sie bitte, mir zu erzählen, was Sie wissen?«

»Wenn Ihr Mann Ihnen nicht erzählt hat, was in Kowes vorgefallen ist, bin ich wohl kaum der Richtige, darüber zu reden, denn damals war ich weit weg. Zu der Zeit befand ich mich an der Grenze des Oranje-Flusses im Kampf gegen die Männer von Marengo.«

Da blickte ich ihm fest in die Augen, stellte mich auf die Zehenspitzen, um meinem Blick mehr Nachdruck zu verleihen, und schleuderte ihm entgegen:

»Siegler, Sie sollten eigentlich wissen, dass ein Kavalier sich auf die Bitte einer Dame hin nicht in Ausflüchten zu ergehen hat.«

Noch während ich dies sagte, ahnte ich, dass ich es womöglich noch bereuen würde, so mit ihm geredet zu haben; aber für einen Rückzug war es bereits zu spät.

»Schon gut, Frau von Wolf, aber vergessen Sie nicht, dass Sie es waren, die mich baten, Ihnen davon zu erzählen, denn ich möchte nicht, dass Sie mich hinterher dafür hassen. Die Artilleriepatrouille, die Ihr Mann befehligte, wurde von überlegenen feindlichen Truppen unter dem Kommando von Simon Kopper überrascht. Während sie eine steile Böschung am Ufer des Auob-Flusses erklommen, gerieten sie unter heftigen Beschuss und erlitten schwere Verluste. Sie mussten übereilt den Rückzug antreten und die Gefallenen sowie ein Geschütz im Feld zurücklassen, das in Feindeshand geriet …«

Ich hätte mir gewünscht, von Siegler hätte an der Stelle innegehalten, doch nachdem ihm der Anfang so schwergefallen war, schien er nun in Fahrt zu kommen. »Diesen tragischen Vorfall habe ich ganz besonders bedauert, weil ich dort einen meiner besten Freunde verloren habe, Leutnant Haering, der sogleich zur Verstärkung herbeigeeilt war, als er hörte, dass Ihr Mann umzingelt war. Später habe ich erfahren, dass man von Wolf wegen dieses Vorfalls vor ein Kriegsgericht gestellt hat, das ihn nur dank der guten Beziehungen seiner Familie zur Heeresleitung am Ende freisprach.«

Von Siegler wandte sich unauffällig um und hielt verstohlen Ausschau nach einer Gruppe von Gästen, unter denen sich einige hochrangige Militärs befanden, einschließlich von Estorff höchstselbst. Da ich meiner Ansicht nach alles erfahren hatte, was ich wissen wollte, oder sogar mehr als das, brach ich an dieser Stelle das Gespräch ab.

»Ich glaube, ich habe mich in der frischen Abendluft ein wenig verkühlt, und würde jetzt gerne zu den übrigen Gästen zurückkehren. Danke, dass Sie meinem Wunsch nachgekommen sind, jetzt müssen Sie mir nur noch Ihr Ehrenwort als Soldat und Kavalier geben, dass dieses Gespräch unter uns bleibt.«

Von Siegler verabschiedete sich mit einer tiefen Verneigung, wobei er krachend die Hacken zusammenschlug. Es war nur natürlich, dass wir jeder in eine andere Richtung aufbrachen, denn die Adjutanten baten um die allgemeine Aufmerksamkeit für die Rede des neuen Gouverneurs und von Estorffs als oberster Heereskommandant. Als Zeremonienmeister diente der Staatssekretär, ein gewisser Oskar Hintrager. Schon auf den ersten Blick ahnte ich, dass er kein guter Mensch war, und dieser anfängliche Eindruck sollte sich später mehr als bestätigen: Der Minister war ehrgeizig, falsch, seinen Vorgesetzten zu Munde redend und tyrannisch gegenüber seinen Untergebenen. Aus irgendeinem unerklärlichen Grund – wahrscheinlich war es der Groll des eher unscheinbaren Mannes auf den brillanteren und attraktiveren Kontrahenten – hegte er eine ausgeprägte Abneigung gegen meinen Mann, was unsere Pläne ernsthaft zu gefährden drohte.

Nachdem er mehrmals in die Hände geklatscht hatte, um uns zum Schweigen zu bringen, als befänden wir uns in der Schule, ergriff Hintrager das Wort, um uns in einer unnötig langen und überschwänglichen Rede den neuen Gouverneur vorzustellen, der seine Erwiderung in wenige klare Worte fasste, die mir der Realität angemessener erschienen und keineswegs triumphierend wirkten. Selten habe ich einen Politiker gehört, der zugab, dass ihn die Umstände dazu bewogen hätten, seine Meinung zu ändern, doch von Schuckmann räumte ein, dass er zeitweilig ganz auf seine Modernisierungspläne in der Kolonie habe verzichten müssen.

Anschließend erhielt von Estorff als Kommandant der Schutztruppe das Wort, der sich, vielleicht als Ausgleich für den endlosen Beitrag von Hintrager, darauf beschränkte, sein Glas zu erheben mit den Worten: »Ein herzliches Willkommen dem Herrn Gouverneur! Und da wir morgen sehr früh aufstehen müssen, schlage ich vor, diesen angenehmen Abend nun zu beenden. Vielen Dank!«

Südwester Stammbaum 1898–1915

Telegraphische Nachrichten

Windhuk, den 22. Mai 1905

Die von Mukurob verjagten Samuel Isaac und Stürmann scheinen sich nach Osten dem Auob zugewendet zu haben. Dort stieß am 16. Mai eine Patrouille der 5. Batterie auf dem Rückwege von Hunirob nach Haruchas bei Kowes auf etwa vierzig Hottentotten, die von Westen kamen. Von den vier Reitern der Patrouille kehrte nur der Führer nach Heruchas zurück. Nach dem Abzug Estorffs waren nur noch die Wasserstellen von Samprietfontein bis einschließlich Haruchas, also Kowes, nicht mehr besetzt geblieben. Hauptmann von Wolf wurde hierauf in der Nacht vom 16. zum 17. Mai mit dreißig Reitern und einem Geschütz nach Kowes entsandt und hatte dort am 18. Mai von zehn bis zwei Uhr nachmittags ein schweres Gefecht gegen etwa hundertneunzig Hottentotten, die sodann in nördlicher Richtung abzogen. Diesseits vier Reiter gefallen, ein Assistenzarzt, ein Reiter schwer verwundet, zwei Reiter leicht verwundet. Beim Feind erhebliche Verluste durch günstiges Artilleriefeuer. Von den in Gochas zur weiteren Verstärkung von Kowes verfügbar gemachten Mannschaften wurde Oberleutnant Haering mit elf Reitern vorausgesandt. Dieser hatte anscheinend am 18. Mai um fünf Uhr nachmittags etwa drei Kilometer nördlich von Kowes gleichfalls ein schweres Gefecht mit Hottentotten, in welchem er selbst sowie drei Reiter fielen, einer leicht verwundet wurde. Bei Annäherung einer anderen Abteilung brachen die Hottentotten das Gefecht unter Zurücklassung ihrer Toten und einer Anzahl Gewehre ab. Verfolgung ist aufgenommen. Die sehr unvollständigen Meldungen geben zurzeit kein klares Bild hinsichtlich der Lage am Auob. Eine Verstärkung der dortigen Truppen wird in den nächsten Tagen erfolgen.

Ein Erdbeben

Auf der Rückreise nach Windhuk passierten wir erneut Maltahöhe, wo Hansheinrich beim Distriktschef Hauptmann Seydel den Antrag auf Landerwerb einreichte, um das Bewilligungsverfahren in Gang zu setzen, wie uns Grassop auf dem Amt geraten hatte. Der Bezirksamtmann von Maltahöhe hatte an der Militärakademie der Sächsischen Artillerie studiert, als mein Schwiegervater dort Direktor war, weshalb er uns ausgesprochen zuvorkommend behandelte. Doch als mein Mann ihm einen Kaufantrag vorlegte, der Schwartzschaf-Duwisib und sechs benachbarte Farmen umfasste, wäre Seydel vor Schreck beinahe vom Stuhl gefallen.

Hansheinrich musste ihm erklären, dass unser Vorhaben von höchster Stelle im Berliner Ministerium abgesegnet worden und Lindequist persönlich über dieses Projekt im Bilde sei, das im Übrigen eine für die gesamte Region vorteilhafte Investition darstelle, damit Seydel uns versprach, unseren Antrag beim Amt für Landvergabe des Kaiserlichen Gouvernements in Windhuk zu befürworten. Doch als der Distriktschef wie versprochen eine Kopie von Hansheinrichs Antrag auf Zuweisung mehrerer Farmen ans Amt für Landvergabe im *Tintenpalast* schickte, brach in der Verwaltung ein wahres Erdbeben los.

Hinzu kam, dass Lindequist bereits nach Berlin heimgekehrt war, und als Hansheinrich der lokalen Verwaltung vorschlug, in der Hauptstadt Instruktionen zu erbeten, schob das Kolonialministerium die Verantwortung für die Entscheidung auf die lokalen Beamten ab, so dass das gesamte Verfahren ins Stocken geriet. Anscheinend hatte der alte Gouverneur sein kürzlich gemachtes Angebot vergessen. Ich hätte meinen Mann daran erinnern können, dass ich ihn davor gewarnt hatte, den Versprechungen eines Politikers zu trauen, doch sein Stolz hatte schon einen so schweren Dämpfer erhalten, dass ich nicht noch in dieselbe Kerbe schlagen wollte.

Da der neue Gouverneur zu sehr mit wichtigeren Aufgaben beschäftigt war – unter anderem damit, die Engländer davon zu überzeugen, dass sie Marengo aufspürten –, musste mein Mann beim Generalsekretär Oskar Hintrager vorsprechen; als er ihn an Lindequists Zusage erinnerte, das umliegende Farmland an Dritte zu veräußern, beharrte der Generalsekretär auf der Notwendigkeit, dass von Arnim und Tscharmann persönlich in der Kolonie vorstellig werden und eine Kaution als Garantie für ihre zukünftigen Investitionen hinterlegen müssten, bevor man ihnen die Nachbargrundstücke zuteilen könne.

Mein Mann argumentierte, er habe aufgrund der für verlässlich geglaubten Zusagen der Verwaltung eine beträchtliche Summe in dieses Projekt gesteckt und so hätten wir die Reise nach Südwestafrika gar nicht erst angetreten, einmal abgesehen davon, dass er sich auch nicht vom aktiven Dienst mit den entsprechenden Gehaltseinbußen hätte beurlauben lassen. Doch aus Gründen, die nicht schwer zu erraten waren, schien Hansheinrichs angebliches Opfer seiner militärischen Laufbahn niemanden zu beeindrucken.

Nach langem Feilschen bot Hintrager meinem Mann an, seinen Antrag auf den Erwerb von Schwartzschaf-Duwisib zu bewilligen, und um aus dieser Unterredung nicht mit leeren Händen hervorzugehen, schlug Hansheinrich ein, wohl wissend, dass der Generalsekretär ihm die Genehmigung für diese 20 000 Hektar, die jeder Kriegsveteran im Süden genauso erhalten hätte, als großzügigen Gefallen verkaufte. Obwohl er gleich anschließend zum Telegraphenamt marschierte, um sich beim Kolonialministerium in Berlin über die ungerechte Behandlung seitens des Generalsekretärs zu beschweren, ahnte Hansheinrich wohl bereits, dass die Schlacht verloren war.

Unterdessen erkundete ich weiterhin in Begleitung von Orlich die Umgebung der Stadt. Eines Abends kamen wir an der katholischen Mission von Klein-Windhuk vorbei, deren herbstlicher Garten mit Wein und Obstbäumen hinter den Klostermauern zu sehen war, wo ich unter dem Vorwand, ein wenig Obst kaufen zu wollen, in die Mission eingelassen wurde. Pater Fages, der dem Salesianerorden angehörte, begrüßte mich freundlich, und da ich wusste, dass die Mitglieder dieser Kongregation ursprünglich aus Frankreich stammten, wandte ich mich auf Französisch an den Missionar, der von meinen Sprachkenntnissen schwer beeindruckt war. Nach einem Rundgang durch den Garten lud er mich ins Refektorium ein, wo er mir ein Glas ihres köstlichen süßen Weines und ein kleines Gebäck anbot, das viel wohlschmeckender war als die schweren Torten der deutschen Bäckereien in Windhuk.

Pater Fages war vorher in der Mission von Hierachabis in der Nähe des Oranje-Flusses tätig gewesen, die dem Hauptsitz des Ordens in Pella am anderen Flussufer unterstellt war. Dort in Pella hatte Jakob Marengo seine schulische und religiöse Erziehung erhalten, und aus dieser Gegend stammten auch viele Anhänger des Rebellenführers, der unter den Missionaren große Sympathien genoss.

»Ich weiß, dass die Deutschen die Dinge anders sehen«, vertraute mir Pater Fages an, der aus seinem Respekt und seiner Bewunderung für Marengo kein Hehl machte. »Doch für die Bondelswart ist Jakob Marengo so etwas wie ein wohltätiger Bandit, der den weißen Siedlern das Geld und das Vieh raubt, um es den armen Afrikanern zu geben. Auch wenn Sie die These für gewagt halten mögen – besonders unter den derzeitigen Umständen –, so glaube ich fest daran, dass, wenn Jesus Christus, der die Händler aus dem Tempel warf, nach Südwestafrika käme, er in der Gestalt Jakob Marengos erscheinen würde.«

»Allerdings«, warf ich ein, »müssen Sie bedenken, dass wir Weißen, einschließlich der Missionare, die Region verlassen müssten, wenn Marengo mit seinem Aufstand siegte.«

»Marengo hat unsere Brüder in Christus immer geachtet und ich befürchte nicht im Geringsten, dass er uns Schaden zufügen oder gar aus dem Land jagen könnte, denn er weiß, dass seine Schäfchen uns brauchen.«

Er legte eine kurze Pause ein, bevor er mit gesenkter Stimme fortfuhr, so als fürchtete er, jemand könnte uns belauschen: »Ich weiß nicht, ob er auch die protestantischen Missionare verschonen würde, die oftmals mit der deutschen Schutztruppe gemeinsame Sache gemacht und die Übergriffe der Siedler gedeckt haben.«

»Was ich nicht so recht verstehe, ist, wie eine einzelne Person es mit einer Handvoll Gefolgsleuten schaffen konnte, eine generelle Mobilmachung auszulösen. Haben die Kolonialherren denn so wenig Vertrauen in die Durchsetzungskraft ihrer Truppen?«

»Verehrte Dame, mehr als den Mann fürchten die deutschen Machthaber Marengos Symbolwirkung, denn es plagt sie ihr Gewissen, so, wie sie mit den Schwarzen umgegangen sind, vor und nach dem Krieg. Ich glaube, wenn es ihnen eines Tages gelingen sollte, Marengo zu eliminieren, wird sein Geist unter den Armen und Unterdrückten weiterleben.«

Pater Fages wollte mir anscheinend gerne mehr über den Rebellenführer erzählen, also schenkte ich mir noch ein wenig von dem süßen Wein ein und ließ ihn fortfahren:

»Vergessen Sie nicht, dass Marengos Erfolg in der Vergangenheit größtenteils auf den Fehlern des deutschen Heers beruhte, das nicht ausreichend geschützte Konvois mit Verpflegung schickte, kleine Patrouillen zu weit weg von den Haupttruppen und in manchen Fällen heikle Missionen, mit denen unerfahrene Offiziere betraut wurden, die ihre Männer den ihnen auflauernden Rebellen, die das Terrain viel besser kannten, in die Falle tappen ließen.

Einmal haben die Deutschen ein Expeditionskorps losgeschickt, um in der Gegend von Hartebestmund gegen Marengo zu kämpfen. Eine Abteilung dieser Kolonne war einem jungen, wenig kampferprobten Offizier unterstellt, der den Feind überall vermutete. Als sie an der Mission vorbeikamen, meinte er beim Anblick der harmlosen Gläubigen, es handle sich um eine Rebellensiedlung, und gab Befehl, das Feuer zu eröffnen, worauf ein Kugelhagel auf uns niederging. Als sie merkten, dass ihr Angriff nicht erwidert wurde, erkannte der Offizier, dass er voreilig gehandelt hatte, und kam in die Mission, um sich zu entschuldigen.«

Als Pater Fages mir diese Geschichte erzählte, fiel mir unweigerlich der Zwischenfall bei Kowes ein, obwohl ich wusste, dass Hansheinrich nicht dieser unerfahrene Offizier sein konnte.

»Das Hauptziel der folgenden militärischen Operation war es«, fuhr Fages fort, »den Truppen der Aufständischen den Weg zu einem Dorf an der Grenze namens Ramansdrift abzuschneiden, das Marengos Truppen gerne plünderten, um sich der Vorräte zu bemächtigen, die das deutsche Heer aus Kapstadt erhielt. Die Deutschen hatten ihre Truppenstärke in drei Sektionen gegliedert, die aus drei unterschiedlichen Garnisonen stammten und vorhatten, die Rebellen zu vernichten, indem sie sie bei Hartebestmund in die Zange nahmen.

Doch die drei Kolonnen trafen nicht am gewünschten Punkt zusammen: Die aus Westen hatte sich an den Windungen des Fishfluss-Laufs verirrt und die aus dem Norden mussten wegen Wassermangels auf dem Marsch durch die Wüste umkehren. Die Einzigen, die am Treffpunkt ankamen, war die Abteilung, die Hierachabis unter dem Kommando des unerfahrenen Offiziers passiert hatte, wenn auch mit lahmen Pferden und völlig erschöpften Männern.

Als die Reiter am rechten Ufer aufmarschierten, empfingen Marengos Männer – die die umliegenden Anhöhen besetzt hielten und einige Inseln auf dem Fluss kontrollierten – sie mit einem Kreuzfeuer, das in wenigen Minuten mehr als sechzig Tote und Verletzte forderte. Die Heckenschützen stifteten ein solches Chaos in der deutschen Kolonne, dass einige Soldaten in der Absicht, die Flucht zu ergreifen, direkt auf die feindlichen Stellungen zuliefen. Als sie merkten, dass sie in der Falle saßen, fragten die deutschen Offiziere bei Bischof John M. Simon an, ob er ihnen in der Mission in Pella am anderen Flussufer Einlass gewähren würde, um sie zu schützen und mit Lebensmitteln zu versorgen.

Insgesamt nahmen wir in Pella mehr als vierzig Soldaten auf, einschließlich vieler Schwerverletzter, doch trotz unserer Bemühungen konnten wir nicht verhindern, dass einige von ihnen starben. Dem leichtsinnigen Offizier, der bei Hierarchabis den Befehl erteilt hatte, auf die friedlichen Hottentotten zu schießen, steckte selbst eine Kugel im Oberschenkel, die ihm eine Arterie zerfetzt hatte, weshalb er nicht mehr zu retten war. Aber zumindest konnten wir uns damit trösten, dass er, da er katholisch war, vor seinem Tod noch die Beichte ablegte und die letzte Ölung erhielt. Am Tag von Allerheiligen wurde er mit militärischen Ehren dort auf dem Friedhof der Mission zu Grabe getragen. Als seine Mutter in Deutschland die Nachricht von seinem Tod erhielt, schrieb sie dem Bischof, bei all ihrem Kummer sei es ihr ein großer Trost zu wissen, dass er geistigen Beistand erhalten habe, was leider nicht für alle seine Kameraden gelte.

Wenige Tage nach der Schlacht kam ein englischer Polizist mit einem Paket unter dem Arm in die Mission und fragte nach dem deutschen Chirurgen, und als wir ihn ihm zeigten, sagte er: ›Ich bringe Ihnen ein Geschenk von Marengo.‹ Als der Doktor das Paket öffnete, fand er seinen Instrumentenkoffer vor, den er während des Schusswechsels im Fluss verloren hatte. Diese ritterliche Geste berührte den deutschen Arzt so sehr, dass er sagte: ›Marengo ist wirklich ein außergewöhnlicher Mann. Sollte er sich irgendwann unseren Truppen ergeben, hoffe ich, dass man ihn in allen Ehren behandelt, denn das hat er verdient.‹«

Draußen war die Dämmerung sehr rasch hereingebrochen und im Refektorium der Mission wurde es allmählich dunkel; doch der Missionar war so glücklich, mir diese Geschichten auf Französisch zu erzählen, dass er sich nicht darum zu scheren schien. Auch ich fühlte mich wohl in dieser klösterlichen Umgebung und lauschte gerne der Erzählung, die von dem Missionar mit der gleichen monotonen Inbrunst vorgetragen wurde, wie man einen Rosenkranz betet. Ich empfand ein fast sündhaftes Vergnügen daran, am süßen

Wein zu nippen – bestimmt der Gleiche, der beim Messopfer benutzt wurde – und von diesem feinen Gebäck zu knabbern wie bei der Feier das Abendmahls.

»Die Deutschen haben übrigens des Öfteren auf katholische Missionare vertraut, um Frieden mit den Aufständischen zu schließen. Johann Malinowski, einer unserer Patres aus der Diözese Hierarchabis, wurde von General von Trotha selbst damit beauftragt, Verhandlungen mit Marengo einzuleiten, als ihm klar wurde, dass sie militärisch nicht so leicht zu schlagen waren. Doch nachdem die Deutschen mehrmals einen Friedenspakt gebrochen hatten, sagte der Rebell zu Pater Malinowski: ›Sie behaupten, dass die Deutschen mich gut behandeln werden, wenn ich die Waffen niederlege. Aber welchen Beweis habe ich dafür? Ich sehe keine Anzeichen dafür, dass sie ihr Versprechung halten werden. Wenn Sie der Kommandant wären, würde ich Ihnen glauben, denn ich weiß, dass Sie ein Gewissen haben und Wort halten. Richten Sie dem General (von Trotha) aus, dass ich keine Garantie für seine Ehrlichkeit sehe und nicht blind handeln möchte.‹«

Der Missionar senkte die Stimme und sagte fast im Flüsterton:

»Sie sprechen gut Französisch, was beweist, dass Sie eine Frau von Welt sind. Da Sie sicherlich ein Geheimnis bewahren können, verrate ich Ihnen, dass die Deutschen Malinowski erneut gebeten haben, ihnen als Unterhändler bei Jakob Marengo zu dienen; doch eingedenk der bisherigen Erfahrung würde es mich sehr wundern, wenn er mit einem Feind paktierte, dem er nicht über den Weg traut.«

Vogel-Strauß-Politik

Als ich kurz nach meiner Ankunft schaurige Geschichten über die Grausamkeit der Eingeborenen hörte und in der Presse Nachrichten wie die vom Blutbad bei Hopefield las, dachte ich, die Deutschen hätten sich gegen einen fanatischen und brutalen Feind wehren und ihn vernichten müssen. Doch durch Gespräche mit vertrauenswürdigen Personen wie Albert Voigt oder Pater Fages konnte ich mir ein objektiveres Urteil über die neueste Geschichte des Landes und die Gründe der Rebellenführer bilden, so dass ich die wahren Ursachen der Rebellion besser zu verstehen glaubte.

Einer der unmittelbaren Gründe für den Herero-Aufstand war die Ermordung der Schwiegertochter von Zacharias, dem Herero-Häuptling von Otjimbingwe, durch einen Weißen namens Dietrich. Das Verbrechen hatte sich auf einer Fahrt des Häuptlingssohns nach Karibib ereignet. Dietrich hatte ihn um Erlaubnis gebeten, sie auf dem Wagen, in dem er mit seiner Frau und seinem wenige Monate alten Sohn reiste, begleiten zu dürfen. Nachdem sie am Wegesrand zu Abend gegessen und ein paar Schlucke Alkohol getrunken hatten, schlief der Sohn des Häuptlings ein; nach einer Weile wachte er vom Knall einer Feuerwaffe auf, gerade noch rechtzeitig, um zu sehen, wie Dietrich vom Wagen sprang, in dem seine Frau und sein Baby schliefen. Der Weiße hatte versucht, sich an der Frau zu vergehen, und als diese sich weigerte, einen Revolver gezogen und sie mit einem Schuss getötet, wobei die Kugel auch den Oberschenkel des Babys durchschlug.

Als dieses Verbrechen vor dem deutschen Gericht verhandelt wurde, führte die Verteidigung an, der Angeklagte habe infolge seines Alkoholkonsums halluziniert und geglaubt, er würde angegriffen. In der ersten Instanz urteilten die Richter unter Berücksichtigung der von der Verteidigung angeführten mildernden Umstände, Dietrich habe in gutem Glauben gehandelt, und erklärten ihn des Mordes für nicht schuldig. Wie ich in den Memoiren des Gouverneurs Leutwein las, löste der Fall unter der farbigen Bevölkerung eine solche Empörung aus, dass der Gouverneur in die Region reisen musste, um die Gemüter der Hereros zu besänftigen, die sich fragten, ob die Weißen gemäß diesem Urteilsspruch nun das Recht hatten, die Frauen ihrer Häuptlinge ungestraft zu ermorden. Das Urteil wurde dann vom obersten Gericht in Windhuk aufgehoben und der Angeklagte zu drei Jahren Haft verurteilt, was auch nicht eben bewies, dass die Weißen das Leben der Eingeborenen sonderlich wertschätzten.

Nachdem es den Truppen schließlich gelungen war, den Norden des Landes in einen Friedhof des Friedens zu verwandeln, wollten sie auf die gleiche Weise die Stämme im Süden bezwingen. Doch als die Hilfstruppen der Nama sich weigerten, General von Trothas Vernichtungsbefehl gegen das Volk der Hereros zu befolgen, wurden sie festgenommen und nach Togo und Kamerun verschleppt, wo viele von ihnen infolge der Zwangsarbeit und des ungesunden Klimas umkamen.

Diese ebenso dumme wie grausame Maßnahme erregte im Reichstag den Protest einiger vernünftiger Politiker – unter ihnen auch Reichskanzler von Bülow –, was nicht nur auf humanitären, sondern auch rein praktischen Erwägungen beruhte. Der Völkermord hatte die arbeitende Bevölkerung derart dezimiert, dass wir Farmer, die wir mit der Vorstellung in die Kolonie gekommen waren, der dortigen Wirtschaft zu einem erneuten Aufschwung zu verhelfen, uns mit einem ungeheuren Mangel an Arbeitskräften konfrontiert sahen. Diese Politik der verbrannten Erde hatte nicht nur die wichtigsten Reichtümer des Landes zerstört – die ungeheuren Viehbestände, die während des Krieges zugleich mit ihren eingeborenen Besitzern ausgerottet worden waren –, sondern auch viele Menschenleben gekostet und somit eben auch die notwendigen Arbeitskräfte für den Wiederaufbau der Kolonie.

Anstatt sich mit dieser Schieflage zu befassen, verfolgte die Kolonialverwaltung weiter ihre Vogel-Strauß-Politik, und selbst Gouverneur von Schuckmann, der ernannt worden war, um die Situation der Eingeborenen zu verbessern, hatte Gesetze erlassen, die den Status der Schwarzen in der Kolonie praktisch auf den von Vasallen der Weißen reduzierten. Eine dieser Verordnungen verpflichtete die Eingeborenen, ab dem siebten Lebensjahr eine Passmarke zur persönlichen Identifizierung um den Hals zu tragen, auf der ihre Lebensdaten und der Bezirk, dem sie angehörten, verzeichnet waren. Eine andere Verordnung regelte das Verhältnis zwischen weißem Herrn und schwarzem Dienstpersonal und verpflichtete Letzteres, immer einen Arbeitsausweis oder -vertrag bei sich zu tragen, und falls man jemanden ohne dieses Dokument erwischte, konnte er als Landstreicher festgenommen werden. Seinerseits durfte der schwarze Angestellte seinen Dienst lediglich wegen unmenschlicher Behandlung durch seinen weißen Herren quittieren; moderate körperliche Züchtigung (bis zu fünfundzwanzig Peitschenhiebe) galt jedoch nicht als inhuman, sondern wurde der deutschen Tradition väterlicher Ermahnung zugerechnet.

Als ich mich von dem Sog, in den ich durch meine Begeisterung für Afrika und meinen Traum, mich in der grenzenlosen Wildnis niederzulassen, zeitweilig geraten war, erst einmal befreit hatte, musste ich mich der schrecklichen Hinterlassenschaft des Krieges und all den Ungerechtigkeiten der kolonialen Gesellschaft stellen. Wenngleich Fannie vielleicht recht hatte, als sie in ihrem Brief schrieb, ich sei nicht als Frau eines Missionars, sondern eines ehemaligen Offiziers der Schutztruppe nach Südwestafrika gereist, weigerte ich mich, den Kopf in den Sand zu stecken, um die sozialen Ungerechtigkeiten, die sich direkt vor meiner Nase abspielten, bloß nicht zu sehen.

Hansheinrich ahnte etwas von meinen Zweifeln und ergriff aus Furcht, mich zu verlieren, die Flucht nach vorn. Noch bevor die Verwaltung den Erwerb der ersten Farm Schwartzschaf-Duwisib offiziell bewilligt hatte, machte er den Kauf der reinrassigen Pferde perfekt, den wir vor unserer Abreise aus Europa vereinbart hatten, und handelte am Außenplatz in Windhuk den Erwerb von Kleinvieh in der Menge aus, die die Verwaltung für die Bewirtschaftung der Farm verlangte. So konnten die Paragraphenreiter vom *Tintenpalast* zumindest nicht behaupten, wir seien nicht bereit, die erforderlichen Investitionen zu tätigen.

Ein Schloss in Afrika

Uns allen gefällt der Gedanke, die gute Fee zu spielen und in null Komma nichts einen Felsklotz in ein Schloss zu verwandeln. In unserem Fall war der Zauberstab die Erbschaft, die mein Großvater Frederick mir in seinem Testament hinterlassen hatte, deren Zinsertrag es uns erlaubte, ein luxuriöses Anwesen mitten im Nirgendwo zu errichten. Wie John Gaffney zu sagen pflegte: »Jayta, das Geld an sich hat keinerlei Wert, doch mit Geld erkauft man sich Freiheit.«

Der erste Schritt, um die Felsblöcke in Türme und die Zebras in reinrassige Pferde zu verwandeln, bestand darin, die Dienste von Wilhelm Sander, einem Berliner Architekten, in Anspruch zu nehmen, der ursprünglich in die Kolonien gekommen war, um bei der Deutschen Kolonialgesellschaft zu arbeiten, und, vom Ausbruch des Krieges überrascht, sich der Schutztruppe angeschlossen hatte. In dem künstlerischen Brachland der Kolonie ging Sanders Ruf so weit, dass man ihm selbst Bauten zuschrieb, die er gar nicht entworfen hatte, etwa den Bahnhof von Swakopmund – mit dessen Bau schon vor der Ankunft des Architekten in Deutsch-Südwest begonnen worden war. Sein Baustil war höchst einprägsam, mit vielen dicken, von Säulen im neoromantischen Stil getragenen Mauern und gotischen Bogenfenstern, wie sie Mitte des vorangegangenen Jahrhunderts in Deutschland Mode gewesen waren. Dieser in der Hauptstadt bereits überholte Baustil blieb in der Kolonie weiterhin aktuell, vielleicht, weil das romantische Flair von Sanders Gebäuden ein Gegengewicht zur Kargheit jener riesigen Einöde bot.

Das größte Problem mit dem Architekten Sander bestand anfangs darin, dass seine politischen und sozialen Ideale ebenfalls der neoromantischen Epoche verhaftet waren. Wenngleich wir einige Diskussionen hinsichtlich der Bauweise des Schlosses führten, beruhten unsere drastischsten Meinungsverschiedenheiten auf seinen rückständigen Ansichten bezüglich des Verhältnisses zwischen Weißen und Schwarzen und seinem Gefühl rassischer Überlegenheit.

Wie ein Großteil der Kolonialgesellschaft war Sander davon überzeugt, dass man den Eingeborenen nur die allernötigste Erziehung zuteilwerden lassen sollte, damit sie dem weißen Mann nützlich seien, und dass man jede höhere Bildung, die sie ihren Herren ebenbürtig machen könnte, bei ihnen vermeiden müsse. Ein Satz, den ich mehr als einmal in diesem Zusammenhang nicht nur von Sander zu hören bekam, lautete, den Schwarzen mit Toleranz zu begegnen, heiße nichts anderes, als die Weißen ungerecht zu behandeln.

Als ich die in der Verordnung zur Kontrolle der Eingeborenen zusammengefasste koloniale Gesetzgebung als ungerecht und diskriminierend kritisierte, musste ich feststellen, dass Sander diese Maßnamen für angemessen, wenn auch nach seinem Geschmack nicht für drastisch genug hielt, um einen sozialen und wirtschaftlichen Fortschritt der Kolonie zu gewährleisten.

»Bei allem Respekt, Frau Baronin«, sagte Sander, der mich umso zuvorkommender behandelte, je respektloser seine Worte waren, »ich verstehe ja, dass diese Vorstellungen nach dem Empfinden einer gemäß liberalen und egalitären Prinzipien in Amerika erzogenen Dame abscheulich klingen. Aber wir, die wir lange genug in der Kolonie gelebt haben, wissen, dass das Wohlbefinden dieser wilden Völker kein Garant für ihren Fortschritt ist, weshalb es keinen Sinn hat, ihre Gesellschaftsform und politische Unabhängigkeit zu achten.«

Obwohl unsere Ansichten bei diesem Thema völlig unvereinbar waren, entwickelte sich im Laufe der langen Zeit, die wir während der Errichtung des Schlosses Duwisib in benachbarten Zelten lebten, ein recht enges Verhältnis zwischen uns. Während Hansheinrichs häufiger Abwesenheiten war Sander der einzige Mensch von gewissem intellektuellen Niveau, mit dem ich mich unterhalten konnte, und ich muss gestehen, dass unsere Meinungsverschiedenheiten in diesem geistigen Niemandsland bisweilen sogar anregend waren. Hansheinrich pflegte zu sagen: »Wäre da nicht der Altersunterschied, müsste ich wohl eifersüchtig auf Sander sein, denn ihr diskutiert so viel, dass ihr wie ein Liebespaar wirkt.«

Doch meistens ging es in meinen Diskussionen mit Sander um seine ersten Pläne für unser Haus, in denen es einer Festung glich. Als ich seine anfänglichen Entwürfe für den Bau sah, hegte ich den Verdacht, sie seien von militärischen Festungen im Stil der Feste von Windhuk oder der von Gochas inspiriert, wo Hansheinrich während des Krieges stationiert gewesen war, wenngleich ich sie damals noch nicht kannte. Ich sagte dem Architekten, ich sei zwar einverstanden, dass das Haus eine imposante, majestätische Fassade bekomme, aber ich würde nicht zulassen, dass es wie eine Festung aussehe. Woraufhin Sander mir erwiderte, er habe die Pläne strikt nach den Anweisungen des Herrn Baron gezeichnet; keinen von beiden schien es zu interessieren, dass ich es war, die die Baukosten mit den Zinserträgen aus meinem Erbe begleichen würde.

Schließlich konnte ich sie zumindest davon überzeugen, die Pläne für das Erdgeschoss und den Innenhof ein wenig zu modifizieren, um beides wohnlicher zu machen; doch hinsichtlich der äußeren Gestaltung blieben sowohl Sander als auch mein Mann hart. So musste ich mich schließlich fügen, denn solange Jakob Marengo und Simon Kopper mit unbekanntem Aufenthaltsort die östliche Grenzregion unsicher machten, schien ihr Bedürfnis, für unser zukünftiges Zuhause die größtmöglichen Sicherheitsvorkehrungen zu treffen, nicht übertrieben.

Heute fällt es mir schwer, mich an den Blick auf die Hügellandschaft jenseits des Duwisib-Flusses zu erinnern, so, wie ich ihn vor Baubeginn erlebt habe. Vom ersten Moment an stellte ich mir das Tal und die Hänge mit grünem Weideland vor, darauf eine Herde von Rassepferden, die zwischen den Sträuchern umhertrotteten, so, wie es später dann auch geschehen sollte. Was ich mir nicht vorstellen konnte, war die Unmenge an Tinte, die uns die bürokratischen Hürden kosten sollten, bis dieser Traum wahr wurde.

Wer heute das geräumige Anwesen besucht, kann sich wohl kaum die schwierigen Lebensbedingungen während unserer Anfangszeit auf Duwisib vorstellen, als Hansheinrich und ich, kaum dass die Zuweisung des Farmlandes an uns unterschrieben war, auf die Farm zogen, um die Bauarbeiten zu überwachen. Wir lebten in einem Zelt und wuschen uns nur behelfsmäßig. In der ersten Zeit unseres Aufenthalts dort musste man zum Wasserholen früh morgens bis in das fünfzehn Kilometer entfernte Nadaus fahren, und häufig hatten sich die Ochsen, die den Karren mit den ledernen Wasserschläuchen ziehen sollten, während der Nacht auf der Weide weit verstreut, weshalb zur Frühstückszeit die Wasserspeicher im Lager noch nicht aufgefüllt waren. Dann blieb uns nur die Wahl, das wenige zur Verfügung stehende Wasser entweder zu benutzen, um uns das Gesicht zu waschen, oder, um Kaffee zu kochen. Während die Männer generell für Letzteres plädierten, verspürte ich als einzige weiße Frau im Lager den Drang, frisch und sauber zu sein, weshalb ich mit meiner Ration immer meine Waschschüssel füllte.

Fast ein Jahr lang lebten Hansheinrich und ich im Zelt, während unsere weißen Helfer und die Afrikaner in aus Holzpfählen und Lehm errichteten Pontoks hausten, wie ich sie im Gefangenenlager von Windhuk gesehen hatte. Später überließen wir unser Zelt dem Architekten Sander und zogen in ein provisorisch aus Backsteinen errichtetes Häuschen um, das nur mit dem Nötigsten ausgestattet war. Trotz allem habe ich jene Phase als die glücklichste meines Aufenthaltes in Südwestafrika in Erinnerung, und zweifellos war es die Zeit, in der ich am intensivsten die Gerüche und Aromen – angenehme und unangenehme – meines afrikanischen Abenteuers wahrgenommen habe.

Was nicht heißen soll, dass ich in manchen Situationen, etwa wenn der kalte Wüstenwind durch die Ritzen der Plane zog oder eine Speikobra sich unter der Feldpritsche verkroch, nicht den Komfort einer Suite im New Yorker Plaza-Hotel vermisst hätte. Doch man spürt stärker die Berührung mit der Natur und das Gefühl von Freiheit, wenn man nur durch ein dünnes Wachstuch vom ungeheuren Leuchten des afrikanischen Himmels getrennt ist.

Anfangs waren wir nur zu wenigen im Lager: Hansheinrich und ich, der Architekt Sander, der Lehrling Hans Fröhlich, der extra aus Dresden angereist war und meinen Mann »Onkel« nannte, zwei ehemalige Soldaten der Schutztruppe und einige afrikanische Angestellte, unter denen Max, Hansheinrichs Leib-Bambuse und Diener seines Vertrauens, der sich auch um die Pferde kümmerte, eine Sonderstellung einnahm. Doch mit Fortschreiten der Bauarbeiten kamen von überallher Fachleute herbei, die wir für diese oder jene Aufgabe benötigten. Die Steinmetze waren allesamt Italiener – Rapelli, Tamborini, Gotardi und Buchero – und brachten die Musik ihres südländischen Dialekts mit ins Lager sowie einige typische Gerüche der mediterranen Küche. Fachleute für Brunnenbohrungen waren die Deutschen Albert Ensle und Christian Grußhaber. Der Schmied Visser stammte aus Südafrika, und seine Arbeit war von entscheidender Bedeutung, nicht nur weil er die Baugerüste und die Fenstergitter herstellte, sondern vor allem weil er die Wagen für den Transport der Materialien und die Schöpfräder reparierte, mit denen wir das Wasser aus den Brunnen herbeischafften.

Als die Bauarbeiten weiter voranschritten, reisten die Zimmerleute Jensen aus Dänemark, Ronnee aus Schweden und Birks aus Irland an. Mit ihrer Schweigsamkeit schufen die Nordländer ein Gegengewicht zu der lauten Geschwätzigkeit und Diskussionsfreudigkeit der Italiener sowie den dissonanten Protesten des Schmieds auf Afrikaans. Manchmal nahm das Sprachengemisch dermaßen überhand, dass ich dachte, Gott wolle wie beim Turmbau zu Babel den Hochmut der Menschen strafen, die versuchten, ein Gebäude zu errichten, das bis zum Himmel reichte. Doch wenn sich abends alle am Lagerfeuer um einen riesigen Topf Tee mit Rum versammelten, entstand plötzlich eine große Verbrüderung, wobei neben mediterranen Weisen holländische Lieder und sogar irische Balladen erklangen, die meinem Stiefvater die Tränen in die Augen getrieben hätten.

Die Bauarbeiten kamen nur schleppend voran, bis sich das Gebäude allmählich über der Erde aufzurichten schien und die gewaltige Silhouette des Schlosses sich vor dem wolkenlosen Himmel abzeichnete. Da empfand ich auf einmal Stolz auf die ungeheure Fähigkeit des Menschen, dem rohen Felsstein ein solches Bauwerk abzutrotzen, das wie ein babylonischer Tempel mitten in der Namib-Wüste aufragte. Manch einer mag den Stil und die imposanten Ausmaße des Baus an dieser Stelle für unpassend halten, aber tatsächlich stammten die Steine, mit denen das Schloss und die Nebengebäude errichtet, sowie der Kalk und der Sand, mit dem sie verfugt wurden, aus den nahe gelegenen Bergen und dem Umland, so dass jenes Erzeugnis als eine Metamorphose der gleichen Elemente betrachtet werden konnte, aus denen diese wunderschöne raue Landschaft bestand.

Die Erinnerung an jenes Haus erweckt so viele Gefühle in mir, dass ich es nicht beschreiben kann wie einen seelenlosen Gegenstand: Seine Steinmauern veränderten mit dem sich wandelnden Licht und den wechselnden Jahreszeiten Form und Farbe. Es gab Sommertage, an denen die hohen Türme und die zinnengekrönten Mauern das Morgenlicht wie das metallische Flirren einer Festung widerspiegelten, während dieselben Mauern an manchen Winterabenden das Licht der Dämmerung so sanft reflektierten, dass sie jeden Anschein von Aggressivität verloren und mehr an die Umrisse eines Klosters oder einer Pilgerherberge gemahnten.

Und wenngleich es andere waren, die die Steine bearbeiteten, den Boden einebneten oder die Fenstergitter schmiedeten, erlebte ich die Bauarbeiten, die, wie bei einer echten Geburt, nicht ohne

Schweiß und Schmerzen verliefen, so hautnah, dass ich auf dieses Geschöpf so stolz bin, als sei es das Kind aus Fleisch und Blut, das ich nie bekommen sollte. Ich glaube, jeder, der die Piste von Maltahöhe nach Lüderitz bereist und nach einer Wegbiegung plötzlich vor dieser Festung steht, wird sich fragen, wer so verwegen war, dergleichen mitten im Nirgendwo zu erbauen, und zugleich meiner gedenken, auch wenn er meinen Namen nicht kennt.

Gepökeltes Schwein

Meine Mutter hielt Hausarbeit nie für einen wesentlichen Aspekt meiner Erziehung, was sich drastisch von den in Hansheinrichs Familie herrschenden Ansichten über weibliche Erziehung unterschied, denn seine Mutter und Schwestern waren ausgezeichnete Hausfrauen und stolze Köchinnen. Die Hauptleidtragenden dieser meiner mangelhaften Erziehung waren allerdings mein Mann, der Architekt und die europäischen Handwerker, die von meinen Kochkünsten bei der Zubereitung der gemeinsamen Mahlzeiten im Camp abhingen!

Als ich das Kochbuch zu Rate zog, das Ida Voigt mir geschenkt hatte, merkte ich, nachdem es mir gelungen war, den deutschen Text zu entschlüsseln, beim Versuch, auf die verschiedenen im Kochbuch angegebenen Zutaten zurückzugreifen, dass ich im Umkreis von hundert Kilometern beim besten Willen nicht eine Prise von diesem, hundert Gramm von jenem oder einen Tropfen des Rests aufzutreiben vermocht hätte.

Man kann auch nicht behaupten, dass die behelfsmäßigen Einrichtungen des Zeltlagers mir meine Aufgaben als Köchin erleichtert hätten. Die Küche war ein Verschlag aus Zeltplanen mit einem Wellblechdach und einem kleinen Holzfeuerofen, der direkt zum Himmel abzog, so dass der Wind nach Belieben durch die Ritzen fuhr und alles, was im Kochtopf brodelte, großzügig mit Asche oder Sand würzte. Wenn den Tischgästen die Sandkörner zwischen den Zähnen knirschten, machten sie gerne Witze wie: »Diesmal hast du aber wirklich mit dem Salz übertrieben!« Das Brot wurde in einer Kuhle unter der Glut gebacken, indem man den Teig in einer Blechbüchse dort hineinsetzte, und sobald man einmal die richtige Mischung von Mehl und Hefe herausgefunden hatte, gelang es ziemlich leicht, außer wenn man aus irgendeinem Grund vergaß, wann der Teig vergraben wurde. In dem Fall konnte das Brot entweder zu durch oder eine weiße, klebrige Masse sein, was Hansheinrich dann zu der scherzhaften Bemerkung verleitete: »Ich glaube, diesen Kleister könnte der Schreiner gut für seine Fensterfugen gebrauchen.«

Ein paar Mal verlor Hansheinrich jedoch seinen Sinn für Humor hinsichtlich der Qualität der von mir zubereiteten Speisen. Das geschah zum ersten Mal, als ich nach Beschwerden einiger Esser über die ständig aufgetischten Linsen – mein Großvater pflegte zu sagen, Linsen hätten viele Vitamine – versuchte, ein wenig Abwechslung in den Speiseplan zu bringen, indem ich einen Vogel in den Eintopf gab, den ich mit dem Gewehr, das Hansheinrich mir geschenkt hatte, am Morgen selbst geschossen hatte. Als mein Mann nach einem langen Ausritt hungrig heimkehrte, verschlang er so gierig die ersten Happen, dass er nicht auf den Geschmack des Eintopfs achtete; doch beim dritten Bissen verzog er angeekelt die Lippen, während er mit der Gabel im Topf herumfischte, bis er das reichlich magere und ziemlich dunkle Bein des Vogels herauszog, den ich getötet hatte.

»Was zum Teufel hast du da in den Linseneintopf geworfen?«

Ich zeigte ihm nicht ohne Stolz die Reste des schwarz gefiederten Vogels, der meiner Treffsicherheit zum Opfer gefallen war.

»Den habe ich mit der Kanone geschossen, die du mir geschenkt hast«, erwiderte ich auf Deutsch, anstatt das richtige Wort Schrotflinte für die leichtere Jagdwaffe zu benutzen. Hansheinrich starrte mich mit Zornesröte im Gesicht an und fegte mit einer Handbewegung das gesamte Essen vom Tisch.

»Du erwartest doch wohl kaum, dass wir das Fleisch eines Raben essen!«

Noch schlimmer war es, als ich gemeinsam mit dem Lehrling Fröhlich versuchte, Schweinefleisch zu pökeln, denn die Deutschen lieben Kassler mit Sauerkraut. Dafür brauchte ich erst einmal ein geeignetes Schwein, denn die Tiere, die zu Anfang der Bauarbeiten im Lager umherzogen, fraßen alles, was sie fanden, und da wir zu der Zeit noch nicht über ein funktionierendes Plumpsklo verfügten, pflegten die Arbeiter ihre Notdurft hinter den Büschen zu verrichten, wo sich anschließend eifrig die Schweine tummelten.

Daher nutzten wir die Gelegenheit, dass die Polizisten des Reviers in Chamis häufig bei Duwisib vorbeikamen, und schlugen ihnen vor, mehrere von unseren verseuchten Schweinen gegen ein besseres von ihnen einzutauschen – frei nach dem Motto: »Was ich nicht weiß, macht mich nicht heiß.« Der Handel wurde mit einer Flasche Schnaps als Trinkgeld besiegelt, und als sie uns das zuvor noch kastrierte Schwein brachten, übernahm es Hansheinrich höchstpersönlich, dem armen Tier den Garaus zu machen. Zuvor hatten wir extra eine Hütte gebaut, um das Fleisch zu pökeln, das Dach mit Zweigen abgedeckt, damit die Sonne nicht hereinprallte, Querbalken angebracht, um das Pökelfleisch aufzuhängen, und einen Kamin mit einer Feuerstelle gebaut, die ständig mit Holz versorgt werden musste, worum sich die schwarzen Arbeiterfrauen kümmern sollten. Nachdem wir das Schwein hatten ausbluten lassen und das Blut mit Holzlöffeln in einer Kupferschüssel verrührt hatten, bis es stockte, hängten wir die Würste auf. Anschließend stellten wir einen großen mit Salzlake gefüllten Blechbehälter in den Schatten eines Baumes und legten die Lenden, Schinken und andere empfindliche Fleischstücke hinein, um sie zu pökeln. Mit äußerster Neugier verfolgten wir alle das Ritual des Räucherns, und nachts wechselten sich die Herero-Frauen ab, damit das Feuer nicht mangels Holz aufhörte zu rauchen.

An dem Tag, als wir meinten, das Fleisch sei endlich fertig zum Verzehr, und uns zu Tisch setzten, leckten wir uns schon vor Vorfreude auf ein vorzügliches Mahl die Lippen. Mit der theatralischen Geste eines Maître d'Hôtel deckte Fröhlich die Platte ab, auf der die Lenden fein säuberlich arrangiert und mit Sauerkraut garniert waren, das zu diesem Anlass extra aus Lüderitzbucht herbeigeschafft worden war.

Doch irgendetwas muss schiefgelaufen sein, denn kaum hatte Hansheinrich den Geruch des Gerichts auf seinem Teller wahrgenommen, rümpfte er auch schon die Nase. Auch der Architekt, der Vorarbeiter und die weißen Handwerker, die das Festmahl an dem Tag mit uns feierten, konnten sich nicht dazu entschließen, auch nur einen Bissen von dem Kassler zu probieren, das zugegebenermaßen eine leicht schillernde Färbung aufwies. Als Hauptverantwortliche in der Küche beschloss ich, mit gutem Beispiel voranzugehen, lud mir eine ordentliche Portion auf den Teller und steckte einen großen Happen in den Mund, den ich beherzt zerkaute; die anderen starrten mich an, als verschluckte ich eine Klapperschlange.

»Ich weiß gar nicht, was ihr habt, ich finde das Fleisch schmeckt vorzüglich«, sagte ich. Dann verputzte ich ohne zu zögern alles, was ich auf dem Teller hatte, während Hansheinrich und die anderen sich weigerten, auch nur davon zu probieren.

Um das Gericht, nach dem, was es uns gekostet hatte, das Schwein zu organisieren und die Räucherhütte zu errichten, nicht auf den Müll zu werfen, beschlossen wir, das Fleisch klein zu hacken und an die Hühner zu verfüttern, die immer in der Umgebung der Küche herumpickten. Offensichtlich nahmen auch die ständig durchs Camp streunenden Hunde an der Fütterung mit Kasslerfleisch teil. Der gezähmte Affe Jacob, den der Kutscher Esterhuizen Hansheinrich geschenkt hatte und der ein Häuschen in den Zweigen einer Akazie hatte und ein Halsband mit einer Leine trug, die lang genug war, dass er, wenn er den Fuß auf den Boden setzte, vor den Hunden Reißaus nehmen konnte, schlug sich mit den Resten des Festschmauses ebenfalls den Magen voll.

Wir schenkten dem Vorfall keine weitere Beachtung, bis wir am nächsten Morgen auf dem Weg zum Frühstück in der Küche sahen, dass alle Hühner, die Beinchen von sich gestreckt, im Hof lagen und der arme Jacob vor seiner Hütte zum ewigen Wächter erstarrt war. Ein wenig beunruhigte mich dieser Anblick schon eingedenk dessen, dass ich mir einen ganzen Teller dieses unbekömmlichen Mahles einverleibt hatte. Trotz eines leichten Völlegefühls nach dem Abendessen war ich, nachdem ich mich auf dem Feldbett ausgestreckt hatte, sogleich in einen bleiernen Schlaf gefallen. Auch den begierig von den Frühstücksvorbereitungen angelockten Hunden hatte das Schweinehackfleisch offensichtlich nicht geschadet.

Als Hansheinrich sah, was geschehen war, schlug er so heftig mit der Faust auf den Tisch, dass er beinahe mit dem gesamten Frühstücksgedeck zusammengekracht wäre, und schimpfte:

»Du kannst Gott danken, dass du den Magen eines Hundes und nicht den eines Affen hast, denn sonst wärst du jetzt so mausetot wie Jacob!«

Ich gab mich zutiefst in meinem Stolz verletzt und nahm den Vorfall zum Anlass, von meinem Posten als Chefköchin zurückzutreten und diese außerordentliche Verantwortung dem Lehrling Fröhlich zu übertragen, dessen Mutter eine hervorragende Köchin war und ihn viele Rezepte gelehrt hatte, während er ihr beim Kochen half.

Schreiben des Staatssekretärs im Reichs-Kolonialamt an den Gouverneur von Windhuk

Berlin, 24. Dezember 1907

Auf den Bericht vom 11. November d. J. Nr. 1827

Wenn Hauptmann von Wolf sich bei seinem Antrag auf Zuweisung eines Landkomplexes in Größe bis zu 150 000 ha auf Zusicherungen des Herrn Unterstaatssekretärs von Lindequist und des Reichskolonialamts beruft, so wird hierzu bemerkt, dass seine diesbezügliche Behauptung diesseits als zutreffend nicht erachtet werden kann. Von keiner der beiden Stellen ist Herrn Hauptmann von Wolf gegenüber eine derartige Zusicherung gemacht worden.

Der käuflichen Überlassung von je 20 000 ha im Distrikt Maltahöhe an den Hauptmann von Wolf, den Hauptmann Tscharmann und den Oberleutnant Arnim soll diesseits nicht widersprochen werden. Da aber im Hinblick auf den ursprünglich gestellten Antrag begründete Vermutung besteht, dass diese Einzelüberweisungen zur Umgehung der Vorschrift über die Maximalausdehnung der von dem Gouvernement zu veräußernden Grundstücke dienen sollen, haben sich die Käufer den besonderen Bedingungen zu unterwerfen, die bei Abgabe größerer Farmkomplexe diesseits regelmäßig an den Herrn Gouverneur in Windhuk gestellt werden. Gerade um derartige Auflagen machen zu können, hat sich das Kolonialamt eine Mitwirkung bei Veräußerungen von Farmgrundstücken über 20 000 ha vorbehalten.

Was die Reservierung von 90 000 ha anlangt, so bitte ich, eine Verpflichtung nach dieser Richtung abzulehnen und keinerlei bindende Zusagen zu machen. Die weitere Überweisung von Land würde nur in Frage kommen können, wenn die eingangs genannten Käufer den an sie gestellten Erwartungen entsprochen haben, d.h., wenn ihre Farmen in der vorgeschriebenen Weise bestockt sind. Um die Möglichkeit des Zukaufs im fraglichen Gebiet bestehen zu lassen, würde diesseits dagegen nichts einzuwenden sein, dass das Gouvernement bis auf weiteres dort Verkäufe nicht abschließt. Eine Behinderung unserer Entschließung im späteren Verlaufe der Dinge muss jedoch vermieden werden.

Gegen die Fixierung des Kaufpreises in der mitgeteilten Weise sind diesseits Einwendungen umso weniger zu erheben, als es sich um frühere Angehörige der Schutztruppe handelt.

Angesichts der im vorstehenden dargelegten Sachlage glaubte ich davon absehen zu sollen, Hauptmann von Wolf, dem gestellten Antrag gemäß, von hier aus mit einem Bescheid zu versehen. Ich stelle vielmehr anheim, die Angelegenheit vorerst einer weiteren Prüfung zu unterziehen und sodann dem Genannten dort entsprechende Mitteilung machen zu lassen.

DERNBURG

Das Müllgespenst

Eine weitere Erfahrung, die mir auf ewig im Gedächtnis haften bleiben wird, machte ich, als Hansheinrich sich nicht in Duwisib aufhielt – ich glaube, es war während einer seiner Reisen in die Hauptstadt, um dort für die Zuweisung von mehr Land zu kämpfen. Rein zufällig hatte auch Sander die Baustelle verlassen, um einen Farmer in der Nähe zu besuchen. Jedenfalls war ich als Herrin und Chefaufseherin des gesamten Camps zurückgeblieben und hatte für Disziplin unter den Bauarbeitern zu sorgen, die die Abwesenheit ihrer Chefs ausnutzten und ihre Pflichten vernachlässigten. Ich hatte dem Boy, der das Wasser mit einem kleinen Karren vom Brunnen holte, genaue Anweisungen gegeben, die Maultiere nicht in Galopp fallen zu lassen, besonders auf der Rückkehr zur Anhöhe, wo das Schloss gebaut wurde, da es die Tiere in ihre Ställe zog und sie auf dem Weg einen Bauarbeiter zu Boden reißen konnten.

Eines Morgens, als wir noch im Zelt lebten, beendete ich gerade meine spartanische Toilette, als ich polternd den Wasserkarren über das aufwirbelnde Geröll die Anhöhe vom Fluss heraufjagen hörte, wobei er eine lange Staubspur hinter sich herzog. Sofort rannte ich hinaus, um diesen fahrlässigen Burschen aufzuhalten, der meine Anweisungen gröblich missachtete. Ich stellte mich mitten auf den Weg, so dass er nicht anders konnte, als abrupt abzubremsen.

Er war ein Herero-Junge namens Samuel.

»Was fällt dir ein, mit dem Karren derart zu rasen?«, sagte ich so streng wie möglich, doch ohne die Stimme zu erheben, denn die Schwarzen deuten das Geschrei der Weißen als ein Zeichen von Schwäche. »Begreifst du nicht, dass hier in der Nähe der Baustelle plötzlich jemand vor dir stehen könnte?«

Der Junge starrte mich mit weit aufgerissenen Augen an und wollte etwas sagen, bekam aber kein Wort heraus, dann schaute er sich rasch um, als fürchtete er, jemand sei hinter ihm her. Als ich ihn endlich beruhigen und dazu bewegen konnte, vom Karren zu steigen, stieß er ein paar kaum verständliche Worte hervor.

Da ließ ich den Aufseher rufen. Nachdem Otto Bullmann Samuel sein Gestammel hatte wiederholen lassen, übersetzte er, was dieser gesagt hatte, womit allerdings nicht erklärt war, warum der Junge unverhofft in verzweifeltes Schluchzen ausbrach.

»Sehr böse zu mir sprechen, Müllgespenst, sehr böse, sehr böse sprechen zu Samuel«, übersetzte der Aufseher.

Diese Menschen waren oft sehr einfallsreich im Erfinden von Ausreden, wenn man sie bei einem Fehler erwischte, doch in dem Fall war offensichtlich, dass der Junge unter einem starken Schock stand, denn seine Zähne klapperten und seine mageren Knie schlugen zitternd aneinander. Bullmann versuchte zu interpretieren, was Samuel gesagt hatte:

»Der Junge meint, als er mit dem Karren an der Müllgrube im Tal vorbeifuhr, habe er eine Geisterstimme gehört. Anscheinend hat jemand oder etwas ihn beleidigt, obwohl er nicht weiß, was, denn er ist fluchtartig davongeprescht. Ich denke, er könnte das

Fauchen irgendeines Tieres gehört haben, aber diese Leute suchen gerne einen übernatürlichen Grund, sobald sie eine Sache nicht verstehen. Soll ich beim Müllplatz mal nach dem Rechten sehen?«

»Ach, lassen Sie, ich werde selber nachschauen, ich will Sie schließlich nicht von Ihrer Arbeit abhalten. Aber sagen Sie diesem Jungen, ob Gespenst oder nicht, er darf nicht in vollem Tempo durchs Camp jagen, denn das ist viel zu gefährlich.«

Ganz in der Nähe des ausgetrockneten Flussbetts hatten wir eine große Grube ausgehoben, in die wir den Bauschutt, den Abfall der erjagten Wildtiere und die Kadaver des verendeten Viehs schütteten; wir hatten vor, den Müll zu vergraben oder zu verbrennen, sobald die Grube überquellen sollte. Da ich bereits ein paar Nächte zuvor das nervtötende Geheul der Hyänen gehört hatte, nahm ich zur Sicherheit meine Flinte mit, die ich mit den erstbesten Patronenkugeln lud, die ich in der ledernen Munitionstasche finden konnte. Hansheinrich pflegte mir zu sagen, der beste Begleiter sei eine Waffe, wenn ich mich auf eigene Faust vom Lager entfernte.

Es war ein herrlicher, frischer Morgen, das Sonnenlicht schimmerte schon zwischen den Blättern der Akazien hindurch, die im Wald des ausgetrockneten Flusses wuchsen, und zeichnete Schattenfiligrane in den Sand. Ich brauchte nicht lange, bis ich die Stelle erreichte, an der wir die Grube ausgehoben hatten, halb hinter einer Flussbiegung verborgen, damit wir weder den Anblick noch den Gestank des Mülls ertragen mussten. Ich lachte insgeheim in Erinnerung an Samuels Gesichtsausdruck, als er von diesem Müllgespenst gesprochen hatte.

Doch das Lachen gefror mir alsbald auf den Lippen, denn kaum hatte ich mich über die Abfallgrube gebeugt, als aus der Tiefe des Lochs ein so eindringliches Fauchen zu mir heraufdrang, dass ich erstarrte. Obwohl in unmittelbarer Umgebung des Grabens kein Busch wuchs, der mir die Sicht hätte verstellen können, vermochte ich zunächst nichts in der Tiefe des Lochs auszumachen. Doch als meine Augen sich an das Halbdunkel des Unterholzes gewöhnt hatten, sah ich es. Es waren große runde Augen, die mich mit einer ungewöhnlichen Grausamkeit anstarrten; hinter diesen Augen machte ich den Kopf und den gefleckten Körper eines riesigen Leoparden aus, der über den Resten eines vor einigen Tagen verendeten Schafes kauerte. Die dunklen Punkte, die das ockergelbe Fell abdunkelten, halfen ihm dank seiner völligen Reglosigkeit, ganz mit seiner Umgebung zu verschmelzen. Leider währte die Passivität der Raubkatze nur wenige Sekunden, denn gleich darauf machte sie, begleitet von einem noch schauerlicheren Fauchen, mit unglaublicher Wendigkeit einen Satz auf mich zu.

Obwohl alles in Sekundenbruchteilen geschah, weiß ich noch, wie ich die Flinte hochriss, mehr wie ein Kind, das die Hände ausstreckt, um eine Ohrfeige abzuwehren, als in der überlegten Absicht, die Waffe abzufeuern; doch der Finger muss sich am Hahn gekrümmt haben, und der Schuss ging mit einer solchen Wucht los, dass der Rückstoß mich zu Boden warf. Instinktiv rollte ich mich beim Fallen zusammen und hielt mir schützend die Arme vors Gesicht, denn ich war mir nicht sicher, ob es der Rückstoß der Flinte gewesen war, der mich aus dem Gleichgewicht gebracht hatte, oder der Versuch, dem Angriff der Raubkatze auszuweichen, die mit erhobenen Krallen auf mich zugesprungen war.

Als ich es endlich wagte, die Augen zu öffnen, sah ich, dass der Leopard einige Meter von mir entfernt wie tot rücklings am Boden lag; das weißliche Bauchfell zuckte kaum merklich von einem schwachen Röcheln. Ich hatte so viele Jagdgeschichten von wilden Tieren gehört, die nach einer tödlichen Verletzung noch einmal zu Kräften gekommen und ihre Beute zerfleischt hatten, bevor sie den letzten Atemzug taten, dass ich hastig aufsprang, um mich einige Meter von dem Leoparden zu entfernen und dabei die Flinte wieder zu laden; doch die hatte sich aus irgendeinem Grund verklemmt, so dass ich sie nicht öffnen konnte. Inzwischen zuckte der Bauch des Tiers nicht mehr, und die wunderschöne Raubkatze lag so entspannt da, dass ich nicht länger zweifelte, dass sie tot war.

Meine ungewöhnliche Reaktion ist wohl nur mit meiner panischen Angst zu entschuldigen oder damit, dass ich kaum ahnte, dass diese Unbedachtheit mich das Leben hätte kosten können. Ich beschloss, die Einzelheiten dieser unglaublichen Episode mit niemandem zu teilen, auch weil ich dachte, wenn Hansheinrich nach seiner Rückkehr erführe, was sich zugetragen hatte, würde er mich wegen meiner Unvorsichtigkeit ausschelten. Anstatt also mit Jubelgeschrei loszulaufen und die Männer auf der Baustelle unseres Schlosses herbeizurufen, um sie meine Jagdtrophäe bestaunen zu lassen, stieg ich stillschweigend den Hang wieder hinauf und ließ, als ich oben ankam, den Vorarbeiter den Karren anspannen und ein paar Büchsen Parafin aufladen. Ich fragte mich, ob man den Schuss womöglich hier oben hatte hören können, doch in dem Moment setzte sich schon die Zementmischmaschine in Gang und übertönte jedes andere Geräusch.

Bevor ich mich erneut auf den Weg zur Abfallgrube begab, sagte ich zu Bullmann:

»Dieser Müllhaufen quillt allmählich über vor lauter Abfall; das könnte unserer Gesundheit schaden, ich sollte ihn besser verbrennen.«

Der Vorarbeiter wagte es nicht, mir zu widersprechen, und bot mir an, mir einen Burschen zur Hilfe mitzuschicken, doch ich lehnte dankend ab. Mit übermenschlicher Kraftanstrengung schleppte ich den Kadaver meines schönen Feindes bis zum Rand der Grube und stieß ihn hinein, wobei ich versuchte, nicht auf sein offenes, zu einer finsteren Fratze erstarrtes Maul zu schauen. Ich war jedoch neugierig zu erfahren, wo der Schuss eingedrungen war, um eine solch vernichtende Wirkung zu erzielen, doch ich konnte nirgendwo ein Loch im Fell finden. Anschließend übergoss ich den Kadaver des Leoparden, das Skelett des toten Schafs und den restlichen Müll reichlich mit Parafin und warf vom Grubenrand aus ein brennendes Streichholz hinein. Unten von der Talsohle her wehte noch eine frische Morgenbrise, so dass der Inhalt der

Grube unter Zuhilfenahme mehrerer trockener Akazienzweige, die ich ins Feuer warf, wie Zunder brannte.

Während ich dieses Krematorium betrachtete, das den Beweis meiner heldenhaften Tat vernichtete – vielleicht die einzige Demonstration körperlichen Muts, derer ich mich für den Rest meines Lebens würde rühmen können –, war ich zufrieden, insbesondere mit meiner Entscheidung, die Spuren dieses Zwischenfalls zu beseitigen. Das Tier war zu prachtvoll und zu majestätisch, um der erniedrigenden Prozedur des Häutens und Ausweidens ausgesetzt zu werden und als Teppich zu enden, auf dem die Erwachsenen sich die Füße abtreten und die Kinder sich hinhocken, um an den Schnurrhaaren zu zerren und ihm mit ihren grausamen Fingerchen die Glasaugen auszustechen.

Während die Rauchwolken, in denen sich der Geruch nach der verkohlten Haut der Tiere mit dem harzigen Duft der Akazienzweige vermischte, zum tiefblauen Himmel aufstiegen, erfüllte mich ein seltsames Gefühl spiritueller Ruhe.

Kurz nach der Rückkehr von seiner Reise vermisste Hansheinrich eine Patrone mit hartem Spitzkopf, wie man sie zur Elefantenjagd benutzt, das Geschenk eines befreundeten Großwildjägers für seine Munitionssammlung diversen Kalibers.

»Ich weiß nicht, wo ich die Patronen mit ummantelter Spitze gelassen habe; ich hätte schwören können, dass ich sie in der Munitionstasche aufbewahrt habe, aber ich kann sie nicht finden. Pass das nächste Mal beim Laden deiner Flinte auf, denn wenn du sie mit einer normalen Patrone verwechselst, könnte das Gewehr in tausend Stücke zerbersten!«

Da sich schwerlich eine vernünftige Erklärung für das ganze Geschehen finden ließ, dachte ich, Marengos Geist, dessen Gegenwart ich eines Nachts gespürt hatte, als er im Busch umherspukte, habe mich in dieser gefährlichen Lage beschützt. Fortan wurde es mir zur Gewohnheit, zum Akazienwäldchen hinabzupilgern, wenn ich zur Ruhe kommen oder Kraft schöpfen wollte; normalerweise ging ich auf dem Schotterweg bis zum dichtesten Teil des Akazienwäldchens und erzählte im dunklen Schutz der Bäume dem Rebellen von meinen Sorgen, der sich meinen Kummer geduldig und voller Verständnis anhörte.

Manchmal hatte ich sogar das Gefühl, als antwortete Marengo mir mit dem Rauschen des Windes im Laubwerk oder dem Heulen irgendeines wilden Tieres in den nahen Bergen.

VIERTES BUCH

Lüderitzbucht

Beim Blick auf die Karte der Region dachte ich, die Gegend, in der sich Duwisib befand, sei nicht allzu weit vom Ozean entfernt. Diesen irrtümlichen Eindruck hatte ich bei meinem ersten Besuch in dem Bezirk bestätigt gesehen, als von Siegler mir erzählte, er habe wenige Tagesmärsche von Duwisib entfernt ein in den Dünen gestrandetes Segelboot entdeckt. Erst nach geraumer Zeit merkte ich, dass ich die Entfernung falsch berechnet hatte und sich zwischen unserer Farm und dem Salzwasser noch ein weiterer, schwer zu überwindender Ozean aus Sand erstreckte.

Einige Male habe ich mich in die Wüste vorgewagt, aber niemals das im Sand gestrandete Wrack gefunden, obwohl mir immer wieder Geschichten von verschwundenen Schiffen zu Ohren kamen, wie die von dem holländischen Frachter, der in Spencer Bay kenterte und vom Häuptling von Bethanien, Joseph Fredericks, abgewrackt wurde. Als ich mit der Wüste vertrauter wurde, merkte ich, dass die Dinge im Sand einfach so auftauchen oder wieder verschwinden, weil die Dünen je nach Richtung und Stärke des Windes ähnlich wie die Wellen des Meeres ständig ihre Form und Farbe wechseln. Mehr als einmal sah ich auf der Fahrt nach Lüderitz das Wrack eines verlassenen zweirädrigen Karrens; doch als ich auf dem Rückweg wieder an derselben Stelle vorbeikam, war dieser spurlos verschwunden.

Was jedoch immer gleich blieb, waren die vierhundert Kilometer Entfernung, die vom Schloss Duwisib bis nach Lüderitz auf einer holprigen Piste zurückzulegen waren und streckenweise über berghohe Dünen führten, in denen die schweren Holzräder versanken wie ein Pflug in feuchter Erde, und dann wieder über so harte Steinflächen, dass sie selbst die Metallreifen zerkratzten.

Doch von unserer Ankunft in Duwisib bis zur Fertigstellung der Eisenbahntrasse von Aus an die Küste mussten wir diese Route ständig zurücklegen, denn dort befand sich der Hafen, wo alle Lieferungen für unseren Hausbau und die Bewirtschaftung unserer Farm eintrafen.

Wer die Hafenstadt Lüderitzbucht so kennengelernt hat wie ich, wird in seinem Leben kaum je einen unwirtlicheren und gottverlasseneren Winkel gesehen haben, weshalb es auch schwer nachvollziehbar ist, wie Adolf Lüderitz auf die Idee kommen konnte, ausgerechnet an diesem Flecken seine erste Handelsvertretung zu gründen und einen beträchtlichen Teil der umliegenden Küstenregion zu erwerben. Noch unverständlicher ist es, wie dieser kleine Tabakhändler aus Bremen die deutsche Regierung überreden konnte, seine utopischen Geschäftsideen zu einem Zeitpunkt zu verteidigen, in dem Bismarcks Politik es strikt ablehnte, sich auf irgendwelche kolonialen Abenteuer einzulassen. Der einzige erkennbare Grund, warum Adolf Lüderitz sein Glück ausgerechnet in jener Einöde suchte und das deutsche Kaiserreich dieses Gebiet anschließend zum deutschen Protektorat erklärte, mag darin liegen, dass die anderen Kolonialmächte die reicheren und fruchtbareren Länder an ebenjener Küste bereits besetzt hatten.

Laut den Tagebuchaufzeichnungen des Marinearztes Doktor König war der Anblick, der sich den deutschen Schiffsbesatzungen 1884 bei ihrer Ankunft in der Bucht bot, als die Fregatten der Kaiserlichen Marine, die *SMS Elisabeth* und die *SMS Leipzig*, jenen Hafen erreichten, um die Region im Namen des Deutschen Kaisers in Besitz zu nehmen, nicht viel anders als das, was ich im Jahr 1908 dort vorfand. Die deutschen Kriegsschiffe fuhren in die gleiche Bucht ein, die die portugiesischen Seefahrer wegen des schwierigen Manövrierens des gierenden Schiffs durch die enge Einfahrt bis zur Reede Angra Pequenha oder Angra das Voltas getauft hatten, ein Moment, den Doktor König folgendermaßen schildert:

Der erste Eindruck, den die Küste mit ihrer kahlen, felsigen, völlig baum- und buschlosen Ebene bietet, ist nicht sehr einladend. Der Blick von der Küste auf das blaue Meer und die Inseln, über denen Tausende von Vögeln kreisten, war hingegen schön, ja geradezu magisch. Der Ort, an dem wir an Land gingen, war quasi eine Einöde. Damals standen dort nur drei Blockhäuser, die den fünf Angestellten der Firma in Lüderitzbucht Unterschlupf gewährten, sowie Lagerschuppen für die Waren. Unter den Klängen des Preußenmarsches stiegen wir einen Hang hinauf, auf dessen Gipfel man einen Mast errichtet hatte, um die Fahne zu hissen.

Die Firma, die Doktor König meint, war einige Jahre zuvor von Adolf Lüderitz gegründet worden, nachdem er am Strand eine Hütte errichtet hatte in der Hoffnung, mit den Einheimischen Handel zu treiben und die wenigen Kriegsschiffe und Walfischfänger zu beliefern, die damals in jener Bucht vor Anker lagen. Nachdem sie die Kriegsflagge gehisst und beide Schiffe feierliche Salutschüsse abgegeben hatten, verlas der Kapitän der Kreuzerfregatte *Leipzig* ein Dokument mit der Erklärung, dass von dem Moment an das von Lüderitz erworbene Gebiet unter den Schutz und die Oberhoheit Seiner Majestät Kaiser Willhelm I. gestellt werde, woraufhin die Marinemannschaften »Heil dir im Siegerkranz« anstimmten.

Mit diesem Akt der offiziellen Inbesitznahme bekräftigte man den Kaufvertrag, den Heinrich Vogelsang – im Auftrag von Adolf Lüderitz – ein Jahr zuvor abgeschlossen hatte, als er von dem Nama-Kapitän Joseph Fredericks in Bethanien die Bucht Angra Pequenha samt angrenzendem Umland in einem Radius von fünf Meilen für den lächerlichen Preis von einhundert Pfund in Gold und zweihundert Gewehren erworben hatte. Der Häuptling hatte geglaubt, das verkaufte Land würde nach englischen Meilen bemessen (1,6 km), während der Gesandte von Lüderitz von deutschen Meilen (7,4 km) ausging.

Dieselbe List wurde einige Monate später erneut angewendet, als Häuptling Fredericks dem Repräsentanten von Lüderitz noch einmal für die bescheidene Summe von fünfhundert Pfund sowie sechzig Gewehren den gesamten Küstenstreifen von der Mündung des Oranje-Flusses bis zum 26. südlichen Breitengrad in einer von der Küste an gerechneten Ausdehnung von zwanzig Meilen landeinwärts abtrat. Die Differenz war erheblich, wenn man bedenkt, dass der Häuptling von Bethanien glaubte, er verkaufe nur ein Stück der Namib-Wüste (ein Wort, das im lokalen Dialekt so viel bedeutet wie »nichts«), während der deutsche Kaufmann in Wirklichkeit einen Streifen erwarb, der 148 Kilometer landeinwärts reichte, einschließlich des fruchtbaren Weidelands rund um Aus und Kubub, Ortschaften, an denen ich auf meinen Reisen von Duwisib an die Küste unzählige Male vorbeikommen sollte.

In einem Brief an Lüderitz' Agenten Heinrich Vogelsang hatte der Missionar und Forscher Doktor Theophilus Hahn von der Möglichkeit gesprochen, im Landesinneren Viehzucht zu betreiben: »Diese Gegend ist bestens für die Schafzucht und Wollherstellung geeignet, dort könnten leicht bis zu einer Viertelmillion Schafe weiden. Der Hafen von Angra Pequenha ist der beste Hafen von Groß Namaland ... und könnte mit einigem Verhandlungsgeschick erworben werden. Aus liegt in der Region Bethanien, ein prächtiges Weideland mit Buschmanngras, das denselben Nährgehalt hat wie Hafer.« Der Missionar wies auch darauf hin, dass die Region frei von der schrecklichen Rinderseuche sei, die an anderen Orten der Region die Ställe dezimiere.

Doch Vogelsang brauchte gar kein »Verhandlungsgeschick«, um dieses Gebiet zu erwerben, denn der Kapitän Joseph Fredericks und sein Ältestenrat nahmen das Angebot des deutschen Kaufmanns sofort an. Sie ließen eine Pfeife von Hand zu Hand gehen und boten dem Handelsvertreter eine Karaffe frischen Wassers an, bevor der Häuptling den Kaufvertrag mit einem Kreuz besiegelte, der den Deutschen aufgrund der allzu vage formulierten Vereinbarungen später noch mehr als einmal Kopfzerbrechen bereiten sollte.

Die Gültigkeit dieses Vertrags wurde offiziell bestätigt, als der Gesandte des Kaisers, Dr. Gustav Nachtigal, einen kaiserlichen

Schutzvertrag mit ebenjenem Häuptling Fredericks unterzeichnete, wie der Missionar Ba aus Bethanien in einem Brief an seinen Oberen schildert:

Der Reichskommissar des Kaisers, Dr. Nachtigal, in Begleitung von Dr. Vogelsang und dem Grafen Spee, traf zum verabredeten Zeitpunkt ein. Bald erschien auch der Häuptling. Er trug seinen dunklen Sonntagsanzug und hätte eine angenehme Erscheinung abgegeben, wären da nicht seine schmutzigen Hände gewesen. Trotz allem schüttelte Dr. Nachtigal dem Häuptling und seinen Beratern herzlich die Hand und bat mich, in seinem Namen ein paar freundliche Worte an sie zu richten.

Als ich das las, fragte ich mich – natürlich im übertragenen Sinn –, wer wohl die schmutzigeren Hände gehabt hatte, die Schwarzen, die den europäischen Abgesandten gutgläubig ihre Gastfreundschaft gewährten, oder die Weißen, die sich auf niederträchtige Weise einen Großteil des Territoriums unter den Nagel hatten reißen wollen. Jedenfalls wurde der Schutz- und Freundschaftsvertrag unverzüglich in einem feierlichen Akt unterzeichnet, zu dem Nachtigal seine Galauniform angelegt hatte und Häuptling Frederick seine Husarenuniform trug, die Adolf Lüderitz ihm geschenkt hatte, obwohl er offenbar die zur Uniform gehörenden Zierdegen in seiner Hütte vergessen hatte, was der Missionar nicht zu erwähnen vergaß, wohingegen wir nicht erfahren, ob seine Hände diesmal sauber oder schmutzig waren.

Als Großbritannien die vollendete Tatsache der deutschen Schutzherrschaft über Südwestafrika erst einmal verdaut hatte – wobei es sich lediglich die Herrschaft über Walvis Bay und einige kleinere, nahe Lüderitz gelegene Inseln vorbehielt –, pries das deutsche Volk den kommerziellen Weitblick, den Lüderitz mit dem Erwerb dieses kargen Landstrichs bewiesen hatte, und feierte ihn als Nationalhelden. Ein adliger Bewunderer des Bremer Kaufmanns, der Großherzog Carl Alexander von Sachsen-Weimar, schrieb seinem Schützling: »Jetzt besitzen Sie mehr Land als ich, und wenn alle Welt mich schon vergessen haben wird, werden Sie immer noch ein wichtiger Mann in der Geschichte Deutschlands sein und man wird Ihnen zu Ehren Denkmäler errichten.«

Beim Vergleich des schwärmerischen Abenteuers des Adolf Lüderitz mit unserer eigenen Erfahrung in Südwestafrika und all den Problemen, die Hansheinrichs fixe Idee, ein großes Latifundium zu erwerben, uns eingebrockt hatte, kam mir der Gedanke, dass Adolf Lüderitz' Heldentat nur Unheil angerichtet hatte, indem er bei den deutschen Bürgern den Ehrgeiz weckte, in den Kolonien größere Ländereien zu erwerben, als die altadligen Großgrundbesitzer im Mutterland von ihren Vorfahren geerbt hatten. Der Traum von Adolf Lüderitz endete wirtschaftlich in einem totalen Fiasko, nicht zuletzt weil die Urbevölkerung im Umland dermaßen arm war, dass sie nichts besaß, womit man hätte Handel treiben können, weshalb die Niederlassungen in Kubub, Aus und Bethanien von Anfang an unrentabel waren. Obendrein musste Lüderitz noch den Verlust seiner Zweimastbrigg *Tilly* verkraften, die 1885 nördlich des Hafens mitsamt ihrer kostbaren Ladung unterging. Als er bereits am Rande des Ruins stand, gelang es dem Bremer Kaufmann gerade noch, seine Besitztümer an ein Konsortium zu verkaufen, die Deutsche Kolonialgesellschaft, eine Gruppe patriotischer Geldgeber, die verhindern wollten, dass das Gebiet wieder den englischen Interessenten in die Hände fiel. Da Lüderitz sich beim Verkauf bestimmte Rechte vorbehalten hatte, einschließlich des Abbaus von Bodenschätzen, versuchte er, seine Verluste wettzumachen, indem er mehrere Erkundigungsfahrten unternahm, um nach Erzvorkommen zu forschen.

In einem letzten Verzweiflungsversuch begab Adolf Lüderitz sich höchstpersönlich auf eine Reise zum Oranje-Fluss auf der Suche nach Gold oder Edelsteinen; doch aus irgendeinem Grund beschloss er auf halbem Weg, zur Basis zurückzukehren, und beging die Unvorsichtigkeit, an der Mündung des Oranje-Flusses in ein klapperiges Segeltuchboot mit einem Laken als Segel zu steigen, um sich den langen Rückweg durch die Wüste nach Lüderitzbucht zu ersparen. Wahrscheinlich ging das Boot bei einem der heftigen Stürme zu Bruch, die die südwestafrikanische Küste häufig peitschen, wobei Lüderitz und sein Begleiter ertranken, oder, wie andere Zeugen berichten, völlig erschöpft den Strand erreichten, wo sie von einheimischen Küstenbewohnern mit Knüppeln erschlagen wurden.

Manch einer fragte sich, ob Lüderitz auf seiner letzten Reise nicht vielleicht auf etwas gestoßen war, das seine überstürzte Umkehr zu seinem Basislager an der Küste erklären könnte, doch falls diese Theorie tatsächlich zutrifft, liegt das Geheimnis seines Fundes auf dem Grund des Atlantiks begraben.

Grasplatz

Die Person, die mir erstmals Einzelheiten aus dem Leben von Adolf Lüderitz erzählte und mich über den Sinn seines Unterfangens nachdenken ließ, war ausgerechnet einer von denen, die sich, angesteckt vom kollektiven Wahn, den der Kaufmann aus Bremen ausgelöst hatte, nach Südwestafrika aufgemacht hatten in der Hoffnung, diese trostlose Wüste in ein Land der Verheißung zu verwandeln. Sein Name war August Stauch, und kennengelernt hatte ich ihn bereits während der Überfahrt von Hamburg, bevor er, als ich im Swakopmunder Hafen von Bord ging, nach Lüderitzbucht weitergefahren war. Ich begegnete ihm erneut, als wir auf meiner ersten Reise auf einem Ochsenkarren von Duwisib an die Küste unser Lager in der Nähe der Stelle aufschlugen, wo Stauch als Schienenbauaufseher der Eisenbahn arbeitete.

Während einer von Hansheinrichs häufigen Reisen nach Windhuk beschloss ich, den burischen Fuhrmann Adrian Esterhuizen auf seiner Fahrt nach Lüderitz zu begleiten, wo er aus Deutschland eingetroffenes Baumaterial und Möbel für unser Schloss abholen sollte. Ich dachte, dieser Ausflug würde mich ein wenig aus meiner Isolation in Duwisib befreien, und wollte Hansheinrichs Abwesenheit nutzen, denn wäre er im Lager gewesen, hätte er mich unter dem Vorwand, diese Reise sei zu beschwerlich für eine Frau, wohl kaum ziehen lassen.

Damit niemand daran Anstoß nehmen konnte, dass eine Frau allein in Begleitung eines weißen Mannes reiste, also mit Esterhuizen – denn in dieser Hinsicht zählten die uns begleitenden Schwarzen nicht –, nahm ich als »Aufpasser« unseren Lehrling Fröhlich mit, der sich rühmte, diese Strecke schon mehrmals zurückgelegt zu haben, wenn auch immer mit einem erfahreneren Kompagnon. Esterhuizen nahm seinen treuen Nama-Boy Jan Fredericks mit, der ihm schon mehrmals aus der Patsche geholfen hatte.

Wir brachen vor dem Morgengrauen an einem Wintertag auf, an dem die an den Haken hängenden Wassersäcke von einer Raureifschicht bedeckt waren und selbst die Metallreifen des Karrens beim Fahren über die vereisten Steine auf dem Weg knirschten. Ich hatte mich so gekleidet, wie man mir geraten hatte, und war geschützt durch einen Kapuzenmantel, der Wind und Kälte abhielt. Doch sobald die Sonne aufging, wurde der Mantel überflüssig, und ich musste sogar den leichten Schal abnehmen, den ich mir über die Schultern gelegt hatte. Wie die Alten sagten: »Die Wüste kennt nur zwei Jahreszeiten: Kälte im Schatten und Hitze in der Sonne.«

Der Karren wurde von acht Ochsengespannen gezogen, und noch einmal so viele begleiteten uns als Ersatztiere, denn in der Hitze am Tag fuhr man zwei Stunden lang und ließ die Zugtiere dann ebenso lange ausruhen, während man die frischen Ochsen für die nächsten zwei Stunden anspannte. Es waren sehr starke und wilde Tiere, weshalb es nicht leicht war, sie vor den Karren zu spannen, und auch nicht, sie in Zaum zu halten, wenn sie sich einer Wasserstelle näherten, besonders dann, wenn die Brunnen sehr tief waren und man nicht mehr als zwei Tiere gleichzeitig tränken konnte. Esterhuizen erzählte mir, der Karren sei mehr als einmal von den Rinderhufen zermalmt worden, weil die Zugtiere vor lauter Gier nach Wasser durchgingen.

Der Fuhrmann saß normalerweise auf großen Kisten, die der Karren vorn geladen hatte, und lenkte die Ochsen, indem er ihre Namen rief und mit der Peitsche auf ihre Nacken einschlug. Esterhuizens Ochsen parierten gut, so dass man nur den Namen eines von ihnen zu rufen brauchte, und schon senkte er das Maul in den Sand und krümmte den Rücken. Doch als der Kutscher einige Male bei heiklen Manövern vom Bock steigen musste und Fröhlich die Peitsche überließ, brachte der Lehrling die Namen der Ochsen durcheinander und wusste die Peitsche nicht recht zu handhaben – einen Bambusstock von zwei Metern mit einer ellenlangen Schwippe aus Nashornleder –; wer sie nicht beherrschte, machte die Peitsche zu einer gefährlichen Waffe, so auch Fröhlich, der mir einmal sogar, als ich neben ihm saß, damit den Hut vom Kopf schlug.

Der Weg war, da der der Wind jegliche Spuren im Sand verwischte, kaum durch die Fahrrillen anderer Fuhrwerke markiert; doch hin und wieder tauchten unheilvolle Wegweiser auf, Schädel in der Sonne verdorrter Tiere und Reste liegen gebliebener Karren. Die Teile der Holzverkleidungen blieben nicht lange erhalten, da die anderen Reisenden sie zum Feuermachen benutzten, denn bei der gänzlich fehlenden Vegetation hatte man als Brennmaterial nur die getrockneten Exkremente der eigenen Zugtiere. Esterhuizen erzählte mir, er sei schon auf verlassene Wagen mit der gesamten Ladung gestoßen, deren Besitzer verschollen oder verdurstet sei. Die Ersten, die an solch einem verlassenen Wagen vorbeikamen, rührten ihn nicht an, für den Fall, dass der Besitzer in absehbarer Zeit wieder auftauchen sollte. Doch nach einer angemessenen Frist begannen zunächst die lohnendsten Teile der Ladung zu verschwinden, dann diente der Karren selbst als Ersatzteillager für das, was an den eigenen Fuhrwerken unterwegs zu Bruch gegangen war, und zu guter Letzt rissen die Fuhrleute die Holzlatten ab, um sie zum Feuermachen zu verwenden, weshalb der gesamte Karren rascher ausgeschlachtet war, als die alles verschlingende Wüste brauchte, um ihn zu vernichten.

Auf jener ersten Fahrt schlief ich in einem kleinen Zelt, das ich mitgenommen hatte, um mich des Nachts von den Männern separieren zu können, doch als wir von einem Sandsturm überrascht wurden, blieb uns keine Zeit mehr, das Zelt aufzuschlagen, so dass ich mich wie alle anderen unter dem Wagen verkriechen und Gesicht und Körper notdürftig mit dem Mantel schützen musste, was nicht verhinderte, dass ich, als der Sturm nachließ, mit mehreren Kilos Sand in den Taschen und einer Staubschicht auf dem Gesicht aus meinem Versteck hervorkroch. Jetzt verstand ich, warum Esterhuizens Frau sich weigerte, ihn, wenn nicht unbedingt nötig, auf seinen Reisen zu begleiten, die für sie ein einziges Martyrium waren, zumal sie einmal ein traumatisches Erlebnis gehabt hatte, als während eines heftigen Sandsturms die Karren tagelang im Sand feststeckten und eine der Wasserstellen auf der Strecke verschüttet war, so dass sie die Hälfte ihrer Zugochsen, die vier Tage ohne Wasser und Futter nicht verkrafteten, eingebüßt hatten.

Abgesehen von einem gebrochenen Wagenrad und einem Deichselriss, den wir mitten in der Wüste notdürftig reparieren mussten, verlief meine erste Fahrt ohne größere Zwischenfälle. Drei Wochen nachdem wir Duwisib verlassen hatten, teilte Esterhuizen mir mit, wir kämen an einen Ort namens Grasplatz, nur einen Tagesmarsch von Lüderitz entfernt. Dort in der Nähe wurde an der Eisenbahntrasse nach Aus gebaut, und man hatte eine Bahnstation errichtet für jene, die an der Schienenlegung arbeiteten.

Es war ein wenig vermessen, diesen Bretterverschlag mit einem Wellblechdach, flankiert von armseligen Baracken, in denen die schwarzen Bauarbeiter lebten, als »Bahnhof« zu bezeichnen; wobei der Name Grasplatz, wenn man es recht bedachte, auch nicht eben der Realität entsprach, denn dort wuchs nicht ein einziger Grashalm. Der Name stammte noch aus der Zeit vor Beginn des Eisenbahnbaus, als die Fuhrwerke auf dem Weg vom Landesinneren zum Hafen dort rasteten und eine Portion Viehfutter hinterlegten, um auf dem Rückweg, wenn sie ihre Ware in Lüderitz abgeladen und die Ochsen getränkt hatten, ihre Tiere dort noch einmal ordentlich zu füttern, bevor sie sich wieder in die Wüste begaben.

Als wir besagten Ort erreichten, ließ Esterhuizen die Ochsen ausspannen, die letzten Wasserrationen an sie verteilen und ein paar Futtersäcke abwerfen, die groß und deutlich mit dem Schriftzug »von Wolf« versehen waren, um zu verhindern, dass die Freunde fremden Eigentums sich während unserer Abwesenheit daran gütlich taten. Da die Bahnstation nur wenige hundert Meter von unserem Camp entfernt lag, liefen die Schienenarbeiter los, um den Streckenwärter über unsere Ankunft zu informieren, und bald darauf sahen wir einen Weißen mit einem großen dunklen Filzhut aus seiner Wellblechhütte treten und auf uns zueilen. Mir blieb gerade noch Zeit, mir Gesicht und Hände zu waschen und die Bluse zu wechseln, bevor der Besucher vor meinem Zelt stand.

Als der Mann mich herauskommen sah, blieb er wie angewurzelt stehen, ohne sich zu entschließen, ob er vortreten oder zurückweichen sollte. Dann nahm er den Hut ab und wischte sich mit dem Taschentuch über die verschwitzte Stirn, als fürchtete er, das Opfer einer Halluzination zu sein. Erst da erkannte ich ihn, denn obwohl ich wusste, dass August Stauch für die Eisenbahngesellschaft in Lüderitz arbeitete, hatte ich nicht damit gerechnet, meinem Freund vom Dampfer ausgerechnet dort mitten in der Wüste wiederzubegegnen. Außerdem hatte sich sein Aussehen seit unserer Reise von Hamburg erheblich verändert; Stauch hatte an Gewicht verloren, ein von der Wüstensonne gegerbtes Gesicht und wirkte in seinen Reiterhosen und den Schaftstiefeln attraktiver als mit dem dunklen Frack, in dem er auf dem Schiff wie ein Seminarist ausgesehen hatte.

Was sich allerdings nicht verändert hatte, war dieser Ausdruck ruhiger Entschlossenheit, der mich bei unserer Überfahrt so nachhaltig an ihm beeindruckt hatte. Auch sein visionärer Blick hatte sich während all der Zeit in der Fremde nicht etwa getrübt, sondern mit der Einsamkeit eher noch verstärkt. Stauch ergriff meine Hände und hieß mich in dieser Vorhölle – trotz der Abenddämmerung herrschte noch eine Gluthitze – aufs herzlichste willkommen, wobei er mich sogleich zum Abendessen in sein Wellblechheim einlud, was ich ohne Zögern annahm.

Esterhuizen und Fröhlich boten an, mich zu begleiten, doch für diesen Besuch brauchte ich keinen Beschützer, denn obwohl unerwartet ein Sandsturm losbrach, war es kaum möglich, den Weg von dem Plateau, wo wir kampierten, zu den Baracken des Grasplatzes zu verfehlen. Da wir am nächsten Tag Lüderitzbucht erreichen würden, wo wir unsere Wassersäcke wieder auffüllen konnten, erlaubte ich mir, eine ganze Waschschüssel voll Trinkwasser zu verschwenden und die gründlichste Körperpflege seit unserer Abreise aus Duwisib vorzunehmen. Ich streifte das einzige lange Kleid über, das ich in meinem spärlichen Gepäck mitgebracht hatte; und als ich mich in einem kleinen Spiegel betrachtete, war ich mit meinem Aussehen sehr zufrieden.

Damit ich mir meine Stiefeletten nicht im Sand schmutzig machte, hatte Stauch mir einen afrikanischen Arbeiter mit einem Maultier geschickt, um mich zur Bahnstation zu bringen. Als Stauch mit einer Laterne in der Hand aus seiner Blechbaracke trat und mir galant beim Absteigen vom Rücken des Maultiers half, fühlte ich mich wie die Königin von Saba, als Salomon sie in seinem Palast empfing. Stauch hatte den Gehrock und die Weste bis auf das letzte Staubkorn sauber gebürstet und sich, so gut es ging, gekämmt und in Schale geworfen, wenngleich mir auffiel, dass er noch das alte Hemd trug, sicher weil er kein anderes besaß.

Beim Betreten der Hütte stellte ich fest, dass mein Gastgeber mehr Sorgfalt auf sein Äußeres verwendet hatte als darauf, seine Wohnstätte herzurichten. Eine auf zwei umgedrehten Kisten liegende Holzplatte, die offensichtlich nach einem Schiffbruch an Land gespült worden war, diente als Tisch. Auch die Stühle waren äußerst behelfsmäßig, und am hinteren Ende des Raums sah man eine Hängematte, die an zwei dicken Haken hing. Stauch schien den Kampf gegen den Sand aufgegeben zu haben, der durch die Ritzen der Wände eindrang und in jeder Ecke des Raums kleine Dünen hinterließ. Da dieser Mann einen Großteil seiner Zeit und Energie darauf verwenden musste, die Eisenbahnstrecke von den anrückenden Dünen freizuhalten, hatte er wohl wenig Lust, sich auch noch daheim gegen den Feind zu behaupten.

Doch das Abendessen, das Stauch mir servierte, war ebenso köstlich wie exotisch. Inmitten des ganzen Chaos erschien ein Tablett mit frischen Austern, und als zweiter Gang wurde eine Schüssel mit hauchzartem, saftigem Fleisch aufgetischt, das wie getrüffelter Truthahn schmeckte, doch später verriet mir der Gastgeber, es habe sich um Straußensteaks gehandelt. Er erklärte mir auch das Wunder der frischen Austern: Die Draisinen, mit denen sie das Baumaterial für die Schienen vom Hauptlager in Lüderitz herbeischafften, benutzten sie auch für den Transport von frischen Lebensmitteln aus der Hafenstadt und Bier und Wein von den Hotels der Stadt zu den Bahnstationen. Auch der Moselwein, den er zu den Austern reichte, war hervorragend, wenn auch nicht ausreichend gekühlt.

Noch nie hatte mich ein Mann so sehr verwöhnt, und ich fühlte mich restlos wohl in jener Stummfilmkulisse – die irgendwie an die Hütte aus dem Film *Goldrausch* erinnerte –, im Licht von Kerzen, die mir auffielen, weil sie so seltsam abbrannten, ohne Rauch abzusondern, aber dafür ab und zu bläuliche Funken sprühten. Stauch, der sicherlich zum ersten Mal Damenbesuch in seiner Einsiedlerhütte empfing, konnte ein nervöses Lachen nicht unterdrücken, als er mich voller Verwunderung diese merkwürdigen Kerzen anstarren sah.

»Es sind keine richtigen Kerzen, sondern eine Kaktusart, die sie hier ›Buschmannkerzen‹ nennen, weil sie dank ihres Safts, der eine wachsähnliche Substanz enthält, mit gleichmäßiger Flamme brennen. Sie werden in der Stadt auch zum Heizen der Kondensatoren bei der Süßwassergewinnung aus Meerwasser benutzt.«

Lebendige Wüste

Stauch hatte seinen Zwangsaufenthalt in der Fremde genutzt, um zum Experten in allem zu werden, was mit der Wüste zu tun hatte. Da seine Hauptaufgabe darin bestand, die Schienen vom Sand freizuhalten, hatte er das Verhalten der Dünen von Grund auf studiert und erklärte mir, dass der vornehmlich aus südlicher Richtung kommende Wind wie ein launischer Bildhauer wirke, indem er ständig die Form und Richtung der Dünen verändere. »In einer ruhigen Nacht wie dieser ahnt man kaum, dass die Dünen unentwegt in Bewegung sind, doch wenn wir uns still nach draußen setzten, könnten wir das leise Pfeifen der Millionen Sandkörner hören, die vom Gipfel der Dünen herabrollen und unmerklich in die eine oder andere Richtung rutschen. Bis in einigen Stunden die gesamte Erdmasse eine völlig andere Form oder Richtung angenommen hat als am Tag zuvor. Nach einem Sandsturm hat sich die Topographie der Wüste komplett verwandelt, ähnlich wie die Landschaft einer Karibikinsel nach einem Taifun.

Stauch sprach von diesem Sandmeer wie von einem Lebewesen; und bei der Beschreibung der Wanderdünen, die sein Hauptfeind waren, schien es, als redete er von einer gefährlichen, unberechenbaren Bestie.

»Die Wanderdünen haben die Form eines Halbmondes mit zwei nach vorn gebogenen, spitz zulaufenden Hörnern, eines länger als das andere. In manchen Situationen können sie vorrücken wie eine Heuschreckenplage, die auf ihrem Weg alles verschlingt, einen liegen gebliebenen Karren, die Knochen eines verendeten

Ochsen, ein gestrandetes Segelboot … oder eben die Eisenbahnschienen.«

Stauch hatte sich eine Methode ausgedacht, wie er die Strecke vor den Zerstörungen bewahren konnte, nachdem er herausgefunden hatte, dass die Sandkörner auf der Luvseite vom Wind angestoßen wurden und schließlich im Windschatten liegen blieben, so dass er, wenn er die Kämme der Dünen im Umkreis der Schienenstrecke auf der Windseite mit Leinensäcken zudeckte, sie eine Zeitlang befestigen konnte.

»Die Chefs haben mich für diesen Trick, der den Schienenarbeitern viele Arbeitsstunden erspart, beglückwünscht, doch der Kampf ist noch nicht gewonnen. Der im Bau befindliche Streckenabschnitt, den ich beaufsichtige, ist aufgrund der Beschaffenheit des Geländes, das ungeschützt dem vorherrschenden Wind ausgesetzt ist, der mit dem höchsten Windaufkommen und folglich den beweglichsten Dünen. Sandstürme sind hier häufiger als an anderen Stellen, und in mehr als einem Fall haben sie schon ganze Karawanen verschluckt, wie etwa die des burischen Kutschers Coleman, der vor einigen Jahren mit seiner gesamten Ladung auf einem Hang begraben wurde, der heute unter dem Namen Kolmanskuppe bekannt ist.«

Stauch erklärte mir auch den Mechanismus der Sandstürme, der seinen Ursprung in der kalten Luftmasse hat, die sich über dem Ozean bildet. Der vom Südpol kommende Benguelastrom, der die Küsten umspült, schafft eine Tiefdruckzone, während die warme Luft der angrenzenden Wüste ein Hochdruckgebiet erzeugt. Beim Zusammentreffen dieser beiden Luftmassen über der Küste, die eine kalt und feucht, die andere warm und trocken, wird Erstere mit hoher Geschwindigkeit ins Innere gesogen, was einen orkanartigen Wind auslöst, der zu diesen Sandstürmen führt.

Der Abend verging unmerklich, während Stauch mir von Sand, Winden, Flora und Fauna dieser eigenartigen Namib-Wüste erzählte, die man lieber kennenlernen als ignorieren sollte, solange man an ihrem Rand – wie in meinem Fall – oder mitten darin lebte wie Stauch.

Als ich ihn nach dem von der Sonne ausgeblichenen Porträt eines Mannes mit langem Backenbart, Kraushaar und runder Brille fragte, das in seiner Hütte an der Wand hing, sagte er mir, dieser Mann, der gut und gerne als Maler oder Musiker durchgegangen wäre – in der Tat hatte er eine gewisse Ähnlichkeit mit dem Komponisten Franz Schubert –, sei Adolf Lüderitz, der Verantwortliche für den Kauf des Küstenstreifens und die Errichtung der deutschen Schutzmacht in Südwestafrika.

Stauch klärte mich über einige Eigenschaften von Lüderitz' Persönlichkeit auf, die mir unbekannt waren. Und als ich einwandte, sein Verhalten spreche eher für den schwärmerischen Geist eines Phantasten, strich sich mein Gastgeber über den Schnurbart und schüttelte den Kopf.

»Urteilen Sie nicht so schlecht über Lüderitz, denn noch kennen wir nicht den wahren Ausgang seiner Geschichte. Als er nach einigen Probeschürfungen im Oranje-Delta an Bord ging, hatte er es eilig, in die von ihm gegründete Hafenstadt zurückzukehren, vielleicht weil er einen wichtigen Fund gemacht hatte, dessen Geheimnis er mit auf den Meeresgrund genommen hat, nachdem sein Boot kenterte. Vielleicht entdecken wir in dieser armen, unwirtlichen Küstenregion doch noch irgendwann ein reiches Areal an Bodenschätzen. Behalten Sie das Geheimnis für sich, aber auch ich mache in meiner Freizeit Probeschürfungen und habe schon einige Schürfrechte von der Gesellschaft erworben, die Lüderitz für die Suche nach Bodenschätzen in der Region gegründet hat.«

Während ich ihm fasziniert lauschte, ging mir durch den Kopf, dass jeder andere Mann den geselligen Abend genutzt hätte, um ein persönliches Gespräch anzuknüpfen und in einem Flirt enden zu lassen, indes dieser Einsiedler über Luft, Erde und andere Elemente sprach. Obwohl die Einsamkeit des Ortes zur Intimität einlud, erlaubte sich Stauch in keinem Augenblick eine falsche Geste oder die geringste Vertraulichkeit, auch wenn unsere Blicke sich beim Anstoßen mit den Weingläsern trafen und unsere Finger sich beim Weiterreichen der Platten mit Austern oder Straußenfilets sanft berührten.

Ich wusste, dass draußen keine hundert Meter weiter meine beiden Wachhunde – Esterhuizen und Fröhlich – am Feuer auf meine Rückkehr warteten, doch ich zog unseren Abend absichtlich ein wenig in die Länge, um ihnen zu denken zu geben. Ich erinnere mich nicht mehr, um wie viel Uhr ich in mein Zelt zurückkehrte, aber ich weiß, dass ich noch lange Zeit auf meiner Pritsche wach lag und dem Summen des Sandes lauschte oder es mir zumindest einbildete, da es so unhörbar war wie das, was man Sphärenmusik nennt. Als Fröhlich mich weckte, hatte ich das Gefühl, es seien erst wenige Minuten vergangen, seit ich mich schlafen gelegt hatte.

Nachdem ich am Lagerfeuer eine Tasse Tee getrunken und den Durst der Tiere gestillt hatte, brachen wir rasch auf. Esterhuizen wollte das Mondlicht nutzen, um die Strecke rasch hinter sich zu bringen und Lüderitz noch bei Tageslicht zu erreichen.

Die Haifischinsel

Max Baericke, ein alter Prospektor, den ich erst lange nach dieser ersten Reise an die Küste kennenlernte, pflegte zu sagen, als Gott die Erde schuf und damit begann, die Gaben auf den Rest der Welt zu verteilen, habe er Lüderitzbucht vergessen. Erst nach Vollendung der Schöpfung sei sein Blick auf diesen Küstenflecken gefallen und er habe ihn so kahl und elend gefunden, dass ihm die Tränen gekommen seien. Als diese auf den glühenden Sand fielen, hätten sie sich in Diamanten verwandelt.

Tatsache ist, dass die Diamanten noch nicht aufgetaucht waren, als ich diesen Ort zum ersten Mal besuchte; das Einzige, was man sah, wenn man die die Bucht beherrschende Anhöhe erreichte, war die endlose, völlig kahle Felsenküste, die wenige Meter landeinwärts in die traurige Monotonie der Wüste überging. Nicht das kleinste Rinnsal, keine Spur von Vegetation, keine Erhebung als Schutz vor dem fast ständig wehenden Wind, der dem Besucher die Sandkörner ins Gesicht blies. Selbst die vier rund um den Hafen verstreuten Hütten und die großen, halb verfallenen Holzbaracken mit Wellblechdächern – das Einzige, was es im Umkreis dieses Stapelplatzes gab – hatten ihre ursprüngliche Farbe eingebüßt und sich den grauen Felsformationen in der Umgebung der Reede angepasst.

Dafür ergoss sich das Mittagslicht flutartig über das katastrophale Schauspiel, während das vom wogenden Hafenbecken reflektierte Licht derart blendete, dass es dem Besucher die Sicht auf die malerischen Ecken der Küste und die filigrane, schneeweiße Gischt unnahm, die an den Klippen aus Vulkanstein zerstieb oder die Umrisse der umliegenden Inseln vor den Augen verschwimmen ließ. Die Bucht hatte fast eine perfekte Hufeisenform, an deren südlichen Ende die Haifischinsel so eng an der Küste zu kleben schien, dass sie eher wie eine Halbinsel wirkte.

Nur der Monolith des Wasserkondensators stach aus dieser platten Landschaft hervor wie eine phallusartige Gottheit, umgeben von einer Menge durstiger Anbeter, denen wir uns sehr bald anschließen sollten. Esterhuizen, Fröhlich und ich sowie die afrikanischen Boys. Da die Ochsengespanne, die den Karren zogen, das letzte Stück der Wüste ohne zu trinken durchquert hatten, legten wir unsere erste Rast in der Nähe des Kondensators ein, um die Tiere zur Tränke zu führen; dort probierte ich auch zum ersten Mal destilliertes Wasser, das abgesehen von seinem üblen Geschmack eine einschlagende Wirkung auf die Verdauung hatte, was die von den entsprechenden Symptomen heimgesuchten Besucher der Stadt »Lüderitis« nannten.

Da jeder Ochse locker fünfzig Liter Wasser trinken konnte, stiegen die Kosten für die Tränke im Nu auf nicht weniger als zwanzig Mark. Und weil das Süßwasser, das aus Kapstadt kam, noch teurer verkauft wurde, war es kein Wunder, dass die Bewohner von Lüderitz lieber Bier tranken. Der Konsum von Bier und anderen alkoholischen Getränken erreichte solche Ausmaße, dass die Straßen des Örtchens mit Glassplittern gepflastert waren und selbst die Zäune zwischen den einzelnen Häusern aus leeren Flaschen bestanden.

Herr Kapps, der Besitzer des gleichnamigen Hotels, in dem wir logierten, erklärte mir, die höchste Erhebung des Städtchens heiße Diamantenberg, weil sie so glitzere, als sei sie mit Edelsteinen besetzt. Doch leider beruhte dieser Glanz auf der unangenehmen Angewohnheit der Besucher eines auf dem Gipfel errichteten Freudenhauses, ihre geleerten Bierflaschen aus dem Fenster zu werfen, weshalb der Abhang von Glassplittern übersät war, die im Abendlicht wie Diamanten funkelten. Als später tatsächlich Diamanten in der Umgebung von Lüderitz gefunden wurden, waren die Kunden des Bordells stolz auf ihre weise Vorahnung.

Kapps erzählte mir auch, Frau Zimmer, die Betreiberin ebenjenes Etablissements – mit Namen *Green House* –, erhole sich gerade von einem Schlag, der ihr Geschäft beinahe im wahrsten Sinne des Wortes versenkt hätte. Nachdem sie während des Krieges von den treuen und zahlreichen Besuchen der Reiter der Schutztruppe profitiert hatte, fingen mit Beginn des Eisenbahnstreckenbaus die Transportunternehmer aus Kapstadt – die die Dienste der Mädchen lockerer bezahlen konnten als die Soldaten – an, deren Zuwendungen zu beanspruchen, und verdrängten die alten Freier. Um sich für diese Schmach zu rächen, heckten die Soldaten einen Plan aus, den sie mit militärischer Präzision umsetzten: Eines Nachts umzingelten sie das Bordell und schlugen Enterhaken in die Wände des Holzhauses, an die sie am Zaumzeug mehrerer Pferde befestigte Seile knüpften, um das *Green House* den Hang ins Meer hinunterzuschleifen.

Die Freier bemerkten plötzlich ein ungewohntes Schwanken, schlimmer als die üblichen Auswirkungen exzessiven Alkoholkonsums; und als sie aus dem Fenster sahen und erkannten, welch üblen Streich man ihnen spielen wollte, riefen sie umgehend die Garnisonspolizei, die diese Zwangsräumung gerade noch rechtzeitig verhindern konnte. Als die Schuldigen sich vor einem Militärgericht für ihr Tun verantworten mussten, versicherten sie, lediglich ihre Sorge wegen der vielen Verlockungen zur Sünde in diesem Haus habe sie zu diesem Schritt veranlasst. In Anbetracht dieses beispielhaften Einsatzes für die Tugendhaftigkeit – die eigene und die der anderen – blieb dem Richter nichts anderes übrig, als die Reiter freizusprechen.

Da sich die Ankunft des Schiffes mit unserer Lieferung aufgrund des schlechten Wetters verzögerte, nutzte ich die Gelegenheit, die Umgebung von Lüderitz zu erkunden und am Hafen entlangzuschlendern. Eines Morgens, während eines Spaziergangs über den Hafendamm, an dem die Bauarbeiten offensichtlich noch nicht abgeschlossen waren, begegnete ich jemandem, den ich anhand seiner Halskette mit dem Holzkreuz über seinem verstaubten Gehrock sofort als Missionar erkannte. Er gehörte derselben Ordensgemeinschaft an, die ich in der katholischen Mission von Klein-Windhuk im Zuge meines Treffens mit Pater Fages kennengelernt hatte. Augenscheinlich waren beide in der Mission von Pella jenseits der Grenze nach Südafrika zusammengetroffen, bevor Fages nach Hierarchabis abbeordert wurde. Der Name des Missionars war Poltzer, und er erzählte mir, er sei eine Zeitlang als katholischer Kaplan in der Garnison von Lüderitz tätig gewesen, wolle aber nach Pella zurückkehren, sobald ein Großteil der Truppe nach Deutschland heimgekehrt sei.

Da weit und breit kein Hafenangestellter zu sehen war, von dem man hätte erfahren können, wo die Warenlieferung, die wir abholen sollten, verblieben sein könnte, denn es war offensichtlich, dass die Reparaturarbeiten an der Mole noch nicht fertig waren, fragte ich den Ordensmann, ob es noch ein anderes Kai gebe, wo die Fracht, die wir erwarteten, ausgeladen worden sein könnte. Der Pater musterte mich von oben bis unten, bevor er mir mit gedämpfter Stimme, so als fürchtete er, man könnte ihn hören, sagte:

»Kein Schiff kann seine Ware hier am Kai löschen, man braucht große Barkassen, um die Fracht an Land zu transportieren …«, und dann fuhr Poltzer mit noch leiserer Stimme fort: »Die Bauarbeiten am Hafen mussten unterbrochen werden, als sie die Gefangenen zur Haifischinsel brachten.«

Da fiel mir wieder ein, was meine Mutter in ihrem Brief über die Behandlung der Kriegsgefangenen angedeutet hatte, und ich fragte Poltzer, ob die Insel, die genau am anderen Ende der Bucht lag, ein Internierungslager sei.

Poltzer antwortete im Flüsterton:

»Der Kommandant der Heeresgarnison, von Zülow, musste die Arbeiten am Hafen unterbrechen, als er erfuhr, dass höchstens noch fünfundzwanzig Gefangene in der körperlichen Verfassung waren, sie auszuführen. Schätzungsweise die Hälfte der tausend Gefangenen, die vor einem Jahr auf die Insel gebracht wurden, ist infolge der unmenschlichen Arbeitsbedingungen umgekommen, einschließlich Frauen und Kinder.«

»Ich kann nicht glauben, dass sie auch Frauen und Kinder zu dieser Arbeit herangezogen haben.«

»Einige der Frauen haben die Aufpasser von den schwersten Arbeiten befreit, um sich des Nachts mit ihnen zu vergnügen«, sagte der Missionar mit einem Ausdruck von Bitterkeit. »Aber wir alle haben die Häftlinge beiderlei Geschlechts und aller Altersstufen die schweren Loren mit Eisenstangen wie Maultiergespanne vom Bahnhof herbeischleppen sehen. Einer der protestantischen rheinischen Missionare, der die Kranken auf der Insel betreute, erzählte mir, im August letzten Jahres habe das Massensterben unter den Gefangenen einen Höchststand von 280 erreicht.«

»Sind die Gefangenen irgendeiner Epidemie zum Opfer gefallen?«, fragte ich besorgt.

»Es war eine Folge unzureichender Ernährung, fehlender Medizin und vor allem des Mangels an notwendigster Kleidung. Was auch noch zur Dezimierung der internierten Bevölkerung beigetragen hat, waren die Kälte und die Feuchtigkeit, da die Mehrheit der Gefangenen aus dem Landesinneren stammt, wo ein viel wärmeres und trockeneres Klima herrscht.«

»Und die deutschen Befehlshaber haben nichts getan, um diesen Völkermord zu verhindern?«

»Als der Kommandant von Estorff erfuhr, was dort geschah, befahl er, einen Großteil der Gefangenen ins Landesinnere zu bringen. Doch der Referent im Reichskolonialamt, Oskar Hintrager, widersetzte sich dieser Maßnahme, weil sie die Sicherheit der weißen Einwohner von Lüderitz gefährde.«

»Wie kann jemand nur so wenig Mitgefühl haben? Als man mir Hintrager vorstellte, machte er auf mich den Eindruck einer kalten, distanzierten Person; Estorff hingegen wirkte auf mich wie ein ritterlicher Ehrenmann.«

»Estorff sagte, er könne diesen Massenmord nicht verantworten, denn ausgerechnet er hatte den Friedensvertrag mit Samuel Isaac unterschrieben, als dieser nach Witboois Tod eingewilligt hatte, sich zu ergeben. Doch Hintrager erinnerte von Estorff daran, dass die britische Regierung zugelassen hatte, dass zehntausend weiße Frauen und Kinder in den Konzentrationslagern zugrunde gingen.«

»Das könnte sogar stimmen, denn meine Mutter gehört einem Frauenbund an, der bei der britischen Regierung während des Burenkrieges ein Protestschreiben eingereicht hat wegen der unmenschlichen Behandlung der Kriegsgefangenen.«

In dem Augenblick näherten sich uns einige Angestellte der Woermann-Linie, so dass Poltzer mir mit einem Wink zu verstehen gab, wir müssten unsere Unterhaltung abbrechen, woraufhin ich in mein Hotel zurückkehrte.

Nächtlicher Schrecken

An dem Abend kam ein so heißer orkanartiger Ostwind auf, als hätte jemand das Tor zur Hölle aufgestoßen. Die Dünen begannen sich wie eine feste Flut in Richtung Küste zu schieben, und die normalerweise mit Sand bedeckten Ausläufer der Klippen ragten trotzig empor wie eben aus der Schale geschlüpfte Adlerjunge.

Nach meinem Gespräch mit dem Missionar konnte ich nicht ruhig im Hotel bleiben, denn diese Gräuel wollten mir nicht aus dem Kopf gehen. Also brach ich zu einem Spaziergang an der Bucht entlang auf, obwohl ich durch den dicken Mantel hindurch spürte, wie mir die Sandkörner gegen die Brust und die Schenkel schlugen. Um zu verhindern, dass mich die Steinchen im Gesicht oder gar im Auge trafen wie Flintenschrot, lief ich tief nach vorn gebeugt, ohne eine bestimmte Richtung anzupeilen. Und so fand ich mich plötzlich im Grenzbereich der Haifischinsel wieder, die eher eine durch einen schmalen, zwischen den Klippen entlang zum Hauptteil der Insel führenden Pfad mit dem Festland verbundene Halbinsel war. Auf beiden Seiten war der Pfad von je einem Wachhäuschen flankiert.

Beim Umrunden der Bucht gelangte ich in die Nähe der Insel, die auf der zum Atlantik hin gelegenen Seite einen durch einen nicht allzu hohen Stacheldraht geschützten grauen Sandstrand hatte; ich nahm an, dass das eiskalte Wasser des Benguelastroms und die zahlreichen Haifische in der Bucht jeden Fluchtversuch der Gefangenen vereiteln würden. Jenseits eines Amphitheaters aus lauter Felsen sah ich ein paar notdürftig mit Zeltplanen und Pappe hergerichtete Behausungen, deren dünne Wände vom Wind geschüttelt wurden; weiter hinten erkannte ich einige solider wirkende Gebäude, von denen ich annahm, dass es sich um Blockhütten der Wärter handelte. Ich ließ mich in einer Felseinbuchtung im Windschatten nieder, wo ich eine Weile sitzen blieb und versuchte, irgendeine Bewegung auf der Insel zu erspähen, um herauszufinden, ob es noch Gefangene im Lager gab, für die ich etwas tun konnte. Doch selbst angenommen, auf der Insel war noch jemand am Leben, würden die Gefangenen und ihre Wächter bei dem Sturm zwangsläufig wie ich in irgendeinem Unterschlupf ausharren.

Als sich der Sturm kurz vor Sonnenuntergang ein wenig legte, bemerkte ich, dass sich etwas zwischen den Felsen in Strandnähe bewegte; da dieses Etwas eher zwischen den Felsen zu kriechen oder zu robben, als zu laufen schien, dachte ich, es könnte sich um große Krebsarten oder andere Meerestiere handeln. Doch dann erkannte ich menschliche Gestalten; sie krochen aus Felsspalten ähnlich wie der hervor, in der ich Schutz vor dem Sturm gesucht hatte. Doch ihre Umrisse waren schwer zu erkennen, da sie in sackleinene Umhänge gehüllt waren, deren Farbe mit dem Grau des Sandstrandes verschmolz.

Der Wind hatte gedreht und wehte jetzt aus Nordwesten, wobei er einige Fischabfälle und Gräten mit Fleischresten von den in der Bucht ankernden Fischerbooten anspülte; dieser Unrat war anfänglich aufs offene Meer hinausgetrieben, doch mit der Änderung der Windrichtung schwemmte die Flut ihn wieder ans Ufer, begleitet von einem bestialischen Gestank, der bis zu der Stelle drang, wo ich mich befand.

Kaum schwappte der erste Fischrest, in Schlamm und Algen gehüllt, auf den Strand zu, stürzten sich die Menschen auf das faulig stinkende Fleisch. Dort wo die Abfälle auf dem Brandungskamm trieben, tummelten sich große Seevögel, Möwen, Kormorane und Basstölpel, die sich mit ihnen um den unappetitlichen Fraß balgten. Die Windböen trugen das Hallen der Schläge und Schreie, mit denen die ausgehungerten Menschen ihre Aasstücke gegen die fleischfressenden Vögel und die Gier ihrer eigenen Artgenossen verteidigten, bis zu mir herüber. Ich konnte dieses Schauspiel keine Minute länger ertragen, und während ich mich wieder in meinen Schlupfwinkel zwischen den Felsen zurückzog, rannen mir die

Tränen über die Wangen. Durch meine Beobachtung tief verstört und obendrein todmüde von dem anstrengenden Marsch gegen den Sturm, fiel ich in einen bleiernen Schlaf, aus dem mich erst das Kitzeln der Wellen an meinen Stiefelspitzen wieder aufweckte. Ich hatte kaum bemerkt, dass es längst dunkel war und die Flut den Strand überspülte. Es war an der Zeit, ins Hotel zurückzukehren, aber da ich mich in der Dunkelheit schlecht zurechtfand, beschloss ich, noch etwas abzuwarten und mein Versteck erst zu verlassen, wenn der Wind die dichten Wolken wieder aufreißen würde, die sich vor den Mond geschoben hatten.

Im gleichen Moment hörte ich Stimmen auf Deutsch und den knirschenden Hall von Schaftstiefeln auf dem Kiesweg, der das Festland mit der Insel verband. Dann nahm ich die Erschütterung eines Karrens auf dem Weg wahr, der geradewegs zu dem Strand führte, wo ich mich befand, und plötzlich sah ich mehrere Laternenlichter in der Dunkelheit. Unwillkürlich fiel mir ein, was der Missionar über die Gewalt der Soldaten gegenüber weiblichen Gefangenen gesagt hatte, und mich schauderte es bei dem Gedanken, dass diese grausamen Zerberusse mich hier an diesem einsamen Ort entdecken könnten. Rückwärts kroch ich durch den Sand, bis ich mich außerhalb der Reichweite der Laternen befand, die den Strand bereits bis zum Rand der Brandung erleuchteten.

Als ich meinte, mich weit genug von den Soldaten entfernt zu haben, hielt ich kurz inne, um wieder zu Atem zu kommen, und versuchte zu ergründen, was die Soldaten um diese Uhrzeit außerhalb des Lagers im Schilde führen mochten. Das Scharren und Scheppern von sich in den feuchten Sand bohrenden Schaufeln und dem auf Kiesel stoßenden Metall verriet mir, dass sie ein Loch in Ufernähe gruben, obwohl ich von der Stelle aus, an der ich mich befand, nur sich bewegende Schatten sehen konnte. Doch plötzlich brach das Mondlicht hinter dem dichten Wolkenvorhang hervor und überflutete den gesamten Strand mit seiner hellen Strahlkraft.

Nun konnte ich sehen, wie die Soldaten ein paar schwere Bündel in eine im feuchten Sand ausgehobene Grube warfen; ich brauchte eine Weile, bis ich begriff, dass das dumpfe Platschen vom Aufprall der Last auf den mit Wasser gefüllten Boden herrührte. Als ich in Richtung des Fuhrwerks blickte, meinte ich die Umrisse menschlicher Extremitäten zu erkennen. Der Karren war vollgeladen mit Leichen, deren Arme und Beine über den Rand der hölzernen Ladefläche hinausragten. Bei diesem Anblick entfuhr mir unwillkürlich ein Schreckensschrei, der meine Anwesenheit verriet. Wie vom Teufel gejagt rannte ich los, doch schon hörte ich hinter mir einen Befehl und das unverkennbare Klicken beim Entsichern der Gewehre; instinktiv duckte ich mich, ohne jedoch stehen zu bleiben, aber der Schuss blieb aus.

Als der Mond wieder hinter dichten Wolken verschwand, nutzte ich die Dunkelheit, um so weit wie möglich fortzurennen, immer direkt am Wasserrand entlang, um keine Fußspuren im Sand zu hinterlassen. Es war mir egal, dass ich im Salzwasser meine Lederstiefel ruinierte, ich wollte nur noch meine eigene Haut retten. Dann blieb ich kurz stehen, um ein wenig zu verschnaufen, doch obwohl ich meine Verfolger im Schutz der Dunkelheit abgehängt hatte, schienen mir ihre Stimmen immer noch zu nah.

Als ich den Abhang einer Düne hinunterstieg, der am Wasserrand endete, stolperte ich, während ich mich umschaute, über ein hartes, glitschiges Bündel am Ufer. Ich wusste nicht, was es war, bis mir ein intensiver Gestank nach verwestem Fleisch in die Nase stieg, und als der Mond wieder hervorkam, erkannte ich, dass ich ein Rudel Schakale beim Fressen gestört hatte, die mich jetzt leicht aufgeschreckt aus wenigen Metern Entfernung anstarrten, unschlüssig, ob sie ihre aus dem Sand ausgegrabene Beute zurücklassen sollten.

Als ich meine Verfolger näher kommen hörte, bewies ich so viel Geistesgegenwart, mich zwischen zwei Felsen zu ducken. Auf dem Gipfel der Düne angelangt, entdeckten die Soldaten von ferne die

Schakale, woraufhin sie wohl meinten, es habe sich um die Tiere gehandelt, als sie eine Bewegung im Dunkeln bemerkt hatten. Ich wartete, bis sie sich in Richtung Haifischinsel entfernten; erst dann kroch ich aus meinem Versteck hervor und eilte ins Hotel zurück.

Marengos Geist

Nach der Rückkehr von meiner Reise an die Küste befand ich mich allein in meinem komfortablen Häuschen aus Ziegelstein und war beinahe froh, dass das Spinnennetz der kolonialen Bürokratie Hansheinrich länger in Windhuk festhielt als erwartet. Ich brauchte eine Zeit, um das, was ich auf meiner Reise an die Küste und ganz besonders bei meinem nächtlichen Ausflug zur Haifischinsel erlebt hatte, zu verdauen.

Allerdings war meine Einsamkeit auf Duwisib eher relativ, denn als ich von Lüderitz zurückkehrte, begann Ernst von Siegler mich regelmäßig zu besuchen. Von Sieglers Farm lag auf der Strecke nach Maltahöhe, allerdings dreißig Kilometer von Duwisib entfernt, doch der Oberleutnant fand immer einen Grund, die staubige Wegstrecke, die uns trennte, zurückzulegen, um mit einer Zeitung, einem englischen Buch oder einem Säckchen mit Saatgut für den Garten bei mir vorbeizuschauen.

Von Siegler war überaus zuvorkommend und las mir jeden Wunsch von den Augen ab. Auffallend war auch, dass Hansheinrich immer, wenn von Siegler vorsprach, zufällig gerade abwesend war, so dass wir ungestört ausreiten konnten und uns mit wachsender Vertrautheit immer weiter in die Wüste vorwagten.

Ich fragte mich, wie der Oberleutnant ahnen konnte, wann mein Mann fort war, um mich genau dann zu besuchen; doch nach einer Weile wurde mir klar, dass man von der Anhöhe aus, auf der von Sieglers Farm lag, die gesamte Sandpiste von Duwisib bis nach Maltahöhe überblicken konnte, eben die Route, die Hansheinrich nach Windhuk nahm. Es dürfte dem Oberleutnant nicht schwergefallen sein, den Wagen meines Mannes am aufwirbelnden Staub zu erkennen, da er immer, so schnell sein Sechsspanner es erlaubte, davonpreschte, um den Teil der Strecke, den Hansheinrich wegen seiner monotonen Kargheit den »Vorhof zur Hölle« nannte, so rasch wie möglich hinter sich zu bringen.

Es war angenehm, sich mit jemand anders auszutauschen als dem Vorarbeiter Bullmann oder dem Architekten Sander; und fast unmerklich fand ich Gefallen an der Gesellschaft jenes Mannes, der – ohne sich aufzuspielen – interessante Geschichten erzählte und auch zuhören konnte, wenn es mich danach verlangte, mit jemandem zu sprechen. Manchmal brauchte ich nur an ihn zu denken, und schon tauchte der Oberleutnant wie durch Zauberhand im Camp auf. Obwohl er sich nie meinem Wohnbereich näherte, ohne vorher durch seinen Boy um Erlaubnis zu fragen, den er mit einer Nachricht losschickte, während er mich mit fertig gesattelten Pferden bei den Ställen erwartete.

Eines Tages erinnerte ich mich, dass Albert Voigt einmal gesagt hatte, von Siegler müsse interessante Dinge über Jakob Marengo wissen, da er an der Front gekämpft habe, wo der Rebell aktiv war; doch als ich versuchte, dem Oberleutnant Informationen darüber zu entlocken, was für ein Mensch Marengo war, merkte ich, dass er nicht gerne darüber redete, und erst als ich insistierte, war er bereit, mir etwas über ihn zu erzählen, das aber nicht sonderlich aufschlussreich war.

»Jakob Marengo war sehr widersprüchlich. In manchen Dingen völlig unbeugsam und in anderen ziemlich tolerant; obwohl ihn, wenn er sich einer Sache verschrieben hatte, keiner mehr umstimmen konnte. Einmal, als er mit seinen Truppen Zuflucht in den großen Karrasbergen suchte, scheiterten alle Versuche, ihn aus seinem Versteck wieder hervorzulocken, denn für ihn besaßen diese Berge als altes Heiligtum seiner Vorfahren, der Khoisanpopulation, einen symbolischen Wert; und als Oberleutnant Stempel ein Kommando losschickte, das ihn aus seinem Unterschlupf vertreiben sollte, lockte er sie in einen Hinterhalt, der den Oberleutnant mit seiner gesamten Patrouille das Leben kostete.

Doch auch wenn er ein gefürchteter Rebell war, hatte Marengo Sinn für Humor. Einmal überfielen er und seine Leute die deutsche Garnison in Wasserfall und entführten alle Pferde, woraufhin sich Jakob Marengo noch den Spaß erlaubte, dem Kommandanten des Stützpunkts eine Nachricht zu schicken mit der Bitte, in Zukunft seine Pferde doch besser zu füttern, denn diese halb verhungerten Klepper seien ja kaum zu gebrauchen.

Gegenüber Lügnern oder Verrätern kannte Marengo hingegen keinen Spaß. Als die Regierung ein Kopfgeld auf ihn aussetzte, war ein burischer Farmer so unvorsichtig, sich vor anderen zu brüsten, er werde Marengo töten, um die Belohnung einzustreichen. Da Marengos Spione und Informanten überall waren, auch unter den Helfern der deutschen Schutztruppe, kam ihm diese Prahlerei sehr bald zu Ohren. Als der Bure eines Morgens aufwachte, strichen Marengos Leute um sein Haus, während der Anführer selbst den Farmer lauthals aufforderte, doch herauskommen, um ihn zu töten und seine Drohung wahr zu machen.

Der Bure hatte sich mit seiner Familie im hintersten Winkel seines Hauses verkrochen, und Marengo höchstpersönlich musste ihn dort herausholen. Doch als er ihn mitnehmen wollte, um ihn zu töten, war er so gerührt vom flehentlichen Schluchzen seiner Frau und seiner Kinder, dass er am Ende zu dem Prahlhans sagte: ›Es tut mir leid um deine Familie, du elender Schurke, daher werde ich dich noch einmal verschonen. Ich hoffe, du hast deine Lektion gelernt. Du wolltest meinen Tod, weil dir eine Handvoll Münzen mehr wert war als das Leben deines Nächsten, aber du sollst sehen, dass ich barmherziger bin als du.‹«

Zweifellos spiegelte diese Anekdote einige Charakterzüge des Rebellen wider, doch ich hatte immer noch den Eindruck, dass der

Oberleutnant mehr über Marengo wusste; aber so sehr ich es ihm auch aus der Nase zu ziehen versuchte, er erzählte es mir nicht.

Einige Wochen später erschien von Siegler erneut in unserem Lager; mir fiel auf, dass er ernster dreinblickte als üblich, woraus ich schloss, dass er keine guten Nachrichten brachte. Eine geraume Weile ritten wir schweigend dahin, und erst als wir uns weit genug von Duwisib entfernt hatten, hielt der Oberleutnant sein Pferd an und sagte zu mir:

»Vor einigen Tagen habe ich in der Kaserne von Maltahöhe eine traurige Nachricht erhalten. Ich hätte es Ihnen sofort mitteilen müssen, aber es fiel mir schwer, weil ich weiß, dass Sie sich sehr für Marengo interessieren und großen Respekt vor ihm haben.«

Mir war aufgefallen, dass ich nach dem Aufruhr anlässlich seiner Flucht schon lange nichts mehr über den Verbleib des Rebellen gehört hatte. Aber wenn die Nachrichten schon in Windhuk mit reichlicher Verspätung eintrafen, so konnten in unserem fernen Paradies Monate vergehen, bevor uns wichtige Ereignisse zu Ohren kamen. Angesichts der Überwindung, die es von Siegler gekostet hatte, sein Schweigen zu brechen, ahnte ich bereits, was er mir sagen würde.

»Ich nehme an, die schlechte Nachricht lautet, dass Marengo tot ist oder gefangen genommen wurde.«

»In der Tat, neulich bei einem Besuch in Maltahöhe konnte ich den Bericht einer englischen Patrouille unter dem Befehl von Oberleutnant Elliot lesen, der ihn nach dem Grenzübertritt bis in die Wüste verfolgt hat. Wie es scheint, ritten Marengo und die kleine Gruppe seiner Gefolgsleute gerade in Richtung Norden, um sich in der Kalahari mit Simon Kopper und seinen Leuten zu vereinen, als sie von Elliots Truppen an ihrem Lagerplatz, einer Gegend mit hohen Dünen namens Eensaamheid, umstellt wurden. Soweit ich herausfinden konnte, nahmen die englischen Schützen Marengos Stellung, wo die Vegetation aus niedrigem Buschwerk bestand, unter heftigen Beschuss.«

»Ich kann kaum glauben, dass die englische Polizei das Feuer auf ihn eröffnete, ohne ihm die Gelegenheit zu geben, sich zu ergeben.«

»Laut dem Bericht, den die Engländer an unsere Kommandos sandten, mähten die Engländer selbst die Äste der kleinen Büsche nieder, in die sich die Flüchtlinge gerettet hatten, so dass keiner der dort Schutz Suchenden überlebt haben kann. Bei diesem Scharmützel kamen auch sein Sohn Samuel und seine Neffen Michael, Hendrich und Johannes sowie mehrere Frauen ums Leben, die sie begleiteten.«

»Nach dem, was Sie mir erzählen, durchsiebten die englischen Truppen Marengos Lager mit ihren Kugeln, ohne ihm die geringste Chance zur Verteidigung zu geben.«

Von Siegler stieß einen Seufzer aus, bevor er fortfuhr:

»Auch wenn es mir schwerfällt, das zu sagen, glaube ich, es ist besser, dass alles so zu Ende ging.«

»Ich bin jedoch keineswegs der Meinung, dass er einen solch grausamen Tod verdient hat.«

»Zumindest ist der Rebell so gestorben, wie er gelebt hat, im Kampf um seine Freiheit und inmitten der Wüste, anstatt bis ans Ende seiner Tage in einem deutschen Gefängnis zu vermodern.«

»Ich hatte gehört, das deutsche Heer sei bereit, für einen ritterlichen Feind eine ehrenhafte Lösung zu finden.«

»Sie wissen genau, dass sowohl die Deutschen als auch die Engländer die Ansicht vertraten, solange Marengo noch lebe, sei der Aufstand nicht beendet. Marengo verkörperte für die Eingeborenen ein Symbol der Freiheit, weshalb sie dachten, sie müssten ihn beseitigen, ohne Spuren zu hinterlassen.«

Ich dachte einen Moment lang nach, bevor ich erklärte:

»Als ich nach Südwest kam, sagte man mir zwar, der Krieg sei zu Ende, aber irgendwie hatte ich den Eindruck, die Wunde sei nicht richtig verheilt. Und als ich von Marengo reden hörte, ahnte ich, dass er das Puzzlestück war, das mir fehlte, um zu verstehen, was wirklich in der Kolonie vorgefallen war. Jetzt wird mir klar, warum die kolonialen Machthaber alles vernichten wollten, was Marengo verkörperte, aber etwas in mir sträubt sich gegen diese grausame Methode, einen Mythos zu zerstören.«

Bei der Vorstellung von Marengos Leichnam, niedergestreckt auf einer Düne, fiel mir plötzlich die Szene ein, die ich im Mondschein am Strand der Haifischinsel beobachtete hatte, und fragte von Siegler:

»Weiß man eigentlich, wo Marengo begraben wurde?«

Auf diese Frage war der Oberleutnant nicht gefasst, weshalb er ins Stottern geriet, bevor er mir antwortete:

»In dem Bericht wird erwähnt, dass sie einen Polizisten, den einzigen Gefallenen, den die Angreifer zu verzeichnen hatten, an Ort und Stelle begraben haben, und dass Elliots Truppen rasch zu ihrem Stützpunkt zurückkehren mussten, da sie während der Verfolgung zwei Tage ohne Unterbrechung geritten waren. Aber darüber, was mit Marengo geschah, steht dort nichts geschrieben; es ist anzunehmen, dass sie in der Eile den Leichnam dort liegen ließen, wo er fiel.«

»Es ist kaum zu glauben, dass die Polizei eines Landes, das sich als zivilisiert bezeichnet, es fertigbringt, einen gefallenen Feind in der Sonne liegen zu lassen, schutzlos den Aasgeiern ausgeliefert. Woher wussten sie denn, ob Marengo und seine Männer wirklich tot waren?«

»Es heißt, sie hätten Marengo unter einem Busch liegend gefunden, mit drei tödlichen Schussverletzungen: eine Kugel hatte die Schläfe durchschlagen und war am Ohr wieder ausgetreten, die andere war ein glatter Nackendurchschuss und die dritte hatte ihn ins Herz getroffen; daher können sie zumindest sicher sein, dass er nicht gelitten hat.«

Ich hasste von Siegler dafür, dass er mich über alles, wonach ich ihn gefragt hatte, so detailliert informierte. Obwohl wir uns ziemlich weit vom Lager in Duwisib entfernt hatten, bat ich ihn, mich nicht mehr zurückzubegleiten.

Als ich, kurz bevor die Sonne unterging, auf einer Anhöhe anhielt, um mich für den Heimweg zu orientieren, meinte ich, in der Ferne die lang gezogenen Umrisse eines halb im Sand versunkenen Schiffes zu erkennen. Doch das war sicherlich nur eine Ausgeburt meiner Phantasie.

An dem Abend begab ich mich bei meiner Rückkehr ins Camp unverzüglich an die Stelle, wo wir bei unserem ersten Besuch in Duwisib unser Lager aufgeschlagen hatten, damals, als ich zum ersten Mal gemeint hatte, den Geist des Rebellenführers wahrzunehmen. Ich beruhigte mich mit dem Gedanken, dass dies der passende Ort für Marengos Geist sei, um sich von seiner leidgeplagten irdischen Existenz zu erholen. Die Vorstellung, dass ich immer in das Wäldchen hinabsteigen konnte, wenn ich mit dem Geist des Rebellen in Kontakt treten wollte, spendete mir ein wenig Trost.

FÜNFTES BUCH

Diamanten in der Wüste

Die Nachricht, man habe Diamantenfelder in der Umgebung von Lüderitz entdeckt, verbreitete sich wie ein Lauffeuer in der kleinen Stadt, wo nur noch wenig Erwähnenswertes geschah, seit der Ort nicht mehr als Landungs- und Versorgungshafen der Truppen für den Krieg im Süden des Territoriums diente. So wie bei wehendem Ostpassatwind die Sandkörner der Dünen aufwirbelten und durch alle Türritzen eindrangen, ging das Gerücht von diesem Fund von Bar zu Bar, von Geschäft zu Geschäft.

Der sonst so verhaltene Lebensrhythmus schlug in rasende Hektik um, wobei die Fernschreiber im örtlichen Telegrafenamt unaufhörlich tickten und sich selbst Leute, die einander kaum kannten, quer über die Straße die neusten Informationen zuriefen. »Du hast sicher schon gehört, was los ist, nicht wahr?«, sagte ein Nachbar. »Nein, was ist denn passiert?«, erwiderte der andere neugierig. »Man hat Diamanten in Kolmanskuppe gefunden!«

Kolmanskuppe war ein Sandplateau unweit der Eisenbahntrasse, die unter August Stauchs Aufsicht stand. Von Stauch wusste ich, dass dort der burische Karrenführer Coleman bei einem Sandsturm mitsamt seinem schwarzen Boy, seinen Zugochsen und seinem Karren lebendig unter den Dünen begraben wurde. Als die Diamantgesellschaften anfingen, den Wüstensand zu durchsieben, entdeckten sie eines Tages deren mumifizierte Leichen.

Einer der Eisenbahnangestellten namens Zacharias Lewala, der in August Stauchs Truppe in der Umgebung von Grasplatz arbeitete und die Schienen von Sandverwehungen säuberte, hatte seinem Vorarbeiter einen Kieselstein gezeigt, der an seinem Spaten haften geblieben war, und gesagt: »Baas, 'n moi klip« (Chef, ein schöner Stein). Dass der Stein glänzte, war an sich nichts Ungewöhnliches, da viele glitzernde Quarzsteine im Sand lagen. Der Vorarbeiter brachte den Stein zu Stauch, der seine Härte am Gehäuse seiner Uhr prüfte, und als er sah, dass der Stein das Glas einritzte, dachte er sogleich an einen Diamanten.

Stauch meldete den Fund den Chefs seiner Eisenbahngesellschaft, dem Betriebsleiter Kreplin – der später zum Bürgermeister von Lüderitz aufsteigen sollte – und dem Baumeister Weidtmann, der ihm riet, den Doktor Peyer in der Krankenstation Aus zurate zu ziehen, der als Einziger meilenweit über ein Mikroskop verfügte. Am nächsten Morgen bestiegen sie einen Güterwagen und wurden alle drei in Peyers Labor vorstellig. Als der den Stein unter dem Mikroskop untersuchte und bestätigte, dass es sich um einen Diamanten handle, begossen sie diese Nachricht mit einer Flasche Sekt. Die Aufseher der sich in der Nähe der Fundstelle befindenden Streckenabschnitte wiesen sie unverzüglich an, nach ähnlichen Steinen zu suchen, und schon nach wenigen Tagen präsentierten ihnen die Arbeiter eine ansehnliche Menge an Diamanten.

Exakt dieses Gebiet hatten zuvor bereits unzählige Forscher und Soldaten durchquert, ohne zu bemerken, dass ein ungeheurer Reichtum buchstäblich zu ihren Füßen lag, weshalb erfahrene Veteranen wie Max Baericke sich anfänglich auch weigerten, der Nachricht Glauben zu schenken. Sie wussten, dass Diamanten durch enge Vulkanschlöte, die sogenannten Pipes, an die Magmaoberfläche gelangten und eigentlich nur im typischen Blaugrund der Sedimente von Kimberley in Südafrika vorkamen, weshalb sie es für unmöglich hielten, dass man Diamanten einfach so im Sand verstreut fand.

Baericke erzählte mir Jahre später, er habe das Ganze zunächst für reinen Betrug gehalten, die Idee eines Schlaubergers, der in den Dünen von Kolmanskuppe Edelsteine ausgestreut habe, um anschließend irgendeinem ahnungslosen Trottel die Rechte an einem fiktiven Schatz zu verkaufen. Um Baericke davon zu überzeugen, dass die Sache ernst sei, musste sein Freund Blöedorn ihm erst erzählen, dass er im Auftrag von Kreplin, Stauchs Partner, den ganzen Vormittag damit verbracht habe, Besenstiele und leere Bierkisten zu organisieren, um die Tafeln zur Reservierung der Schürfrechte herzustellen. In wenigen Stunden hatten Stauchs Angestellte eine ansehnliche Schildermenge an verschiedenen Punkten in der Nähe der Fundstelle des ersten Diamanten in den Boden gerammt mit der Aufschrift:

Edelmineralschürffeld Nr. 1
Eigentümer A. Stauch
Aufgestellt am 14. April 1908

Baericke war nicht der Einzige, der dieser Entdeckung misstraute. Einige Monate lang zogen die Windhuker und die Swakopmunder Presse die Echtheit des Fundes noch in Zweifel, da man damit nach ihrer Auffassung nur »Gutgläubige und Dummköpfe« hinters Licht führen wolle. Doch dieses anfängliche Misstrauen kam nur Stauch und seinen Geschäftspartnern zugute, die sich, als der Diamantenfund offiziell bestätigt wurde, längst die Schürflizenzen für die besten Felder gesichert hatten.

Wenige Wochen nach diesem Fund suchte der burische Karrenführer Adrian Esterhuizen, der mit Baumaterial für unser Schloss vom Lüderitzbuchter Hafen zurückgekehrt war, uns auf und überreichte mir eine Ausgabe der Lokalzeitung auf Deutsch mit August Stauchs Namen als Schlagzeile auf dem Titelblatt.

Esterhuizen erzählte mir, bereits einen Tag nachdem sich die Nachricht über den Fund verbreitet habe, seien die Dünen in der Umgebung der Stadt von Holzpfählen und Tafeln mit den Nummern der Schürfscheine übersät gewesen. Laut Esterhuizen – einer dieser typischen burischen Karrenführer mit der Peitsche in der einen und der Bibel in der anderen Hand – war Lüderitz in wenigen Tagen zu einer Art Sodom und Gomorrha verkommen, wo täglich Scharen von Fremden aller Rassen und Glaubensrichtungen übers Meer oder über Land einfielen in der Hoffnung auf ein schnelles Glück.

Da musste ich an meine Unterhaltung mit Stauch in Grasplatz denken, als er mir gesagt hatte, Adolf Lüderitz sei auf seiner letzten Reise zum Oranje-Fluss wahrscheinlich auf etwas sehr Wichtiges gestoßen, vielleicht die Ader der Diamanten, die später an die Küste gespült wurden. Diese Neuigkeit löste widersprüchliche Gefühle in mir aus: Einerseits freute ich mich über Stauchs guten Stern und war stolz, schon früh geahnt zu haben, dass dieser brave Mann es weit bringen würde. Doch andererseits fürchtete ich, dass mein Mann diese Neuigkeit sehr gereizt aufnehmen würde. In gewisser Weise verstand ich, wenn Hansheinrich es als erniedrigend empfand, dass ein ihm in Rang und Bildung unterlegener Mann wie Stauch so überraschend erfolgreich war, noch dazu, wo er selbst hinsichtlich seiner Ambitionen als angehender Großgrundbesitzer keine glückliche Hand bewiesen hatte.

Als Hansheinrich, der zur Steilwand gegangen war, um dort Steppenhühner zu schießen, die bei Anbruch der Dämmerung zur Tränke herabstiegen, an jenem Abend unser Backsteinhäuschen betrat, zog er stolz die Stange mit den erbeuteten Vögeln aus seinem Ranzen und bat mich, sie zum Abendessen zuzubereiten. Ich dachte, wenn ich ihm die Zeitung mit Stauchs Namen auf dem Titelblatt völlig unvorbereitet zeigte, wäre das für ihn ein allzu herber Schlag, weshalb ich ihn, während ich das Essen machte, zu der Runde der Angestellten schickte, die sich allabendlich ums Lagerfeuer versammelten, damit er die Neuigkeit dort erfahren und langsam verdauen konnte.

Am Ende eines Arbeitstages traf sich meistens noch ein munteres Grüppchen von Arbeitern unterschiedlichster Rassen und Nationalitäten zu einer geselligen Runde, an der Hansheinrich manchmal teilnahm, bis der Grog aufhörte zu kreisen oder das Feuer heruntergebrannt war. Doch diesmal kehrte er schon nach wenigen Minuten zurück und fragte mich unwirsch:

»Warum hast du mir denn die Zeitung, die Ersterhuizen mitgebracht hat, nicht gezeigt?« – dann riss er mir die Zeitung aus der Hand und schloss sich damit in einem kleinen Schuppen ein. Im Vorübergehen hatte er sich aus dem Wandschrank noch rasch eine Flasche Cognac und ein Glas geschnappt.

Ich hatte reichlich Zeit, um den Steppenhühnern die gesprenkelten Federn auszurupfen und die Vögel zu reinigen und dann einzuweichen, ohne dass Hansheinrich sein Refugium wieder verließ.

Als ich die Tür zum Schuppen öffnete, um Hansheinrich etwas Aufschnitt und ein paar Milchbrötchen zu bringen, sah ich die Lüderitzer Zeitung auf dem Tisch ausgebreitet und Hansheinrichs leeren Blick, der zwar auf die Tür gerichtet war, aber ohne dass er meine Anwesenheit registriert hätte.

Um ihn aus seiner Trance zu wecken, setzte ich das Tablett mit den Milchbrötchen etwas unwirsch auf dem Tisch ab. Hansheinrichs anfänglicher Ausdruck der Verblüffung verwandelte sich rasch in Zorn. Mit einer brüsken Handbewegung schob er den Teller beiseite, während er mich vorwurfsvoll anherrschte:

»Hast du gesehen, was für ein Unheil dein Freund Stauch angerichtet hat?« Dabei heftete sich sein Zeigefinger auf die Schlagseite der Zeitung. »Jetzt bist du sicher zufrieden!«

»Selbstverständlich bin ich zufrieden; man sollte sich freuen, wenn einem Freund Gutes widerfährt, zumal dieser Fund auch uns nützen könnte. Denn wenn es in der Kolonie mehr Geld gibt, erhöhen sich die Chancen für den Verkauf unserer Pferde und anderer Erzeugnisse unserer Farm.«

»Ich an deiner Stelle würde dem burischen Karrenführer nicht über den Weg trauen, und schon gar nicht den Gerüchten, die in der Zeitung stehen. Das Ganze könnte eine groß angelegte Finte sein, und es würde mich nicht wundern, wenn dein Freund Stauch für den Schaden, den er damit angerichtet hat, noch im Gefängnis landete.«

»Ich wusste, dass diese Nachricht dir zu schaffen machen würde, aber mit so viel Missgunst hatte ich nicht gerechnet.«

»Was erwartest du denn, dass wir eine Flasche Sekt öffnen, um den Erfolg dieses Emporkömmlings zu feiern?«

»Amerika ist dadurch aufgestiegen, dass es Menschen bescheidener Herkunft Chancen geboten hat, Menschen, die schuften, um ihre Lebensverhältnisse zu verbessern; aber mir ist nicht entgangen, dass im alten Europa nicht alle diese Weltanschauung teilen.«

»Wir sind es, die uns halb tot schuften, wir behauen den rohen Stein, um ein Haus zu errichten, suchen nach Wasser in der Wüste, um dieses Brachland urbar zu machen und in einen blühenden Garten zu verwandeln. Jeder Stein, der für dieses Haus verwendet wird, hat literweise Schweiß gekostet und ist sein Gewicht in Gold wert. Das nenne ich ›schuften‹, nicht, dass man einen Spaten in den Sand versenkt und eine Schaufel voller Diamanten zutage fördert.«

Ich hätte ihm erwidern können, dass das Gold, mit dem er die Steinmetze und Maurer bezahlte, ja nicht aus seinem Sold als Reserveartilleriehauptmann stammte, aber ich wollte nicht noch mehr Öl ins Feuer gießen.

»Ich finde es auch ungerecht, dass man mit gerade mal einer Handvoll Diamanten alles bezahlen könnte, was wir bisher in diese Farm gesteckt haben. Aber ich freue mich, dass es wenigstens Stauch war, der diesen Glückstreffer landete. Du hättest mal die elende Hütte sehen sollen, in der er in Grasplatz hauste!«

Zu spät fiel mir ein, dass ich meinem Mann nie von meinem Zwischenstopp in der Baracke an dieser Bahnstation oder gar von meinem Tête-à-Tête mit Stauch während meiner ersten Reise an die Küste erzählt hatte, doch zum Glück war Hansheinrich zu sehr in Rage, um derlei Nebensächlichkeiten aufzunehmen, und wetterte weiter gegen diesen Diamantenfund:

»Die Menschen sollten so vernünftig sein, sich mit ihrem Los zu bescheiden! Stauch hat in diesen Breiten nichts zu suchen!«

»Wir alle haben das Recht, Risiken einzugehen, um uns ein besseres Leben zu erkämpfen; wenn es nicht so wäre, was suchen wir dann hier, kannst du mir das mal erklären? Auch wir haben unsere Familien zurückgelassen und alles aufgegeben, was uns wichtig war, obwohl es momentan nicht so aussieht, als würden wir unser Ziel erreichen.«

Noch bevor ich den Satz beendet hatte, bereute ich schon, ihn ausgesprochen zu haben. Hansheinrich erhob sich langsam von seinem Stuhl, wobei er sich unauffällig am Tisch abstützte, um die Wirkung des Cognacs zu kontrollieren. Als er schließlich stand, erhob er drohend den Zeigefinger, der beinahe mein Kinn gestreift hätte, und sagte zwar mit einer leichten Unsicherheit in der Stimme, aber dennoch entschlossen:

»Wenn du das Glück eines Hasardeurs so bewunderst, werde ich auch in die Wüste hinausgehen, um nach Diamanten zu suchen. Aber wirf mir hinterher nicht vor, dass ich auch dort versagt hätte!«

Trotz seiner drohenden Gebärde wirkte dieser Koloss auf mich so verletzlich, dass ich ihn am liebsten wie ein Kind an meine Brust gedrückt hätte, aber ich wusste, dass er mir nicht erlaubt hätte, ihm zu nahe zu kommen. Daher beschränkte ich mich darauf, die über den Tisch verstreuten Brötchen wieder einzusammeln, und ließ ihn mit seiner Cognacflasche allein.

Glücksritter

Hansheinrich setzte seinen Vorschlag, in der Wüste nach Diamanten zu suchen, schon bald in die Tat um. Er wäre sogar noch eher losgezogen, hätten ihm nicht einige der fürs Schürfen notwendigen Gerätschaften gefehlt, die dann zwei Männer, Herr Scheikert und Herr Hoppe, die angeblich große Experten in dieser Angelegenheit waren, aus Lüderitz brachten. Ich fand es ein wenig verwunderlich, dass die beiden so weit von Lüderitz entfernt ihr Glück versuchen wollten, während im Umland dieser Stadt das Geschäft mit Diamanten weiter boomte; doch sie sagten, die Diamantfelder seien nahezu erschöpft und die Abbautreibenden schlügen sich gegenseitig die Köpfe ein im Streit um die Festlegung der Grenzen der ihnen zugewiesenen kreisförmig markierten Schürfgebiete, was natürlich zu Überlappungen mit den Nachbargebieten führte. Außerdem sagten sie, wenn die Diamanten tatsächlich in uralten geologischen Epochen ans Meeresufer angespült worden seien, gebe es keinen Grund, warum sie nicht an derselben Küste auch noch zweihundert Kilometer nördlich von Lüderitz vorkommen sollten, ebendort, wo mein Mann hinwollte.

Hansheinrich versuchte, derselben Route zu folgen wie Ernst von Siegler, als von Burgsdorff den Oberleutnant auf die Suche nach einem direkten Weg von Duwisib zur Küste geschickt hatte. Bevor sie aufbrachen, erforschten sie auf der Heereskarte minutiös die Wasserstellen, an denen sie sich versorgen müssten, um bis ans Meer zu gelangen. Sowohl der Architekt Sander als auch der Aufseher Bullmann sowie der Lehrling Fröhlich begleiteten Hansheinrich und die Schürfer aus Lüderitz auf ihrer ersten Expedition. Und nach dem Beispiel von Sieglers nahmen sie auch einen Buschmann mit, der die Wüste kannte wie seine Westentasche.

Bei diesem ersten Anlauf gingen sie zu Fuß, ohne Lasttiere, in der Annahme, dass die Männer es in der Wüste besser ohne Wasser aushielten als die Tiere. Jeder Expeditionsteilnehmer hatte nur das Allernotwendigste zum Überleben dabei, einen Rucksack mit dem Proviant, der Decke und einer großen Feldflasche, und alle waren mit ihren Gewehren bewaffnet, weniger zur Verteidigung als vielmehr, um ab und zu eine Antilope niederzustrecken, die sie verzehren konnten. Bei Einbruch der Nacht ließen sie sich völlig zerschlagen unter irgendeinen Busch fallen, krochen unter ihre Decke und lehnten den Kopf an einen flachen Felsstein, denn das einzige Maß ihrer Tagesmärsche war ihre äußerste Erschöpfung. Eines

Morgens entdeckte Fröhlich unter einem Stein, an den Hansheinrich sich zurückgelehnt hatte, das Nest einer Schlange, einer Puffotter, deren Biss tödlich sein kann.

Als sie in die Wüste vordrangen, stellte der Buschmann seine Kenntnisse unter Beweis, indem er sie von Wasserloch zu Wasserloch führte, obwohl das Wasser manchmal verseucht war. Doch je weiter sie in der Dünenregion vorankamen, desto länger wurden die Entfernungen zwischen den einzelnen Wasserstellen, und am Ende schien der Buschmann völlig unfähig, noch Wasser zu finden, so dass der Durst unerträglich wurde. Als sie am Abend des fünften Tages den Fuß einer Düne aus roter Erde erreichten, hielt der Buschmann an und suchte als Orientierungshilfe nach zwei felsigen Bergausläufern, die sich am Wüstenhorizont abzeichneten. Sobald er sie entdeckt hatte, hockte er sich in den Sand und begann mit den Händen kräftig wie ein Dachs zu graben. Nachdem er sich einen halben Meter tief in den Sand vorgearbeitet hatte, tauchten mehrere Straußeneier auf, die vielleicht schon vor vielen Jahren mit Wasser gefüllt und mit Bienenwachs sowie Wurzelbestandteilen verschlossen worden waren. Das in den Eiern aufbewahrte Wasser sah widerwärtig aus und schmeckte noch abscheulicher; doch schließlich gelang es ihnen, den bitteren Geschmack zu überdecken, indem sie das Wasser mit Kaffee abkochten und tranken.

In jener Nacht schlief Hansheinrich voller Sorge ein, weil er sich fragte, warum der Schwarze sieben Eier aus ihrem Versteck geholt hatte, während die Expeditionsteilnehmer nur zu sechst waren. Doch am nächsten Morgen löste sich das Rätsel, als sie feststellten, dass der Buschmann sich im Schutz der Dunkelheit davongemacht und das siebte Straußenei mitgenommen hatte. Glücklicherweise hatte der Aufseher seinen Kompass dabei und auf der Heereskarte die Wasserstellen gekennzeichnet, die ihnen der Buschmann gezeigt hatte, vielleicht weil er schon von Anfang an geargwöhnt hatte, dass dieser Mann ihnen einen bösen Streich spielen würde. Dank dieser Markierungen auf der Karte fanden sie ohne Zwischenfälle nach Duwisib zurück, wenngleich mit so leeren Händen wie bei ihrer Abreise und um einige Kilos leichter.

Doch Hansheinrich gab sich noch nicht geschlagen. Beim zweiten Anlauf versuchten sie, Ochsen für den Transport von Proviant, Wasservorräten und die sperrige Schürfausrüstung einzusetzen. Da sie aber nicht nach Lust und Laune trinken konnten, weigerten sich die Ochsen bereits am ersten Tag, den Weg fortzusetzen; und als man die Tiere frei ließ, damit sie in der Nacht ungehindert weiden konnten, verstreuten sie sich so weit, dass die Expeditionsteilnehmer fast den ganzen Vormittag brauchten, um sie wieder einzufangen. Am Ende waren die Schürfer aus Lüderitz es leid, sich mit den Tieren herumzuplagen, und verschwanden mit den Worten, sie seien Schürfer und keine Ochsentreiber, dorthin, wo sie hergekommen waren, sich laut verfluchend, weil sie auf die Idee verfallen waren, in weiter Ferne nach Edelsteinen zu suchen, wo man sie doch mühelos in den Hinterhöfen ihrer Häuser finden könne.

Als sie zum dritten Mal in die Wüste aufbrachen auf der Suche nach Diamanten, nahmen Hansheinrich und seine Begleiter einen Zug Maultiere mit, obendrein hatte sich ihnen ein Damara-Junge angeschlossen, der Max – Hansheinrichs Leib-Bambusen – in den Ställen half. Diesmal beschlossen sie, eine Wasserstelle als ständige Basis zu benutzen, und während ein Teil der Gruppe auf die Suche nach Bodenschätzen ging, blieben Sander und Fröhlich im Camp, um die Maultiere und die Ausrüstung zu bewachen. Doch schon bald merkte der Damara-Junge, dass eines der Maultiere fehlte, woraufhin Fröhlich den alten Sander zum Wachehalten am Wasserloch zurückließ und mit dem Damara den Spuren des Tieres folgte; erst nach mehren Stunden der Verfolgung wurde ihnen klar, dass das Maultier sich von der Leine losgerissen haben und inzwischen bereits fast wieder in Duwisib zurück sein musste, weshalb sie sich auf den Rückweg zum Camp machten.

Da sie nicht so umsichtig gewesen waren, ausreichend Wasservorräte mitzunehmen, wäre es ihnen schlecht ergangen, hätte Fröhlichs Hund namens Ockes nicht ein paar Wassertümpel erschnüffelt und sich, bevor er davon trank, darin gesuhlt, wie es die Hunde tun, um ihren Organismus abzukühlen und so zu verhindern, dass das Wasser ihnen in dehydriertem Zustand schlecht bekommt. Nach einem Tagesmarsch durch die Wüste mit nicht mehr als einer Feldflasche voll Wasser taten die Männer es dem Hund exakt gleich: Sie legten sich auf den Bauch und tranken ohne Skrupel, obwohl die Pfütze von einer dicken Schicht grüner Wasserfäden bedeckt war und von Moskitolarven und Kaulquappen nur so wimmelte. Inzwischen waren die anderen ebenfalls von ihrer Suchaktion ins Camp zurückgekehrt, ohne etwas gefunden zu haben.

Für den letzten Anlauf lieh Hansheinrich bei seinen Freunden auf der Polizeistation von Chamis ein paar Kamele aus. Nie werde ich den Anblick des kleinen Trupps vergessen, als sie auf ihren zottigen Reittieren schwankend in aller Herrgottsfrühe in Duwisib aufbrachen und ihre Umrisse sich allmählich am rötlichen Horizont verloren wie eine Karawane aus Tausendundeiner Nacht. Diese unansehnlichen Vierfüßer waren für die harte Wüstendurchquerung perfekt geeignet, da sie auf steinigem Boden und in weichem Sand gut vorankamen, so dass sie in wenigen Tagen auf der Höhe von Spencer Bay die Küste erreichten, nachdem sie eine Strecke von etwa 180 Kilometern durch die Wüste zurückgelegt hatten.

Sie verloren nicht eine Minute, um das Schürflager aufzubauen und sich auf die Suche nach Diamanten zu begeben. Tagsüber machte die frische Brise vom Ozean her die Arbeit unter der Sonne erträglicher; doch wenn nach Anbruch der Nacht der Westpassatwind einsetzte, der von den frostigen Gewässern des Benguelastroms heranwehte, liefen ihnen vor Kälte die Tränen über die Wangen. Da es dort nicht eine Spur von brennbarem Material gab, konnten sie nicht einmal Wasser erhitzen, um sich etwas Tee mit Rum zu kochen und so Körper und Geist aufzuwärmen.

In einer der Nächte sprang Hansheinrich plötzlich auf und rief: »Zum Teufel mit den Diamanten, lasst uns einen gehörigen Grog kochen!« Gleich darauf stürzte er sich auf die aufgehäuften Pfähle und Tafeln, die sie mitgebracht hatten, um ihre eventuellen Diamantfelder abzustecken, und begann die Schilder minutiös in Stücke zu zerreißen, weshalb seine Begleiter schon dachten, der Wüstenwind habe ihm den Verstand geraubt. Doch dann wurde ihnen klar, dass er nur versuchte, ein ordentliches Feuer zu bereiten, und als die Pappe zündete, schienen die Flammen des Lagerfeuers fast bis in den Himmel zu wachsen.

An dem Abend, als Hansheinrich von seinem Ausflug an die Küste nach Duwisib heimkam, feierten wir seine Rückkehr mit einer Flasche Sekt und einem Abendessen zu zweit am Lagerfeuer des Camps und freuten uns an den Sternen, die zwischen den Baugerüsten der Schlosstürme funkelten. Irgendwann ergriff Hansheinrich meine Hand und flüsterte mir ins Ohr:

»Nicht einmal der größte Diamant, den man in Lüderitz gefunden hat, besitzt so viel Glanz wie der bescheidenste unter all diesen Sternen. Während man mit einem Edelstein nur zu bestimmten Gelegenheiten prunken kann, wird das Schloss, das wir hier errichten, zu jeder Zeit unter dem Sternenhimmel zu sehen sein und allen, die sich in der Wüste verirren, als Leuchtturm dienen.«

Das Märchental

Derweil waren aus den entlegensten Gegenden der Welt Dutzende von Schürfern und Abenteurern nach Lüderitz herbeigeströmt, angelockt durch den spektakulären Diamantensegen. In meinen Augen war es ein ganz ähnliches Phänomen wie einst das Goldfieber in Kalifornien, wenngleich man hier nicht nach gelben Erzgesteinskörnern suchte, sondern nach fossilem, kristallisiertem Kohlenstoff. Leute unterschiedlichster Herkunft – und von einer nicht immer lupenreinen Vergangenheit – fielen in diesen unwirtlichen Ort ein, den Lüderitz für eine Handvoll Mark gekauft hatte, und wohnten zusammengepfercht in einem der alten Lagerschuppen der Gesellschaft, wo sie wie die Fliegen der »Lüderitis« erlagen, da sie nicht an die Wirkung des kondensierten Wassers gewöhnt waren. Einige waren so unvorsichtig, sich in der Bucht abzukühlen, wo das Wasser dermaßen salz- und jodhaltig war, dass es schmerzhafte Wunden auf ihrer von der Sonne malträtierten Haut hinterließ.

Jeder Lüderitzer, der ein paar Goldmark in seinem Sparstrumpf hortete, kaufte sich ein Pferd und ein Zelt sowie die nötigsten Schürfgerätschaften und zog in die Wüste auf der Suche nach einer geeigneten Stelle, um dort seine Tafel mit der Nummer seines Schürfscheins aufzustellen. Die Älteren und alle, die das Abenteuer scheuten, liehen ihre spärlichen Barschaften mittellosen Jüngeren für den Erwerb einer Ausrüstung und teilten sich die Lizenzen, indem sie Syndikate gründeten, die später zu vorschriftsmäßig legalisierten und in Aktiengesellschaften umgewandelten Bergbaubetrieben wurden.

Mit zunehmender Ausbeutung der Diamantfelder in der Umgebung der Stadt mussten die neuen Schürfer immer weiter in die Wüste vordringen, wo sie leicht riskierten zu verhungern oder zu verdursten, sobald sie die Orientierung verloren. Besonders gefährlich waren die Sandstürme, wo die Rohdiamanten buchstäblich durch die Luft gewirbelt wurden. Während der Wintermonate zog sich eine dichte Nebelwand vor der Küste zusammen, was einen Kompass unverzichtbar machte, denn nicht wenige trieb es irrtümlich bis tief in die Wüste hinein, dem sicheren Tod entgegen.

Nach und nach rüsteten sich die Schürfer immer besser aus, mit Staubmänteln und Brillen mit dicken Rauchgläsern zum Schutz gegen das gleißende Sonnenlicht und die vom Wind aufgewirbelten Sandkörner. Selbst diejenigen, die in Küstennähe auf die Suche gingen, nahmen einen eigenen Kondensator mit, bestehend aus einem blechernen Bierfass, das mit Meerwasser gefüllt und auf einem Holzfeuer zum Kochen gebracht wurde, um den Wasserdampf dann mit Hilfe eines Destillierkolbens abzukühlen und das Süßwasser schließlich tropfenweise in einem kleinen Gefäß aufzufangen.

Natürlich waren die Ersten, die sich zusammenschlossen, um ihre Lizenzen möglichst effizient zu nutzen und die neuesten Abbautechniken anzuwenden, diejenigen, die sich schon gleich in den Anfängen ihre Rechte gesichert hatten wie August Stauch und seine Freunde. Stauch hatte sich nicht damit begnügt, sich die Qualität der ersten Funde von lokalen Fachleuten bestätigen zu lassen, sondern war mit dem Schiff nach Swakopmund gereist, um die Sachverständigen des Bergtechnischen Laboratoriums, eines wichtigen deutschen Konsortiums, zu Rate zu ziehen, das eine Filiale an der Küste eingerichtet hatte, um die Möglichkeiten des Bergbaus in den Kolonien zu prüfen. Doch als Stauch dem Laborangestellten erklärte, auf welche Art er den ersten Diamanten gefunden hatte, sagte der Experte ihm mit der müden Stimme eines, der schon viele Entdecker falscher Schätze enttäuscht hat:

»Mein lieber Freund, bedenken Sie, dass man Diamanten nur im blauen Ton findet. Wann hat man je gesehen, dass sie einfach so in der Wüste herumliegen?«

Doch als Stauch das Labor schon mit hängenden Schultern verlassen wollte, rief der Angestellte aufgeregt hinter ihm her:

»Kommen Sie, Herr Stauch, es handelt sich tatsächlich um Diamanten!«

Rein zufällig war gerade ein europäischer Fachmann zu Besuch im Laboratorium, der, kaum hatte er die mitgebrachten Steine begutachtet, nicht nur bestätigte, dass es sich um echte, wenn auch nicht sehr große Diamanten handelte, sondern noch dazu um Exemplare von ausgezeichneter Qualität. Sobald er die Bedeutsamkeit seines Fundes bestätigt sah, bewies Stauch seine Fähigkeit, andere zu überzeugen, indem er die finanzielle Unterstützung namhafter Unternehmer in Berlin erwirkte, um eine Diamantgesellschaft zu gründen, bei der Keplin, die anderen Freunde, die ihn von Anfang an unterstützt hatten, sowie Stauch selbst die Hauptaktionäre wurden.

Stauch bewies auch einen ausgezeichneten Riecher beim Finden der besten Schürffelder, und er war einer der Ersten, die vermuteten, dass die Edelsteine eher in den Talsohlen und kleineren Tälern der Wüste als auf den Dünenkämmen zu finden seien, von denen sie der Wind längst herabgeweht hatte. Und in dem Wissen, dass der Wind hauptsächlich aus südlicher Richtung blies, schloss er, dass die Diamantfelder südlich von Lüderitz reicher an Edelsteinen sein mussten als die im Norden der Stadt. Um seine Theorie zu beweisen, lud er einen berühmten deutschen Geologen, Professor Scheibe, ein, ihn auf einer Erkundungstour in die Pomonogegend, gut zehn Kilometer südlich der Prinzenbucht, zu begleiten. Dort erstreckt sich ein tiefes Tal, beginnend bei ebenjener Bucht, das sich in südliche Richtung ausdehnt und zur Wüste hin in zwei Talmulden verzweigt, die eine namens Kaukasib nach links und die andere nach rechts, später auch das »Märchental« genannt. Als Stauch und Scheibe bereits bei Dunkelheit die schmale Schlucht zwischen zwei hohen Felswänden erreichten, schien ihnen diese Zone für Probeschürfungen geeignet und sie beschlossen, gleich an Ort und Stelle ihr Lager aufzuschlagen.

Jakob, der Herero-Boy, machte sich sofort auf die Suche nach Holz zum Feuermachen, woraufhin Stauch mehr im Scherz zu ihm sagte:

»Schau doch mal, ob du irgendwo auch einen Diamanten findest!«

Nur wenige Minuten später beobachtete er erstaunt, wie Jakob auf allen vieren durch den Sand kroch und die Hände bereits so mit Diamanten gefüllt hatte, dass er anfing, sich die Steine in den Mund zu stecken, wobei er mühsam vor sich hin stammelte:

»Du großer Gott, Chef, schauen Sie mal, was ich hier habe!«

Scheibe rannte aufgeregt hin und her und wollte seinen Augen nicht trauen, während er immerzu sagte: »Das ist ja wie im Märchen!«

So nannte man dann zunächst das Tal auch Märchental, wobei Stauch es später zu Ehren seiner Frau in Idatal umtaufte.

Noch am gleichen Abend verließ Stauch nach einer bescheidenen Stärkung sein Zelt, um das Mondlicht für einen Spaziergang zu nutzen, und als er einen Hang hinaufstieg, um das nächtliche Panorama zu bewundern, sah er, dass der Mondschein auf dem gesamten Boden des Tals eine Unmenge kleiner Glitzerreflexe hervorbrachte. Die sandige Talsohle war von einem einzigen Teppich aus Edelsteinen überzogen, die in der Nacht wie ein umgekehrter Sternenhimmel funkelten.

Die Reise des Staatssekretärs

Paradoxerweise war es der Besuch des Staatssekretärs des Reichskolonialamts, Bernhard Dernburg, im Schutzgebiet, der die Bewohner von Lüderitz aus ihrem Traum riss. Genau zu der Zeit, als die Diamanten in Südwestafrika entdeckt wurden, hatte Dernburg seine Reise angetreten, um sich ein Bild von den deutschen Territorien in Afrika zu machen. Der Staatssekretär war ein ehemaliger Bankier, den der Kaiser in sein Kabinett berufen hatte, um die wirtschaftliche Nutzung der Kolonien, die bisher die kaiserliche Schatzkammer nur belastet hatten, auf der Basis einer mehr kaufmännisch geprägten Philosophie zu verbessern.

Der Staatssekretär hatte seinen Besuch in Ostafrika gestartet, wo er bei einigen Siedlern bereits böse Kommentare auf sich gezogen hatte, die ihm vorwarfen, Maßnahmen ergreifen zu wollen, die ihren Interessen schaden würden. Auf seinem Weg nach Südwest über Südafrika erreichte Dernberg ein Telegramm, in dem ihm mitgeteilt wurde, man habe in Lüderitz Diamanten gefunden, weshalb er von seiner ursprünglich geplanten Route abwich, um sich in Pretoria und Kimberley erst einmal mit den Diamantminen vertraut zu machen, bevor er die deutsche Kolonie aufsuchte.

Doch als er die Grenze von Süden her überschritt, begab sich der illustre Reisende nicht auf direktem Weg nach Lüderitz, sondern machte einen Umweg über Bethanien, um dort Paul Fredericks, den Sohn des Häuptlings gleichen Namens, zu begrüßen, der dem deutschen Kaufmann das Stück Sandwüste abgetreten hatte, das sich nun als eine der reichsten Regionen der Welt entpuppte. Nach einem kurzen Besuch des Ortes, der so bedeutsam war für die Geschichte von Deutsch-Südwest, war ein Zwischenstopp des Staatssekretärs in Maltahöhe geplant, um die Zeit zu überbrücken, bis der Streckenabschnitt, den er in Aus einweihen sollte, fertig gestellt wäre. Doch aufgrund einer bedauernswerten Verzögerung machte der Minister mit seinem Gefolge in Tsubgaris Halt. Der Distriktschef Seydel ritt Dernburg mit dem Rest der in Maltahöhe verbliebenen Kompanie der Schutztruppe auf der Straße von Mariental entgegen, was dem Treffen einiges an Feierlichkeit nahm.

Die Kompanie der Schutztruppe von Maltahöhe und die Offiziere der Garnison hatten eine Ehrengarde gebildet und standen zum Empfang des Staatssekretärs rechts und links entlang der Straße in makellos weißen Uniformen Spalier. Doch als der Ministerialwagen nahte, wirbelte ein Windstoß eine Menge Staub auf und überzog die Uniformröcke der Offiziere mit einer Patina aus roter Erde, wodurch die Empfangszeremonie wenig prunkvoll ausfiel. Hansheinrich, der darauf gehofft hatte, ein paar Minuten unter vier Augen mit dem Staatssekretär zu reden, um ihm zu erklären, welche Probleme wir bei der Landzuweisung hatten, und ihn vielleicht sogar nach Duwisib einzuladen, machte die Programmänderung, die ihn dieser Chance beraubte, reichlich ungehalten. Als Präsident des Farmerverbands von Maltahöhe war mein Mann allerdings dazu auserwählt, die Begrüßungsansprache zu halten, die sicherlich eloquenter und entschiedener hätte ausfallen können bei seiner Bitte um Unterstützung. Doch er hatte eine doppelte Verantwortung – als Vertreter der Farmer des Distrikts und als Landgutsbesitzer mit wichtigen Interessen in der Region –, was ihn daran hinderte, noch deutlicher zu werden:

»Eure Exzellenz erlauben sich die Farmer des Distrikts Maltahöhe aufs herzlichste zu begrüßen. Erhoffen wir doch von Ihrer Anwesenheit im Distrikte allerhand Segen für uns, vor allen Dingen das eine, dass Ihr scharfer Blick die tatsächlichen Verhältnisse unseres Landes und damit zugleich die Mittel und Wege erkennen wird, mit und auf denen am besten uns und dem deutschen Heimatlande gedient ist. Die beruhigende Gewissheit, in dem höchsten Lenker unserer wirtschaftlichen Geschicke auch einen Kenner des Landes zu haben, lässt uns mit erneutem Vertrauen in die Zukunft blicken. Eure Exzellenz wollen hierbei versichert sein, dass wir einer sorgenden Regierung stets loyale Untertanen sein werden, deren eifrigstes Bestreben es sein soll, diesem Land, dem Schmerzenskind unseres deutschen Vaterlandes, zu baldigem Erfolg und Glanz zu verhelfen. Eure Exzellenz, den berufenen Förderer unserer Bestrebungen, begrüßen wir nochmals, indem wir rufen: Seine Exzellenz, Herr Staatssekretär Dernburg, hurra, hurra, hurra!«

In der weisen Voraussicht, dass Dernburgs Besuch von entscheidender Bedeutung für die Zukunft der Diamantenindustrie war, hatte der Bürgermeister von Lüderitz alles daran gesetzt, dass die Stadt einen ordentlichen und gepflegten Eindruck machte, indem er die Straßen von den Unmengen leerer Bierflaschen freiräumen ließ, damit der Würdenträger bloß nicht dachte, dies sei eine Stadt von Alkoholikern. Als der Würdenträger von Aus in dem neuen Bahnhof eintraf, begleiteten Stauch und seine Geschäftspartner, nachdem der illustre Gast von der Musikkapelle der Garnison begrüßt worden war, diesen in einer Pferdekutsche nach Kolmanskuppe, wobei sie ihm ganz unbefangen erzählten, welch einen ungeheuren Gewinn sie sich vom Diamantabbau versprachen. Sie konnten ja nicht ahnen, dass er in seinem Bankiersgehirn bereits die Summe überschlug, die eine staatliche Kontrolle dieser Industrie dem Fiskus bescheren könnte.

Nach Beendigung der Besichtigungstour zu den Diamantlagern begleiteten alle Minenbetreiber Dernburg und seine Gefolgschaft ins Hotel Kapps, wo ein Empfang ihm zu Ehren stattfinden sollte. Stauch nutzte die Gelegenheit, um dem Staatssekretär zwei prächtige Goldkästchen als Geschenk für den Kaiser zu überreichen, das größere mit einer Krone aus Diamanten und dem Namenszug »Wilhelm II.«, das kleinere mit dem aus Diamanten dargestellten Sternbild Kreuz des Südens und der Inschrift »Juli 1908, Deutsch-Südwestafrika«. Der örtliche Kommandant der Schutztruppe sprach ein paar patriotische Worte, in denen er daran erinnerte, dass die Fregatten *Elisabeth* und *Leipzig* ihre Salutschüsse zur Feier der Inbesitznahme des Territoriums von jenem Hafendock aus abgefeuert hatten, das man durch die Fenster des Hotels sehen könne, woraufhin »Heil dir im Siegerkranz« angestimmt und der Staatssekretär mit Hurrarufen geehrt wurde.

Trotz der brütenden Hitze im Salon des Kapps, in dem sich ein bunt gemischtes Publikum aus Schürfern, Farmern, Karrenführern sowie einigen Bewohnerinnen des *Green House* drängte, die sich an der Rezeption vorbeigeschmuggelt hatten, gelang es dem Würdenträger mit seiner reservierten Art nicht, das Eis zu brechen. Um das Vertrauen des Publikums zu gewinnen, ging Dernburg in seiner Rede auf das ein, was sie hören wollten, indem er sagte, wenngleich es schon möglich sei, dass die deutsche Regierung das große wirtschaftliche Potential der Kolonien nicht genügend gewürdigt habe, ändere sich diese Haltung nun angesichts der Chancen, die der Ausbau der Infrastruktur etwa der Eisenbahnlinie von Lüderitz, aber vor allem der Diamantenindustrie biete. Doch Dernburg zerstörte diesen positiven Eindruck sogleich wieder mit der Warnung, dass diese Industrie allein den Wohlstand im Schutzgebiet nicht gewährleisten könne, wenn man die Entwicklung nicht sorgfältig kontrolliere. »Das hier ist kein Land, wo Milch und Honig fließt und man nur abzuwarten braucht, bis man die reifen Früchte pflücken kann«, sagte er mit ernster Stimme, was vielen der Zuhörer wie eine versteckte Drohung klang.

Sicher trug es nicht dazu bei, dass Dernburg oder sein Finanzberater Walter Rathenau einen positiven Eindruck von der Art bekamen, wie sich die Geschäfte in Lüderitz entwickelten, als sie noch am selben Abend von ihrem Séparée aus beobachteten, wie die Bewohner der Stadt ihre Zeche in der Bar nebenan mit Rohdiamanten bezahlten und die Kellner mit einer leeren Zigarrenkiste und einer kleinen Waage von Tisch zu Tisch gingen, um die Steine zu wiegen und den Gegenwert in Mark zu errechnen. Sie bemerkten auch die Anwesenheit von Edelsteinhändlern aus Südafrika, die bemüht waren, das Erstarken einer konkurrierenden Diamantenindustrie zu bekämpfen, indem sie versuchten, sie zu Dumpingpreisen aufzukaufen: »Ich kaufe Diamanten, hat jemand gute Diamanten zu verkaufen? Wir zahlen die besten Preise!«

Als ich lange nach dem Besuch des Staatssekretärs Max E. Baericke kennenlernte – der Dernburg vorwarf, mit einem Federstrich den Traum unzähliger Menschen zunichtegemacht zu haben –, erzählte mir der alte Schürfer eine Anekdote, die das mangelnde Fingerspitzengefühl jenes Bankiers erkennen ließ, der auf einen wichtigen Posten in der Regierung katapultiert worden war. Vor seiner Heimkehr nach Deutschland hatte Dernburg noch Omaruru, eine Stadt im nördlichen Raum des Schutzgebiets, aufgesucht. Während des Aufstands war Omaruru belagert und von Hauptmann

Franke befreit worden. Franke wurde übrigens später zum Nationalhelden, als er die Belagerung der Herero-Krieger beendete, indem er auf seinem legendären Schimmel in die Stadt einritt und das Kommando der örtlichen Feste übernahm.

Jedenfalls fragte einer von Frankes Eingeborenenhelfern kurz vor der Ankunft des Staatssekretärs den Hauptmann – der zum Empfang des illustren Gastes seine Galauniform trug –, ob dieser Dernburg, den sie erwarteten, einen ähnlichen Dienstgrad habe wie er, womit er den Hauptmann meinte. Der lächelte angesichts der Naivität einer solchen Frage und erwiderte:

»Selbstverständlich hat der Staatssekretär eine unendlich höhere Stellung als ich«, was bei der gesamten örtlichen Bevölkerung eine große Neugier auf den Besuch eines offiziellen Vertreters des Kaiserreichs weckte, der sogar noch bedeutender sein sollte als der berühmte Soldat.

Doch ihre Erwartungen wurden schon leicht enttäuscht, als der illustre Besucher dem Zug mit reichlich zerknitterten Hosen entstieg, die seine unteren leicht x-förmigen Extremitäten nicht vollständig bedeckten. Und als Hauptmann Franke auf seinem makellosen Pferd die Ehrengarde mit gezogenen Waffen zum Salut präsentierte, fiel Dernburg nichts Besseres ein, als auf den Hauptmann zuzugehen, sein Zigarettenetui aufzuklappen und ihm eine Zigarette anzubieten. Diese Geste musste man nicht nur als einen kompletten Mangel an *savoir faire* seitens des Besuchers verstehen, sondern womöglich auch als Verspottung der militärischen Disziplin. Sollte der unerschütterliche Franke etwa den gezückten Degen unter den Arm klemmen, um ein Feuerzeug aus seinem Uniformrock zu ziehen, damit er die Zigarette, die der Staatssekretär ihm anbot, anzünden konnte?

Als Dernburg Omaruru wieder verließ, sagte der gleiche Boy, der Hauptmann Franke zuvor nach der Stellung des Besuchers gefragt hatte:

»Herr Hauptmann, Sie hatten mir gesagt, dieser Herr Dernburg sei ein hoher Abgesandter des Kaisers; aber das stimmt nicht, der Herr Dernburg ist ein ganz gewöhnlicher Wronsky.«

Damit meinte der Junge einen der deutschen Viehhändler, die während des Aufstands aus der Gegend vertrieben worden waren, weil sie die Gutgläubigkeit der Hereros ausgenutzt hatten.

Sperrgebiet

Die Unternehmer, die all ihre Hoffnungen auf eine Förderung des Wohlstands in der Kolonie in den Besuch des Staatssekretärs gesetzt hatten, hätten sich denken können, was der prominente Besucher schon vor seiner Abreise aus der Kolonie im Schilde führte, und als sie sich nach Swakopmund begaben, um ihn mit Fanfaren und Trompetenklängen zu verabschieden, hätten sie anstatt ihn sanft in dem an einer Winde hängenden Korb zu schaukeln, mit dem sie ihn auf den Dampfer hievten, diese durchtrennen und ihn im Ozean versenken sollen.

Kaum war Dernburg zurück in Deutschland, berichtete er dem Parlament von seiner Reise und verwies darauf, wie viele Opfer die Staatskasse erbracht habe, um die Aufstände der Einheimischen niederzuschlagen und die vornehmlich aus strategischen Erwägungen heraus konzipierte Eisenbahnlinie im Süden zu bauen, und erklärte dann, jetzt biete sich die Chance, diese Verluste wettzumachen dank der Entdeckung der Diamantenfelder, vorausgesetzt, der Abbau unterliege einer strengen Kontrolle. Überrascht von der Tatsache, dass der Staatssekretär des Reichskolonialamts ihnen Einnahmen für die Staatskasse in Aussicht stellte anstatt wie sonst üblich nur Verluste, billigte der Reichstag ohne Zögern die von Dernburg vorgeschlagenen Gesetze und Verordnungen.

Als erste Maßnahme wurde der gesamte Küstenstreifen zwischen dem Oranje-Fluss und dem 26. südlichen Breitengrad in einer

Breite von hundert Kilometern landeinwärts zum Sperrgebiet für den privaten Abbau erklärt. Das war in etwa das gleiche Gebiet, das Adolf Lüderitz anfänglich dem Häuptling Fredericks von Bethanien abgekauft hatte, woraufhin die Lüderitzer – die den Staatssekretär mit so viel patriotischem Stolz an die historische Bedeutung jenes Kaufvertrags erinnert hatten – erkennen mussten, dass sie die Chance vertan hatten, in einem entscheidenden Augenblick den Mund zu halten. Und zur größten Enttäuschung der unabhängigen Schürfer wurden die Abbaurechte für die neuen Diamantlager von der Regierung ausschließlich an die Deutsche Kolonialgesellschaft verliehen, eben die Gesellschaft, der Adolf Lüderitz seine Rechte verkauft hatte, als er in finanzielle Schwierigkeiten geraten war.

Obwohl die neuen Erlasse die von den wichtigsten Abbaugesellschaften bereits erworbenen Schürflizenzen anerkannten – darunter die Koloniale Bergbaugesellschaft von August Stauch und seinen Kompagnons –, wurde die Vergabe von Lizenzen, deren Preis sprungartig von sechzig auf sechstausend Mark angehoben wurde, an Einzelne drastisch eingeschränkt, was den kleinen Betreibern jeglichen Handlungsspielraum nahm.

Außerdem wurde das alleinige Monopol zur Vermarktung von Edelsteinen der Diamanten-Regie-Gesellschaft des Südwestafrikanischen Schutzgebietes erteilt (im Volksmund kurz »die Regie« genannt), deren Kapital von den großen Finanziers der Hauptstadt stammte, die ursprünglich nicht einen Pfennig hatten riskieren wollen, während die kleinen Handwerker und Kaufleute vor Ort ihre letzten Spargroschen verpfändet hatten, um eben die Diamantlager zu erschließen, die ihnen jetzt verwehrt wurden. Daher beschuldigte der Abgeordnete der Zentrumspartei Matthias Erzberger Dernburg in einem Pamphlet mit der Schlagzeile »Millionengeschenke«, seinen Freunden, den Besitzern der Großbanken, ein Geschenk gemacht zu haben, das mehrere Millionen Mark wert sei.

Die Debatte im Reichstag war jedoch eine Blumenschlacht gemessen an dem Sturm der Entrüstung, der in Lüderitz bei denen losbrach, die ihren Traum von Reichtum und Wohlstand sich verflüchtigen sahen wie eine Wolke am Wüstenhimmel. Als Dernburg die Proteste aus der Kolonie zu Ohren kamen, verfiel er auf die Idee, zu seiner Verteidigung ein Memorandum in paternalistischem Stil zu verfassen, womit er nur noch mehr Öl ins Feuer goss. Der Staatssekretär vertrat die Meinung, dass ein so bunt gemischter Haufen – darunter auch Karrenführer, Hereros, Köche, Bäcker und Uhrmacher – unfähig sei, die wichtige Diamantenindustrie zu managen. Damit disqualifizierte Dernburg nicht nur die Gesellschafter der kleinen Betriebe, weil sie den unterschiedlichsten Berufen und sozialen Schichten angehörten, sondern bezeichnete sie in seinem Schreiben als nicht vertrauenswürdig, indem er andeutete, dass es unter ihnen auch Personen von zweifelhafter Moral gebe.

Aus der Vielzahl beleidigter Bürger stammte die bündigste Antwort von dem Bäcker Schuster, der nicht einsah, dass die soziale oder berufliche Herkunft der Pioniere der Diamantenindustrie von Lüderitz sie für diese Aufgabe ungeeignet mache. Schuster bezichtigte Dernburg eines elitären Klassendenkens. Er behauptete, wer das Pamphlet des Ministers lese, bekäme den Eindruck, als hätten die Händler von Lüderitz sich noch mit von Hefe oder Zement verschmierten Händen auf die Suche nach Diamanten begeben. Doch sowohl Schuster als auch die anderen Gesellschafter hätten bereits mehrere sehr lukrative Handelsunternehmen besessen, bevor sie in das Diamantengeschäft eingestiegen seien. Schuster behauptete zudem, zur Entdeckung der Diamanten seien die Intuition und die Initiative Einzelner nützlicher gewesen als technische Kenntnisse, was die Tatsache beweise, dass die Experten der Regierung, die die Küste vorher schon mehrmals erkundet hatten, die Reichtümer, die ihnen buchstäblich zu Füßen lagen, nie gefunden hätten. Hingegen habe ein selbsternannter Unternehmer wie August Stauch mit einer mehr als bescheidenen Investition dem Wüstensand dreitausend Karat im Monat abgetrotzt, die ihm einen monatlichen Gewinn von sechzigtausend Mark eingebracht hätten. Der Bäcker hatte nur allzu recht, denn im Dezember 1909 – zur gleichen Zeit, als wir die Bauarbeiten an unserem Schloss Duwisib beendeten – verfügte die von Stauch gegründete Gesellschaft über ein Kapital von mehr als fünf Millionen Mark.

Über Nacht war der Staatssekretär zur meistgehassten Person der Kolonie geworden, und Hansheinrich, der zwei Ochsen unserer Farm bereits die Namen Hintrager und Lindequist verliehen hatte, taufte einen Ochsen mit einem Fell, das so schwarz war wie die Seele des gleichnamigen Politikers, auf den Namen Dernburg. Die Konfrontation der Lüderitzer mit der Regierung in Berlin ging so weit, dass nach einem Besuch des deutschen Generalkonsuls aus Kapstadt dieser es für ratsam hielt, zwei Kanonenboote der Kaiserlichen Marine nach Lüderitz zu schicken, um das Chaos und die Kriminalität unter Kontrolle zu bringen, die laut seiner Aussage in der Stadt herrschten. Dieses autoritäre Verhalten wurde von der dortigen Bevölkerung, die während des Aufstands Schulter an Schulter – wie sie sagten – mit den kaiserlichen Truppen gekämpft hatten, als grobe Beleidigung verstanden. Es kam zu zahlreichen Protestmärschen in der Stadt, bei denen die aufgebrachte Menge Dernburgs Abdankung forderte und sogar ein Konterfei des Würdenträgers verbrannte, den sie nur wenige Monate zuvor noch mit Hochrufen und Beifall empfangen hatte.

Das Hündchen von Frau Zimmer

Eines der Hauptziele, die Dernburgs puritanischen Geist antrieben, als er die Maßnahmen zur strikten Beschränkung des Abbaus und das offizielle Vermarktungsmonopol verkündete, war es, den Diamantenhandel vor unliebsamen Gestalten zu schützen. Doch wie so oft in solchen Fällen spornten diese Erlasse findige Geister nur dazu an, die möglichen Lücken und Schlupflöcher derselben zu entdecken, denn, wie der Volksmund sagt: »Sobald Gesetz ersonnen, wird Betrug gesponnen.«

Einer der bemerkenswertesten Fälle von Betrug wurde von drei Schürfern namens Ebert, Güttler und Hesse mit noch mehr Phantasie als Skrupel begangen, und das mit Hilfe einer Komplizin, Frau Zimmer, der Inhaberin des *Green House*, das sich von der vorübergehenden Flaute, die eine Horde rachsüchtiger Soldaten ihrem Geschäft beschert hatte, mehr als gut erholt hatte. Wenngleich der Diamantenfund zunächst natürlich andere Wirtschaftszweige förderte, blieb es nicht aus, dass er auch dem ältesten Gewerbe der Welt zugutekam, und da Diamanten bekanntlich die besten Freunde schöner Frauen sind, waren manche Bordellkunden bereit, einige Augenblicke des Vergnügens mit jahrtausendealten Steinen zu bezahlen.

Als ein paar Polizisten und Zollbeamte, eifrig bemüht, das Monopol der »Regie« zu verteidigen, anfingen, mit anderen Absichten als die üblichen Kunden im *Green House* herumzuschnüffeln, kam Frau Zimmer auf die geniale Idee, ihre geschmuggelten Diamanten in der Hütte ihres Schäferhundes zu verstecken, eines Mordsviehs, aggressiv und wenig vertrauenerweckend, das auf den Namen Moritz hörte und niemanden weiter als zwei Meter an seine Hütte heranließ. Unter dem doppelten Boden besagter Hütte waren die Diamanten mindestens so sicher wie im Safe einer Bank, denn die Schnüffler von der »Regie« wagten es nicht, die Hundehütte zu durchsuchen und etwa zu riskieren, sich von Moritz einen Finger oder die Nasenspitze abbeißen zu lassen.

Perfekt mit ihren Schürfgerätschaften, den Zelten, die sie anderen durch Dernburgs Erlasse ruinierten Diamantensuchern abgekauft hatten, und dem Kondensator für die Verarbeitung von Salzwasser ausgerüstet, machten sich Ebert, Güttler und Hesse auf den Weg durch die Wüste Richtung Süden, bis sie in die Gegend des Märchentals gelangten, das Stauch und Scheibe entdeckt hatten. Diese Glücksritter wussten nicht, dass die britische Regierung die

Rechte beanspruchte, die ein englisches Unternehmen vor Jahren, noch bevor diese Pomonaregion zu deutschem Herrschaftsgebiet ernannt worden war, in der Gegend angemeldet hatte, und dass dieser Rechtsstreit der englischen Interessenten genau die Felder betraf, wo die drei Abenteurer angefangen hatten zu schürfen.

Erst als die drei Gauner, nachdem sie im Sperrgebiet eine ordentliche Diamantenausbeute zusammengetragen hatten, nach Lüderitz zurückkehrten, erfuhren sie, dass die deutsche Regierung die Rechte der englischen Gesellschaft *De Pass Spence & Co.* anerkannt hatte, und da sie ohne Genehmigung der »Regie« ihre Rohdiamanten ja sowieso nicht außerhalb des offiziellen Marktes verkaufen konnten, standen sie nun vor dem Problem, dass ihre geschmuggelten Diamanten sozusagen doppelt illegal war. Doch nach einer kurzen Beratschlagung beschlossen Ebert, Güttler und Hesse, ehe sie die Diamanten Dernburgs Bluthunden oder der britischen Gesellschaft überließen, wollten sie sie lieber ins Meer werfen.

Sie erwogen mehrere Alternativen, auf Kamelen durch die Wüste nach Süden bis in englisches Hoheitsgebiet zu fliehen oder eine Schaluppe zu kaufen und auf die Guanoinseln Inchabod überzusetzen, die unter britischer Flagge standen, fern vom Arm des deutschen Gesetzes. Aber die Rückbesinnung auf Adolf Lüderitz, der mit seinem Boot gekentert war, bevor er sein Ziel in ebenjenen Gewässern erreicht hatte, war nicht gerade ermutigend. Die Erinnerung an die Umstände jener Tragödie brachte sie auf eine bessere Lösung: Stammten die Diamanten nicht aus dem Ozean, der einst in geologischen Urzeiten die Wüste bedeckte? Daher würde es wohl niemanden wundern, wenn einige Diamanten am Grund des Ozeans liegen geblieben wären, so dass die Gauner also nur zu behaupten brauchten, sie hätten ihre illegale Fracht im Meer gefunden.

Wild entschlossen besorgten Ebert, Güttler und Hesse sich ein Fischerboot, und nachdem sie für ordentlich viel Aufruhr im Lüderitzer Hafen gesorgt hatten, damit auch jeder mitbekam, was sie vorhatten, stachen sie, ausgerüstet mit einer langen Schaufel und anderen Gerätschaften für die Unterwasserarbeit, aufs weite Meer hinaus. Einige Tage später kehrten sie mit einem Sack voller Diamanten bester Qualität zurück, nachdem sie die Steine in einen Eimer Salzwasser gelegt hatten, damit ihre Lügengeschichte glaubhafter wirkte. Zunächst gelang die List, ja selbst die Schnüffler der »Regie« schluckten den Schwindel und waren bereit, die Steine zu kaufen, woraufhin andere Kollegen sich an dem Unternehmen beteiligen wollten, das die drei flugs unter dem Namen »Pomona Diamantenfischerei« gegründet hatten. Doch die Schwindler waren nicht bereit, ihre Diamanten zu dem Preis zu verkaufen, den die offizielle Agentur festlegte, weshalb sie sich wieder daran erinnerten, was Frau Zimmer ihnen von ihrem Geheimversteck erzählt hatte, gut bewacht von ihrem Schäferhund. Also stellten sie sich gut mit der Bordellbetreiberin, die, nachdem sie eine ordentliche Provision für sich herausgehandelt hatte, nicht nur anbot, das Päckchen mit den Diamanten eine Zeitlang aufzubewahren, sondern es auch außer Landes zu bringen und es seinen illegalen Besitzern zurückzugeben, sobald sich die Gelegenheit böte.

Unter dem Vorwand, ein noch größeres Boot in Kapstadt kaufen zu wollen, verließen Ebert, Güttler und Hesse Lüderitz, ohne Verdacht zu erregen, und begaben sich von dort aus an einen unbekannten Ort. Als die Ordnungshüter merkten, dass die Unterwasserschürfer nicht zurückkehrten und vor ihrer Abreise auffällig oft das Freudenhaus von Frau Zimmer aufgesucht hatten, ahnten sie, dass etwas faul war, und belagerten das Haus. Doch da hatte die Betreiberin des *Green House* schon längst beschlossen, mit ihrem Schatz das Weite zu suchen, wobei sie zur Täuschung der Zollbeamten den gleichen Trick benutzte wie zur Ablenkung der Schnüffler von der »Regie«.

Vor ihrer Abreise per Schiff hatte Frau Zimmer ein Hündchen und eine Hundehütte mit doppeltem Boden gekauft, und als der Zollbeamte sie fragte, ob sie irgendwelche Rohdiamanten dabeihabe, schüttelte Madame den Kopf und rümpfte mit einer so überzeugenden Geste die Nase, dass niemand auf die Idee gekommen wäre, dass ihre winzige Hundehütte vollgestopft war mit Diamanten. Als das wenig reiseerprobte Schoßhündchen anfing verzweifelt zu kläffen, steckte der Polizist höchstselbst die Hand in die kleine Hütte, um das Tier zu beruhigen.

Argwöhnischer als die Hafenpolizei hatten die von der »Regie« die Gesetzeshüter von Lourenço Marques, dem Zielhafen der Frau Zimmer und verabredeten Treffpunkt mit ihren Komplizen, über die Ankunft der Puffmutter informiert. Die portugiesische Kolonialpolizei begann daraufhin, die Schritte der ehemaligen Madame engmaschig zu überwachen, und als die Dame ein Telegramm von ihren Kumpanen erhielt mit dem Wortlaut »WAS MACHT DAS PÄCKCHEN IN DER HUNDEHÜTTE?«, spürten die Beamten sehr rasch die heiße Ware in ihrem Versteck auf. In einer gemeinsamen Aktion lockten die deutsche und die portugiesische Polizei Ebert, Güttler und Hesse mit Hilfe der Diamanten in die Falle und nahmen die Schmuggler und ihre Komplizin schließlich in Lourenço Marques fest.

Duwisib, 12. Mai 1908

An das Kaiserliche Distriktsamt
Herrn Seydel.

Hochwohlgeboren.

Ich kann nicht verstehen, dass der Unterstaatssekretär Herr Lindequist sich nicht mehr an sein Versprechen erinnert, da er es mir in Tsubgaris im Beisein von Distriktsamtsmann von der Groben und dem Distriktschef höchstselbst gegeben hat, weshalb ich vorschlage zu beantragen, dass diese beiden ebenfalls um ihre Aussage gebeten werden. Doch der Hauptgrund, warum ich darauf beharren muss, dass Seine Exzellenz von Lindequist sich an sein Versprechen erinnert, ist, dass mein Antrag an den Gouverneur allein aufgrund dieses Versprechens erfolgte.

Ich glaube, wessen man mich zu beschuldigen versucht – dieser Verdacht wurde mir gegenüber bereits bei anderer Gelegenheit vom Gouverneur geäußert –, ist, dass ich die Ländereien, die ich beantrage, für spekulative Zwecke zu nutzen gedächte. Dann sollen die kaiserlichen Beamten mir doch bitte sagen, ob sie meinen, dass die Indienstnahme eines Architekten und eines Vorarbeiters, von neun Handwerkern, drei weißen Angestellten und fünfzig Eingeborenen, um Häuser und Brunnen zu bauen, darauf schließen lasse, dass ich das Land zu spekulativen Zwecken beanspruche, oder ob es nicht vielleicht eher ein Beweis für meine Absicht sei, ein landwirtschaftliches Projekt im großen Stil in Angriff zu nehmen.

Der Gouverneur erwähnt am Ende seines Briefes, dass alle diese Probleme hätten vermieden werden können, wenn ich nicht mehr Land beansprucht hätte als jeder andere Farmbesitzer. Doch in meinem Brief vom Oktober 1907 wie auch wiederholte Male mündlich habe ich beteuert, dass ich, obwohl ich mich nicht mit Trek Bóers oder ehemaligen Soldaten der Schutztruppe verglichen sehen möchte, doch auch nicht mehr verlange als andere in meiner Position.

Meine Nachbarn, die Buren Smit und De Coi – Ersterer mit mehr als 40 000 Hektar Land, der Zweite mit über 30 000 Hektar –, haben das Land selbstverständlich auf den Namen mehrerer Familienangehöriger angemeldet, das aber in ein und demselben Verfahren. Ich habe einen Bruder und zwei Schwestern, die mir unverzüglich eine notarielle Vollmacht zusenden könnten. Sicher kann der eine oder andere von ihnen auch für längere Zeit hier anwesend sein.

Mit diesem Vorschlag hoffe ich, den Verdacht widerlegt zu haben, dass ich das Land zu spekulativen Zwecken beanspruche, und wäre für eine umgehende Antwort überaus dankbar, da die Ungewissheit den Farmbetrieb und die Arbeit auf derselben sehr beeinträchtigt und die Kosten in die Höhe treibt und auch weil man mir ein drittes Jahr der Außerdienststellung nicht bereit sein wird zu bewilligen.

Gez. Hauptmann von Wolf

Rückkehr in die Zivilisation

Da mein Mann dem Staatssekretär während seines Besuchs in Südwestafrika nicht hatte darlegen können, mit welcher Härte ihm die örtlichen Behörden entgegentraten, wollte er nach Deutschland reisen, um mit Dernburg zu reden und zu erreichen, dass dessen Untergebener Lindequist sein Versprechen einlöste. Er ahnte wohl, dass seine Sache aussichtslos war, denn Lindequists Wort stand gegen seins, aber vielleicht fühlte er sich verpflichtet, den Kampf aufzunehmen, auch auf die Gefahr hin, dass man ihn als Lügner oder Spinner abstempelte.

Als mein Mann mir vorschlug, ihn auf seiner Reise nach Europa zu begleiten – was mir eigentlich hätte gefallen müssen, wenn man bedenkt, dass ich seit fast zwei Jahren die Kolonie nicht verlassen hatte und mehrere Monate lang nicht einmal aus dem Camp herausgekommen war –, merkte ich, dass ich mich aus bestimmten Gründen, die ich nicht direkt zugeben mochte, gerade nicht aus Duwisib entfernen wollte.

Meine heimlichen Besuche in der Tiefe des Buschwalds, wo ich mich mit Marengos Geist traf, waren mir zu einem wohltuenden Ritual geworden, auf das ich nicht verzichten wollte. Hätte ich das meinem Mann gestanden, so hätte er mich für verrückt erklärt, aber ich war überzeugt, dass der Geist des Rebellen jenes dichte Akazienwäldchen – nicht weit von der Stelle, wo ich dem Leoparden begegnet war – dazu auserkoren hatte, um die Ruhe und den Frieden zu genießen, den er in seinem unfreiwilligen Umhergetriebensein nie gehabt hatte. Obwohl eigentlich ich diejenige hätte sein müssen, die der unsteten Seele des Geächteten Trost spendete, wirkte seine nicht fassbare Präsenz wie Balsam für meine Seele und half mir, die kleinen alltäglichen Unannehmlichkeiten und Ärgernisse, die uns die Bauarbeiten am Schloss bereiteten, zu ertragen.

Der andere – noch schwerer einzugestehende – Grund für meine Unlust war, dass ich meine Beziehung zu Oberleutnant von Siegler nicht ruhen lassen wollte, obwohl ich bereits beschlossen hatte, dass ich seinem eindeutigen Wunsch, mehr als nur eine Freundschaft mit mir zu unterhalten, nicht nachgeben würde. Die Besuche des Oberleutnants wurden immer häufiger und unsere gemeinsamen Ausritte in die umliegende Wüstenlandschaft immer länger. Für eine Frau ist es sehr schmeichelhaft, bewundert und begehrt zu werden, besonders von einem Mann wie ihm, der sich bereits damit abgefunden zu haben schien, für seine Ergebenheit nichts zu erhalten. Ich sah jedoch durchaus, dass diese Freundschaft zumindest von meiner Seite aus ganz klar an Egoismus krankte und es eigentlich an der Zeit war, Abstand zu gewinnen und aus der Entfernung unsere wahren Gefühle zu überprüfen.

Schließlich entschloss ich mich dann doch, Hansheinrich nach Europa zu begleiten, als ich erfuhr, dass meine Mutter einen schweren Autounfall erlitten hatte, bei dem sie sich Brüche zugezogen hatte, die sie zwangen, sich für eine Zeit ruhig zu halten. Die unfreiwillige Untätigkeit, die eine lange Rekonvaleszenz erforderte, vertrug sich so gar nicht mit Fannies quirligem Temperament; abgesehen davon, dass ich sehr an ihr hing, dachte ich auch, wie schwer es meinen Stiefvater fallen dürfte, diese hyperaktive Frau im Haus zu halten.

Die Überfahrt auf dem Dampfer nutzte ich, um über die Ziele nachzudenken, die ich mir auf der gleichen Fahrt in umgekehrte Richtung gesteckt hatte. Wenngleich meine Erlebnisse in der Kolonie meine Persönlichkeit sicherlich – zumeist positiv – verändert hatten, musste ich doch einsehen, dass ich hinsichtlich meiner Absicht, die Komplexe, die, wie ich seit meiner Unterhaltung mit dem weißbärtigen Professor in Wien weiß, Hansheinrichs Unterbewusstsein belasteten, keinen Deut vorangekommen war. War mein Mann vielleicht so besessen davon, Großgrundbesitzer zu werden, um das Scheitern seiner militärischen Karriere zu kompensieren? Meiner Ansicht nach war seine Gier nach Land ein unbezähmbarer Drang, ebenso wie seine Spielsucht.

Meine Wiederbegegnung mit der Zivilisation hatte einen bitteren Beigeschmack. Bei unserer Ankunft in Bordeaux erinnerte mich die dichte Nebelwand an die morgendliche Nebelschicht über den Häfen von Swakopmund und Lüderitz. Doch an den afrikanischen Küsten löste sich der Nebel rasch auf, wohingegen der europäische zäher und hartnäckiger war.

Auf der Zugfahrt durch die liebliche französische Landschaft nach Paris vermisste ich das Gefühl der Freiheit, das einem die weiten, offenen Räume der nahezu unbewohnten afrikanischen Savanne verleihen. Ich hatte vergessen, dass man in Europa nur wenige Kilometer fahren konnte, ohne Spuren von menschlicher Gegenwart, und ich dankte Gott, dass die Dimensionen in den Staaten es uns noch ermöglichten, weite Horizonte zu genießen, so etwa die Prärien der großen amerikanischen Steppe, die ich als Kind mit meinem Großvater per Eisenbahn durchquert hatte.

Hansheinrich hatte eine Suite im Ritz reserviert, mitten auf der Place Vendôme, und als wir dort eintrafen, war ich überrascht von der frostigen Förmlichkeit des Concierge und der Hotelpagen, verglichen mit den afrikanischen Boys in den kolonialen Hotels, wo wir europäischen Reisenden empfangen wurden, als hätten wir das gesamte Etablissement gekauft.

Doch spätestens als ich in einer großen Wanne mit dem sprudelnden Wasser voller Badesalz lag, die mir ein Zimmermädchen mit tadellos gestärkter Schürze und Haube bereitet hatte, versöhnte ich mich mit dem Luxus der Zivilisation. Hansheinrich hatte Kaviar und gut gekühlten Champagner bestellt, den wir genossen, bevor wir unter die Laken aus feinem Linnen krochen und eine Siesta hielten.

Als wir uns zum Abendessen nach unten ins Restaurant begaben, überraschte mich erneut der Ton hochnäsiger Herablassung, mit dem der Maître d'Hotel und der Sommelier uns behandelten, als wären wir zwei Bauerntölpel, unfähig, die Vorzüglichkeit der

Speisen und das Bouquet des Burgunders zu würdigen, und das trotz meines nahezu perfekten Französisch und der Treffsicherheit des Connaisseurs, mit der Hansheinrich die Weine auswählte.

Verabredung im Hotel Sacher

Ich nutzte die Gelegenheit, als Hansheinrich ein paar Tage bei seiner Familie in Ebenrecht verbrachte, um von Deutschland aus einen Abstecher nach Wien zu machen und dort die Spanische Hofreitschule zu besuchen, das Mekka jedes getreuen Pferdeliebhabers. Bei meiner Rückkehr in die Stadt an der Donau hatte ich meine Unterhaltung mit dem bärtigen Professor während meines letzten Aufenthalts dort bereits vergessen, doch meine Freundin Eli Schönborn erinnerte mich daran.

»Ich weiß ja nicht, was du Professor Freud erzählt hast, aber jedes Mal, wenn ich ihn treffe, fragt er mich nach dir. Erst kürzlich hat er mir noch gesagt, wenn du wieder einmal kämst, solltest du nicht vergessen, dich bei ihm zu melden.«

»Ich habe bis zu meiner Rückkehr nach Dresden noch viel zu erledigen und fürchte, diesmal habe ich keine Zeit, ihn zu besuchen. Außerdem hatte ich beim letzten Mal eine ganz konkrete Frage, die mich inzwischen nicht mehr bekümmert.«

»Ich an deiner Stelle würde die Gelegenheit, dich noch einmal mit diesem großartigen Mann zu unterhalten, auf keinen Fall verpassen. Ich habe Freundinnen aus den besten Familien, die ihre rechte Hand dafür geben würden, um eine Sprechstunde bei ihm zu ergattern, doch er wird immer wählerischer bei der Auswahl seiner Patienten. Die Prinzessin Maria Bonaparte musste von Paris aus ihren ganzen Einfluss geltend machen, bis Freud sich bereit erklärte, sie zu analysieren. Ich würde den Doktor wissen lassen, dass du hier bist, und sei es nur, um ihn kurz zu begrüßen.«

Manchen Menschen gelingt es, ohne ein spezielles Charisma oder eine besondere Autorität, allein mit ihrer Hartnäckigkeit, andere zu überreden, das zu tun, was sie wollen. Eli war eine dieser Personen. Am Ende erfüllte ich Eli Schönborn ihren Wunsch, mich mit Freud in einem Teesalon zu treffen, doch um zu vermeiden, dass das Gespräch zu persönlich wurde, bat ich sie, mich zu begleiten. An dem Nachmittag, für den wir uns im Hotel Sacher verabredet hatten, fühlte Eli sich plötzlich nicht wohl, so dass ich am Ende allein hingehen musste.

Der geniale Professor mit dem Bart schien nicht allzu betrübt darüber zu sein, dass Eli nicht hatte mitkommen können; er erwartete mich in einem kleinen Séparée und ich merkte sofort, dass sein Jackett weniger schäbig und sein Bart gepflegter wirkten. Doch der intensive Ausdruck seiner dunklen Augen hatte sich ebenso wenig verändert wie die Art, wie er manchmal mit einstudierter Bedächtigkeit seine Brille mit dem Zeigefinger zurechtrückte.

»Normalerweise behandele ich Patienten in weitaus schwierigen Situationen als der Ihrigen, aber unser Gespräch von vor einigen Jahren geht mir nicht aus dem Sinn. Manchmal habe ich mich schon gefragt, ob Sie mich aufgesucht haben, um mit mir über die Probleme Ihres Mannes zu reden oder ob Sie das nur als Vorwand benutzt haben, damit ich Ihnen helfe, Ihre eigenen Gefühle zu analysieren.«

»Sie können sicher sein, dass es mir um meinen Mann ging, wohl wissend, dass er sich niemals dazu bereit erklären würde, sich analysieren zu lassen, denn er hat in diesen Dingen eine sehr konservative Einstellung. Aber Sie sollten wissen, dass Sie mir sehr geholfen haben zu verstehen, was sich im Bewusstsein meines Mannes abgespielt haben mag, denn möglicherweise hätte ich ohne unsere Unterredung nicht gewagt, ihn nach Afrika zu begleiten.«

»Haben Sie denn herausfinden können, was genau diese Blockade in der Erinnerung Ihres Mannes ausgelöst hat?«

»Obwohl er es mir nie erzählt hat, habe ich über andere Wege erfahren, was geschehen ist. Als er als Artilleriehauptmann in der Schutztruppe diente, geriet die Kompanie, die er befehligte, in einen Hinterhalt der Rebellen, die ihn zurückschlugen, wobei sie viele Verluste erlitten und ihr Geschütz dem Feind in die Hände fiel …«

Der Professor durchbohrte mich fast mit seinem Blick, während ich sprach, so dass ich meine Schilderung unterbrach; als er meine Reaktion bemerkte, setzte er sich die Brille wieder auf und sagte:

»Ich glaube, der Verlust eines Geschützes wird bei einer Kampfhandlung als ein schwerwiegendes Versagen gesehen, und es ist nur natürlich, dass dieses Erlebnis für ihn traumatisch war. Wie hat Ihr Mann denn reagiert, als Sie ihm sagten, dass Sie über den Vorfall Bescheid wissen?«

»Ich habe ihm nie erzählt, dass ich es weiß, auch weil ich gesehen habe, dass dieser Zwischenfall keine gravierenden Folgen für seine militärische Laufbahn hatte. Ich dachte, wenn er sich mit der Erinnerung an diese Niederlage nicht konfrontieren will, wäre es doch absurd, wenn ich ihn dazu zwänge, die Gespenster seiner Vergangenheit aufzuscheuchen.«

Freud musterte mich erneut mit diesem verstörenden Blick, bevor er einen alten Schreibblock aus seinem Jackett hervorzog und die Notizen durchlas, die er sich bei unserer ersten Begegnung gemacht hatte.

»Als Sie das erste Mal bei mir waren, schienen Sie unbedingt wissen zu wollen, was vorgefallen war. Ich glaubte zu verstehen, dass Sie Ihren Mann vornehmlich in dieses ferne Land begleiten wollten, um ihm bei der Überwindung seines Traumas zu helfen. Daher finde ich es einigermaßen befremdlich, dass es Ihnen, nachdem Sie erfahren haben, was geschehen ist, kein Bedürfnis war, mit ihm über dieses Thema zu reden.«

»Natürlich halte ich dieses Ereignis noch für wichtig. Doch in der Kolonie habe ich erfahren, dass es in jenem harten und grausamen

Krieg schlimmere und blutigere Konfrontationen gegeben hat als die, die mein Mann erlebt hat. Viele Menschen in Südwest leiden noch immer unter den Folgen des Krieges; in Wirklichkeit ist der Krieg zwischen Weißen und Schwarzen noch nicht beendet.«

Freud sagte in leicht trockenem Ton:

»Ich an Ihrer Stelle würde mir nicht so viele Gedanken über die offenen Wunden anderer machen, sondern lieber zusehen, dass Ihr Mann wieder gesundet. Glauben Sie, die Rückkehr nach Afrika hat ihm geholfen, seinen Komplex zu überwinden?«

Ich dachte einen Moment lang nach, bevor ich antwortete:

»Ich kann es nicht beschwören, aber als jemand einmal in meiner Gegenwart die Stelle erwähnte, wo sich seine Niederlage ereignet hat, und den Rebellenführer, gegen den er kämpfte, da hat mein Mann den Ort fluchtartig verlassen. So nervös hatte ich Hansheinrich nur einmal kurz vor unserer Hochzeit gesehen; als auf einer Kirmes unvermittelt ein leuchtendes Feuerwerk loskrachte, muss er sich wohl wieder wie im Krieg gefühlt haben, denn er packte mich bei der Hand und rannte mit mir fort.«

»Solche Fluchtreaktionen deuten darauf hin, dass er nicht in der Lage war, seine negative Erfahrung auf der Ebene des Bewusstseins zu verarbeiten. Es könnte Ihrem Mann helfen, wenn Sie dieses Thema offen ansprächen und er merken würde, dass Sie ihn deshalb nicht weniger achten.«

»Wenn Sie meinen Mann kennen würden, wüssten Sie, dass er sicherlich nicht unter mangelnder Selbstsicherheit leidet, eher im Gegenteil. Aber die Idee ist mir, um ehrlich zu sein, noch gar nicht gekommen, denn das Leben in Afrika stellt uns tagtäglich vor neue Probleme und moralische Konflikte, so dass wir nicht noch in der Vergangenheit herumwühlen müssen.« Ich zögerte einen Moment, bevor ich etwas sagte, was vielleicht ein wenig respektlos klingen mochte: »Glauben Sie mir, Doktor Freud, angesichts der akuten Probleme des Überlebenskampfes mitten in der Wüste werden die Gespenster des Unbewussten nebensächlich.«

Ich merkte, dass es nicht allzu viel Sinn hatte, ein psychologisches Problem weiter durchzukauen, dessen Lösung nur meinem Gegenüber wichtig erschien, weshalb ich unsere Unterredung für beendet erklärte. Ich sah, dass Freud nicht zufrieden war, sondern gerne weiterdiskutiert hätte. Während er sich mit einem Handkuss von mir verabschiedete, überreichte er mir ein Kärtchen mit seiner Adresse und sagte:

»Es war mir ein Vergnügen, erneut mit Ihnen zu plaudern, und ich wünsche Ihnen viel Glück für Ihr afrikanisches Abenteuer. Sollten Sie mich irgendwann noch einmal brauchen, zögern Sie nicht, mir Bescheid zu geben, denn für Sie werde ich immer Zeit haben.«

Auf der Rückfahrt zu Elis Haus fragte ich mich, ob ich Freud nicht von meinen Begegnungen im Busch mit dem Geist Jakob Marengos oder meiner platonischen Romanze mit Oberleutnant von Siegler hätte erzählen sollen, deren ungewisser Ausgang mir einiges Kopfzerbrechen bereitete.

Vielleicht war ich ja nicht wirklich in ihn verliebt, doch manchmal entwickeln wir Frauen gegenüber einem bestimmten Typ Mann eine Art Beschützerinstinkt, der ebenso innige Bande knüpfen kann wie die Liebe. Möglicherweise war das, was mich an von Siegler anzog, seine offensichtliche Verletzlichkeit und seine Jungenhaftigkeit, die er hinter der Maske eines hartgesottenen Offiziers kaum verhehlen konnte. Aber wie hätte ich diese Gefühle dem Entdecker des Ödipuskomplexes schildern sollen?

Wiedersehen mit der Familie

Als ich in Dresden eintraf, um meine Mutter zu sehen, hatte sie sich schon recht gut von ihrem Unfall erholt; vielleicht zu gut nach Meinung meines Stiefvaters, denn ihre Krankenpfleger hatten alle Mühe, sie daheim bei Laune zu halten. Fannie entging nicht, dass ich mich verändert hatte, obwohl sie nicht zu beschreiben vermochte, worin genau diese Veränderung bestand; sie sagte mir, sie finde mich »sehr viel fraulicher«, wobei ich nicht wusste, ob das als Kompliment gemeint war oder als implizite Kritik meiner früheren Unreife. Da ich ihr mehrere Briefe aus Südwest geschickt hatte, gab es außer dem, was ich lieber für mich behalten wollte, nichts Neues, was ich ihr hätte erzählen können.

Mit John Gaffney führte ich indes eine langes Gespräch im Büro seines Konsulats, das quasi eine Fortsetzung der Unterhaltung vor zwei Jahren an gleicher Stelle war, kurz bevor ich meinen Eltern die Verlobung mit Hansheinrich verkündet hatte. »Augenscheinlich hat dich dein afrikanisches Experiment nicht enttäuscht, ich finde, du wirkst zuversichtlicher und lebensfroher.«

»Die Gewöhnung an ein so anderes Leben war nicht immer einfach, aber es mag sein, dass diese Strapazen anregend gewirkt haben.«

»Wenn alles so einfach gewesen wäre, hättest du dich nur gelangweilt. Wir beide sind Menschen, die an den Herausforderungen wachsen.«

Mir behagte es nicht, dass mein Stiefvater nach Ähnlichkeiten zwischen seinem und meinem Charakter suchte, schließlich waren wir nicht blutsverwandt; doch da ich wusste, welch hohe Meinung er von sich selbst hatte, hätte ich wohl stolz sein müssen auf diese Affinität.

»Nach dieser Erfahrung habe ich gemerkt, dass wir in der sogenannten zivilisierten Welt zu viel Zeit und Energie auf Dinge verschwenden, die nicht wirklich wichtig sind. Dort hingegen wird man sich bewusst, dass man keine einzige Minute vergeuden darf; vielleicht scheint die Zeit deshalb in jenen Regionen langsamer zu vergehen.«

»Dein Mann hat mir Fotos und Pläne von dem Schloss gezeigt, das ihr dort baut, eine richtige Festung, wie es scheint. Ist das vielleicht nötig, um für eure Sicherheit zu garantieren?«

»Es herrscht weniger eine echte Gefahr als vielmehr eine Art Massenpsychose, ausgelöst durch die noch frischen Kriegserfahrungen; wenngleich es zugegebenermaßen noch immer einige isolierte Herde gibt, wo die Rebellion hin und wieder aufflammt, die das deutsche Heer dann aber rücksichtslos niederschlägt.«

Ich merkte, dass John Gaffney sich für dieses Thema interessierte.

»Mir ist schon aufgefallen, dass du in mehreren Briefen an Fannie deine Bedenken hinsichtlich der Art ausdrückst, wie die Kolonialgesellschaft mit der Urbevölkerung umgeht, doch ich halte es fast für unausweichlich, dass die höher entwickelten Länder ihren Lebensstil den primitiven Völkern aufzwingen. Aufgrund unserer eigenen Erfahrung mit den Engländern ergreifen wir Iren immer gerne Partei für die Schwächeren, doch als ich beauftragt wurde, die Verteidigung der belgischen Regierung hinsichtlich der Ereignisse im Kongo zu übernehmen, rechtfertigte ich König Leopolds Vorgehen, weil in meinen Augen die Form der Kolonie in jener Region ein Bestandteil des Prozesses war, in dem die übrigen europäischen Länder ihre Zivilisation dem afrikanischen Kontinent aufzwangen. Wenn man es recht bedenkt, gingen die ersten Siedler in Amerika ähnlich mit den Indianern um.«

Ich hatte vergessen, dass John Gaffney vor einigen Jahren die Verteidigung der belgischen Regierung übernommen hatte, als die internationale Staatengemeinschaft sie schrecklicher Gräueltaten auf den Kautschukplantagen im Kongo beschuldigte. Für seine Anwaltstätigkeit hatte König Leopold höchstpersönlich meinem Schwiegervater einen Orden verliehen. In Erinnerung daran muss ich John wohl so merkwürdig angesehen haben, dass er sich verpflichtet fühlte, mir zu erklären:

»Ich kann dir sagen, dass ich diesen Fall mehr aus Antipathie gegen die Engländer übernommen habe als aus Sympathie für die Belgier. Ich bin überzeugt davon, dass die Kampagne, mit der die Briten diese Grausamkeiten anprangerten, allein dem Ziel diente, die Belgier in Misskredit zu bringen, um dieses reiche Land für sich zu beanspruchen. Ich finde, wer einen Dieb nur verfolgt, um sich das Diebesgut dann selbst unter den Nagel zu reißen, anstatt es dem legitimen Besitzer zurückzugeben, verdient keine Achtung.«

»In Afrika ist es nicht immer leicht zu unterscheiden, wer der legitime Besitzer der Reichtümer ist, denn die weißen Siedler haben sich unter dem Vorwand, den primitiven Völkern die Vorteile der Zivilisation zu bringen, des gesamten Eigentums der Afrikaner bemächtigt. Diese Dinge klingen hier in Europa reichlich abwegig, doch du hättest dir mal wie ich eines der Kriegsgefangenenlager anschauen sollen, wo diese armen Teufel sich, nur in Lumpen gehüllt, mit den Seevögeln um ein paar vergammelte Fischreste gezankt haben.«

Gaffney starrte mich an, als fiele es ihm schwer zu glauben, dass die Person, die ihm dies erzählte, die gleiche war wie die, die er vor ihrer Reise nach Südwest gekannt hatte, weshalb ich mich beeilte, das Thema zu wechseln. In weniger leidenschaftlichem Ton berichtete ich ihm nun von den Problemen, die uns die Kolonialverwaltung hinsichtlich der Zuteilung der uns ursprünglich in Berlin zugesicherten Ländereien bereitete.

John zuckte die Achseln mit einem für ihn typischen Gesichtsausdruck, der Zweifel oder Erstaunen widerspiegelte, und lehnte sich im Sessel zurück.

»Dein Mann hat mich gebeten, ihm eine Unterredung mit dem Staatssekretär Dernburg zu vermitteln, den ich noch aus seiner Zeit als Bankier kenne ...« – mein Stiefvater prahlte gerne mit seinen guten Kontakten in der Welt der Politik und Wirtschaft –, dann fuhr er fort: »Ich weiß, dass Hansheinrich ein Missverständnis mit dem Unterstaatssekretär Lindequist hatte, doch ich würde an seiner Stelle nicht versuchen, der Bürokratie auf die Sprünge zu helfen. Selbst wenn er wollte, könnte Dernburg nichts für ihn tun, denn die Politiker stehen unter der Fuchtel der hohen Staatsbeamten wie Lindequist; und die wissen nur zu gut, dass Politiker kommen und gehen, aber die Bürokratie bleibt.«

Die Versteigerung auf Schloss Gottop

Einer der Gründe für unsere Europareise war der, Möbel für unser Schloss zu bestellen oder zu kaufen, denn bei unserer Abreise war der Hausbau schon so weit fortgeschritten, dass wir die genauen Maße der einzelnen Zimmer wussten. Ich nutzte meinen Abstecher nach Wien, um eine wunderhübsche Serie von Stichen des Künstlers Johann Elias Ridinger zu erstehen, auf denen Pferde der Spanischen Hofreitschule in unterschiedlichsten Positionen und bei einzelnen Übungen abgebildet waren. Diese Stiche sollten im großen Schlosssaal hängen, der wegen seiner Höhe und Ausmaße der ideale Ort war, um diese Sammlung zu präsentieren.

Als Hansheinrichs Eltern erfuhren, dass wir Möbel für das Schloss kauften, schenkten sie uns, als wir sie in ihrem Landsitz in Oberlößnitz-Radebeul besuchten, Porträts von sich in Öl. General von Wolf in seiner nagelneuen Artillerieuniform, den Brustlatz übersät mit Orden, und meine Schwiegermutter – Carolina Luisa von Oppel – mit einem sehr schmeichelhaften Empire-Dekolleté, zum Knoten zusammengestecktem Haar und einer schlichten Perlenkette um den Hals.

Bei diesem Besuch in Ebenrecht sah ich noch einmal den in einer Vitrine ausgestellten Hut, von dem ich annahm, dass er Hendrik Witbooi gehört hatte.

Es war ein breitkrempiger Strohhut, so wie ihn die Nama zum Schutz vor der Sonne benutzen, mit einem dreieckigen weißen Tuch, das um die Kappe gebunden war, so dass der Träger dieses Wahrzeichens schon von weitem sowohl von seinen eigenen Gefolgsleuten als auch von den feindlichen Truppen als Anführer zu erkennen war. Ich dachte mir, dass man viel Mut haben müsse, um mit diesem Erkennungszeichen auf dem Kopf durch die endlose Ebene zu reiten, wo die reine Wüstenluft es den Scharfschützen erleichterte, ihre Ziele aus weiter Entfernung zu treffen.

Mir fiel ein, was mir Großvater Frederick auf unserer Reise in den Wilden Westen über die Apachen erzählt hatte, die auch ein spezielles Stirnband trugen, wenn sie auf Kriegsfuß standen. Die Taktik der Rothäute hatte ebenfalls Ähnlichkeiten mit der Art, wie die Nama-Krieger die deutsche Kavallerie attackierten, indem sie bei gezielten Überfällen auf versprenkelte Truppenabteilungen den Überraschungsfaktor nutzten und sich, bevor das Gros des Heeres reagieren konnte, schon wieder in den Bergen zerstreut hatten. In Südwestafrika war die Kriegstaktik eigentlich völlig anders, und die burischen Trecker waren die Ersten, die ihre Wagen im Kreis aufstellten, um sich vor den wilden Stämmen zu verschanzen, so wie es später die amerikanischen Pioniere taten, wenn ihre Trecks von den Rothäuten angegriffen wurden.

Meine Schwiegereltern schenkten uns auch noch zwei schwere Dielenschränke, die man Schapp nannte, und obwohl mir etwas Leichteres lieber gewesen wäre, passten sie doch recht gut zu dem neobarocken Stil unseres Schlosses. Als Gegengewicht zu diesen wuchtigen Möbelstücken kaufte ich noch eine Esszimmergarnitur im Biedermeierstil. Während unseres Aufenthaltes in Oberlößnitz-Radebeul erfuhren wir, dass auf Schloss Gottop in Schleswig im großen Stil Möbel und Kunstwerke versteigert wurden, und dorthin fuhren wir.

Ich hatte Hansheinrich noch nie auf eine Versteigerung begleitet, so dass ich erst dort von seiner Bewunderung für Napoleon erfuhr. Auch wenn mein Mann als geübter Spieler daran gewöhnt war, hoch zu pokern, hatte er sich nicht im Griff, wenn er für ein bestimmtes Objekt bot. So bezahlte er einen exorbitanten Preis für einen Satz Champagnergläser aus edlem Kristall, auf denen ein großes »N« sowie am Rand die Kaiserkrone eingraviert waren. Offensichtlich hatten die Gläser einst Napoleon gehört und waren ohne Zweifel eine kostbare Errungenschaft für einen Sammler. Außerdem bot er noch für eine Reihe von Stichen aus dem Leben des französischen Kaisers, die einen Preis erzielten, der mir übertrieben vorkam, zumal wenn man bedachte, dass diese Stiche sich nur auf die traurigsten Augenblicke im Leben dieses großen Mannes bezogen: die Niederlage bei Waterloo, die Abreise nach Sankt Helena und den Moment, in dem der sterbende Napoleon sein Testament diktierte. Doch Hansheinrich wollte diese Bilder von der Niederlage und der Verbannung des Kaisers um jeden Preis besitzen, und so musste ich diese Laune teuer bezahlen.

Als wir die Versteigerung verließen, fragte ich Hansheinrich, wo er die Stiche von Napoleon aufzuhängen gedenke, und er sagte, in der großen Diele, was ich strikt ablehnte.

»Du weißt ja, ich bin nicht abergläubisch, aber wenn jemand zum ersten Mal unser Haus betritt und sein Blick fällt sogleich auf diese Szenen von Traurigkeit und Einsamkeit, schafft das negative Energien. Seit wann interessierst du dich eigentlich so brennend für Napoleon?«

»Seit ich auf der Rückfahrt nach meinem ersten Aufenthalt in Südwest sein Gefängnis auf Sankt Helena besucht habe.«

»Ich wusste gar nicht, dass du auf der Insel Sankt Helena warst.«

»Es hat mich sehr betrübt zu sehen, wie die Engländer den Mann in Isolationshaft gehalten haben, der die Welt erobert hat; und offenbar haben sie ihn am Ende vergiftet vor lauter Angst, er könnte aus seiner Gefangenschaft entkommen wie auf der Insel Elba. Auch wenn er ein mächtiger Feind Deutschlands war, kann man die historische Wichtigkeit seiner Taten nicht leugnen.«

Auf der Rückfahrt in die Stadt erzählte mir Hansheinrich die eine oder andere Begebenheit aus Napoleons Biographie, die ich noch nicht kannte, wie etwa die Tatsache, dass er seine militärische Laufbahn als Artilleriehauptmann begonnen hatte und dass er bei seinen siegreichen Feldzügen die Aufstellung der Geschütze immer selbst überwachte. Man merkte, dass mein Mann sich für dieses Thema begeisterte.

»Zu Anfang seiner Karriere erlebte er übrigens einmal einen Fehlschlag, der ihn fast vor das Kriegsgericht gebracht hätte, als er im Kampf gegen die Rebellen mit seiner Batterie an der Eroberung von Ajaccio teilnahm. Die französischen Hilfstruppen ließen seine Kompanie im Kampf gegen die feindliche Übermacht im Stich, so dass er fluchtartig den Rückzug antreten musste und drei Geschütze auf dem Schlachtfeld zurückließ.«

Hansheinrich musste seine Geschichte kurz unterbrechen, um seine Emotionen in den Griff zu bekommen, bevor er schloss:

»Doch er erhielt noch einmal eine Chance!«

Meine Haushälterinnen

Wenige Tage bevor wir unsere Rückreise nach Südwestafrika antreten wollten, erschien Fannie plötzlich ganz in Weiß, herausgeputzt und ausgehfertig, im Frühstücksraum.

»Als Abschiedsgeschenk will ich dich an einen Ort führen, der dich ganz sicher interessieren wird.«

Meine Mutter gab dem Chauffeur Anweisung, uns zum Sitz des Frauenbunds zu fahren. Eine Wohltätigkeitsorganisation, die sich durch ihre Hilfeleistung bei der Vorbereitung und Unterstützung der Frauen von Soldaten und Missionaren für ihr Leben in den afrikanischen Kolonien verdient gemacht hatte. Meine Mutter hatte sich in den Kopf gesetzt, dass ich Hilfe für meine häuslichen

Pflichten und zur Bekämpfung der Einsamkeit brauchte, die sie sich erdrückend vorstellte, und daher über den Frauenbund eine Haushälterin anstellen sollte, die uns gleich auf unserer Schiffsreise zurück in die Kolonie begleiten könnte.

Der Frauenbund, gegründet von der Prinzessin Falkenhausen, war berühmt geworden, als er sich – zur Linderung des Frauenmangels zu Anfangszeiten der Kolonialisierung – darum gekümmert hatte, unverheiratete Frauen in die Kolonialgebiete zu schicken, die bereit waren, einen Siedler zu ehelichen oder als Haushälterin tätig zu werden. Angesichts der vielfältigen Probleme, die die geringe Präsenz des weiblichen Geschlechts schuf – einschließlich des Konkubinats weißer Soldaten und Siedler mit schwarzen Frauen mit der Folge einer zwangsläufigen Mestizisierung der Bevölkerung, die Berlin sehr besorgte –, betrachtete man die Entsendung dieser weiblichen Emigranten als ein echtes Geschenk des Mutterlands an die Kolonien. Obwohl ich zunächst dachte, die Präsenz einer Haushälterin könnte mich teilweise meines Gefühls von Freiheit berauben, das den wesentlichen Reiz meines Lebens dort ausmachte, erkannte ich später die Vorteile, jemanden zu haben, der mir an den langen Abenden am Kamin Gesellschaft leistete und mich bei den so verhassten häuslichen Pflichten entlastete, damit ich mich mit Leib und Seele anderen, interessanteren Aktivitäten widmen konnte. Wenn das Schloss erst einmal fertig wäre, würden wir sicherlich ein reges Gesellschaftsleben führen, und eine weiße Haushälterin würde mir helfen, den Haushalt zu führen und die Hausangestellten zu beaufsichtigen.

Da meine Mutter immer noch Ehrenpräsidentin des Bundes Amerikanischer Frauen war, behandelten mich die örtlichen Vertreter des Frauenbunds besonders zuvorkommend. Die Frauen hatten bereits mehrere geeignete Kandidatinnen, die bereit waren, zusammen mit uns die Reise nach Südwest anzutreten, gefunden. Nach einigen persönlichen Befragungen wählte ich eine Frau aus, die mir am ehesten für den Posten geeignet zu sein schien, Fräulein Louise, weder zu jung noch zu alt und weder übermäßig hübsch noch gänzlich reizlos.

Nur wenige Tage nach dem Vorstellungsgespräch unterzeichneten wir den Vertrag mit der neuen Haushälterin, und kurz darauf bestiegen wir alle drei den Zug, der uns zum Hamburger Hafen bringen sollte. Die lange Schiffsreise war eine gute Gelegenheit, eine ziemlich enge Beziehung zu Fräulein Louise zu knüpfen, die ich häufig in ihrer Kabine aufsuchen musste, da sie, an Schiffsreisen nicht gewöhnt, kaum waren wir aus dem Hafen ausgelaufen, fast ständig seekrank war. Alles in allem war die Überfahrt ziemlich angenehm, doch bei unserer Ankunft in Lüderitz erwartete uns eine Überraschung.

Hansheinrich und ich hatten gerade die Koffer gepackt, um an Land zu gehen, als ein schmucker, gut gekleideter junger Mann auf uns zutrat, der Louise einen Blumenstrauß überreichte und entschlossen ihren Arm ergriff, wobei er sagte:

»Hauptmann von Wolf, ich fürchte, Sie werden dieses Fräulein nicht auf Ihre Farm mitnehmen können, denn die Dame wird bei mir bleiben. Wir sind bereits verlobt und werden uns so rasch wie möglich vermählen.«

Zunächst wusste Hansheinrich nicht, wie er reagieren sollte; und als er dann begriff, was los war, musste ich ihn zurückhalten, sonst hätte er den jungen Mann mitsamt Blumenstrauß über Bord geworfen.

Sehr bald mussten wir einsehen, dass wir nichts dagegen tun konnten, denn aufgrund des Frauenmangels in der Kolonie hatte das Gouvernement ein Gesetz erlassen, das es unverheirateten Frauen gestattete, jegliche Art von Arbeitsvertrag aufzukündigen, wenn sie vorhatten, einen deutschen Staatsbürger im Schutzgebiet zu ehelichen. Das Einzige, was wir verlangen konnten, war, dass man uns die Kosten für die Schiffspassage für unsere Angestellte erstattete, was der Anwärter ohne Zögern tat.

Ich fühlte mich besonders düpiert, nicht nur weil ich eine angenehme Gesellschafterin verloren hatte, sondern wegen der vielen Zeit, die ich damit verbracht hatte, Louise Kräutertees in die Kabine zu bringen und ihr den Kopf über der Brüstung zu halten, während sie sich übergab. Wir haben nie herausfinden können, ob das Fräulein den jungen Mann auf der Reise kennengelernt hatte oder schon vorher, was natürlich ein unredliches Verhalten gewesen wäre. Jedenfalls standen wir nun ohne Haushälterin da, und Hansheinrich war, bevor wir nach Duwisib aufbrachen, so klug, ein Telegramm an den Frauenbund aufzugeben mit der Bitte, uns dringend eine der anderen Kandidatinnen zu schicken, die einen ordentlichen Eindruck auf uns gemacht hatten.

Wir mussten einige Monate warten, bis die Formalitäten erledigt und der Vertrag der neuen Gesellschafterin in Vollmacht unterschrieben werden konnte. Um erneute Probleme zu vermeiden, schickten wir den Karrenführer Esterhuizen mit Fröhlich nach Lüderitz, um die zukünftige Angestellte am der Schiffstreppe in Empfang zu nehmen und sie auf dem Weg nach Duwisib zu beschützen. Doch wie groß war unsere Überraschung, als die beiden nach einem Monat ohne Haushälterin zurückkehrten. Da sie wussten, wie ungeduldig wir auf die Ankunft der Gesellschafterin warteten, wagten sie es kaum, uns zu sagen, dass die neue Hausangestellte auf dem Dampfer einen jungen Mann kennengelernt hatte und die beiden Turteltauben, kaum hatten sie festen Boden betreten, schnurstracks zum Distriktsamt gegangen waren, um sich die nötigen Papiere für ihre Heirat zu besorgen. Zumindest diesmal konnten wir sicher sein, dass es zwischen den beiden erst auf dem Schiff gefunkt hatte.

Hansheinrich telegraphierte erneut an den Frauenbund mit der Forderung, dass die nächste Kandidatin mindestens schielen und einen Buckel haben sollte. Ich wollte mir lieber nicht ausmalen, was die gutbürgerlichen deutschen Damen, die mich ja schon für exzentrisch halten mussten, weil ich mich für ein Leben in einem so fernen, wilden Land entschieden hatte, obwohl ich über die nötigen Mittel verfügte, um ein bequemes Leben in jeder anderen zivilisierten Gegend zu genießen, beim Lesen dieses Telegramms von uns denken mussten. Doch in ihrem typisch deutschen Pflichtbewusstsein befolgten die Damen vom Frauenbund penibel unsere Anweisungen; so reiste mit dem nächsten Dampfer von Hamburg nach Lüderitz das Fräulein Gröber an, das alle geforderten Eigenschaften erfüllte: Sie war klein von Wuchs, hatte eine gut sichtbare Rückenverkrümmung und eine Brille mit dicken Gläsern, da sie an Basedow litt.

Als die neue Haushälterin in Duwisib eintraf, waren die Bauarbeiten am Schloss nahezu abgeschlossen, die Ställe waren mit Pferden gefüllt und ich sehnte mich so sehr nach einer weißen Frau, die mir die häuslichen Pflichten abnahm, dass ich Fräulein Gröbers physische Mängel – sie konnte nicht mit beiden Augen in die gleiche Richtung blicken – rasch vergaß.

Sie erwies sich als eine überaus tüchtige Angestellte von angenehmem Charakter und mit einem Sinn für Ordnung und Disziplin, der ihr weniger ansprechendes Äußeres um vieles wettmachte.

Doch wenige Monate nach ihrer Ankunft stand der Gehilfe des Schmieds eines Morgens im Sonntagsstaat vor der Tür unseres Schlosses. Der Gehilfe bat darum, den Herrn Baron sprechen zu dürfen, und als Hansheinrich im Flur erschien, hielt der junge Mann in aller Form bei ihm um die Hand von Fräulein Gröber an, die er in Kürze zu ehelichen gedenke. Einmal davon abgesehen, dass uns sein Antrag völlig überraschend traf, wurde uns schnell klar, dass es eigentlich keine schlechte Nachricht war, denn auf diese Weise hatten wir uns den Verbleib der tüchtigen Haushälterin auf Duwisib gesichert, und sie hatte einen Ehemann gefunden.

Die Kellnerin vom Schützenhaus

Als Max Baericke mir später erzählte, was eine junge Dame getan hatte, die mit einem Arbeitsvertrag in die Kolonie gereist war, musste ich zugeben, dass unsere Probleme, eine Haushälterin zu finden, nichts waren im Vergleich zu dieser Geschichte. Diese Dame sollte in der gesamten Region als »die Kellnerin vom Keetmanshooper Schützenverein« berühmt werden.

Mitten in dieser Einöde lag die Stadt Keetmanshoop, die einzige von Duwisib aus einigermaßen erreichbare Stadt mit genügend Einwohnern, um über ein umfangreiches Warenangebot zu verfügen und sogar eine Reihe von Lebensmittelgeschäften und Restaurants, weshalb sie auch als »die Hauptstadt des Südens« galt. In dem Jahr, als wir mit dem Bau unseres Schlosses fertig wurden, besaß Keetmanshoop an die Dutzend Geschäfte, drei Hotels, eine Bäckerei und sogar einen Weinhandel, von dem wir uns regelmäßig unseren Weinkeller in Duwisib auffüllen ließen. Doch das Sinnbild der Stadt war das Schützenhaus, eine Einrichtung, die Gästezimmer, eine gut sortierte Bar mit einem breiten Angebot an Spirituosen und Bier umfasste, eine kleine Bühne für Aufführungen und einem geräumigen Tanzsaal.

Der Besitzer des Schützenhauses war ein gewisser Herman Gottlieb Schmitz – für seine Freunde nur »der rüde Gottlieb« –, der als freiwilliger Soldat nach Südwest gekommen war und nach seiner Entlassung von der Schutztruppe ein blühendes Transportunternehmen zur Versorgung des Heeres gegründet hatte, um anschließend praktisch sein gesamtes Vermögen in das Schützenhaus, das benachbarte Hotel und den Tanzsaal zu investieren. »Der rüde Gottlieb« hatte allerdings ein entscheidendes Detail außer Acht gelassen, dass man nämlich für eine Tanzveranstaltung eine gewisse Anzahl an Frauen benötigte. Doch der gesamte Ort Keetmanshoop nebst Umland konnte lediglich mit ein paar burischen, bereits in die Jahre gekommenen und wenig attraktiven Matronen aufwarten. Als der Besitzer des Schützenhauses sein prachtvolles Lokal mit einer Festveranstaltung ohne das schlichtende Element weiblicher Präsenz feiern wollte, war die Gesellschaft daher in eine wilde Prügelei unter den heillos betrunkenen männlichen Gästen ausgeartet.

Doch Gottlieb ließ sich durch diesen Fehlschlag nicht entmutigen, und um das Schützenhaus mit dem fehlenden weiblichen Part zu versorgen, kam ihm die Idee, einige junge, attraktive Kellnerinnen aus Deutschland herbeizuschaffen. Um die strengen Reglements, die der puritanische Frauenbund auferlegte, zu umgehen, beauftragte der Betreiber des Schützenhauses ein Handelsunternehmen aus Hamburg damit, eine große Anzeige in die Lokalzeitung zu setzen mit dem Angebot einer Arbeitsstelle als Kellnerin im Klub. Die guten Verdienstmöglichkeiten und die Chance, umsonst nach Südwestafrika zu reisen, führten dazu, dass unverzüglich eine Menge Anfragen von jungen Damen und anderen nicht ganz so jungen und damenhaften Hamburger Bewerberinnen eingingen.

Nach einiger Zeit erhielten Gottlieb und seine Freunde ein großes Paket aus Hamburg mit den Fotos und Lebensläufen der Kandidatinnen, die einem rigorosen Auswahlverfahren unterzogen worden waren. Nachdem sie jedes kleinste Detail auf den Fotos unter die Lupe genommen hatten, um herauszufinden, ob das Aussehen der Aspirantinnen den erwünschten moralischen und professionellen Anforderungen genügte – es ging darum, für Stimmung im Schützenhaus zu sorgen, nicht darum, es in ein Bordell zu verwandeln –, wählten sie schließlich sechs Kandidatinnen aus und sandten eine Liste mit ihren Namen nach Hamburg, damit das Handelshaus dort die beiden in ihren Augen am besten geeigneten jungen Damen aussuchte.

Als Gottlieb schließlich das ersehnte Telegramm mit der Nachricht erhielt, dass die beiden Auserwählten Hamburg bereits verlassen hätten und in wenigen Tagen im Hafen von Lüderitz eintreffen würden, verbreitete sich die Neuigkeit in der »Hauptstadt des Südens« wie ein Lauffeuer, und im Schützenhaus wurde ein großes Fest vorbereitet, um die Ankunft der beiden Glücklichen in der Kolonie zu feiern. Der Besitzer des Schützenhauses beeilte sich, eine prunkvolle Kutsche mit sechs Pferden herzurichten, und legte die 250 Kilometer bis nach Aus im Eiltempo zurück, da damals noch keine Eisenbahnverbindung zwischen Keetmanshoop und jener Stadt bestand. In Aus nahm er dann den Zug nach Lüderitz, wo er rechtzeitig eintraf, um die Kellnerinnen an der Schiffstreppe zu empfangen. Als er sie erblickte, wäre Gottlieb beinahe in Freudentränen ausgebrochen beim Gedanken, dass all seine Bemühungen nicht umsonst gewesen waren, denn die beiden Damen würden viele Gäste in seinen Klub locken und dem Etablissement exorbitante Gewinne bescheren.

Vorsorglich ließ er sich von Alfred Berger, einem jungen Angestellten der Reederei, begleiten, denn er fürchtete die Schmarotzer und wollte vermeiden, dass einer der jungen Müßiggänger von Lüderitz, die dort herumlungerten, einer der hübschen Kellnerinnen gleich an der Schiffstreppe einen Heiratantrag machte. Der junge Angestellte sollte sich um die eine Kellnerin kümmern, während Gottlieb der anderen, die Fräulein Inker hieß, seinen Arm reichte.

Doch als es an der Zeit war, die Rückreise nach Keetmanshoop anzutreten, hatte Berger, der junge Angestellte der Reederei, sich so perfekt um die andere Kellnerin »gekümmert«, dass diese sich weigerte, in den Zug zu steigen mit der Begründung, sie habe Berger die Ehe versprochen. Den »rüden Gottlieb« hätte beinahe der Schlag getroffen, und er machte seinem Namen alle Ehre, als er die beiden mit den übelsten Beschimpfungen bedachte. Überdies beschwerte er sich beim Distriktschef, der zugleich der Amtsrichter war, und verlangte, die Kellnerin unter Polizeischutz nach Keetmanshoop zu bringen, um sie zur Erfüllung ihres Vertrags zu zwingen. Wie zu erwarten, erinnerte ihn der Justizbeamte an das Gesetz, das alle Frauen im Protektorat schützte, die vertragsbrüchig wurden, um sich zu verehelichen, und das lediglich das Recht auf eine Erstattung der Reisekosten gewährte, was vorschriftsmäßig erfolgte.

Während der Heimreise wachte Gottlieb eisern über die einzige Kellnerin, die ihm geblieben war, und ließ nicht für einen Moment zu, dass irgendein Mann sich ihr auf weniger als zwei Meter näherte. Der Empfang, den man ihnen in der Hauptstadt des Südens bereitete, ließ ihn jedoch rasch vergessen, dass er eines der beiden Mädchen, noch dazu die Hübschere, verloren hatte. Das Innere des Schützenhauses war mit Girlanden geschmückt und zum Bersten gefüllt mit Schaulustigen, die neugierig auf die Kellnerin waren. Die entzückte dann auch das Publikum mit ihrem eleganten blauen Seidenkleid und einem Dekolleté, das einen Teil ihrer Reize erahnen ließ.

Als Gottlieb und sein Schützling eintraten, stimmte die Musikkapelle auf der Bühne, die bisher nur zur Preisverleihung bei Schießwettbewerben und für die eine oder andere Benefiztombola benutzt worden war, »An der schönen blauen Donau« an. Gerührt von diesem Empfang, spendierte Gottlieb Freibier für alle und forderte die schöne Kellnerin zum Tanz auf, die für jeden ein Lächeln und ein nettes Wort übrig hatte.

Der Umsatz der Bar stieg sprungartig, und nach Fräulein Inkers Eingliederung lief alles wie am Schnürchen, so dass Gottlieb überglücklich gewesen wäre, hätte er nicht ständig aufpassen müssen, dass die heiratswilligen Schmarotzer – die die hübsche Kellnerin ununterbrochen mit Trinkgeldern und Geschenken bedrängten – ihm nicht das Geschäft verdarben. Um Fräulein Inker jegliche Heiratsgelüste auszutreiben, musste Gottlieb nicht nur ihr Gehalt erhöhen, sondern sie auch wesentlich an seinen Gewinnen beteiligen, bis die Situation für ihn finanziell unhaltbar wurde. Das lag auch daran, dass ein weiteres Lokal ihnen inzwischen Konkurrenz machte, indem es eine noch jüngere und hübschere Kellnerin einstellte und dem Schützenhaus so einen Teil der Klientel entzog.

So standen die Dinge, als es zum Eklat kam. In letzter Zeit war Gottlieb aufgefallen, dass die Kellnerin ihm schöne Augen machte und unmissverständlich zu verstehen gab, dass sie sich von ihm angezogen fühlte. Als er eines Nachmittags nach der Siesta in die Bar herunterkam, bedeutete Inker ihm mit einem schelmischen Augenzwinkern, ihr in ihr Zimmer im oberen Stockwerk des Etablissements zu folgen. Angesichts der verheißungsvollen Aussichten dieses Winks konnte Gottlieb der erwachenden Begierde nicht widerstehen, folgte, nachdem er sich vergewissert hatte, dass niemand sie beobachtete, Inker auf ihr Zimmer und verschloss hinter sich die Tür. Doch wie groß war seine Überraschung, als das Mädchen, kaum hatte er sich dem Bett genähert, eine Pistole unter dem Kopfkissen hervorzog, aufs Fenster schoss und wie eine Wahnsinnige zu schreien begann, ihr Chef habe versucht, ihr Gewalt anzutun.

Gottlieb wollte rasch den Rückzug antreten, doch als er die Treppe hinuntereilte, stieß er auf mehrere Gäste, die den Schuss und die Hilfeschreie der Kellnerin gehört hatten und, als sie den Clubbesitzer sich noch die Hosenträger richtend hastig aus dem Zimmer seiner Angestellten laufen sahen, sicher waren, Gottlieb in flagranti ertappt zu haben. Als Veteranen, denen man beim Militär Ritterlichkeit eingebläut hatte, sahen sie sich verpflichtet, eine Dame in Bedrängnis zu beschützen, und so halfen sie der schluchzenden Inker, ihre Koffer zu packen und sich eine andere Unterkunft zu suchen, wo ihre Tugend nicht von der Lüsternheit eines skrupellosen Chefs bedroht war.

Niemand schenkte Gottlieb Glauben, als er anschließend vor Gericht seine Unschuld beteuerte, und der Richter verurteilte ihn – als Wiedergutmachung für die verletzte Ehre der unglücklichen Kellnerin – zur Zahlung eines so hohen Schmerzensgeldes, dass er das Schützenhaus verkaufen musste.

Fortan widmete er sich wieder dem Transportgeschäft, diesmal mit einem Fass kondensierten Wassers, das er frei Haus lieferte. »Der rüde Gottlieb« hätte mehr als ein Fass Bier gebraucht, um die Enttäuschung zu verwinden, die ihm das Ende einer am Hafen von Lüderitz begonnenen Beziehung bereitet hatte. Auf ebenjenem Hafendamm, wo Fräulein Inker wenige Monate später für die Heimreise nach Hamburg einschiffen sollte.

Die Zugfahrt

Nach unserer Erfahrung mit Fräulein Luise in Lüderitz kamen Hansheinrich und ich zum ersten Mal in den Genuss der Bequemlichkeiten einer Zugreise auf der soeben von Dernburg während seines umstrittenen Besuchs eröffneten Eisenbahnlinie nach Bethanien, wo uns eine Pferdekutsche in Empfang nehmen sollte. Als der Zug die Stadt verließ, konnten wir kaum glauben, was wir durchs Abteilfenster sahen: Das Dünenmeer, das den Ort einst umgeben hatte, war mit großen Diamantfördermaschinen untergraben und eingeebnet worden. Die gigantischen Stahlmaschinen, die in wenigen Minuten tonnenweise Erde zu durchsieben vermochten, waren an die Stelle der primitiven Siebe der ersten Schürfer getreten, die ihre Diamanten noch mit simpelstem Gerät gewonnen hatten. In der unmittelbaren Umgebung des Hügels namens Kolmanskuppe – dort, wo der Schwarze Zacharias Lewala den ersten Diamanten gefunden hatte – wurde eine kleine Stadt erbaut, um die Massen von Ingenieuren und Arbeitern zu beherbergen, die in den neuen maschinell betriebenen Diamantförderanlagen arbeiteten.

Als der Zug die Eisenbahnstation »Grasplatz« passierte, wo ich mit Stauch in seiner Wellblechhütte zu Abend gegessen hatte, musste ich insgeheim darüber schmunzeln, dass dieser Mann allein dank seiner Hartnäckigkeit und Findigkeit der Armut und Mittelmäßigkeit hatte entrinnen können. Ich bedauerte nur, dass ich Hansheinrich nichts von jenem Abend erzählen durfte, den ich allein mit diesem Mann verbracht hatte, obwohl der sich lediglich über die Bewegungen des Windes und der Dünen in der Wüste mit mir hatte unterhalten wollen. Doch mein Gatte hatte sich noch nicht von dem Anfall von Neid auf den unverhofften finanziellen Erfolg eines Mannes erholt, den er für einen Emporkömmling hielt.

Selbstverständlich würde ich Hansheinrich erst recht nichts von meinen Ausritten mit Ernst von Siegler erzählen, obwohl es objektiv nichts daran zu beanstanden gab. Ich fand, eine verheiratete Frau habe durchaus das Recht, eine platonische Romanze mit einem Mann zu unterhalten, immer vorausgesetzt, dass beide die Grenzen eines solchen Flirts respektierten. Ich hielt es aber auch für selbstverständlich, meine heimlichen Treffen mit Marengos Geist zu verschweigen, denn nach seinem traumatischen Kriegserlebnis hätte Hansheinrich meine Bewunderung für diesen Rebellen nur schwer verstehen können. Warum aber sollte ich ihm den gefährlichen Zwischenfall mit dem Leoparden in der Müllgrube oder meine zutiefst verstörende Beobachtung auf der Haifischinsel verheimlichen, die mich immer noch in schrecklichen Albträumen verfolgte?

Während mein Blick über die endlose, von den Schienen zweigeteilte Sandfläche schweifte, fragte ich mich, ob es – nachdem wir nun bereits knapp zwei Jahre verheiratet waren – normal sei, so viele Bereiche vor dem Menschen zu verschließen, der jede Nacht das Bett mit mir teilte. Ich konnte mich damit herausreden, dass es Hansheinrich war, der diese Entwicklung angestoßen hatte, indem er ein wichtiges Ereignis aus seiner Vergangenheit aus unserem gemeinsamen Leben ausschloss. Aber war das der wahre Grund oder vielleicht nur eine Ausrede dafür, dass ich einen eigenen geistigen und emotionalen Weg eingeschlagen hatte, bei dem mein Mann keinerlei Rolle spielte?

Leider waren Hansheinrichs Eingaben beim Kolonialministerium in Berlin – der Hauptgrund unserer Europareise – ohne Erfolg geblieben. Als Dernburg sich bei von Schuckmann – der sich zu der Zeit zufällig ebenfalls in Berlin aufhielt – erkundigte, ob es beim Amt eine Zusage gebe, uns ein größeres Stück Land zu genehmigen, hatte der Gouverneur dies kategorisch verneint. Und wie von John Gaffney vorhergesagt, hatte der Minister zwei hohen Staatsbeamten – darunter der Gouverneur des Schutzgebiets – nicht die Sondererlaubnis erteilt, die Interessen eines Einzelnen zu vertreten.

Doch auf der Rückreise von Hamburg waren wir auf dem Schiff von Schuckmann höchstpersönlich begegnet, und mein Mann hatte die Gelegenheit genutzt, als der Gouverneur sich auf Deck die Beine vertrat, um ihn von der Notwendigkeit zu überzeugen, über ein ebenso großes Stück Land zu verfügen wie die Buren, die sich nach dem Krieg gegen die Engländer in der Region niedergelassen hatten. Hansheinrich gab dem Gouverneur zu verstehen, dass unsere burischen Nachbarn es geschafft hatten, viele tausend Hektar zu vereinen, indem sie verschiedene Ländereien unterschiedlichen Familienmitgliedern zusprachen.

Vielleicht hatte von Schuckmann nur, um endlich in Ruhe frische Luft schnappen zu können – denn er wäre meinen Mann wohl kaum entkommen, es sei denn, er wäre von Bord gesprungen –, am Ende eingewilligt, uns ein Duwisib benachbartes Farmgrundstück von 30 000 Hektar namens Rooiberg-Süd zuzusagen, das dem Buren Hendrik Jakobus Smit gehörte, der zum Verkauf bereit war. So war die Reise nach Deutschland schließlich doch noch zu etwas nütze gewesen.

Wenngleich ich für den innigen Wunsch meines Mannes nach mehr Landerwerb nicht die gleiche Leidenschaft aufbrachte, wusste ich, dass es nicht nur eine von Hansheinrichs Launen war, sondern die unbedingte Voraussetzung für den Erfolg unseres Projekts. In einem schlechten Regenjahr könnten wir mit dem

Weideland von Duwisib allein nicht das gesamte Vieh ernähren, zu dessen Erwerb uns das Gouvernement als Teil des Kaufvertrags für die Farm verpflichtet hatte.

Der Lehrling

Als wir in den Bahnhof von Bethanien einfuhren, empfand ich es als wohltuend, auf dem Kutschbock des Fuhrwerks mit vier tadellos herausgeputzten Ochsengespannen Esterhuizen zu erblicken, der uns Pfeife rauchend dort erwartete, um unser umfangreiches Gepäck abzutransportieren. Der Bure war ein Mann weniger Worte und tippte sich zur Begrüßung nur flüchtig an die Hutkrempe, doch am komplizenhaften Blitzen seiner Augen merkte ich, dass er sich freute, mich wiederzusehen.

Um uns nach Duwisib heimzufahren, war obendrein der Lehrling Fröhlich mit einer Pferdekutsche angereist. Er begrüßte uns mit viel Getue, umarmte seinen »Onkel« und küsste mir mit einer Verbeugung die Hand. Ich traute diesem Schlingel nicht so recht, der seine angeblichen Familienbande mit Hansheinrich ausnutzte, um zu erreichen, was er wollte, und sich bei den übrigen Angestellten Respekt zu verschaffen. Aber egal ob echte oder eingebildete Verwandtschaft, das Verhältnis zwischen meinem Mann und dem Lehrling krankte an der gleichen Irrationalität und Unberechenbarkeit, wie man es sonst nur unter Blutsverwandten kennt. Hansheinrich konnte Fröhlichs Verhalten ebenso verherrlichen, indem er ihn über den grünen Klee lobte, wie ihn gnadenlos herunterputzen; ja, ich glaube, er hätte ihm sogar des Öfteren das Fell gegerbt, wäre ich nicht dazwischengegangen.

Die ersten Monate nach seiner Ankunft auf Duwisib ließ Hansheinrich den jungen Burschen, um ihn abzuhärten, wie die Hereros, die auf dem Bau arbeiteten, in einem Pantok aus Lehm hausen, wo sich alles mögliche Ungeziefer und Schlangen einnisteten. Doch als wir vorübergehend in das Lehmziegelhäuschen umzogen, überließen wir Fröhlich das Zelt, in dem wir zu Anfang gelebt hatten, damit er es bequemer hatte. Bis wir eines Tages herausfanden, dass der Lehrling sich aus einem mit Guttapercha ausgekleideten Holzgestell eine Ganzkörperbadewanne zusammengebastelt hatte, die die Frauen der Bauarbeiter ihm mit Eimern warmen Wassers füllen sollten. Eingedenk der Tatsache, dass ich achtzehn Monate lang hatte ausharren müssen, bis ich im Pariser Ritz ein warmes Bad nehmen konnte, packte mich die helle Wut angesichts der anmaßenden Schwelgerei dieses verwöhnten Bürschchens.

Um die Tauglichkeit des Lehrlings auf die Probe zu stellen, schickte Hansheinrich Fröhlich mit zwei seiner verlässlichsten Herero-Knechte, Fritz und Isaac, nach Aus, um von dort eine Herde von an die achthundert Merinoschafen nach Duwisib zu treiben, die er in Kapstadt bestellt hatte und die per Schiff nach Lüderitz verfrachtet worden waren. Um unterwegs genügend Wasserstellen zur Verfügung zu haben, mussten sie die endlose Neisibebene bis zum Tirastal durchqueren, dort die hohen Sanddünen überwinden und die Station von Kunjas passieren. Da der Lehrling gerne übertrieb, erinnerte seine anschließende Schilderung von den überstandenen Strapazen an den Auszug des jüdischen Volkes aus Ägypten auf der Flucht vor dem Pharao durch die Wüste. Tatsache ist jedoch, dass ihnen auf halbem Wege das Wasser ausging, und ohne die Hilfe des Chefs der Polizeistation von Kunjas hätte die Expedition womöglich in einer Katastrophe geendet. Trotz des Verlusts von annähernd zweihundert Schafen beglückwünschte mein Mann Fröhlich für diesen Beweis seines Muts und Durchhaltevermögens und lud ihn am Tag seiner Rückkehr ein, sich zu uns an den Tisch zu setzen, woraufhin der Lehrling sich aufplusterte wie ein Pfau.

Ein anderes Mal beschimpfte Hansheinrich ihn ohne hinreichenden Grund aufs Übelste. Wir hatten Fröhlich nach Keetmanshoop geschickt, um die Vorräte im Lager aufzufüllen, und die Liste der Besorgungen umfasste auch einen ordentlichen Vorrat an Bier und Schnaps. Doch nachdem er das Fuhrwerk mit den Lebensmitteln für die Bauarbeiter und den nötigen Baumaterialien, um die Arbeit fortzusetzen, beladen hatte, sah Fröhlich, dass nicht mehr genug Platz für die Kisten mit Alkohol blieb, und kehrte ohne die Getränke zurück. Wir saßen gerade bei Tisch, als wir die Peitsche von Fröhlichs Wagen und die anderen Arbeiter vernahmen; wir erhoben uns alle, um sie zu begrüßen, und Hansheinrich, der den Nachtisch mit dem vermeintlich auf dem Karren mitgebrachten Alkohol zu begießen gedachte, zeigte sich besonders herzlich gegenüber dem Lehrling. Als er jedoch entdeckte, dass Fröhlich die Spirituosen zurückgelassen hatte, geriet er in Wut und schickte den Jungen augenblicklich wieder nach Aus, was kurz nach einer wochenlangen Wüstendurchquerung nicht eben ein Zuckerschlecken bedeutete.

Fröhlich wiederum mangelte es weder an Mitteln noch an Phantasie, Fähigkeiten, die er nicht immer mit den besten Absichten einsetzte. Über den schwarzen Bediensteten Isaac erfuhr ich, dass der Lehrling auf dem Heimweg seiner zweiten Reise nach Keetmanshoop nach dem Aufladen der Getränke ein Loch in eines der Weinfässchen gebohrt und sich mit Hilfe eines Strohhalms daraus bedient hatte, um seine Reiseunlust zu ertränken.

Während der Zeit, die wir im Zelt lebten, ertappte ich ihn auch mehr als einmal dabei, wie er durch die Ritzen der Zeltplane lugte, wenn ich die Kleider wechselte. Und nach unserem Umzug ins Schloss erwischte ich ihn erneut, als er einen Schemel vor die Außenwand des Badezimmers stellte, um durch das Guckfenster zu spähen, während ich in der Badewanne lag. Doch ich habe Hansheinrich nie etwas davon erzählt, denn sonst hätte er den Lehrling windelweich geprügelt, frei nach dem, was man in Deutschland das »väterliche Züchtigungsrecht« nannte.

Als wir bei unserer Rückkehr aus Deutschland das Schloss von weitem erblickten, hüpfte mir das Herz. Aus der Entfernung konnte man nichts von den Baugerüsten erkennen, und alles wirkte so, als seien die Arbeiten beendet. Tatsächlich waren sie während unserer Abwesenheit erheblich vorangekommen, vielleicht auch weil Hansheinrich und ich, wenn wir anwesend waren, uns nicht immer in allen baulichen Aspekten einig wurden oder weil bei mehr als einer Gelegenheit etwas bereits Fertiggestelltes noch einmal verändert werden musste, um uns beiden zu genügen. An dem Abend konnte ich den Sonnenuntergang, wenn mein Mann seinen Grog mit den Arbeitern am Lagerfeuer trinken würde, kaum noch abwarten, um endlich an die Stelle des Wäldchens hinunterzueilen, wo ich mich mit Jakob Marengos Geist zu treffen pflegte.

Als ich in das Akazienwäldchen eindrang, bemerkte ich, dass es dort zu still war und ich seine Gegenwart, die ich bei anderen Gelegenheiten fast physisch wahrgenommen hatte, nicht spüren konnte. Ich erschrak bei dem Gedanken, Marengos Geist könnte während meiner langen Abwesenheit des Alleinseins überdrüssig geworden sein und den Ort verlassen haben. Doch dann fiel mir ein, was manchmal bei Schafen geschieht, wenn der Schäfer ein neugeborenes Lämmchen auf den Arm nimmt mit der Folge, dass das Mutterschaf sein Junges vorübergehend ablehnt. Ich dachte, vielleicht haftete mir in den Kleidern und am Körper noch der Geruch der großen Städte an, etwa von den Damenteekränzchen oder auch andere Düfte, die Marengos Geist abschreckten. Da umarmte ich einen Akazienstamm, bis meine Arme den würzigen Harzgeruch annahmen, und rieb meine Brust an den Erdresten, die der Wind in die Ritzen des Stamms getrieben hatte.

Die Hände auf die runzelige Rinde gestützt sprach ich folgendermaßen zu Marengo:

»Ich bin Jayta, die Herrin von Duwisib, die Frau, die den Leoparden in der Müllgrube erlegt hat, die, die sich zur Haifischinsel vorgewagt und für die Qualen der Gefangenen interessiert hat. Ich musste an Sie denken, als ich mich in den nebligen, verregneten Städten Europas aufhielt, und habe dort verstanden, warum Sie bis auf den Tod gegen jene Menschen gekämpft haben, die die Kälte im Herzen tragen. Danach bin ich mit dem Vorsatz nach Südwest zurückgekehrt, den schwarzen Arbeitern auf dieser Farm zu helfen, dass ihre Kinder die nötige Erziehung erhalten, denn darin liegt die einzige Chance, dass die Weißen ihnen später als Erwachsenen mit Respekt begegnen. Ich möchte, dass alle Afrikaner, die hier arbeiten, egal ob Hereros, Nama oder Damara, eine ordentliche Verpflegung und eine würdige Unterkunft erhalten. Das sind die Pläne, mit denen ich nach Duwisib heimkehre.«

Während ich diese Worte vor mich hin murmelte, bemerkte ich, wie eine leichte Brise aufkam, die die stacheligen Akazienzweige sanft erzittern ließ, und in der Ferne vernahm ich das lang gezogene Geheul eines Kojoten.

SECHSTES BUCH

Gute Nachbarschaft

Für die benachbarten Farmersfrauen hatte ich aus Europa kleine Geschenke mitgebracht, die in der Kolonie schwer zu finden waren, wie Pralinenschachteln, Dufttiegelchen, Gesichtscremes, bestickte Taschentücher und andere nicht minder überflüssige Artikel der zivilisierten Welt. An dem Morgen, als ich mich in Maltahöhe auf den Weg machte, um die Geschenke zu verteilen, fragte ich mich beim Blick auf von Sieglers in der Ferne auftauchendes Haus, ob er wohl von meiner Heimkehr erfahren habe, denn seither hatte ich keinen Besuch mehr von meinem Bewunderer erhalten. Sobald er wieder dort erscheinen würde, wollte ich von Siegler bitten, mich nicht mehr zu besuchen, wohl wissend, dass mir seine Gesellschaft sehr fehlen würde. Wenngleich ich von Siegler immer mit der nötigen Distanz begegnet war, hatte ich ihm doch vage Hoffnungen gelassen, was ohne Zweifel egoistisch von mir war.

Es würde schwer sein, mitten in der Wüste noch einmal einen Menschen zu finden, mit dem ich mich so wohl fühlte und mit dem mir nie die Gesprächsthemen ausgingen. Doch nach langer, reiflicher Überlegung und Abwägung der Vor- und Nachteile unserer Freundschaft war ich zu dem Schluss gelangt, dass die Beendigung dieser zwiespältigen Beziehung ein selbstloser und mutiger Schritt sei, auf den ich stolz sein könne. Aus ebendiesem Grund ärgerte es mich, dass von Siegler mir nicht die Gelegenheit gegeben hatte, ihm meinen Entschluss mitzuteilen.

Ida Voigt dankte mir überschwänglich für mein Mitbringsel, ein Kochbuch, das soeben in Dresden erschienen war. Obwohl ich kaum glaube, dass sie diese kleine Geste der Rache für das Kochbuch verstanden hat, das sie mir bei unserem ersten Besuch auf

Voigtgrund geschenkt hatte und das ich nie benutzt habe. Nachdem es mir schon unmöglich gewesen war, die Zutaten für die einfachsten Gerichte zu bekommen, musste es Ida umso schwerer fallen, die erlesenen Fruchtkonfitüren und Cognacmarmeladen für die raffinierten Delikatessen der Rezepte aus dem Buch zu besorgen, das ich ihr geschenkt hatte.

Anschließend schaute ich noch bei einer anderen Farm nahe Voigtland vorbei, die einem gewissen Franz Moser gehörte, einem mittellosen Veteranen aus dem Kolonialkrieg, der dank der ihm von der Administration gewährten Kredite zwei Farmen hatte erwerben können, auf denen er von Sonnenaufgang bis Sonnenuntergang schuftete, um seine Schulden abzuzahlen. Vielleicht als Ausgleich für seine Mühen hatte das Schicksal es gewollt, dass eine der attraktivsten vom Frauenbund in die Kolonie gesandten Frauen seinen Heiratsantrag angenommen hatte. Illa, so hieß die Frau des Farmers, befand sich in der Blüte ihrer Jugend und besaß trotz der geringen Mittel, die ihr für ihre Garderobe zur Verfügung standen, eine natürliche Eleganz und ein tadelloses Auftreten.

Für Illa hatte ich bei einem Wiener Modemacher ein hübsches blaues Musselinkleid gekauft, von dem ich wusste, dass es ihr eine große Freude machen würde, denn ein Kleid dieser Qualität hätte sie sich niemals leisten können. Doch als ich auf der Farm ankam und nach ihr fragte, sagten mir die Boys, ihre Herrin sei schon seit einigen Wochen abwesend. Unsicher, ob ich das Geschenk dort zurücklassen oder ein anderes Mal wiederkommen sollte, fragte ich nach dem Ehemann, und nach einer Weile erschien Franz Moser in einem so schmutzigen und vernachlässigten Zustand an der Haustür, dass ich ihn kaum erkannte.

»Illa ist nicht da«, sagte der Farmer hinter der nur halb geöffneten Tür, ohne mich hereinzubitten, und durch den Spalt konnte ich sehen, dass die Wohnräume ebenso verwahrlost waren wie er. »Sie ist auf Besuch bei einer Freundin und wird noch einige Wochen fortbleiben.«

Die Entschuldigung erschien mir kaum überzeugend und noch weniger die Art, wie Franz sie vorgebracht hatte, denn obwohl er nur durch einen Türspalt mit mir geredet hatte, war mir nicht entgangen, dass er eben noch aufs Innigste einem Fläschchen Rum zugesprochen hatte, weshalb ich beschloss, mein Geschenk aufzubewahren, bis ich es Illa selbst überreichen könnte.

»Richten Sie Illa, wenn sie zurückkommt, aus, dass ich ihr etwas aus Deutschland mitgebracht habe und dass sie es sich jederzeit in Duwisib abholen kann.«

Viele Farmer litten infolge der harten Schufterei und des wenig ertragreichen Bodens unter wirtschaftlichen und familiären Krisen, weshalb ich Illas Abwesenheit keine große Bedeutung beimaß und auch mit anderen Nachbarn nicht über den verwahrlosten Zustand sprach, in dem ich Franz angetroffen hatte, um Gerede zu vermeiden. So erfuhr ich erst sehr viel später, dass Illa schon seit Monaten fort war, ohne dass jemand eine Erklärung für ihre lange Abwesenheit gewusst hätte.

Erst Wochen später, als gerade die Möbel, die wir in Deutschland gekauft hatten, aus Lüderitz eingetroffen waren und überall im Flur noch die halb geöffneten Kisten herumstanden, klopfte plötzlich jemand an der Tür. Und als Frau Gröber hinausging, um zu öffnen, stand Illa da. Es war ein freundlicher Herbstmorgen, und das plötzliche Auftauchen der hübschen jungen Frau zwischen all den verstaubten Umzugskisten hatte etwas Magisches. Illa trug ein schlichtes Leinenkostüm, das ihre tadellose Figur betonte, und das Haar am Hinterkopf zu einem Knoten zusammengesteckt, nur ein paar Löckchen an den Schläfen und im Nacken hatten sich nicht bändigen lassen. Mit ihrer klaren, leicht gewölbten Stirn, den rosigen Wangen und den strahlenden hellblauen Augen wirkte sie wie das leibhaftige Ebenbild einer jener Marienfiguren auf den Gemälden des Settecento, auf denen Maria mit einem Ausdruck verhaltener Freude den Erzengel Gabriel empfängt, der ihr die Kunde von der jungfräulichen Geburt Christi überbringt.

Da die Couchen und Stühle des Salons noch nicht vollständig ausgepackt waren, lud ich meinen Besuch ein, auf einer der Holzkisten Platz zu nehmen, und bat die Haushälterin, uns zwei Tassen Kaffee zu bringen, die wir auf den Kaminsims stellten. An ihrer etwas eleganteren Aufmachung als üblich und ihrer Ausdrucksweise merkte ich, dass Illa sich während ihrer Abwesenheit verändert hatte: Ihre Augen, die ich als scheu in Erinnerung hatte, funkelten, und ihre Haltung wirkte entschlossener. Ihre gesamte Person strahlte Glück aus.

»Es tut mir leid, dass ich nicht daheim war, als du mich besuchen wolltest, aber man wird dir ja gesagt haben, dass ich eine ganze Zeit fort war. Ich weiß nicht, ob du etwas über den Grund hast reden hören, falls nicht, ist es mir lieber, du erfährst es direkt aus meinem Mund.«

Meine mangelnde Neugier hinsichtlich des Lebens anderer – die mehr auf reinem Desinteresse beruht als auf einem irgendwie lobenswerten Charakterzug – hat zur Folge, dass Frauen, zu denen ich nie ein engeres Verhältnis hatte, mir plötzlich intimste Dinge anvertrauen, die sie nicht einmal ihrer besten Freundin preisgeben würden.

So erging es mir auch mit Illa.

Quitte ou double

»Du weißt ja, dass Franz, mein Mann, vorbildlich ist, ehrenwert und fleißig. Ohne die geringsten Mittel, allein mit seiner Hände Arbeit hat er das Land erworben, das wir heute besitzen …, oder vielleicht sollte ich besser sagen, das wir besaßen, wie ich dir sogleich erklären will. Es ist nämlich so, dass Franz neben seinen zahlreichen Tugenden ein einziges Laster hat, das er sich während seines Militärdienstes angewöhnte, und das ist das Spiel.

Glücklicherweise hat Franz bisher kaum Gelegenheit gehabt, diesem Laster zu frönen, da die meisten unserer Nachbarn Buren sind, und wie du weißt, ist das Spiel in ihren Augen eine schreckliche Sünde. Doch seit einiger Zeit besuchte uns auf der Farm regelmäßig ein anderer Deutscher, ein ehemaliger Oberleutnant, mit dem Franz wenig gemein hatte, da er aus einer einfachen Familie stammt, während der andere Farmer, dessen Namen ich vorläufig nicht nennen will, einer reichen Adelsfamilie angehört. Das Einzige, was Franz und ihn verband, war, dass beide ihren Militärdienst in Afrika geleistet haben – wenngleich mit unterschiedlichen Dienstgraden – und ihre Spielleidenschaft.

Bis vor einigen Monaten hatten Franz und der benachbarte Farmer – wie wir ihn nennen wollen, obwohl seine Ländereien ziemlich weit von unseren entfernt liegen – keine Gelegenheit gehabt zu spielen, denn Franz war zu sehr mit der Landarbeit beschäftigt und erdrückt von den Hypotheken, um daran zu denken, auch nur einen Pfennig für andere Dinge zu verschwenden. Doch dieses Jahr hat uns der Regen gute Weiden beschert, so dass Franz einige Stück Vieh in Mariental verkaufen konnte und ihm noch genug Weideland blieb, um seine Wiesen an andere Farmer zu verpachten, wodurch wir einiges Geld zusammenbekommen haben.

Der Zufall wollte es, dass wir in dieser Zeit relativen Wohlstands an einem Wochenende Besuch von unserem Nachbarn erhielten – dem entfernten Nachbarn, wie gesagt –, der, nachdem er mit uns zu Mittag gegessen und zum Nachtisch einige Gläschen Schnaps getrunken hatte, Franz vorschlug, ein paar Runden Karten zu spielen, um den Samstag totzuschlagen, was mein Mann ihm nicht verwehren konnte.

Wie du dir denken kannst, vertieften sich die beiden so sehr in ihr Spiel, dass sie mich nur ab und zu baten, die Schnapskaraffe aufzufüllen, indes es dunkel wurde und die Abendbrotzeit verstrich. Ich hatte mich in die Küche geflüchtet, während die beiden Männer im Salon spielten, und obwohl ich nicht lauschen wollte, erkannte ich an einigen Ausrufen von Franz, dass er nicht eben eine Glückssträhne hatte. Das einzige Mal, als er aufstand, um mich zu bitten, ihnen Kaffee zu kochen, versuchte ich ganz vorsichtig, ihm zu sagen, dass es spät sei und sie vielleicht langsam ans Aufhören denken sollten, doch er sah mich nur erstaunt und etwas verärgert an wie ein halb verdursteter Abenteurer, dem man die Wasserflasche aus den Händen reißen will.

›Liebe Illa‹, sagte Franz in sanftem Ton, der jedoch nicht seine Ungeduld verbergen konnte, ›ich bin gerade dabei, fast meine gesamten Ersparnisse zu verlieren, weshalb jetzt sicher nicht der rechte Augenblick ist, um die Partie zu beenden. Aber sei unbesorgt, denn das Glück wendet sich ständig, und ich werde wieder aufholen.‹«

In Erinnerung an den Anfang ihres Unheils füllten sich Illas Augen mit Tränen, doch mit fortschreitender Erzählung fasste sich die junge Frau allmählich wieder.

»Ich ließ die Männer im Salon weiterspielen und ging zu Bett, doch ich fand keinen Schlaf bei dem Gedanken, dass mein Mann im Zimmer nebenan unseren Wohlstand verspielte, den zu erreichen uns so viel gekostet hatte. Als ich wieder an den Spieltisch trat, um ihnen mehr Kaffee zu servieren, bekam ich mit, dass mein Mann, nachdem er alle unsere Ersparnisse verloren hatte, soeben dabei war, unsere beiden Farmen zu verspielen, die wir mit so viel Mühe aufgebaut hatten. Und schon waren sie verloren!

Unter irgendeinem dummen Vorwand lockte ich Franz vom Tisch weg und flehte ihn an, bei allem, was ihm heilig sei, doch bitte mit dem Spielen aufzuhören, aber mit der uneinsichtigen Verstocktheit der Menschen, die unter Alkoholeinfluss stehen, weigerte er sich, den Spieltisch zu verlassen. In seinen vor Müdigkeit und Trunkenheit geröteten Augen konnte ich lesen, dass jeder Appell an seine Vernunft auf taube Ohren stoßen würde. Obwohl es merkwürdig klingen mag, beruhigte mich hingegen das Verhalten des entfernten Nachbarn, denn er sah mich mit einem Ausdruck unglaublicher Ruhe und Sanftheit an, und als ich ihm Kaffee nachschüttete, nahm er für einen Moment meine Hand in seine, wie um mir Mut zu machen und mich zu beruhigen.

»Mit diesem falschen Gefühl von Sicherheit ging ich zu Bett und schlief ein, doch der Schock kam beim Erwachen, denn nachdem ich mich rasch angekleidet und zurechtgemacht hatte, um in die Küche zu gehen und den Spielern das Frühstück zu bereiten, stellte ich fest, dass mein Mann die ganze Nacht durchgespielt und auch noch unsere zweite Farm verloren hatte. Ich wusste, dass Franz Spielschulden als Ehrensache ansah, umso mehr bei einem Gegner von Adel, der in der Lage war, ohne mit der Wimper zu zucken ein Vermögen zu gewinnen oder zu verspielen, weshalb mein Mann sich niemals lumpen lassen würde. Als ich in die Küche zurückkehrte, wusste ich, dass wir ruiniert waren.«

Illas makellos geformter Brust entwich ein tiefer Seufzer. Doch sie fing sich sogleich wieder und fuhr fort:

»Obwohl es sich nicht gehört, fremde Gespräche zu belauschen, konnte ich nicht umhin mit anzuhören, worüber die Spieler nebenan redeten. Und das Schlimmste ist, dass ich, obwohl mir das, was ich vernahm, unter normalen Umständen schrecklich geklungen hätte, in dieser verzweifelten Lage den Vorschlag des entfernten Nachbarn vernünftig, ja fast großzügig fand:

›Lieber Freund‹, sagte der Besucher in einem ruhigen, sanften Ton, hinter dem sich eine ungeheure Gefühlskälte verbarg, ›ich stelle fest, dass das Glück auf meiner Seite ist, und ich wäre kein Ehrenmann und guter Nachbar, wenn ich dir nicht eine letzte Chance böte. Ich bin noch einmal zu einem Spiel bereit mit der Option, dass du zumindest eine, wenn nicht beide verlorenen Farmen zurückgewinnst; aber solltest du verlieren, was hoffentlich passieren wird, will ich dir zumindest eine der beiden Farmen lassen. Für diesen Gefallen bitte ich dich nur, mir für eine Weile deine Frau auszuleihen, damit sie mir Gesellschaft leistet. *Quitte ou double!*‹

Auch wenn er kein Französisch spricht, verstand mein Mann, dass ihm keine andere Wahl blieb, als auf das Angebot dieses Teufels in Gestalt eines Gentlemans mit all seinen vornehmen Manieren und seiner ruhigen Art einzugehen.

Der Nachbar mischte die Karten neu, mein Mann sagte ›Halt‹, der andere teilte die Karten aus, und es kam, wie es kommen musste … Franz verlor aufs Neue!

Von der Küche aus sah ich durch einen Türspalt, wie der Nachbar sich selenruhig vom Tisch erhob, den letzten Schluck aus seiner Kaffeetasse trank und sich mit einer knappen Verbeugung verabschiedete wie nach einem Höflichkeitsbesuch. Dann sagte er mit einem kurzen Seitenblick zur Küchentür in der Annahme, dass ich die Szene bestimmt von dort aus beobachtete, in sehr ruhigem Ton: ›Ich will dir Zeit lassen, um deiner Frau die Situation klarzumachen. Morgen um die gleiche Zeit komme ich wieder, um sie abzuholen.‹

Als ich ihn so reden hörte, wäre ich beinahe in Ohnmacht gefallen, was nur meine Sorge verhinderte, er könnte am lauten Aufschlag merken, dass ich lauschte. Doch ich sah rasch ein, dass Spielschulden eine Ehrensache sind, und ich, so schwer es mir auch fallen würde, alles in meiner Macht Stehende tun musste, um nicht auch noch die letzte Farm zu verlieren. Am nächsten Morgen wartete ich mit gepackten Koffern an der Haustür darauf, dass der entfernte Nachbar mich holen kam. Mein Mann hatte gesagt, er wolle eine Schafherde aus einem weiter entfernt liegenden Pferch holen gehen, um den schmerzlichen Augenblick nicht miterleben zu müssen. Ich hatte die ganze Nacht hindurch geweint, doch als der Nachbar eintraf, war ich gefasst und empfing ihn mit meinem strahlendsten Lächeln. Um mir Mut zu machen, sagte ich mir immer wieder leise: ›Spielschulden sind Ehrensache.‹

Als die vereinbarte Frist mit dem entfernten Nachbarn verstrichen war und Franz mich wieder abholte, stellte ich fest, dass sein Äußeres sich verändert hatte. Er war dünner und obwohl er sich mit seiner Kleidung Mühe gegeben hatte, um mir zu gefallen, merkte man, dass er seinen Körper vernachlässigt hatte, und seine Stimme zitterte, als er mir sagte: ›Was kann ich tun, damit du mir vergibst? Sag mir bitte, was ich tun soll, um das Leid, das ich dir zugefügt habe, wieder gutzumachen?‹ Da blickte ich ihn fest an und sagte …«

Illa machte eine Pause, damit ich die folgenden Worte auch in ihrer ganzen Tragweite erfassen konnte; und sie tat gut daran, denn ohne Vorbereitung wäre ich glatt von der Umzugskiste gefallen, als ich sie, ohne zu blinzeln, sagen hörte:

»Selbstverständlich kannst du etwas für mich tun, Franz! Spiel weiter!«

Dieses Gespräch stimmte mich ziemlich nachdenklich. Ich fühlte mich irgendwie betrogen, als mir klar wurde, dass Illas madonnenhafte Aura einen alles andere als keuschen Grund hatte. Doch was mich am meisten störte, war der Gedanke, dass ich – die ich mich für eine durchaus liberale Frau hielt – auf die Freundschaft eines Mannes verzichtet hatte, um nicht den geringsten Anlass zu Gerede zu geben, während diese junge Frau mit dem engelhaften Aussehen monatelang einem Fremden beigewohnt hatte, nur um eine obskure Spielschuld zu begleichen, und anschließend zu ihrem Mann zurückkehrte, als sei es das Normalste auf der Welt.

Hansheinrich geht in die Politik

Kaum hatten wir dank Hansheinrichs Unterredung mit Gouverneur von Schuckmann den Kaufvertrag für Rooiberg-Süd unterschrieben, konnte mein Mann einen anderen Nachbarn, Jon Amnis – portugiesischer Herkunft – dazu überreden, uns ein weiteres, südlich an Duwisib angrenzendes Farmgrundstück von 5 000 Hektar abzutreten, wenn wir ihm dafür ein noch weiter südlich gelegenes kauften.

Zudem hatte mein Mann einen Kredit über 20 000 Mark einem gewissen Oskar Klinge, dem Besitzer der nördlich von Duwisib gelegenen Farm Swartmodder, für sein Bergbauunternehmen gewährt in der kaum verhohlenen Erwartung, das Land in Besitz zu nehmen, falls Klinge – der in ernsten finanziellen Schwierigkeiten steckte – ihm den Kredit nicht zurückzahlen könnte.

»Von Wolfs unersättliche Gier nach Land«, wie Generalsekretär Hintrager es formulierte, trug uns nicht nur die Feindschaft der Kolonialverwaltung ein, sondern führte auch zu Ärger mit den übrigen Landbesitzern, der im Fall Oskar Klinges äußerst unangenehme Auswirkungen haben sollte. In der Erkenntnis, dass er sich Verbündete unter den Landbesitzern suchen musste, intensivierte Hansheinrich seine Kontakte zum Farmerverband von Maltahöhe und lud sie zu Arbeitsversammlungen nach Duwisib ein, bei denen viel Bier floss und es eher um eine Art Wettbewerb ging, wer wen zuerst unter den Tisch trank. Dank unserer großzügigen Gastlichkeit bekam Hansheinrich problemlos einen Platz im Stadtrat von Maltahöhe, was ein erster Schritt war, um ein Mandat als Abgeordneter im Landesrat zu erhalten, dem Parlament der Kolonie, dem von Amts wegen der Gouverneur vorstand und in dem nur ein Teil der Plätze zur Wahl stand.

Mein Mann dachte, mit Hilfe dieses Organs könne er leichter unsere Interessen vertreten; und obwohl ich immer äußerst skeptisch gegenüber allem war, was mit Politik zu tun hatte, ermutigte ich ihn in diesem Fall, sich um den Posten zu bewerben, in der Hoffnung, dass ich so über Hansheinrich vielleicht ein wenig Einfluss auf die Zukunft der Kolonie nehmen und ein paar Dinge, die mir dort nicht behagten, ändern könnte.

Ich war überrascht, als mein Mann gleich im ersten Wahldurchgang für den Landesrat, wenn auch nur mit wenigen Stimmen Rückstand, verlor und ein gewisser Müller, ein wenig charismatischer Farmer, als Sieger hervorging. Ich dachte, vielleicht hatte wieder einmal der Makel in seiner militärischen Laufbahn bei

Hansheinrichs Kandidatur eine Rolle gespielt. Doch wie es das Schicksal wollte, musste Müller nach seinem Wahlsieg plötzlich nach Deutschland zurückkehren, so dass mein Mann ihm automatisch nachrückte.

Von dem Moment an hielt Hansheinrich sich immer wieder für längere Zeit in Windhuk auf, wenn der Landesrat tagte, und da wir gerade dabei waren, den Bau des Hauses und der Wirtschaftsgebäude zu beenden, musste ich die Verantwortung für wichtige bauliche Entscheidungen übernehmen.

Obwohl ich es kaum glauben konnte, dass dieser lange, kostspielige Prozess irgendwann enden könnte, wurde das Schloss im August 1909 fertig, prangte mit seinen fünf leicht vorspringenden Erkertürmchen in der kalten südlichen Morgensonne und alle aus Lüderitz gelieferten Möbel waren ausgepackt und standen an ihrem Platz. Nach den endlosen Diskussionen mit Wilhelm Sander musste ich zugeben, dass es dem Architekten gelungen war, die Aufteilung des Hauses klar und funktional zu gestalten, ohne dass die äußere, von Hansheinrich gewünschte Struktur einer Festung verloren ging.

Das – von einem dicken Eisenbeschlag geschützte – Hauptportal befand sich im Hauptgebäude mit einem aufgesetzten Turm an der Vorderseite und führte durch einen Steintorbogen mit neoromantischen Säulen in den großen Salon, der gleichzeitig als Eingangs- und Durchgangshalle zu den Räumen des linken Flügels diente, wo sich ein weiterer Salon und das Esszimmer anschlossen, sowie zum rechten Flügel, in dem sich ein Vorraum befand und das große Schlafzimmer, das Hansheinrich und ich benutzten. Sämtliche Außenfenster waren mit Gittern versehen und die dicken Mauern von schießschartenartigen Fensterchen durchbrochen, so dass sie Licht durchließen, ohne dass die Mauern dadurch ihre Wehrhaftigkeit verloren.

Der zentrale, kreisförmig gestaltete Salon wurde durch neogotische, in die hohen Mauern eingelassene Obergaden beleuchtet. In der Mitte stand ein großer Kachelofen im Stil der Waffensäle mittelalterlicher Burgen; in einer Ecke des Salons gab es noch einen kleineren Kamin, um diesen riesigen Raum auch in den Winternächten zu heizen. Doch trotz der ungeheuren Ausmaße dieses Salons gelang es uns dank ein paar persönlicher Details in der Einrichtung, ihn recht wohnlich zu gestalten. Die großen Schapp-Schränke, die mir, als wir sie im Haus meiner Schwiegereltern in Ebenrecht gesehen hatten, ein wenig zu wuchtig erschienen waren, passten ideal in diesen mittelalterlichen Salon, den wir »Rittersaal« nannten. Der Raum führte auch in den von einem u-förmigen Säulengang umgebenen, begrünten Innenhof. Am Ende der Galerie, die bis zur nördlich den Hof abschließenden Mauer reichte, gelangte man durch einen Korridor in die anderen Bereiche des Schlosses, wo sich die Gästezimmer, Arbeitszimmer, die Küchen und Räume der Hausangestellten befanden.

Der gesamte Wohnkomplex lag ebenerdig, nur der Hauptturm verfügte über eine Art Obergeschoss, die »Sänger-Galerie«, wo ein ganzes Orchester Platz gefunden hätte. Von dort aus gelangte man in das Herrenzimmer, das den Rauchern vorbehalten war und Hansheinrich und seinen Gästen, wenn sie abends einmal über die Stränge schlagen wollten, als Rückzugsort diente. Über die Treppe, die nach oben führte, erreichte man auch die Kellerräume, wo mein Mann seine Weine und sonstigen Alkoholika lagerte, so dass die Besucher des Turmzimmers freien Zugang zu den Getränken hatten, ohne die Abläufe in den übrigen Wohnbereichen, etwa auf der Veranda oder im Salon neben dem Esszimmer, zu stören.

So waren wir alle zufrieden: Hansheinrich hatte seine ersehnte uneinnehmbare Festung bekommen und ich ein geräumiges Haus mit viel Wohnkomfort und klar aufgeteilten Bereichen. Zu kleinen Unstimmigkeiten kam es lediglich hinsichtlich einiger Dekorationsstücke wie etwa den Stichen mit den Porträts von Napoleon nach seiner Niederlage, die Hansheinrich um jeden Preis in der Eingangshalle aufhängen wollte, was ich kategorisch ablehnte, bis wir uns schließlich darauf einigten, ihn im Ankleideraum neben dem Frisierzimmer aufzuhängen, so dass ich die Einzige blieb, die sich jeden Morgen diese deprimierenden Drucke würde anschauen müssen.

Wir waren uns jedoch beide einig, dass die bei meinem letzten Besuch in Wien von mir erworbene Sammlung von Elias-Ridinger-Stichen, auf denen die Pferde der Spanischen Hofreitschule bei der Ausführung einer Reihe von Lektionen dargestellt waren, an einer gut sichtbaren Stelle im Rittersaal platziert werden sollten.

Mit der Zeit kamen einige schöne ausgestopfte Antilopenköpfe, prächtige Jagdtrophäen, hinzu, mit denen wir nach und nach die Wände des Rittersaals schmückten. Allerdings weigerte ich mich, das Fell oder den Kopf eines Zebras in unsere Sammlung aufzunehmen, auch wenn hin und wieder ganze Zebraherden aus der Region der Kuibisschlucht herunterkamen, aber diese wilden Huftiere erinnerten mich mit ihren schmalen Köpfen, den borstigen Mähnen und dem energischen Trott zu sehr an ihre zahmen Verwandten.

Schöne blaue Donau

Hansheinrich war der Meinung, dass die Einweihung des Schlosses ein denkwürdiges Ereignis in der Geschichte des Schutzgebiets werden sollte, und für mich wurde sie das in der Tat, wenngleich aus völlig anderen Gründen als erwartet.

Bereits am Tag vor dem großen Fest bildete sich auf der Straße von Maltahöhe nach Duwisib eine Wagenkolonne, die eine kilometerweit sichtbare Staubwolke aufwirbelte. Die Farmer aus der Region, die von dem Schloss hatten reden hören, das im Tal erbaut wurde und bereits als das siebte Weltwunder in der kleinen Kolonie galt, wollten sich die Einweihungsfeier um nichts in der Welt entgehen lassen.

Einige Gäste nächtigten auf ihren Wagen, andere bezogen die Zelte, die der Aufseher Bullmann in Lüderitz aus zweiter Hand bei den Schürfern erstanden hatte, die infolge der Proklamation des Sperrgebiets samt den damit verbundenen Restriktionen ihre Hoffnung hatten aufgeben, ihre Ausrüstung verkaufen und ihre Zelte abbrechen müssen. Im gesamten Duwisib-Tal, in dem die meiste Zeit des Jahres nur das Rauschen des Windes in den Akazien zu hören war, erschallte der Lärm der knallenden Peitschen, der brüllenden Ochsen, die die anderen Gespanne vermissten, sowie der scheuenden, von dem ganzen Rummel aufgeschreckten Pferde. Da die Zeltbewohner Feuer machen würden, um sich daran zu wärmen, hatten wir die Lager zur Vermeidung von Waldbränden in sicherer Entfernung vom Buschwald aufgestellt. Mehr noch als das Einweihungsfest unseres palastartigen Wohnsitzes war es der tosende Rummel um das Schloss herum, der an die Rendez-vous gemahnte, die die Tramper jedes Frühjahr in den Rocky Mountains feierten.

Seit dem Abend vor dem Fest hatten der Aufseher Bullmann und der Lehrling Fröhlich Lagerfeuer mit Wacholderholz entfacht, um in der Glut ganze Oryx-, Springbock- und Lammrippenteile langsam zu schmoren. Bereits eine Woche vor dem Fest hatten einige renommierte Köche aus Keetmanshoop sich in der Schlossküche daran gemacht, die erlesensten Speisen für das Festmahl vorzubereiten.

Als die Trompeten der Militärkapelle von Maltahöhe zur Eröffnung des Festempfangs bliesen, begannen die Gäste, zu Fuß den Kiesweg, der zum Schloss führte, hinaufzusteigen, den wir im Gedanken an den Moment, wenn die Gäste sich im morgendlichen Dämmerlicht bier- und champagnerselig in ihre Zelte oder Wagen zurückziehen würden, mit brennenden Lampions markiert hatten.

An der Eingangstür empfingen Hansheinrich und ich die Gäste und ließen sie in den Rittersaal passieren, wo die Musikkapelle auf der Galerie oberhalb der Treppe einen fröhlichen Marsch spielte.

Ich hatte ein Chiffonkleid mit einer hellgrünen, perlenbestickten Samtborte und einer langen Kette, ebenfalls aus Perlen, gewählt. Hansheinrich trug seinen blauen Uniformrock als Hauptmann der Schutztruppe mit dem kleinen Orden, der mir auf seiner breiten Brust immer noch unverhältnismäßig winzig erschien.

Die Farmer hatten sich alle in Schale geworfen, und man hätte kaum geglaubt, dass einige der eleganten Damen, die den Kiesweg zum Schloss heraufkamen, die gleichen abgezehrten Farmersfrauen waren, die ich bei der harten Arbeit auf ihren Höfen gesehen hatte. Illa erschien strahlend in dem blauen Musselinkleid, das ich ihr aus Europa mitgebracht hatte, während das Diadem von erlesener Machart, das ihre Stirnlocken bändigte, wohl ein Geschenk des entfernten Nachbarn sein mochte.

Auch Oberleutnant von Siegler erschien in tadelloser weißer Uniform, doch ich war so beschäftigt mit den letzten Kleinigkeiten für das Fest, dass ich ihn kaum beachtete.

Nach Beendigung des Abendessens stimmte die Kapelle der Schutztruppe von Maltahöhe »An der schönen blauen Donau« an.

Hansheinrich forderte mich zum Tanz in der Mitte des zur Tanzfläche umfunktionierten Innenhofes auf, während die übrigen Gäste sich am Rand aufstellten und uns applaudierten. Nach Verstummen der Tanzmusik spielten die Trompeter die Ouvertüre von Aida, derweil das hintere Gittertor geöffnet wurde und Max, der Leib-Bambuse, mit seinen Helfern unsere Vollblutpferde in den Hof führte, die mit gesenktem Hals und angelegten Ohren hereinkamen, während die Boys, die sie am Halfter führten, zu verhindern suchten, dass sie einen der Gäste umrannten. Offensichtlich handelten die Boys auf Anweisung meines Mannes, und als ich Hansheinrich wegen dieses extravaganten und obendrein gefährlichen Einfalls zur Rede stellen wollte, erwiderte er:

»Letztendlich gilt dieses Fest auch den Pferden; deshalb haben sie auch das Recht zu feiern.«

Tatsache ist, dass die Pferde wohl als einzige Festteilnehmer nüchtern blieben, denn selbst die afrikanischen Hausangestellten kehrten nach jedem Gang in die Küche mit glückstrahlenden Augen zurück, woraus ersichtlich wurde, dass sie zwischen den einzelnen Gängen jeweils einen gehoben hatten. Hin und wieder hörte man im Flur das Klirren zersplitternder Teller oder Gläser, doch zum Glück hatte ich mich geweigert, das kostspielige Kristall mit Napoleons Wappen herauszuholen, das Hansheinrich am liebsten zur Feier des Tages eingeweiht hätte.

Im Wissen, dass die Gäste bis zum Morgengrauen bleiben würden, hatten wir für Speisen und Getränke in solcher Hülle und Fülle gesorgt, dass wir glatt eine militärische Belagerung überstanden hätten. Aus Deutschland hatten wir große Büchsen mit Kaviar und Räucherforellen mitgebracht. Und neben der Vorratskammer im Schloss, in einem Kühlraum im südafrikanischen Stil – ein Kühlsystem, das auf der Verdunstung von Wasser auf porösem Stein beruht –, lagerte ein beträchtlicher Vorrat an Delikatessen sowie Unmengen von Champagner, Rhein- und Moselweinen.

Der einzige meiner Freunde in der Kolonie, der nicht an unserem Einweihungsfest hatte teilnehmen können, war August Stauch, der um diese Zeit zu den neuen Diamantlagern in Pomona hatte reisen müssen. Doch als persönlichen Beitrag zum Fest hatte er versprochen, eine Wagenabordnung mit Eis zu schicken, welches die soeben von ihm in Kolmanskuppe gegründete Eisfabrik herstellte. Die riesigen, in Stroh verpackten und durch Leinensäcke geschützten Eisblöcke reisten quer durch die Wüste, ohne zu schmelzen, und trafen zusammen mit mehreren Eimern voller Austern und Langusten gerade rechtzeitig ein.

Der entfernte Nachbar

Zu fortgeschrittener Stunde begannen die Farmersfrauen, die nicht ans Champagnertrinken gewöhnt waren, die Wirkung jenes kalten Getränks, das unmerklich die von erhitztem Tanzen und Tabakqualm ausgetrocknete Kehle hinabglitt, zu spüren. In einer Tanzpause gesellte die schöne Illa sich mit rosigeren Wangen als sonst und einem unverkennbaren Funkeln in ihren hübschen blauen Augen zu mir. Während sie mir in einer übertrieben vertraulichen Geste die Hand auf den Arm legte, wies sie mit ihrem niedlichen Stupsnäschen auf einen Kreis von Männern, die sich auf der gegenüberliegenden Seite der Galerie unterhielten:

»Du hast sicher schon gesehen, wer da ist, nicht wahr? Ich dachte ja, er würde es nicht wagen, auf diesem Fest zu erscheinen, im Wissen, dass Franz und ich hier sein würden …«

Als ich in die von ihr angezeigte Richtung blickte, sah ich ein in eine Unterhaltung vertieftes Männergrüppchen, bestehend aus Hansheinrich, dem Distriktschef Seydel und Ernst von Siegler.

»Da steht der entfernte Nachbar, von dem ich dir erzählt habe! Wie kann er so dreist sein, hier zu erscheinen, wo unsere Affäre doch in aller Munde ist?«

So sehr ich die Männer, die dort zusammenstanden, auch unter die Lupe nahm, ich kam beim besten Willen nicht darauf, wer von ihnen der skrupellose Spieler sein mochte, der sich die Gunst einer verheirateten Frau mit Hilfe eines Kartenspiels erschlichen hatte. Ich hätte höchstens Hansheinrich selbst im Verdacht gehabt, wäre er zu der Zeit, als das berühmte Kartenspiel sich ereignete, nicht mit mir in Deutschland gewesen. Bei Seydel konnte es sich wiederum unmöglich um den geheimnisvollen Glücksspieler handeln, denn zu seinem Charakter passten weder die Spielleidenschaft noch die Eigenschaften eines Herzensbrechers; so oder so hätte der Distriktschef seine wichtigen Amtsverpflichtungen nicht so lange vernachlässigen können, nur um einer innigen Romanze willen.

Ernst von Siegler hätte ich die Rolle des »entfernten Nachbarn« am allerwenigsten zugetraut, doch als er sich in unsere Richtung umwandte und Illa dort mit mir zusammen entdeckte, blickte er plötzlich so entsetzt drein, dass er sich verriet. In dem Moment wurden mir die Knie weich, das Champagnerglas glitt mir aus den Fingern und mich erfasste schlagartig ein alles beherrschendes Gefühl, als versackte ich in einer totalen Trance.

Als ich wieder zu mir kam, lag ich in meinem Bett im Schlafzimmer, über mir eine Decke ausgebreitet, und hörte ein Raunen von Stimmen um mich herum, unter denen ich die infolge der durchzechten Nacht etwas heiser gewordene von Hansheinrich erkannte.

»Ich denke, das war eine Ohnmacht, ausgelöst durch das Temperaturgefälle zwischen drinnen im Haus und draußen im Garten. Trotzdem bin ich erstaunt, dass ausgerechnet Jayta so etwas passiert, denn eigentlich ist sie unverwüstlich.«

Der europäische Adel ist so erzogen, dass er vor anderen niemals eine Schwäche zeigt, weshalb ich glaube, mein Mann hielt die Tatsache, dass ich vor all den Leuten in Ohnmacht fiel, für ausgesprochen unziemlich. Um mitzubekommen, was die anderen über mich sagten, solange sie dachten, ich könne sie nicht hören, hielt ich die Lider geschlossen und lauschte ihren Kommentaren.

Als Hansheinrich ging, um sich um die restlichen Gäste zu kümmern, erkannte ich Illas Jungmädchenstimme:

»Wir haben uns ganz ruhig unterhalten, und plötzlich ist sie vor meinen Füßen zusammengesackt wie eine Marionette; irgendetwas, was ich gesagt habe, muss sie wohl tief getroffen haben«, säuselte sie, während ihre Hände sich sanft auf meine Stirn legten.

Obwohl diese Bemerkung völlig harmlos war, fragte ich mich doch, ob diese falsche Schlange wohl ahnte, dass zwischen von Siegler und mir engere Bande bestanden hatten als eine bloße Freundschaft.

Danach erkannte ich die Stimme von Ida Voigt, die sagte:

»Oberleutnant von Siegler scheint die Sache besonders mitgenommen zu haben. Mir ist aufgefallen, wie er eine ganze Weile im Flur vor dem Schlafzimmer seine Runden gedreht hat, ohne sich hineinzuwagen. Als die von Wolfs uns zum ersten Mal in Voigtsgrund besucht haben, kannten sie den Oberleutnant nur ganz flüchtig, doch offensichtlich haben sie sich später ziemlich regelmäßig getroffen …«

Ich hatte mir eingebildet, hinsichtlich meiner Beziehung zu von Siegler besonders vorsichtig gewesen zu sein, um keinen Anlass für Gerede zu bieten, doch, wie es scheint, entsteht zwischen zwei Menschen, die einander anziehen, augenblicklich eine besondere Aura, was die anderen sofort spüren.

Mir wurde klar, dass ich, um den Spekulationen nicht noch mehr Nahrung zu geben, so rasch wie möglich wieder zu mir kommen musste; außerdem war ich es schon leid, meine eigene Beerdigung zu spielen. Also schlug ich die Augen auf, verließ gegen den Rat meiner Krankenschwestern das Bett und begab mich ins Ankleidezimmer, wo die Stiche mit der Darstellung Napoleons nach seiner Niederlage mich mehr deprimierten denn je. »Ich wusste ja gleich, dass du uns nur Unglück bringen würdest«, zischte ich Richtung der Bilder, auf denen der Kaiser besonders niedergeschlagen und kummervoll dreinblickte. Anschließend ging ich ins Bad, um mir mit einem feuchten Handtuch das Gesicht ein wenig zu erfrischen, während ich mich im Spiegel über dem Waschtisch betrachtete.

»Frau Jayta Humphreys von Wolf«, sagte ich zu mir selbst, als ich die Blässe in meinem Gesicht und die geröteten Lider sah, »du musst zugeben, dass du dich gerade wie eine komplette Närrin aufgeführt hast. Warst du es nicht, die beschlossen hat, die Freundschaft mit von Siegler zu beenden? Wolltest du etwa, dass von Siegler allein auf seiner verlassenen Farm vor Kummer vergeht und sich wegen einer nicht erwiderten Liebe in Enthaltsamkeit übt? Wie kann es dich verletzen, dass der, den du verschmäht hast, eine Romanze mit einer anderen Frau beginnt?«

Ich versuchte, Argumente anzuführen, die meine Mutter mir vorgehalten hätte, wäre sie in dem Augenblick da und über meine Lage im Bilde gewesen. Diese mütterliche Standpauke in absentia tröstete mich.

»Liebe Frau Humphreys«, fuhr die Stimme hinter dem Spiegel fort, »du bist deinem Mann in dieses Land gefolgt, und gemeinsam kämpft ihr gegen alle Widrigkeiten für ein schwieriges, ehrgeiziges Projekt, und du lässt dich nicht unterkriegen, sondern wächst mit jeder Hürde. Du hast es geschafft, dein Traumschloss mitten in der Wüste zu errichten, und wenn du den Mut nicht verlierst, kannst du auch noch die edelsten Pferde dieses gesamten wilden Kontinents züchten.«

Mit jedem Wort kehrten meine Lebensgeister wieder zurück, so dass ich am Ende gar befürchtete, man hätte meine letzte Äußerung womöglich im Schlafzimmer hören können:

»Trockne dir das Gesicht und gesell dich wieder zu deinen Gästen, und biete ihnen keine Gelegenheit, dir eine Liebesbeziehung anzudichten, die du selbst im Keim erstickt hast!«

Die Seite umblättern

Neben all dem Ungemach, das uns die Feier beschert hatte – angeschlagenes Porzellan, zersplitterte Gläser, niedergetrampelte Blumen im Garten, sowohl von den Gästen als auch von den Pferden –, musste ich nun auch noch den Schlag einstecken, den Ernst von Siegler mir mit seiner Untreue versetzt hatte. Obwohl »Untreue« wohl nicht die richtige Bezeichnung ist, da er für einen Vertrauensbruch in einer Liebesbeziehung steht, zu der es in unserem Fall ja nie gekommen war.

Mehr als der Kummer über den Verlust meiner Freundschaft mit von Siegler schmerzte mich das Gefühl der Leere, das eine nie gediehene Romanze in mir hinterließ. Hätten wir uns im biblischen Sinne des Wortes kennengelernt, hätte man seinen Fall von Verrat so bewerten können wie so viele in der Geschichte der Menschheit. Doch da unsere Beziehung im Stadium der Gnade verharrt hatte – wie Adam und Eva vor dem Ausstoß aus dem Paradies –, hatte von Siegler lediglich die schwer fassbaren Bande einer geistigen Freundschaft zerrissen: das Glück einer Unterhaltung über unbeschwerte Themen, eines Sonnenuntergangs über der Wüste, der Betrachtung einer Landschaft, wo die Kargheit des Bodens und die Erbarmungslosigkeit des Himmels mehr zur Meditation einluden als zum Schwelgen. Ein französisches Sprichwort besagt: *Il vaut mieux avoir des remords que des regrets.* (Besser man bereut etwas, das man getan hat, als man bereut, dass man etwas nicht getan hat.)

Wenn Liebespaare sich trennen, bleibt ihnen wenigstens noch der winzige Trost, sich um die gemeinsamen Güter zu streiten. Aber wie sollten wir uns um das Glitzern der Kieselsteine in den ausgetrockneten Flussbetten streiten? Wer von uns beiden würde den feinen Duft beanspruchen, den die Kaktusblüten nach einem Regenguss verströmen? Kann man den kupfernen Lichtkranz des Sonnenuntergangs über den Dünen durch zwei teilen? Wir besaßen weder Liebesbriefe noch Fotos, um sie ins Feuer zu werfen, der Wüstenwind hatte die Hufspuren unserer Pferde im Sand verwischt und das Echo unserer Gespräche zerstreut.

Da ich meinen Kummer mit niemandem teilen konnte, beschloss ich, mich mit Leib und Seele den Aufgaben auf unserer Farm zu widmen. Es heißt, Landbesitz erfordere kontinuierliche Nachbesserungen, bis der Besitzer völlig ruiniert ist, und in der Tat musste ich ziemlich oft bei meinem Trust in New York Geld anfordern, um die Kosten für Neuanschaffungen zu bestreiten. Ständig waren weitere Vorrichtungen für die Schmiede zu kaufen, wo die Karren und die Gerätschaften für die Feldarbeit repariert wurden, oder Pumpen für die neuen Brunnen zu bestellen oder neue Flügel für die großen Windmühlen, deren Silhouette sich vor dem klaren Wüstenhimmel abzeichnete.

Getreu dem Versprechen, das ich Jakob Marengo gegeben hatte, kümmerte ich mich persönlich um die Unterbringung und Verpflegung der schwarzen Hausangestellten, von denen die meisten aus den Gefangenenlagern stammten, in die sie vollkommen abgezehrt und in einem verheerenden Gesundheitszustand gebracht worden waren. Da in der Krankenstation des Militärstützpunkts in Maltahöhe Schwarze nicht zugelassen waren, musste ich die bei meinem Großvater Frederick erworbenen homöopathischen Grundkenntnisse wieder hervorkramen, denn ich hatte ihn oft genug begleitet, wenn er die Herstellung der komplizierten homöopathischen Mixturen im Labor von Summit überwachte.

Ich glaube, Großvater wäre stolz gewesen, wenn er gesehen hätte, mit welchem Elan – bei den wenigen mir zur Verfügung stehenden Substanzen – ich Medizin für meine Kranken zubereitete. Wahrscheinlich hat der Glaube meiner Patienten, die die bunten Fläschchen und das gesamte Ritual, das die Arbeit mit homöopathischen Heilmitteln erfordert, weitaus faszinierender fanden als die konventionelle Medizin der Weißen, wesentlich zu den guten Heilerfolgen beigetragen. Vielleicht weil diese Methode sie mehr an die Salben und die Wundertiegel ihrer Medizinmänner erinnerte.

Manchmal habe ich gedacht, die Belebung unseres Farmbetriebs sei zum Teil auch meiner gescheiterten Romanze mit Ernst von Siegler zu verdanken; jedenfalls verschrieb ich mich, um mein Herzeleid zu vergessen, mit Leib und Seele der Aufgabe, die Wüste mit Tieren jeglicher Rasse und Größe zu bevölkern. Bei Durchsicht der Bücher unseres Farmbetriebs hatte ich festgestellt, dass in den wenigen Monaten, seit wir das Schloss bezogen hatten, der Viehbestand, die Pferde nicht mit eingerechnet, auf tausendvierhundert Stück angewachsen war. Wir besaßen fünfundneunzig Hereford-Rinder, plus zwei in England gekaufte Zuchtbullen derselben Rasse; sechshundert Merinoschafe – die, die Fröhlich quer durch die Wüste nach Duwisib getrieben hatte –, an die vierhundert südafrikanische Schafe, zehn Schweine und sechzig Hühner (die, die überlebt hatten, nachdem sie die Reste des misslungenen gepökelten Schweinefleischs aufgepickt hatten).

Das Gestüt umfasste zu dem Zeitpunkt bereits an die zweiundsiebzig Pferde, von denen achtunddreißig Zuchtstuten waren, neun davon Vollblüter. Einige Stuten stammten aus Australien und andere kamen aus europäischen Ställen, einschließlich einiger ostpreußischer Trakehner Stuten. Ein paar hatten wir auch in der Kapprovinz gekauft, die bereits mit ihren Fohlen eintrafen. Anfangs kreuzten wir die auf dem lokalen Markt erworbenen Stuten mit Deckhengsten, die wir von den Rehoboth Basters bekommen hatten, was robuste und zugleich edle Fohlen ergab. Hansheinrich sollte noch zwei Vollblut-Zuchthengste kaufen, einer davon der legendäre Bonito, der Vater von Neptun, der uns phantastische Nachkommen bescherte. Später erstanden wir dann noch den australischen Zuchthengst Crackerjack, einen pfeilschnellen Vollblüter, mit dem wir mehrere Rennen in Windhuk und Karibib gewinnen sollten.

Wenige Monate nachdem wir das Schloss bezogen hatten, kam aus Deutschland Hansheinrichs jüngere Schwester Elli zu Besuch, die die Gouvernante von Prinzessin Hermine, Kaiser Wilhelms späterer zweiten Ehefrau, gewesen war. Da Elli ein neugieriger und umtriebiger Geist war, wollten wir ihr noch andere Regionen des Landes zeigen und bereiteten eine Reise zum Caprivi-Zipfel im Nordosten vor, so genannt nach dem gleichnamigen deutschen Reichskanzler, der diesen weit in englisches Hoheitsgebiet hineinragenden Landzipfel durch territoriale Tauschgeschäfte erworben hatte.

Die Reise wurde unter der Aufsicht von Hauptmann Streitwolf organisiert, der versucht hatte, die nach Betschuanaland geflohenen Herero-Scharen zur Rückkehr zu bewegen, und zuvor eine Expedition zur Erkundung dieses von der deutschen Schutztruppe kaum frequentierten Gebiets unternommen hatte. Streitwolf unterhielt ein Feldlager am Ufer des Okawango-Flusses, der die nordöstliche Grenzlinie zwischen dem Schutzgebiet und Betschuanaland markierte, eine Gegend, die eine völlig andere Landschaft darbot als die der großen Wüstenflächen mit Sanddünen oder der Savannen mit Gras- und heimischem Buschbestand im Westen der Kolonie.

Dort bekam ich zum ersten Mal große Elefantenherden zu Gesicht, die in den Schlammlöchern des Flussbettes badeten, sowie eine Vielzahl an Wasservögeln und Antilopenarten, die in der Wüste im Binnenland nicht vorkamen. Doch was mich am meisten beeindruckte, war, an einem Abend, an dem die Wasseroberfläche des Flusses bereits ins rötliche Licht des Sonnenuntergangs getaucht war, den Festfraß einer Gruppe von Krokodilen zu beobachten, die über den von der Strömung ans Ufer gespülten Kadaver einer Kuh herfielen. Diese Szene erinnerte mich wieder an das klägliche Mahl der Gefangenen von der Haifischinsel, die sich mit den blutgierigen Seevögeln um die Fischabfälle geschlagen hatten.

Zu der Zeit war das Internierungslager von Lüderitz, zum Teil auch dank der Eingaben, die Hansheinrich im Landesrat gemacht hatte, wo man sich für das Los der Gefangenen interessierte, bereits verlegt worden; auf der Haifischinsel befanden sich nur noch die Gefangenen, die für den Transport an einen anderen Ort zu schwach waren, oder solche, die nach dem Urteil der Militärs zu schwere Verbrechen begangen hatten, um auf freien Fuß gesetzt zu werden. Es hieß, ein deutscher Wissenschaftler habe die Schädel der im Lager umgekommenen Männer und Frauen vermessen, um auf der Basis der Differenz des Schädelvolumens seine Theorie über den unterschiedlichen Intelligenzgrad sowie der geringeren Lernfähigkeit der schwarzen im Vergleich zur weißen Rasse nachzuweisen.

Leider konnte ich derlei Dinge nicht mit Elli besprechen, da sie sowohl von ihrer Erziehung als auch von ihrer Mentalität her völlig anders war als meine Mutter und ich und nur nach Afrika gekommen war, um das Fotoalbum zu füllen, das sie in Dresden hernach beim Tee herumzeigen würde. Zumindest lenkte der Besuch meiner Schwägerin uns etwas von unseren Sorgen ab, solange wir damit beschäftigt waren, sie zu unterhalten, indem wir ihr verschiedene Gegenden in der Kolonie zeigten. Doch als wir Elli in Swapokmund zurückgelassen hatten, standen wir bei unserer Heimkehr nach Duwisib wieder vor den gleichen Problemen wie vor unserer Abreise.

Die Unmenge an neu erworbenem Vieh hatte die Weiden schon lange vor Beginn der Regenzeit, in der sie wieder nachwachsen konnten, abgegrast. Wir mussten dringend neue Ländereien hinzukaufen, um unsere Herden satt zu bekommen, doch trotz der erheblichen Mittel, die wir bereits in das Landgut gesteckt hatten, blockierte Staatssekretär Oskar Hintrager weiterhin unseren Antrag auf Erweiterung unseres Landbesitzes. Im Fall einer Verzögerung der Regenzeit um ein paar Wochen hätte das eine Katastrophe für unseren Viehbestand bedeutet.

Unter diesen Umständen beschloss Hansheinrich, an höchster Regierungsstelle Druck zu machen, und obwohl er das bis dahin hatte vermeiden wollen, war er nun bereit, den Einfluss seines Vaters, General von Wolf, zu nutzen, der ein hohes Ansehen am kaiserlichen Hof genoss und daher auch von der Regierung in Berlin respektiert wurde. Es ging um eine sehr heikle Aktion, die unbedingt persönlich geregelt werden musste, weshalb Hansheinrich beschloss, erneut nach Deutschland zu reisen. Ich war absolut nicht überzeugt vom Sinn dieser Reise – wo es auf der eigenen Farm so viel zu tun gab –, doch da ich meinte, es würde mir auch ganz guttun, eine Weile allein zu sein, um meine Wunden zu heilen und mein Selbstvertrauen zurückzugewinnen, ließ ich ihn ziehen.

Während er fort war, hielt ich mich tunlichst fern von den Routen meiner gemeinsamen Ausflüge mit von Siegler. Wenn ich allein zu Hause war und versuchte, mich auf die Lektüre meines Buches zu konzentrieren, meinte ich manchmal, das Hufgetrappel eines Pferdes den Hang zum Schloss heraufkommen zu hören, bis es wieder still wurde und ich erkennen musste, dass die vermeintlich geheilten Wunden die schlimmsten sind.

Das neue Lüderitz

Eines Tages erreichte mich auf Duwisib die Nachricht, dass in Lüderitz der Vollblutzuchthengst Bonito mit dem Schiff aus London eintreffen würde, und ich beschloss, ihn selbst direkt am Hafen abzuholen, um zu überprüfen, ob das Pferd, das uns ein Vermögen gekostet hatte, sich auch in einem gutem Zustand befand. Wenngleich die Bahnfahrt nach Aus weniger romantisch war als die Fahrt quer durch die Wüste über die alten Pisten, erleichterte sie einem doch erheblich die Reise an die Küste. Tatsächlich brauchte ich mit der Bahn nur noch halb so lange wie für meine erste Fahrt mit Esterhuizen.

Ich quartierte mich wieder im Hotel Kapps ein, das inzwischen zum Mittelpunkt des gesellschaftlichen und wirtschaftlichen Lebens der Stadt geworden war. Die Neureichen von Lüderitz frühstückten im Speisesaal des Hotels pochierte Eier mit Kaviar und Champagner, doch noch am Vormittag mussten die Tische beiseitegerückt werden, damit die Makler der Lüderitzer Handelsbörse ihre Tafeln aufstellen konnten, auf denen sie mit Kreide die Aktienkurse der verschiedenen Diamantfirmen notierten wie auf einer Art Wall Street in Miniaturformat.

Gegen Abend wurde die Lüderitzer Hauptstraße zur Flaniermeile, wo die Damen ihre eleganten Kostüme ausführten und als Krönung Straußenfederhüte trugen. Doch auch das Diamantenwunder vermochte nichts gegen die Sandstürme auszurichten; daher mussten die Damen bei jeder Windböe ihren Kopfputz mit den Straußenfedern, die wie wild drauflosflatterten, mit aller Macht festhalten. Flog dann doch einmal ein Hut davon, machten die Kavaliere sich ihre blitzblank geputzten Lackschuhe schmutzig, wenn sie hinterherrannten und, um ihn wieder einzufangen, mit der Spitze ihres Spazierstocks im Sand nach ihm fischten.

Sonntags fanden auf dem Platz am Burenkamp Pferderennen statt, was ich mir anschauen wollte, um zu sehen, ob die Pferde von der gleichen Qualität waren wie die, die wir auf Duwisib züchteten. Ich war beruhigt, als ich feststellte, wie mittelmäßig die meisten dort vorgestellten Rennpferde waren, mit Ausnahme einer Araberstute, die Stauchs mittlerweile zum Bürgermeister von Lüderitz gewähltem Geschäftspartner Emil Kreplin gehörte. Die Stute wurde von der Tochter des Bürgermeisters geritten, einer jungen Dame mit hübschen blonden Haaren, die eine elegante Figur auf dem Pferd machte.

Das Trappeln der Hufe klang auf dem Sandplatz völlig anders als auf den europäischen Pferderennbahnen, wo der dumpfe Hufschlag auf dem Torf wie das Echo der klopfenden Herzen derer klang, die gewettet hatten. Allerdings haben die ersten Wettkämpfe der Araberrennpferde, von denen die englischen Vollblüter ja abstammen, an ganz ähnlichen Schauplätzen wie dem Burenkamp stattgefunden, und nicht wie in Ascot oder Epson auf grünem Rasen.

Mitten auf dem Burenkamp hatte man Tribünen errichtet, wo die in Weiß gekleideten Damen mit Straußenboas im gleichen Farbton um den Hals Platz nahmen, ohne dass die brütende Hitze dieses Sandkessels ihnen etwas anzuhaben schien. Das Geschäft mit Straußenfedern, eines der ältesten in der Gegend, boomte dank der Diamantenindustrie; und entsprechend waren auch die Preise gestiegen; ein gewöhnlicher Straußenfederhut kostete fünfundzwanzig Mark pro Stück und die weißen Federboas bis zu zweihundert Mark, etwa so viel wie eine Handvoll Diamanten auf dem Schwarzmarkt.

Nach Abschluss der Rennen kam August Stauch zu mir an meinen Platz und lud mich zu einer Besichtigung der neuen Anlagen in Kolmanskuppe ein. Ich willigte gerne ein, da das Schiff mit unserem Zuchthengst in Swakopmund einen Zwischenstopp eingelegt hatte, um einen technischen Schaden zu reparieren. Tags darauf erschien Stauch schon früh am Morgen am Empfang des Hotels in Schaftstiefeln, mit einem Staubmantel zum Schutz gegen den Wüstenwind und einer dunklen Brille gegen das grelle an den Sanddünen abprallende Sonnenlicht.

Kolmanskuppe war ein modernes Dorf geworden mit einer eigenen Entsalzungsanlage, einem Elektrizitätswerk, ordentlichen Holzbaracken für die schwarzen Arbeiter sowie zwei prächtigen Wohnhäusern für den Vorarbeiter Hörlein und den Bergbauingenieur Kolle. Das Dorf verfügte auch über eine eigene Schule, eine Kegelbahn, eine Bäckerei, eine Metzgerei und eine Eisfabrik.

Die Ehefrau des Chefingenieurs Kolle, bei dem wir zu Mittag aßen, hatte Eisbein mit Sauerkraut gekocht, was sicherlich nicht das passendste Gericht für dieses Klima war, obwohl es mit eisgekühltem Moselwein serviert wurde. Nach dem Essen führte Stauch uns in Kolles Büro, wo dieser einen großen Samtsack voller Diamanten unterschiedlichster Formen und Farben aus dem Safe holte. Ich war beeindruckt von der Art, wie Stauch sich die Hände mit Brillanten füllte, um sie dann auf ein Silbertablett niederprasseln zu lassen, wobei die Lichtreflexe an der Wand sich in alle Farben des Regenbogens aufsplitterten. Auf dem Rückweg zum Hafen fiel mir auf, dass sich die Landschaft, seit der Quarzsand maschinell durchsiebt wurde, um die Diamanten herauszufiltern, völlig verändert hatte und die einst sich weiter, als der Blick reichte, wellenförmig ausbreitenden Sanddünen eingeebnet waren. Diese gigantischen Maschinen hatten in wenigen Monaten das Majestätische der Wüste zerstört, das der Wind und die Witterung in mehreren Jahrtausenden zu modellieren versucht hatten. Ich fragte mich, ob das Leben in jener Region nicht vielleicht einen harmonischeren und friedlicheren Verlauf genommen hätte, wenn der Fund von Zacharias Lewala nicht einen solchen Aufruhr verursacht hätte.

Vielleicht las Stauch meine Gedanken, denn er erzählte mir, was vor einigen Jahren dem rheinischen Missionar Heinrich Kraft widerfahren war, der auf dem Rückweg zur Mission in Bethanien von dem Ort, der damals noch Angra Pequenha hieß, am Wegesrand ein paar rechteckige, durchsichtige Steinchen gefunden hatte, die aussahen wie aus Glas, wahrscheinlich aber Diamanten waren. Nach sorgfältiger Untersuchung der Steine hatte der Missionar sie irgendwo weggeworfen, wo sie niemand finden konnte. Als ihm einige sein Verhalten vorhielten, erwiderte ihnen Pastor Kraft, der als »der Diamantenmissionar« in die Geschichte eingehen sollte: »Was hätte ich denn mit den Diamanten tun sollen? Sie hätten nur Unheil über das Schutzgebiet gebracht.« Offensichtlich hatte August Stauch anders reagiert, doch zumindest war er feinfühlig genug, die Entscheidung des Missionars zu verstehen.

Jedenfalls hatte der unverhoffte Aufschwung der Diamantenindustrie die Stadt Lüderitz auf chaotische und groteske Weise anwachsen lassen. In der Hafenzone waren überall Handelsgesellschaften, Banken und Lagerhallen aus dem Boden geschossen, die meisten im traditionellen deutschen Baustil vom gleichen Architekten, wodurch sich das einstmals arme, malerische Örtchen in eine Art Operettenkulisse verwandelt hatte. Mit seinen schrägen Ziegeldächern, die in Deutschland notwendig waren, um dem Schnee zu trotzen, und seinen spitzen Türmchen, um den hanseatischen Nebel zu durchdringen, hoben sich diese Gebäude vor dem klaren afrikanischen Himmel ab wie eine Kulisse aus Pappmaché.

Zum Ausgleich für die gelegentlichen Ausschweifungen, zu denen Reichtum manchmal verleitet, hatten die Honoratioren der Stadt beschlossen, an einem gut sichtbaren Ort eine neue lutherische Kirche zu bauen, und dabei war ihnen nichts Besseres eingefallen, als das Gotteshaus auf dem Diamantenberg zu errichten, unmittelbar gegenüber dem einst von der berüchtigten Frau Zimmer geführten Bordell. Die Kirche sollte Felsenkirche heißen, und alle neuen Potentaten – angefangen bei Stauch und seinen Geschäftspartnern Kreplin und Schuster – trugen mit ihrem persönlichen Vermögen dazu bei, dass das Kirchenprojekt realisiert wurde.

Selbst der Kaiser spendete ein paar prächtige Buntglasfenster mit dem Emblem »Jesus stillt den Sturm« für die Kirche, und die Kaiserin schickte eine Bibel, in der sie eigenhändig einen Vers aus dem Psalm 50 kopiert hatte, der lautete: »Und rufe mich an in der Not, so will ich dich erretten, so sollst du mich preisen.« In manchen Augenblicken habe ich mich gefragt, was wohl die Gefangenen auf der Haifischinsel gedacht hätten, wenn sie die Sprüche auf den Kirchenfenstern und in jener Bibel hätten lesen können.

Überraschender Besuch

Die Erinnerung an Bonitos Ankunft am Strand von Lüderitz war mir mehr wie ein Traum oder eine Halluzination als etwas wirklich Erlebtes im Gedächtnis geblieben. Da die Arbeiten an der Mole, an deren Ausbesserung die Gefangenen von der Haifischinsel gearbeitet hatten, noch nicht beendet waren, wurde das Vieh mit Hilfe eines Flaschenzugs aus dem Laderaum gehievt und auf ein Floß verfrachtet, das es zum Strand brachte. Damit die Barkasse nicht auf Grund lief, ließen die Bootsleute die Tiere in einiger Entfernung vom Ufer ins Wasser springen und das letzte Stück an Land schwimmen.

Am Morgen, als die Fracht gelöscht wurde, drängte sich eine dichte Nebelwand über der Küste, weshalb wir, die wir am Strand warteten, schon das ängstliche Wiehern der Tiere vernahmen, bevor wir das Floß als verschwommenen Fleck auftauchen sahen, das anhielt, als es auf die Höhe der Wellenbrecher gelangte. Obwohl sich die Umrisse der Barkasse nur vage im Nebel abzeichneten, der die Menschen und Tiere in einen gespenstischen Lichtkranz tauchte, erkannte ich Bonito sogleich an seiner außergewöhnlichen Erscheinung; und nachdem man ihn schließlich genötigt hatte, ins Meer zu springen, bedeckte die Gischt für kurze Zeit den Kopf und den Rumpf dieses herrlichen Tieres, das mit kraftvollen Zügen ans Ufer schwamm.

Als er festen Boden unter den Hufen spürte, preschte der Hengst in vollem Galopp los über den Strand, wobei er tiefe Hufabdrücke im feuchten Sand hinterließ. Bonito war an Rücken und Brust hell und etwas dunkler, fast rötlich, an Bauch und Beinen. Mit seinem kleinen Kopf, Zeichen seiner arabischen Abstammung, der grazil geschwungenen Rückenlinie, der sanft gerundeten Kruppe und den schlanken, kraftvollen Beinen war er das leibhaftige Abbild eines Vollblüters.

Als ich mich anschickte, mit dem Zuchthengst zur Farm heimzureisen, erhielt ich im Hotel Kapps ein Telegramm von Hansheinrich mit der Nachricht, er sei bereits in Windhuk eingetroffen und habe den Zug nach Bethanien genommen, wo wir uns am Bahnhof treffen könnten, um gemeinsam nach Duwisib zurückzukehren. Die Mitteilung enthielt kein Wort darüber, dass er in Begleitung von Oberleutnant Herrschel reiste, weshalb ich nicht wenig überrascht war, als ich auf dem Bahnsteig zusammen mit meinem Mann einen Menschen in der Uniform der Schutztruppe aussteigen sah, der außergewöhnlich klein von Statur war.

Da wir bereits eine schielende, schief gewachsene Haushälterin sowie einen manchmal leicht zurückgeblieben wirkenden Lehrling hatten, hielt ich die Indienstnahme jenes zu klein geratenen Adjutanten für eine weitere Schrulle meines Mannes.

Später erklärte mir Hansheinrich, er habe Herrschel aus Deutschland mitgebracht, um bei den Behörden mit einer neuen List zu versuchen, mehr Land zu erwerben. Seinen neuen Kameraden hatte er in einem Hamburger Veteranenclub der Schutztruppe kennengelernt, und als er ihm von unseren Problemen mit den lokalen Regierungsbehörden erzählt hatte, war der Oberleutnant gleich bereit gewesen, uns mit einem Antrag auf Landerwerb auf seinen Namen als Strohmann zu dienen – worauf er als Veteran des Kolonialkrieges ein Anrecht hatte – Ländereien, die später in unseren Besitz übergehen sollten.

Hansheinrich teilte mir auch mit, dass die Eingabe, die sein Vater gemacht hatte, um Staatssekretär Dernburg für unsere Sache zu gewinnen, gescheitert sei, denn der könne nicht anders, als die Entscheidungen seines Unterstaatssekretärs Lindequist zu unterstützen, und überdies sei der Politiker wegen der heftigen Debatte über den Diamantenabbau zurzeit höchst unbeliebt. Vielleicht weil er ahnte, dass mich seine »Landgier« allmählich aufbrachte, versprach mir mein Mann, wenn Herrschels Finte erfolglos bleibe, sich mit dem zufriedenzugeben, was wir bereits besaßen.

Als Bonito Europa verließ, herrschte in jenen Breitengraden Frühling, so dass der Zuchthengst sich dort bereits aushaarte, doch als er in Lüderitz eintraf, hatte in Südafrika gerade die kalte Jahreszeit eingesetzt, weshalb der Organismus des Pferdes durcheinanderkam und einen erneuten Haarwechsel begann, was ihn viel Kraft kostete. Als wir in Duwisib ankamen, musste ich ihm Vitamine in den Hafer mischen und Luzerne zufüttern, da er zeitweilig dermaßen geschwächt war, dass er nicht einmal mehr den Kraal verlassen konnte. Zum Glück erholte sich der Hengst dank meiner Pflege allmählich wieder, so dass wir ihn nach einigen Wochen in das Gehege der Stuten bringen konnten, in deren Gesellschaft er sich schließlich an seine neue Umgebung gewöhnte. Es war ein herrliches Schauspiel, dieses prachtvolle Ross über die üppigen Weiden im Duwisib-Tal galoppieren zu sehen; seine elegante Gestalt kontrastierte mit der kargen, wilden Landschaft, die für einige Zeit zu seiner neuen Heimat werden sollte. Als Bonito wieder vollständig hergestellt war und ich begann, mit ihm auszureiten, schienen seine Hufe, sobald ich die Zügel lockerte, kaum noch den

Sand zu berühren, und ich fühlte mich fast so, als flöge ich auf dem Rücken eines Pegasus über die Dünen.

Eines Morgens, während ich mich ankleidete, um mit Bonito auszureiten, meldete mir die Haushälterin einen Besucher, und als ich das Zimmer verließ, traf ich zu meiner Überraschung auf Ernst von Siegler in der Uniform der Schutztruppe. Hätte ich gewusst, um wen es sich handelte, hätte ich irgendeine Ausrede erfinden können, um ihn nicht zu empfangen, doch jetzt war es zu spät, weshalb ich mich bemühte, mich so natürlich wie möglich zu verhalten, und ihm eine Tasse Kaffee anbot.

»Machen Sie sich keine Mühe, ich bin nur gekommen, um mich zu verabschieden«, sagte von Siegler mit ausweichendem Blick. »Ich habe meine Wiederaufnahme in den aktiven Militärdienst beantragt, um mich der Abteilung von Erckerts anzuschließen, der einen Feldzug gegen die an der Ostgrenze des Schutzgebiets operierenden Rebellen plant.«

»Ich dachte, seit Jakob Marengos Tod hätte das Heer alle Rebellenherde unter Kontrolle«, sagte ich mit gespielter Gleichgültigkeit.

»Aktiv ist nur noch die Truppe, die Simon Kopper anführt, der immer nur kurz die Kalahari-Grenze überquert, um handstreichartige Überfälle auf Farmen und kleine Garnisonen zu verüben und sich sogleich wieder in die Wüste zurückzuziehen. Von Erckert stellt eine Spezialeinheit mit Kamelen zusammen, um sich freier in der Wüste bewegen und Koppers Bande in ihrem eigenen Rückzugsgebiet angreifen zu können.«

Als ich den Namen Simon Kopper hörte, versetzte es mir unwillkürlich einen Stich in der Magengegend. Ich konnte mich des Gedankens nicht erwehren, dass von Siegler an dieser Expedition teilnahm, um gegen ebenjenen Gegner zu kämpfen, der Hansheinrich in Kowes geschlagen hatte, und genau dort zu triumphieren, wo mein Mann versagt hatte. Dieser Gedanke widerstrebte mir derart, dass ich beschloss, die Unterredung an diesem Punkt zu beenden.

»Wie ich sehe, haben Sie Ihren Kaffee ausgetrunken«, sagte ich und erhob mich vom Tisch. »Als Sie kamen, wollte ich gerade zu den Ställen gehen, um auf meinem Pferd auszureiten, und Bonito mag es nicht, wenn man ihn warten lässt!«

»Ich habe schon von dem neuen Vollbluthengst gehört, den Sie sich aus Europa haben kommen lassen, und man hat mir erzählt, er sei ein prachtvolles Tier. Haben Sie etwas dagegen, wenn ich es mir einmal anschaue?«, fragte von Siegler, der sich nicht so leicht geschlagen gab. Unter diesem Vorwand folgte er mir in den Kraal, und als ich im Sattel saß, bestand er darauf, mich ein Stück des Weges zu begleiten, indem er vorgab, er müsse in die gleiche Richtung.

Eine ganze Weile ritten wir schweigend, ich ein paar Meter vorneweg; Bonito war zunächst immer ein wenig übermütig, wenn er den Stall verließ, und daher schwer zu zügeln. Unvermeidlich schlugen unsere Reittiere denselben Weg ein, den wir bei früheren Ausflügen genommen hatten. Ich bemerkte, dass von Sieglers Pferd mit dem Gewehr im Lederhalfter, der eingerollten Decke und der am Geschirr hängenden Feldflasche bereits für den Feldzug ausgerüstet war. Beim Anblick dieser Kriegsausrüstung begriff ich, dass er zu einer schwierigen und gefährlichen Mission auszog, und das dämpfte, wie ich gestehen muss, meinen Ärger ein wenig.

»Nach dem, was vorgefallen ist, weiß ich sehr wohl, dass ich nicht mehr hoffen kann, Ihre Freundschaft zurückzugewinnen«, sagte der Oberleutnant, als ich den Hengst endlich bezähmen und dem Tempo des anderen Pferdes angleichen konnte. »Deshalb habe ich beschlossen, für eine Weile aus dieser Gegend fortzugehen.«

»Ich verstehe nicht recht, was Sie meinen«, erwiderte ich so schroff wie möglich. »Aber vielleicht interessiert es Sie zu erfahren, dass ich mich bereits während meiner Deutschlandreise entschlossen hatte, Sie zu bitten, mich in Zukunft nicht mehr aufzusuchen.«

»Ich möchte nur, dass Sie wissen, was ich Ihnen auch immer

angetan haben mag, es war die Tat eines Verzweifelten; als Sie beschlossen, mit Ihrem Mann nach Europa zu reisen, wusste ich, dass ich Sie für immer verloren hatte. Aber ich weiß auch, dass es für Entschuldigungen zu spät ist; der Grund, warum ich gekommen bin, ist vielmehr, dass ich Ihnen etwas über Jakob Marengo erzählen möchte, das Sie interessieren könnte. Ich habe nicht vergessen, dass Sie mich auf einem unserer Ausflüge darüber ausgefragt haben, was für ein Mensch der Rebell war, doch damals hielt ich es für unpassend, Ihnen zu erzählen, dass ich Marengo unter recht merkwürdigen Umständen, die mich fast das Leben gekostet hätten, einmal persönlich begegnet bin. Ich weiß, wie sehr Sie sich immer noch für den Rebellen interessieren, und ich glaube, dass diese Anekdote seinen Charakter besser erklärt als alles andere.«

Ich dachte bei mir, diesem Halunken mangele es wahrlich nicht an Mitteln, meine Neugier zu wecken. Ohne im Reiten innezuhalten oder mich groß umzuschauen, lauschte ich der Geschichte, die von Siegler mir als Abschiedsgeschenk erzählen wollte.

Die Kaltblütigkeit des Rebellenführers

»Wie Sie wissen, war ich während meines Militärdienstes an der südlichen Grenze an verschiedenen Aktionen beteiligt, bei denen es darum ging, Marengo gefangen zu nehmen oder zu töten. Doch bei einer Gelegenheit lautete der Befehl der Heeresleitung an unsere Truppe, wir sollten versuchen, an den Rebellen heranzukommen, und ihm den Vorschlag unterbreiten, in Friedensverhandlungen einzutreten. Um ohne großes Aufsehen in seine Werft in den Karrasbergen zu gelangen, konnten wir nur mit zwei Mann losziehen, und der Kompaniechef wählte mich als Begleiter.

Zwei endlos scheinende Tage erklommen wir mit einer weißen, an einen Stock gebundenen Fahne die steilen Berghänge und durchquerten enge Schluchten, ständig in der Furcht, jeden Moment eine Kugel an unseren Köpfen vorbeipfeifen zu hören. Doch Marengos Männer, die uns sicher von den Berggipfeln aus beobachteten, verstanden, dass wir in friedlicher Absicht kamen, und brachten uns zu ihrem Anführer, der uns am Lagerfeuer sitzend empfing, eine Tasse Kaffee anbot und überaus zuvorkommend behandelte.

Ich kannte Marengo zwar schon von Fotos, hatte ihn aber noch nie persönlich getroffen, und nun sah ich, dass er ausgesprochen imposant aussah, nicht nur wegen seiner Größe – mit der er alle seine Stammesbrüder bei weitem überragte –, sondern auch wegen der Entschlossenheit, die aus seinem Blick sprach, und der verhaltenen Kraft seiner eleganten Bewegungen. Ohne Umschweife erklärte mein Chef die Gründe seiner Mission und begann Marengo die Bedingungen zu unterbreiten, unter denen die Heeresleitung bereit war, dem Rebellen und seinen Leuten Pardon zu gewähren. Während nur Marengo an der Unterredung teilnahm, hatten einige seiner Männer ein Feuer hinter einem nahe gelegenen Gebüsch entfacht und beobachteten jede unserer Regungen.

Wir müssen wohl mehr als eine Stunde mit Marengo geredet haben – der sich in einwandfreiem Deutsch ausdrückte und eine genaue Vorstellung hinsichtlich seiner Bedingungen für einen Friedensschluss hatte –, als ein Reiter ins Lager geprescht kam, aus dem Sattel sprang und zu Marengo ging, um ihm etwas in seiner Sprache ins Ohr zu flüstern, woraufhin Marengo ihm mit Instruktionen in der gleichen Sprache antwortete. Dann setzten wir unsere Unterredung fort, ohne dass Marengo den ruhigen, zuvorkommenden Ton seiner Beiträge auch nur im Geringsten geändert hätte. Nach einer Weile erschien wieder ein Reiter, der Marengo ebenfalls über etwas informierte, das äußerst dringend gewesen sein muss, denn nachdem er mit seinem Chef gesprochen hatte, verschwand er in vollem Galopp wieder dorthin, woher er gekommen war.

Allmählich wurden der Hauptmann und ich nervös, weil wir fürchteten, die Anweisung der Heeresleitung, während der Friedensverhandlungen die Waffen ruhen zu lassen, könnte womöglich nicht alle Abteilungen erreicht haben; wir wussten, dass in dem Moment ein Angriff von unserer Seite als Verrat aufgefasst werden und uns das Leben kosten konnte. Doch wir verhandelten weiter, bis ganz in der Nähe mehrere Gewehrschüsse aus der Richtung zu hören waren, aus der die Boten gekommen waren; und als mein Hauptmann sich alarmiert erkundigte, was denn los sei, erwiderte Marengo ihm ungerührt, wir könnten weiterreden, bis man Genaueres über die Ursache der Schießerei wisse.

Wie wir später erfuhren, hatte der erste Reiter Marengo gemeldet, dass deutsche Truppen sich dem Lager näherten, doch sein Chef hatte ihn angewiesen, auf seinen Posten zurückzukehren und die Truppenbewegungen weiter zu beobachten. Der zweite Reiter war gekommen, um zu melden, dass der Feind immer noch genau in unsere Richtung vorrücke, woraufhin Marengo ihm befahl, das Feuer zu eröffnen, sobald der Feind sich auf Schussweite genähert habe, was wenig später geschah. Als dann aber die Schüsse lauter wurden, meldete ein dritter Rebell, dass die deutsche Kampfeinheit direkt auf uns zusteuere und auf der anderen Seite der Schlucht eine regelrechte Schlacht im Gange sei. Erst da erhob sich Marengo und forderte uns auf, es ihm gleichzutun. Mir fiel auf, dass seine Miene sich verfinstert hatte und er auf einmal an Statur gewonnen zu haben schien.

In wenigen Worten erklärte uns der Rebell das Geschehen und fügte hinzu: ›Sie werden sicher einsehen, dass Ihr Heer einen Akt des Verrats begangen hat, denn während unserer Friedensverhandlungen haben sie die Gelegenheit genutzt, um anzugreifen, was eine Verletzung der Waffenruhe bedeutet, die Sie selbst vorgeschlagen haben; man könnte meinen, dass Ihre Truppen, während Sie mit weißer Fahne herkamen, Ihnen bis in mein Lager gefolgt sind.‹ Wohl wissend, dass unser Leben von seiner Entgegnung abhing, erklärte der Hauptmann, er hätte es niemals gewagt herzukommen, um über Frieden zu reden, wenn die Heeresleitung nicht garantiert hätte, dass alle Truppenabteilungen die Waffen ruhen lassen würden, und er versicherte, dieser Zwischenfall beruhe gewiss auf einem Irrtum bei der Übermittlung dieser Anordnung.

›Mag sein, dass es so ist, wie Sie behaupten‹, erwiderte Marengo frostig, aber Sie werden wohl verstehen, dass es nicht meine Schuld ist, wenn Ihre Kommandeure Ihnen auf der einen Seite den Auftrag erteilen, über Frieden zu verhandeln, und auf der anderen Seite zulassen, dass eine Abteilung meine Stellung angreift. Ich hätte das Recht, Sie beide auf der Stelle als Spione und Verräter zu töten; aber unter Berücksichtigung der Tatsache, dass es sich bei diesem Vorfall möglicherweise mehr um eine Schlamperei Ihrer Kommandanten handelt als um einen Akt vorsätzlichen Verrats, werde ich mich damit begnügen, nur einem von Ihnen das Leben zu nehmen.‹

Mit einer so raschen Geste, dass uns keine Zeit blieb zu reagieren, zog Marengo seine Pistole und erschoss den Hauptmann, der polternd zu Boden fiel. Anschließend steckte er die Pistole wieder ins Halfter und sagte zu mir: ›Sie können gehen, sobald das Gefecht zu Ende ist; berichten Sie Ihren Vorgesetzten von dem, was sich hier zugetragen hat, und sagen Sie ihnen, dass ich ab jetzt zu keinen Friedensverhandlungen mehr bereit bin.‹«

Der Abschied

Während von Siegler seine Geschichte erzählte, hatten wir eine Anhöhe erreicht, auf der wir auf früheren Ausflügen manchmal Halt gemacht hatten, um den Glanz der untergehenden Sonne über den Dünen zu betrachten. Doch in dem Moment stand die Sonne fast am Zenit, die gleißende Mittagsglut hing bleischwer über der Wüste und dämpfte die Farben der Landschaft.

Wenn sich dieses Treffen gegen Abend ereignet hätte, wäre meine Reaktion vielleicht anders ausgefallen, doch das grelle Licht schien meinen Groll eher noch zu schüren. Ich zog die Zügel an, wandte mich von Siegler zu und sagte ihm direkt ins Gesicht:

»Ich frage mich, ob es das tatsächlich wert war, herzukommen, nur um eine Geschichte zu hören, die nichts weiter ist als eine dieser Finten des deutschen Heers, um Jakob Marengo zu täuschen; kein Wunder, dass der Rebell nie mit einem so wenig vertrauenswürdigen Feind paktieren wollte.«

Ich merkte, dass der Schlag gesessen hatte und von Siegler einen Moment brauchte, bis er antworten konnte:

»Ihre Analyse ist wahrscheinlich zutreffend, aber bezeichnender an dieser Anekdote scheint mir die Fähigkeit des Rebellen, die Fassung zu wahren in einer Situation, in der er sich leicht von seiner Wut über den Verrat hätte leiten lassen können. Zumindest kann ich sagen, dass sein ruhiges Blut und sein Edelmut mir das Leben retteten …« Von Siegler zögerte einen Moment, bevor er fortfuhr: »Ich glaube, der stärkste Beweis für die Großherzigkeit einer Person ist, wenn sie denen verzeihen kann, die sie verletzt haben.«

Ich fand es inakzeptabel, dass dieser Mann – nachdem er sich den Eheleuten Moser und auch mir gegenüber so skrupellos verhalten hatte – es noch wagte, andere zu belehren; da ich aber jene Geschichte nicht erwähnen wollte, beschloss ich, von Siegler anderweitig anzugreifen:

»Glauben Sie etwa, Sie hätten sich meinem Mann gegenüber großherzig verhalten, als sie ihm unehrenhaftes Verhalten während des Scharmützels mit Simon Kopper vorwarfen? Wissen Sie nicht mehr, dass ich erst durch Sie von dem Zwischenfall bei Kowes erfahren habe?«

»Wenn ich mich recht erinnere, habe ich den Vorfall nur nebenbei erwähnt, und Sie waren es, die mich gedrängt haben, Ihnen Einzelheiten darüber zu erzählen. Wenn man das aber als Indiskretion bezeichnen kann, dann bedauere ich aufrichtig, möglicherweise Schaden angerichtet zu haben.«

»Selbstverständlich hat das meine Beziehung zu Hansheinrich nicht im Mindesten beeinträchtigt, denn wenn man einen Menschen liebt, ist man bereit, ihm seine Fehler zu verzeihen …«

»Ich stimme Ihnen insoweit zu, als man, um einem Menschen vergeben zu können, zuerst einmal fähig sein muss, ihn zu lieben. Ehrlich gesagt, bin ich nach Duwisib gekommen, um herauszufinden, ob Sie in der Lage wären, mir die Dummheit, die ich begangen habe, zu verzeihen. Jetzt, da ich die Antwort auf meine Frage weiß, kann ich in Frieden ziehen.«

Ich muss gestehen, dass mich die kühle Förmlichkeit seiner Worte aus der Fassung brachte; ich fürchte sogar, dass ich etwas lauter wurde, als ich ihm erwiderte:

»Siegler, an Ihrer Stelle würde ich es vermeiden, andere Leute darüber zu belehren, was Verzeihen heißt, denn Menschen Ihres Standes und Ihrer Erziehung haben es nicht gelernt, um Verzeihung zu bitten. Glauben Sie etwa, mit der Art, wie Sie einfach bei mir zu Hause hereinschneien, ohne eingeladen zu sein oder auch nur um Erlaubnis zu bitten, erwecken Sie den Eindruck, ein schlechtes Gewissen zu haben?«

Ich hatte erreicht, dass Siegler den Kopf hängen ließ und verlegen auf seine Stiefelspitzen starrte, was ich ausnutzte, um fortzufahren:

»Sie haben an meine Tür geklopft, um sich in Soldatenuniform, bereit, in den Krieg zu ziehen, von mir zu verabschieden. Aber nicht in irgendeinen Krieg: Sie werden gegen Simon Kopper kämpfen, der nicht nur der einzige noch in Freiheit befindliche Rebell ist, sondern auch derjenige, der meinen Mann bei Kowes vernichtend geschlagen hat. Und wenn es Ihnen gelingt, ihn zu besiegen, werden Sie wieder hier auftauchen und uns den Kopf des Ungeheuers vor die Tore des Schlosses werfen, um zu zeigen, wie sich ein echter Soldat und Kavalier zu verhalten hat. Aber vielleicht werden Sie sich ja nicht einmal die Mühe machen, Ihre Trophäe herzubringen, und sie einfach in der Wüste liegen lassen, so wie es Ihre Kameraden mit dem von Kugeln durchsiebten Leichnam Marengos getan haben!«

Bevor ich noch den Satz beendet hatte, bereute ich ihn bereits; nicht nur weil ich Siegler unlautere Absichten unterstellte, die auf reinen Vermutungen basierten, sondern vor allem, weil mein aufgebrachter Ton verriet, wie sehr mich das Verhalten dieses Mannes gekränkt hatte. Und ich muss einräumen, dass er in dem Moment wie ein echter Gentleman reagierte.

»Ich halte es für unnötig, auf derlei Beleidigungen zu antworten, obwohl sie meinen Eindruck bestätigen, dass ich Dinge gesagt und getan haben muss, die Sie verletzt haben, was ich zutiefst bedaure. Ich glaube, es ist jetzt an der Zeit, uns zu verabschieden, wir haben einander schon genug gekränkt.«

Ich wartete nicht mehr ab, bis Siegler sein Pferd umkehren ließ, sondern stieß Bonito die Sporen in die Flanken und galoppierte los. Der Vollblüter war eine solch unwirsche Behandlung nicht gewohnt und reagierte aufs Heftigste darauf; so flog ich in atemberaubendem Tempo über den unbefestigten Weg wie auf dem Rücken eines Pegasus, während eine innere Stimme mir zuflüsterte, wenn ich vorgehabt hätte, auch noch die letzten Bande zu kappen, die vielleicht noch zu von Siegler bestanden hatten, dann sei mir das ja gründlich gelungen.

SIEBTES BUCH

Der Bohrmeister

Die Ankunft der Bohrkolonne Süd fiel auf einen ungemütlichen Frühlingsabend, als der stürmische Himmel von einem bevorstehenden Unwetter kündete. Die Fenster im Schloss ächzten unter dem Ansturm der heftigen, mit aufwirbelndem Sand beschwerten Windböen, und das Vieh in den Ställen brüllte. Der sonst so herrliche Sonnenuntergang verschwand an dem Tag hinter dichten rötlich schimmernden Wolken.

Während dicke Regentropfen an den Fenstern im Salon zerschellten, betätigte jemand heftig den eisernen Türklopfer, und als die Angestellten öffneten, erschien die lange, schlanke Gestalt des Bohrmeisters Heinrich Karl Johannes Drews im Türrahmen. Das Wachstuchcape des Besuchers flatterte im Sturm, während der Flur von sich schlängelnden Blitzen am fernen Himmel erleuchtet wurde. Mit gespenstischer Stimme sagte Meister Drews, man habe ihn von Kuibis hergeschickt, um auf Anweisung der Regierung Bohrungen auf unserem Grundstück zu unternehmen.

Hansheinrich war hocherfreut über den Besuch des Bohrmeisters, denn er hatte schon seit längerem um die Mitarbeit des Gouvernements bei den Probebohrungen für neue Brunnen auf Duwisib gebeten, und bot Drews gleich ein Gläschen Schnaps an, welches dieser, ohne mit der Wimper zu zucken, in einem Zug leerte.

Schon als ich diesen Mann mit seinem hageren, von einem mephistophelischen Bart eingerahmten Gesicht, seinem haarlosen, geröteten Hals und seinen überlangen, sehnigen Gliedmaßen im Herrenzimmer breitbeinig auf einem Hocker sitzen sah, dachte ich, diesem Mann sei nicht zu trauen.

Als Meister Drews merkte, dass ich ihn beobachtete, vergaß er, dass ich eine Dame war, und hielt mit seinen kleinen Marderaugen herausfordernd meinem Blick stand. Zuerst ließ er seinen Blick über mein Gesicht schweifen, dann den Hals hinab bis zum Brustansatz, erfreute sich an den Rundungen, glitt weiter am Brustbein hinab, wobei er über jeden Knopf zu streichen schien, und starrte schließlich so beharrlich auf die Stelle zwischen meinen Schenkeln, dass ich vor Scham beinahe errötet wäre.

Hansheinrich bemerkte dies natürlich nicht; es hatte ihn so viele Eingaben gekostet, das Gouvernement zur Zusammenarbeit bei den Brunnenbohrungen auf der Farm zu gewinnen, dass er bemüht war, sich auf jede erdenkliche Weise bei dem Bohrmeister einzuschmeicheln. Ich wusste, dass ich mir jedes Mal, wenn wir Drews zum Kaffee oder zum Mittagessen einluden, die Bluse bis zum Hals zuknöpfen musste, damit sein indiskreter Blick nicht den kleinsten Schlitz finden konnte, um in intimere Gefilde einzudringen.

Allerdings war ich nicht das einzige Ziel seiner Lüsternheit, denn auch die schwarzen Mädchen, die am Tisch bedienten, zog er mit seinen Blicken förmlich aus; und selbst Frau Gröber wurde trotz ihres Buckels und ihrer Scheeläugigkeit zum Objekt seiner unterdrückten Begierde.

Meister Drews war mit einem unkastrierten Hengst gekommen, weshalb Hansheinrich ihm über Oberleutnant Herrschel mitteilen ließ, er möge bitte Acht geben und sein Pferd nicht frei herumlaufen lassen, denn wir hätten einen prächtigen Zuchthengst auf der Farm und fürchteten, die beiden könnten wegen der Stuten aneinandergeraten. Mit der für ihn typischen Arroganz erwiderte Drews, sein Pferd sei bereits zu alt, um sich nach den Stuten umzuschauen, doch sein Gehilfe Thiele würde ihn auf jeden Fall anbinden, wenn er selbst ihn nicht reite. Drews war mit einem weißen Gehilfen, Herrn Thiele, zwei schwarzen Boys und einem großen, von zwei Ochsengespannen gezogenen Karren – auf dem er seine Ausrüstung mitführte – nach Duwisib gekommen. Außer den Zugtieren und dem Hengst hatte die Bohrkolonne noch ein Maultier dabei, das ein unzertrennliches Gespann mit dem Hengst zu bilden schien.

Schon bald bemerkten wir, dass der Hengst den Stuten nachstellte, die sich zum Trinken von der Weide hinunter zum Fluss begaben, der nach dem Regen ordentlich Wasser führte. Obwohl Drews' Tiere und unsere eigentlich an verschiedenen Stellen weideten und sein Hengst normalerweise angebunden war oder Spannfesseln trug, geschah es irgendwann, dass sich die beiden Hengste in der Nähe der Tränke begegneten und heftig aufeinander losgingen. Hansheinrich und ich wollten gerade im Salon zu Mittag essen, als uns die Boys meldeten, der Hengst des Bohrmeisters habe Bonito angegriffen.

Hansheinrich und ich sprangen auf den Wagen, der zum Glück angespannt war, und fuhren in Windeseile zur Tränke hinunter, von wo schon das Gewieher der beiden rasenden Hengste zu hören war. Wer noch nie den Kampf zwischen zwei Hengsten miterlebt hat, kann sich schwerlich ein solches Spektakel vorstellen. Auf einer meiner Bahnreisen, die ich als Kind mit meinem Großvater durch die Prärie im Westen der USA unternahm, hatte ich in einem Gehege in der Nähe eines Bahnhofs zwei miteinander kämpfende Pferde gesehen, ein Anblick, der sich mir tief in mein Gedächtnis einprägte. Die Kraft und Geschicklichkeit, mit der die wilden Hengste jeweils den Rivalen vernichten wollten, die Grausamkeit, mit der sie alle ihnen von der Natur gegebenen Waffen einsetzten, Vorder- und Hinterhufe, Zähne, Kopf und Hals, Letzteren als Rammbock, um auf den Gegner einzuschlagen, ließen nicht erwarten, dass aus einem solchen Kampf auch nur eine von beiden Parteien unversehrt hervorgehen würde.

Als wir die Tränke von Duwisib erreichten, machte die von den kämpfenden Hengsten aufgewirbelte Staubwolke es uns unmöglich, genau zu erkennen, was dort vor sich ging, und das aufgeregte Geschrei der Boys, denen es nicht gelang, die wütenden Hengste zu trennen, machte das Chaos perfekt. Hansheinrich hatte sich rasch die Peitsche vom Kutschbock geschnappt, und ich las vom Boden einen trockenen Akazienzweig auf, der beim ersten Schlag zerbrach, den ich halbwegs blind austeilte, denn in diesem Durcheinander von Hufen, Mähnen und Geifer, das sich dort über der Wolke aus aufgewirbeltem Staub abspielte, war unmöglich zu erkennen, wer von beiden Bonito und wer der andere Hengst war.

Mit knapper Not gelang es uns, die Kämpfenden zu trennen, wobei wir mehrmals beinahe selbst von den Hufen oder den scharfen Zähnen der wütenden Bestien getroffen worden wären. Doch die Boys nutzten unser Eingreifen, um Bonito ein Seil um den Hals zu werfen, und die Gehilfen der Bohrtruppe schafften es, ihrem Pferd die Hobbels wieder anzulegen, von denen es sich befreit hatte, um auf unseren Zuchthengst loszugehen.

Beinahe wäre ich vor lauter Kummer und Wut in Tränen ausgebrochen, als ich sah, wie übel Bonito nur wegen Meister Drews' Nachlässigkeit zugerichtet worden war, der es nicht einmal für nötig gehalten hatte, persönlich am Kampfschauplatz zu erscheinen.

Als wir Bonito dann auf der Reitbahn vorsichtig traben ließen, stellten wir zum Glück fest, dass er abgesehen von zahlreichen Schrammen und Prellungen keine ernsthaften Verletzungen davongetragen hatte und die Beine ohne Schwierigkeiten bewegen konnte. Nur auf einer Seite hinkte er leicht infolge einer Bisswunde am linken Vorderbein.

Ich selbst führte ihn in seinen Stall und wusch ihm, sobald er sich einigermaßen beruhigt hatte und ich mich ihm gefahrlos nähern konnte, die Wunden mit Wasserstoffperoxid aus und rieb ihm die Verletzungen, die mir etwas tiefer erschienen, mit Heilsalbe ein. Einige Bisswunden am Hals und an den Flanken bluteten noch, und ich bandagierte ihm die einzige einer solchen Behandlung zugängliche Stelle, die linke Vorderhand, was der Hengst trotz seines unruhigen Temperaments widerstandslos über sich ergehen ließ.

Frühlingsintermezzo

In der Nacht plagten mich schreckliche Alpträume, in denen ich den brutalen Kampf zwischen den beiden Hengsten noch einmal durchlebte, doch als ich mit dem Stock auf die beiden Streithähne einschlagen wollte, um sie zu trennen, waren es auf einmal nicht mehr Bonito und der andere Hengst, sondern zwei Männer in der Uniform der Schutztruppe, einer sehr hoch gewachsen, der ein wenig Hansheinrich ähnelte, und der andere etwas kleiner, dessen Gesichtszüge an die Ernst von Sieglers erinnerten, wenngleich der Oberleutnant totenblass war. Der Traum schien so real, dass ich völlig verängstigt aufwachte.

Ich brachte mehrere Tage fast ausschließlich damit zu, unseren verletzten Zuchthengst zu pflegen, und glücklicherweise zeigten die Spülungen mit Wasserstoffperoxid und die antiseptischen Salben Wirkung, denn keine seiner Wunden infizierte sich, und auch von der Bissverletzung an der Vorderhand erholte Bonito sich zumindest teilweise. Endlich hatte die Regenzeit begonnen, die in dem Jahr viel Regen brachte, der sich wie aus Kübeln auf die dürstende Erde ergoss, die ausgetrockneten Flussbetten über Nacht zu reißenden Strömen anschwellen ließ und die dürren Ebenen in üppiges Weideland verwandelte. Wenn der Regen in jener kargen Gegend auch immer ein Segen ist, so waren wir doch besonders auf ihn angewiesen, denn hätte die Trockenzeit noch ein paar Wochen länger gedauert, hätten wir unser gesamtes Vieh einzeln durchfüttern müssen, was uns rasch in den Ruin getrieben hätte.

Selbst nach diesem gravierenden Zwischenfall begnügte sich Hansheinrich damit, den Bohrmeister darauf aufmerksam zu machen, er möge doch bitte seinen Hengst in Richtung Südosten weiden lassen; da unsere Stuten mehr im nordwestlichen Tal weideten, würden sich die beiden Zuchthengste so wohl kaum begegnen. Als das Gras hoch genug gewachsen war, konnten wir die

Stuten aus dem Gehege freilassen, so dass Bonito, sobald er sich von dem Kampf mit seinem Rivalen erholt hatte, anfing, ihnen nachzustellen, und ganz ohne fremde Hilfe mehrere von ihnen deckte. Damit hielten Hansheinrich und ich die Sorgen, die uns der Hengst bereitet hatte, für beendet. Es folgten Wochen relativer Ruhe, in denen wir uns an der herrlichen Buntheit erfreuen konnten, die der Regen der Wüste beschert hatte. In jenen Tagen erhielten wir auch Besuch von den Eheleuten Stauch.

August Stauch hatte eine Reise mit der Pferdekutsche von Lüderitz in die Hauptstadt organisiert, damit Ida, seine Frau – die zum ersten Mal Südwestafrika besuchte –, eine Vorstellung von der ungeheuren Weite der Wüste bekam. Offensichtlich war Stauch so stolz, seiner Frau ein Aristokratenehepaar vorstellen zu können, das in einem echten Schloss mitten im Nirgendwo residierte – also uns –, dass er Duwisib unbedingt in seine Reiseroute mit einbeziehen wollte. Ida wirkte auf mich wie eine dieser verlässlichen Ehefrauen, die einen bedeutenden Mann brauchen, um abgesichert zu sein; nachdem ich – mit mäßigem Erfolg – versucht hatte, mit ihr ins Gespräch zu kommen, dachte ich, Stauch könne sich glücklich schätzen, denn wenn seine Frau auch nie seine Phantasie anregen würde, so würde sie ihm doch auch niemals eine unangenehme Überraschung bereiten.

Nichts an Frau Stauch war unangenehm, außer dass sie sich – nach ihrer molligen Figur zu urteilen – wohl die Zeit der Einsamkeit während der langen Abwesenheit ihres Ehegatten mit Bonbons und Keksen versüßt hatte. Vielleicht um sich dafür zu rächen, dass August und ich uns immer gut verstanden hatten, wandte Hansheinrich für Ida seinen ganzen männlichen Charme auf, führte sie über die Farm, um ihr die gesamten Einrichtungen zu zeigen sowie unsere frisch erworbene Karakulschafherde. Als wir dann abends noch zusammensaßen, brachte er sie mit seinen Witzen zum Lachen und widmete ihr mehrere Lieder am Klavier.

Als wir uns schließlich in unser Schlafzimmer zurückzogen und ich gegenüber Hansheinrich bemerkte, ich hätte nie gedacht, dass er sich von einer Frau wie Ida angezogen fühlen könnte, sagte mein Mann, manchmal sei es durchaus erfrischend, einen gutherzigen und unkomplizierten Menschen kennenzulernen; was mich ein wenig nachdenklich stimmte, denn obwohl es zunächst lediglich ein Kompliment für Ida war, konnte man es auch als verbrämte Kritik an Personen mit komplizierterem Charakter wie in meinem Fall verstehen.

Was Hansheinrich nicht ahnen konnte, war, dass wir mit unserer ausgesuchten Gastlichkeit und begeisterten Schilderung der Vorzüge eines Lebens auf dem Lande – ohne die Nachteile zu beleuchten – Stauch den Floh ins Ohr setzten, ebenfalls ein ländliches Anwesen zu erwerben. Der Geist jenes Mannes war wie ein Schwamm, dürstend nach neuen Interessen und neuen Möglichkeiten, sein umfangreiches Vermögen anzulegen. Das von Hansheinrich begonnene Werk wurde schließlich von Albert Voigt vollendet, als die Stauchs auf dem Weg nach Windhuk bei Voigstgrund vorbeischauten.

Albert Voigt besaß, was die Planung von Geschäften anging, eine ähnliche Mentalität wie Stauch und erklärte dem Diamantenmillionär, wie er sein Vermögen und seinen Einfluss im Land sichern konnte, indem er einen Teil dieser Trockengebiete durch den Bau von Staudämmen und Bewässerungsgräben fruchtbar machte. So wurde eine Politik aus der Taufe gehoben, die sich später die Kolonialregierung unter dem Schlagwort »Diamanten in Wasser verwandeln« zu eigen machen sollte.

Auf jener Reise wies Voigt Stauch auf ein großes zum Verkauf stehendes Landgut in der Gegend von Haribes, unweit von Gibeon, hin, das Stauch, ohne lange zu zögern, als Geschenk für Ida zu ihrer afrikanischen Hochzeitsreise erwarb. Das war jedoch lediglich der Vorgeschmack, der dazu diente, Stauchs Hunger nach Land anzustacheln, hierin ähnlich wie ehedem Hansheinrich, nur mit dem Unterschied, dass kein kleingeistiger Beamter aus dem

Tintenpalast es wagte, einem der wohlhabendsten und einflussreichsten Männer der Kolonie ein paar tausend Hektar auszuschlagen.

Als Erstes stellte Stauch einen erfahrenen Landwirt als Verwalter ein und begann mit seiner Hilfe zwei benachbarte Farmen von Haribes – Ritriver und Friedabrunn – zu betreiben, womit er am Ende hunderttausend angrenzende Hektar Land zu einem Gut vereinte, das er Stammland nannte, von wo aus er seine Viehzucht- und Bewässerungsprogramme organisierte. Das Briefpapier für seine Korrespondenz von der Farm trug die Initialen A. S. in gotischer Schrift über den Umrissen einer Sanddüne, wenngleich sich dieser Teil des Brachlandes sehr bald in eine blühende Landschaft verwandeln sollte.

Kurze Zeit nach dem Besuch der Stauchs bei uns auf Duwisib erhielt ich einen Brief von meiner Mutter, in dem sie mir mitteilte, dass mein Bruder Frederick nach Beendigung seiner Ausbildung in der Akademie von West Point seine militärische Laufbahn im *U. S. Army Signal Corps* begonnen habe, das sich damals vornehmlich mit Ballons, Flugmaschinen und anderen Erfindungen beschäftigte, die von militärischem Nutzen sein konnten. Jo-Jo – wie wir ihn in der Familie nannten – war von den Gebrüdern Wright ausgebildet worden, um das erste Flugzeug zu steuern, das sie der Armee für die astronomische Summe von dreißigtausend Dollar verkauft hatten. Todesmutig und mit erstaunlicher Entschlossenheit hatte Frederick dieses plumpe Konstrukt aus Bambusstäben, Segeltuch und Drähten bestiegen, dessen Motor mit Fahrradketten an den Propeller gekoppelt war, und es geschafft, sich mehrere Stunden in der Luft zu halten in einer Aktion, die als der erste Flug eines Piloten der U. S. Army in die Geschichte eingehen sollte.

Ich muss gestehen, dass diese Nachricht von der Heldentat meines jüngeren Bruders widersprüchliche Gefühle in mir wachrief; einerseits war ich stolz, dass ein Mitglied meiner Familie sich auf einem Gebiet hervortat, das zur damaligen Zeit zwar noch ein wenig abwegig erscheinen mochte, aber sicherlich einer großen Zukunft entgegensah. Andererseits verstand ich jenen einsamen Flug als ein Zeichen der Emanzipation, der Lösung aus der Abhängigkeit von uns, seiner Mutter und seiner älteren Schwester, die wir ihn, selbst nachdem er zum Kadetten aufgestiegen war, immer noch bei seinem kindlichen Kosenamen nannten. Als ich die Nachricht von seinem ersten selbständigen Flug erhielt, sandte ich ihm vom Telegrafenamt in Maltahöhe ein Telegramm mit folgendem Wortlaut:

LIEBER JO-JO, WENN DU DIE FÜSSE WIEDER AUF DEN BODEN SETZT, SEI FEST UMARMT VON DEINER SCHWESTER JAYTA.

Pegasus verlässt uns

Leider waren jene glücklichen Tage so etwas wie die Ruhe vor einem schrecklichen Sturm. Wir hatten Bonito auf der Weide in Flussnähe freien Auslauf verschafft, damit er sich vollständig erholte und je nach Lust und Laune Zugang zu den Stuten hatte, doch eines Morgens kamen die Burschen, die sich um ihn kümmerten, mit der Nachricht, der Zuchthengst sei in der Nacht aus der Umzäunung ausgebrochen und da der nächtliche Regen alle Spuren verwischt habe, könnten sie ihn nicht ausfindig machen. Hansheinrich und ich schwangen uns aufs Pferd und ritten Zoll für Zoll das gesamte Duwisib-Tal ab, schauten in jeder kleinsten Talmulde, hinter jedem Gebüsch nach, ob Bonito sich dort irgendwo versteckt hielt.

Da das Gras inzwischen sehr hoch gewachsen war, befürchteten wir, das Pferd sei wieder erkrankt und liege irgendwo in einem Winkel, wo wir es kaum finden würden. Bis uns der Gedanke kam, der Hengst könnte von einem Löwen oder einem Leoparden angefallen worden sein, obwohl inzwischen nur noch selten Löwen durch die Region streunten, und dass ein Leopard es gewagt haben sollte, ein Tier dieses Kalibers anzugreifen, war noch unwahrscheinlicher.

Am ersten Abend, an dem ich völlig erschöpft von der stundenlangen Suche zu Pferd nach dem Zuchthengst heimkehrte, war ich zu nervös, um Schlaf zu finden. Ich blieb noch lange am Feuer sitzen, wo die tanzenden Flammen mir den Tag ins Gedächtnis riefen, an dem Ernst von Siegler vorbeigekommen war, um sich von mir zu verabschieden und mir die Geschichte von Jakob Marengo zu erzählen. Ich wurde das Bild des Reiters nicht los, wie er mit dem schräg sitzenden Hut und dem im Trott schaukelnden Gewehrhalfter zwischen den Dünen am Horizont verschwand. Schlimmer noch war, dass ich an dem Tag auf Bonito geritten war, denn die Gestalt des Oberleutnants überlappte sich in meiner Vorstellung mit dem Bild des über die Wiesen von Duwisib galoppierenden Hengstes.

Am Morgen des vierten Tages überbrachte uns der Buschmann Joseph schließlich die Nachricht, er habe Bonito tot in einem Bachbett etwa fünf Kilometer vom Schloss entfernt aufgefunden. Wir hatten nicht die geringste Ahnung, was geschehen war, aber Hansheinrich bat mich, ihn zu begleiten, und auch Leutnant Herrschel, Fröhlich, die Hereros Paul und Ernst sowie den Buschmann Joseph, der den Leichnam entdeckt hatte, nahmen wir mit. Der Mann führte uns zu einem kleinen Bach, an dessen Ufer der Hengst ausgestreckt liegen geblieben war, nachdem er in Todesangst die umliegende Erde aufgewühlt hatte, so als wollte er sich mit den Hufen sein eigenes Grab schaufeln.

Als ich mich davon überzeugt hatte, dass es sich bei diesem halb im Schlamm versackten Häuflein aus Haut und Knochen tatsächlich um das prachtvolle Tier handelte, das am Strand von Lüderitz vom Schiff gegangen war, kehrte ich mit den Boys nach Duwisib zurück, während die anderen dort blieben, um die Spuren rund um den Kadaver zu inspizieren, den Hengst zu obduzieren und so die Todesursache herauszufinden, obwohl für mich offensichtlich war, dass Bonito erneut von Meister Drews' Hengst angegriffen worden war.

Noch am gleichen Abend schrieb Hansheinrich ein Protokoll, das wir alle, die wir am Bach gewesen waren, unterzeichneten, um vom Staat eine Entschädigung für diesen Verlust zu erhalten, der eindeutig auf die Unachtsamkeit der Angestellten von der Bohrkolonne zurückzuführen war.

In diesem Protokoll stand im Wortlaut:

»Die Unterzeichneten konstatierten zwei frische große Bisswunden an der rechten Halsseite und eine solche am rechten Hinterbein. Nachdem Bonito auf die andere Seite gedreht wurde, sah man, dass das linke Vorderknie geschlagen war, und noch eine große blutrünstige Stelle in der Weiche. Der Buschmann Joseph ging nun daran, das Tier abzuhäuten, und man sah am Bug eine geschwollene Stelle; als das Abhäuten bis zu dieser Stelle gelangt war, quollen eine Menge Blutgerinnsel heraus. Während die Haut am übrigen Körper fest am Gewebe haftete, war sie an der fraglichen Stelle losgelöst; das darunter befindliche Gewebe war zerstört und blutrünstig. Allem Anschein nach ist durch einen Schlag in die Gegend zwischen Hals und Schultergelenk eine Blutung aus der großen Halsarterie erfolgt und dieses als unmittelbare Todesursache des Hengstes anzusehen.

Der Verdacht der Täterschaft hatte sich bei allen Unterzeichneten sofort auf den Hengst der Bohrkolonne gerichtet. Doch möchte ich damit dem Bohrmeister Drews, der ein besonders pflichttreuer und entgegenkommender Mann ist, keinen absoluten Vorwurf machen.«

Mir war schleierhaft, warum Hansheinrich sein Protokoll mit diesem Satz enden ließ, in dem er Drews von der Verantwortung freizusprechen schien, obschon diese Tragödie doch unverkennbar hätte vermieden werden können, wenn der Bohrmeister seiner Pflicht nachgekommen wäre, den Hengst wie versprochen zu beaufsichtigen. Nach deutschem Recht hatte der Staat zu haften, falls einer seiner Angestellten seine Sorgfaltspflicht gegenüber einem von ihm gehaltenen Tier vernachlässigte und infolgedessen ein Dritter geschädigt wurde. Da der Deckhengst uns zwölftausend Mark gekostet hatte und der Transport weitere tausend, beschlossen wir, vom Fiskus fünfundzwanzigtausend Mark Schadensersatz zu fordern, da Bonitos Tod für unsere geplante Pferdezucht – bei der dem Deckhengst eine zentrale Rolle zufiel – unkalkulierbare Folgen haben würde.

Zum Dank für Hansheinrichs ritterliche Verneigung gegenüber Drews behauptete der Bohrmeister bei seiner späteren Aussage, es sei nicht klar ersichtlich, dass sein Pferd Bonitos Tod herbeigeführt habe. Als er zur Aussage vor dem Distriktschef von Lüderitz geladen wurde, verteidigte er sich mit der Behauptung, der Deckhengst sei schon vorher krank gewesen. Der Bezirksrichter Bohmer fasste in seinem Urteil die Aussagen weiterer Zeugen, die Drews' Version bestätigten, zusammen:

»Gegenüber der Ausführung des Klägers, der einen gewaltsamen Tod seines Pferdes annimmt, behauptet der Beklagte, dass eine Reihe von Momenten eine natürliche Todesursache wahrscheinlich machen.

Der Farmverwalter Kessler, auf den ich mich hiermit als Zeugen berufe, wird bestätigen können, dass der Hengst Bonito sich in sehr schlechtem Futterzustand befunden hat. Dem Tier, das an Stallfütterung gewöhnt war, fiel es außerordentlich schwer, sich an das Weiden zu gewöhnen; es musste längere Zeit in den Kraal gestellt und mit Hafer und Luzerne gefüttert werden. Kessler kann weiter aussagen, dass der doppelte Haarwechsel, den Bonito durchmachen musste – er war im April im Winterhaar in Deutschland verladen worden, haarte sich dann auf der Reise aus, bei seinem Eintreffen im Mai kam er hier in die kalte Jahreszeit und erhielt gleich wieder Winterhaar –, ihn sehr geschwächt hat.«

Hansheinrich ging gegen diesen ersten Urteilsspruch in Berufung, und nach mehreren Entscheidungen gelangte der Fall Bonito vor das oberste Gericht in Windhuk; doch erst nach mehrjährigen Gerichtsverfahren erwirkten wir eine vernünftige Entschädigung durch eine außergerichtliche Einigung. Die Entwicklung dieses Falls ließ mich mein bisheriges Vertrauen in die Justiz verlieren, denn nachdem ich umfangreiche Akten und juristische Beweisführungen in einer in höchstem Maße verdrehten Rechtssprache gelesen hatte, war ich überzeugt, dass es einem Advokaten, der in der Lage war, den Richter von seiner Auslegung eines Gesetzes zu überzeugen, gelingen konnte – wenn die Umstände es erforderten –, den Richter auch vom Gegenteil zu überzeugen.

Aber Bonitos Tod hinterließ in meinem Gemüt noch tiefere Spuren als die rechtlichen Debatten und der materielle Schaden. Ich war überzeugt, dass insgeheim eine Parallele zwischen dem Schicksal des Pferdes und dem von Oberleutnant von Siegler bestand, und von dem Moment an, da ich den Hengst dort hatte leblos in dem Bachbett liegen sehen, hatte ich die Eingebung, dass ich Ernst von Siegler nicht lebend wiedersehen würde. Dieser Gedanke verursachte mir schreckliche Alpträume, in denen sich Erinnerungen an den Anblick des toten, von den Aasgeiern angefressenen Hengstes mit Visionen von dem in der gleichen Weise im Wüstensand hingestreckten Leichnam von Sieglers vermengten.

Der Schleier des Geheimnisses, der die Erkundung der Kalahari als militärische Sondermission umgab, verbot jegliche Nachricht über das, was mit dem Expeditionskorps von Erckerts geschah, und der Einzige, der etwas hätte wissen können, Hansheinrich, war der Letzte, an den ich mich gewendet hätte, um etwas über die

Vorgänge in der Wüste zu erfahren. Als mein Mann beim Aufwachen Spuren meiner nächtlichen Tränen sah, dachte er, ich hätte den Verlust unseres Hengstes noch nicht verwunden.

Das Paradies der Hottentotten

In Duwisib waren wir so abgeschieden von der Welt, dass uns Nachrichten von außen nur erreichten, wenn irgendein Reisender auf dem Weg an die Küste oder eine Polizeipatrouille, die einen Flüchtigen bis in die Wüste verfolgte, am Schloss vorbeikam. Die einzige Person, von der ich Informationen über die Expedition in die Kalahari bekommen konnte, war der Prospektor Max E. Baericke, als er und seine Freunde in Duwisib vorbeikamen auf der Suche nach dem sogenannten Paradies der Hottentotten, einem sagenhaften Flecken Erde, wo man, wie erzählt wurde, noch ganze Hände voller Diamanten auflesen konnte.

Die Geschichte dieses Diamantlagers kursierte unter den Eingeborenen an der Küste bereits lange bevor Lüderitz den unwirtlichen Küstenstreifen von Joseph Fredericks erwarb; und später wurde sie von den burischen Trekkers wiederholt, die während des Krieges Versorgungsgüter über die Grenze brachten.

Jene Legende hatte die Hoffnung der Schürfer genährt, die unter den von Dornseif diktierten Beschränkungen litten wie etwa Max E. Baericke. Als er sich nach der Entdeckung der Diamantlager der Aussicht beraubt sah, reich zu werden, hatte Baericke über seinen Freund Max Blöedorn – derselbe, der im Auftrag von Kreplin Besen und Kartons besorgt hatte, um August Stauchs Diamantfelder zu kennzeichnen – eine Anstellung in der Agentur von Alfred Berger in Kuibis gefunden.

Kurz bevor die dubiose Person, die ihm vom Paradies der Hottentotten erzählen sollte, in Kuibis auftauchte, war der Farmer Oskar Klinge mit einem Karren voller Steinproben, die er auf seiner Farm gefunden hatte, in Baerickes Büro erschienen. Klinge wollte eigentlich Professor Kaiser aufsuchen, der vorübergehend bei der Agentur Berger arbeitete, um seine Mineralien von ihm untersuchen zu lassen; als er ihn aber nicht in Kuibis antraf, übergab er sie Baericke zur Begutachtung.

Baericke hatte noch keine Zeit gehabt, die Steine näher zu untersuchen, die Klinge auf dem Boden seines Büros verstreut hatte liegen lassen, als ein Schwarzer fortgeschrittenen Alters und von beträchtlicher Statur an seiner Tür klopfte und gleich von ihm wissen wollte, ob er der Prospektor sei. Als Baericke ihn fragte, wer er denn sei, sagte der Fremde, sein Name laute Traugott Fredericks, er sei der Bruder des Hottentottenkapitäns von Bethanien und habe eine Zeitlang auf den Diamantfeldern von Kolmanskuppe gearbeitet, wo er allerdings nur kleine Diamanten gefunden habe. Doch er, Traugott Fredericks, wisse, wo die großen lägen, und sei bereit, Baericke zu der Stelle zu führen.

Als Baericke ihn fragte, wie er von dem Ort, wo man diese dicken Diamanten finden könne, erfahren habe, nahm Traugott den Hut ab und schnalzte mit der Zunge, um seinen Worten Nachdruck zu verleihen.

»Baas, die Zeit vergeht nicht spurlos, und ich bin nicht mehr so widerstandsfähig. Aber in meinen Jugendjahren habe ich mit meinem Vater Joseph Fredericks die Wüste von einem Ende zum anderen durchstreift. So um die 1860er Jahre, ungefähr zu der Zeit, als der Engländer Sinclair kam, um sich in unserer Gegend niederzulassen, ist ein holländisches Schiff an der Küste, nicht weit von Spencer Bay, gestrandet, und alle Überlebenden des Schiffsunglücks tauchten hungrig und geschwächt im Dorf meines Vaters auf, der anordnete, ein paar Schafe zu schlachten und den Menschen Fleisch und Milch zu geben, bis sie satt wären. Nachdem sie sich erholt hatten, machten sich die Seeleute auf den Weg nach Kolmannshoop und ließen das Schiff zurück. Daraufhin, baas, durchquerten wir, alle Bethanier, die Wüste bis zur Küste, um das Schiffswrack zu sehen, das noch fast unversehrt in der Sandbank feststeckte.

Als wir mit Hilfe von Seilen auf das Deck stiegen, das Schlagseite hatte, erbeuteten wir im Innern kostbare Gegenstände und Vorräte, wie wir sie uns nie hätten leisten können. Mehr als zwei Wochen lang feierten wir das herrlichste Fest meiner Erinnerung, bei dem wir in Bier, Mehl, Zucker und Tabak schwelgten; ich war damals noch sehr jung, kräftig genug, um die ganze Nacht um ein riesiges Lagerfeuer zu tanzen, das wir mit vom Schiffsrumpf abgerissenen Holzplanken neben dem Schiff angezündet hatten, bis ich im Morgengrauen übersatt von Schnaps und Trockenkeksen in den feuchten Sand fiel.

Je mehr wir es auseinandernahmen, desto mehr ähnelte das Schiff dem Gerippe der Walfische, die die amerikanischen Walfänger an die Lüderitzer Strände schleppten, um sie dort in große Blöcke zu zerlegen, aus denen sie später Tran gewannen. Nach und nach schleppten wir die Segel, die Masten, die Blechlaternen, den Kompassraum mit seinen zwei Stahlkugeln, die Schrankkoffer der Besatzung und den Getränkevorrat des Kapitäns ab, wo es noch Spirituosen aus der Zeit gab, in der die Holländer sich eben erst am Kap niedergelassen hatten, und die wir bis auf den letzten Tropfen leerten, indem wir die Lippen direkt an den Flaschenhals setzten. Am Ende blieben nur noch die beiden großen Anker aus rostigem Eisen auf dem weißen Sand zurück, denn die waren zu schwer, um sie quer durch die Wüste zu transportieren.«

Als Baericke mir bei seinem Aufenthalt in Duwisib wiederholte, was ihm Traugott erzählt hatte, fragte ich ihn, ob jenes gestrandete Schiff vielleicht etwas mit dem Boot zu tun habe, dessen Rumpf Ernst von Siegler mitten in der Wüste gefunden hatte; doch Baericke meinte, dabei handle es sich sicherlich um ein anderes Schiff, denn das Wrack, das die Hottentotten geplündert hätten, sei in den Untiefen von Spencer Bay auf Grund gelaufen.

»Einmal«, hatte Traugott Fredericks weiter erzählt, »haben mein Vater und ich, um zu dem gestrandeten Schiff zu gelangen, eine Abkürzung genommen, die an Sinclairs Farm vorbeiführte, wo der Engländer die Erde auf der Suche nach Kupfer bereits überall durchlöchert hatte. Einige Tagesmärsche weiter, quer durch die Wüste, erreichten wir eine kleine Wasserstelle, umgeben von Bäumen und Gras. Das Wasser sprudelte aus einer Felswand hervor und verschwand dann in einer Vertiefung, und mein Vater versperrte den Zugang zur Quelle mit einem Stein, damit die Tiere sie nicht erschöpfen konnten. Mein Vater wusste von der Existenz dieser Oase, weil mein Großvater ihm davon erzählt hatte; von der neuen Generation war nur meinem Bruder Paul und mir bekannt, wo sie lag. In der Nacht, als wir in der Nähe der Quelle lagerten, schickte mein Vater mich aus, Holz zu sammeln als Nachschub für ein Lagerfeuer, das wir bereitet hatten, indem wir Buschmannkerzen und trockenes Geäst durch das Reiben zweier Stöckchen zum Brennen brachten, um uns darin eine Antilopenkeule zu braten.

Als ich mich aufmachte, um nach mehr Brennmaterial zu suchen, entdeckte ich im fahlen Sternenschimmer auf dem Sand plötzlich einen glitzernden Stein zwischen den übrigen Kieseln. Ich brachte ihn meinem Vater, der ihn am Futter seiner Jacke sauber rieb und aus allen Blickwinkeln im Schein des Lagerfeuers betrachtete. Es war ein großer Diamant, den wir auf dem Rückweg an Sinclair aushändigten, wofür er uns einen ganzen Karren mit drei Ochsengespannen gab. Baas, an der Stelle lagen noch viele Steine wie dieser, aber keiner weiß von ihrer Existenz, obwohl es nicht schwierig wäre, sie vom Tschaukaib-Tal im Süden der Zaris-Berge aus zu Pferd in zwei Tagen und Nächten zu erreichen.«

Als Baericke Traugott fragte, warum er nach Kuibis gekommen sei, um ihm das zu erzählen, gab der Schwarze zu, dass er die Hilfe eines Weißen brauche, um die Diamanten zu holen, da es den Schwarzen nicht erlaubt sei zu schürfen, obschon jene Zone sich außerhalb des Sperrgebiets befände, was aber auch nicht ganz einleuchtend klang. Er fügte noch hinzu, die Hottentotten, in deren Begleitung er nach Berseba gereist sei, hätten ihm den alten Schürfer als einen der wenigen Weißen empfohlen, die die Schwarzen nicht betrögen.

Auf der Jagd nach dem Phantom

Baericke war schon bereit gewesen, sich mit dem Schwarzen hinsichtlich der Expedition einig zu werden, als sein Freund Max Blöedorn ins Büro hereinplatzte, der vom Nebenraum aus zufällig das Gespräch mit angehört hatte und Baericke nun mit einer Entschuldigung für die Störung beiseitenahm, um ihm zu sagen:

»Mag sein, dass an der Geschichte, die der Kerl dir erzählt hat, was dran ist, aber falls du dich entschließt, dem nachzugehen, solltest du auf keinen Fall mit ihm allein losziehen. Jene Gegend liegt mehr als zwei Tagesmärsche von der nächsten Wasserstelle entfernt, und man kann nicht vier Tage lang durch die Wüste reiten, ohne eine Rast einzulegen. Und wenn dieser Typ dich übers Ohr hauen will, kann er, während du schläfst, mit deinen Pferden verschwinden und dich so zum Tod durch Verdursten verdammen oder dich sogar mit deinem eigenen Gewehr abknallen. Dann werden deine Freunde lange nicht erfahren, wo du abgeblieben bist.«

Einige Jahre zuvor hatte Baericke schon einmal auf der Fahrt mit seinem Ochsenkarren nach Berseba, wo er seine Waren verkaufen wollte, üble Erfahrungen gemacht. In der Nähe von Besondermaid hatte er die Ochsen ausgespannt und sich im Schatten seines Karrens hingelegt, um etwas zu ruhen, als er halb im Schlaf die Stimme eines ihm unbekannten Schwarzen zu hören glaubte, der mit zwei Männern redete. Er merkte, wie der Fremde sich seinem Karren näherte, sich die Flinte griff, die Baericke an eines der Räder gelehnt hatte, sie entsicherte und mit der Waffe auf ihn zielte in der Annahme, er schlafe. Doch Baericke, der die Angewohnheit hatte, mit einem offenen Auge zu schlafen, ähnlich wie man es den Hasen nachsagt, zog blitzschnell seine Browning aus dem Halfter und durchschlug dem ungebetenen Gast mit einer Kugel den Ellenbogen, womit er ihn zwang, die Flinte fallen zu lassen.

Während Baericke ihm die Schusswunde verband, schwor dieser Halunke Stein und Bein, er habe in keinem Moment daran gedacht, auf ihn zu schießen, sondern nur ein wenig mit der Waffe herumgespielt. Einige Zeit später hatte Baericke jedoch erfahren, dass der Kerl von dem geächteten Jacob Lamberts beauftragt worden war, ihm nachzuspionieren.

Baericke hörte auf Blöedorn und sagte Traugott, nachdem er ihn mit Schnaps abgefüllt und ihm eine Lage Tabak geschenkt hatte, er solle später wiederkommen, um ihm Zeit zum Nachdenken zu geben. Anschließend machte er sich mit Blöedorn daran, auf einer Militärkarte die ungefähre Entfernung bis zu der betreffenden Zone auszumessen. Wenn man davon ausging, dass ein gutes Pferd im Schnitt etwa sechzig Kilometer am Tag schaffen könnte, würden die Schürfer wenigstens eine Woche quer durch die Wüste reiten müssen, die Rückkehr nicht eingerechnet. Blöedorn riet Baericke, für eine Expedition solchen Ausmaßes die Dienste einiger Veteranen der Schutztruppe in Anspruch zu nehmen, die sich in Aus niedergelassen hatten, vertrauenswürdige Männer, fähig, auf jede Notlage zu reagieren.

Als Traugott Fredericks am Abend zurückkehrte, gingen sie gemeinsam zur Polizeistation von Kuibis, um den Arbeitsvertrag mit dem Schwarzen zu unterzeichnen, da es ihm von Gesetzes wegen nicht erlaubt war, sich ohne Ausweis aus ihrem Bezirk zu entfernen. Als der Chef der Polizeistation Jakob Hunold, ein Veteran der Kampagne gegen Hendrik Witbooi, sie kommen sah, erkannte er Traugott sofort und fragte Baericke:

»Was hat dich denn geritten, mir diesen alten Gauner herzubringen?«

Baericke erklärte ihm, dass der Schwarze ihn bei einer Expedition in die Wüste auf der Suche nach Diamanten begleiten würde.

»Ach so, vielleicht kann er dir dabei tatsächlich von Nutzen sein, denn ich glaube kaum, dass dieser Strolch zu irgendetwas anderem taugt. Aber komm bloß nie auf die Idee, eine Flasche Schnaps in seiner Nähe stehen zu lassen, denn ehe du dichs versiehst, ist sie leer.«

Hunolt, der auch die Geschichte von dem an der Küste gestrandeten holländischen Schiff kannte, meinte dazu nur:

»Er und sein Vater schafften es mit ein paar anderen Stammesbrüdern, eine ganze Ladung Schnaps zu vernichten.«

Nach diesen Warnungen händigte er ihnen den Arbeitsausweis für Traugott aus, und Baericke bat seine Vorgesetzten in Lüderitz schriftlich um Beurlaubung von seiner Arbeit, was diese unter der Bedingung genehmigten, dass die Gesellschaft mit zehn Prozent an der Expedition beteiligt wurde, wobei der Direktor, Alfred Merting, weitere fünf Prozent Beteiligung für sich persönlich verlangte. Blöedorns Rat folgend, nahm Baericke noch zwei pensionierte Polizisten, Koppel und Hartkopf, sowie einen Veteranen der Schutztruppe, Weimers, um den Preis einer Beteiligung von jeweils fünf Prozent unter Vertrag. Somit reduzierte sich Baerickes Anteil am Gewinn der Expedition auf siebzig Prozent. Alle zusammen streckten sie die notwendige Summe vor, um sechs Maultiere, einen Wagen, mehrere Packsattel und Schürfausrüstungen zu erwerben, nicht mit eingerechnet die beiden Reitpferde sowie vier Kisten Rum und Cognac, die Baericke persönlich zu diesem Abenteuer beisteuerte.

So ausgerüstet verließen die Schürfer eines frostigen Morgens Aus in Richtung Norden. Die am Wagen hängenden ledernen Wassersäcke waren vollständig gefroren, und das Tiras-Tal – das etwa tausendfünfhundert Meter über dem Meeresspiegel liegt – war über und über von Raureif bedeckt, so als hätte es heftig geschneit. Baericke und Weimers saßen auf dem vorderen Kasten und lenkten den Wagen, und die beiden ehemaligen Polizisten ritten zu Pferde, gefolgt von Traugott, der mal hinter dem Wagen hertrottete und mal auf dem Kutschbock saß.

Jede neue Etappe bot eine willkommene Gelegenheit, um eine Flasche Cognac oder Rum zu entkorken, so dass sie die Strecke mit leeren Schnapsflaschen pflasterten. Nachdem sie die Packsättel gelöst und die Maultiere und die Pferde angebunden hatten, entfachten sie ein großes Lagerfeuer und wärmten sich den Magen mit einem ordentlichen Schluck Grog auf, während sie in Erinnerungen an ihre Soldatenzeit schwelgten, bis sie, den Kopf auf den Sattel gebettet und die Füße zur Glut hin ausgerichtet, unter dem strahlenden Sternenhimmel einschliefen.

Im Morgengrauen weckte sie die mächtige Stimme von Unteroffizier Koppel wie beim Appell im Feldlager: »Antreten in Reih und Glied. Und auf, auf im Sturmschritt!«, und schon marschierten sie los, immer offenen Auges auf der Suche nach einer Jagdbeute für den Braten. Da er während des Feldzugs gegen die Rebellen viele Tage in der Wüste verbracht hatte, waren Weimers Augen besonders geschärft, wenn es darum ging, in der Ferne Herden von Springböcken oder Klippspringern zu orten. Eines Morgens machte Weimers seine Kameraden auf kleine Punkte am Horizont aufmerksam, doch keiner konnte erkennen, worum es sich dabei handelte.

»Im Ernst, könnt ihr wirklich diese große Springbockherde direkt vor unseren Augen nicht sehen?«

Als Baericke das Fernrohr in die von Weimers angegebene Richtung ansetzte und mit knapper Not eine Antilopenherde ausmachen konnte, fragte er seinen Kameraden, wie es nur möglich sei, dass er – ohne Fernglas – so winzige Tiere über mehr als drei Kilometer weit sehen könne.

»Ganz einfach«, erklärte Weimers, »ich benutze die Technik der Hottentotten. Nicht dass ich auf diese Entfernung exakt die Umrisse dieser Tiere erkennen könnte, aber ich prüfe das Flirren des

Lichts, wenn sie sich mir zukehren und in der Sonne das weiße Bauchfell aufleuchtet.«

Tatsache ist, dass an einem klaren Wintertag ohne jede Spur von Feuchtigkeit in der Atmosphäre die Sicht auf der Hochebene mehr als hundert Kilometer weit reichen konnte.

Als sie an der Polizeistation von Kunjas vorbeikamen, luden die Wachtmeister, ehemalige Kollegen von Koppel und Hartkopf, dieselben, die einst Fröhlich auf seinem beschwerlichen Weg mit den Schafen vor dem Verdursten gerettet hatten, sie ein, die Nacht dort zu verbringen. Erneut lebten alte Geschichten auf, wobei die Kanne mehrmals mit Grog aufgefüllt werden musste; die Wachtmeister holten einen Laib Roggenbrot, Butter und eine Büchse Pflaumenmus hervor, was sie an den Refrain erinnerte, den sie gerne während des Militärdienstes anstimmten: »Das wäre gelacht, wenn Pflaumenmus keine Kräfte macht!«

Doch während sie am Lagerfeuer der alten Zeiten gedachten, vergaßen sie es, über den Alkoholvorrat zu wachen, und als sie am nächsten Morgen aufbrechen wollten, lag Traugott noch an der verlöschenden Feuerstelle, daneben eine leere Cognacflasche. Es war unmöglich, ihm eine Reaktion zu entlocken, nicht einmal, als sie ihm eimerweise kaltes Wasser ins Gesicht gossen, so dass sie ihn schließlich auf den Karren hoben, wo er einer am Tag zuvor getöteten und ausgenommenen Antilope Gesellschaft leistete. Baericke hielt es für eine gute Gelegenheit, Traugott mit fünfundzwanzig Peitschenhieben ordentlich den Hintern zu versohlen, was die Wachtmeister liebend gerne ausgeführt hätten, aber dann wollte er doch nicht so streng mit einem Mann ins Gericht gehen, der kurz davorstand, sie alle zu Millionären zu machen.

Tags darauf kamen sie durch das Guperas-Tal, ein ausgetrocknetes Flussbett mit einem üppigen Bestand von dornigen Akazien, deren gelbe Blüten einen intensiven süßlichen Duft verströmten. Diese idyllische Gegend war während des Krieges zum Schauplatz schwerer Kämpfe geworden, wovon die kleinen aus Steinen und

Buschwerk um die Wasserstellen gezogenen Schutzwälle und die noch überall im Sand verstreuten Patronenhülsen zeugten.

Das Landgut Guperas gehörte einem alten Marineleutnant vom Kriegsschiff *Habicht*, der gemeinsam mit seiner attraktiven jungen Frau die Schürfer herzlich als seine Gäste aufnahm. Obwohl sie hinsichtlich ihrer Terminplanung bereits etwas ins Hintertreffen geraten waren, konnten Baericke und seine Freunde der Verlockung eines auf typisch deutsche Art zubereiteten Antilopenbeins mit Rotkohl und Salzkartoffeln, ordentlich begossen mit einem ausgezeichneten Rheinwein, nicht widerstehen. Als die Veteranen sich den Gürtel bereits um einige Löcher hatten weiterschnallen müssen, stellte die Frau des Marineleutnants eine Schüssel dampfenden Obstkompotts auf den Tisch und – als Gipfel der Perfidie – eine riesige Schale voller überquellender Schlagsahne!

Die Gäste blickten sich schweigend an, wohl wissend, dass diese kulinarischen Exzesse als Vorbereitung auf die Mängel und Entbehrungen, die ihnen in den nächsten Tagen bevorstanden, wohl kaum geeignet waren. Aber Unteroffizier Koppel brach den Bann mit dem Ausruf: »Meine Herren, ein Soldat soll sich vor nichts fürchten, also drauf mit Todesverachtung!« So fassten sie sich ein Herz und vernichteten das Kompott mitsamt dem Riesenberg Schlagsahne.

Als sie von dort aufbrachen, waren die Prospektoren so dankbar für die ausgesprochen großzügige Behandlung, die ihnen auf der Farm Guperas zuteilgeworden war, dass sie diese fortan nur noch liebevoll »die Schlagsahnefarm« nannten.

Das Einzige, was an der Reiseausrüstung versagt hatte, und zwar aufgrund der Unehrenhaftigkeit des Verkäufers, war der Karren, der wenige Kilometer hinter Aus angefangen hatte zu holpern und mit zunehmender Wegstrecke immer weiter auseinanderfiel. Der Weg aus dem Guperas-Tal führte um große vulkanische Obelisken herum und war übersät von Steinen und riesigen Schlaglöchern. Die Folge war, dass die Achse, als sie eine Wasserstelle namens Bluputz erreichten, völlig den Geist aufgab, so dass sie den Schaden mit dem wenigen zur Verfügung stehenden Werkzeug notdürftig flicken mussten. Da fiel einem von ihnen plötzlich ein, dass Schloss Duwisib ganz in der Nähe ihrer Reiseroute lag und sie dort einen Schmied in einer Schmiedewerkstatt finden könnten, um ihr Fuhrwerk wieder fahrtüchtig zu machen, bevor sie in die Wüste vorrückten.

Nachrichten aus der Kalahari

Als sie in unmittelbare Nähe von Duwisib gelangten, ließ Baericke die Maultiere hinter der letzten Wegbiegung ausspannen und machte sich daran, den Aufgang, der zum Schloss hinaufführte, zu Fuß zurückzulegen. Hansheinrich weilte auf einer der Versammlungen des Farmervereins von Maltahöhe, weshalb ich dem Gast die Honneurs erweisen musste und ihn im kleinen Teesalon empfing, wo wir unseren Tee einzunehmen pflegten. Trotz seiner gegerbten Haut und der sichtlichen Spuren vom langen Ritt, merkte ich sofort, dass Baericke durchaus kein ungehobelter Grobian war, denn er wusste sehr wohl die Qualität des ganz im Biedermeierstil gehaltenen Mobiliars im kleinen Salon zu schätzen.

Während das sanfte Abendlicht durch die Zimmerfenster einfiel und im Kachelofen ein Feuer brannte, das im Raum eine angenehme Wärme verbreitete, erzählte Baericke mir von der Entdeckung der Diamanten an der Küste, wobei er mit großer Ehrlichkeit – nicht ohne bittere Reue – eingestand, dass er durch sein anfängliches Misstrauen die Chance vertan habe, diesen Vorteil auszunutzen. Ich meinerseits schilderte meinem Gesprächspartner, unter welchen Umständen ich August Stauch kennengelernt und wie ich bereits damals geahnt hatte, dass der Mann fähig war, sich eine

Zukunft in der Kolonie aufzubauen. Was Baericke mir daraufhin über die Art erzählte, auf die der erste Diamant in Kolmanskuppe entdeckt worden war, wich ein wenig von Stauchs Version desselben Ereignisses ab.

Laut Baericke stammte der Schwarze Lawala, der den Stein gefunden hatte, aus der Kapprovinz und hatte zuvor in den Kimberley in den Diamantminen von De Beers gearbeitet, weshalb ihm das Aussehen von Edelsteinen vertraut war. Lawala hatte seinen Vorgesetzten nicht nur gesagt, er habe »einen hübschen Stein« gefunden, wie Stauch behauptet hatte, sondern sie gleich darauf hingewiesen, dass es sich um einen Diamanten handele. Höchstwahrscheinlich schmälert diese Version ein wenig Stauchs Verdienst, den Wert dieses Fundes sofort erkannt zu haben, nicht aber seine Unbeirrbarkeit und den Unternehmergeist, mit dem er es verstanden hatte, daraus seinen Profit zu schlagen.

Bei diesem ersten Gespräch wollte Baericke mir noch nicht die wahre Absicht seiner Reise verraten. Doch als ich merkte, dass ich mit einem sehr wüstenerprobten Mann sprach, fragte ich ihn, ob er von der Expedition in die Kalahari gehört habe, die von Erckert gerade vorbereitete. Baericke schüttelte den Kopf mit einem Ausdruck des Zweifels oder der Missbilligung und sagte nach einem erneuten Schluck Kaffee:

»Wie sollte ich nichts von der Expedition in die Kalahari gehört haben? Von Erckerts Männer haben alle Kamele im Land für diese Expedition eingezogen. Ich hätte gerne ein paar dieser Tiere zur Verfügung gehabt, um in die Wüste zu ziehen, aber als ich auf den Polizeistationen nachfragte, war kein einziges Kamel mehr aufzutreiben.«

»Merkwürdig, dass man in all der Zeit, die seit Beginn der Vorbereitungen für die Expedition vergangen ist«, sagte ich mit gespielter Gleichgültigkeit, »nichts darüber gehört hat, was aus den Leuten geworden ist. Glauben Sie, dass sie mit ihrer Mission Erfolg haben werden?«

Wieder schüttelte Baericke den Kopf und bemerkte:

»Simon Kopper ist schlüpfrig wie eine Schlange, und wenn er bis jetzt überlebt hat, dann nur, weil er mehr weiß als wir alle zusammen. Wir, die wir die Wüste kennen, wissen, dass die Wahrscheinlichkeit, diese Banditen in der Unendlichkeit der Kalahari zu schnappen, der Suche nach der sprichwörtlichen Nadel im Heuhaufen gleicht.« Dann tippte er sich mit dem ausgestreckten Zeigefinger an die Stirn und fuhr fort: »Erckert hält sich zu lange tatenlos in seiner Feste bei Gochas auf, und ich bin mir sicher, dass er sich in den letzten Jahren nur im Traum den Hottentotten entgegengestellt hat … oder vielleicht in betrunkenem Zustand, wenn die Anzahl der Feinde sich verdoppelt.«

»Anderntags hieß es auf dem Militärstützpunkt in Maltahöhe, von Erckert wolle seinen Leuten nicht nur beibringen, auf Kamelen zu reiten, sondern sie auch daran gewöhnen, Schamma-Melonen zu essen, um in der Wüste zu überleben.«

Als Baericke mich das sagen hörte, brach er in schallendes Gelächter aus, wobei er sich bemühte, mit dem Handrücken einen abgebrochenen Zahn zu verdecken.

»Verzeihen Sie, wenn ich derart lache, aber es ist mir fast peinlich, gegenüber einer vornehmen Dame von solchen Dingen zu reden. Die Schamma-Melonen entfalten im Gedärm derer, die an ihren Verzehr nicht gewöhnt sind, eine ganz spezielle Wirkung …«

Die Augen des Schürfers blitzten maliziös auf, doch ich beruhigte ihn:

»Ich versichere Ihnen, dass ich nicht geschockt sein werde, wenn Sie mir sagen, dass diese Früchte eine ähnliche Wirkung hervorrufen wie das kondensierte Wasser von Lüderitz; akuter Durchfall, nicht wahr?«

Baericke ließ erneut sein tönendes Gelächter hören, diesmal ohne sich die Zahnlücke zuzuhalten.

»I wo, ganz im Gegenteil, es führt zu hartnäckiger Verstopfung! Ich verstehe nicht, wie jemand bei vollem Verstand auf die Idee kommen kann, dass die Soldaten sich von diesen Melonen ernähren sollen. Wenn Sie meine Meinung wissen wollen, ich halte dieses Unternehmen für reinen Wahnsinn.«

»Vielleicht will das Oberkommando in Windhuk diesen letzten Rebellenherd um jeden Preis unter Kontrolle bringen.«

»Man munkelt, das Gouvernement von Windhuk habe die Engländer nicht einmal um Erlaubnis ersucht, ihr Hoheitsgebiet zu betreten, weshalb von Erckerts Männer nicht nur die Rebellen überraschen, sondern auch den englischen Patrouillen entwischen müssten.«

»Glauben Sie, dass diese Expedition einen Konflikt mit den englischen Truppen herbeiführen könnte?«, fragte ich, ohne allzu sehr meine Besorgnis durchblicken zu lassen.

»Vor einigen Jahren nutzte ein deutscher Offizier, Leutnant Nolte, vom Grenzposten Geinab seine Freundschaft mit dem englischen Polizeichef von Rietfontein, Inspektor Attwood, um mit einer Horde Kamele die Grenze zu überqueren und auszuprobieren, ob man in der Wüste überleben konnte, wobei er bis ganz in die Nähe von Simon Koppers Lager gelangte.«

»Ich vermute mal, dass sie bei dieser Expedition auf Noltes Hilfe zählen werden«, warf ich ein.

»Unglücklicherweise ist Nolte schon vor einiger Zeit nach Deutschland heimgekehrt, weil ihm die Verletzungen, die er sich während des Krieges zugezogen hatte, zu schaffen machten. Ich denke, von Erckert versucht, sich an seiner Großtat zu messen und sich ganz nebenbei einen Orden an die Brust zu heften, sollte es ihm gelingen, Simon Kopper den Fehdehandschuh hinzuwerfen.«

In dem Moment vernahmen wir vom Salon aus Peitschenhiebe und die ratternden Räder von herannahenden Fuhrwerken, die in vollem Tempo die Auffahrt zum Schloss hinaufjagten. Als sie das Hauptportal erreichten, hörte man das Kreischen der Bremsen auf den Metallreifen und lärmende Männerstimmen sowie Gelächter, was eine Aufgekratztheit verriet, die kaum verständlich war, wenn die Besucher auf der langen Strecke von Maltahöhe nicht irgendwo einen strategischen Zwischenstopp eingelegt hatten, um den Alkoholpegel in ihrem Blut auf dem gleichen Level zu halten.

Ich wusste, dass mein Mann in wenigen Minuten in den Salon hereinplatzen würde, begleitet von einer Horde betrunkener und staubiger Farmer, und den Zauber unserer Unterhaltung jäh unterbrechen würde, weshalb ich unwillkürlich aus tiefstem Herzen ausrief:

»Mein Gott, ich kann die Anwesenheit von Trunkenbolden in diesem Haus nicht ertragen und hoffe bloß, dass sie nicht hier hereinkommen.«

Doch da hatte mein Mann schon in zwei Sätzen den Flur durchmessen und verneigte sich mit einer huldvollen Geste und allzu glänzenden Augen, um mir die Hand zu küssen, gefolgt von einem halben Dutzend Farmer, die sich ehrerbietig den Hut abgenommen hatten, bevor sie den Salon betraten.

»Verzeih, dass wir ein wenig angeheitert sind«, stammelte mein Mann mit dem zerknirschten Ausdruck eines Hundes, der weiß, dass er etwas ausgefressen hat, »aber dem Hotel in Maltahöhe ist der Moselwein ausgegangen und ich habe mir erlaubt, diese meine Freunde einzuladen, unsere Runde hier zu beenden …, denn wir haben noch ein paar wichtige Dinge zu besprechen.«

»Schon gut, schon gut, aber, bitte, betretet den Salon nicht mit euren schmutzigen Stiefeln«, sagte ich, als ich sah, dass die Farmer

Anstalten machten, in das Herrenzimmer einzudringen. »Bitte, begebt euch doch nach oben in die Mansarde.«

Da machten mein Mann und seine Freunde eine Kehrtwendung und stiegen die Treppe hinauf, die in den zweiten Stock führte, wobei die Stufen unter dem Gewicht der korpulenten Farmer ächzten. Doch kaum hatten sie sich im Raucherzimmer eingeschlossen, hörte man auch schon scherzhafte Bemerkungen und Gelächter, wie von Kindern, die der Strafe entgangen waren, nachdem sie irgendwelchen Unfug angestellt hatten. Einige Minuten später vernahm man erneut Hansheinrichs Schritte auf der Treppe auf dem Weg nach unten in den Weinkeller.

»Kommen Sie, lassen Sie uns einen Rundgang zu den Nebengebäuden machen, so befreien wir uns von der Gegenwart dieser Trunkenbolde«, sagte ich zu Baericke, und dann gingen wir nach draußen und machten uns auf den Weg zu den Ställen.

Die Sonne stand kurz davor, hinter den Hügeln zu verschwinden, und das Abendlicht tauchte die Akazien im Tal in einen rötlichen Glanz. Eine frische Brise ließ die Metallflügel der Windmühle erzittern, die wir in Deutschland bestellt hatten, und eine Staubwolke in nördlicher Richtung kündigte die Rückkehr der Schafherde in ihren Pferch aus Stein an. Ich wollte nicht, dass Baericke wegen meines abrupten Aufbruchs einen falschen Eindruck von dem guten Verhältnis bekam, das ich zu meinem Mann hatte, weshalb ich ihm erklärte:

»Hansheinrich und mich verbindet unsere ungeheure Leidenschaft für Pferde; wie Sie wissen, ist er ein großartiger Reiter.« Als ich ein spöttisches Aufblitzen in den lebhaften Augen meines Gesprächspartners zu erkennen glaubte, hielt ich es für angebracht hinzuzufügen: »Natürlich, wenn er nüchtern ist. Wir haben unser Möglichstes getan, um die besten Ställe und die geräumigste Reithalle zu errichten; die, die Sie hier sehen«, sagte ich, als wir an eine Mauer aus Stein gelangten, »ist der Reitbahn der Spanischen Hofreitschule in Wien nachempfunden.«

Als wir an den ebenfalls aus rotem Stein erbauten Ställen vorbeikamen, merkte ich, wie er stehen blieb, um vor allem die Zuchtstuten mit ihren Fohlen zu betrachten, wobei er mit fachmännischem Blick die besten begutachtete.

»Gnädige Frau, ich glaube, das sind die Erlesensten in ganz Südafrika, nicht nur im Schutzgebiet. Und wie ich sehe, haben Sie keine Mittel gescheut, um an diese Stuten heranzukommen.«

»Unglücklicherweise hat ein Hengst der Bohrkolonne vor kurzem Bonito, unseren besten Deckhengst, getötet. Der Bohrmeister hatte seinen Hengst frei laufen lassen, woraufhin dieser die Stuten witterte; als unser Deckhengst sich ihm in den Weg stellte, schlug der andere aus und versetzte unserem Tier einen tödlichen Tritt in die Magengegend. Mein Mann hat bereits eine entsprechende Anzeige erstattet, um vom Staat eine Entschädigung zu erhalten, denn der Hengst hat uns ein Vermögen gekostet.«

Baericke war beeindruckt zu sehen, dass alle Nebengebäude aus dem gleichen rötlichen Stein erbaut waren wie das Schloss, einschließlich der Unterkünfte für die schwarzen Farmangestellten; obwohl er es nicht wagte, das zu kommentieren, wusste ich, dass die deutschen Siedler es nicht für nötig hielten, die Angestellten unter würdevollen Bedingungen unterzubringen.

Während wir noch die restlichen Einrichtungen besichtigten, fing es an, dunkel zu werden; wir hörten, wie die Farmer mit ihren Ochsenkarren aufbrachen und die Peitschen knallten, während sie in vollem Galopp den Abhang hinabbrausten. Ich freute mich, als ich die orange Mondkugel hinter den Akazienwipfeln aufsteigen sah, denn es wäre unvernünftig gewesen, wenn unsere Nachbarn in dem Zustand, in dem sie sich befanden, bei völliger Dunkelheit auf ihre Farmen hätten zurückkehren müssen.

Ich kümmerte mich persönlich darum, dass Baericke eines der besten Gästezimmer auf der Galerie zum Innenhof hin bekam, und gab der Haushälterin Anweisungen, seine Begleiter in den Nebengebäuden unterzubringen. Hansheinrich fühlte sich nach diesem feuchtfröhlichen Abend nicht wohl und hatte sich in sein Schlafgemach zurückgezogen, so dass Baericke bis zum nächsten Tag warten musste, um mit ihm zu sprechen. So aßen wir beide allein zu Abend und nahmen unsere Unterhaltung vom Nachmittag wieder auf.

Nach dem Essen gestand mir Baericke, vielleicht durch einige Schlucke vom Lieblingscognac meines Mannes animiert, die wahre Absicht seiner Expedition: die Suche nach dem Paradies der Hottentotten.

»Ich bitte Sie, niemandem zu verraten, was ich Ihnen soeben erzählt habe, selbst Ihrem Mann nicht, denn er ist selbst sehr an Bodenschätzen interessiert. Am selben Tag, als der Hottentotte Fredericks mich in meinem Büro aufsuchte, war schon Oskar Klinge bei mir gewesen, der mit einem ganzen Karren voller Steine in Kuibis erschienen war. Es heißt, Ihr Mann habe Klinge bei der Ausbeutung der Kupferminen von Swartmodder finanziell unterstützt, aber der habe ihm das geliehene Geld nie zurückgezahlt.«

Hansheinrich hatte die beneidenswerte Fähigkeit, auch nach einer noch so sehr durchzechten Nacht am nächsten Morgen wieder völlig frisch und ausgeruht aufzustehen. Noch vor Tagesanbruch machte er einen Kontrollgang durch die Nebengebäude und ließ sich von dem noch schlaftrunkenen Traugott umfassend informieren, bevor Baericke aufwachte. Als der sein Zimmer verließ und zu meinem Mann ging, um ihn zu bitten, ihm bei der Reparatur seines Ochsenkarrens zu helfen, tat Hansheinrich so, als wüsste er nichts über den wahren Grund seiner Reise.

»Mit diesem Karren werden Sie nicht weit kommen, denn die Räder müssen neu mit der Achse austariert werden. Könnten Sie mir sagen, wohin die Reise geht?«, versuchte Hansheinrich mit einer unehrlichen Frage eine ehrliche Antwort zu erhalten.

»Wir haben vor, von Sesriem aus durch die Wüste bis zur Küste zu gelangen.«

»Sie brauchen mir Ihre wahren Absichten nicht zu verheimlichen«, sagte daraufhin Hansheinrich, »denn heute Morgen habe ich mit dem Hottentottenführer gesprochen, der mir alles erzählt hat. Die Geschichte dieses Mannes scheint mir glaubwürdig, sogar so sehr, dass ich beschlossen habe, mich Ihrer Expedition anzuschließen. Aber gehen wir doch rein und besprechen die Angelegenheiten bei einer Tasse Kaffee.«

Als sie auf der Veranda zum Innenhof am Frühstückstisch Platz nahmen, bot Hansheinrich ihm an, den Karren in der Schmiede von Duwisib zu reparieren und Baericke und seinen Begleitern in der Zwischenzeit einen Wagen zur Verfügung zu stellen, und verlangte als Gegenleistung eine Beteiligung von fünf Prozent am Erfolg der Expedition. Baericke hatte mangels einer Alternative keine andere Wahl, als auf den Handel einzugehen. Das Angebot meines Mannes war auch keineswegs unverhältnismäßig, und den Prospektoren war klar, dass andere bis zu zwanzig Prozent des Ertrags gefordert hätten, wohl wissend, dass sie die Expedition ohne seine Hilfe hätten abbrechen müssen.

Sobald der Vertrag per Handschlag besiegelt war, erkundigte sich Hansheinrich bei Baericke nach ihrer geplanten Reiseroute, um ihnen ein paar Orientierungshilfen zu geben.

»Wir hatten an die Strecke über die Farm Swartmodder nach Sesriem gedacht. Dort wollten wir den Karren dann zurücklassen und unseren Weg durch die Wüste nur mit den Maultieren in Richtung Süden fortsetzen bis zur Wasserstelle bei Anuis.«

Hansheinrich dachte einen Moment nach, bevor er sagte:

»Ich rate Ihnen aus Erfahrung, nie weiter zu gehen, als Ihre Wasservorräte reichen. Die Maultiere halten nur wenige Tage ohne Wasser durch. Außerdem sollten Sie sich vor dem Farmer Klinge in Acht nehmen, dem Besitzer von Swartmodder. Sie nennen ihn ›Weißer Buschmannkönig‹, er ist ein wenig vertrauenswürdiger Mann. Ich an Ihrer Stelle würde Swartmodder rechts liegenlassen und bis zur Johann-Albrecht-Quelle in den Bergen weitergehen.

Der Hottentotte Traugott weiß ganz genau, wie man an diesen Ort gelangt.«

Baericke sagte, er brauche sich wegen Klinge keine Sorgen zu machen, der befinde sich zurzeit gar nicht auf seiner Farm, denn er habe ihn erst wenige Tage vor Beginn der Expedition in Aus gesehen, wo er sich bei Professor Kaiser nach der Qualität seiner Steine erkundigt habe. Doch Hansheinrich erwiderte:

»Sie irren sich; Klinge ist gestern Abend nach Swartmodder zurückgekehrt und wird seine Buschmänner ganz sicher beauftragen, Ihnen zu folgen und alle Ihre Bewegungen auszuspionieren. Er beschäftigt mehr als fünfzig Buschmänner auf seiner Farm; ich will nicht, dass man mir später sagt, ich hätte Sie vor der Gefahr nicht gewarnt.«

In den ganzen Jahren meines Aufenthalts in Afrika habe ich nie herausgefunden, wieso der Informationsaustausch von Mund zu Mund in jener bevölkerungsarmen Gegend besser funktionierte als in einer großen Stadt wie New York, wo die Leute sich in ihre kleinen Behausungen flüchten, um einander möglichst aus dem Weg zu gehen, so dass der Nachbar in einem Wohnhaus oft nicht weiß, wer ihm gegenüberwohnt.

Als sich die Expeditionsgruppe am nächsten Morgen in aller Frühe in Duwisib auf den Weg machte mit dem Fuhrwerk, das ihnen mein Mann geliehen hatte, zog sich mir das Herz zusammen bei dem Gedanken an das ungewisse Schicksal, das diese Männer erwartete. In dem Moment fiel mir wieder Ernst von Siegler ein; was Baericke mir über die Expedition in die Kalahari erzählt hatte, war nicht eben beruhigend, und unwillkürlich lief mir ein eiskalter Schauder über den Rücken. Hansheinrich, der ebenfalls ans Schlosstor gekommen war, um die Schürfer zu verabschieden, merkte, dass ich angefangen hatte zu zittern, und drängte mich, hineinzugehen:

»Es ist noch zu kalt um diese Uhrzeit, um ohne Mantel hier draußen zu stehen. Vielleicht solltest du dich mit einer Wärmflasche wieder ins Bett legen.«

Eine Fahrt in die Hölle

Auf dem ersten Streckenabschnitt hatten die Schürfer Ruhepausen eingelegt, wo es ihnen gerade passte, und die Gastfreundlichkeit der Farmen ausgenutzt, an denen sie vorbeikamen. Doch auf dem zweiten Teil begann die Route sich zu winden, nachdem sie Swartmodder hinter sich gelassen hatten, und wurde schließlich zu einem dantesken Abstieg in die Hölle, bei dem der Halsabschneider Oskar Klinge als Führer und Mentor fungierte.

Die Prospektoren waren bereit, Hansheinrichs Rat zu befolgen und den Weg, der zum Anwesen des Buschmann-Königs führte, zu umgehen. Doch im diffusen Licht der Morgendämmerung übersahen sie die Abzweigung, die mein Mann ihnen genannt hatte, und als sie das erkannten, befanden sie sich bereits in Sichtweite von Swartmodder. Es wäre eine allzu offensichtliche Geste der Unhöflichkeit gewesen, wenige Kilometer vor der Farm abrupt kehrtzumachen, und Baericke wollte sich Klinge, der ein guter Kunde seiner Firma war, nicht zum Feind machen.

Seine Begleiter waren sowieso nicht überzeugt davon, dass der Löwe so wild sei, wie mein Mann ihn dargestellt hatte, ja sie argwöhnten gar, Hansheinrich habe seinen Nachbarn nur aufgrund persönlicher Zwistigkeiten schlechtgemacht. Hatte er Klinge nicht mit der kaum verhohlenen Absicht Geld geliehen, dessen Farm zu übernehmen, falls er seine Schulden nicht begleichen könnte?

Dank des drahtlosen Telegraphensystems, das in jener Einöde so tadellos funktionierte, erwartete Klinge sie bereits, als sie sich seinem Haus näherten. Er wusste ganz genau, woher sie kamen, und behandelte seine Gäste besonders zuvorkommend, gerade so, als wollte er jegliches negative Urteil, das Hansheinrich über ihn gefällt haben mochte, Lügen strafen. Obwohl Klinge nicht dafür bekannt war, sonderlich gastfreundlich zu sein, überraschte er die Männer mit einer großzügigen Einladung zum Mittagessen.

Während sie auf der Terrasse des Hauses speisten, bemerkte Baericke, wie Klinges Hausangestellter, ebenfalls Hottentotte, sich zu Traugott gesellte, der am Brunnen zurückgeblieben war, um die Tiere zu tränken, und mit ihm redete, was Baericke misstrauisch machte. Später stellte er fest, dass Traugotts Kumpan dem Führer während dieses vertraulichen Gesprächs davon abgeraten hatte, die Weißen in die Wüste zu begleiten, denn das sei »das Hoheitsgebiet der Buschmänner«.

Dieser Stamm war von den anderen afrikanischen Ethnien bis an die Grenzen der bevölkerten Zonen verdrängt worden, und die weißen Schatzsucher hatten sie viele Jahre lang gejagt, was zu einer Situation gegenseitigen Misstrauens geführt hatte, wobei die Weißen ihrerseits fürchteten, dass die Buschmänner sie mit vergifteten Pfeilen beschossen. Klinge aber hatte einen engen Kontakt zu diesen scheuen, unberechenbaren Menschen geknüpft und trieb sogar Handel mit ihnen, indem er Felle, Federn und Straußeneier gegen Lebensmittel und Tabak von ihnen bezog. Die Buschmänner halfen ihm auch bei der Arbeit auf der Farm, wo er Rinder und Kleinvieh hielt. Jedenfalls hatte Klinge die Prospektoren nicht etwa aus Selbstlosigkeit so freundlich bei sich aufgenommen, sondern um Näheres über ihre Absichten zu erfahren und sie zu einer Änderung ihrer Route zu bewegen, aus Gründen, die nur er allein kannte. Er war ein Mann mit breiten, kräftigen Schultern und Stiernacken, fähig, seine Vorstellungen überzeugend darzulegen, insbesondere, wenn es um eine Region ging, die er wie seine Westentasche zu kennen schien. Ohne so weit zu gehen, sie nach dem geheimen Ort zu fragen, an den Traugott sie führen sollte, erzählte Klinge Baericke und seinen Begleitern, dass andere Schatzsucher ebenjene Zone bereits ohne großen Erfolg durchforstet hätten, versicherte ihnen dafür aber, dass es weiter südlich von Sesriem, in Richtung der Schwarzberge, große Felder mit Diamanten, Gold und Zink gebe.

»In der Gegend, wo ihr jetzt hinwollt, waren schon andere, ohne etwas Lohnenswertes zu finden. Warum versucht ihr es nicht mal mit einer Region, die noch nicht erforscht wurde?«

Als Baericke ihm sagte, er müsse eine solche Änderung ihrer Pläne erst einmal mit seinen Begleitern besprechen und außerdem finde man laut Aussage der Polizei in den Schwarzbergen kein Wasser, widersprach Klinge ihm entschieden:

»Diese Leute haben doch keine Ahnung, wovon sie reden: Es gibt reichlich Wasser in den Bergen, man braucht nur darauf zu achten, wo die Steppenhühner und die Tauben herunterkommen. Auch in den Oasen Anuis, Awasib, Guinasib und Haib findet man Wasser«, behauptete Klinge, wobei er diese Punkte auf der Heereskarte zeigte, die er vor sich liegen hatte.

Als sie sich wieder auf den Weg machten, stellte Baericke fest, dass die Warnungen von Klinges Hottentotten-Boy nicht ohne Eindruck auf Traugotts Gemüt geblieben waren, der sich unaufhörlich umschaute und ängstlich auf die zahlreichen Spuren der Buschmänner unterwegs hinwies. Baericke bemühte sich, beruhigend auf ihn einzureden, das seien doch nur die Fußspuren der Männer, die auf Klinges Farm arbeiteten, doch der Hottentotte schien nicht sehr überzeugt. An einer Weggabelung machten sie Halt, um zu überlegen, welcher der beiden Verzweigungen sie folgen sollten, während Baericke und Hartkopf vorliefen, um irgendwelches Wild fürs Abendessen zu erjagen.

Doch als die Jäger zu der Stelle kamen, an der sie die anderen zurückgelassen hatten, fanden sie keine Spur mehr von dem Wagen, weshalb sie beschlossen, zu der Weggabelung umzukehren, wo sie feststellten, dass der Karren auch nicht in die andere Richtung gefahren war. Nach mehr als einer Stunde entdeckten sie frische Wagenspuren und erkannten plötzlich in der Abenddämmerung vage Traugotts Gestalt, die sich genau in die andere Richtung entfernte als die, die er hätte einschlagen müssen, um auf sie zu treffen.

»Darf man mal erfahren, wo der Karren abgeblieben ist? Und wohin zum Teufel willst du?«, fragte Baericke ihn, wobei er ihn vom Pferd herab beim Nacken packte.

Traugott erklärte ihm, Leutnant Koppel habe ein Warzenwildschwein angeschossen, das sich in eine Höhle zurückgezogen habe, weshalb sie lange gebraucht hätten, es dort herauszuholen, und jetzt sei er auf dem Rückweg zu Klinges Farm, wo er am Tag zuvor ein Hemd und eine Hose zum Waschen gelassen habe. Traugott schwor, Koppel habe ihm erlaubt, dorthin zurückzukehren. Doch Baericke hegte sofort den Verdacht, dass der Hottentotte sie im Stich lassen wollte, und so sagte er bei seiner Rückkehr ins Lager zu Koppel:

»Dieser Gauner hat vor, uns sitzenzulassen. Vielleicht sollten wir ihn an ein Wagenrad binden.«

Doch Koppel riet ihm davon ab:

»Wenn er sich aus dem Staub machen will, können wir ihn nicht daran hindern. Ich glaube, der Kerl ist ganz besessen von der Geschichte mit den Spuren der Buschmänner.«

Noch am gleichen Abend verschwand Traugott spurlos.

Am nächsten Morgen sattelten Baericke und Hartkopf die Pferde und kehrten nach Swartmodder um. Als eine Schwarze Mamba ihren Weg kreuzte, verwundete Baericke sie mit einem Schuss ins Rückgrat, und beim Versuch, ihr unter einem Felsen den Rest zu geben, spie die Schlange ihr Gift und traf ihn am Kinn, was ihm schwer die Haut verätzte. Während Baericke sich bemühte, das Brennen zu lindern, scherzte er: »Von links nach rechts, was Schlecht's«, womit er die Schlange meinte, die ihnen von links nach rechts über den Weg gelaufen war.

Als sie die Hütten der Hottentotten erreichten, die auf Klinges Farm arbeiteten, schlichen sie sich lautlos an, und in einer der Hütten erwischte Baericke eine alte Frau, die nach hinten hinaus zu entkommen versuchte, gerade noch am Fußgelenk. Er fragte sie über den Verbleib von Traugott Fredericks aus, aber ihre einzige Antwort lautete: »Nautamatahá, nautamatahá« (Ich weiß nichts, ich weiß nichts). Mehr war aus ihr nicht herauszubekommen, denn die Hottentotten verraten niemals einen der Ihren, und schon gar nicht, um einem Weißen zu helfen. Baericke musste aber unbedingt wissen, wo sein Führer zu finden war, weshalb er sich rittlings auf die Alte hockte, ihr sein scharfes Fahrtenmesser an die Gurgel setzte und drohte, ihr die Kehle durchzuschneiden, wenn sie nicht erzähle, was sie wisse.

Angesichts eines so überzeugenden Arguments gestand die Unglückliche, dass Traugott in Richtung der Sonne aufgebrochen sei, »Soon toe! Soon toe!«, woraufhin Baericke sie freiließ, was die Alte dazu nutzte, ihm eine schreckliche Verwünschung entgegenzuschleudern:

»Jeder Weiße oder Hottentotte, der den Boden der Buschmänner betritt, bleibt in der Wüste, um dort den Geiern zum Fraß zu dienen, so möge es auch dir ergehen!«

Bei ihrer Rückkehr ins Lager stellten Baericke und sein Begleiter fest, dass die cleveren Schakale die Schlange, die auf dem Weg liegen geblieben war, gefressen, aber den Kopf mit den Giftdrüsen unversehrt gelassen hatten. Hartkopf scherzte wieder: »Von links nach rechts, bringt Schlecht's!«, doch beide wussten sie, dass es nicht der passende Augenblick für Scherze war. Baericke hatte gemerkt, dass die Expedition in die Wüste ohne die Orientierungshilfe des Hottentotten zum Scheitern verurteilt war. Genau das versuchte er seinen Begleitern verständlich zu machen, aber die schienen nicht gewillt, Vernunft walten zu lassen. Mit mehr Enthusiasmus als Umsicht vertrauten sie darauf, dass sie die reichen Bodenschätze auch ohne Traugotts Hilfe finden würden; sie wollten die Möglichkeit, dass sie mit leeren Händen nach Aus zurückkehren und die Chance, sich einen Anteil am Schatz zu verdienen, verpassen könnten, nicht einmal in Erwägung ziehen.

Nach zwei Tagesmärschen in Richtung Nordwesten erreichten sie gegen Abend die Wasserstelle Sesriem. Dort gruben sie ein tiefes Loch, verscharrten alle Gerätschaften, die sie auf ihrem Weg durch die Wüste nicht mitnehmen konnten, und entfachten, nachdem sie ihre Habe mit einer dicken Sandschicht zugeschaufelt hatten, an der Stelle ein großes Lagerfeuer, um alle Hinweise auf das Versteck zu beseitigen. Nur den Karren ließen sie draußen, ohne sichtbare Verkleidung oder Armaturen.

Als ich Baericke bei diesem Teil der Geschichte zuhörte, fiel mir ein, was mir von Siegler von dem Karren erzählt hatte, den er auf seiner Suche nach einer Verbindungsstrecke zur Küste völlig unversehrt mitten in der Wüste gefunden hatte. Manchmal kam mir der Gedanke, dass die Wüste wie ein Zeittunnel funktionierte, wo sich alles wiederholte, und ich fragte mich, ob es von Siegler wohl gelingen würde, an die Oberfläche jenes unergründlichen Sandlochs zu gelangen.

Sobald die Schürfer ihre Sachen verscharrt hatten, die sie auf dem Rückweg wieder ausgraben würden, machten sie sich wieder in südwestlicher Richtung auf den Weg in das Dünenmeer. Sie benutzten Baerickes zwei Pferde und zwei der Maultiere zum Reiten, zwei weitere zum Transport der großen Wasserschläuche und die beiden übrigen Lasttiere für die Lebensmittelvorräte und die Schürfausrüstung.

Kaum waren sie tief ins Innere der Wüste vorgerückt, merkten sie, dass die Temperatur erheblich angestiegen war. Beim Durchqueren des Tsauchab-Tals stießen sie auf so hohe Dünen, dass ihnen jeder Schritt zur Qual wurde und sie das Gefühl hatten, sie kämen überhaupt nicht voran. Es wehte nicht ein Hauch von einer Brise und die Landschaft wirkte wie gemalt: gen Westen die endlose Kette weißer und rötlicher Dünen, die sich weiter ausdehnte, als das Auge reichte; gen Süden schwebte in einer Entfernung von mehr als hundert Kilometern über dem Dunst die Silhouette der Schwarzberge; gen Norden zeichnete sich das imposante, bedrückende Massiv der Zaris-Berge ab.

Kurz vor Einbruch der Nacht kamen sie durch ein ungeheuer steiniges Gelände, wo sich die Pferde sehr vorsichtig bewegen mussten, um sich kein Bein zu brechen. In einer kleinen Senke schlugen sie ihr Lager am Fuß einer riesigen Düne auf, im Windschatten, denn sobald die Sonne unterging, sank die Temperatur schlagartig in den Keller. Obwohl sie nicht mehr so guten Mutes waren wie noch auf den ersten Etappen ihrer Reise, ließen sie an diesem Abend wieder den Teetopf mit einem ordentlichen Schuss Rum rundgehen, entsannen sich alter Kriegsgeschichten und sangen Volkslieder. Doch als Koppel sie am nächsten Morgen wieder mit seinem Ruf »Kompanie in gewohnter Formation antreten. Und auf geht's im Sturmschritt!« weckte, erinnerte Baericke sie daran, dass sie mit dem Wasser haushalten müssten, und verteilte nur einen Becher zum Zähneputzen, einen für den Kaffee, und mit dem Rest füllten sie ihre Feldflaschen. Von den Reittieren konnte jedes nur einen halben mit Wachstuch ausgeschlagenen Futtersack Wasser trinken.

In einem sandigen Taleinschnitt mit dornigen Akazien, der von den Zaris-Bergen herabführte, versenkten sie ihre Spaten, ohne eine Spur von Achatsteinen oder Rubinen zu finden, die auf eine mögliche Präsenz von Diamanten hätte hinweisen können. Baericke schätzte, dass sie seit Sesriem etwa achtzig oder neunzig Kilometer zurückgelegt hatten, wonach die Wasserstelle von Anuis nur noch zwanzig Kilometer entfernt sein konnte. Mit dieser Gewissheit schlugen sie in einer Talsohle mit üppigem Weidebestand ihr Nachtlager auf, doch die Tiere waren immer noch durstig und rieben sich die Mäuler an den Feldflaschen. In jener Nacht zündeten sie das Lagerfeuer unter einer dornigen Akazie mit breitem Geäst an, hinter dem die Sterne schienen wie das Licht unzähliger Kerzen eines Weihnachtsbaums. Die unmittelbare Nähe der Wasserstelle von Anuis beflügelte ihren Optimismus, und sie träumten wieder vom Paradies der Hottentotten.

Am nächsten Morgen entdeckten sie auf einem schmalen Wildpfad, der durch einen Engpass zwischen zwei Anhöhen führte, im schummerigen Morgenlicht Spuren von Zebras und anderen Tieren, die immer zahlreicher wurden, je mehr sie sich der Wasserstelle näherten. Doch bevor sie dort ankamen, schlug ihnen ein intensiver fauliger Geruch entgegen, der über dem feuchten Dunst des Teichs im Tal schwebte, und dann erkannte Weimers ein gestreiftes Bündel am Wegesrand: Es war der Kadaver eines Zebras. Je näher sie dem Wasser kamen, desto mehr tote Zebras lagen dort herum, und der Verwesungsgestank wurde schier unerträglich.

Hinter einem Vorhang aus Gebüsch erkannten Baericke und seine Begleiter schließlich den schlammigen Wasserteich umgeben von lauter Tierkadavern. Ein schrecklicher Gedanke schoss ihnen durch den Kopf: War die Wasserstelle womöglich vergiftet? Beim genaueren Hinsehen machten die Schürfer in den stinkenden Dunstschwaden mehrere Stämme der Kaktussorte *Candelabra euphorbia* aus, die mitten auf dem grünlichen Brackwasser trieben. Das war genau die Pflanze, von der das milchige, auch »Wolfsmilch« genannte Harz stammte, mit dem die Buschmänner ihre tödlichen Pfeilspitzen vergifteten.

Bevor die Reiter reagieren konnten, preschten die Tiere los in Richtung Wasser, so dass die Schürfer kräftig an den Zügeln ziehen und mit der Gerte auf sie einschlagen mussten, um zu verhindern, dass die Tiere, wahnsinnig vor Durst, ihre Mäuler in das verpestete Nass tauchten. Als es ihnen gelungen war, die Vierbeiner von der Wasserstelle zu trennen, hielten sie eine Weile inne, um im Schatten der Akazie, unter der sie genächtigt hatten, nachzudenken, was zu tun sei.

Die erste Reaktion der Schürfer war Wut auf die Buschmänner; doch dann wurde ihnen klar, dass hinter der Gemeinheit dieser Wüstenmenschen ein krimineller Geist stecken könnte. War es nicht Klinge selbst gewesen, der ihnen geraten hatte, diesen Weg statt des ursprünglich geplanten einzuschlagen? Hatte womöglich der Buschmannkönig höchstpersönlich Traugott überredet zu fliehen, weil er dachte, das Paradies der Hottentotten solle nur ihm allein gehören?

Baericke dachte an den Fluch der Alten aus dem Hottentottendorf von Smartmodder, die ihn gewarnt hatte, dass die Weißen, die in die Wüste vordrängen, nicht zurückkehrten. Und auch Hansheinrichs Rat fiel ihm ein, dass sie nie weiter gehen sollten, als ihre Wasservorräte reichten, eine Vorsichtsmaßnahme, die die Schürfer nicht beachtet hatten. Was würde geschehen, wenn die anderen Wasserstellen ebenfalls verseucht wären, einschließlich der von Sesriem, was ihnen den Rückweg abschneiden würde?

Doch vom Glanz der Diamanten geblendet, wollten Baerickes Begleiter nicht wahrhaben, dass ihr alter Kamerad Klinge sie derart reingelegt hatte. Hatte Klinge nicht gemeinsam mit ihnen in der Schutztruppe gedient, wo er aufgrund seiner Verdienste zum Leutnant aufgestiegen war? Diese leidgeprüften Veteranen misstrauten dem, was ihnen ein Offizier wie Hansheinrich erzählen mochte, der es nach einem wenig rühmlichen Akt im Kampf gegen die Nama hatte verhindern können, vor ein Kriegsgericht gestellt zu werden, weil er aus einer Familie namhafter Militärs stammte; und als reichte das noch nicht, war er dann auch noch als Gatte einer ausländischen Millionärin in die Kolonie zurückgekehrt.

Geierflügel

Die Umrisse der Schwarzberge schwebten am südlichen Horizont, einen knappen Tagesmarsch entfernt, und Klinge hatte ihnen versichert, dort in den Bergen würden sie ganz leicht Wasser finden, wenn sie darauf achteten, wo die Steppenhühner und Tauben herunterkamen, um zu trinken. Dieses ferne Bergmassiv, das in der Wüstenluft viel näher schien, zog die Schürfer mit seinen reichen Gold-, Zink- und Diamantadern an wie ein gewaltiger Magnet.

Trotz des pestilenzartigen Gestanks, der das gesamte Tal überflutete, war es ihnen fast unmöglich, die armen Tiere zu bändigen, die es zum Wasser zog, während sie erneut an dem verseuchten Tümpel vorbeikamen. Als sie die Berge erreichten, war es bereits zu spät, um nach einer Wasserstelle zu suchen, so dass die Schürfer ihre letzten Wasserreserven an die Tiere verteilen mussten. An dem Abend gab es keine Runde mit Grog, Gelächter oder Liedern. Alle hatten Mühe, Schlaf zu finden, und während sie unter ihre Decken schlüpften, beteten sie dafür, dass sie bald die Quellen fänden, die Klinger erwähnt hatte.

Doch so sehr sie am nächsten Tag auch die Umgebung der Berge durchkämmten, jede Schlucht erkundeten und selbst die kleinsten Hohlräume zwischen den Felsen durchforsteten, sie fanden nicht die Spur einer Wasserquelle. Vergeblich suchten sie den Himmel ab in der Hoffnung, einen Schwarm Steppenhühner – mit ihren krächzenden Klagelauten – oder Taubenpärchen zu entdecken, die sie zu einer Wasserstelle führen würden.

Keine Spur von Vögeln oder anderen Tieren, nur die Eidechsen schleiften ihre bunten Schwänze über die kahlen Felsen, deren Glimmermaserung in der peinigenden Sonne trügerisch wie Metall glitzerte.

Als sie bei Einbruch der Nacht immer noch keine Wasserstelle gefunden hatten, war ihr reichlich naiver Optimismus von vor Stunden einem finsteren Pessimismus gewichen, und von der Angst, die ihnen den Magen zuschnürte, lagen ihre Nerven blank. Jetzt ging es nicht mehr darum, mit Taschen voller Diamanten heimzukehren, sondern nur noch darum, die Wüste zu überleben. Diesmal gab Baericke als Leiter der Expedition, ohne die anderen nach ihrer Meinung zu fragen, nur noch Anweisungen, die diese um jeden Preis zu befolgen hatten.

»Wenn wir noch einen Tag mehr in den Bergen verlieren, könnte uns dies das Leben kosten. Wir werden nach Sesriem umkehren in der Hoffnung, an einem der auf der Karte vermerkten Punkte, etwa Guinasib oder Chowachasib, auf Wasser zu stoßen. Wir werden auf der Stelle aufbrechen und, um die Tiere nicht zu erschöpfen, die ganze Nacht zu Fuß gehen.

Bevor sie sich auf den Weg machten, verteilte er feierlich unter allen die letzten Rationen auf; jeder Mann bekam einen halben Futtersack mit Trinkwasser und eine Feldflasche mit Kaffee zugeteilt. Die Tiere durften nicht einen Tropfen trinken. Als sie gegen Morgen die Wasserstelle Guinasib erreichten, die auf der Karte verzeichnet war, gruben sie verzweifelt mit ihren Schaufeln im Sand, bis ihre Hände voller Blasen waren, ohne auf eine Spur feuchten Schlamms zu stoßen. Die Sonne prallte auf die versengte Ebene, wo es nicht einmal einen winzigen Strauch oder ein Büschel Gras gab, um sich darunter zu verkriechen.

Das gleißende Licht erzeugte Spiegelungen am Horizont, wo ein Flussbett voll glitzernden Wassers umgeben von hohen Palmen aufzutauchen schien. Mit letzter Kraft setzten sie ihren Weg fort, obwohl die Tiere sich weigerten weiterzugehen und bei jedem Schritt mit der Peitsche angetrieben werden mussten. Gegen Abend erreichten sie die nächste auf der Karte markierte Wasserstelle, aber auch die war versiegt. Diesmal ließen sich die Tiere nicht mehr bewegen, so dass die Prospektoren beschlossen, bis zum Morgengrauen abzuwarten, um zu sehen, ob die Tiere sich erholten.

Beim ersten Tageslicht versuchten sie, sich erneut in Bewegung zu setzen, doch Baerickes Pferd Browny weigerte sich aufzustehen. Mit fiebrigen Augen blickte er seinen Herrn quasi Hilfe suchend an. Baericke hatte das Gefühl, das Tier halte ihm die vielen Male vor, die es ihm während der Nama-Kämpfe und der waghalsigen Expedition nach Berseba aus der Patsche geholfen hatte. Als er den stillen Vorwurf nicht mehr ertragen konnte, zog er seine Pistole aus dem Halfter und befreite seinen treuen Gefährten vom qualvollen Tod des Verdurstens.

Ihrer Schätzung nach trennten sie noch gut sechzig Kilometer von Sesriem, doch unter der erdrückenden Mittagssonne wurde jeder Schritt zur Last. Nach einem zweistündigen Marsch durch die Dünen streikte die Stute, und auch diese mussten sie töten. Als sich schließlich noch die Maultiere in den Sand legten, waren die

Männer so erschöpft, dass sie die Tiere ihrem Schicksal überließen. Den Nachmittag über suchten sie Schutz vor der Sonne unter einem kleinen Sonnendach, für das sie ihre Taschentücher an den Gewehrläufen festgebunden hatten. Keiner sagte ein Wort, denn alle dachten nur daran, ihre Haut zu retten; außerdem klebten ihnen die Zungen wie gesotten am Gaumen. Als die Dämmerung hereinbrach, setzten sie sich erneut in Bewegung, nur mit ihren Gewehren, den Feldflaschen und der Decke beladen.

Allein ihr Wille, nicht in der Wüste zu verdursten, und der Wunsch, im frischen Wasser von Sesriem zu baden, das vielleicht nicht mehr als zwanzig oder dreißig Kilometer entfernt war, hielt sie aufrecht. Während sie sich über die Dünen schleppten, drang der glühende Sand in ihre Stiefel und brachte ihnen schreckliche Verbrennungen bei. Mehrmals waren sie versucht, sich die Hemden von den mit Blasen übersäten Schultern zu reißen, doch dann bezähmten sie diesen Impuls, wohl wissend, dass dies die charakteristische Reaktion derer war, die kurz vor dem Verdursten standen. Den letzten Schluck lauwarmen Kaffees mussten sie um jeden Preis bis zu dem Moment aufheben, wenn es nötig wurde, dass sie ihre letzten Kräfte mobilisierten.

Des Öfteren wurden sie auch von den Luftspiegelungen eines sprudelnden, von frischem Grün umgebenen Flusses am flirrenden Horizont getäuscht. Schließlich erspähten sie in der Ferne das riesige steinige Gelände, das sie auf dem Weg zu den Schwarzbergen durchquert hatten; und als Baericke den Horizont mit dem Fernglas absuchte, entdeckte er auch die dornige Akazie, unter der sie ihr Lager aufgeschlagen hatten, bevor sie sich der verseuchten Tränke genähert hatten. Diesmal war es keine Täuschung, und aus seinem Mund mit den aufgequollenen Lippen und der ausgetrockneten Zunge erklang ein gutturaler Laut, der ein Freudenschrei sein sollte.

»Wir sind gerettet, ich erkenne die Akazie an der Wasserstelle!«

Der Hoffnungsschimmer, der plötzlich in ihm aufflackerte, ließ ihren Sinn für Humor wieder aufleben, und Koppel nahm alle Kraft zusammen, um auszurufen: »Kompanie, antreten! Und los, marsch, marsch!« Mit kaum vernehmlicher Stimme sagte Weimers, um diese letzte Etappe zu meistern, wäre ihm ein eisgekühltes Bier sehr hilfreich, und Hartkopf stammelte, was er wahrlich vermisse, sei ein ordentliches Schälchen Schlagsahne wie auf der Farm Guperas. Nachdem sie den letzten, für diesen Augenblick aufgesparten Schluck Kaffee heruntergekippt hatten, machten sie sich bei jedem Schritt stolpernd, doch mit vor Freude überquellendem Herzen auf den Weg zu der Oase.

Doch als sie sich nach einer halbstündigen Pause wieder in Bewegung setzen wollten, merkte Baericke, dass seine Beine ihm nicht mehr gehorchten; auch Hartkopf kam nicht mehr auf die Füße, weshalb Koppel und Weimers allein in Richtung Oase aufbrachen in der Absicht, ihren Kameraden später zu Hilfe zu eilen, wenn es ihnen gelungen wäre, an Wasser zu kommen. Auf halbem Weg kam Weimers plötzlich auf die seltsame Idee, auf eigene Faust nach den Narra-Früchten zu suchen, die den Hottentotten dazu dienten, ihren Durst zu stillen, mit dem Argument, er kenne ein nahe gelegenes Tal, wo er während des Feldzugs diese Früchte gefunden habe. Koppel konnte ihm diesen Irrsinn nicht austreiben.

Baericke war im Sand liegen geblieben und verfiel in eine Lethargie, die allzu sehr der des Todes ähnelte, als er neben sich einen Windstoß vernahm. Er klang wie das Pfeifen des Sturms, wenn er die Äste der Bäume peitscht. Doch dann fiel ihm ein, dass es weit und breit keinen Wald gab, und als er die Augen aufschlug, sah er vor sich einen schwarzen Riesenvogel mit Federn so finster wie die Sünde, der ihn eindringlich fixierte. Nicht ganz sicher, ob er schlief oder wach war, zog Baericke seine Pistole und gab einen Schuss auf den Geier ab, der sich in der Tat als echt herausstellte, als er mit einem schrillen Krächzen auf und davon flog und ein Gewirr von Federn zurückließ: »Du dachtest also, wir seien schon bereit, dir als Festschmaus zu dienen!«, stammelte der Schürfer. Als sie den toten

Vogel fanden, stellten sie fest, dass seine Schwingen ein Meter achtzig Spannweite hatten. Jahre später sollte Baericke mir erzählen, dass ihn die Szene mit dem Geier in der Wüste lange verfolgt und er immer noch Alpträume habe, in denen sich der Fluch der alten Hottentottin haargenau erfülle.

Der Besuch des ungebetenen Gastes, der für das mögliche Festmahl einige Stunden zu früh erschienen war, gab ihnen allerdings noch einmal den nötigen Ansporn für einen letzten Versuch, doch noch die Wasserstelle zu erreichen, wenngleich sie, als sie den Hang der Dünen hinaufkletterten, das Gefühl hatten, ein kräftiger Magnet unter der Sandoberfläche zöge ihre Stiefel nach unten. Inzwischen war der Mond aufgegangen, und als sie gegen seinen orangefarbenen Lichtkreis eine Gestalt auf sich zukommen sahen, dachten sie zunächst, es sei Traugott Fredericks, der ihnen zu Hilfe eilte. Doch nein, es war der unermüdliche Koppel, der mit einem Wassersack zu seinen Freunden zurückkehrte. Obwohl sie sich liebend gerne auf das Wasser gestürzt hätten, um es in vollen Zügen herunterzukippen, waren sie so geistesgegenwärtig, nur ein paar Tropfen zu schlürfen, es langsam über die Zunge und durch die Kehle gleiten zu lassen, bis sie im Innern das Knacken hörten, mit dem sich die Schleimhäute am Gaumen und in den Gehörgängen lösten. Nachdem sie eine Weile abgewartet hatten, konnten sie nun endlich nach Lust und Laune ihren Durst stillen.

Erst mussten sie noch Weimers in der schrecklichen Einöde wiederfinden, der es, schon dem Tode nahe, nicht mehr geschafft hatte, die Narra-Früchte ausfindig zu machen, bevor sie dann gemeinsam nach Sesriem zurückkehrten, wo sie die Verpflegung aus ihrem Versteck ausgruben und eine ganze Woche blieben, um sich von der schrecklichen Odyssee zu erholen, die um ein Haar tragisch ausgegangen wäre. Als Koppel und Hartkopf eine weitere Woche später in Duwisib erschienen, erfuhren wir vom Scheitern der Expedition und von den Nöten, in denen die Schürfer gesteckt hatten. Sie überreichten uns einen Brief von Baericke, in dem er uns bat, ihnen zwei Maultiere zu leihen, um den Karren nach Schloss Duwisib zurückzubringen. Hansheinrich schickte Hilfe, doch als sie mit dem Karren wiederkamen, ersparte er ihnen nicht den Vorwurf, seine Warnung vor Klinge nicht ernst genommen zu haben.

Brief von Löffler, Nachlassverwalter von Oskar Klinges Besitztümern, an dessen Vater, in dem er ihm den Tod seines Sohnes mitteilt

An den Königlichen Hegemeister
Herrn Klinge
Forsthaus Kölpin bei Lauken

Sehr geehrter Herr!

Als gerichtlich bestellter Nachlassverwalter kommt mir die traurige Pflicht zu, Ihnen das Ableben Ihres werten Sohnes Oskar Klinge, Farmer in Swartmodder, mitzuteilen, deren ich mich hiermit mit dem Ausdruck tiefsten Mitgefühls entledige.

Ihr Sohn Oskar wurde am 29. September d. J., als er sich in der Namib-Wüste auf Straußenjagd befand, von dort noch wild lebenden Buschleuten meuchlings erschossen. In der ersten Hälfte des Oktobers wurde seine Leiche von einer Polizei- und Militärpatrouille gefunden und an Ort und Stelle beerdigt. Eine Ende Oktober d.J. erneut einen Vorstoß machende Kamelpatrouille stieß bei der Wasserstelle Chowachasib mit der Mörderbande zusammen. Der Mörder Ihres Herrn Sohnes ist leider trotz Oberschenkelschusses mit Hilfe zweier Leute seines Trupps entkommen. Die Verfolgung musste wegen großer Terrainschwierigkeiten und Wassermangel schließlich aufgegeben werden.

Unter den zu Gefangenen gemachten Buschleuten befand sich einer, dem die Mittäterschaft nachgewiesen werden konnte, und ist derselbe heute Vormittag in gerichtlicher Sitzung vom hiesigen Eingeborenenrichter, Distriktschef Seydel, zum Tode durch den Strang verurteilt worden. Man hofft, bei einer demnächstigen Patrouille auch des entronnenen Mörders noch habhaft zu werden.

Die Polizeistation Nam, zu deren Bezirk Swartmodder gehört, hat bei der letzten Patrouille ein in schlichter Weise angefertigtes Holzkreuz mit zum Grabe Ihres Sohnes transportiert und es dort aufgerichtet.

Die so betrübende Nachricht kömmt deshalb so spät, weil die Ernennung zum Nachlasspfleger erst vor kurzem erfolgte.

Betreffs des Nachlasses werde ich Ihnen in den nächsten Wochen weiteres schreiben, die Regelung kann sich ein halbes bis ein Jahr hinziehen.

Nochmals Ihnen und werter Familie tiefstes Beileid versichernd, zeichne

hochachtungsvoll
LÖFFLER
Kaiserl. Distriktskassenführer
Als Nachlasspfleger

Sehr geehrter Herr Löffler!

Erst durch die Lektüre der Todesanzeige in der Lüderitzbuchter Zeitung habe ich vom Tod meines Freundes Oskar Klinge erfahren.

Ich wäre Ihnen sehr verbunden, wenn Sie mir mitteilen könnten, ob es eindeutig erwiesen ist, dass Klinge von den Buschmännern ermordet wurde.

Bei unserem letzten Treffen Mitte Juni erzählte mir Herr Klinge, dass ein Weißer aus dem Distrikt Maltahöhe, dessen Namen ich vorläufig nicht nennen möchte, ihm nach dem Leben trachte.

Wenn es unzweifelhafte Beweise dafür gibt, dass Klinge von den Buschmännern getötet wurde, bleibt mir nichts weiter zu sagen.

Mit bestem Dank im Voraus für eine prompte Antwort
verbleibe ich Ihr ergebener
R. BLANK

Das Debakel von Seatsub

Einige Monate nach der Rückkehr der Prospektoren erfuhren wir, dass Oskar Klinge ermordet und sein Leichnam mitten in der Wüste aufgefunden worden war. Die Polizeibeamten, die seinen Leichnam entdeckten, dachten, der Mörder sei ein Buschmann gewesen, da er mit seinem eigenen Gewehr im Schlaf erschossen und das Gewehr liegengelassen worden war. Wäre der Übeltäter ein Hottentotte gewesen, hätte er ohne Zweifel das Gewehr mitgenommen. Neben dem Leichnam fand man auch die Patronenhülse und in einer der Taschen des Verstorbenen eine weitere leere Hülse mit einigen Diamanten.

Später erfuhr ich, dass jemand im Laufe der polizeilichen Ermittlungen einen Brief an den Richter geschrieben hatte, in dem er behauptete, wenngleich die unmittelbare Ausführung der Tat sicherlich auf das Konto der Buschmänner gehe, könne der Auftraggeber des Verbrechens ein Weißer aus der Gegend von Maltahöhe sein, ohne den Namen zu nennen, weshalb Übelmeinende denken konnten, mein Mann hätte etwas mit dem Vorfall zu tun.

Es traf zu, dass mein Mann aufgrund der Schulden, die der Verstorbene bei Hansheinrich hatte, bei der Eröffnung von Klinges Testament seine Ansprüche als Gläubiger auf Klinges Landgut, vor allem das Stammhaus, anmeldete, obwohl er auch andere Teile der Besitztümer für sich forderte, etwa die Windmühle, die Klinge in Aus immer noch auf Lager hatte und die ebenfalls zur Erbmasse gehörte. Ich wusste, dass Hansheinrich Klinge Geld für den Abbau von Bodenschätzen geliehen hatte in der heimlichen Hoffnung, am Ende die Farm zu erhalten, aber der Gedanke, dass er in seiner »Gier nach Land« so etwas Schreckliches tun könnte, wie einen Menschen umzubringen, wäre mir nie gekommen.

Meine Intuition sagte mir, dass Klinges Tod mit der Suche nach dem Paradies der Hottentotten zu tun haben könnte. Dass man in der Kleidung des Verstorbenen Diamanten gefunden hatte, war ein äußerst aufschlussreiches Indiz, und wenn es stimmte, dass ein Weißer einen Buschmann zu dem Mord an Klinge angestiftet haben könnte, wären die Hauptverdächtigen die Prospektoren, die der »Buschmannkönig« getäuscht hatte, als er sie von ihrer Route abbrachte und sie zu versiegten Brunnen schickte, wo sie um ein Haar verdurstet wären. Jedenfalls war der Fluch, den die alte Hottentottin gegen Baericke ausgesprochen hatte, auf Klinge selbst zurückgefallen: Der Leichnam des »Weißen Buschmannkönigs« blieb in der Wüste liegen und diente den Aasgeiern zum Fraß.

Da die Kolonialverwaltung nicht dulden konnte, dass ein Verbrechen dieser Art ungesühnt blieb, wo die Ausbeute neuer Diamantfelder doch eine Sicherheitsgarantie für ausländische Investoren erforderte, gaben die Behörden von Windhuk der örtlichen Polizei die Anweisung, die Schuldigen so rasch wie möglich ausfindig zu machen und festzunehmen. In der Nähe der Stelle, wo man Oskar Klinges leblosen Körper gefunden hatte – unweit der Schwarzberge, wo Baericke und seine Freunde beinahe verdurstet wären –, machte eine Polizeipatrouille auf Kamelen eine Gruppe von Buschmännern dingfest und den gesamten Stamm, nachdem sie die Festgenommenen in einer Sprache, die die Polizisten kaum beherrschten, einem kurzen Verhör unterzogen hatten, verantwortlich für den Tod des Farmers.

Als sie merkten, dass die Polizisten alle Stammesmitglieder festnehmen wollten, verteidigten sich die Buschmänner mit den Waffen, die sie hatten, und nach einem Schusswechsel mit Gewehren und vergifteten Pfeilen hatte es die Patrouille geschafft, einen Großteil der Bande auszumerzen. Obwohl es dem Hauptverdächtigen, einem gewissen Doikarab, gelang, schwer verwundet zu flüchten, galt die Polizeiaktion als großer Erfolg, und in der Lüderitzer Zeitung erschien ein Bericht über den Vorfall, in dem die Hüter von Gesetz und Ordnung ob der Hartnäckigkeit, mit der sie die Verbrecher bis tief ins Herz der Wüste verfolgt hatten, hochgelobt wurden.

Die an dieser Mission beteiligten Polizisten machten auf dem Heimweg in ihre Kaserne in Duwisib Halt, wo Hansheinrich sie zum Abendessen einlud, um die erfolgreiche Bestrafung der vermutlichen Mörder von Oskar Klinge zu feiern. Das Biedermeier-Esszimmer war im Allgemeinen den formellen Besuchern vorbehalten, während wir die Farmer, Soldaten und Polizisten, die in Duwisib Halt machten, meist im Raucherzimmer unter dem Dach empfingen. Nach einer Phase alkoholischer Abstinenz und zwangsläufigen Fastens in der Wüste wussten die Reisenden den Geschmack einer großzügig mit Rheinwein begossenen Lammkeule – dank der direkten Verbindung zum Weinkeller über die Treppe war für Nachschub stets gesorgt – durchaus zu schätzen. Normalerweise machte Hansheinrich die Honneurs des Hauses, während ich mich in meine Räume zurückzuziehen pflegte oder allein unten im Esszimmer speiste.

Doch in diesem Fall beschloss ich eingedenk der Tatsache, dass die Polizisten unter Einsatz ihres Lebens eine Verbrecherbande gefasst hatten, die für alle Farmer der Gegend eine Gefahr waren, an dem Abendessen in der Mansarde teilzunehmen, auch wenn ich mir die Möglichkeit eines strategischen Rückzugs vorbehielt, sobald der Schnapskonsum allzu glühende patriotische Reden anregen würde. Doch dann blieb ich wie angenagelt auf meinem Stuhl sitzen, als der Patrouillenchef, Leutnant Stempel, der neben mir saß, seinen Dankestoast auf unsere Gastfreundschaft aussprach:

»Ich möchte dem Baron und der verehrten Frau von Wolf für ihre großzügige Anerkennung des Erfolges, der unserer Mission beschieden war, danken. Allerdings muss man gerechterweise zugeben, dass wir unser Überleben dieses Vorstoßes in die Wüste zu einem Großteil der Erfahrung verdanken, die unsere Sicherheitskräfte bei ihrer Expedition in die Kalahari gesammelt haben. Daher denke ich, dass wir heute auch auf Hauptmann Erckert und die übrigen Offiziere und Soldaten anstoßen sollten, die es um den Preis ihres Lebens möglich machten, dass wir anderen diese schwierige Mission meistern konnten. Stoßen wir also an auf die auf der Expedition in die Kalahari gefallenen Kameraden!«

Vermutlich wurde ich weiß wie das Tischtuch, jedenfalls hatte ich Mühe, mich vom Stuhl zu erheben, um mich dem Trinkspruch anzuschließen. Doch dann fasste ich mir ein Herz und nutzte die Gelegenheit, dass der Patrouillenchef neben mir saß, um ihn zu bitten, mir mehr über das zu erzählen, was von Erckerts Kommando zugestoßen war.

Stempel genehmigte sich einen ordentlichen Schluck aus seinem Weinglas und räusperte sich dann, erfreut darüber, die Geschichte von der Wüstenexpedition erzählen zu können, an der er dank seiner Erfahrung im Umgang mit Kamelen von Anfang an hatte teilnehmen dürfen.

»Koppers Aufständische bewegten sich in einem unbestimmten Streifen zwischen unserem Schutzgebiet und dem Betschuanaland, da unsere Grenze in der Kalahari-Wüste nicht genau festgelegt ist. Sie verübten handstreichartige Überfälle auf unserer Seite und zogen sich dann auf britischen Boden zurück, ohne dass sie von jemandem gestört wurden. Im letzten Juni töteten sie dann in der Nähe von Kowes Robert Dunkan, den schottischen Führer, der Oberst Nolte auf seiner vorherigen Expedition in die Wüste begleitet hatte. Sie überfielen auch einen Wagen in Hochanas und einen Bohrtrupp in der Nähe von Nanib, womit sie eine Panikwelle bei den Farmern auslösten, deren Höfe in Grenznähe lagen.

Der Oberbefehlshaber in Windhuk gab daraufhin von Erckert den Befehl, eine große Expedition von Gochas aus zu organisieren, die bis ins Herz der Wüste vorstoßen sollte. Monatelang stellte von Erckert ein Expeditionscorps zusammen, das mehr als siebenhundert Kamele umfasste, dazu dreihundert Gewehrschützen und gut hundertzwanzig eingeborene Helfer, die von einigen zwanzig Offizieren befehligt wurden.

Aufgrund der schwierigen Wasserversorgung mussten wir uns in zwei Detachements aufteilen, eine am Auob-Fluss unter dem Kommando von Oberst Grüner und das andere am Nossob-Fluss unter Führung von Hauptmann Willeke. Die Abteilung unter Grüners Kommando ging als Vorhut voran, gefolgt von Willekes Truppe, und als Nachhut, etwa einen Kilometer hinter ihnen, folgte die Versorgungsstaffel sowie die Sanitätsstaffel mit den Ärzten. Sobald wir uns auf Wüstenboden befanden, legten wir grundsätzlich nach einem zweistündigen Marsch eine Pause von zehn Minuten ein, und die Kolonne erstreckte sich über die Dünen bis zum Horizont wie eine lange Termitenstraße.

Nach mehreren Tagesmärschen kampierten wir an einer Senke namens Molentsan-Pfanne, wo einige dieser Schamma-Pflanzen wuchsen, und der Hauptmann befahl, die Truppe mit diesen Melonen zu versorgen, um den Wasserverbrauch zu reduzieren. Die meisten von uns, die diese Order befolgten, übergaben sich die ganze Nacht über, und die, denen es nicht gelang, die Melonen wieder von sich zu geben, erlitten heftige Bauchkrämpfe. Es wäre schlimm gewesen, wenn uns Koppers Leute in dem Moment angegriffen hätten, wo der einen Hälfte der Truppe hundsübel war und die andere Hälfte hinter den Büschen hockte.

Doch anscheinend hatten die Rebellen gar nicht die Absicht anzugreifen, denn da wir die Versorgungswagen mitsamt einigen Geschützen, die ein großes Heer zu begleiten pflegen, zurückgelassen hatten, war Simon Kopper davon ausgegangen, dass wir nur ein Spähtrupp seien. Er hatte seine Männer sogar angewiesen, nicht zu schießen, wenn sie eine weiße Fahne sähen, in der Annahme, unsere Kolonne habe die Grenze überquert, um Friedensverhandlungen einzuleiten.

Im Vertrauen darauf, dass die Beschaffung des Geländes sie begünstigte, hatten sich die Rebellen nicht einmal die Mühe gemacht, sich von der Stelle zu bewegen, an der sie siedelten, ein kleiner Hügel, wo sie in einer Senke namens Seatsub rudimentäre Erdlöcher ausgehoben hatten, als wir uns ihrer Werft näherten. Als unsere Truppen angriffen, traf es die Hottentotten völlig unvorbereitet, so dass sie mehr als fünfhundert Mann verloren. Wir machten keine Gefangenen; einer der weißen Kundschafter, ein Bruder von Robert Duncan, erkannte unter den Verwundeten Eliesaar, den Nama, der seinen Bruder ermordet hatte, und übernahm es, diesem Schurken den Rest zu geben, sobald sie ihm sein Geständnis entlockt hatten. Doch von Simon Kopper und seinen direkten Stellvertretern fanden wir keine Spur. Die Gefangenen sagten uns, ihre Anführer hätten tags zuvor die Siedlung verlassen, woraus wir schlossen, dass dieser Fuchs uns ein weiteres Mal entwischt war.«

»Vorher sagten Sie, auch auf unserer Seite habe es Verluste gegeben?«, unterbrach ich ihn ungeduldig.

»Von Erckert selbst sowie Leutnant Ebinger sind gefallen, dazu noch elf Soldaten; weitere Verwundete starben, weil die zurückgelassene Sanitätsstaffel zu spät eintraf. Die Liste der Gefallenen ist vom Oberkommando in Windhuk, das so tut, als habe die Expedition nie stattgefunden, noch nicht freigegeben worden, aber ich glaube, die Angehörigen der Toten hat man bereits benachrichtigt.«

Als ich das vernahm, brach ich über dem Tisch zusammen und bemühte mich, mit den Händen mein Schluchzen zu verbergen. Alle Polizisten sprangen gleichzeitig auf, ohne zu verstehen, was los war, und von der anderen Seite des Tischs kam Hansheinrich zu mir, um mich zu trösten, obwohl auch er nicht wusste, worum es ging. Bei dem Lärm der anderen Unterhaltungen hatte er nicht mitbekommen, was Stempel mir erzählte; und während er mich zur Treppe begleitete, hörte ich, wie er dem Leutnant erklärte:

»Meine Frau hat sehr unter dem Verlust eines unserer besten Pferde gelitten, und auch wenn das schon eine Weile her ist, hat sie sich von dem Kummer über diesen Zwischenfall noch nicht so recht erholt.«

Der Ort, wo der Regenbogen entspringt

Einige Monate später erreichte mich ein Brief von Ernst von Siegler. Obwohl auf dem Umschlag mein Name stand, hatte das Militär ihn mit den anderen Habseligkeiten des Oberleutnants an seine Mutter nach Düsseldorf geschickt, und die gute Frau hatte ihn an mich weitergeleitet, als sie merkte, dass der Brief nicht an sie gerichtet war. Die Bögen trugen kein Datum, und der Umschlag war reichlich zerknittert und noch vom roten Staub der Kalahari befleckt.

Liebe Frau Wolf:

In dieser ungeheuren Einsamkeit kann ich nicht umhin, mich an die Ausflüge zu erinnern, die wir gemeinsam zu Pferd durch die Wüste unternahmen: Damals war es die Namib, jetzt ist es die Kalahari, doch alle Wüsten gleichen sich. Obwohl ich noch nicht entschieden habe, ob ich am Ende der Expedition dieses Tagebuch an Sie abschicken oder es im Lagerfeuer unseres Camps verbrennen werde, möchte ich, dass Sie wissen, dass ich trotz des wenig freundschaftlichen Tons unseres Abschieds nach meinem letzten Besuch in Duwisib die Hoffnung noch nicht ganz aufgegeben habe. Ich meinte, bei Ihnen ein Gefühl wahrzunehmen, das nicht völlige Gleichgültigkeit war, obwohl es Verärgerung über meine vorherige Taktlosigkeit durchblicken ließ.

Da ich Ihre Begeisterung für Pferde kenne, kann ich Ihnen, nachdem ich viele Kilometer auf einem Kamel geritten bin, versichern, dass dieses Tier bei weitem nicht so intelligent ist wie ein Pferd; seine Reaktionen sind viel weniger vorhersehbar, wenngleich die Nützlichkeit dieser Tiere auf einer Expedition dieser Art unbestritten bleibt. Um den Wasserverbrauch einzuschränken, legen wir einen Teil der Strecke des Nachts zurück, und die ellenlange, vom hellstrahlenden Mondschein erleuchtete Kolonne erinnert mich an die Karawanen, die durch die Wüsten Arabiens zogen, wenn wir auch keine heilige Stadt oder irgendeine herrliche Oase zum Ziel unserer Pilgerschaft erkoren haben.

Erst nach Überqueren der Grenze haben wir Offiziere erfahren, dass die deutsche Regierung die Engländer nicht um Erlaubnis gebeten hat, in ihr Hoheitsgebiet einzudringen. Weshalb wir nun auf das Wohlwollen und die Nachsicht der britischen Garnisonskommandanten angewiesen sind, um einen internationalen Zwischenfall mit unabsehbaren Folgen zu verhindern. Angesichts dieses beängstigenden Mangels an Umsicht baten einige Offiziere den Doktor Ohlemann, von Erckert für unzurechnungsfähig zu erklären, um ihn als Kommandeur abzusetzen, doch wir anderen leitenden Offiziere wollten uns den Meuterern nicht anschließen.

Um sich die Truppe gewogen zu machen, richtete sich Erckert in einer knappen Ansprache an uns und genehmigte allen eine doppelte Ration Alkohol, was die Soldaten mit wiederholten Hurra-Rufen quittierten, die ein wenig unheilvoll in der Senke der riesigen Sandpfanne widerhallten. Während wir mit dem Rest des Detachements weiter in die Wüste vordrangen, beschloss Erckert, dass die Versorgungsstaffel und das Feldlazarett in der Limpu-Pfanne zurückbleiben sollten. Vielleicht hatten ja diejenigen recht, die dachten, von Erckert habe den Verstand verloren, denn es scheint einigermaßen unsinnig, die Sanitätertruppe vom Hauptdetachement zu trennen.

Bereits in der Nähe des feindlichen Lagers verloren wir für einige Stunden unsere Kommandanten, die im Vertrauen auf das helle Mondlicht als Spähtrupp losgezogen waren und dann, als sich dunkle Wolken vor den Mond schoben, die Orientierung verloren hatten. Um seine Position anzuzeigen, musste Erckert bunte Leuchtfeuer aufsteigen lassen, die die Wüste wie eine Feuerwerkssalve erhellten und ihrerseits von der Vorhut mit Leuchtfeuer erwidert wurden. Mit so viel Signalaustausch, denke ich, kann Koppers Leuten unsere Anwesenheit wohl kaum verborgen bleiben.

Die Vorhut kam, um die Kampftruppe über die exakte Position

des Feindes in einer kleinen Talsohle namens Seatsub, nur zwei oder drei Kilometer entfernt von unserem Feldlager, zu informieren. So nah, dass wir nachts sogar den Schein ihrer Lagerfeuer sehen und ihr Vieh brüllen hören können. Erckert hat angeordnet, dass die Einheiten sich für den Kampf am nächsten Morgen bereit machen sollen, und erneut Befehl gegeben, die doppelte Alkoholration an die Truppe auszugeben. In der Erwartung, dass der Kampf morgen beginnt, wurde eine Nachricht an die Sanitätsstaffel gesandt, sich der Kampftruppe anzuschließen, doch bis zum Angriff bleiben uns nur noch wenige Stunden, und bisher sind die Sanitäter noch nicht aufgetaucht.

Ich habe lange dem Spiel der Flammen auf dem brennenden Mist zugeschaut und dem Brüllen des Viehs aus dem Hottentottenlager gelauscht, wobei meine Gedanken unvermeidlich nach Duwisib abschweiften und bei den Szenen unserer Ausflüge verweilten. Selbst wenn ich länger als hundert Jahre leben sollte, werde ich mich immer an die Schönheit jener Sonnenuntergänge und den lebendigen Fluss unserer Unterhaltungen erinnern, die eine unauslöschliche Spur in mir hinterlassen haben, auch wenn wir über scheinbar unwesentliche Dinge plauderten.

(Ich muss jetzt aufhören mit Schreiben, denn es ergeht der Angriffsbefehl. Erst jetzt kann ich weiterschreiben, während ich neben anderen verwundeten Kameraden auf einer im Sand ausgebreiteten Plane liege.)

Wir waren kaum ein paar hundert Meter vorgerückt, als wir schon Berührung mit dem Feind bekamen, von dem wir aus nächster Nähe mit einem Kugelhagel überfallen wurden. Von Erckert war einer der Ersten, die zu Boden gingen. Allerdings brachte die Bewegung, mit der die Einheiten von Willeke und Grüner den Feind in die Zange nahmen, Erfolg, und Boettichers Maschinengewehrsalven haben den kleinen Hügel, wo sich Koppers Lager befand, völlig platt geschliffen.

Kurz nachdem die Sonne über den Dünen aufgegangen war,

vernahmen wir den Befehl zum Sturm mit den Bajonetten, um auch das letzte Erdloch, in dem sich noch ein paar Rebellen verschanzt hatten, in unsere Gewalt zu bekommen, was ohne Zweifel sinnlos verschwendeter Heldenmut war, da die meisten feindlichen Kräfte sich bereits fluchtartig auf dem Rückzug befanden. Als ich merkte, dass ein Teil der Bande ungestraft entkam, habe ich instinktiv ihre Verfolgung aufgenommen und wollte mich von einer Handvoll Soldaten begleiten lassen. In dem Moment, als ich mich umdrehte, um loszulaufen, hat mich eine Kugel im Unterbauch erwischt, die wahrscheinlich vom Beschuss unserer eigenen Männer von der anderen Seite der Schlucht stammte.

Während die anderen Einheiten das restliche Gelände auf der Suche nach Toten oder Verwundeten durchkämmten, haben sie mich in die Nähe der zentralen Insel der Schlucht gebracht, wo sich das Lager von Simon Kopper befunden hatte. Da die Ärzte immer noch nicht auftauchten, hat man die Schwerstverwundeten auf zwischen zwei Kamelen befestigte Tragbahren gebettet, obwohl das starke Schaukeln infolge des schwankenden Gangs dieser Vierfüßler mehr als einem Verletzten Schmerzensschreie entriss. Ich habe es vorgezogen abzuwarten, bis das Ärzteteam kommt. Ich hatte sogar schon das Gefühl, als hörte ich die Glocken der Ochsen, die die Ambulanzkarren ziehen, doch ich glaube, diese Glocken bimmeln nur in meinem Kopf.

Ich spüre, wie eine Eiseskälte mir von den Zehenspitzen bis zum Bauch aufsteigt. Falls die Ärzte nicht rechtzeitig auftauchen sollten, möchte ich, dass Sie wissen, dass ich für Sie eine reinere und tiefere Verehrung empfunden habe als für irgendeine andere Frau und dass ich stolz darauf bin, einige der Geheimnisse der Wüste wie das der Bedeutung von Duwisib aufgedeckt zu haben.

Für mich wird der Flecken bei dem Wasserfall unter der Felswand immer der Ort sein, »wo der Regenbogen entsprang«.

(Anschließend folgte ein Satz in unleserlicher Schrift.)

ERNST VON SIEGLER

ACHTES BUCH

Finanzielle Schwierigkeiten

Es heißt, ein Unglück kommt selten allein. Kurz nachdem ich von Sieglers posthumen Brief erhalten hatte, zitierte der Distriktschef Seydel uns auf sein Amt in Maltahöhe, um uns ein Einschreiben aus Windhuk auszuhändigen, in dem wir aufgefordert wurden, unseren Schuldenrückstand, den wir beim Fiskus hatten, zu begleichen. Wegen der wichtigen Investitionen, die uns vom Gouvernement selbst zu tätigen auferlegt worden war, hatten wir uns außerstande gesehen, die zweite Rate für die Hypothek, die wir für den Bau von Schloss Duwisib aufgenommen hatten, zu entrichten. Außerdem forderte man von uns die erste Rate für den Kauf des Farmlands Rooiberg-Süd, das zwar von einem Privatmann erworben, aber durch einen Staatskredit abgedeckt worden war. Die Zahlungsaufforderung war von Hintrager unterzeichnet, der uns damit drohte, den Kauf der von uns bereits erworbenen Farmen rückgängig zu machen, mit der entsprechenden Strafe.

Der von uns geforderte Betrag belief sich auf vierundzwanzigtausend Mark, eine Summe, über die wir nicht verfügten, da wir immer noch darauf warteten, dass der Fiskus uns den Schadensersatz für den Verlust von Bonito in der von uns eingeforderten Höhe von fünfundzwanzigtausend Mark auszahlte. Vermutlich war diese Forderung unserem Verhältnis zur Kolonialregierung nicht eben dienlich, da die strittigen Gelder aus ein und derselben Schatulle stammten. Natürlich hatte Oskar Hintrager die Gelegenheit genutzt, bei uns die Daumenschrauben anzuziehen, und dem neuen Gouverneur der Kolonie, Theodor Seitz, davon abgeraten, uns den erbetenen neuerlichen Aufschub zur Abzahlung unserer Schulden beim Fiskus zu gewähren.

Distriktschef Seydel, der wusste, welche Anstrengungen wir unternommen hatten, um die harten Bedingungen, die man uns in Windhuk auferlegt hatte, zu erfüllen, versuchte, bei den inflexiblen Behörden im *Tintenpalast* ein gutes Wort für uns einzulegen mit einem Schreiben, in dem es hieß:

»In den drei Jahren, die vergangen sind, seit Herr von Wolf und seine Gattin sich in diesem Distrikt niedergelassen haben, haben sie mehr als eine halbe Million Mark in ihren Farmbetrieb gesteckt. Sie haben eine große Anzahl an Schafen und Pferden gekauft, darunter einige äußerst wertvolle Tiere. Sie haben überdies alles in ihrer Macht Stehende getan, um die Wasserversorgung für Duwisib sicherzustellen. Sie haben ein Haus, das aussieht wie ein Schloss, gebaut und ausgestattet sowie diverse Wirtschaftsgebäude errichtet. Daher ist es nicht verwunderlich, dass der Besitzer Liquiditätsprobleme hat.«

Um den finanziellen Problemen zu begegnen, bemühte ich mich, einen Teil des Kapitals der Geldanlagen, die mir mein Großvater vermacht hatte und von deren Zinsertrag wir bis dato gelebt hatten, zu verkaufen. Doch dann teilte der Vermögensverwalter mir mit, das treuhänderisch verwaltete Familienvermögen sei eingefroren, bis das Gerichtsverfahren, das mein Bruder Frederick gegen meine Mutter angestrengt habe, entschieden sei. Seit Frederick den Militärdienst quittiert hatte, um sich der Leitung des von meinem Großvater gegründeten Unternehmens, der *Homeopathic Medicine Company*, zu widmen, war es zu ernsten Differenzen zwischen ihm und meiner Mutter gekommen, der es schwerfiel zu akzeptieren, dass das ungelenke Küken, das sie immer unter ihre Fittiche genommen hatte, flügge geworden war.

Obwohl mich der Entschluss zu dieser langen Reise einige Überwindung kostete, sah ich ein, dass die einzige Möglichkeit, die Familienverhältnisse in Ordnung zu bringen und Zugriff auf meine Vermögensanteile zu erhalten, darin bestand, mich nach New York zu begeben. Ich würde meine Mutter überreden müssen, mich zu begleiten, damit sie dort ihre Streitigkeiten mit meinem Bruder beizulegen versuchte. Nach der Pechsträhne, die ich in den letzten Monaten gehabt hatte, schien es mir auch durchaus ratsam, die Abgeschiedenheit auf Duwisib für eine Weile hinter mir zu lassen.

Der einzige Grund, warum es mir leidtat, aus der Kolonie abzureisen, war, dass wir dem Chef der kaiserlichen Gestütsverwaltung, dem Freiherrn von König, für diese Zeit versprochen hatten, ihm einen Satz Stuten vorbeizubringen, um diese von den Zuchthengsten des Heeres decken zu lassen. Der Truppenstützpunkt von Nauchas lag im Herzen der Naukluftberge, unweit der Kultstätte von Hendrik Witbooi in Hornkranz, weshalb ich gerne in jene ländliche Gegend mitgefahren wäre, um die Festung kennenzulernen, von der aus der Nama-Häuptling das deutsche Heer an der Nase herumgeführt hatte und wo er dann hinterrücks von den Truppen von Hauptmann von François überfallen worden war. Da nach Bonitos Tod die erfolgreiche Deckung unserer Stuten und damit das Überleben unserer Pferdezucht vom Heer abhing, schrieb Hansheinrich einen Brief an von König mit sehr genauen Instruktionen, welche Stute welchem Hengst zugeführt werden sollte:

Duwisib, 25. September 1912

Lieber Baron König!

Zu meinem lebhaften Bedauern ist es mir und meiner Frau nicht möglich, – wie beabsichtigt – die Stuten nach Nauchas zu begleiten: Ich muss am ersten Oktober in Windhuk das Credit Institut mit beraten helfen.

Nachfolgende Stuten schicke ich Ihnen durch die Eingeborenen Anton, Jakob und Ernst mit der Bitte, sie möglichst den hinter den einzelnen Namen angeführten Hengsten zuzuführen.

Queen of Duwisib, schwarz mit Stern, hellweißem Strumpf, aus England importierte Hackneystute. (Schachzug).

Royal Flower, braun, ohne Abzeichen, von Royal Standard mit importierter Hackneystute (Schachzug).

Warverley, Blauschimmel, von Royal Standard mit importierter Hackneystute (Schachzug).

Bon Soir, Fuchs mit Stern, beide Hinterfesseln weiß, von Bonito und Satanella (dem Ihrer Ansicht nach in der ganzen Konstitution härtesten Hengst).

Jüdin, braun, Laterne, Rücken und Kruppe weiß gesprenkelt: aus Irland importierte Hackneystute (Crackerjack oder Markgraf).

Baby, braun, Schecke: aus Irland importiertes Hackneypony (Crackerjack).

Teufelin, braun, kleiner Stern, Rücken und Kruppe weiß gesprenkelt, von Royal Standard und Afrikanerstute (Crackerjack).

Queensland, dunkelbraun mit Stern, im Mutterleib importierte Australierstute (Crackerjack).

Die Stuten werden wohl mit Ausnahme von Bon Soir bis Mitte Januar abgefohlt haben. Leider bin ich nicht in der Lage, Ihnen einen zuverlässigen Jungen dort zu lassen und mit einem kleinen Bengel wird Ihnen nicht gedient sein. Ich bitte Sie daher freundlichst, veranlassen zu wollen, dass mir die vollendete Abfohlung und Wiederbelegung telegraphisch mitgeteilt wird, damit ich umgehend einen Jungen zur Abholung schicken kann. Zu großem Dank würde ich Ihnen verpflichtet sein, wenn Sie auf Bon Soir ein besonderes Augenmerk richten wollten: Die Stute hat etwas Ähnliches wie René gehabt und bedarf aufmerksamer Hufpflege. Hoffentlich machen Ihre scheuen Hengste die Stuten alle tragend, ich freue mich jetzt schon auf die Nachzucht.

Ihr ergebenster

VON WOLF

Da mich mein Weg nach Swakopmund über Windhuk führte, von wo aus ich mich nach Europa einschiffen wollte, bat mein Mann mich, ein Treffen mit Oskar Hintrager zu vereinbaren, auch mit dem Hintergedanken, dass ich als Frau ihn eher dazu bewegen könnte, seine unnachgiebige Haltung hinsichtlich unserer Pläne aufzugeben. Ich bat um einen Termin beim stellvertretenden Gouverneur im *Tintenpalast*, wo ich eine geraume Weile warten musste, bis Hintrager geruhte, mich zu empfangen. In dem schmucklosen Warteraum traf ich Ludwig und Ada Cramer wieder, das Farmerehepaar, dem ich bereits bei meinem ersten Besuch an gleicher Stelle begegnet war.

Obwohl sie es nicht wagten, vor den Hütern dieses bürokratischen Sumpfes laut zu reden, schienen die Dinge für die Cramers nicht gut zu laufen. Nach langem Feilschen hatten sie erreicht, dass das Amt für Landvergabe ihnen einige tausend Hektar Farmland in Otjisororindi verkaufte, einem direkt an die Kalahari angrenzenden Ort, der viel weiter von Windhuk entfernt war als das ihnen ursprünglich angebotene Landstück. Ich war erschrocken, wie sehr die Cramers in den wenigen seit unserer ersten Begegnung vergangenen Jahren gealtert waren, und während ich auf Hintrager wartete, erzählten sie mir, Ludwig werde von einer seltsamen Krankheit geplagt und welche Probleme ihre Farmangestellten ihnen bereiteten. Während mich der Amtsdiener zum Büro des stellvertretenden Gouverneurs brachte, fragte ich mich, ob meine Freunde aus New York mich wohl ebenso gealtert und verhärmt finden würden wie ich Frau Cramer; auch wenn unser Umfeld sehr verschieden war, erlaubt das Leben in der afrikanischen Einöde keinem, sich besonders zu schonen.

»Ich komme im Namen meines Mannes, Hauptmann von Wolf, der verhindert ist, weil er gerade eine neue Viehlieferung erwartet und noch den Bau eines Staudamms beenden muss, um das Regenwasser aufzufangen. Wie Ihnen bekannt ist, stecken wir zurzeit in gewissen finanziellen Schwierigkeiten, da wir bereits mehr als eine halbe Million Mark in unser Landgut investiert haben. Ich bin bereit, auf Einkünfte aus meinem persönlichen Kapital zurückzugreifen, doch dafür muss ich ein Treuhandvermögen antasten, das nur mit gewissen Einschränkungen in flüssiges Geld umwandelbar ist. Zu diesem Zweck werde ich extra nach New York reisen und wäre Ihnen äußerst dankbar, wenn sie uns die Zahlungsfrist sowohl für die ursprüngliche Kaufsumme von Duwisib als auch für die Hypothek auf Rooiberg-Süd noch für einige Monate verlängern könnten, bis ich mit dem neuen Fundus zurückkomme.«

Der Vizegouverneur wischte mit ausgestrecktem Zeigefinger eine imaginäre Staubflocke von der makellos sauberen Schreibtischplatte und lehnte sich in seinem drehbaren Schreibtischsessel leicht zurück, bevor er sagte:

»Ich bedaure sehr, dass Sie sich in dieser heiklen Lage befinden, doch seien Sie versichert, dass diese Probleme nie entstanden wären, wenn Ihr Mann nicht mehr Landbesitz gefordert hätte als jeder andere.«

»Ich bin von meinem Mann nicht befugt, über diese Dinge zu diskutieren«, sagte ich mit der gleichen frostigen Höflichkeit, obwohl ich erstaunt war über das mangelnde Feingefühl, Hansheinrich in meiner Gegenwart derart zu kritisieren, »ich bin nur gekommen, um Ihnen mitzuteilen, dass wir bereit sind, unsere Schulden zu begleichen. Wir brauchen allerdings noch etwas Aufschub. Ich werde diese Reise nach New York allein in der Absicht antreten, die nötigen Mittel zu besorgen, um alle unsere Schulden beim Fiskus zu bezahlen.«

»Bitte verzeihen Sie mir, wenn ich mich allzu deutlich ausgedrückt haben sollte, aber die Farm Duwisib und der beharrliche Anspruch Ihres Mannes auf die angrenzenden Grundstücke haben mir mehr Kopfzerbrechen bereitet als alle übrigen von der Krone vergebenen Ländereien. Hinsichtlich Ihrer Bitte habe ich nichts dagegen, Ihnen einen neuerlichen Aufschub, sagen wir mal von sechs Monaten, zu gewähren, um Ihnen Zeit zu lassen, bis Sie von Ihrer Amerikareise zurückkehren. Aber nach Ablauf dieser Frist müssen Sie zahlen oder wir geben die Farmen wieder zum Verkauf frei.«

»Ich bin zuversichtlich, dass diese Frist mehr als ausreichend sein wird. Wie gesagt, ich verfüge über das notwendige Kapital, um diese Zahlungen zu tätigen, aber ich muss einen Weg finden, um mein Vermögen flüssigzumachen, das von einer treuhänderisch verwalteten Erbengemeinschaft abhängt.«

»Wenn das so ist, werden Sie problemlos Ihre Landgüter behalten können. Leider machen wir hier die Gesetze in Windhuk nicht, sondern sie werden uns aus Berlin vorgeschrieben. Kann ich sonst noch etwas für Sie tun?«

Das war offensichtlich eine rein protokollarische Frage, weshalb mein Gesprächspartner äußerst überrascht war, als ich sagte:

»Da wäre tatsächlich eine Sache, derer ich Sie bitten würde sich anzunehmen, allerdings hat sie nichts mit der Landvergabe zu tun. Ich weiß auch, dass es sich dabei um eine äußerst heikle Angelegenheit handelt, doch wenn einer diesbezüglich etwas ausrichten kann, dann sind Sie es.«

»Sprechen Sie …« Hintrager richtete sich in seinem Sessel auf und ging in Habachtstellung.

»Meine Frage hat mit der unglücklichen Expedition in die Kalahari zu tun, bei der Hauptmann von Erckert ums Leben kam. Unter den gefallenen Offizieren befand sich vermutlich auch einer unserer Nachbarn aus Maltahöhe, mit dem mein Mann und ich eng befreundet waren; doch die Regierung hat so knapp über den Zwischenfall in der Wüste informiert, dass wir, die Verwandten und Freunde der bei dieser Unternehmung Gefallenen, uns in quälender Ungewissheit befinden.«

Hintragers Gesichtsausdruck verriet deutlich seine innere Anspannung, als er sagte:

»Diese Mission wurde aufgrund eines Irrtums der Befehlshaber von außerhalb des Schutzgebiets angeordnet, weshalb wir erst, wenn die englischen Behörden den Vorfall für erledigt erklären, offiziell darüber Auskunft erteilen und die Liste der Gefallenen bekannt geben können. Solange es aber keine Vereinbarung mit den Engländern gibt, müssen wir so tun, als habe dieses Gefecht niemals stattgefunden.«

Diesmal war ich es, die sich im Sessel versteifte, und dann schleuderte ich ihm mit aller Härte, die ich aufzubringen vermochte, entgegen:

»Sie wissen ja, dass ich keine deutsche Staatsangehörige bin, doch da ich auf Ihrem Gebiet lebe, bitte ich Sie herzlich darum, alles Ihnen Mögliche zu tun, damit wenigstens die sterblichen Überreste dieser Männer geborgen werden und sie ein würdevolles Begräbnis erhalten.«

»Ihr Gefühl ehrt Sie; ganz besonders, da Sie, wie Sie selbst sagen, weder Deutsche noch mit irgendeinem der in dem Gefecht Gefallenen verwandt sind. Aber das Leben im Schutzgebiet geht weiter, und ich muss dafür sorgen, dass diese Regierung funktioniert, daher danke ich Ihnen für Ihren Besuch, Frau von Wolf. Der Amtsdiener wird Sie zum Ausgang begleiten.«

Als ich den *Tintenpalast* verließ, schüttelte ich den Bürokratenstaub jenes Gebäudes ab, und wenn ich je gedacht hatte, Hansheinrich könne seinen Teil Schuld an dem Zwist mit Hintrager haben, zeigte mir mein Besuch noch einmal, wie kalt und hinterhältig unser Hauptfeind in der Kolonialverwaltung tatsächlich war.

Ich nutzte meinen Aufenthalt in Windhuk, um an der Einweihung der »Reiter von Deutsch-Südwestafrika« teilzunehmen, ein Reiterstandbild in natürlicher Größe, das zu Ehren der deutschen im Kolonialkrieg gefallenen Soldaten errichtet wurde. Die Feier war allerdings so langwierig und ermüdend wie alle Bemühungen um Heldenverehrung beim Militär. Während sich die Reiterparade, die Ehrensalute und endlosen Reden hinzogen, fiel mir auf, dass der Reiter der Statue den Horizont in die eine Richtung prüfte, während der Kopf und die Ohren seines bronzenen Rosses zur anderen Seite blickte; als wittere das Tier eine drohende Gefahr aus dieser Richtung.

Ich dachte, der Bildhauer habe sicher unbeabsichtigt wahrheitsgetreu die in ihren Kämpfen bewiesene Unfähigkeit der deutschen Kavallerie dargestellt. Sicherlich wäre es ihnen besser ergangen, hätten sie sich von ihren Rössern leiten lassen, denn meist ist der Selbsterhaltungstrieb der Tiere stärker ausgeprägt als bei den Menschen.

Wiedersehen mit der Familie

Als der Dampfer aus dem Swakopmunder Hafen auslief, erfüllte mich, sobald ich merkte, dass wir die unendliche blaue Wasserfläche durchpflügten, ein Gefühl der Befreiung. Ich spürte, dass die Ausdünstungen der feuchten Luft wie Balsam auf meine Gesichtshaut einwirkten, die von den langen Wüstenritten und der steten Peinigung durch die Sonne wie gegerbt war.

Nicht, dass ich enttäuscht gewesen wäre von meinem afrikanischen Experiment, ich sehnte mich nur danach, ein wenig zur Ruhe zu kommen, bevor ich zurückkehrte, um meine Kräfte erneut an jener rauen Umgebung zu messen. Bevor ich die Küste aus den Augen verlor, glaubte ich, in der Abenddämmerung die Klippen zu erkennen, auf die der Dampfer *Gertrud Woermann* aufgelaufen war, der Hansheinrich auf seiner ersten Reise nach Südafrika befördert hatte. Das gleiche Schicksal, das ihn damals vor dem Ertrinken rettete, wollte später, dass seine militärische Laufbahn in einem fraglichen Scharmützel am Ufer eines wasserlosen Flusses Schiffbruch erlitt, wahrscheinlich gegen den gleichen Häuptling, der von Erckerts Truppe zum Narren gehalten hatte. Es war schwer zu sagen, was absurder war: dass ein junger Offizier sich seine Zukunft verbaute, weil er ein Geschütz – ein beschädigtes Geschütz zumal – dem Feind in die Hände fallen ließ, oder dass in der Wüste immer noch Soldaten auf dem Altar eines Krieges geopfert wurden, den man eigentlich für beendet hielt. Jedenfalls hatten zwei Männer, denen mein Interesse und meine Bewunderung galten – Jakob Marengo und Ernst von Siegler –, nacheinander, wahrscheinlich nicht einmal weit voneinander entfernt, in den Dünen der Kalahari ihr Leben gelassen.

Als ich im französischen Hafen von Le Havre mit meiner Mutter zusammentraf, um gemeinsam mit ihr weiter nach New York zu reisen, schien sie mir reichlich besorgt und nervös wegen des Familienstreits vor Gericht, obwohl sie mir gestand, dass sie es gewesen war, die das Gericht angerufen hatte, um die Differenzen zwischen ihr und meinem Bruder Frederick hinsichtlich der Nutzung des Trusts aus dem Weg zu räumen. Als Vorsichtsmaßnahme, bis das oberste Gericht eine Entscheidung fällte, war das gesamte Familienvermögen eingefroren. Wir hatten uns seit meiner letzten Europareise nicht mehr gesehen, und meine Mutter spürte, dass ich in den vergangenen Monaten ernsthafte Scherereien gehabt hatte. Ich versuchte sie mit den Worten zu beschwichtigen, obwohl die Dinge insgesamt gut liefen, gebe es noch einige Probleme hauptsächlich finanzieller Natur zu lösen, was auch der Grund für meine Reise sei.

Aber Fannie war nicht so naiv, diese Erklärung für bare Münze zu nehmen; obwohl sie mich zu sehr respektierte, um mich auszufragen, versuchte sie herauszufinden, was los war, indem sie mich ständig belauerte. Nicht dass ich meiner Mutter nicht vertraute, aber hätte ich ihr von meiner Beziehung zu Ernst von Siegler erzählt, wäre es mir kaum möglich gewesen, ihr zu erklären, dass wir keine Romanze im herkömmlichen Sinn gehabt hatten.

Ich würde ihr auch schwer verständlich machen können, dass ich tief im Herzen um einen Mann trauerte, mit dem ich lediglich den Schluck lauwarmen Wassers aus ein und derselben Feldflasche geteilt hatte oder die Begeisterung beim Anblick einer Wüstenlandschaft. Deprimierend war auch, dass als einziges Kriterium, um die Intensität einer Liebesbeziehung zu bemessen, die Frage galt, ob es zum Austausch von Körperflüssigkeiten gekommen war. Tatsache war allerdings, dass Ernst von Siegler mich geistig entjungfert hatte, indem er eine weit tiefere Verschworenheit mit mir geschaffen hatte als die fleischliche, als er mir die Geheimnisse der Wüste und des afrikanischen Universums aufzeigte.

Eines Abends, als meine Mutter und ich an Deck umherschlenderten, fiel der Brief, den von Siegler mir aus dem Feldlager von Seatsub geschrieben hatte, aus dem Buch, das ich gerade las, und bevor ich es vom Boden aufheben konnte, hatte Fannie noch Zeit, auf dem zerknitterten Umschlag die energischen männlichen Schriftzüge zu erkennen, die nicht die meines Mannes waren. Ich glaube, von dem Moment, in dem sich ihr Verdacht erhärtete, dass ich eine Affäre mit einem anderen Mann gehabt hatte, war sie ein wenig beruhigt, denn fortan unterließ sie es, um mich herumzuschleichen.

Eine der positiven Folgen jenes Missverständnisses, das ich von meiner Seite keine Anstalten machte auszuräumen, war, dass meine Mutter vielleicht zum ersten Mal seit meiner Heirat lobende Worte für meinen Mann fand, indem sie etwa seine weise Voraussicht pries, mir den Kauf von großen Ländereien in Afrika zu einem günstigen Preis zu empfehlen. Um sie nicht zu enttäuschen, sagte ich ihr nicht, dass wir zwar noch mehr Land brauchten, um unser Vieh zu ernähren, aber noch nicht einmal die Farmen hatten ganz abbezahlen können, die wir bereits gekauft hatten.

Nachdem es mir gelungen war, meine Mutter zu beruhigen, fragte ich mich selbst, ob ich immer noch so begeistert von meinem afrikanischen Experiment war. Ohne Zweifel wies meine Beziehung zu Hansheinrich mittlerweile die üblichen Verschleißerscheinungen auf, wobei das, was ich über den Zwischenfall von Kowes erfahren hatte und was zu Beginn die einzige dunkle Wolke über unserem jungen Glück gewesen war, dabei kaum eine Rolle spielte. Hatte der bärtige Professor am Ende doch recht behalten?

Kurz vor der Reise hatte ich, als ich mit unserem Verwalter Kessler noch einmal die Bilanzen überprüfte, zu meinem Erstaunen auf der Schuldenseite einen Posten von gut 60 000 Mark entdeckt, der zu keiner der Ausgaben für die Farm passte; und auf mein beharrliches Nachfragen, wohin dieses Geld geflossen sei, musste der Verwalter zugeben, dass dieser Negativposten auf Spielschulden meines Mannes zurückging. Es störte mich nicht so sehr, dass Hansheinrich auf diese Weise über Geld verfügte, das ihm nicht gehörte, sondern dass er mich über diese Verluste, die unseren gesamten Besitz gefährdeten, nie in Kenntnis gesetzt hatte. Doch beim Gedanken, dass ich meinem Mann ebenfalls nicht unwichtige Dinge verschwieg, obwohl sie keinen materiellen Schaden anrichteten, unterließ ich es, Hansheinrich sein Verhalten vorzuwerfen.

Wenn es mir auf meiner Reise gelingen sollte, meinen Anteil aus dem Familienfonds herauszulösen, wollte ich meinem Mann weiter bei der Verwirklichung unseres afrikanischen Traums helfen. Die Frage war nur, wann?

Verschneiter Park

Seit ich New York mit meiner Mutter und John Gaffney in Richtung Dresden verlassen hatte, war ich nicht mehr dorthin zurückgekehrt, und nun war ich ganz ergriffen, als ich die Freiheitsstatue sah, die über dem Morgendunst aufragte, den regen Verkehr der Schiffe und der in bunten, fröhlichen Farben angestrichenen Lastkähne – knallrot, kobaltblau und zitronengelb, was in Deutschland sicherlich als zu schrill gegolten hätte. In Europa waren die einzigen rot gestrichenen Fahrzeuge die Feuerwehrwagen.

Nachdem wir an Land gegangen waren und mit unserem unfangreichen Gepäck den Zoll passiert hatten, fuhr das Taxi, das uns zum Hotel brachte, durch ein belebtes Viertel am Ufer des East River, und plötzlich sog ich gierig die in der Luft hängenden Düfte nach orientalischen Speisen, italienischer Pasta und jüdischen Backwaren ein, Gerüche, die mir bei anderen Gelegenheiten vielleicht vulgär erschienen wären, die mir jetzt aber zum Symbol meiner Heimat wurden.

Mir fiel auf, dass das Benehmen der schwarzen Pagen, die uns im Hotel Walcott mit dem Gepäck halfen, sich grundlegend von dem der schwarzen Angestellten in Südwestafrika unterschied, einmal abgesehen davon, dass sie mich nicht verstanden, als ich mich aus Gewohnheit auf Deutsch an sie wandte. Ich merkte, wie wenig ich es noch gewohnt war, dass ein Schwarzer einer weißen Frau ungeniert in die Augen blickte und sie ganz natürlich behandelte, ohne es jedoch an Respekt mangeln zu lassen. In Südwestafrika zeigten die Eingeborenen noch eine gewisse Unterwürfigkeit gegenüber den Weißen, überschattet von einem kaum verhohlenen Ressentiment. Nicht umsonst hatte in den USA die Seite den Bürgerkrieg gewonnen, die für die Emanzipation der Schwarzen stritt, während in den Kriegen der afrikanischen Kolonie diejenigen den Sieg davontrugen, die sie unterjochen wollten.

Unsere Ankunft blieb nicht unbemerkt, da Fannie Humphreys sowohl als Vorsitzende des Amerikanischen Frauenbunds wie als Frau von John Gaffney, dem ehemaligen Sekretär der *McKinley League* und angesehenen Rechtsanwalt, in der New Yorker Society bekannt war. Obwohl ich weniger berühmt war als meine Mutter und mein Stiefvater, fand ein Reporter der *Washington Post*, zuständig für die Gesellschaftsseite, es kurios, dass die Frau eines deutschen Barons ein Leben in der Wüste gewählt hatte, und bemühte sich um ein Interview mit mir. Ich dachte, seine Leser könnte eine Schilderung meines Alltags an einem solch exotischen Ort durchaus interessieren, und zitierte ihn ins Hotel.

Natürlich brachte ich in dem Interview alles zur Sprache, was die Leser der *Post* über die Eigenarten des Lebens in Afrika zu hören hofften, aber ich nutzte auch die Gelegenheit, die eine oder andere Spitze gegen meine Freunde aus der vornehmen Gesellschaft der *Yankees* loszulassen, die sich für den Nabel der Welt hielten. Ich erklärte, in Südwestafrika fühlte ich mich in jedem Augenblick nützlich und erfüllt, wohingegen ich in New York manchmal so etwas wie Nutzlosigkeit und Leere empfände und es mir absurd scheine, Dinge zu tun, die nicht wirklich nötig seien, nur weil man sie tun müsse.

Das Merkwürdige ist, dass dieses Interview genau die gegenteiligen Reaktionen hervorrief als erwartet, denn die damalige New Yorker Gesellschaft schätzte einen gewissen Grad an Rebellion und Unangepasstheit, weshalb es mir von dem Moment an noch schwerer fiel, gesellschaftlichen Verpflichtungen aus dem Weg zu gehen. Eines Abends, als ich mich nach der Bitte an der Rezeption, mir keine Anrufe durchzustellen, auf mein Hotelzimmer zurückgezogen hatte, sah ich bei einem Blick aus dem Fenster, dass draußen dichter Schneefall auf die Stadt niederging. In wenigen Minuten waren alle von dort überblickbaren Straßen mit einer dicken weißen Schicht bedeckt.

Es war Jahre her, seit ich es das letzte Mal hatte schneien sehen, weshalb dieses Schauspiel ungeahnte Gefühle in mir erweckte. Gleichzeitig erinnerte mich die Eintönigkeit, die der Schnee der Stadtlandschaft verlieh, an die gleichmäßige Sandschicht, die die Straßen von Lüderitz nach einem Sandsturm überzog und die Karren, die Häuser und selbst die Anhöhen alle wie mit einem gelblichen Leichentuch bedeckte. Da begannen mir ohne ersichtlichen Grund dicke Tränen über die Wangen zu rinnen, während sich vom Atemhauch meiner Schluchzer Eiskristalle an der Fensterscheibe bildeten.

In dem Augenblick klopfte es an meiner Zimmertür und ein Hotelpage meldete mir einen Besucher, der mich in der Hotelhalle erwarte und behaupte, er werde nicht eher gehen, bis er mich begrüßt habe. Als ich ihm sagte, ich hätte Anweisungen gegeben, dass ich niemanden zu sehen wünsche, reichte mir der Page eine Visitenkarte, auf der ich den Namen »Doktor Sigmund Freud« las. Nach kurzem Zögern sagte ich dem Pagen, er solle ihn heraufkommen lassen, da ich es für besser hielt, ihn in dem kleinen Aufenthaltsraum neben unseren Schlafzimmern zu empfangen, als mich in der Hotelhalle mit Freud zu treffen, um den Klatschkolumnen nicht noch mehr Nahrung zu liefern. Mir blieb kaum Zeit, mir vor dem Spiegel die Frisur zu richten und die Wangen zu pudern, als auch schon Doktor Freud in der Tür unserer Suite erschien und mich ganz selbstverständlich begrüßte, als hätte sich seit unserem letzten Treffen in Wien nichts geändert. Ich wusste jedoch, dass er seither zu einer weltweit bekannten Persönlichkeit geworden und in die Vereinigten Staaten gereist war, um vor der jubelnden Menge eine Reihe von Vorträgen in der *Clark University* zu halten.

»Ich glaube fest an das Schicksal«, sagte der Professor, nachdem er sich seines eleganten Mantels mit dem Persianerkragen und der Mütze aus dem gleichen Fell entledigt hatte, »und das Schicksal wollte, dass wir, aus zwei entgegengesetzten Enden der Welt kommend, zur gleichen Zeit am gleichen Ort zusammentreffen.«

Ich nahm aus dem Barschrank eine Flasche *Jerez* und zwei Gläser, und der Professor stieß gerne auf unsere dritte Begegnung an. Als er sein Glas erhob, traf sein forschender Blick für einen Moment auf meinen, bevor er sich abwandte, um im Raum umherzuschweifen. Ich hatte den Eindruck, dass er für einen Sekundenbruchteil länger als nötig auf der Schlafzimmertür ruhte. Dachte er vielleicht das, was ich dachte, dass er es dachte?

»Es wird Sie überraschen, dass ich trotz der vielen hundert Patienten, die ich an verschiedenen Orten der Welt behandelt habe, Ihren Fall nie ganz vergessen konnte.«

»Ich nehme an, Sie meinen den Fall meines Mannes. Als ich auf Anraten unserer gemeinsamen Freundin Eli Schönborn zum ersten Mal in Ihre Praxis kam, ging es um meinen Mann Hansheinrich und seine traumatische Erfahrung während der Kolonialkriege in Südwestafrika.«

Der Blick, mit dem mich der Professor in dem Moment bedachte, erinnerte mich an den des Bohrmeisters, obwohl Herr Drews einen damit nur körperlich zu entblößen suchte, während die Pupillen des weisen Doktors in die tiefsten Tiefen der Seele vordringen wollten. Doch an dem Frösteln, das er ähnlich wie der fast taktile Blick von Drews bei mir bewirkte, merkte ich, dass der Professor ebenfalls versuchte, meine Intimsphäre zu verletzen, wenn auch auf eine subtilere Weise.

»Dürfte ich Sie fragen, warum Sie mich so anstarren?«, fragte ich ihn.

»Wir Psychologen sind es gewohnt, dass unsere Patienten versuchen, uns an der Nase herumzuführen, daher gehört es zu unseren Aufgaben, ihnen die Wahrheit zu entlocken, manchmal mit legitimen Mitteln, manchmal aber auch mit weniger orthodoxen Methoden. Eher rein zufällig habe ich auf dieser Reise Gelegenheit gehabt festzustellen, dass Sie mir bei unserem ersten Treffen nicht die Wahrheit gesagt haben, oder zumindest nicht die ganze Wahrheit: Sie kamen in meine Sprechstunde, weil Sie selbst Hilfe brauchten, nicht um mir von den Problemen Ihres Mannes während des Kolonialkrieges zu erzählen.«

»Wieso sind Sie sich da so sicher?«, fragte ich verblüfft über die Bestimmtheit seiner Behauptung.

Da zog der Professor einen Stapel Papiere aus seiner Aktenmappe, darunter einige alte Zeitungsausschnitte.

»Einer der Professoren der Universität kannte Ihren Großvater, Doktor Frederick Humphreys, und im Stadtarchiv fand ich obendrein heraus, dass einige Mitglieder Ihrer Familie ein ziemlich außergewöhnliches Leben geführt haben.«

»Sind solche Methoden nicht eher typisch für einen Detektiv als für einen angesehenen Arzt?«, fragte ich, ohne meinen Unmut zu verhehlen.

»Ein guter Psychologe muss bereit sein, zum Wohl seiner Patienten auch mal die konventionellen Muster zu durchbrechen. Nachdem ich von den obskuren Umständen, unter denen Ihr Vater zu Tode kam, dem Unfall, den Sie selbst in Rom hatten, und dem etwas zwielichtigen Ruf des zweiten Ehemanns Ihrer Mutter erfahren habe, wundert es mich nicht, dass Sie sich in der afrikanischen

Savanne verlieren wollen. Ich hatte schon immer den Verdacht, dass Sie dieses afrikanische Experiment mindestens ebenso, wenn nicht noch mehr, brauchten als Ihr Mann, aber jetzt hege ich keinen Zweifel mehr.«

»Sie können denken, was Sie wollen, aber ich schwöre Ihnen, dass ich Sie nur wegen meines Mannes aufgesucht habe«, sagte ich lauter als beabsichtigt.

»Ich würde Sie bitten, für einen Moment die Maske der glücklichen und erfüllten Frau abzulegen: Diese Pose macht sich gut in der Gesellschaftskolumne der *Washington Post*, aber bei mir brauchen Sie sich nicht weiter zu verstellen. Sie durchleben gerade eine schwierige Phase, und ich könnte sogar schwören, dass Ihre Augen rot verweint sind. Wenn Sie einverstanden wären, sich ruhig auf diese Couch zu legen, würde ich mich in Ihre Nähe setzen, ohne dass meine Anwesenheit Sie stört, damit Sie in aller Offenheit zu mir sprechen können, ohne sich gehemmt oder bedrängt zu fühlen.«

Draußen schneite es immer noch leicht, und das Kaminfeuer in dem kleinen Aufenthaltsraum schuf eine angenehme Atmosphäre, die dazu anregte, sich zu öffnen wie eine dieser exotischen Blüten, die nur in der Wärme eines geheizten Wintergartens aufgehen.

»Da Sie so insistieren, werde ich Ihnen erlauben, mir alle Fragen zu stellen, die Sie interessieren, und sei es nur, damit Sie selbst feststellen, dass ich keine Therapie brauche. Aber ich möchte Sie daran erinnern, dass ich, wie ich Ihnen bereits beim ersten Mal in Wien sagte, die Vorstellung, hypnotisiert zu werden, verabscheue.«

»Das wird nicht nötig sein; mir scheint es offensichtlich, dass Sie nicht nach Südwestafrika gegangen sind, um Ihrem Mann die Gelegenheit zu geben, sein Selbstvertrauen wiederzufinden. Das diente Ihnen nur als Vorwand, ich würde fast sagen als Ausrede, gegenüber Ihrer Familie und Ihnen selbst. Sie waren es, die weit fortgehen musste, um sich von Ihrer Mutter abzunabeln, die Sie bewundern, aber von der Sie sich manchmal auch erdrückt fühlen, und Abstand zu Ihrem Stiefvater zu gewinnen, zu dem Sie, wie ich vermute, ein zwiespältiges Verhältnis haben; und vielleicht auch in der Einsamkeit die innere Nähe zu Ihrem Vater zu suchen, den Sie nie wirklich kennengelernt haben, da er unter tragischen Umständen starb, als Sie noch klein waren …«

Die Stimme des Doktors hatte eine narkotisierende Wirkung; ich hatte das Gefühl, als lösten sich ganz behutsam die Schichten über meiner Erinnerung, die ich lange Zeit tief in meinem Innern vergraben hatte.

»Schon gut, schon gut, ich bin bereit, Ihnen von diesen Dingen zu erzählen …, aber wenn Sie wollen, dass ich mich hier langlege, reichen Sie mir bitte eine Decke, denn ich will nicht frieren.«

Die Geheimnisse des Schreibtischs

Während Frau Holle weiterhin ihr Daunenbett über der Stadt ausschüttelte, entledigte ich mich der schweren Steppdecke, die auf meinem Bewusstsein lastete. Mit Hilfe des Doktors sprudelten nur so die Erinnerungen aus meiner Kindheit und Jugend hervor: Einige stiegen direkt aus den Nischen meines Unterbewusstseins auf; andere, wie die Bilder von der Reise in den fernen Westen, erwachten zu neuem Leben, als ich im Geiste die Alben mit den sepiafarbenen Fotos durchging, die mein Großvater einst in seinem Büro aufbewahrte.

Mein Großvater pflegte an einem typisch amerikanischen Eichenholzschreibtisch zu arbeiten, so einem mit Rollladenverschluss, den man *roll-top* nennt und der viele Fächer unterschiedlicher Größe hat, ideal zum Einordnen der kleinen blauen Glasfläschchen mit homöopathischer Medizin und rotem Etikett, auf dem die Bezeichnung des Mittelchens stand: Hamamelis, Pistazie, Mandel, gefleckte Erle, gestrichelte Erle, wilder Tabak und viele andere mit äußerst exotisch und suggestiv anmutenden Namen. Im Innern war der Schreibtisch ebenfalls voller kleiner Nischen und Geheimfächer, die ich mit meinen neugierigen Fingerchen abtastete und öffnete, wenn mein Großvater sich gerade nicht in seinem Arbeitszimmer aufhielt.

In einem dieser Fächer fand ich eine Mappe mit Zeitungsausschnitten, in denen vom Tod meines Vaters, Jay Humphreys, die Rede war, auf den der Name Jayta zurückgeht. Eines Morgens hatte man seinen Leichnam inmitten von seinem eigenen Erbrochenen im Fond einer Mietdroschke gefunden, wo er einer akuten Zirrhose erlegen war. Da er sich im Moment seines Todes in Begleitung eines Fremden befunden hatte, der geflohen war, nachdem mein Vater tot in seinen Armen zusammengebrochen war, hatte die Polizei Ermittlungen aufgenommen.

Der Kutscher hatte ausgesagt, der geheimnisvolle Unbekannte habe die Uhr und eine zu Boden gefallene Goldkette meines Vaters an sich genommen, als dieser halb bewusstlos im Inneren der Kutsche zusammengesackt sei. Doch später stellte sich heraus, dass der Begleiter meines Vaters in seinen letzten Sekunden ein Mann aus der Nachbarschaft namens James A. Byrnes war, der die Uhr nur vorübergehend in Gewahrsam genommen hatte, damit sie nicht gestohlen wurde, und dass sowohl er wie der Kutscher meinem Vater nur hatten helfen wollen, als er torkelnd aus dem Kasino kam, wo er Dauerkunde war.

Auch die vom Richter angeordnete Autopsie ergab keine Hinweise auf äußere Gewalteinwirkung, dafür aber auf Schädigungen an allen Organen infolge übermäßigen Alkoholkonsums. Beim Tod meines Vaters war ich noch zu klein, um die dramatischen Umstände desselben mitzubekommen, doch sobald ich meinen Verstand gebrauchen konnte, schürte die Vagheit, mit der meine Familie auf meine diesbezüglichen Fragen reagierte, meine Neugier. Bis ich schließlich die Erklärung für dieses Schweigen fand, als ich in der Mappe herumschnüffelte, die mein Großvater in seinem Schreibtisch aufbewahrte.

Ein anderes verdrängtes Erlebnis, das mir mit Doktor Freuds Hilfe wieder einfiel, ereignete sich zu der Zeit, als ich schon als junge Frau meinen Bruder Frederick regelmäßig in West Point besuchte. Die Militärakademie bot mir unzählige Gelegenheiten für kleine Flirts mit hübschen Kadetten in adretter Uniform. Mein Großvater hatte mir einen Simplex-Coupé geschenkt, mit dem ich in der Umgebung der Akademie herumfuhr, und manchmal wagte ich es, den Wagen in Begleitung eines der Kadetten in eine einsame Straße zu lenken, woraufhin dieser versuchte, an mir das Feuer seiner frisch entbrannten Pubertät zu löschen. Wobei ich meistens diese ersten Liebesanwandlungen so weit in Schach zu halten wusste, wie es mir vernünftig schien.

Doch einmal musste ich bei einem allzu forschen und ungehemmten Kadetten sogar zu physischer Gewalt greifen, damit er von mir abließ; ich wusste mir nicht anders zu helfen, als den Jungen in die Nase zu beißen, aus der dann so heftig das Blut spritzte, dass es das Armaturenbrett und die Sitze beschmutzte. Bei der Rückkehr in die Akademie mussten wir so tun, als hätten wir einen kleinen Unfall gehabt, um den erbitterten Kampf zu vertuschen, den wir im Wagen ausgefochten hatten.

Die andere schlechte Erfahrung, die ich am Steuer eines Wagens gemacht hatte, war neueren Datums und hatte sich in Rom ereignet, wohin ich John Gaffney begleitet hatte, der dort vom Papst empfangen wurde. Als wir durch eine enge Gasse im Zentrum Roms fuhren, liefen mir zwei Kinder buchstäblich unter die Räder des Wagens, den ich fuhr, so dass ich nicht mehr rechtzeitig bremsen konnte, wobei eines der Kinder sich beträchtliche Verletzungen zuzog. Auch wenn ich mich nicht schuldig fühlte, umringten aufgebrachte Anwohner unser Kabriolett, beschimpften uns aufs Übelste und traktierten die Karosserie und die Windschutzscheibe mit den Fäusten. Ich glaube, es wäre uns schlecht ergangen, wenn nicht die *Carabinieri* eingeschritten wären, die uns zur nächstgelegenen Polizeistation brachten, wo John Gaffney seinen Diplomatenstatus geltend machte, damit sie uns freiließen.

Später handelte John mit seiner Erfahrung als Rechtsanwalt mit den Familien der angefahrenen Kinder eine kleine Summe als Schmerzensgeld aus, wodurch wir verhindern konnten, dass sie Anzeige erstatteten. Insgesamt blieb es letztlich bei einem unangenehmen Zwischenfall; doch das Schlimmste war die Komplizenschaft, die von dem Moment an zwischen mir und meinem Stiefvater herrschte, der mir versprach, meiner Mutter nichts von dem Vorfall zu erzählen. So schlossen wir einen gegenseitigen Schweigepakt, denn auch ich wusste Einiges aus Johns Vergangenheit, was er lieber für immer vergessen hätte.

Unter den Zeitungsausschnitten, die ich in den Geheimfächern im Schreibtisch meines Großvaters aufgestöbert hatte, fand sich auch ein Bericht über einen Zusammenstoß, den der junge Gaffney mit der Polizei gehabt hatte, als er am *Thanksgiving Day* von einem Abendessen kam, und zwar zu einer Zeit, da er noch als Praktikant in einer großen Anwaltskanzlei arbeitete. Als er schon gegen Morgen das Haus von Freunden in New York verließ, fragte er einen Polizisten, ob die Straßenbahnen auf der *Madison Avenue* noch führen, wobei der Polizist sich über den arroganten Ton des jungen Winkeladvokaten ärgerte; bis Gaffney wider Willen auf dem Polizeirevier landete, wo man ihm eine Strafe von fünf Dollar wegen Beleidigung aufbrummte. Daraufhin rächte sich der junge Winkeladvokat, der damals noch nicht einmal sein Jurastudium abgeschlossen hatte, für die Strafe mit einer Anzeige wegen Amtsmissbrauchs.

Die Schlagzeile der Gesellschaftskolumne in der *New York Times* lautete damals jedenfalls nicht sehr schmeichelhaft für jemanden, der später zu einem renommierten Rechtsanwalt aufsteigen sollte: DIESMAL VIELLEICHT NÜCHTERN, und der Untertitel lautete: »Die Polizei hält ihn jedenfalls für einen trunksüchtigen Schnösel.«

Als mein Erinnerungsfaden an sein Ende zu gelangen schien, verharrte ich eine Weile in Schweigen, während ich die Stimme des Doktors hinter der Couch hörte:

»Es tut mir leid, dass ich in solch turbulenten Gewässern fischen musste. Ich gebe auch zu, dass es wenig orthodox ist, die Geschichte einer Patientin mit Hilfe der Gesellschaftskolumne der *New York Times* zu erforschen, aber ich musste mich vergewissern, ob ich richtiglag mit meiner Ahnung, als Sie das erste Mal bei mir vorsprachen. Sollten wir unser Gespräch ein anderes Mal fortsetzen, werden sicherlich noch tiefer versackte Erinnerungen wieder auftauchen, denn in der ersten Analysesitzung streift man lediglich die Oberfläche des Unbewussten.«

»Ich bezweifle, dass es eine zweite Sitzung geben wird, denn morgen bin ich mit meinem Bruder Frederick verabredet, um die nötigen Mittel lockerzumachen, damit ich weitere Besitztümer in Südwestafrika erwerben kann, und sobald ich das erreicht habe, werde ich abreisen. Das ist der eigentliche Grund, warum ich nach New York gekommen bin.«

Freud schwieg einen Moment, bevor er mir seine nächste Frage stellte:

»Verzeihen Sie, wenn ich Ihnen vielleicht zu nahe trete, aber ich wüsste gerne, ob Sie noch immer so in Ihren Mann verliebt sind wie bei Ihrem ersten Besuch in Wien.«

»Ich liebe meinen Mann immer noch, obwohl meine Beziehung zu Hansheinrich sich, seit wir verheiratet sind, natürlich weiterentwickelt hat und die Lebensumstände in Südwestafrika nicht immer den intellektuellen Austausch eines Paares fördern. Ich könnte Ihnen zum Beispiel erzählen, dass ich vor einiger Zeit eine ziemlich enge Freundschaft zu einem der Nachbarfarmer gepflegt habe; obwohl wir dort ein Schloss bewohnen, halte ich die Ehe nicht für ein mittelalterliches Gefängnis.«

»Wenn ich Ihnen sagen würde, dass ich mir etwas Ähnliches schon gedacht hatte, würden Sie mir wahrscheinlich nicht glauben. Doch ich versichere Ihnen, dass ich in dem Fall meine Information aus keiner Zeitung bezogen habe.«

Ich konnte nicht umhin, ein wenig zu schmunzeln, als ich sah, wie leicht dieser berühmte Mann mir in die Falle getappt war, die ich ihm ganz ohne Absicht gestellt hatte.

»Tatsache ist, dass ich mit diesem Mann nie das gehabt habe, was man landläufig eine amouröse Affäre nennt. Aber wenn es Ihnen nichts ausmacht, würde ich dieses Thema nun gerne beenden, denn unsere Idylle hat ein sehr trauriges Ende genommen.«

Während der bärtige Professor in seine Schneeschuhe stieg und sich den Mantel überzog, betrachtete ich durchs Fenster die nächtliche Schneelandschaft. Ich habe Abschiede schon immer gehasst und brauchte keine Lektion in Psychologie, um zu erraten, dass sich Freud nicht nur als Patientin für mich interessierte, sondern auch als Frau. Ich ahnte auch, dass ich diesen hartnäckigen alten Herrn, der mich so lange verfolgt hatte, bis ich ihm Einblick in meine Gefühlswelt und mein Herz gewährte, nie wiedersehen würde.

Familienangelegenheiten

Als ich am nächsten Morgen das Hotel verließ, um mich mit meinem Bruder Frederick im Büro unseres Familienunternehmens zu treffen, ging ich, anstatt ein Taxi zu nehmen, zu Fuß durch den Park zur *Westside*. Ich folgte möglichst den kleinen Pfaden zwischen den Bäumen, die nach dem Schneefall noch von keinem Spaziergänger zertrampelt worden waren.

An den sonnigen Frühlingstagen pflegte Großvater Frederick mich in die Nähe der zu Ehren von Lewis Carroll errichteten Bronzemonumente unweit der Kreuzung zwischen der 74. Straße und der *Fifth Avenue* mitzunehmen, wo ich an einem kleinen Teich im Park spielen konnte. Großvater saß derweil auf einer Bank, wo er seine Zeitung las, während ich die Nischen der Skulpturengruppe erkundete und ihn erst auf mich aufmerksam machte, wenn es mir gelang, das bronzene Hochplateau eines monumentalen Pilzes zu erklimmen oder mich auf den Rücken einer Raupe in der Größe einer Bulldogge aufzuschwingen.

So wie es den Übeltäter immer zurück an den Ort seines Verbrechens zieht, führten mich die Pfade dieses Parks unwillkürlich zu der Skulpturengruppe zu Ehren von Lewis Carroll.

Ich erinnerte mich zwar nicht an meinen Vater, der starb, als ich erst drei Jahre alt war, aber man erzählte mir immer, dass ich ihm äußerlich und auch in meiner Denkweise gliche. Ich hatte Fotos gesehen, die meinen Vater mit mir als Baby auf dem Arm zeigten. Vermutlich hatte die besondere Zuneigung, die mein Großvater für mich empfand, damit zu tun, dass ich ihn so sehr an seinen Sohn Jay erinnerte, viel mehr als mein kleinerer Bruder. Als ich später als Erwachsene meine Mutter fragte, wie mein Vater gewesen sei, war Fannie so feinfühlig, seine Schwächen unerwähnt zu lassen, wobei sie auch nicht versuchte, seine Tugenden allzu sehr zu loben. Ich denke, er war ein gutherziger, aber schwacher Mann, sicherlich erdrückt von der Persönlichkeit seines Vaters, der allein durch den Verkauf seiner homöopathischen Mittel reich geworden war. Obwohl mein Großvater nie erwartet hatte, dass sein Sohn ein Genie sei, weder in der Medizin noch im Geschäftlichen, und sich damit zufriedengegeben hätte, wenn er einfach den von ihm vorgezeichneten Weg weitergegangen wäre; wie es scheint, gewährte er ihm ein gutes Gehalt für wenig Arbeit, was es meinem Vater wohl kaum erleichterte, persönlich und beruflich zu reifen.

Nach dem tragischen Tod seines Sohnes missfiel es meinem Großvater sehr, dass meine Mutter eine leidenschaftliche Beziehung mit einem anderen Mann, John Gaffney, einging und diesen kurz darauf heiratete; obwohl er dafür sorgte, dass es seiner Schwiegertochter an nichts fehlte, um uns angemessen zu erziehen, versah Großvater das Trustvermögen mit etlichen Beschränkungen, weil er verhindern wollte, dass meine Mutter weiterhin Zugriff auf das Familienerbe hätte, sobald Frederick und ich volljährig würden.

Von außen hatte sich das Bürogebäude von *Humphreys Homeopathic Medicine Co.* seit meinem letzten Besuch wenig verändert. Aber das Büro, in dem mich mein Bruder empfing – und wo auch mein Großvater gearbeitet hatte –, war neu möbliert. Auf den Schreibtischen standen jetzt moderne Telefone und Schreibmaschinen, und die alten Möbel waren wie Museumsstücke an den Rand gerückt. Auch der *roll-top* meines Großvaters – mit den Geheimfächern, die meine kindliche Neugier geweckt hatten – war in eine Ecke gewichen, während mein Bruder nun einen Schreibtisch mit Glasplatte benutzte. Wenigstens das Porträt meines Großvaters – der die Firma im Jahr 1854 gegründet hatte – prangte noch an der Wand; aber daneben hing ein großes Foto meines Bruders vor einem Militärflugzeug als Erinnerung an seinen ersten Alleinflug – warum auch nicht!

Als eine kesse Sekretärin mit flaschenbodendicken Brillengläsern und einem Bleistift im Haarknoten mich bis zu seinem Büro begleitete, erhob Frederick sich zur Begrüßung von seinem Schreibtischsessel und nahm mich kurz in den Arm. Doch sobald er sich wieder hinter seinen Schreibtisch gesetzt hatte, rückte er den Sessel ein wenig vom Tisch ab, als wollte er mir bedeuten, dass ich von nun an mit dem Vorsitzenden von *Homeopathic Medicine Co.* sprach und nicht mit meinem Bruder Jo-Jo. Ich ließ mich von solchen kindlichen Tricks nicht beeindrucken und kam direkt zur Sache:

»Jo-Jo, ich bin hier, um ein wenig Geld aus dem Trust lockerzumachen, aber man hat mir gesagt, dass alles eingefroren ist, solange du dich mit Mama vor Gericht streitest.«

»Liebste Jayta, der Trust wurde aufgrund einer Maßnahme deiner Mutter eingefroren, ich habe all das nicht in Gang gesetzt.«

»Ich glaube allerdings, dass du es warst, der mit diesen Streitereien angefangen hat, als du dich weigertest, Mama weiterhin das zu zahlen, was wir vereinbart hatten.«

»Das war ein Abkommen zwischen deiner Mutter und dir, und ich möchte dich daran erinnern, dass ich bei meiner Unterschrift noch minderjährig war.«

»Komm schon, Jo-Jo, als du es unterzeichnet hast, wusstest du genau, was du tatest. Wenn du damals reif genug warst, um in die Militärakademie einzutreten, so warst du es auch für die Unterschrift.«

Ich merkte, dass dieser Schlag gesessen hatte, vielleicht auch, weil ihm einfiel, dass ich mich von klein auf nie von seinen männlichen Einschüchterungsversuchen hatte beeindrucken lassen. Er drehte den Stuhl in eine weniger aggressiv wirkende Position und grinste mich schief an.

»Anstatt über Dinge zu diskutieren, die leider nicht zu ändern sind, bis es einen Gerichtsbeschluss gibt, würde ich Dir gerne behilflich sein, soweit es in meiner Macht steht.«

»Ich nehme an, dass ich wenigstens über das persönliche Erbe verfügen kann, das Großvater mir hinterlassen hat. Spricht irgendetwas dagegen, dass ich an dieses Kapital gehe?«

»Du kannst völlig frei über dein Vermögen verfügen. Ich frage mich nur, ob es eine gute Idee ist, das Kapital, das du von unserem Großvater geerbt hast, weiterhin im Wüstensand zu begraben. Ich an deiner Stelle würde die Investitionen möglichst klein halten und allmählich daran denken, den Schaden zu begrenzen.«

Ich weiß nicht, warum es mich so ärgerte, dass mein Bruder diese Sorge äußerte; John Gaffney hatte Jahre zuvor das Gleiche gesagt, und da hatte es mich nicht gestört. Vielleicht lag es an dem väterlichen Ton, der mir aus Jo-Jos Mund reichlich seltsam vorkam; offensichtlich war ihm der Präsidentenposten zu Kopf gestiegen.

»Ich brauche dieses Geld, um die Hypothek der frisch erworbenen Farmen zu bezahlen und auch für den Kauf neuer Rassepferde für unser Gestüt. Wir hatten einen herrlichen Vollblüter, der durch einem Unfall starb.«

»Es könnte problematisch werden, wenn du diese Aktien verkaufen willst, da die meisten meines Wissens aus der Stahlindustrie stammen. Soweit ich informiert bin, steht der Stahlkurs gerade sehr niedrig. Du solltest dich direkt an Herrn Soames wenden, der unser Makler an der Börse in der Wall Street ist. Dort findest du ihn auch, wenn du dich gleich aufmachst.«

Als ich die Börsenhalle betrat, erkannte ich aufgrund der Beschreibung meines Bruders Herrn Soames sofort, der inmitten eines unfassbaren Rummels auf dem Parkett gestikulierte, während die Kurse der verschiedenen Titel auf einer Tafel angezeigt wurden. Ich musste unwillkürlich an die kleine Börse der Diamantfirmen im Speisesaal des Hotels Kapps in Lüderitz zurückdenken, wo derselbe Kellner, der gerade noch den Kaffee zum Frühstück serviert hatte, die Ziffern mit Kreide auf eine große Tafel schrieb und alles viel menschlicher und netter war. Anstatt jener unsympathisch wirkenden Makler gab es in dem Saal im Kapps immer noch einen Betrunkenen, der seinen Rausch vom Vorabend in einer Ecke ausschlief, oder eines der Mädchen aus dem *Green House*, das sein letztes Glas lauwarmen, abgestandenen Sekts an der Marmortheke der Spitzbar leerte.

Jemand hatte mir erklärt, die New Yorker Börse sei so etwas wie die Lunge, die die Wirtschaft des Landes mit Sauerstoff versorgte. Doch als ich sah, wie der Wertpapiermarkt funktionierte, erinnerte mich das eher an den Mechanismus eines Verdauungsapparats, der die Blutzirkulation der Industrie und des Handels mal normalisierte, mal aber auch unter heftigen Spasmen und Blähungen leiden ließ, die das gesamte Bankensystem und die Industrie erschütterten. Das galt etwa für den Stahlmarkt, der aufgrund von Überproduktion zum Erliegen gekommen war, wie mich unser Makler wissen ließ, nachdem er mit unglaublicher Flinkheit einige Kurse auf der Rückseite einer Anzeigetafel überprüft hatte.

»Frau von Wolf, Ihre Aktien stehen augenblicklich so tief wie seit Monaten nicht mehr, und ich sehe kaum eine Chance, dass sich die Kurse auf diesem speziellen Börsensektor in nächster Zukunft erholen«, sagte Soames und fügte mit einem Stirnrunzeln hinzu: »Selbstverständlich könnten Sie verkaufen, aber zurzeit würden Sie dabei fünfzig Prozent Ihres Kapitals verlieren.«

Seine Reaktion erinnerte mich ein wenig an die von Grassop, dem Beamten, der uns kurz nach unserer Ankunft in Windhuk im *Tintenpalast* empfing und es zu genießen schien, uns unsere Aussichten möglichst schwarzzumalen. Letzten Endes war Soames auch nur ein Finanzbeamter.

»Warum glauben Sie, dass die Situation sich vorläufig nicht ändern wird?«

»Diese Frage sollten Sie wohl lieber Ihrem Mann stellen, der, wenn ich richtig informiert bin, als deutscher Offizier in der Angelegenheit sicher besser Bescheid weiß als ich. Ich habe gehört, dass sein Land im Eiltempo aufrüstet und die dortige Industrie den weltweiten Stahlmarkt überschwemmt, was die Preise fallen lässt. Aber wenn Sie Geduld haben, bis der europäische Krieg ausbricht, wird die Nachfrage hochschnellen und der Stahlpreis wieder steigen, insbesondere wenn Amerika in den Krieg einsteigt. Wollen Sie also jetzt verkaufen oder lieber noch abwarten?«

Bei der Gelegenheit hörte ich zum ersten Mal davon, dass es bald einen Krieg in Europa geben könnte, auf den man besser vorbereitet sein sollte. Da der Makler seine Provision sicher hatte, egal ob der Kunde gewann oder verlor, kümmerte es Soames wenig, ob ich meine Aktien verkaufte, und so hielt er das Formular mit der Anweisung zum Verkauf bereits unterschriftsreif in der Hand. In dem Moment fielen mir John Gaffneys Worte ein: »Man muss nur den Schaden zu begrenzen wissen«, das Gleiche, was mein Bruder mir vor kurzem geraten hatte. Ohne ein Wort zu sagen, nahm ich Soames die Verkaufsanweisung aus der Hand und zerriss das Formular in mehrere Stücke.

Wenige Tage nachdem der Dampfer, der mich nach Europa bringen sollte, New York verlassen hatte, erreichte mich ein Telegramm meines Bruders Frederick, in dem er mir mitteilte, dass der Richter des obersten Gerichts ein Urteil zu seinen Gunsten gefällt und die Forderung meiner Mutter, weiterhin eine jährliche Zuwendung zu erhalten, abgeschmettert habe.

Mit dieser Entscheidung war der Zugriff auf das Kapital des Familientrusts wieder freigegeben, was Frederick und mir die Möglichkeit eröffnete, uns über eine Aufteilung des Treuhandfonds zu einigen. Doch so, wie meine Unterredung mit Jo-Jo verlaufen war, bezweifelte ich, dass mein Bruder freiwillig bereit sein würde, das Familienkapital zu teilen, weshalb ich mich damit begnügte, Hansheinrich ein Telegramm zu schicken, in dem ich ihm mitteilte, dass es mir momentan nicht möglich sei, Kapital aus meinem Vermögen abzulösen.

Weiß oder Schwarz

Als ich auf dem Rückweg nach Duwisib in Windhuk Halt machte, sprach man in den Hotelhallen, an den Stammtischen, in den Kaufläden, ja selbst in den Büroräumen der Kolonialverwaltung über nichts anderes als über den Fall Cramer, der, nachdem es vor dem Gericht in Windhuk in erster Instanz zu einer Verurteilung gekommen war, nun in zweiter Instanz beim obersten Gericht neu verhandelt wurde.

Wenngleich der Name Cramer mir vage vertraut klang, wurde mir erst, als ich die Fotos von Ludwig und Ada Cramer auf der Titelseite eines Lokalblatts sah, klar, dass es sich bei den Protagonisten dieser *Cause célèbre* um ebenjenes Farmerehepaar handelte, dem ich zweimal im Flur des *Tintenpalasts* begegnet war – zuletzt noch, als ich darauf wartete, von Oskar Hintrager empfangen zu werden. Gegen das Urteil des Bezirksgerichts hatte Ludwig Cramers Anwalt vor dem Kaiserlichen Obergericht der Kolonie Berufung eingelegt. Während man auf die Entscheidung wartete, hatte Ada Cramer, um bei den Geschworenen des Gerichtsverfahrens – alle weißer Rasse – Stimmung für ihren Mann zu machen, ein Buch mit dem Titel »Weiß oder Schwarz« veröffentlicht, wo sie Ludwigs Verhalten aus ihrer Sicht schilderte und von den Schwierigkeiten berichtete, die sie als Farmer in der Kolonie hatten.

Ludwig Cramer war von einem Polizisten aus Gobabis angezeigt worden, als dieser während eines Routinebesuchs auf der Farm entdeckte, dass fast alle Farmarbeiter der Cramers – Männer wie Frauen – blutende Wundmale am Rücken und anderen Körperteilen infolge von Schambock genannten Auspeitschungen aufwiesen. Nachdem er herausgefunden hatte, dass der Farmer für diese Untaten verantwortlich war, zeigte er Cramer wegen andauernder Misshandlungen und fahrlässiger Tötung von Eingeborenen an, da wenigstens zwei der schwarzen Farmangestellten mutmaßlich an den Folgen der Züchtigung gestorben waren.

Bei der Verhandlung des Falls Cramer vor dem Bezirksgericht erfuhr man, dass alles angefangen hatte, als Cramer einen der Angestellten und seine Frau, die hochschwanger war, beschuldigte, sie hätten den Tod eines Schafes zu verantworten. Als der Mann, nachdem er ihn bis zur Bewusstlosigkeit ausgepeitscht hatte, immer noch nicht gestand, hatte er auch auf die schwangere Frau eingeprügelt, die wenige Stunden später ihr Kind verlor.

Später begann der Farmer, alle schwarzen Arbeiter auf seiner Farm zu verdächtigen, dass sie ihn und seine Familie mit Hilfe von Hexerei vergiften wollten, und als er trotz harter Züchtigungen kein Schuldeingeständnis erreichte, schleifte er sie an seinen Karren angekettet bis nach Gobabis, wo er sie beim Bezirksrichter, Graf Sweverin, anzeigte, der sie alle ins Gefängnis steckte, mehr zum Schutz vor der Brutalität ihres Herrn, als weil er von ihrer Schuld überzeugt war.

Als er von den lokalen Ämtern nicht die gewünschte Unterstützung erfuhr, peitschte Cramer nach seiner Rückkehr auf die Farm in Otjisororindi seine Angestellten weiter brutal aus, wobei er mehreren anderen Frauen der Dienerschaft schwere Verletzungen zufügte, so etwa der jungen Konturu, die er, nachdem er sie ausgezogen hatte, in einer wahren Orgie sadistischer Gewalt und Raserei gegeißelt hatte. Auch Konturu war schwanger gewesen und hatte wenige Tage darauf eine Fehlgeburt erlitten. Unter den Opfern von Cramers Jähzorn befand sich auch eine hinfällige alte Frau um die sechzig, die sich in der fraglichen Zeit des angeblichen Vergiftungsversuchs nicht einmal auf der Farm befunden hatte und sich von den Folgen der Prügel nie erholte, sondern einige Zeit später starb.

Der Verteidiger behauptete vor dem Bezirksrichter, Cramer habe lediglich das ausgeübt, was man in Deutschland unter »väterlichem Züchtigungsrecht« verstehe, das etwa ein Meister gegenüber seinem Lehrjungen anwenden durfte, quasi in Fortführung des elterlichen Rechts auf Bestrafung ihrer Kinder. Diesen Brauch hatten die deutschen Siedler übernommen und praktizierten ihn auf ihren Farmen als körperliche Zurechtweisung ihrer schwarzen Angestellten. Die Gesetzeshüter hatten diese Praxis akzeptiert, um zu verhindern, dass die Farmer den schwarzen Übeltäter auf das oft sehr weit entfernte Polizeirevier bringen mussten, damit er dort bestraft würde. Gewiss war das angewandte Mittel zur Bestrafung – eine dicke Peitsche aus Nashornleder namens Schambock von zweieinhalb Zentimeter Durchmesser am dünnen Ende – nicht unbedingt geeignet, um das auszuüben, was man unter väterlicher Maßregelung verstand.

Laut seiner eigenen Aussage vor Gericht hatte Ludwig Cramer die Züchtigung – die er selbst anschaulich als eine »Tracht Prügel« bezeichnete – mehrmals so heftig vorgenommen, bis er selbst vor lauter Anstrengung rot anlief und schwitzte, so dass er einen Moment verschnaufen musste, bevor er weiterprügeln konnte. Cramer hatte auch zugegeben, dass er einmal einen Eingeborenen, der unter den Schlägen das Bewusstsein verloren habe, mit Hilfe von Schnaps wieder aufgeweckt habe, um ihn bei Bewusstsein weiter auspeitschen zu können.

Da ich gerade aus den Vereinigten Staaten kam, erinnerten mich die schaurigen Details, die man sich über den Fall Cramer erzählte, an die Übertreibungen der von den Nordstaatlern während des Amerikanischen Bürgerkriegs veröffentlichten Pamphlete, wo die Verfasser bei der Schilderung der Grausamkeit einiger Sklavenbesitzer in den Südstaaten extradick auftrugen. Doch als ich weiter nachforschte, stellte ich fest, dass die deutsche Kolonialgesetzgebung von 1896 die Bestrafung der eingeborenen Arbeitskräfte ganz dem Ermessen ihrer Herren überließ, einschließlich körperlicher Züchtigung und In-Ketten-Legen bis zu vierzehn Tagen.

Aufgeschreckt durch die Misshandlungen auf einzelnen Farmen wie der der Cramers, hatten die Machthaber in Berlin gemeinsam mit der Kolonialregierung erwogen, die Bestrafung mit dem Schambock zu verbieten. Doch die meisten der kolonialen Würdenträger – einschließlich lokaler Beamter und selbst einiger Missionare – hatten sich der Abschaffung mit dem Argument widersetzt, dass schwere Verletzungen durch die Verwendung des Schambock relativ selten seien. Um das zu widerlegen, hätte man einige Mediziner nach ihrer Meinung fragen können, die manchmal die Opfer dieser brutalen Züchtigung zu behandeln hatten, wie etwa im Krankenhaus von Gobabis im Fall Cramer. Jedenfalls beruhte diese Haltung auf der Überzeugung, dass man einen Schwarzen nur mit Prügel zur Arbeit bewegen könne.

Zu dieser unerträglichen Situation kam noch der Aspekt der Ungleichheit zwischen Weiß und Schwarz im Prozessrecht, denn in den wenigen Fällen, wo die Anzeige eines Schwarzen überhaupt vor Gericht landete, durften nur die Weißen ihre Aussage mit einem feierlichen Schwur beeiden, was den Richtern als absolute Garantie für deren Wahrheitsgehalt galt. Der Eingeborene hatte nicht das Recht, seine Aussage zu beschwören, da das Gesetz den Schwarzen nicht die nötige religiöse Reife für einen solchen Eid zubilligte, der sich für den Fall der Nichterfüllung oder der Falschaussage allein auf den Glauben an die göttliche Strafe stützte.

In dem im Bezirksgericht im Fall Cramer ergangenen Urteil berücksichtigte der Richter trotz der erdrückenden Beweise gegen den deutschen Farmer keine einzige Aussage der farbigen Opfer, weil der Weiße diese Anschuldigungen unter Eid bestritt. Der Bezirksrichter ließ nur eine der Aussagen eines schwarzen Zeugen gegen den Farmer zu, weil Cramers erste, zwar später widerrufene Aussage mit der des Schwarzen übereinstimmte. Das heißt also, dass der Richter die eingeborenen Zeugen nur dann für glaubwürdig hielt, wenn deren Aussage sich mit der des Weißen deckte, auch wenn dieser sie später zurückzog.

Im Fall Cramer verfügte die Polizei nur deshalb über die nötigen Beweise, weil im Krankenhaus von Gobabis, wo mehrere von Cramers Angestellten nach den Auspeitschungen behandelt worden waren, Fotos von den schrecklichen Verletzungen durch den Schambock gemacht worden waren.

Der Bezirksrichter von Windhuk erklärte Ludwig Cramer für schuldig in zehn Fällen »schwerer Misshandlung« und verurteilte ihn zu siebenundzwanzig Monaten Gefängnis. Doch in Anwendung des im deutschen Prozessrecht gültigen Verfahrens der Realkonkurrenz, das Strafen für gleichartige Taten zusammenfasste, wurde das Strafmaß auf einundzwanzig Monate reduziert, was eine sehr milde Strafe für jemanden war, der mehrere Personen zu Krüppeln oder sogar zu Tode geprügelt hatte. Hätte ein Schwarzer auch nur einen Bruchteil dieser Taten begangen, wäre er sofort gehenkt worden.

Das oberste Gericht

Da mein Aufenthalt in Windhuk sich infolge bürokratischer Vorgänge verzögerte, befand ich mich noch in der Hauptstadt, als das oberste Gericht – vertreten durch den Vorsitzenden Richter Werner, die Laienrichter Farmer Gathemann, Kaufmann Kotting, Bierfabrikant Mahler und Postdirektor Thomas sowie die Stimmberechtigten Doktor Kohler, Regierungsassessor, und den Polizisten Kudell – die Aufhebung des Bezirksgerichtsurteils bekannt gab. Das oberste Gericht reduzierte das Urteil gegen Ludwig Cramer auf vier Monate Haft und eine Geldstrafe von 2700 Mark, da es einige der von der Verteidigung vorgebrachten mildernden Umstände gelten ließ, dafür aber den Antrag des Staatsanwalts ablehnte, der eine Verschärfung der Strafe gefordert hatte, indem man Cramer zur Tragung der Prozesskosten verurteilte.

Wenngleich es unverständlich erscheint, dass vernünftig denkende Menschen bei einem so abartigen Verhalten wie dem Ludwig Cramers mildernde Umstände geltend machen können, waren alle Geschworenen angesehene Bürger der Kolonie, von denen ich selbst manche kannte wie zum Beispiel Gathemann, der von dem Architekten Sanders ein großes Kaufhaus auf der Kaiser-Wilhelm-Straße hatte errichten lassen. Ich war so verwundert über diesen Urteilsspruch, dass ich unsere Rechtsanwälte in Windhuk bat, mir den Text der Urteilsbegründung ins Hotel Kaiserkrone zu schicken, um ihn auf der Heimreise im Zug zu lesen.

Als ich mit der Lektüre begann, wuchs meine Verwunderung noch. Ich stellte fest, dass das oberste Gericht keinerlei Beweise für Cramers Anschuldigungen gegen seine Angestellten hatte finden können, die alle jeglicher Grundlage entbehrten, und jede Möglichkeit, dass der Beschuldigte in legitimer Selbstverteidigung gehandelt haben könnte, ausgeschlossen hatte, was nur hätte angeführt werden können, wenn tatsächlich die Gefahr einer Vergiftung bestanden hätte. Bei seinen peniblen Durchsuchungen und Leibesvisitationen hatte Ludwig Cramer unter den Habseligkeiten seiner Angestellten lediglich einige Wurzeln ungiftiger Pflanzen gefunden und eine Handvoll kleiner Pfeile, die den von Buschmännern bei ihren Beschwörungszeremonien benutzten nachempfunden waren, und die Gerichtsgutachter hatten erklärt, dass diese Gegenstände vollkommen harmlos seien.

»Nach Meinung des Gerichtsverständigen, Doktor Seibert«, lautete das Urteil, »müssen diese Gegenstände als Kultgegenstände der Eingeborenen gelten. Die Pfeile benutzten die Buschmänner bei ihren Zauberritualen, und sie sind, wie die Untersuchung ergeben hat, nicht vergiftet. Einige dieser Miniaturpfeile sind so umwickelt wie die großen, um diese dann mit Gift zu versehen. Aber in keinem einzigen Fall hat sich herausgestellt, dass sie vergiftet gewesen wären. Möglicherweise wurden sie nur in Nachahmung der großen Pfeile in dieser Weise umwickelt.«

Trotz der unumstößlichen Beweise, die die Fotos und die Arztberichte aus dem Krankenhaus in Gobabis lieferten, entging der Beklagte, da der Richter gezwungen war, seine unter Eid geleistete Aussage zu akzeptieren, den schlimmsten Konsequenzen seines Verhaltens, einschließlich der Verantwortung für die Fehlgeburt der unschuldigen Konturu.

Konturu war seit wenigen Monaten schwanger und erlitt auf dem Weg nach Gobabis unmittelbar nach der Misshandlung eine Fehlgeburt. Die Ärzte konnten nicht mit Gewissheit feststellen, ob die Fehlgeburt aufgrund der Misshandlung erfolgte. Hätte man beweisen können, dass sie, wie Konturu behauptete, während der Misshandlung auch getreten wurde, hätten die Mediziner die Fehlgeburt darauf zurückgeführt. Das Gericht konnte dies nicht allein aufgrund der Aussage der Eingeborenen als Beweis werten angesichts der Tatsache, dass der Beklagte dies bestritt, obwohl er einräumte, dass die Fehlgeburt möglicherweise durch Tritte ausgelöst wurde.

Eine auf die gleiche Weise diskriminierende Bewertung der Aussage von Eingeborenen führte dazu, dass das Gericht auch die Anschuldigungen einer der anderen misshandelten Frauen namens Maria nicht anerkannte, obwohl es die unübersehbaren Folgen der Prügel durchaus zugab:

Maria war auf unbeschreibliche Weise von dem Angeklagten zugerichtet worden. Bei ihrer Einlieferung ins Krankenhaus eine Woche später konnte die eher korpulente Frau sich kaum auf den Beinen halten und hatte hohes Fieber. Die Aussage der Zeugin, diese Verletzung sei ihr durch Auspeitschen mit dem Schambock zugefügt worden, passt zu dem Zustand, in dem sie sich befand.

Maria erholte sich nie wieder von diesen Verletzungen. Dem Arzt gelang es nicht, die Wunden zu schließen, da das Unterhautgewebe völlig zerstört war. Eine Operation, mit der man dies beheben wollte, misslang. Maria schwebte lange Zeit zwischen Leben und Tod und musste ohne Heilungserfolg aus dem Krankenhaus entlassen werden. Sie starb etwa sechs Monate später. Kein Arzt untersuchte ihren Leichnam, so dass nicht festgestellt werden konnte, ob Maria infolge der Misshandlungen durch den Beklagten starb.

Nur im Fall von Auma, einer Frau von etwa sechzig Jahren, die erst nachdem bei den Cramers Vergiftungssymptome aufgetreten waren, auf die Farm gekommen war – weshalb sie schwerlich an der angeblichen Verschwörung zur Tötung ihrer Herren beteiligt gewesen sein konnte –, erkannte das oberste Gericht an, dass es einen kausalen Zusammenhang zwischen den Misshandlungen durch Cramer und dem Tod seiner Angestellten geben könne.

Diese gebrechliche Frau wurde von dem Angeklagten auf brutale Weise mit dem Schambock verprügelt, nachdem er sie aufgefordert hatte, ihm das Gift zu zeigen, sie ihm jedoch nur harmlose Gegenstände als vermeintliches Gift präsentieren konnte. Die Hiebe wurden ihr auf den nackten Rücken verabreicht. Der Angeklagte selbst bezeichnete diesen Vorgang als eine »gehörige Tracht Prügel«. Auma wurde durch diese Prozedur so übel zugerichtet, dass ihr geschundener Rücken nur noch durch eine Hauttransplantation hätte gerettet werden können, was bei einer so alten und schwachen Frau nicht möglich war. Als man sie von Otjisororindi abholte, konnte sie kaum laufen. Der Farmer Grabow von der Nachbarfarm sah, wie sie auf einer kurzen Strecke dreimal zusammenbrach. Ein Polizist musste ihr aufhelfen. Als er ihre schrecklichen Verletzungen sah, tat sie Grabow derart leid, dass er ihr Milch anbot und sie auf seinem Wagen mitnahm.

Nach zweiwöchiger Behandlung im Krankenhaus starb Auma an der Ruhr. Eine direkte Verbindung zwischen den Wunden und ihrem Tod konnten die Experten nicht herstellen. Das Gericht folgte medizinischen Gutachtern in der Annahme, dass die Wunden die Abwehrkräfte der alten Frau gegen die Ruhr gemindert hätten und insofern zu ihrem Tod beitrugen.

Zumindest in einigen Punkten deckten sich die Schlussfolgerungen des obersten Gerichts mit denen des Bezirksrichters, etwa indem es nicht akzeptierte, dass Cramer lediglich von seinem »väterlichen Züchtigungsrecht« Gebrauch gemacht habe. Obwohl es in seiner Urteilsbegründung gewisse Zweifel hinsichtlich des Schambock als gefährlichen Instruments äußerte, erkannte es an, dass er in diesem Fall seinen Opfern schwere körperliche Schäden zugefügt habe:

»Das väterliche Züchtigungsrecht ist als elterliche Erziehungsmaßnahme gedacht und folglich auf eine strikte Auslegung in diesem Sinne beschränkt. Kein Vater im Vollbesitz seiner Vernunft wird seine Tochter im Zustand fortgeschrittener Schwangerschaft brutal mit dem Schambock auspeitschen.

Im Übrigen entbehrt in den sieben zuvor genannten Fällen das ›väterliche Züchtungsrecht‹ als Argument jeglicher Grundlage, da der Beklagte nicht strafte, sondern gewaltsam Aussagen über den Viehraub, die Vergiftung und den Ort, wo das Gift versteckt war, erzwingen wollte.«

Trotz der genannten Erwägungen hatte das oberste Gericht jedoch in sieben Fällen mildernde Umstände gelten lassen. Lediglich im Fall der alten Auma wurden diese abgelehnt, weshalb Ludwig Cramer letztlich zu vier Monaten Haft und einer kleinen Geldstrafe verurteilt wurde.

Häutung

Als ich die Lektüre der Urteilsbegründung im Zug, der mich nach Bethanien bringen sollte, beendet hatte und mir das von Ada Cramer zur Verteidigung ihres Mannes geschriebene Buch »Weiß oder Schwarz« vornahm, verstand ich, warum die Argumente der Autorin die Entscheidung der Laienrichter, in der Mehrzahl Farmer oder Kaufleute, hatten beeinflussen können. Es war logisch, dass diese Leute sich mit den Problemen und dem Elend identifizierten, das die Autorin gleich zu Anfang ihrer Darstellung sehr präzise und realistisch schilderte, als die Cramers versuchten, eine Farm aufzubauen, ohne irgendwelche Unterstützung von der Kolonialregierung zu erhalten. Ich muss gestehen, dass selbst ich bis zu einem gewissen Punkt erschüttert war von ihren Schicksalsschlägen, obwohl ich wusste, was später geschehen sollte.

Die Regierung in Berlin hatte ihnen ein zwanzigtausend Hektar großes Landgut in der Nähe von Windhuk versprochen, das einer Deutschen gehörte, die nach dem Tod ihres Ehemanns in die Heimat zurückkehren wollte. Doch als die Cramers in der Kolonie eintrafen, bereit, den Kaufvertrag zu unterschreiben, teilten die Behörden ihnen mit, dass dieses Land bereits anderen Siedlern zugeteilt worden sei. Als sie darauf drängten, dass die Beamten in Windhuk die vor ihrer Abreise aus Deutschland von der Regierung gemachten Zusagen erfüllten, bekamen die Cramers mit den lokalen Behörden ähnliche Schwierigkeiten wie wir, und Adas Mann war mit dem Gouverneur höchstpersönlich aneinandergeraten wie Hansheinrich mit Oskar Hintrager.

Nachdem sie erreicht hatten, dass man ihnen eine Farm an einem

Ort namens Otjisororindi im Distrikt Gobabis zuwies, einer Region mit wenig Weideland im Grenzbereich zur Kalahari, mussten die Cramers mit der Bewirtschaftung ihrer Farm bei null anfangen, was mich an meine erste Zeit in Duwisib erinnerte, als die Küche sich noch unter freiem Himmel befand und unser Essen, sobald etwas Wind aufkam, vor allem mit Sand und Asche gewürzt war. Und so wie in unserem Fall war Ada aufgrund der häufigen Reisen ihres Mannes nach Windhuk, um dort die Probleme mit den Behörden zu regeln, sehr oft allein auf der Farm zurückgeblieben, wo sie den Bau beaufsichtigen und das Vieh hatte versorgen müssen.

Doch da endeten auch schon die Parallelen zwischen dem Ehepaar Cramer und den von Wolfs. Die Cramers bekamen rasch Probleme mit den Behörden von Gobabis wegen der Art, wie sie die afrikanischen Angestellten behandelten, die sie arbeiten ließen bis zum Umfallen, aber hinsichtlich der Bezahlung und der Verpflegung kurzhielten.

Uns hatten die Nachbarfarmer hingegen vorgeworfen, wir würden den Arbeitsmarkt korrumpieren, indem wir unsere Angestellten zu großzügig entlohnten und beköstigten. Auf unserer Farm war der Schambock verpönt, und der Verwalter hätte es auch mit mir zu tun bekommen, wenn er es je gewagt hätte, einen Angestellten auszupeitschen.

Laut Adas Darstellung in dem Buch begannen die ernsten Probleme auf der Farm in dem Moment, als Ludwig der Verdacht kam, die schwarzen Arbeiter vergifteten die Brunnen mit irgendeinem Gebräu oder Gift, das die Buschmänner für ihre vergifteten Pfeile benutzten. Der Verdacht erhärtete sich, als Ada mit schweren Bauchkrämpfen erkrankte und ihr Mann bei der Feldarbeit in eine lang anhaltende Ohnmacht fiel. (Das muss sich ereignet haben, kurz bevor ich die beiden sehr abgezehrt im *Tintenpalast* antraf.) Frau Cramer schrieb in ihrem Buch, dass sie wahrscheinlich von der schlechten Milch, die sie getrunken hatte, krank geworden sei, und die Ohnmacht ihres Mannes die Folge einer für das Vieh gedachten Impfung gewesen sei, die er sich aus Versehen zum Teil selbst injiziert habe. Doch Ludwig Cramer war überzeugt davon, dass seine schwarzen Arbeiter ihm und seiner Familie nach dem Leben trachteten, und handelte dementsprechend.

Als er anfing, die männlichen Angestellten auszupeitschen, hatte Ada sich noch bemüht, die schlimmsten Exzesse ihres Mannes zu verhindern und die durch sein brutales Zuschlagen verursachten Wunden zu heilen. Doch als Cramers Verdacht sich auch gegen die Frauen richtete, stellte Ada sich, anstatt sich mit den armen Frauen zu solidarisieren, ganz hinter ihren Mann in der Annahme, dass einige von ihnen womöglich das gewesen waren, was die Soldaten der Schutztruppe »Kriegsweiber« nannten. »Das war die Art von Frauen, von denen man sich vorstellen kann, dass sie während des Krieges zu Hyänen wurden und unsere verwundeten Soldaten nach der Schlacht schrecklich verstümmelten. Es war noch besser, tot zu sein, als diesen Frauen lebendig in die Hände zu fallen!«, schrieb Ada in ihrem Buch.

Aufgrund dieses Verdachts riet Ada selbst ihrem Mann, Konturu die Hände auf dem Rücken zu fesseln, während er die schwangere Frau nach Gift untersuchte. »Eingedenk der schrecklichen Dinge, die in der Vergangenheit vorgefallen waren, ließ ich nicht zu, dass man ihnen die Hände losband, um sich die Bluse auszuziehen. Ich würde nie gestatten, dass sie wieder taten, was sie schon einmal mit uns getan hatten. Ich holte eine Schere und schnitt Kuturu damit die Bluse auf. Das erregte meinen Mann so sehr, dass er am ganzen Leib zitternd neben mir stehen blieb, unfähig, die Frau nach dem Gift zu untersuchen. Da ich Konturu nicht völlig entblößen wollte, tastete ich sie unter der Kleidung ab.«

Ada war derart überzeugt, das Recht auf ihrer Seite zu haben, dass sie nicht die geringsten Skrupel hegte, ihre unaussprechlichsten Gedanken zu offenbaren. Als man ihr während des Verfahrens die Fotos von den verheerenden Wunden zeigte, die von der brutalen Prügelei ihres Mannes herrührten, behauptete Ada, es sei ja unvermeidlich, dass der Kontrast zwischen dem rosa Fleisch der Wunden und dem Hintergrund der schwarzen Haut jeden beeindrucke, der diese Fotos sehe.

Nachdem ich von dem ungerechten Urteilsspruch des obersten Gerichts im Fall Cramer erfahren hatte, spürte ich, wie ich mehr und mehr das Vertrauen in mein afrikanisches Experiment verlor. Für jemanden wie mich, die immer eine rationale Erklärung für alles sucht, blieben zu viele Fragen unbeantwortet. Was hatte diese armen Farmersleute so verändert, dass sie zu blutrünstigen Ungeheuern wurden? Und hätten Hansheinrich und ich vielleicht etwas tun können, um diese Exzesse zu verhindern? Um meine Zuversicht wiederzuerlangen, musste ich mein Leben neu ordnen, aber wo sollte ich anfangen?

Am schlimmsten war nicht, dass die Vertreter des obersten Kolonialgerichts sich in ihrem Urteil geirrt haben konnten, sondern dass die Mehrzahl der angesehenen Mitglieder dieser Gesellschaft diese Perversion nur als einen Ausrutscher in einem ansonsten aber akzeptablen System verstand und tolerierte. Mir fiel der Brief ein, den Albert Voigt mir bei einem meiner ersten Besuche auf seiner Farm vorgelesen hatte, wo der Nama-Häuptling Hendrik Witbooi sich beim englischen Magistrat von Walvis Bay über die Grausamkeit der Deutschen beklagte:

»Wir, die wir einfältige und wenig intelligente Leute sind, wie Sie glauben, haben niemals einen Menschen auf solch grausame und ungehörige Weise behandelt, denn Sie legen die Leute auf den Rücken und schlagen sie in den Magen und sogar zwischen die Beine, egal ob Mann oder Frau; daher werden Euer Exzellenz verstehen, dass niemand eine solche Strafe überleben kann.«

Am erstaunlichsten war, dass Witbooi das geschrieben hatte, noch bevor von François in ihre Werft bei Hornkranz eindrang und seine Kanonen auf wehrlose Frauen und Kinder abfeuerte; noch bevor von Trotha den Völkermord an den Hereros in der Wüste verübte; und noch bevor der Kaiser befahl, Jakob Marengo und seine Gefolgsleute rücksichtslos zu vernichten. Mit der großen Intuition eines Eingeborenenhäuptlings hatte Witbooi das Zischen der Peitsche vorausgeahnt, die Cramer benutzt hatte, um seine Arbeiter zu prügeln.

Da erst verstand ich die tiefere Bedeutung des Schlachtrufs der Nama im Gefecht von Groß-Nabas, als sie die Deutschen in ihrer Gewalt glaubten – Schambock, Schambock! Die Schwarzen hatten sich von charismatischen Anführern wie Witbooi und falschen Propheten wie Stürmann blenden lassen, die ihnen den Sieg der Schwarzen über die Weißen sowie das Ende der kolonialen Knute versprachen. Ich erkannte auch, dass die einzige Chance, dieses Unrecht zu bekämpfen, darin bestand, den Eingeborenen zu zeigen, dass die westliche Zivilisation etwas ganz anderes sein konnte als die »Tracht Prügel«, die Ludwig Cramer verabreichte. Da wir auf Duwisib bereits zahlreiche Afrikaner angesiedelt hatten, wollten wir uns bemühen, den Kindern der Arbeiter eine angemessene Erziehung zukommen zu lassen, und ihnen zeigen, dass nicht allen Weißen die Botschaft des Evangeliums fremd war. Einige Christen wie Pater Fages oder Pater Poltzer hatten verstanden, dass die Schwarzen trotz ihrer dunklen Haut unseresgleichen waren, und wir hofften, auf ihre Hilfe zählen zu können, um auf Duwisib eine Schule zu errichten.

Brief von Hauptmann von Wolf an die Kaiserliche Gestütverwaltung

Sehr verehrter Baron König.

Die in meinem letzten Schreiben angesprochene Erwartung, dass der Unstern, unter dem meine Pferde zu stehen scheinen, im neuen Jahr schwinden möchte, ist leider nicht in Erfüllung gegangen.

Der Eingang der beiden von Deutschland importierten Stuten Jüdin und Baby – beide irischer Abstammung, und von Wawerley, die aus dem bekannten Hackneygestüt des verstorbenen Mr. Grey in Wawerley stammt, bedeutet für mich einen schweren Schlag. Der Verlust von vier importierten Stuten und fünf Fohlen geht, den Ausfall der Nachzucht gar nicht mitgerechnet, in die vielen Tausende.

Hoffentlich können Sie das Gouvernement zu einigem Entgegenkommen bewegen, das mich über den Schmerz mit der Zeit hinwegtrösten soll.

Da das eine Fohlen nach Ansicht des Veterinärs an Fohlenlähme gestorben ist, zwei andere aber – ohne besondere Benennung der Krankheit – unter ganz ähnlichen Symptomen eingegangen sind, muss ich fragen, ob in Nauchas noch mehr Tiere an Fohlenlähme gelitten bzw. daran zugrunde gegangen sind. Fohlenlähme ist eine so gefährliche Seuche, dass ich im Bejahungsfalle die übrig gebliebenen Stuten – wenn ich sie überhaupt aus Nauchas fortnehmen darf – wenigstens ein Jahr auf einem Posten isolieren muss.

Dass Baby in einem so regenarmen Jahr, auf einem als sterbefrei geltenden Platz, auf dem es dem Vernehmen nach noch nicht nennenswert geregnet hatte, an Sterbe eingegangen sein soll, erscheint mir sehr verwunderlich. Hat sie nicht am Ende dieselbe Krankheit gehabt wie die Jüdin und Bon Soir und die drei eingegangenen Fohlen und sollte diese Krankheit nicht Brustseuche sein? Denn in den warmen Sommernächten holen sich die Pferde nicht so leicht Lungen- und Brustfellentzündung.

Ich bitte, mir auch auf diese Fragen im Interesse der Seuchenbekämpfung freundlichst Antwort geben zu wollen. Ein ähnlicher Krankheitsfall ist bei meinen Pferden hier noch nie vorgekommen, auch sind die Fohlen ausnahmslos prächtig gediehen.

Den Zeitpunkt, wann ich die Pferde eventuell wieder abholen kann, telegraphieren Sie mir wohl am besten, da auch dann noch vierzehn Tage bis drei Wochen vergehen können, bis meine Jungen in Nauchas eingetroffen sind.

Mit bestem Gruß
Ihr ergebenster
von Wolf

Seuche in Nauchas

Als ich an dem kleinen Bahnhof von Bethanien ankam, erwartete Hansheinrich mich bereits in Begleitung seines Handlangers Oberleutnant Herrschel auf dem Bahnsteig. Mein Mann brauchte wohl nur mein Gesicht zu sehen, als ich ausstieg, um zu ahnen, dass etwas Wichtiges in mir gärte. Denn anstatt mich gleich zu fragen, was mich daran gehindert habe, meine Aktien zu verkaufen, um unsere Schulden begleichen zu können, erzählte er mir von den Problemen mit den Stuten, die wir nach Nauchas geschickt hatten.

Man konnte Hansheinrich alles Mögliche nachsagen, aber nicht, dass er dumm sei, und obwohl er wusste, dass die schlechten Nachrichten über die Stuten mich bekümmern würden, war das doch eine Form, mich erneut in unser gemeinsames Projekt einzubinden und die Grillen aus meinem Kopf zu verscheuchen.

»Vor kurzem habe ich einen Brief von Baron König erhalten, in dem er mir mitteilt, dass mehrere der Stuten, die wir ihm geschickt haben, Fohlen zur Welt gebracht haben, die kurz nach der Geburt gestorben sind, und zudem einige Stuten an Lungenentzündung eingegangen sind«, sagte Hansheinrich in ernstem Ton.

»Außer den Fohlen sind auch einige der Mütter gestorben?«, fragte ich entsetzt.

»Royal Flower starb an den Folgen der Geburt, und die Stuten Bon Soir sowie Jüdin sind ähnlichen Symptomen erlegen wie die Fohlen. Ich fürchte, in Nauchas ist eine Seuche ausgebrochen, die die Atemwege der Tiere angreift, doch der dortige Veterinär war nicht fähig, sie rechtzeitig zu diagnostizieren. Ich habe die Hinzuziehung eines offiziellen Veterinärs gefordert, aber inzwischen scheinen sie den Baron von König auf einen anderen Posten versetzt zu haben, was die Dinge noch verkompliziert«, seufzte Hansheinrich.

»Ich hoffe wenigstens, der Queen of Duwisib ist nichts passiert!«, rief ich aus, denn die Stute hatte ich besonders liebgewonnen.

»Zum Glück hat es mit ihr keine Probleme gegeben, obwohl ich glaube, dass ein anderer Hengst sie gedeckt hat, als ich von König in meinem Brief gebeten hatte. Alle Stuten und Fohlen, die gestorben sind, litten unter sehr hohem Fieber, und bei der nach ihrem Tod vorgenommenen Autopsie hat man gelbe Flecken auf ihrer Lunge gefunden«, erklärte er mir ausführlich.

»Da wir nicht genau wissen, was mit den Stuten geschehen ist, sollten wir sie lieber wieder nach Duwisib holen«, sagte ich entschlossen und Hansheinrich stimmte mir zu.

Es schien gerade so, als würden wir seit Bonitos Tod vom Pech verfolgt. Der Verlust der Zuchtstuten warf uns in unseren Plänen für ein größeres Gestüt erheblich zurück, da wir mit dem Verkauf der Fohlen unsere Kosten auszugleichen gedachten. Das Wichtigste war, so schnell wie möglich einen neuen Hengst zu kaufen, was bedeutete, dass es uns – aufgrund der prekären Kassenlage unseres Farmbetriebs – vorläufig nicht möglich sein würde, unsere Schulden beim Fiskus zu begleichen.

Als Oskar Hintrager erfuhr, dass ich von meiner Reise nach New York zurückgekehrt war, ohne das nötige Kapital zur Zahlung der Hypothek auf Rooiberg-Süd aufgetrieben zu haben, drohte er uns mit einem Gerichtsverfahren, falls wir bis zum 1. Juli 1913 nicht den Betrag von 13000 Mark plus vier Prozent Verzugszinsen zahlten. Um unsere Bilanzen auszugleichen, war es unabdingbar, genügend Pferde zu Verfügung zu haben, um sie auf der Landwirtschaftsmesse, die 1914 in Windhuk stattfinden sollte, auf den Markt zu bringen.

Obwohl Hansheinrich meinen Entschluss, weder die Aktien zu verkaufen noch mit meinen Bruder zu verhandeln, um das Familienvermögen flüssigzumachen, akzeptiert zu haben schien, verzehrte er sich innerlich. Durch eine Bemerkung unserer Nachbarn erfuhr ich, dass er in der Zeit meiner Abwesenheit sehr nervös und reizbar gewesen und offenbar in die Gewohnheiten seiner Junggesellenzeit als streitsüchtiger Nachtschwärmer zurückgefallen war.

Als ich die Buchführung über die Betriebsausgaben der Farm durchsah, stieß ich wieder auf eine Rechnung des Hotels von Maltahöhe, das die üblichen Übernachtungskosten bei weitem überstieg, weshalb ich dachte, es könnte sich erneut um Spielschulden handeln. Doch als ich den Buchhalter um Aufklärung bat, sagte er nach langem Drängen, dass es sich um die Kosten für zertrümmertes Hotelmobiliar handle, für das der Herr Baron habe geradestehen müssen. In der Annahme, es handle sich wohl um eine Rangelei unter Betrunkenen, fragte ich lieber nicht weiter nach und war einigermaßen beruhigt, dass es wenigstens keine Spielschulden waren. Erst Jahre später sollte ich den eigentlichen Grund für diese rätselhafte Rechnung erfahren.

Auf einer der Reisen nach Lüderitz, wo zu der Zeit das Gerichtsverfahren über den Tod von Bonito lief, war mein Mann in der Spitzbar mit einem Uhrmacher namens Hans Mahler in Streit geraten, einem der Hotelgäste des Kapps, der seinen kleinen Terrier dabeihatte, den Hansheinrich zu necken anfing. Als Mahler meinem Mann sagte, er solle sein Hündchen in Frieden lassen, erwiderte Hansheinrich, wenn er nicht wolle, dass man mit seinem Hündchen spiele, solle er es gefälligst draußen lassen. Mahler nannte ihn daraufhin einen dummen Kerl, was mein Mann mit einem Kinnhaken quittierte, der den Uhrmacher zu Boden streckte.

In seiner Klage wegen Körperverletzung – Mahler hatte zwei Wochen im Krankenhaus zubringen müssen – sagte der Uhrmacher vor Gericht aus, mein Mann habe reagiert wie von Sinnen und als er versucht habe, ihn zur Vernunft zu bringen, habe er mit einem Schlagring zugeschlagen und ihm damit den Kiefer gebrochen. Als ich von der Geschichte erfuhr, war ich nicht überrascht, dass Hansheinrich in solche Schwierigkeiten geraten war, aber ich hätte nie gedacht, dass er einen Schlagring benutzte, denn mit der Kraft seiner Fäuste und seinem Naturell war er auf zusätzliche Hilfsmittel gar nicht angewiesen.

Abgesehen von den finanziellen Konsequenzen dieser Exzesse

verging bei all den unbezahlten Rechnungen – die manchmal per Gerichtsvollzieher eingefordert wurden – und den diversen Verfahren mit dem Fiskus keine Woche, in der wir nicht vor Gericht geladen wurden. Unsere finanzielle Lage wurde immer prekärer, während die Geschäfte unserer Anwälte zunehmend florierten.

Der Tempel für einen Rebellen

Weder der finanzielle Druck noch die unglückselige Seuche in Nauchas oder die Eskapaden meines Mannes hatten mich den ehrgeizigen Plan vergessen lassen, der seit geraumer Zeit in mir heranreifte. Bereits während der Überfahrt nach New York hatte ich meiner Mutter von der Idee erzählt, eine Schule für die Kinder unserer Arbeiter auf Duwisib zu gründen, denn allein schon die bei uns beschäftigten Hereros umfassten hundert Mann, ohne die Frauen und Kinder mitzuzählen, von denen es eine Menge gab.

Da ich wusste, dass die protestantischen Missionare von Lüderitz sich bei den verantwortlichen Heeresvertretern nicht entschlossen genug für die Rettung der Gefangenen auf der Haifischinsel eingesetzt hatten, wollte ich die auf Duwisib Beschäftigten – die in der Mehrzahl aus den Gefangenenlagern stammten – nicht in die Hände von Missionaren geben, in denen sie durchaus Komplizen ihrer Henker sehen konnten. Die katholischen Missionare schienen mir verantwortlicher gehandelt zu haben, was ich daraus schloss, dass der Generalstab, als man einen Vermittler für Friedensverhandlungen mit den Rebellen suchte, auf den katholischen Pater Malinowski zurückgriff, der die Gespräche mit den Bondelswart und später direkt mit Marengo einfädelte, wenngleich in diesem Fall ohne Erfolg.

Es fiel mir nicht schwer, Hansheinrich von der Einrichtung einer katholischen Mission auf Duwisib zu überzeugen, denn wenngleich er aus einer protestantischen Familie stammte, hatte er in seiner Jugend der katholischen Prinzessin Clementine von Sachsen als Page gedient, und die katholische Liturgie erschien ihm attraktiver als die der protestantischen Kirche. Ich hatte auch keine Mühe, für mein Projekt finanzielle Unterstützung von meiner Familie zu erhalten, da Fannie schon immer die Idee gefallen hatte, eine Kirche in der Nähe des Hauses zu errichten, und John Gaffney zog als echter Ire eine katholische Mission natürlich vor. Der Gedanke, die Erziehung und die geistige Entwicklung der schwarzen Arbeiter zu fördern, hatte eine lange Tradition in unserer Familie, denn schon Großvater Frederick, der eine Plantage in Georgia besessen hatte, hatte ein Pamphlet über diese Notwendigkeit verfasst mit der Forderung, der farbigen Bevölkerung Amerikas den Zugang zu einer angemessenen Schulbildung zu ermöglichen.

Am schwersten war Pater Krolikowski, der erste Präfekt der »Oblaten des heiligen Franz von Sales«, von meinem Plan zu überzeugen, eine Mission auf unserer Farm zu gründen, da er meinte, er habe schon Anträge auf Missionseinrichtungen an Orten mit weitaus größeren katholischen Gemeinden ablehnen müssen.

Doch die Tatsache, dass Duwisib auf halbem Weg zwischen Bethanien und Maltahöhe lag, einem Bezirk, in dem es bereits sechzehn katholische Familien gab, die katholischen Soldaten auf dem Stützpunkt bei Chamis nicht eingerechnet, sprach zu unseren Gunsten. So kam es, dass wir wenige Monate nach meiner Rückkehr einen Vertrag mit dem Präfekten für den Bau einer katholischen Kirche auf Duwisib unterzeichneten.

Als Krolikowski Hansheinrich drei alternative Pläne für den Kirchenbau sandte, fand mein Mann alle drei Entwürfe zu klein und verwarf sie mit dem Argument: »Man kann Gott doch nicht in einen Schweinestall sperren, während wir in einem Palast leben!« Folglich mussten wir nicht nur das Grundstück für die Kirche und die Mission stellen, sondern auch noch einen Großteil der Baukosten übernehmen, die sich auf 50 000 Mark beliefen, eine

Summe, die wir gut hätten gebrauchen können, um einen Teil unserer Schulden beim Staat abzuzahlen.

Als es darum ging, den Ort für die Mission zu bestimmen, dachte ich, Jakob Marengo würde sich in der Nähe des Gotteshauses sicher wohl fühlen, da der Rebell immer eine gute Beziehung zu der katholischen Mission von Pella gehabt hatte, wohin er vor den deutschen Truppen geflohen war, wenn er verwundet oder erschöpft war. So wie die kolonialen Machthaber Monumente zu Ehren ihrer gefallenen Soldaten errichtet hatten, hielt ich es für einen poetischen Akt der Gerechtigkeit, ein Gotteshaus zu Ehren jenes Rebellen zu errichten.

Ich wählte einen Frühlingsabend, an dem die Akazienzweige sanft in der leichten Brise raschelten, um Marengo von meinen Plänen zu erzählen und ihn um Erlaubnis zu bitten, dieses Gotteshaus in der Nähe seines Heiligtums zu errichten.

»Sie müssen sich wohl manchmal sehr einsam fühlen an diesem Ort, besonders, wenn ich auf Reisen bin oder zu beschäftigt, um Sie zu besuchen. Daher habe ich beschlossen, hier in diesem Tal eine Kirche und eine Schule zu bauen, damit die Gesänge der Missionare und das Lachen der Kinder, wenn sie zum Spielen hierherkommen, Sie ein wenig unterhalten. So, wie Sie die Chance hatten, eine geistige und religiöse Erziehung zu genießen, sollen auch die Kinder unserer Arbeiter eine angemessene Erziehung erhalten, die ihnen den Weg in eine bessere Zukunft ebnet.«

Am 3. Dezember 1913 wurde die Grundsteinlegung für das Missionshaus gefeiert, was ein sehr glanzvoller Augenblick war. Die Stelle, wo die Kirche errichtet werden sollte, war flankiert von deutschen, nordamerikanischen und sächsischen Flaggen. Zu dem Anlass waren alle gekommen: Pater Klemann, ein junger Mönch, der die Mission eröffnen und bis zu Fertigstellung einer eigenen Behausung im Schloss wohnen sollte, Distriktschef Seydel, die Offiziere vom Stützpunkt bei Chamis und einige Nachbarn, darunter etwa Graf von Lüttichau.

In seiner Willkommensrede wies Hansheinrich darauf hin, das Ziel der Mission sei es, die christliche Kultur und Erziehung im Deutschen Reich zu verbreiten. Der Distriktschef würdigte die wichtige Rolle der katholischen Missionen und ihrer Arbeit im Sinne der Ökumene und lobte die Großzügigkeit der Familie von Wolf hinsichtlich ihres Beitrags zur Errichtung der Mission, die er als »einen Akt sozialer und kultureller Verantwortung erster Größe« bezeichnete. Pater Klemann sagte ebenfalls ein paar Worte, in denen er es zum wichtigsten Ziel der Mission erklärte, das Volk der Eingeborenen an den Vorzügen teilhaben zu lassen, die die christliche Kultur bietet.

Im Anschluss an die Reden sangen wir alle »Großer Gott, wir loben Dich«, was in meinen Ohren besonders ergreifend klang, da ich bei mir dachte, dass sich zu den Stimmen der Soldaten, der Arbeiter und der Missionare die tiefe Stimme Jakob Marengos – aus seinem Versteck im dichten Gebüsch – gesellte.

Brief, geschrieben von Hansheinrich von Wolf an den Gouverneur Seitz

Duwisib, 16. Januar 1912

An
den Kaiserlichen Gouverneur von Deutsch-Südwestafrika:
Ritter hoher Orden.
Herrn Dr. SEITZ

Hochwohlgeboren
Windhuk

Euer Exzellenz

bitte ich sehr ergebenst, mir die bis zum 31. Januar entgegenkommenderweise schon gestundete Zahlung für das Zukaufsgelände bei

Nadaus noch weiterhin stunden zu wollen. Ich konnte die Erledigung dieser mir sehr fatalen Sache s.Z. mit Sicherheit bis zum 31. Januar zusagen, da am 6. November v.J. das in dem Central Trust festgelegte Vermögen meiner Frau frei wurde bzw. frei werden sollte.

Nun schrieb mir meine Frau schon Ende November, dass sie den beabsichtigten Verkauf ihrer *steelshares* nicht ausgeführt hatte, da sie zu diesem Zeitpunkt mehr als fünfzig Prozent an ihnen verloren haben würde, und dass sie auf die Freiwerdung des im Trust liegenden Vermögens von 1 Million Mark Kurswert warten wollte. Diese detaillierten Angaben glaube ich machen zu müssen, um der in dem Schreiben des Regierungsrats Rosenberg vom 26. April geäußerten Ansicht entgegenzutreten, wonach ich Verpflichtungen, denen ich mich nie gewachsen fühlte, nicht hätte eingehen sollen; der mir in demselben Schreiben nahegelegte Rücktritt von dem Vertrag würde natürlich heute noch viel mehr als kurz nach Abschluss desselben den Ruin des ganzen Farmunternehmens bedeuten.

Der Auszahlung des vorerwähnten Geldes scheinen sich nun unerwartete Schwierigkeiten entgegengestellt zu haben [...]

Zu meinem großen Leidwesen gibt es im ganzen Lande, selbst in Lüderitzbucht, keinen Menschen mit disponiblem Geld, sonst hätte ich mir die heutige Bitte, die Euer Exzellenz sicherlich auch nicht bequem ist, ganz gewiss gespart.

In der Hoffnung, dass Euer Exzellenz, in billiger Würdigung meiner fatalen Lage, mir eine freundliche Berücksichtigung meines ergebenen Gesuches nicht versagen werden, bin ich mit der Versicherung der vorzüglichen Hochachtung

Euer Exzellenz
ganz gehorsamer
von Wolf.
Hauptmann z.D.

Am Ende geht die Rechnung auf

Nach der feierlichen Grundsteinlegung der Mission zog Pater Klemann zu uns ins Schloss und begann seine Evangelisierungsarbeit mit dem Idealismus und der Hingabe eines jungen, frisch aus dem Seminar entlassenen Priesters. Im Handumdrehen hatte Klemann in dem Akazienwäldchen, nicht weit von der heiligen Stätte Jakob Marengos, ein strohgedecktes Zelt errichtet, wo er den Kindern der schwarzen Farmarbeiter morgens Katechismusunterricht erteilte und die wichtigsten Grundkenntnisse vermittelte, so dass sich bald auch einige weiße Kinder von den Nachbarfarmen hinzugesellten. Nachmittags ließ der Pater die Kinder im Garten in der Nähe des Schlosses arbeiten; es war herrlich, wenn man beim Lesen im Salon oder auf der Veranda im Hintergrund die Kinder Psalmenlieder mit dem einmaligen Sinn für Rhythmus, den die Afrikaner von klein auf haben, singen hörte.

Es war gerade so, als wirkte das kleine, dem Gedenken an Jakob Marengo gewidmete Fleckchen Erde – auch wenn das nur er und ich wussten – auf uns alle wie ein Friedensbalsam. Ich selbst hatte, ohne sonderlich fromm zu sein, das Gefühl, als habe mir von oben jemand zugezwinkert. Die schwarzen Angestellten hatten mehr Spaß an der Arbeit, als sie merkten, dass von den Weißen auch etwas Gutes kommen konnte, und einige Wochen nachdem der erste Stein für das Gotteshaus gelegt worden war, brachten mir ein paar Herero-Frauen eine wunderhübsche, minutiös mit bunten Tierfiguren bestickte Leinentischdecke ins Schloss. Endlich entsprach Duwisib seiner Definition als »Ort, an dem der Regenbogen entspringt«, der in diesem Fall als Symbol für den Frieden zwischen Weißen und Schwarzen stand. Ich denke, dass jene positiven Schwingungen – und die Überzeugung, dass mein afrikanisches Experiment etwas Positives bewirkt hatte – mir halfen, die Chimären zu vertreiben, die mich bei meiner Rückkehr aus New York plagten. Wie durch Zauberkraft begannen die Probleme, die sich in den Monaten zuvor verfestigt hatten, wie etwa unser chronisches Gelddefizit oder unser Rechtsstreit mit dem Fiskus, sich auf einmal von selbst zu lösen. Nachdem wir von einem zum nächsten Bezirksgericht verwiesen worden waren, bis hin zum obersten Gericht in Windhuk, wurde der Rechtsstreit wegen Bonito schließlich zu unseren Gunsten entschieden, da die Richter die Indizien für eine Vernachlässigung der Sorgfaltspflicht seitens des Bohrmeisters anerkannten, woraus sie folgerten, dass eine mittelbare Verantwortung des Fiskus nicht ausgeschlossen werden könne. In einer außergerichtlichen Einigung zwischen den Parteien bot der Staat uns 13 775,75 Mark als Entschädigung für den Verlust des Hengstes an. Da wir dem Fiskus für den Zukauf von Rooiberg-Süd noch 24 000 Mark schuldeten, belief sich die Differenz nur noch auf etwas über 10 000 Mark, die ich aus den Zinserträgen des Trusts begleichen konnte, ohne meine Aktien verkaufen zu müssen, so dass ich die Hypothek tilgen und endlich mein Versprechen gegenüber diesem Schuft Hintrager einlösen konnte.

Dank des Verkaufs eines Teils unserer Merinoschafe – des Rests der Herde, die Fröhlich von Aust zu uns gebracht hatte – konnten wir die Bilanzen des Farmbetriebs ausgleichen und uns auf die Teilnahme an der Landwirtschaftsmesse in Windhuk vorbereiten, die im Mai 1914 stattfand. Als wir schon glaubten, als Farmer und Pferdezüchter gescheitert zu sein – mehr als einmal standen wir kurz davor, das Handtuch zu werfen –, wurden wir plötzlich mit Preisen und Medaillen für unser Vieh überhäuft und dieselben Farmer, die uns lange für Exzentriker gehalten hatten, betrachteten uns nun voller Neid und Bewunderung. Was ich auf der Messe wohl am meisten genoss, war der Moment, als Oskar Hintrager unserem – übellaunigen und hinterhältigen – Hereford-Zuchtstier eine Schleife in den Nationalfarben anstecken musste, ohne zu wissen, dass Hansheinrich das Tier auf den Namen des Generalsekretärs getauft hatte.

Mehrere Wochen nach der Messe in Windhuk fanden in Karibib

Pferderennen statt, wo unsere Tiere ebenfalls viele Preise abräumten, wobei die Stute Queen of Duwisib, Tochter von Bonito, die Siegestrophäe über 300 Yards gewann. Wer nichts für Pferderennen übrighat, wird kaum verstehen, dass mir fast die Tränen kamen, als Queen of Duwisib, eingehüllt in eine Staubwolke, über die Ziellinie mit fast zwei Körperlängen Vorsprung vor dem zweiten Rennpferd einlief. Ich hätte schwören können, dass ich in diesem Moment sah, wie sich die Gestalt eines mit ausgebreiteten Schwingen am Dünenhimmel galoppierenden Pegasus auf die Siegerin projizierte.

In diesen ersten Monaten des Jahres 1914 war es Pater Klemann gelungen, neununddreißig Katechumenen unter den Herero-Arbeitern zu rekrutieren, ein nie dagewesener Erfolg, der die Bedenken der Oberen des Ordens – einschließlich des Präfekten Krolikowski – hinsichtlich des Projekts beseitigte. Sie fassten sogar den Entschluss, zusammen mit dem Distriktschef, der schon seit langem diesen Gedanken hegte, eine Krankenstation für Schwarze auf Maltahöhe einzurichten, da die Schwarzen zum Militärkrankenhaus in der Stadt keinen Zutritt hatten. Hansheinrich hatte bereits im Landesrat Gelder für den Bau der Krankenstation beantragt, aber keine Zustimmung für das Projekt erlangt. Doch auf gemeinsames Drängen der katholischen Missionare und des Distriktschefs hin bewilligte das Kaiserliche Gouvernement schließlich 15 000 Mark als Zuschuss für das Projekt.

Ich weiß nicht, ob es an der Euphorie über die neuerlichen Auszeichnungen oder dem Gefühl lag, dass der krönende Abschluss einer gelungenen Arbeit eine Verschnaufpause verdiente, jedenfalls beschloss Hansheinrich, er müsse erneut nach Europa reisen. Nachdem unsere Kasse nun stimmte, konnten wir die Reise zum Ankauf weiterer Zuchthengste nutzen, und ich fand es eine gute Gelegenheit, diese Reise gemeinsam anzutreten und nebenbei bei den besten Ställen in England und Deutschland vorbeizuschauen. Später erfuhr ich, dass Hansheinrich über den Präfekten der Oblaten ein Treffen mit Erzberger, dem Führer der Zentrumspartei, erwirkt hatte, um sich durch den Kontakt zur Opposition den Stachel der erlittenen Kränkungen durch die Regierung in Berlin zu ziehen. Obwohl zu der Zeit Staatssekretär Dernburg bereits zum Rücktritt gezwungen worden war, zum Teil auch wegen des Skandals, den sein Umgang mit den Gewinnen aus dem Diamantengeschäft in Südwestafrika ausgelöst hatte.

Trotz der internationalen Spannungen, die einen Friedensbruch zwischen den europäischen Mächten fürchten ließen, wollte in jenen fernen Regionen niemand wahrhaben, dass der Krieg jederzeit ausbrechen konnte. Diejenigen, die es in der Kolonialverwaltung hätten wissen können, waren angewiesen, die Bevölkerung nicht aufzuschrecken, und wiederholten immer wieder, ein Kriegsausbruch würde die Kolonien nicht betreffen. Und wer es wie wir nicht zu wissen brauchte, machte Pläne, ohne das unüberhörbare Säbelrasseln im fernen Europa zu registrieren. Man hätte meinen mögen, dass Hansheinrich, hätte er damals geahnt, dass die Aufrüstung der rivalisierenden Mächte die Wahrscheinlichkeit des sich seit langem anbahnenden Konflikts erhöhte, nicht ausgerechnet in dem Moment auf die Idee verfallen wäre, zum Kauf von Zuchthengsten nach Europa zu reisen. Doch später kam mir der Verdacht, dass Hansheinrich genau deshalb nach Europa wollte, falls nämlich der Krieg ausbrechen sollte, und vielleicht hatte er auch schon eine Ahnung, die er mir verschwieg, um mich nicht zu beunruhigen.

Diese Voraussicht würde erklären, warum wir wenige Tage vor unserer Reise an die Küste beide ein notarielles Schreiben aufsetzten, mit dem wir für die Zeit unserer Abwesenheit formell die Verwaltung der Farmen Duwisib, Nadaus und Kumakams unserem Freund, dem Grafen Max von Lüttichau, übertrugen.

Als wir am Morgen des 29. Juli 1914 das Schloss in Richtung Aus verließen, war unser Abschied von dem Verwalter, der Haushälterin und Pater Klemann emotionaler, als es die relativ kurze Dauer unserer Reise hätte rechtfertigen können.

Mein klopfendes Herz hatte mich zu dem Akazienwäldchen getrieben, wo ich mich mit Marengos Geist zu treffen pflegte, um mich auch von dem Rebellen zu verabschieden: »Ich werde für ein paar Monate nach Europa reisen, aber machen Sie sich keine Sorgen, ich habe Pater Klemann gebeten, unsere Schäfchen zu hüten. So Gott will, werden bei unserer Rückkehr die Kirche und die Schule bereits fertig gebaut sein.«

Ich entsinne mich nicht, eine Antwort von Marengo mit dem Heulen eines Kojoten oder dem Rauschen der abendlichen Brise vernommen zu haben, doch vielleicht lag das daran, dass mein Besuch nicht wie üblich bei Sonnenuntergang erfolgte. Bevor ich mich von dort entfernte, pflückte ich eine Knospe von der dornigen Akazie, unter der ich immer saß, wenn ich mit meinem Freund sprach, und legte sie in das Kästchen, in dem ich auch die Uhr aufbewahrte, die mein Vater in der Nacht seines Todes getragen hatte.

In Lüderitz angekommen, krampfte sich mir das Herz zusammen, als ich sah, dass der Dampfer, der uns nach Hamburg bringen würde, genauso hieß wie der Dampfer von Hansheinrichs erster Reise nach Südwestafrika, der vor der Küste von Swakopmund gekentert war: *Gertrud Woermann*. Das schlechte Omen bewahrheitete sich, als der Kapitän des Dampfers uns bekannt gab, dass Österreich-Ungarn in Serbien eingefallen und Deutschland und Russland in den Krieg eingetreten seien.

Als wir aus dem Hafen von Lüderitz ausliefen, begegneten wir an der Hafenausfahrt dem Dampfer *Muanza*, der das Baumaterial für die Kirche und die von meiner Mutter und dem Rest der Familie beigesteuerten Kultgegenstände für die neue Mission auf Duwisib geladen hatte. Später erfuhr ich, dass der Kapitän bei der Nachricht von den Ereignissen in Europa nicht einmal Halt gemacht hatte, um die Waren abzuladen, sondern gleich in Richtung Südamerika abgedreht war.

Kurswechsel

Nach dem Zwischenstopp in Swakopmund erhielt der Kapitän am 4. August ein Telegramm, in dem ihm mitgeteilt wurde, dass England Deutschland den Krieg erklärt habe, weshalb wir den Kurs ändern müssten, um nicht von der englischen Flotte festgesetzt zu werden. Ein Passagierschiff voll besetzt mit deutschen Soldaten und Offizieren war eine verlockende Beute für die englische Armada.

Unterwegs mit Kurs auf Brasilien, erhielt ich dann zum traurigen Trost auf dem Schiff ein Telegramm von meinem Börsenmakler aus New York, in dem Herr Soames mir mitteilte, aufgrund des Kriegsausbruchs sei der Kurs der Stahlaktien ums Dreifache gestiegen, weshalb ich meine Aktien jetzt mit Gewinn verkaufen könne. Obwohl er mir in demselben Telegramm riet abzuwarten, bis unser Land ebenfalls in den Krieg eintrete, denn dann sei ein noch weiterer Kursanstieg meiner Wertpapiere zu erwarten.

Bis dahin war ich der Ansicht gewesen, mein südwestafrikanisches Experiment habe all meine Gelüste nach starken Emotionen und Abenteuern befriedigt, die mein unruhiger Geist sich ersehnt haben mochte. Doch in dem Augenblick schien es mir, dass mir das Schicksal – das mir auf so großzügige Weise einen unwiederbringlichen Lebensstil beschert hatte – das Glück, das ich gerade begonnen hatte zu genießen, als wir Duwisib verließen, mit einem Schlag wieder entriss.

Es war eine doppelte Zerrissenheit, denn einerseits machte ich mir Sorgen um das, was ich zurückgelassen hatte: Was würde mit Duwisib während meiner Abwesenheit geschehen? Wann würde ich mein geliebtes Schloss wiedersehen? Andererseits bedrückte mich die Ungewissheit hinsichtlich dessen, was die unmittelbare Zukunft bringen würde. Wie die anderen auf dem Dampfer mitreisenden Offiziere wäre Hansheinrich am liebsten nach Deutschland zurückgekehrt, um sich dem Heer anzuschließen, obwohl er wusste, dass er wahrscheinlich, noch bevor er für sein Land kämpfen konnte, in feindliche Gefangenschaft geraten würde.

In jenen endlosen Tagen auf Reisen ohne erklärtes Ziel, immer in Gefahr, von einem englischen Schiff abgefangen zu werden, fand ich ein wenig Trost in der Freundschaft mit Joseph O'Neil, dem zweiten Deckoffizier. Am Anfang seiner Laufbahn zur See hatte O'Neil als Schiffsjunge auf den amerikanischen Walfangschiffen angeheuert, die, lange bevor Lüderitz an jenem fernen Strand gelandet war, den Atlantik durchpflügt und vor der Küste Südwestafrikas geankert hatten. Der Deckoffizier stammte aus Deutschland, obwohl einige seiner Vorfahren in Neuengland lebten, was es ihm ermöglicht hatte, in seiner Jugend die wichtigsten amerikanischen Walfanghäfen, New Bedford und Nantucket, zu besuchen, von wo aus er die entlegensten Gegenden des Ozeans befahren hatte.

Als O'Neil beschloss, das unstete Leben aufzugeben und sich eine angesehene Stelle in der Schifffahrtsgesellschaft seiner Geburtsstadt Hamburg zu suchen, begann er, alle interessanten Dokumente und Tagebuchaufzeichnungen der Schifffahrt zu sammeln, deren er habhaft werden konnte, sowie Bücher mit Geschichten über Walfangboote und Abenteuer auf hoher See zusammenzutragen. Die Bibliothek in seiner Kajüte, die ich hatte besuchen dürfen, wäre geeignet gewesen, einen Herman Melville bei seinen Seefahrergeschichten zu inspirieren. Unter den Büchern, die mir der Deckoffizier zeigte, befand sich die Geschichte einer Reise zu den südlichen und westlichen Küsten Afrikas von Benjamin Morrel, Kapitän eines Walfangschiffs und vielleicht einer der ersten amerikanischen Kapitäne, der an der Reede von Angra Pequenha vor Anker ging. Einer der Ersten auch, der begriff, welche Möglichkeiten der Handel mit den Stämmen aus dem Inland bot: »Was den lukrativen Handel betrifft, gibt es auf dem gesamten Globus keinen vergleichbaren Ort, da man jede Menge Wild bester Qualität für fünfzig Centavos das Stück kaufen kann, das einem direkt an den Strand geliefert wird; und zehn Monate im Jahr regnet es kaum oder gar nicht.«

Als er nach Spencer Bay kam – wo später das holländische Schiff auf Grund lief, das von dem Clan um Joseph Fredericks geplündert wurde –, bewies Kapitän Morrel einen ungeheuren Weitblick, als er weissagte, was an ebenjener Küste viele Jahre später geschehen würde: »Ich stieß auf Erzvorkommen, Kupfer, Blei und Eisen, und hege nicht den geringsten Zweifel, dass man in der Gegend auch Gold- und Silberadern und Edelsteine sowie Gewürze und wertvolle Heilpflanzen finden kann.«

Doch was mich am meisten unter den Dokumenten faszinierte, die ich in der Kajüte fand, war die Geschichte des Südstaaten-Schoners *Alabama* von Raphael Semmes, der während des Amerikanischen Bürgerkriegs ebenfalls die Küsten Südwestafrikas aufgesucht hatte. Die Konföderierten hatte die Idee, zwei Kreuzer zu Zerstörern aufzurüsten, um den Schiffsverkehr der Union zu torpedieren, wofür sie bei den englischen Werften zwei mit Dampfmaschinen versehene Großsegler in Auftrag gaben; als die Diplomatie der Union die Auslieferung der Schiffe an die Südstaaten verhindern wollte, bemächtigte sich der verwegene Kapitän einfach der *Alabama* während einer Probefahrt und ließ sie auf den Azoren aufrüsten. Danach wurde Semmes zur Geißel der Handelsflotte der Union und schaffte es sogar, das beste Schiff der Nordstaaten zu versenken, was ihn zum Feind Nummer eins der Unionskriegsmarine machte.

Als er sich vor der Küste der Vereinigten Staaten von den Kriegsschiffen umzingelt sah, brach der Kapitän in ruhigere Gewässer auf, um dort weiter sein Piratenunwesen zu treiben, und überquerte den Atlantik bis an die südafrikanische Küste. In seinen Memoiren erzählt Kapitän Semmes, 1863 seien sie mit der *Alabama* die afrikanische Küste abwärts gefahren und anschließend in Gewässer mit Gegenwind und widrigen Strömungen geraten: »Am Morgen des 28. August konnten wir Land sehen, nachdem wir uns wegen dichten Nebels um vierundzwanzig Stunden verspätet hatten, und am selben Abend erreichten wir die Bucht von Angra Pequenha, wo wir vor Anker gingen. Das war unser Treffpunkt. Dort lagen die *Tuscaloosa* und die *Sea Bride* vor Anker. Endlich hatte ich einen Hafen gefunden, in dem ich Beute machen konnte!«

Semmes nutzte den Vorteil, dass jene Gewässer damals gesetzlich noch keiner der europäischen Mächte unterstanden, um die beiden Handelsschiffe der Union mitsamt ihrer Ladung zu kapern. Anschließend fuhr er weiter südwärts und lief in den Hafen von Kapstadt ein, wo er seine Kriegsgefangenen übergab und mit dem Verkauf der Beute die Kasse der Konföderierten aufbesserte, ohne dass der Konsul der Union – trotz seines energischen Protests bei den Behörden der südafrikanischen Hafenstadt – etwas dagegen ausrichten konnte. Nach diesem Glückstreffer blieben der Kapitän und seine Besatzung noch eine Weile in der Stadt, die sie dank des leicht erworbenen Geldes, das sie reichlich und geschmackssicher ausgaben, im Nu eroberten. Und der schmucke Kapitän erhielt täglich Blumensträuße und Obstkörbe von seinen weiblichen Bewunderern.

Dieses sorglose Leben hätte um ein Haar ein abruptes Ende genommen, als plötzlich die *USS Vanderbilt* am Meereshorizont auftauchte, ein feindlicher Kriegsdampfer, der das Korsarenschiff von der nordamerikanischen Küste aus verfolgte. Als der Kapitän des Unionsdampfers den Kapitän der *Alabama* zu einem Seeduell aufforderte, blieb diesem nichts anderes übrig, als aus dem Hafen auszulaufen und sich seinem Feind in den Gewässern der Table Bay zu stellen, während sich eine Menge städtischer Zuschauer auf der Anhöhe über der Bucht versammelte, um das Seegefecht zu verfolgen.

Diesmal hatte der Südstaatenkapitän nicht so viel Glück wie gewöhnlich, so dass sich die *Alabama*, nachdem die noch lange von den Klippen nachhallenden Geschützfeuer den Horizont des Ozeans zum Leuchten gebracht hatten, sich gezwungen sah, den Kampf aufzugeben und sich in den Hafen zu flüchten.

Das Schicksal der Alabama nahm seinen Lauf, als sie sich im Ärmelkanal vor der französischen Küstenstadt Cherbourg einem weiteren Schiff der Union, der *USS Kearsage*, stellen musste, die ihr an Stärke und Reaktionsschnelle der Geschütze überlegen war. In der einen Stunde und zehn Minuten, die das Gefecht andauerte, machte das feindliche Schiff mit 117 Treffern ihrer Kanonen der *Alabama* den Garaus, die in den bleiernen Gewässern des Nordatlantiks mitsamt allen Fahnen und gehissten Bannern sank.

Mit diesen meinen eigentlichen Sorgen so völlig fernen Geschichten gelang es mir vorübergehend, die Angst, die mir das Hirn zermarterte, zu vertreiben.

Die Blockade brechen

Brasilien war das neutrale Land, das der Dampfer der Woermann-Linie ansteuerte, um nicht von den Engländern gefangengenommen zu werden. Doch kaum hatten wir Rio de Janeiro erreicht, als die brasilianischen Behörden uns auch schon in eine Art Internierungsheim für Immigranten ohne Visum sperrten. Ich erhielt jedoch rasch einen Passierschein, so dass wir nach New York hätten aufbrechen können.

Aber Hansheinrich beschloss, in sein Land zurückzukehren und sich dem Kampf des deutschen Heeres gegen die Alliierten anzuschließen, obwohl wir ein ruhiges Leben in den Vereinigten Staaten hätten führen können.

Irgendwie gelang es Hansheinrich, sich über Grenzen und Seeblockaden hinweg bis nach Deutschland durchzuschlagen. Sobald er sich einmal bereit erklärt hatte, sein Leben für sein Land zu opfern, ergab er sich rückhaltlos dem, was er für sein Schicksal hielt; und auch wenn es schrecklich klingen mag, so half ich ihm sogar dabei, seinen Willen durchzusetzen.

Von Rio aus buchten wir eine Überfahrt mit der *Nieuw Amsterdam*, einem Passagierdampfer, der unter niederländischer Flagge fuhr – der Flagge eines neutralen Landes also – und den Hafen von Rotterdam anlaufen sollte, von wo aus Hansheinrich hoffte, leicht nach Deutschland zu gelangen. Doch nichts war zu diesen Zeiten leicht. Als der Dampfer im Hafen von Vigo, im Nordwesten Spaniens, einen Zwischenstopp einlegte, arrangierten wir eine kleine Posse, um den holländischen Schiffskapitän und die übrigen Passagiere davon zu überzeugen, dass Hansheinrich dort an Land ging. Wir veranstalteten ein riesiges Spektakel, als Hansheinrich in Vigo von Bord ging; ich winkte ihm sogar mit dem Taschentuch nach und vergoss ein paar Tränen, damit die übrigen Passagiere auf der Brücke dachten, ich verabschiedete mich von meinem Mann, während dieser klammheimlich wieder aufs Schiff zurückkehrte und sich im Schrank unserer Kabine in der ersten Klasse versteckte.

Die List funktionierte für eine Weile, und unter Mithilfe eines eingeweihten irischen Schiffsstewards, dem wir erzählt hatten, dass mein Stiefvater ebenfalls Ire war, gelang es uns, mit ausreichend Speisen und Getränken in der Kabine versorgt zu werden. Allerdings muss es den anderen Passagieren irgendwann merkwürdig vorgekommen sein, dass eine kleine Frau wie ich solche Unmengen an Verpflegung, aber vor allem an alkoholischen Getränken zu sich nehmen konnte. Der Kapitän des Dampfers, der mich ins Herz geschlossen hatte, dachte wohl, mir fehle mein Mann so sehr, dass ich versuchte, meinen Kummer im Alkohol zu ertränken. Eine mir nicht so wohlgesinnte Kabinennachbarin sagte jedoch eines Tages zum Steward: »Ich fürchte, Frau von Wolf hält einen Mann in ihrer Kabine versteckt.«

Die Überfahrt bot uns eine wunderbare Gelegenheit für eine leidenschaftliche Romanze, die sehr viel intensiver war als die auf dem ersten Kreuzschiff in Richtung Südwestafrika unmittelbar nach unserer Hochzeit. Obwohl Hansheinrich seit Vigo mehr Zeit in seinem Versteck unter dem Bett verbrachte als darauf, liebten wir uns umso heftiger, sooft sich die Gelegenheit bot, angespornt vom Gefühl der Heimlichkeit, das ein starkes Aphrodisiakum sein kann. Da ich niemals eine außereheliche Beziehung gehabt hatte, bekam ich jetzt zumindest eine Vorstellung davon, wie sehr man die Komplizenschaft einer verbotenen Liebe auskosten kann; und in dieser Zeit verbannte ich selbst den Geist Marengos in die Tiefen des Kleiderschranks.

Allerdings währte dieses romantische Intermezzo nur so lange, bis wir uns dem Ärmelkanal näherten, wo die Gewässer von englischen Patrouillebooten unsicher gemacht wurden. Trotz der neutralen Flagge des Dampfers wurde er auf hoher See nahe Falmouth angehalten, woraufhin eine Horde von britischen Marinesoldaten und Offizieren auf Deck kam, um zu überprüfen, ob deutsche Offiziere an Bord waren. Während die übrigen Passagiere sich auf der Brücke versammeln mussten, gab ich vor, krank zu sein, um zu verhindern, dass man meine Kabine durchsuchte, und dank meiner amerikanischen Staatsangehörigkeit konnte ich die englischen Offiziere dazu bringen, unsere Kabine nur oberflächlich zu durchsuchen.

Doch als die Engländer zwei deutsche Offiziere entdeckten, die sich auf dem Schiff versteckt hielten – einer kauerte im Sanitätsschrank der Krankenstation –, zwangen sie den Dampfer, den Kurs zu ändern und in Southampton vor Anker zu gehen, wo sie vierzehn Tage lang zu jeglicher Tages- oder Nachtzeit gründliche Durchsuchungen vornahmen. Hansheinrich war es irgendwie gelungen, seine riesigen Gliedmaßen unter das Bett zu zwängen, listig hinter Koffern und Taschen verborgen. Doch einmal wäre sein Versteck beinahe aufgeflogen. Ein britischer Offizier war in die Kabine gekommen, wo er sich eine Zigarette anzündete, um direkt vor dem Bett stehend ein wenig mit mir zu plaudern; dabei befanden sich seine ordentlich mit Pferdefett gewienerten Stiefel nur wenige Zentimeter vor Hansheinrichs Nase, der bei dem intensiven Geruch der Stiefelwichse große Mühe hatte, ein Niesen zu unterdrücken.

Zu allem Überfluss wagte es der Steward, der uns bis dahin geholfen hatte, aus Furcht, entdeckt zu werden, nicht mehr, uns weiterhin mit Speisen und Getränken zu versorgen. Gleichzeitig merkte ich, wie Hansheinrich immer unruhiger wurde, als er sich mit den Essensresten aus dem Restaurant, die wir ihm unter das Bett stellten wie einem Hund oder einer Katze, und ein paar Schlucken lauwarmen Wassers aus dem Bad begnügen musste. Eines Morgens kam der irische Steward, ohne dass ich Zeit gehabt hätte, mir noch etwas überzuziehen, um mich vor zwei englischen Offizieren zu warnen, die an Bord gestiegen seien, um meine Kabine zu filzen, vielleicht auf Wink eines Besatzungsmitglieds. Mir war klar, dass ich unter diesen Umständen zu extremen Mitteln greifen musste. Also setzte ich mich so, wie ich war, im Negligé, an den Frisiertisch und tat, als kämmte ich mir gerade die Haare, wobei ich absichtlich die Kabinentür unverriegelt ließ.

Als die englischen Flegel in Uniform in mein Schlafzimmer eindrangen, sprang ich auf – ohne den Morgenmantel zu schließen – und schrie sie an: »Was fällt Ihnen ein, einfach ohne anzuklopfen in die Kabine einer amerikanischen Lady hereinzuplatzen, die gerade dabei ist, sich anzukleiden?« Der begehrliche Blick, mit dem einer der Offiziere mein Negligé inspizierte, erinnerte mich an den des Bohrmeisters, obwohl diesmal ich es war, die in voller Absicht die Lüsternheit des ungebetenen Gastes provoziert hatte. Als sie mich schreien hörten, erröteten die jungen Offiziere bis an die Haarspitzen und verließen fluchtartig den Raum, nachdem sie meine kaum verhüllten weiblichen Reize mit einem martialischen Zusammenschlagen der Hacken gewürdigt hatten. Draußen hatten sie es auf der Treppe, die auf Deck hinunterführte, derart eilig, dass einer von ihnen auf den feuchten Stufen ausrutschte und sich fast den Hals gebrochen hätte.

Als wir die Seeblockade der Engländer endlich überwunden hatten, war es nur noch ein Kinderspiel, in Rotterdam von Bord zu gehen, die Polizeikontrolle zu passieren und in den Zug in Richtung Dresden zu steigen. Hansheinrich meldete sich unverzüglich am Stützpunkt seines alten Regiments, wo er, nachdem er automatisch vom Hauptmann zum Major aufgestiegen war, an die Front in Flandern abkommandiert wurde. Obwohl wir es in keinem Moment aussprachen, denn seine Erziehung verbot es meinem Mann, Gefühlen Ausdruck zu verleihen, die melodramatisch klingen könnten, wussten wir beide, dass dies das Ende war, das Hansheinrich gewählt hatte.

In den turbulenten Jahren, die folgten, tröstete mich die Erinnerung an die Tage, die wir auf dem Schiff nach Europa verbracht hatten, denn trotz der Aufregungen während der Überfahrt hatten sie uns quasi eine zweite Hochzeitsreise beschert. Wir wussten, dass die Zukunft für uns nicht sehr rosig aussah, doch es gelang uns, unsere bangen Gefühle zu verdrängen und anzuerkennen, dass die Zeit, die wir gemeinsam im Südwesten Afrikas verbracht hatten, außergewöhnlich glücklich und erfüllt gewesen war.

EPILOG

Rückkehr nach Duwisib

Ich muss gestehen, dass ich zunächst erwogen habe, die Geschichte an dem Punkt abzubrechen, wo Hansheinrich und ich im Hafen von Rotterdam an Land gingen, denn genau dort endete die abenteuerliche Reise, die ungefähr sieben Jahre zuvor begonnen hatte, als ich in Hamburg zum ersten Mal das Schiff nach Südwestafrika bestieg. Gewiss gehört alles, was danach geschah, nicht mehr zu diesen Buch der Erinnerungen, das ich, wie mit dem in Estela Powells Haus kennengelernten Literaturagenten vereinbart, publizieren wollte. Doch dann stellte ich mir Herrn Rumfelds enttäuschtes Gesicht vor, wenn er in seinem Büro in der Wall Street feststellen würde, dass meine Erzählung an diesem Punkt abrupt endet und viele Fragen unbeantwortet lässt.

Mit einem solchen Ende hätte ich den Lesern auch die Reise vorenthalten, die ich einige Jahre nach Beendigung des Ersten Weltkriegs nach Südwestafrika unternahm. Wenn besagte Reise vielleicht auch nicht viel Neues brachte, bot sie doch ein paar Antworten auf noch verbliebene Fragen, die zu klären ich selbst nicht vermocht hätte, als wir in Lüderitz an Bord des Dampfers gingen, der uns letztlich nach Rio de Janeiro bringen sollte.

Natürlich hatte ich gewichtige Gründe, an den Ort zurückzukehren, den ich unter ungewöhnlichen Umständen verlassen hatte, schon weil dort noch ein Teil meines Vermögens festsaß.

Graf Lüttichau, der sich darum gekümmert hatte, die Farm Duwisib mitsamt dem Schloss und den Nebengebäuden an ein schwedisches Ehepaar zu verkaufen, hatte mich in mehreren Briefen zur Rückkehr ermutigt, um den stellvertretend von ihm unterschriebenen Kaufvertrag gegenzuzeichnen. Mit den neuen Besitzern, dem Ehepaar Murrmann, musste auch über den Preis des gesamten Hausrats verhandelt werden, der im Vertrag nicht enthalten war. Obwohl mein persönlicher Besitz dank der Fürsorge von Pater Klemann, der vorübergehend im Schloss geblieben war, keinen nennenswerten Schaden erlitten hatte, waren doch einige Dinge von den vorbeiziehenden englischen Soldaten gestohlen worden, und die Truppen hatten Vieh und Lebensmittel beschlagnahmt, alles von Klemann penibel dokumentiert. Da ich meine amerikanische Staatsbürgerschaft behalten hatte, war ich von der Anordnung der Sieger, den Besitz des Feindes zu konfiszieren, nicht betroffen und bereit, für jeden durch den Krieg entstandenen wirtschaftlichen Schaden den mir zustehenden Schadensersatz einzufordern.

Außerdem war ich neugierig zu sehen, wie es um die Farmen stand, die wir – als späte Frucht von Hansheinrichs Landgier – noch kurz vor dem überraschenden Kriegsausbruch erworben hatten, jedoch ohne sie vor unserer Abreise auf unseren Namen eintragen zu lassen. Ich würde mich bei der neuen Regierung des Territoriums, das vom Völkerbund unter Mandatsverwaltung der Südafrikanischen Union, unter der Oberhoheit Großbritanniens, gestellt worden war, erkundigen müssen, was aus diesen Ländereien geworden war.

Aber ich müsste mich selbst belügen – und nebenbei auch die Leser dieses Epilogs –, wollte ich leugnen, dass wohl eher andere Gründe als rein materielle ausschlaggebend waren für meinen Entschluss, noch einmal nach Südwestafrika zurückzukehren. Eine Reise, die ganz sicher alte, nicht immer nur angenehme Erinnerungen und Gefühle wachrufen würde. Seit dem Tag unseres Aufbruchs nach Europa machte ich mir große Sorgen um das Schicksal der dreihundertfünfzig Pferde, einschließlich der Stuten mit ihren Fohlen, die wir im Duwisib-Tal auf der Weide zurückgelassen hatten. Während des Krieges war es unmöglich gewesen, an verlässliche Informationen über unser Gestüt zu gelangen, obwohl ich wusste, dass die Besatzungstruppen einen Teil der Pferde konfisziert hatten. Doch kurz nach Kriegsende kam mir zu Ohren, dass die Kraals, die wir aus Stein für unsere Vollblüter gebaut hatten, inzwischen eine riesige Herde von Karakulschafen beherbergten, deren Aufzucht zu der Zeit ein überaus lukratives Geschäft war.

Aber wenn es die Ställe nicht mehr gab, was war dann aus unseren prächtigen Rassepferden geworden?

Die neuen Besitzer von Duwisib hatten mir keine überzeugende Antwort auf meine brieflich übermittelten Fragen zu geben gewusst, und Graf Lüttichau, der meine Pferdeleidenschaft kannte, hatte mir, vielleicht um mich zu schonen, nur vage geantwortet. Doch ich konnte einfach den Gedanken nicht ertragen, dass diese edlen Tiere, nach all den Kämpfen, dem ganzen Leid und auch der Freude, die sie mir bereitet hatten, spurlos verschwunden sein sollten.

Aber natürlich gab es auch noch andere ungeklärte Fragen, nachdem wir so übereilt aus Südwestafrika abgereist waren. Auch wenn ich es mir nicht eingestehen wollte, so war diesmal ich es – und nicht der arme Hansheinrich –, die an einen Ort zurückkehren musste, der mit vielen Illusionen und Enttäuschungen verknüpft war, um mich mit meiner Vergangenheit auszusöhnen.

Was mich allerdings unmittelbar zu dieser Reise drängte, war der Wunsch, der stickigen Luft zu entkommen, die im Haus meiner Mutter herrschte, seit John Gaffney, den man vom Konsulat in Dresden nach München versetzt hatte, dort als Konsul entlassen worden war, weil das *State Department* ihn allzu großer Sympathien für die deutsche Sache bezichtigte. Ich hätte ihn eher für einen eingefleischten Skeptiker gegenüber allem Britischen als für einen Sympathisanten der Deutschen gehalten, wie er bereits während des Burenkriegs oder mit seiner Verteidigung des belgischen Kolonialismus gegen die von England angestoßene internationale Kampagne gegen die Belgier bewiesen hatte.

Als die Vereinigten Staaten noch nicht in den Ersten Weltkrieg eingetreten waren, aber alle Welt wusste, dass die Sympathien in Washington Großbritannien galten, hatte John Gaffney sich in seinem Stolz zu einer dem diplomatischen Status eines neutralen Landes kaum angemessenen Stellungnahme hinreißen lassen. Sowohl in Dresden als auch in München hatte er sich an öffentlichen Schauplätzen mit hohen Regierungsvertretern und Offizieren des deutschen Heeres blicken und sich sogar in Begleitung des Kaisers fotografieren lassen, der allmählich zu einer der meistgehassten Personen in Amerika wurde, woraufhin seine fristlose Entlassung erfolgte.

Von nun an musste ich erleben, wie jemand, der von Natur aus sehr aktiv ist und relativ jung arbeitslos wird, die Energie, die er nicht mehr im Büro verschwenden kann, an den Menschen in seiner Umgebung, in dem Fall meiner Mutter und mir, abreagiert. Obwohl ich versucht hatte, mich in meiner hübschen Villa am Tegernsee aus den politischen Zwistigkeiten meines Stiefvaters herauszuhalten, konnte ich nicht verhindern, dass John Gaffneys Konflikt mit der Regierung – er verteidigte seinen Ruf in der Presse und schrieb endlose Berichte ans *State Department*, in denen er die in Washington erhobenen Anschuldigungen zurückwies – auch mich beschmutzte. Am meisten störte mich aber, dass mein Stiefvater Fannie in diesen Streit mit hineinzog und ihre Kontakte und ihre Popularität für seine Kampagne missbrauchte.

Einer der vom *State Department* angeführten Gründe für seine fristlose Entlassung war, dass Gaffney in engem persönlichen Kontakt zu dem irischen Nationalisten Sir Roger Casement stand. Man beschuldigte ihn sogar, Sir Roger bei seinen Verhandlungen mit der deutschen Reichsregierung mit dem Ziel, Irland aus dem Krieg herauszuhalten, unterstützt zu haben. Merkwürdig war nur, dass John Gaffney und Roger Casement – der damals als britischer Konsul in der Kolonie weilte – während der internationalen Krise wegen der von der belgischen Regierung im Kongo verübten Grausamkeiten gegnerische Positionen bezogen hatten. Während Casement durch seine schonungslose Offenlegung der Gräueltaten auf den Kautschukplantagen im Kongo berühmt wurde, hatte John Gaffney König Leopold vor dem Internationalen Gericht verteidigt. Und während die Engländer Casement wegen seines Engagements für die Kongolesen und gegen den belgischen König mit dem Ritterorden ehrten, zeichnete Leopold II. Gaffney als seinen Verteidiger vor dem Internationalen Gericht aus. Doch damals kannten sich Gaffney und Casement noch nicht.

Erst kurz nach Kriegsbeginn lernten Gaffney und Sir Roger Casement sich in Berlin persönlich kennen und begruben das alte Kriegsbeil, denn beide träumten davon, die irische Nation von der britischen Knute zu befreien. John Gaffney lud Casement zu einem Abendessen ins Konsulat ein, an dem einige hochrangige nordamerikanische Persönlichkeiten sowie wichtige deutsche Regierungsvertreter teilnahmen, was ihm herbe Kritik in der britischen Presse eintrug und nicht ohne Echo in den nordamerikanischen Zeitungen blieb, die Gaffney der schamlosen Anglophobie bezichtigten. Tatsächlich war die probritische Lobby – selbst vor dem Untergang der *Lusitania* – in Washington sehr stark.

Damals hatte Casement in Irland an Versammlungen nationalistischer Organisationen wie der *Irish Volonteers*, einer Art paramilitärischer Separatisten, teilgenommen. Wenngleich zu vermuten ist, dass Casement aufgrund der Erfahrungen während seiner diplomatischen Laufbahn hätte wissen sollen, dass, nachdem der Krieg ausgebrochen war, die irische Unabhängigkeit warten musste. 1915 setzte ein deutsches U-Boot den irischen Patrioten mitsamt einigen Glaubensgenossen, die ihn begleiteten, vor der Küste seines Landes mit ein paar Gewehren und kurzen Waffen ab. Roger Casement wird bereits geahnt haben, was ihm bei seiner Rückkehr nach Irland blühte, denn als der U-Boot-Kommandant ihn fragte, ob er noch etwas brauche, erwiderte er: »Ich brauche nichts mehr, außer vielleicht ein Leichentuch.« Später fand die Polizei am Strand drei Mauserpistolen, Karten, ein paar Handschellen und ein Exemplar von Omar Khayyams Buch »Rubaiyat« im Sand vergraben. Wenig Munition, um ein ganzes Imperium zu vernichten.

Fast unmittelbar nachdem er von Bord gegangen war, nahm die englische Polizei Casement fest. Er wurde wegen Hochverrats angeklagt und, nachdem man ihn in den Londoner Tower gesperrt hatte – wie es einem in den Adelsstand Erhobenem wie ihm gebührte –, zum Tode verurteilt. Diejenigen, die vorher seine öffentliche Anprangerung der Kongogräuel besonders enthusiastisch gefeiert hatten, verstummten völlig, als dieselben Machthaber, die Casement ausgezeichnet hatten, ihn nun mit dem Tode straften. Andere herausragende Vertreter intellektueller Kreise wie Arthur Conan Doyle setzten sich für ihn ein und unterschrieben ein Gnadengesuch, um die Hinrichtung abzuwenden. Joseph Conrad hingegen weigerte sich, beherrscht von der patriotischen Empörung seiner Wahlheimat, das Gnadengesuch zu unterzeichnen, obwohl er und Casement sich in Matadí eine Wohnung geteilt und gemeinsam die Gräueltaten im Kongo miterlebt hatten.

Nachdem Casement im finsteren Pentonville-Gefängnis gehenkt worden war, wobei er selbst den Henker mit seiner bewundernswerten Gelassenheit bis zum letzten Moment beeindruckte, fand Scotland Yard bei der Durchsuchung seiner Wohnung intime Tagebuchaufzeichnungen aus seiner Zeit im diplomatischen Dienst, wo er offen seine homosexuellen Neigungen beschrieb, was zu einer widerwärtigen Pressekampagne ausgenutzt wurde, um sein Andenken zu beschmutzen. Die Nation, die dem Rest der Welt Moral gepredigt und die Achtung der Menschenrechte eingefordert hatte, musste den Ruf dieses Idealisten schädigen, um zu verhindern, dass Casement zum Märtyrer der irischen Unabhängigkeitsbewegung verklärt wurde.

Unmittelbar nach Kriegsende nutzten die Engländer die gleiche tendenziöse Diffamierungsstrategie, als sie unter dem Titel »Blue Paper« einen Bericht veröffentlichten, in dem sie die Gräueltaten aufdeckten, die die Deutschen in Südwestafrika an den Eingeborenen verübt hatten. Obwohl dieses Pamphlet nach außen hin die Grausamkeit der Deutschen verdeutlichen sollte sowie ihre Unfähigkeit, ein Kolonie zu verwalten, ging es den Engländern in Wahrheit darum, sich eines Gebiets zu bemächtigen, in dem man neue Diamantfelder entdeckt hatte, die dem unter britischer Kontrolle stehenden Diamantabbau in Südafrika ernsthafte Konkurrenz machen konnten.

Nostalgische Reise

Der Dampfer, auf dem ich nach Südwestafrika zurückkehrte, lief nicht Swakopmund an, sondern Walvis Bay, das zu der Zeit, als ich dort lebte, eine britische Enklave mitten in deutschem Hoheitsgebiet gewesen war. Ich dachte, es sei besser, an einem Ort an Land zu gehen, wo ich nie zuvor gewesen war, da ich nicht wollte, dass meine Rückkehr nach Afrika in einen Nostalgie-Trip ausartete. Ich war nicht sonderlich darauf erpicht, daran erinnert zu werden, wie die *kru-boys* mich damals mit ihren Booten vom Schiff an den Strand von Swakopmund befördert hatten oder wie ich die erste Nacht im Hohenzollern-Hotel kaum ein Auge zugetan hatte, während mein Mann sich mit seinen Freunden amüsierte.

Doch sobald der Zug, der mich von Walvis Bay nach Windhuk brachte, den Swakop-Fluss überquerte, überschlugen sich in meiner Erinnerung die Szenen meiner ersten Reise, denn die Eisenbahnroute war immer noch die gleiche. Ich erkannte sofort die Biegung, wo ich die Kolonne afrikanischer Zwangsarbeiter zum ersten Mal beim Streckenbau gesehen hatte. In Karibib hielten wir an derselben Stelle, wo Frau Müller auf ihren Gepäckstücken sitzend ihren Mann erwartet hatte; doch die Einschusslöcher in den Bahnhofsmauern stammten nicht vom Kolonialkrieg, sondern von den südafrikanischen Truppen, die von Walvis Bay auf dem Schienenweg nach Windhuk vorgerückt waren.

Als wir die schroffen Felsenberge passierten, entdeckte ich den kleinen Felsvorsprung, den die Antilope erklommen hatte, bevor jemand aus dem Zug sie niederschoss. Mehr als fünfzehn Jahre waren seither vergangen, doch jener Akt sinnloser Grausamkeit hatte sich mir quasi als Symbol für die Haltung der weißen Herrscher gegenüber dem eroberten Land eingeprägt.

Windhuk fand ich wie schon bei meinem ersten Besuch nahezu erdrückend. Ich zog wieder ins Hotel Kaiserkrone, denn dies war so ziemlich der einzige Ort, den ich mit angenehmen Erinnerungen verband und wo Hansheinrich dauerhaft ein Zimmer reserviert hatte, solange er Abgeordneter im Landesrat gewesen war. Der alte Sitz der Kolonialverwaltung, der berühmte *Tintenpalast*, hatte sich kaum verändert – außer dass die verschiedenen Abteilungen jetzt auf Englisch ausgeschildert waren –, selbst die Möbel schienen noch dieselben zu sein. Als ich am Wartesaal vorbeikam und die Bank entdeckte, wo ich Ludwig und Ada Cramer zum ersten Mal hatte sitzen sehen, lief mir unwillkürlich ein Schauder über den Rücken.

In demselben Amtszimmer, wo Herr Grassop Hansheinrich und mich damals empfangen hatte, begrüßte mich nun ein gewisser Mister Goodman, der eine ähnliche Brille mit Metallrand trug wie der deutsche Paragraphenreiter. Mister Goodman wirkte nicht minder penibel und förmlich, als er einen dicken Aktenordner mit allen Unterlagen zur bisherigen Abwicklung des Landkaufs und den endlosen schriftlichen Auseinandersetzungen, die wir mit dem Amt für Landvergabe ausgefochten hatten, hervorholte. Ich glaubte, das nervöse Gekrakel Oskar Hintragers als Randnotiz auf einem der Dokumente zu erkennen, und musste mir ein Lächeln verbeißen, als ich bemerkte, dass die leicht verschlissenen Pappdeckel und Seidenschnüre der Akte noch die gleichen waren wie zu Grassops Zeiten; nicht einmal die deutsche Etikettaufschrift war ausgetauscht worden. Doch glücklicherweise war Mister Goodman ebenso kurzsichtig wie sein Vorgänger, so dass ihm meine spöttische Miene wohl entging.

Als er den Antrag meines Münchener Anwalts auf Entschädigung endlich gefunden hatte, erledigte Mister Goodman bereitwillig folgende Dinge: die Streichung der Hypothek auf Duwisib – deren Zahlung im Zuge des Embargos zum Schutz feindlichen Eigentums, da sie auf Hansheinrichs Namen lief, vorübergehend ausgesetzt worden war – und die Auszahlung des gesamten Betrags, den Pater Klemann als Entschädigung für die von alliierten Truppen nach ihrem Einmarsch in das Gebiet südlich von Lüderitz in Duwisib beschlagnahmten Gegenstände und Viehbestände eingefordert hatte. Ich war der Meinung, dass die Briten wenigstens ihre Schulden begleichen sollten, zumal sie dafür die Diamanten behalten hatten.

Als ich schon meinte, wir seien fertig, und die beiden Schecks, die auf eine beträchtliche Summe in Pfund Sterling ausgestellt waren, vorsichtig in der Tasche verstaut hatte, bedeutete mir Mister Goodman, noch nicht zu gehen, und schlug erneut eine Akte auf, wo der Adler des Kaiserreichs mit dem Wappen des *Gracious King* von Großbritannien, dem Löwen und dem Einhorn und dem Sinnspruch *Honni soit qui mal y pense* überdruckt worden war.

»Frau Humphreys, ich freue mich, Ihnen mitzuteilen, dass das Amtsgericht der Treuhandverwaltung im Fall der von Hauptmann von Wolf geltend gemachten Ansprüche auf den testamentarischen Nachlass des deutschen Farmers Oskar Klinge zugunsten des Klägers entschieden und die Farm Swartmodder zur Tilgung der Schulden, die Klinge bei ihm hatte, Ihrem Mann zugesprochen hat. Ich nehme an, dass der Besitz nun Ihnen als einziger Erbin Ihres Mannes zusteht.«

Ich glaube, ich wäre glatt nach hinten umgefallen, hätte ich nicht auf einem Stuhl solider deutscher Fabrikation gesessen, als Goodman mir eine Kopie des Grundbuchs zeigte, wo Swartmodder neben Duwisib, Rooiberg-Süd und Nadaus auf den Namen meines Mannes eingetragen war. Nach all den Kämpfen, die Hansheinrich mit der deutschen Kolonialverwaltung ausgefochten hatte, um in großem Umfang Land zu erwerben, hatte ihn die Regierung der feindlichen Macht nun noch nachträglich zum Großgrundbesitzer erhoben.

Orlich taucht wieder auf

Nachdem ich die noch strittigen Angelegenheiten mit der neuen Regierung unerwartet schnell geregelt hatte, beschloss ich, die noch verbleibende Zeit zu nutzen, um durchs Land zu reisen und einige meiner alten Freunde, die den Krieg überlebt hatten, wiederzutreffen. Auf dem Weg nach Maltahöhe, wo ich ein Treffen mit der neuen Besitzerin von Duwisib vereinbart hatte, wollte ich August Stauch in seinem Landhaus in Dordabis besuchen. Und wenn mir noch Zeit bliebe, wolle ich auch in Keetmanshoop bei Pater Klemann vorbeischauen, der dorthin versetzt worden war, nachdem er einen Teil des Krieges damit verbracht hatte, unsere Besitztümer in Duwisib zu verteidigen.

Im Hotel hatte ich einen Mietwagen mit Chauffeur bestellt, da die neue Regierung noch keine Zeit gehabt hatte, das Schienennetz so weit auszubauen, dass ich die verschiedenen Orte, die ich besuchen wollte, mit der Bahn hätte erreichen können. In diesem Labyrinth staubiger Straßen war es sicherer, wenn mich jemand begleitete, und sei es nur, um mir, falls ich auf den steinigen, von dornigem Gebüsch gesäumten Straßen einen Platten bekäme, beim Reifenwechsel zu helfen. Ich hatte darum gebeten, dass der Wagen am frühen Morgen bereitstünde, um für die erste Etappe bis nach Dordabis, wo August Strauch lebte, das Tageslicht auszunutzen.

Als ich in der Morgendämmerung durchs Hotelfenster einen Blick auf den Wagen warf, den man mir reserviert hatte, ein prächtiges Mercedes-Cabrio – sicherlich von der alten deutschen Kolonialverwaltung beschlagnahmt –, kam mir die Gestalt auf dem Fahrersitz irgendwie bekannt vor. Sobald ich mit meinem Gepäck nach unten kam, stieg der Chauffeur aus dem Wagen, um mich mit einer tiefen Verbeugung und krachend zusammengeschlagenen Hacken zu begrüßen.

»Orlich, du heiliger Himmel, was machen Sie denn hier?«

»Frau von Wolf, es ist mir ein Vergnügen, Sie nach so vielen Jahren wiederzusehen und Ihnen erneut zu Diensten sein zu dürfen. Die Hotelleitung dachte, Sie würden sich freuen, ein bekanntes Gesicht zu sehen.«

Orlichs äußeres Erscheinungsbild war deutlich anders als in meiner Erinnerung; wahrscheinlich hätte ich ihn gar nicht wiedererkannt, wenn er mir auf der Straße begegnet wäre. Er trug eine dunkle Brille – wie sie die Schürfer zum Schutz gegen das gleißende Sonnenlicht benutzten – und hatte eine Narbe von einer Verletzung oder Verbrennung im Gesicht, die er mit langen, in den Bart übergehenden Koteletten zu verdecken suchte.

Doch Orlichs Stimme, die mir aufgrund seiner grausamen Kriegsgeschichten ewig im Gedächtnis bleiben würde, war noch die gleiche; und auch seinen besonderen Sinn für Humor hatte er sich bewahrt. Als sich zwei junge Schwarze in kurzen Hosen und Baumwollhemden auf die Notsitze des Kabrioletts schwangen, bemerkte Orlich:

»Rabae und Eleazar werden uns auf der Fahrt begleiten; Rabae ist Herero und Eleazar Nama. Nicht dass sie viel von Automechanik verstünden, aber sie können uns schieben helfen, falls der Wagen im Sand stecken bleibt.«

Beim Verlassen der Stadt in südlicher Richtung kamen wir an dem berühmten Denkmal der Schutztruppe mit dem Reiter vorbei, der immer noch den Horizont in entgegengesetzter Richtung zu der erforschte, in die die Ohren seines Pferdes wiesen, was mir die von Hansheinrich und der von ihm befehligten Artillerieabteilung erlittene Niederlage in Kowes am Auob-Fluss in Erinnerung rief. Obwohl ich mir vorgenommen hatte, diese Reise nicht zu einem sentimentalen Leidensweg werden zu lassen, weckte das meine Neugier, den Ort kennenzulernen, wo mein Mann mit Simon Kopper und seiner Truppe zusammengestoßen war, und da diese Reise vielleicht die einzige Gelegenheit bot, dies zu tun, beschloss ich, mich dorthin zu begeben, falls es nicht ein zu großer Umweg war. Etwas weiter nördlich hatte sich am selben Auob-Fluss die berühmte Schlacht von Groß-Nabas ereignet, deren Verlauf mir Orlich kurz nach meiner Ankunft in der Kolonie so beeindruckend geschildert hatte.

Ebenfalls nördlich von Kowes befand sich die Festung von Gochas, die Sander und Heinrich als Vorbild für die Pläne unseres Schlosses in Duwisib gedient hatte. Zudem hatte ich gehört, dass man die sterblichen Überreste der auf der Expedition in die Kalahari Gefallenen auf den Militärfriedhof von Gochas überführt hatte, wo ich gerne ein stilles Gebet am Grab von Ernst von Siegler gesprochen hätte.

Wir verließen die Stadt noch im Dämmerlicht, und es wunderte mich ein wenig, dass Orlich den Wagen sehr in der Mitte der unbefestigten Piste steuerte, denn ich fragte mich, was wohl passieren würde, wenn uns ein Fahrzeug entgegenkäme. Mir fiel auf, dass Orlich die Straßenränder nicht gut zu erkennen schien, aber ich wollte lieber nichts sagen, um ihn nicht nervös zu machen. Plötzlich sahen wir einen uns entgegenkommenden Heuwagen aus einem Dunstvorhang vor uns auftauchen, ein von zwei Eseln gezogener Karren, gelenkt von einem Schwarzen, der unter seinem bis zu den Augen heruntergezogenen Strohhut halb zu dösen schien.

Ich saß auf dem Beifahrersitz und riss, als ich merkte, dass Orlich nichts tat, um dem drohenden Zusammenstoß auszuweichen, das Lenkrad mit aller Gewalt zur Seite, wobei der Wagen unweigerlich von der Piste abkam. Ein dichtes Dornengestrüpp, das im Straßengraben wuchs, bewahrte uns davor, den steilen Erdwall hinabzuschießen, obwohl die Boys, die hinten saßen, von ihren Sitzen geschleudert und alle Gepäckstücke über die Sandpiste verstreut wurden. Während ich mir die bis zur Kopfhaut eingedrungenen Dornenzweige aus dem Haarknoten zog und den Staub aus dem Rock schüttelte, herrschte ich den Fahrer an:

»Aber Orlich, wo waren Sie nur mit Ihren Gedanken?«

Orlichs dunkle Brille war bei dem Aufprall verrutscht, so dass ich im Dämmerlicht zu sehen meinte, dass sein eines Auge leer und das andere halb trüb war. Als er merkte, was ich gesehen hatte, rückte er die Brille wieder zurecht, während er zwischen den Zähnen hervorpresste:

»Scheißnebel! Es stimmt, dass ich seit dem Unfall in der Mine nicht mehr so gut sehen kann wie früher, aber das hindert mich nicht am Fahren ...«

Während ich den Boys beim Schieben half, um den Wagen wieder aus dem tiefen Gebüsch zu befreien, fragte ich mich, ob ein Fahrer, der nicht einmal in der Lage war, einen sechs Meter entfernten Heuwagen zu erkennen, mich bis in die entlegensten Winkel des Landes befördern könnte.

Später, als wir Halt machten, um am Straßenrand einen Happen zu uns zu nehmen, erzählte mir Orlich, wie es zu dem Unfall gekommen war, der ihn halb blind gemacht hatte.

»Kurz nachdem Sie nach Duwisib gezogen sind, hat Oskar Klinge mich angestellt, um ihm beim Minenabbau auf der Farm zu helfen. Klinge brauchte jemanden, der sich mit dem Sprengstoff auskannte, den er benutzte, um die Schächte auszuheben, und ich hatte Erfahrung im Umgang mit Dynamit, weil ich im Pionierkorps gedient habe. Doch kurz nachdem ich auf der Farm angefangen hatte, merkte ich, dass die Arbeitsbedingungen gefährlich waren, weil Klinge nicht die nötigen Vorkehrungen für die Aufbewahrung des Sprengstoffs traf, der einfach draußen unter freiem Himmel gelagert wurde. Mehrmals habe ich Klinge gewarnt, dass man so nicht arbeiten könne, und es sogar Professor Kaiser gemeldet, einem Wissenschaftler, der als Berater der Firma Alfred Berger von der Universität Gießen gekommen war und den Klinge nach Swartmodder geholt hatte.

Aber Klinge nahm meine Warnungen nicht ernst und unternahm nichts, bis es zu spät war. Eines Morgens, als die Boys mich mit einem Eimer auf den Grund einer Mine hinabließen, hatte ich alle Maßnahmen getroffen, um noch rechtzeitig hinauszukommen, bevor die Explosion losging. Doch in dem Moment, als ich an der Schnur zog, damit sie mich hochholten, brach plötzlich um mich herum das Feuer aus und ich war vorübergehend taub von der Detonation. Halb benommen, merkte ich gerade noch, wie die Steine, die nach oben geschleudert worden waren, mir auf den Kopf prasselten, und nachdem sie mich endlich aus dem Schacht gezogen hatten, dachte ich, die Nacht sei hereingebrochen, denn ich sah nichts mehr, und als ich nach meinem Gesicht tastete, fühlte ich, dass es von einer klebrigen Masse bedeckt war: Das war Blut, das mir aus der Stirn und den Augen quoll.

Ich erspare Ihnen die Einzelheiten der Odyssee, die ich danach durchmachte, denn Klinge hatte mir eine Versicherung zugesagt, die er niemals unterzeichnete, und am Ende zahlte er mir gerade mal den noch ausstehenden Lohn. Als Veteran der Schutztruppe waren mir die Krankenstationen des Militärs verwehrt; schließlich behandelte man mich im Lazarett in Windhuk, wo der Arzt mir wenig Hoffnung auf Wiedererlangung meiner Sehrkraft machte. Doch nach dem Krieg sammelte eine Gruppe von Veteranen Geld, damit ich nach Deutschland reisen und mich in einer Spezialklinik dort einer Behandlung unterziehen konnte. Für mein linkes Auge konnten sie nichts mehr tun, aber mit dem rechten sehe ich wieder ganz gut, obwohl ich mir bei dem Unglück eine Pupillenerweiterung zugezogen habe, so dass mein Auge nicht mehr so recht auf Lichtveränderungen reagiert. Vielleicht hätte ich Ihnen das vor

Antritt unserer Reise erzählen sollen, aber ich hatte Angst, mich damit um die Chance zu bringen, Ihnen wie in alten Zeiten zu Diensten zu sein.«

»Aber Orlich, warum haben Sie sich denn nicht an Hauptmann von Wolf und mich gewendet? Wenn wir davon gewusst hätten, so hätten wir Ihnen doch helfen können!«

»Glauben Sie nicht, dass ich nicht daran gedacht hätte! Aber da ich wusste, dass Hauptmann von Wolf und Klinge zerstritten waren, wollte ich Sie nicht ansprechen, solange ich noch versuchte, die versprochene Entschädigung zu bekommen. Als Klinge mich einstellte, erfuhr ich, dass er und der Hauptmann sich im Minengeschäft zusammengetan hatten, doch später hörte ich dann, dass die guten Beziehungen nicht lange gehalten hatten.« Orlich hielt einen Moment kopfschüttelnd inne, bevor er fortfuhr. »Wer immer seine Rechnung mit Klinge in der Wüste beglichen hat, der Bastard hat am Ende bekommen, was er verdiente.«

Sternenregen

Kurz nachdem wir begonnen hatten, die Ebene zu durchqueren, blieb der Wagen in einem sandigen Flussbett stecken, das auf der Karte als Fluss verzeichnet war, obwohl es die meiste Zeit im Jahr nur Kiesel und Sand enthielt. Die beiden afrikanischen Burschen schoben beherzt das Gefährt an, indem sie ihre streichholzdünnen Beine in den Sand stemmten und ihren rachitischen Ärmchen eine ungeheure Kraft abtrotzten.

Da fiel mir ein, dass ganz in der Nähe von der Stelle, an der wir mit dem Wagen im Sand feststeckten, Hansheinrich, während der Regenzeit auf der Fahrt zu einer Tagung des Landesrats in Windhuk, seinen Wagen wegen Hochwasser hatte anhalten müssen. Da unmöglich vorherzusagen war, wann das Wasser wieder sinken würde, hatte Hansheinrich beschlossen, den Wagen nebst den Zugtieren und den Boys, die ihn begleiteten, zurück nach Duwisib zu schicken und allein weiterzureiten. Doch als er sich entkleidet und die Kleidung zusammengeschnürt hatte, damit sie nicht nass wurde, hätte die reißende Strömung um ein Haar das Pferd mitsamt dem Reiter fortgerissen, und dabei verlor er das Kleiderbündel und den Sattel; weshalb er, als er am anderen Ufer ankam, nackt, wie Gott ihn geschaffen hatte, weiterreiten musste. So erreichte er einige Stunden später Windhuk, und als er hoch auf sein Zimmer ging, das immer für ihn reserviert war, war das Einzige, was er dort im Kleiderschrank vorfand, ein Anzug mit Frack, in dem er dann auf der Sitzung des Landesrats erschien, ganz, wie die Etikette es verlangte, nur ohne etwas darunter.

Am gleichen Abend erreichten wir das Landgut, das August Stauch in Dordabis besaß. Ich hatte meinem alten Freund den Besuch nicht angekündigt, doch als er mich von der Veranda seines Hauses aus kommen sah, erkannte er mich sofort und kam mir entgegen, um mich zu begrüßen. Stauch hatte sich seit unserem letzten Treffen ziemlich verändert: Er war schlank und trug eine Brille mit Metallrand, die ihm einen leicht intellektuellen Anstrich verlieh, woraufhin ich an den Mann denken musste, den ich während meiner ersten Fahrt nach Südwest auf dem Schiff kennengelernt hatte, lange bevor er zu einem wichtigen Unternehmer im Diamantgeschäft aufgestiegen war.

Schon zu der Zeit hatte sich Stauchs finanzielle Lage merklich verschlechtert. Einige der ersten Diamantfelder – wie die legendäre Kolmanskuppe – waren erschöpft. Wahrscheinlich hatte der gleiche unruhige Unternehmergeist, der ihn in wenigen Jahren zum Multimillionär gemacht hatte, ihn dazu verleitet, sich in Geschäfte mit fraglicher Rentabilität zu stürzen wie etwa den Kauf der Vox-Haus-Gesellschaft in Deutschland, die Plattenspieler, Grammophone und Schallplatten herstellte.

Deshalb hatte er sich gezwungen gesehen, einen Großteil der

Aktien der Aktiengesellschaft zu verkaufen, zu deren Geschäftsführer er aufgestiegen war, nachdem er in Lüderitz als Streckenwärter dort angefangen hatte. Stauchs persönliches Vermögen, das vor Beginn des Ersten Weltkriegs schätzungsweise 20 Milliarden Mark betragen hatte, war in wenigen Jahren auf einen Bruchteil dessen zusammengeschrumpft. Um den Ruin abzuwenden, hatte Stauch seine große Immobilienholding, die *South West African Trust Company Limited*, abstoßen müssen, die ein Siedlungsgebiet von mehr als 150 000 Hektar besaß, und nur das Landhaus in Dordabis, einem hübschen Flecken südöstlich von Windhuk, behalten.

Ich hatte einen bedrückten Mann mit hängendem Kopf erwartet, aber dann erkannte ich, dass die Schicksalsschläge Stauchs unbeugsamen Charakter nicht hatte brechen können. Er hatte sein Talent lediglich auf andere Dinge gelenkt. Auf einem gemeinsamen Spaziergang in der Umgebung seines Hauses zeigte er mir ein undefinierbares Gerät, das er gerade erfunden hatte, eine Art Riesenventilator, der die Heuschreckenschwärme aufsaugte und zu Dünger für die Felder verarbeitete. Dann führte er mir noch voller Stolz prächtige Rosenbeete vor, die in dieser Gegend im Schatten mächtiger Eukalyptusbäume besonders gut zu gedeihen schienen.

Doch Stauchs wahre Verwandlung erkannte ich erst bei Einbruch der Dämmerung, als er mich vor dem Abendessen auf eine ausladende Terrasse im Dachgeschoss seines Hauses führte, auf der sich ein großes Teleskop befand. So geschickt, wie er es verstanden hatte, die unter dem Wüstensand verborgenen Diamanten auszugraben, bediente Stauch nun die Kurbeln des mächtigen Fernglases, um mir Planeten und Sternbilder zu zeigen, wobei er jeden Himmelskörper in dem Gewirr des Himmelszeltes über uns sicher zuordnen konnte.

Oft hatte ich die glasklare Schönheit des nächtlichen Firmaments in Südwestafrika bewundert, wo die trockene Atmosphäre ohne Luftverschmutzung astronomische Beobachtungen besonders begünstigt; doch nun gesellte sich erstmals zum ästhetischen noch der geistige Genuss, etwas mehr über dieses unendliche Weltall zu erfahren.

Dadurch ermutigt, dass ich mich von seiner Begeisterung anstecken ließ, führte Stauch mich in sein Arbeitszimmer, wo er mir das voluminöse Manuskript einer philosophisch-wissenschaftlichen Abhandlung mit dem ehrgeizigen Titel »Die Widerlegung der einsteinschen Relativitätstheorie und die Lösung der Energie- und Lichtprobleme« zeigte.

In Abwesenheit von Stauchs Frau Ida, die sich zu dem Zeitpunkt in Deutschland aufhielt, aßen wir nur mit Stauchs beiden ältesten inzwischen verheirateten Kindern, Hans und Marianne, zu Abend, die ich noch aus der Zeit kannte, als sie klein gewesen waren. Mit Marianne, einer jungen, sehr attraktiven Frau und großen Amazone, unterhielt ich mich über Pferde. Mit dem klaren, ovalen Gesicht und den blonden Haaren erinnerte sie mich ein wenig an die hübsche Illa, die Frau des Farmers Franz Moser. Aber Marianne war mit einem sehr sympathischen russischen Emigranten namens Nikolai Kraffts verheiratet, der nicht der Typ Mann zu sein schien, der in einer Partie Karten mit seinem Nachbarn seine Frau verspielt.

Nach Tisch kamen die gleichen Themen auf, über die man an einem solchen Abend auch geredet hätte, als das Gebiet noch unter deutschem Schutz stand; das Problem der Trockenheit, die niedrigen Preise beim Viehverkauf und die ewige Rivalität zwischen den deutschen und den burischen Farmern. Damals wurde im Parlament von Windhuk – dem Stauch weiterhin angehörte – über die Wiedereingliederung von etwa dreitausend burischen Farmern aus Angola debattiert, die die südafrikanische Regierung in der Gegend von Gobabis ansiedeln wollte. Doch die meisten deutschstämmigen Siedler wehrten sich dagegen mit dem Argument, sie würden nur die ansteckenden Viehkrankheiten ins Gebiet einschleppen. Stauch befand sich in einer heiklen Lage, da er sich einerseits verpflichtet fühlte, sich für die Rechte seiner deutschen Landsleute einzusetzen, andererseits aber einen Interessenskonflikt mit den neuen südafrikanischen Siedlern vermeiden wollte, die von der jetzigen Regierung unterstützt wurden.

Als ich mich auf mein Zimmer zurückzog und die Augen schloss, tauchte vor mir wieder das Bild des glitzernden Firmaments auf. Dabei ging mir durch den Kopf, dass Stauchs innovativer Geist seine Leidenschaft für die Bewegungen der Dünen und des Windes in der Wüste, von denen er mir einst in seiner Hütte in Grassplatz erzählt hatte, durch die Erforschung der Sterne ersetzt hatte. Und wahrscheinlich war es sogar ein Gewinn gewesen, als er die überall im Sand verteilten glitzernden Kiesel, die er gefunden hatte, gegen die viel ferneren und rätselhafteren Himmelskörper getauscht hatte. Wie mir Hansheinrich an dem Abend gesagt hatte, als er mit leeren Händen von seiner letzten Reise auf der Suche nach Diamanten zurückgekehrt war: »Nicht einmal der größte Diamant, den sie in Lüderitz gefunden haben, strahlt auch nur halb so hell wie der Unscheinbarste unter all den Sternen.«

Zum ersten Mal kam mir der Gedanke, dass Stauch und mein Mann, so unterschiedlich sie in vielem auch waren – vor allem hinsichtlich ihrer Tugenden und Laster –, etwas Wesentliches gemeinsam hatten: die Fähigkeit, sich für eine Idee oder ein Projekt zu begeistern, ohne sich darum zu scheren, ob die anderen sie für verrückt oder exzentrisch hielten. Und obwohl sie unterschiedliche Ziele verfolgten, war ihnen die persönliche Zufriedenheit wichtiger als die materiellen Güter, die ihnen ihr Erfolg bescherte.

Jahre nach meinem Besuch erfuhr ich, dass Stauchs Finanzimperium langsam, aber unabwendbar weiter einbrach wie die Spitze einer Düne. Man erzählte mir, als Stauch alles habe aufgeben müssen, einschließlich des Landhauses in Dordabis, habe er seiner jüngeren Tochter Kathe gesagt: »Glaub nicht, es machte mir was aus, so arm zu sein. Ich bedaure nur, dass es die Familie grämen könnte, denn letztlich hat deine Mutter nichts als einen einfachen Bahnangestellten geheiratet.« Gegen Ende des Zweiten Weltkriegs starb Stauch in einem Krankenhaus in Eisenbach, in der Nähe seines Geburtsortes, in den Armen seiner jüngsten Tochter an Krebs. Es heißt, als man ihm die Taschen leerte, habe man nicht mehr als zwei Mark fünfzig bei ihm gefunden.

Die neue Besitzerin

Um mir die bittere Pille eines Besuchs im Schloss zu ersparen, hatte ich die neue Besitzerin von Duwisib ins Hotel Maltahöhe gebeten, das immer noch das einzige in der Stadt war und noch so aussah, wie ich es in Erinnerung hatte, obwohl es auch den Besitzer gewechselt hatte. Als der neue Hotelier, ein Schotte namens Dick Fender, erfuhr, dass ich Frau Murrmann erwartete, fühlte er sich bemüßigt, mich auf den neuesten Stand der Geschichte von Duwisib zu bringen.

»Schade, dass Frau Murrmann Sie nicht ins Schloss eingeladen hat«, bemerkte Fender, ohne im Entferntesten zu ahnen, wer ich war (auch aus meiner Unterschrift im Hotelbuch konnte er es nicht entnehmen), »denn es ist das interessanteste Gebäude nicht nur dieser Gegend hier, sondern wahrscheinlich im ganzen Land. Ein Hauptmann der Schutztruppe namens Baron von Wolf hat es mit dem Geld seiner Frau gebaut, einer reichen nordamerikanischen Erbin, die Pferde liebte.«

Ich war nahe dran, meine wahre Identität zu lüften, um zu vermeiden, dass der Mann mir etwas Unangenehmes sagte; doch dann dachte ich, ich dürfte mir die Gelegenheit nicht entgehen lassen zu erfahren, was man sich in der Gegend nach all den Jahren der Abwesenheit so über uns erzählte, und ließ ihn fortfahren.

»Der Baron war ein stattlicher, gut aussehender Mann, aber es fehlte ihm der Schneid, als er sich im Krieg gegen die Aufständischen von einer Horde blutrünstiger Eingeborenen umzingelt sah, und er zog sich lieber vom Schlachtfeld zurück, wobei er dem Feind ein Geschütz überließ. Ihnen ist ja wohl klar, dass so etwas mitten im Kampf als schwerer Verstoß gilt, weshalb er auch vors Kriegsgericht kam. Aber von Wolf wusste, dass die Heeresleitung hinter ihm stand, und war ganz schön gerissen. Angeblich hat er vor den Mitgliedern des Militärgerichts ausgesagt, dass er das Geschütz verloren habe, könne an einer erblichen Veranlagung liegen, da bereits seinem Vater im Deutsch-Französischen Krieg von 1870 mehrere Artilleriegeschütze abhanden gekommen seien, was ihn nicht daran gehindert habe, bis zum Brigadegeneral aufzusteigen.«

Obwohl ich mir den Unsinn lieber nicht länger angehört hätte, wollte ich diesem Schwachkopf meine Identität nicht preisgeben, aber gehen konnte ich auch nicht, da jeden Moment Frau Murrmann eintreffen würde. Also musste ich sein Geschwafel weiter ertragen.

»Es heißt, als seine Frau nach Amerika reisen musste, um sich um ihr Vermögen zu kümmern, sei dem Baron in seinem Schloss ein wenig die Decke auf den Kopf gefallen, weshalb er in der Kutsche im Galopp davongeprescht und eine weite Strecke quer durch die staubige Steppe gerast sei. Sobald er dann in der Hotelbar eintraf, habe er, um sich abzureagieren und die Langeweile von der monotonen Fahrt abzuschütteln, als Erstes den Revolver gezogen und mit gezielten Schüssen mehrere Flaschen aus dem Regal geschossen. Wenn er sehr unausgeglichen war, soll er auch auf die Lampe gezielt haben. Und sehen Sie, die Einschusslöcher in der Decke kann man noch heute erkennen.« Mit einem vertraulichen Augenzwinkern fügte er noch hinzu: »Wir haben die Spuren extra nicht entfernt, um etwas von dem romantischen Flair dieses Gebäudes zu erhalten.«

Fender hatte auf ein paar kleine, im Laufe der Zeit schon schwarz gewordene Löcher gezeigt, die ebenso gut Einschusslöcher wie Termitennester hätten sein können. Aber dann fiel mir die seltsame Rechnung vom Hotel Maltahöhe ein, die mir der Verwalter von Duwisib kurz vor meiner Europareise gezeigt hatte, und dachte, dass Fender in dem Fall sogar recht haben mochte, denn die Rechnung konnte mit dem Schadensersatz für diese Verwüstungen zu tun gehabt haben. Als mein Gesprächspartner merkte, dass er mein Interesse geweckt hatte, fuhr er fort:

»Allerdings beglich der Hauptmann dann auch brav seine Rechnungen, mit dem Geld seiner Frau, versteht sich. Obwohl seine eigentliche Leidenschaft, wenn ich recht verstanden habe, das Glücksspiel war. Der ehemalige Hotelbesitzer hat mir erzählt, er habe mit eigenen Augen gesehen, wie der Hauptmann genau an dem Tisch, an dem Sie gerade sitzen, Tausende von Mark in einem einzigen Spiel verwettet habe.« Und in verschwörerischem Ton fuhr er leise fort: »Man erzählt sich, einmal, als er sehr viel Geld verloren habe, sei der Baron sogar so weit gegangen, seine eigene Frau zu verwetten; obwohl ich nie erfahren habe, ob der andere Spieler seinen Gewinn dann tatsächlich eingefordert hat ...«

Der Hotelier nahm sich heraus, den Satz mit einem Kichern zu beenden. Ich hätte eigentlich wütend darüber werden müssen, dass man uns zu den Akteuren jenes makabren Vorfalls gemacht hatte, aber es half mir zu verstehen, dass die lokale Gerüchteküche der Gegend seit dem Schlossbau uns alle diese skurrilen Anekdoten andichtete. Glücklicherweise betrat Frau Murrmann in diesem Moment die Hotelhalle und ersparte mir weiteres Geschwätz des Hoteliers.

Die neue Besitzerin von Duwisib war mit einem reichen schwedischen Industriellen verheiratet, dem die Ärzte das trockene südwestafrikanische Klima empfohlen hatten, um sich von einer schweren, durch das feuchte Klima Stockholms noch verschlimmerten Atemwegserkrankung zu erholen. Frau Murrmann hatte ein vornehmes Auftreten und war mir vom ersten Augenblick an sehr sympathisch.

»Frau Humphreys, Sie wissen ja gar nicht, wie sehr ich mich

freue, Sie persönlich kennenlernen zu dürfen«, sagte Frau Murrmann, wobei sie mir in einer sehr unschwedischen Anwandlung die Arme entgegenstreckte, »denn seit wir im Schloss leben, muss ich fast täglich an Sie denken. Ich kann mir vorstellen, wie schwer es Ihnen gefallen sein muss, dieses herrliche Anwesen zu verlassen, und ich fange an zu verstehen, welche Mühen es Sie sicher gekostet hat, diesen Komplex mitten in der Wüste zu errichten. Vielleicht tröstet es Sie ja, dass wir aufgrund der gesundheitlichen Probleme meines Mannes auch ein Haus aufgeben mussten, das wir gerade erst in der Nähe von Göteborg gebaut hatten.«

Es stand noch eine kleine Summe des Betrags aus, der in dem von Lüttichau unterschriebenen Kaufvertrag vereinbart worden war und den mir Frau Murrmann jetzt ordnungsgemäß übergab. Dafür sagte ich ihr, sie könne den noch nicht erstatteten Restbetrag von den Schadensersatzzahlungen für die von britischen Besatzungstruppen während des Krieges beschlagnahmten Güter und Viehbestände behalten, in der Annahme, dass die Murrmanns dieses Geld problemlos von der neuen Regierung erhalten würden.

Blieb nur noch die Bewertung des Mobiliars, das im Preis des Kaufvertrags nicht inbegriffen war. Als Frau Murrmann mich fragte, ob es irgendeinen persönlichen Gegenstand oder ein Möbelstück gebe, an dem ich besonders hinge und das ich nicht verkaufen wolle, war mein erster Impuls zu sagen »Alles!«, denn alle Möbel, Teppiche und Bilder waren mit viel Enthusiasmus erworben und nach unzähligen Odysseen ins Schloss gebracht worden und hatten daher für mich einen weit höheren ideellen Wert als den rein materiellen. Aber da es unmöglich gewesen wäre, Frau Murrmann meine Gefühle zu erklären, beschloss ich, nichts zu behalten und alles für eine symbolische Summe abzugeben in der Hoffnung, dass sie den Wert dieses Geschenks zu schätzen wussten. Ich bemerkte, wie Frau Murrmann fast die Tränen kamen, als sie hörte, dass ich keinen einzigen Gegenstand aus dem Schoss mitnehmen wollte.

»Diese Möbel wurden für Duwisib erworben, und dort sollen sie auch bleiben«, sagte ich.

Als ich jedoch das Thema anschnitt, das mir am meisten Sorge bereitete, nämlich was aus den Pferden geworden sei, war sie wieder ganz die kühle Schwedin. Ich sagte, mir sei zu Ohren gekommen, dass die Pferde nicht mehr in der Gegend von Duwisib weideten und die Pferdeställe nun von anderen Tieren besetzt seien, woraufhin meine Gesprächspartnerin ganz nervös wurde und die Hände rang. Ich dachte, wenn ich weiter nachbohrte, würde sie gleich in Tränen ausbrechen.

Am Ende gestand mir Frau Murrmann, während einer ihrer Reisen nach Südafrika, wo sie und ihr Mann vor dem Kauf von Duwisib zeitweilig gelebt hätten, habe der Farmverwalter die Pferde verschwinden lassen und durch eine große Herde von Karakulschafen ersetzt. Anscheinend hatten sie und ihr Mann einige Verständigungsprobleme mit dem Verwalter, der Bure war und nicht sonderlich gut Englisch sprach, weshalb sie nicht recht herausfinden konnten, was genau der Mann während ihrer Abwesenheit mit den Pferden gemacht hatte. Ich sah ein, dass sie mir nicht mehr darüber sagen konnte, wenn sie selbst keine befriedigende Auskunft von ihren Angestellten über den Vorfall bekommen hatte.

Um ihr schlechtes Gewissen zu beruhigen, hatte Frau Murrmann mir das Gläserset von Napoleon mitgebracht, das Hansheinrich auf der Auktion in Gottop erworben hatte. Diese Gläserkollektion war während der Zeit der Alliierten von einem britischen Offizier entwendet worden und schließlich in einem Antiquariat in Kapstadt gelandet, wo die Murrmanns es entdeckt und zurückgekauft hatten, als sie auf dem Schildchen lasen, dass es von Schloss Duwisib stammte. Ich willigte ein, es als Andenken zu behalten, obwohl es nicht leicht zu transportieren war für jemanden, der noch viele Kilometer auf unebenen Pisten vor sich hatte.

Nachdem Frau Murrmann gegangen war, fragte ich den geschwätzigen Hotelbesitzer, der ja über alles, was sich in der Gegend ereignete, auf dem Laufenden zu sein schien, ob er wisse, wo die Pferde von Duwisib abgeblieben seien. Erst da dämmerte es dem klatschsüchtigen Dick Fender allmählich, dass ich vielleicht etwas mit dem Schloss zu tun haben könnte, was seinen vorherigen Wortschwall leider zu bremsen schien, denn er reagierte nur mit einem Achselzucken.

»Als ich nach dem Krieg nach Maltahöhe kam, waren die Pferde von Duwisib in aller Munde. Tagsüber sah man sie durchs Tal bei Schloss Duwisib galoppieren, und nachts wurden sie in die herrlichen Pferdeställe neben den Unterkünften der Angestellten gesperrt. Doch eines schönen Tages, quasi über Nacht, waren sie von dort verschwunden.«

In diesem Augenblick näherte sich Orlich, der den Boys geholfen hatte, das Gepäck in den Wagen zu laden, und flüsterte mir zu:

»Sie sollten Ihre Zeit nicht mit diesem Schwachkopf vergeuden. Wir werden Ihnen schon helfen herauszufinden, was mit den Pferden geschehen ist. Ich glaube, Eleazar hat eine Idee, wohin wir uns wenden müssen, um sie zu finden.«

Von den beiden Boys, die hinten auf den Notsitzen mitfuhren, war Eleazar der dünnere und unscheinbarere, außerdem sprach er kaum Englisch. Während der Fahrt hörte man die beiden Jungen sich Geschichten erzählen und über Dinge lachen, die ich nicht verstand, aber keiner hatte es gewagt, mich anzusprechen, denn das war allein Orlichs Privileg, der mir nicht nur als Fahrer, sondern auch als Dolmetscher diente.

»Eleazar ist mit seinem Vater durch die Gegend gereist«, erklärte mir Orlich, »und er sagt, zwischen Klein Aus und Aus habe er in der Nähe der Bahngleise eine Herde wilder Pferde gesehen, die zur Wasserstelle von Garub zur Tränke geht.« In der Nama-Sprache heißt Garo-hab tatsächlich Wildpferd oder Mustang. Es konnte sich also um die Pferde von Duwisib handeln, die wild geworden und bis dorthin gelangt waren.

Pferde in der Wüste

Die Route von Maltahöhe nach Süden führte durch die Ländereien von Duwisib, und obwohl ich mein Haus lieber nicht wiedergesehen hätte, blieb mir keine andere Wahl, als an dem Hügel vorbeizufahren, auf dem sich das Schloss erhob. Als wir die Wegbiegung erreichten, die ins Tal mündete, wollte ich die Augen schließen, denn in wenigen Minuten würden wir an dem Schloss vorbeikommen, aber das hätte nichts genützt, denn ich trug den Anblick von Duwisib in mir.

Wie Hansheinrich an dem Abend seiner Rückkehr von der letzten Wüstenexpedition auf Diamantensuche gesagt hatte: »Während ein Edelstein nur zu bestimmten Gelegenheiten funkelt, wird das Schloss, das wir errichten, zu jeder Stunde unter dem Sternenhimmel zu sehen sein und denen, die sich in der Wüste verirren, als Leuchtturm dienen.« Wie oft hatte ich gedacht, eines Tages, wenn Hansheinrich und ich nicht mehr wären, würden fremde Durchreisende sich fragen, wer nur auf die Idee gekommen sei, mitten im Nirgendwo dieses Gebäude zu errichten. Was ich damals nicht hatte ahnen können, war, dass ich eines Tages selbst einmal als Fremde, ohne anzuhalten, an der Abbiegung vorbeifahren würde, die den Hang hinaufführte.

Äußerlich hatte sich das Schloss nicht im Geringsten verändert, aber die Vegetation um den Fluss herum war gewaltig gewachsen, vielleicht weil weniger Tiere im Tal weideten und Dornengebüsch und Unkraut das Grundstück wieder überwuchert hatten, das wir für den Bau der Missionskirche vorbereitet hatten, von dessen ersten Anzeichen kaum noch eine Spur zu sehen war. Doch am Wegesrand stapelten sich noch die Ziegelsteinhaufen, die wir für die Bauarbeiten herangeschafft hatten, bevor wir unsere Europareise antraten, denn niemand hatte sich die Mühe gemacht, sie in Gebrauch zu nehmen.

Als wir das Tal des ausgetrockneten Flusses passierten, hätte ich

Orlich unter irgendeinem Vorwand sagen können, er solle anhalten, damit ich mich zu der Stelle im Dickicht begeben konnte, wo ich mich immer mit Jakob Marengos Geist getroffen hatte. Aber ich war mir sicher, dass er sich längst einen anderen Ort gesucht hatte, wo andere Menschen sein Andenken pflegten.

Da ich genau wusste, wie lange es dauerte, mit der Pferdekutsche bis Aus zu fahren, konnte ich mir ausrechnen, wie lange wir für die Strecke im Wagen brauchen würden. Es wurde schon Abend, als wir Duwisib passierten, und ich sagte Orlich, wir könnten doch die ganze Nacht durchfahren, um morgens die Wasserstelle von Garub zu erreichen. Mir war aufgefallen, dass Orlich nachts besser fuhr als bei Tag, denn wenn die Sonne auf die Piste prallte, kam seine verletzte Pupille schlecht mit dem funkelnden Sand zurecht. Doch sobald es dunkel wurde, folgte der Chauffeur problemlos und präzise der Fahrspur, und das sogar ohne Scheinwerfer, denn wir wollten die großen Antilopen nicht anlocken.

Wahrscheinlich hatten die nächtlichen Märsche, die Orlich im Krieg hatte bewältigen müssen, seinen Orientierungssinn im Dunkeln geschärft. Wenn das Leben eines Soldaten davon abhängt, dass er sich lautlos in Feindesland bewegt, um nicht entdeckt zu werden, entwickelt er Fähigkeiten, die auch im Normalzustand latent weiter bestehen. Bei Sonnenuntergang steuerte Orlich den Wagen mit absoluter Sicherheit, so als helfe ihm ein innerer Kompass, die Kurven zu nehmen, ohne mit den Rädern an die steinigen Straßengräben zu schrammen.

Noch vor Morgengrauen erreichten wir die Kreuzung der Küstenstraße, wo wir nach links einbogen und die Abbiegung, die rechter Hand nach Lüderitz führte, hinter uns ließen. Der schwarze Boy Eleazar, der die meiste Zeit während der Fahrt friedlich auf seiner unbequemen Hinterbank schlief, wachte gerade rechtzeitig auf, um einen kleinen steinernen Wegweiser zu entdecken, der den von der Straße nach Aub abzweigenden Schotterweg zur Wasserstelle von Garub anzeigte.

Für den Fall, dass die Wildpferde zum Schlafen in der Nähe des Wasserlochs geblieben sein sollten, hielten wir in ein paar Kilometern Entfernung an, schalteten den Motor ab und nutzten die Zeit bis zur Morgendämmerung, um, in Decken eingewickelt, ein kleines Nickerchen zu halten. Ich wollte nicht, dass sie zum Kaffeekochen Feuer machten, damit der Rauch die Mustangs nicht vertrieb. Kurz bevor der Morgen anbrach, spürte ich, wie Orlich mich an der Schulter berührte und flüsterte:

»Ich glaube, ich kann die Bewegung von Tieren hören, aber vor allem rieche ich sie.«

Und tatsächlich, die Morgenbrise wehte den Duft der Herde herüber, den Geruch nach verschwitztem Haar und Mist, der mich erschaudern ließ. Vorsichtig stiegen wir aus dem Wagen, um bloß keinen Krach zu machen, und krochen durch den Sand, bis wir eine kleine Dünenanhöhe erreichten, von der aus wir den matten Glanz eines kleinen, von dürrem Gebüsch umstandenen Tümpels mehr erahnen als sehen konnten. Sobald sich der Horizont lichtete, kamen die Steppenhühner aus allen Himmelsrichtungen zusammen und binnen kurzem kreisten Dutzende dieser Vögel über unseren Köpfen und erfüllten den noch bleigrauen Himmel mit ihrem kehligen Krächzen: »Ga-ga-ga!«

Als der erste Sonnenstrahl schräg auf den Tümpel fiel und die Dünenkuppen in zartes Rosa tauchte, hörten wir ein mir wohlvertrautes Getrappel.

»Da kommen sie!«, flüsterte Orlich. »Drückt euch flach in den Sand.«

Das Trappeln ihrer unbeschlagenen Hufe ließ den Boden erzittern, noch bevor wir jenseits des Tales den Leithengst, der die Herde anführte, über den Dünen auftauchen sahen. Die Sonne im Rücken, hielt das Pferd einen Moment auf dem Sandhügel inne, der die Senke beherrschte, und spähte mit in den Wind gereckten Nüstern, vorgeneigtem Hals und aufgestellten Ohren in alle Richtungen, ein Verhalten, das eher einem wilden als einem zahmen Tier entsprach.

Als er mit gestrecktem Hals den Kopf in den Sand senkte, um der Herde anzuzeigen, dass alles ruhig sei, begann der Ansturm. Die Nase platt am Boden aus Furcht, ein Wechsel der Windrichtung könnte unsere Anwesenheit verraten, sah ich, wie die Herde auf der Anhöhe erschien und dann in Richtung Wasser losstürmte. Ihre Hufe ließen den Boden erzittern, doch das Echo ihres Galopps spürte ich im Herzen.

Orlich, der als echter Soldat immer perfekt ausgerüstet war, reichte mir sein Fernglas, durch das ich die Pferde beobachtete, die an dem brackigen Wasserloch tranken. Doch als ich sie durch die Vergrößerungsgläser sah, dachte ich für einen Moment, wir hätten uns geirrt. Keines dieser Tiere mit dem zottigen Fell und den aufgeblähten Bäuchen wies die typischen Merkmale eines Rassepferdes auf. Wo war das samtig weiche Deckhaar der Hackney-Rasse geblieben, die seidige Mähne der Trakehner oder die zarten Gliedmaßen und der kleine Kopf der Araber? Erst nach einer Weile fiel mir ein, dass seit meiner Abreise aus Duwisib viel Zeit vergangen war und diese Pferde nicht die waren, die ich zurückgelassen hatte, sondern deren Kinder und Kindeskinder. Wahrscheinlich hatte die Herde einen Anpassungsprozess durchlaufen, um den harten Bedingungen der Wüste gewachsen zu sein.

Als ich mich auf die Stuten konzentrierte, die mir am ältesten schienen, stellte ich fest, dass die Beine einer der Stuten bis zu den Knien weiß und schwarz gefärbt waren. Mein Herz fing aufgeregt an zu schlagen, als ich das Glas zum Gesicht des Tieres hob und fand, was ich suchte: einen Stern, der von der Stirn fast bis zu den Nüstern hinabreichte. Das war die Queen of Duwisib! Ich hätte sie nie erkannt, wenn ich mich nicht an diese Merkmale erinnert hätte, denn das Tier wirkte älter, als es sein konnte. Sein Rücken war von Staub und Schwären übersät, in der linken Flanke leuchtete eine Schrunde, wo die Haut nicht nachgewachsen war: sicherlich die Folgen eines Leoparden- oder Hyänenbisses. Je näher sie der Tränke kamen, desto mehr Veteranen der Herde erkannte ich wieder.

Ich konnte meine Erregung kaum bezähmen, als ich merkte, dass mein Gestüt es geschafft hatte, alle Katastrophen zu überleben, und zu seinen Wurzeln in der Wüste zurückgekehrt war. Ich wusste, dass die Herde nicht lange am Wasser bleiben würde, weshalb ich riskierte, sie zu verjagen, indem ich aufstand, um mich ganz vorsichtig der Tränke zu nähern. Als sie mich über die Düne kommen sahen, drehten sich die meisten Pferde rasch um und zogen sich vom Wasser zurück. Doch die Mutigsten oder Neugierigsten blieben und belauerten mich mit glänzenden Augen und angelegten Ohren, bereit, beim kleinsten Anzeichen von Gefahr das Weite zu suchen. Unter ihnen befand sich die Queen of Duwisib und ihr Nachwuchs, ein wenige Monate altes Fohlen, das noch hin und wieder den Kopf unter den Bauch seiner Mutter steckte. Als sich bereits alle anderen Stuten wieder bei der Herde befanden, die sich zu der Dünenkette zurückgezogen hatte, standen die alte Stute und ihr Fohlen noch am Tümpel, und ich näherte mich langsam bis auf eine Entfernung von etwa drei Metern.

Da stakste das Fohlen auf mich zu und blickte mich mit seinen dunklen runden Augen an, so nah, dass ich es fast hätte streicheln können. Als es seine Neugier befriedigt hatte, knickte es leise wiehernd die Beinchen, drehte sich mit einer unglaublichen Anmut um und trottete zu seiner Mutter zurück, die auf es wartete, um sich dann der restlichen Herde anzuschließen.

Das Auob-Tal

Unterwegs nach Keetmanshoop begegneten wir mehreren Lastwagen mit Soldaten, und an einer Stelle hielt uns die Polizei auf der Strecke an, um unsere Ausweise zu kontrollieren, ließ uns dann aber passieren, als ich ihnen meinen nordamerikanischen Pass zeigte. Als wir die Stadt erreichten, waren die Straßen wie leergefegt, obwohl wir in der Gegend um die Kaserne eine ungewöhnliche Geschäftigkeit bemerkten: Es schien so, als machten sich die Truppen bereit, bis an die Zähne bewaffnet ins Feld zu ziehen. Die Stimmung war ähnlich wie an dem Tag, als wir von Voigtsgrund nach Maltahöhe gekommen waren, nachdem sich die Nachricht von Jakob Marengos Flucht verbreitet hatte.

Bei der Mission von Keetmanshoop trafen wir auf einen äußerst nervösen und besorgten Pater Klemann, obwohl er uns zu verstehen gab, dass er sich, soweit die Umstände es erlaubten, sehr freue, uns zu sehen. Er erklärte uns, die unruhigen Truppenbewegungen hätten mit dem Aufstand der Bondelswart in der Gegend von Warmbad zu tun, weshalb aus allen Garnisonen der Region Soldaten in den Süden gesandt würden, um die Rebellion niederzuschlagen. Klemann packte gerade seine Sachen, um in die katholische Mission von Warmbad zu reisen, da viele Bondelswart zu ihren Gläubigen gehörten. Wie der Pater uns erzählte, diente der Präfekt Krolikowski, derselbe, der uns bei der Eröffnung der Mission in Duwisib geholfen hatte, als Vermittler zwischen der Mandatsverwaltung und den Anführern der Aufständischen, so wie es Malinowski damals während Marengos Erhebung getan hatte.

Die Bondelswart waren einer der ersten Stämme des Südens gewesen, die gegen das Joch der Deutschen aufbegehrt hatten in einer Erhebung, an der bereits Jakob Marengo beteiligt gewesen war, gleichzeitig mit dem Herero-Aufstand, weshalb die Schutztruppe rasch mit ihnen Frieden geschlossen hatte, um der Rebellion im Norden zu begegnen. Als sich später nach Hendrik Witboois Tod auch die Nama erhoben, überquerten mehrere Anführer der Bondelswart, so etwa Jacob Christian und Abraham Morris, die Grenze des Oranje-Flusses und blieben noch bis nach Beendigung des Ersten Weltkriegs auf britischem Gebiet. Da sie im Krieg auf Seiten der Engländer gekämpft hatten, vertrauten Abraham Morris und andere Bondelswart-Kapitäne darauf, dass ihre Lage sich mit der neuen Verwaltung bessern würde, und träumten sogar davon, ihre

Gebiete und das Vieh, das die Deutschen ihnen genommen hatten, wiederzuerlangen. Doch als sie sahen, dass sich mit den neuen Kolonialherren gar nichts änderte, fühlten sie sich getäuscht und weigerten sich, wieder unter den alten miserablen Bedingungen zu arbeiten.

Laut Pater Klemann war eine Steuer zwischen ein und zehn Pfund Sterling, die die neue Kolonialverwaltung auf Hunde erhob, der Tropfen, der das Fass zum Überlaufen gebracht hatte, eine astronomische Summe für jene armen Menschen, die sich ihren Lebensunterhalt mit der Jagd und der Viehzucht verdienen mussten. Ein weiteres Ärgernis war, dass die Eingeborenen jedes Mal, wenn sie das Brandeisen zur Kennzeichnung ihres Viehs benutzten, eine Abgabe zahlen sollten. Die letzten Nachrichten, die die Mission erreichten, während wir uns dort aufhielten, lauteten, Krolikowskis Vermittlungsversuche seien erfolglos geblieben und die angespannte Lage zwischen den Machthabern und den Unzufriedenen drohe zu eskalieren.

Offensichtlich hatten Abraham Morris und Jacob Christian sich mit ihren Anhängern, Frauen und Kindern, in der Zitadelle von Haib – nahe Warmbad – verschanzt und weigerten sich, mit dem englischen Regierungsvertreter zu verhandeln, ehe die Hundesteuer und die Androhung, die Anführer in Haft zu nehmen, nicht widerrufen wurden. Angesichts der Lage hatte die Regierung in Windhuk britische Unterstützung aus Südafrika angefordert, um direkt gegen die Widerständler vorzugehen, und die Truppen aus den Kasernen der Gegend zogen sich im Süden zusammen wie nach Marengos Flucht. Die Geschichte wiederholte sich.

Als ich ihm mitteilte, wir befänden uns auf dem Weg zum Auob-Tal, riet Pater Klemann uns, die Hauptstraße von Nord nach Süd, über die der Transport zur Truppenverstärkung von Windhuk aus erfolgte, möglichst zu meiden und lieber einen Umweg über Nebenstrecken in Richtung Nordost zu wählen. Der erste Teil der Reise verlief ohne Zwischenfälle, obwohl wir, um die Hauptroute zu umfahren, auf kleine, unbefestigte Pisten ausweichen mussten, was uns die Orientierung erschwerte.

Mir blieb nichts weiter übrig, als mich wieder auf Orlichs nächtliche Sicht zu verlassen in der Hoffnung, dass er sich in der Dunkelheit zurechtfinden würde. Da ich wenig tun konnte, lehnte ich mich ins Kissen zurück, das ich auf dem Vordersitz hatte, und fiel, in eine Decke gewickelt, in tiefen Schlaf. Als ich Stunden später aufwachte, begann gerade ein milchiger Schimmer den Himmel zu durchziehen. Mit einem verstohlenen Blick zum Fahrer sah ich, dass er kerzengerade dasaß, den Schwall der morgendlichen Brise einatmete und ganz langsam fuhr, um meine Ruhe nicht zu stören. Dann erst fiel mir auf, dass der Wagen kaum ruckelte und man kein Geräusch von den Reifen auf der Fahrbahn hörte, und als ich nach unten blickte, stellte ich fest, dass wir auf dem sandigen Boden eines ausgetrockneten Flussbetts fuhren.

Sobald er merkte, dass ich aufgewacht war, sagte Orlich:

»Guten Morgen, Frau von Wolf, wir befinden uns im Auob-Tal, und etwas weiter vorn werden wir an den Wasserstellen von Groß-Nabas unsere Feldflaschen auffüllen und uns das Gesicht waschen können.«

Sofort kam mir in den Sinn, was Orlich mir über die grausame Schlacht von Groß-Nabas erzählt hatte. Ich richtete mich im Sitz auf und rieb mir die Augen, um die Hänge, die sich zu beiden Seiten des Tals in der Morgendämmerung abzeichneten, besser erkennen zu können.

»Sicher haben Sie vergessen, was ich Ihnen kurz nach Ihrer Ankunft hier erzählt habe, aber wenn ich die Augen schließe, habe ich immer noch das Gefühl, den Staub und den Gestank nach Urin und verfaultem Fleisch von den verendeten Pferden zu riechen, hinter deren Gerippe wir uns flüchten mussten, um nicht von den Kugeln der verschanzten Rebellen durchsiebt zu werden. Mir klingen noch die Schmerzensschreie der verdurstenden Verwundeten in den Ohren. Schauen Sie, jetzt fängt es auf der Anhöhe dort an hell zu werden. Sehen Sie, wie die Felssteine der Festungen leuchten, die die Hottentotten dort errichtet haben?«

So sehr ich auch in die angezeigte Richtung Ausschau hielt, ich konnte nichts erkennen und vermutete, dass auch Orlich die Schanzen nicht sah, sondern die Einzelheiten der Zerklüftung jenes Tals und die Glimmerfelsen, die ihn geblendet hatten, wenn er schießen wollte, sich vielmehr in sein Gedächtnis eingegraben hatten; ebenso wie er das Krachen der Granaten, das Getrappel der Pferde und das Röcheln der Sterbenden noch im Ohr hatte. Da wurde mir klar, dass weder das Mondlicht noch der Stand der Sterne den Fahrer durch das nächtliche Gewirr von Sandpisten und engen Stegen geleitet hatte, sondern der innere Kompass seiner Erinnerungen.

»Orlich, ich würde gerne aussteigen, um mir ein wenig die Beine zu vertreten. Ich möchte den Sonnenaufgang von der Anhöhe eines dieser Vorsprünge aus sehen«, sagte ich, auf die Bergmassive zeigend, die sich zu beiden Seiten des Tals abzeichneten.

Während wir die steilen Hänge hinaufkletterten, begannen die Berge jenseits des Flusses in einem orangenen Schimmer zu leuchten, der den Kupferton des Geländes noch verstärkte. Als das Licht später auf die Gipfel der Abhänge fiel, konnte ich die kreisförmigen, mit aus Lehm und Zweigen verfugtem Geröllstein errichteten Verschanzungen erkennen. Der Gedanke, dass diese Aufständischen die deutsche Artillerie von diesen mickrigen Befestigungen wie Sandburgen aus herausgefordert hatten, nötigte mir ehrlichen Respekt ab.

Auch das Kriegsgeschrei der Nama – Schambock! Schambock! – hallte mir in den Ohren mit ihrer falschen Aussprache des Namens der Nashornlederpeitsche, mit der die weißen Herren ihre Angestellten schlugen. Orlich hätte es unerhört gefunden, dass ich Sympathie für die Rebellen empfand, nachdem viele seiner Kameraden womöglich unter den Akazien begraben lagen, die von den Wällen aus zu sehen waren.

Von der Anhöhe aus hatte man einen herrlichen Blick über das versandete Flussbett gen Norden, wo es sich hufeisenförmig ausbreitete, und an der schmalsten Stelle zur Schlucht hin, wo die Wasserstellen lagen. Orlich hatte mir bereits erklärt, dass die Hufeisenform des Flusstals in diesem Fall kein Glück gebracht hatte. Und wie von Siegler im Hotel Kaiserkrone erzählt hatte, wäre der Schutztruppe das Schlimmste erspart geblieben, hätte der Prophet Stürmann Witbooi nicht eine falsche Meldung überbracht, was eine falsche Truppenbewegung der Aufständischen zur Folge hatte, während die Nama von ihren Verschanzungen aus den Zugang zu den Wasserstellen kontrollierten und die Soldaten unten in der Falle saßen.

Was wäre geschehen, hätte Witbooi in Groß-Nabas einen niederschmetternden Sieg errungen, indem er seine Kämpfer mit denen Simon Koppers im Osten und denen Marengos im Süden vereinte? Möglicherweise hätte sich das Hufeisen von Groß-Nabas dann als Fangeisen für die gesamte Schutztruppe erwiesen.

Ich war überrascht, dass diese wichtige Schlacht so wenige Spuren hinterlassen hatte. Abgesehen von den Schutzwällen aus Stein und Lehm, die genauso gut von einer Pfadfindergruppe hätten stammen können, die dort oben ihr Camp errichtet hatte, war nichts Außergewöhnliches zu sehen. Weder waren die großen Steinmonolithen in der Nähe des Flussbetts durch Mörsereinschläge zerstört, noch war die Rinde der dornigen Akazien angesengt. Nicht einmal Patronenhülsen von Gewehren oder Maschinengewehren waren zu finden; wahrscheinlich hatten die Einheimischen sie aufgesammelt, um damit ihre Ketten zu schmücken oder sie zu Gürtelschnallen zu verarbeiten.

Zwangsläufig verglich ich das Szenario dieser Schlacht mit dem, was ich im europäischen Krieg gesehen hatte, als ich Hansheinrich nach seiner ersten Verwundung im Feldlazarett besuchte, und ein anderes Mal, als man ihm einen einwöchigen Kurzurlaub in einer halb zerbombten Kleinstadt kurz vor der Somme-Schlacht gewährt hatte. Die idyllische französische Ackerlandschaft war verwüstet, Kirchen und Steinhäuser lagen in Trümmern, und fruchtbare Gärten ertranken in einer ekelerregenden Brühe aus Schlamm und Senfgas. Ich hatte auch die Verstümmelungen an menschlichen Leibern durch moderne Geschosse gesehen, während ich als Sanitätsschwester in den Lazaretten der Nachhut arbeitete.

So hart das Gefecht bei Groß-Nabas auch gewesen sein mochte, kam es mir trotz des quälenden Durstes und der psychischen Leiden der Soldaten noch vergleichsweise harmlos vor. Erst als die Mündungen der riesigen Geschütze losdonnerten, als die Männer in Fetzen gerissen oder bei lebendigem Leib durch die Gasbomben mumifiziert wurden, zeigte sich das wahre Inferno des Krieges. Auch war die zerstörerische Kraft einer Elefantenherde, die ich auf einer Insel des Okawango-Flusses erlebt hatte, wo die Dickhäuter die gesamte Vegetation mit Stumpf und Stiel ausgemerzt hatten, nichts im Vergleich zu dem, was die Menschen im Krieg angerichtet hatten.

Vielleicht war der Krieg in Europa ja eine Rache der Natur gegen die westliche Zivilisation, die in den Kolonien Urwälder ausgerottet hatte, um Kautschuk und Kakao anzupflanzen, und unberührte Wüsten wie die Namib entweiht hatte, um Bodenschätze und Diamanten zu gewinnen. Als Buße für diese Sünden mussten wir Europäer mit ansehen, wie unsere eigenen Wälder und Äcker nun durch den Krieg niedergemacht wurden.

Der Duft nach gebratenem Speck, der von dem Feuer herüberdrang, das Rabae und Eleazar in der Nähe der Wasserstelle mit Hilfe von aufgehäuften Akazienzweigen und Holzscheiten entfacht hatten, holte mich in die angenehme Gegenwart eines noch frischen Morgens im Tal des Auob-Flusses zurück. Im gesamten versandeten Flussbett erschallte das kehlige Gekrächze der Steppenhühner, und auf einem Dünenkamm erschien eine Oryxherde und reckte, als sie sah, dass wir die Tränke besetzt hielten, ihre langen, gekrümmten Hörner wie Fragezeichen in den Himmel.

Vielleicht hob ich mir unbewusst meine Gefühle für den Moment auf, wenn ich den Schauplatz des Gemetzels von Kowes zu sehen bekommen würde, der ebenfalls am Auob-Fluss lag. Dorthin brachen wir zu einem kleinen Abstecher nach Süden auf, als wir mit dem Frühstück fertig waren.

Die Schlucht von Kowes

Das Auob-Flusstal wies mit zahlreichen Wasserlachen und den blühenden Akazien, Oleanderbüschen und Korbweiden noch Spuren der gerade zu Ende gegangenen Regenzeit auf, und wenn die Autoreifen über einen Busch fuhren, füllte sich das ganze Wäldchen mit einem herbsüßen Duft, ein wahres Geschenk für die Sinne.

Während die Felsberge mit ihrer imposanten Höhe und das enge hufeisenförmige Flusstal von Groß-Nabas einen finsteren Anblick boten, hätte in der Schlucht von Kowes nichts vermuten lassen, dass dieser Ort einst als tödliche Falle auserkoren war. Weder die malerische Einkerbung des trockenen, von einem dichten Akazienwäldchen und Oleandersträuchern umgebenen Flusslaufs noch der sanfte Anstieg der nur hie und da von Büschen gesprenkelten Hänge zu beiden Ufern ließen vermuten, dass sich dort das verheerende Scharmützel zwischen der Patrouille unter Hansheinrich und der Bande von Simon Kopper ereignet hatte.

Ich dachte, dass nur ein sehr unbesonnener Offizier sich in einer so offenen und wenig für eine Umzingelung geeigneten Stelle einkreisen lassen würde, obwohl ich mich ob dieses für meinen Mann wenig schmeichelhaften Gedankens schämte und bemüht war, ihn sogleich mit der Idee zu korrigieren, dass Hansheinrich, wenn er sich mit seiner anfänglichen Taktik geirrt haben sollte, es doch zumindest verstanden hatte, sich rechtzeitig zurückzuziehen. Leider hatte der zeitige Rückzug in dem Fall nicht zum Sieg geführt.

Ich war ein wenig enttäuscht von der fehlenden Dramatik eines Schauplatzes, den ich mir schon so häufig in meiner Vorstellung vergegenwärtigt hatte. Weder im eingeschnittenen Flusstal noch an der östlichen Böschung, wo Koppers Männer sich vermutlich versteckt gehalten hatten, war eine Spur des Gefechts von Kowes zu erkennen. Kein Kugeleinschlag, keine Granatzünder, keine Splitter. Dafür stieß ich am westlich ansteigenden Hang auf einem kleinen Gelände, wo Orlich den Wagen unter ein paar Pappeln angehalten hatte, auf einen kleinen Friedhof leerer Bierflaschen und Konservendosen aus der Zeit, als die Schutztruppe hier wohl gelagert hatte.

Ich musste unwillkürlich schmunzeln, als ich auf einer der rostigen Dosen das noch leserliche Etikett des berühmten Pflaumenmuses entdeckte, dessen Slogan Baerickes Freunde auf ihrer Wüstenexpedition immer skandiert hatten: »Das wäre doch gelacht, wenn Pflaumenmus keine Kräfte macht.« Auch eine Bierflasche von Hansheinrichs Lieblingsmarke fand ich mit völlig intaktem Porzellanverschluss und von der Sonne ausgeblichener Glasfarbe. Unauffällig steckte ich mir das Souvenir in die Manteltasche mit der Absicht, das Glas in München zu reinigen und die Flasche mit einer Rose zu schmücken.

Es war unbestreitbar, dass ich mich nie in jenen schmucken Artilleriehauptmann verliebt hätte, den trotz seiner aufgeräumten Erscheinung die Aura einer dunklen Vergangenheit umgab, wenn die Schlacht einen anderen Ausgang genommen hätte. Ich fand die Erkenntnis, dass alles, was in meiner Ehe mit Hansheinrich und meinem afrikanischen Experiment geschehen war, mit dieser sandigen Schlucht des Auob-Flusses zu tun hatte, wo außer den spärlichen Schlemmerresten der Soldaten kaum noch Spuren von der Schlacht geblieben waren, geradezu niederschmetternd.

Beim Anblick der Gochas-Feste, deren Umrisse sich über der Flussmulde abzeichneten, als die Sonne noch mit Macht aufs Tal prallte, beeindruckte mich die offensichtliche Ähnlichkeit zwischen der Festung und Schloss Duwisib und ich begriff, was diese Garnison für Hansheinrich bedeutet haben musste, wenn er sein eigenes Haus nach dem Vorbild dieser Feste erbaut hatte. Ich dachte, der Architekt Sander hätte wahrlich einen Orden verdient dafür, dass es ihm gelungen war, einen Festungsbau in eine wohnliche Behausung zu verwandeln.

Die Garnison von Gochas war von der neuen Regierungsverwaltung aufgelöst worden, da sie nach dem Krieg, seit beide Seiten der Kalahari zum britischen Hoheitsgebiet gehörten, diesen Grenzposten nicht mehr benötigte. Zur Bewachung des Komplexes hatten sie lediglich einen Veteranen der Schutztruppe als Amtsdiener dort gelassen, der noch den Uniformrock aus der deutschen Kolonialzeit trug.

»Feldwebel Matthias, guten Tag, wie steht's hier in der Kaserne?«

Man merkte, dass Matthias Mühe hatte, seinen alten Waffenkameraden wiederzuerkennen, doch Orlichs Stimme hatte einen unverwechselbaren Klang.

»Mein Gott, Orlich, ich muss gestehen, dass ich dich in diesem Schürferaufzug nicht auf Anhieb erkannt habe, aber deine alkoholgestählte Stimme hat dich verraten. Ich glaubte, von jemandem gehört zu haben, du seiest an der Front bei Khorab gefallen, aber es ist nicht so leicht, sich zu merken, wer von uns draufgegangen ist und wer noch, wenn auch mehr schlecht als recht, am Leben ist. Jedenfalls freu ich mich, dich in Begleitung dieser vornehmen Dame zu sehen. Ist das etwa deine Verlobte? Denn ich sehe, sie hat noch den Brautstrauß in der Hand.«

Tatsächlich hatte ich unterwegs einen Strauß wilder Blumen gepflückt, um sie auf Ernst von Sieglers Grab zu legen, doch in der Mittagsglut ließen die Blumen schon die Köpfe hängen und der Strauß sah reichlich welk aus.

»Red keinen Unsinn! Diese Dame ist die Witwe meines ehemaligen Chefs, Hauptmann von Wolf. Sie wollte die Kaserne besuchen, wo ihr Mann gedient hat, und die Schlucht von Kowes, wo er diese unglückliche Begegnung mit Simon Kopper und seinen Männern hatte.«

Dem Wächter verschlug es für einen Moment die Sprache, und als er etwas sagen wollte, durchbohrte Orlich ihn mit einem eisernen Blick aus seinem noch vorhandenen Auge und sagte warnend:

»Halt deine giftige Zunge lieber im Zaum! Weißt du überhaupt, dass Hauptmann von Wolf als Held im europäischen Krieg gefallen ist, nachdem er ganz allein ein britisches Kommando gefangen nahm?«

»So, wie ich Hauptmann von Wolf kenne, würde es mich nicht wundern, wenn er den Engländern ihre Waffen bei einer Partie Poker abgeluchst hätte! In der Zeit, als er hier war, hat er alle Offiziere der Garnison ausgenommen.«

»Sag ja nicht, ich hätte dich nicht gewarnt, den Mund zu halten …«, unterbrach Orlich ihn mit einem freundschaftlichen Klaps, »aber ich glaube, du würdest platzen, wenn du nicht wenigstens hundert Ungehörigkeiten pro Minute loswerden könntest. Du wirst es erst dann lernen, wenn du dir mal auf die Zunge beißt und dich dabei vergiftest.«

»Dürfte man mal erfahren, was euch herführt? Ich glaube, das ist der erste Besuch, den ich in diesem Loch erhalte, einmal abgesehen von dem Verwaltungsoffizier.«

»Frau von Wolf kannte einige von denen, die auf der Expedition in die Kalahari umgekommen sind, und wir haben gehört, dass man die sterblichen Überreste der Gefallenen hierher überführt hat. Könntest du uns zeigen, wo wir die Gräber finden?«

»Ich führe euch gerne zum Friedhof und zeige euch die Grabsteine, die sie mit den Namen einiger der in Seatsub Gefallenen versehen haben, aber ich sage euch gleich …«

»Kein Aber, Feldwebel Matthias! Bring uns dorthin, wo die Gräber liegen, und merk dir, dies ist weder der rechte Moment noch der passende Ort für deine üblen Scherze«, drohte Orlich dem Wächter aus Furcht, er könne noch mehr seiner frechen Sprüche loslassen.

»Na gut, wenn du es so willst, sag ich nichts mehr.«

Als wir die kleine Anhöhe erreichten, wo sich der Friedhof befand, fiel das Licht der schon tief stehenden Sonne schräg auf die Gräberreihen. An einem Ende des Soldatenfriedhofs entdeckten wir das Kreuz aus Granitstein, das Hauptmann Erckert mit dem unter seinem Namen eingravierten Datum der Schlacht von Seatsub gewidmet war. Neben dem von Erckerts gab es noch andere Grabsteine, auf denen, mit dem Abstand von wenigen Tagen, weitere Namen standen, von denen ich annahm, dass es sich um jene handelte, die an ihren Verwundungen gestorben waren, nachdem sich die Nachhut mit dem Feldlazarett verspätet hatte.

Obwohl ich Ernst von Sieglers Namen auf keinem der Gräber fand, kniete ich vor einem nieder und legte den schon leicht welken Strauß wilder Blumen auf den festgestampften Grabhügel unter dem Grabmal. Ich versuchte gerade, mich zum Gebet zu sammeln, als Feldwebel Matthias Orlich ins Ohr flüsterte:

»Wenn diese Dame unbedingt die mitgebrachten Blumen auf diesem Grab niederlegen will, habe ich nichts dagegen einzuwenden, aber ich an ihrer Stelle würde mir hier nicht die Knie schmutzig machen, denn keiner der auf dem Grabstein erwähnten Männer liegt hier begraben.«

Ich hätte so tun können, als hätte ich nicht gehört, was er sagte, aber ich sprang auf und pflanzte mich vor ihm auf, um ihn anzuherrschen:

»Wenn die in der Kalahari Gefallenen nicht hier liegen, dürfte man dann vielleicht mal erfahren, wo sie sich befinden?«

»Das weiß niemand, verehrte Dame, denn die Kameraden, die ihre sterblichen Überreste nach Seatsub überführen sollten, konnten, nachdem sie sich die Mühe gemacht hatten, diese Steine zu errichten und auch zu bezahlen, den Ort, wo man sie verscharrt hatte, nicht finden und kehrten mit leeren Händen aus der Wüste zurück. Sie wissen ja, dass man sich in den Dünen schwer zurechtfindet, vor allem dort, wo die marodierenden Buschmänner herumlungern, die alles plündern und verstecken. Und was die Buschmänner nicht mitnehmen, vernichten die Kojoten und Hyänen.«

Ich wollte nichts mehr davon hören, kehrte dem geschwätzigen Zerberus mitten im Wort den Rücken und kniete wieder an derselben Stelle nieder, um eine Weile an Ernst von Sieglers leerem Grab zu beten.

Die stählernen Aasgeier

Da uns nach dem Besuch auf dem Friedhof noch ein paar Stunden Tageslicht für die weite Strecke bis zur Küste blieben, entschied ich, sofort aufzubrechen. Ich vertraute darauf, dass Orlich sich nach Einsetzen der Dunkelheit wieder mit Hilfe seiner beiden jungen Beifahrer, insbesondere Eleazars, der aus der Gegend stammte und daher das Gewirr von Sandpisten kennen musste, zurechtfinden würde. Jedenfalls hatte mich das gerade Erlebte zu sehr mitgenommen, um als Beifahrerin zu dienen, und ich wollte für eine Weile abschalten, obwohl das ständige Ruckeln und Schaukeln des Wagens einen Tiefschlaf unmöglich machten.

Doch in jener Nacht funktionierte Orlichs innerer Kompass nicht, vielleicht weil der Mond nur ab und zu hinter den aufziehenden Unwetterwolken hervorschien und die Verständigung zwischen dem Fahrer und den Boys fehlschlug, die vorgaben, dieses unwegsame Gelände zu kennen. Ich lag, wohlig dösend, halb zurückgelehnt auf dem Beifahrersitz, als ein abruptes Bremsmanöver meinen Kopf gegen die Frontscheibe schleuderte und ich aus dem Halbschlaf hochschreckte.

Als ich die Augen aufschlug, sah ich voller Entsetzen, dass das Terrain wenige Meter vor der Schnauze des Mercedes steil in eine Schlucht abfiel, deren Boden im diffusen Mondlicht verschwand, das soeben zwischen den Wolken hervorbrach. Ich wollte mir lieber nicht ausmalen, was passiert wäre, wenn der Mond nicht kurz vor dem Rand des Abgrunds wieder zum Vorschein gekommen wäre. Dann musste ich noch den Streit zwischen Orlich und Eleazar ertragen, der den Fahrer beschuldigte, nicht auf ihn gehört zu haben, als er ihn von hinten angewiesen hatte: »Links, links!« oder »Rechts, rechts!«, Rufe, die ich im Halbschlaf gehört zu haben glaubte.

Als Orlich sich von seinem Schreck erholt hatte, rief er aus:

»Du lieber Himmel, hol mich der Henker, wenn das nicht der Fischfluss-Canyon ist!«

Ich fand den Gedanken absurd, dass ich, nachdem ich im Laufe meines Lebens schon in eine Reihe von schlimmen Autogeschichten involviert gewesen war – angefangen bei dem tragischen Tod meines Vaters in einer New Yorker Mietdroschke über den Vergewaltigungsversuch durch den Kadetten von West Point in dem Simplex, den mir mein Großvater geschenkt hatte, bis hin zu dem Unfall mit den Kindern in Rom –, mit einem Mercedes-Coupé in einer Schlucht hätte enden können, die fast so tief war wie der Colorado-Canyon.

Ich hatte schon von dem tief in die Felslandschaft eingeschnittenen Tal des Fischflusses gehört, der von Nord nach Süd das Schutzgebiet durchzog und in den Oranje-Fluss mündete, doch nie hätte ich mir vorgestellt, dass der Höhenunterschied so gewaltig war. Wobei er durch die Umstände, unter denen ich die Schlucht im Mondschein sah, wahrscheinlich noch beeindruckender wirkte.

Tatsache war jedenfalls, dass wir mehr als hundert Kilometer in südlicher Richtung von der ursprünglich geplanten Route abgekommen waren. Als wir mit einer Taschenlampe die Heereskarte zu Rate zogen, die Orlich im Handschuhfach dabeihatte, stellte ich fest, dass wir uns nicht nur noch weiter von der Küste entfernt hatten, sondern der Fischfluss auch genau das Gebiet durchschnitt, wo der Konflikt zwischen den Bondelswart und der Mandatsverwaltung ausgetragen wurde, das wir ja gerade hatten umfahren wollen.

Aufhorchen ließ mich, dass Eleazar, der aus einem Dorf nahe Haib stammte – dem Epizentrum des Aufstands –, meinte, manches an der Gegend komme ihm vertraut vor. Es war nicht leicht, herauszufinden, wo genau wir uns befanden, da die Landschaft vollkommen eben war und kaum Orientierungspunkte bot. Als wir uns einer Hochebene mit dichter Vegetation näherten, glaubten wir, Motorengeräusch von jenseits des Plateaus zu hören.

Wir fuhren mühselig eine steile Lehmpiste zu dem Plateau hinauf, ließen den Wagen versteckt zwischen Buschwerk stehen und gingen zum Rand der Schlucht, von wo aus man ein weites Tal überblickte. Bald entdeckten wir eine Staubwolke, aufgewirbelt von einer Militärkolonne – mehreren gepanzerten Fahrzeugen mit leichter Artillerie –, die sich auf ein Dorf aus Lehmhütten an einem der Hänge jenseits des Tals zubewegte.

Dank des Fernglases, das Orlich mir lieh, konnte ich beobachten, wie ein englisches Truppenkontingent den gegenüberliegenden Gebirgshang erklomm, auf dessen Gipfel sich eine Gruppe bewaffneter Schwarzer verschanzt hatte, die darauf zu warten schienen, dass die Soldaten näher kamen. Auf halber Höhe teilten sich die Soldaten fächerartig auf, und noch bevor das Krachen der Gewehrschüsse zu uns herüberdrang, sahen wir bereits den Rauch aus den Gewehren der Dorfverteidiger aufsteigen. Dann war das Feuer der Gebirgsgeschütze zu erkennen, deren Schüsse anhaltend durch das Tal dröhnten.

Von der Stelle aus, wo wir uns befanden, war schwer zu beurteilen, ob die winzigen verschwundenen Eingeborenengestalten von den Schrapnellen getroffen worden waren oder sich vor den nächsten Granateinschlägen hinter ihren Verschanzungen versteckt hatten. Das Ganze wirkte weniger wie eine echte Schlacht, sondern eher wie eine mit Bleisoldaten nachgestellte Szene.

Plötzlich bemerkten wir ein fernes Brummen, das im Tal anschwoll.

»Ich glaube, ich höre Flugzeugmotoren«, sagte Orlich. Tatsächlich tauchte bald am südlichen Horizont eine Flugzeugstaffel auf, die mitten am Himmel so unbedeutend wirkte wie ein Wespenschwarm. Sie umflog in einem weiten Boden die Schlucht, wo das Dorf lag, über die Truppen hinweg, die kurzfristig eine Feuerpause einlegten.

Dann herrschte eine beängstigende Stille im Tal, nur unterbrochen vom Vibrieren der Flugzeugmotoren, das abgehackt zu uns herüberdrang. Sobald die Flugzeuge die nötige Position und Höhe erreicht hatten, überflogen sie nah am Boden den Hang, wo die Hütten standen. Das erste Anzeichen dafür, dass sie die Bomben abgeworfen hatten, war eine Art Luftsprung, den die Maschinen beim Loswerden der Last machten. Die Detonation ließ die Felsberge erzittern, während die Strohdächer der Hütten sofort Feuer fingen und eine dunkle Wolke in den blauen Himmel aufschoss.

Von unserem Beobachtungsposten aus sahen wir winzige Gestalten – dem Anschein nach Frauen und Kinder – quer über das Gelände der kleinen Hochebene rennen, doch dann kehrten sie um und stießen auf die Soldaten, die bereits das Dorf von allen Seiten eingekreist hatten. Immer und immer wieder kamen die Flugzeuge zurück und warfen Bomben ab, bis das Dorf vollkommen hinter einem Vorhang aus Flammen und Rauch verschwunden war.

Nachdem sie ein letztes Mal das Dorf überflogen hatten, scherte eines der Flugzeuge aus der Formation aus und steuerte direkt auf den Bergvorsprung zu, wo wir uns befanden. Orlich riss mir das Fernglas aus der Hand und zog mich hoch.

»Los, nichts wie weg hier! Ich glaube, das Flugzeug hat es auf uns abgesehen.«

Wir rannten los, immer zwischen Gebüsch entlang, und stiegen in den Wagen, doch als Orlich starten wollte, war das Flugzeug schon über uns, so tief, dass wir sehen konnten, wie der Pilot dem Maschinengewehrschützen im Fond Zeichen in unsere Richtung machte. Ich war gar nicht auf den Gedanken gekommen, dass wir in das Gefecht hineingezogen werden könnten, doch mir wurde rasch klar, dass die Militärs, die diese Operation durchführten, kein Interesse daran hatten, dass Zivilisten Zeugen dieses Massakers wurden.

Meine Befürchtungen bestätigten sich, als ich die Maschinengewehrsalve über unseren Köpfen hörte und zu beiden Seiten des Weges dicke Äste zu Bruch gehen sah, vom Kugelhagel abgemäht und verstümmelt wie bei einem schweren Orkan. Polternd und in heftigen Sätzen schoss der Wagen mit Höchstgeschwindigkeit den unebenen Weg hinab, so dass wir wahrscheinlich ein schwieriges Ziel abgaben. Als wir am Fuß des Berges angelangt waren, entdeckte ich mit Schrecken, dass eine gerade Strecke vor uns lag, auf der wir zu einer leichten Beute für das stählerne Monster werden würden.

Aber dann sah ich, dass nah am Fuß der Felshänge ein sandiges Flussbett mit üppiger Vegetation an den Ufern begann, und machte Orlich mit verzweifelten Gesten darauf aufmerksam, wohin er den Wagen dann todesmutig lenkte. Es war ein riskantes Manöver, denn falls der Sand zu weich wäre, würden wir stecken bleiben und für das Flugzeug eine noch leichtere Zielscheibe abgeben. Wenn das Flussbett aber aus fester Erde bestand, konnten wir unter dem schützenden Dach der das sandige Rinnsal überschattenden Akazien flüchten. Als wir den Boden des Flussbetts berührten, schien er unter dem Gewicht des Wagens nachzugeben, doch dann fuhren wir, wobei wir eine tiefe Reifenspur im Sand hinterließen. In rasendem Tempo unter dem dichten Blätterbaldachin, der uns komplett vor den stählernen Geiern verbarg, auf dem Boden des ausgetrockneten Flusses dahinzugleiten, erfüllte mich mit einer seltsamen Euphorie.

Obwohl die Gefahr noch nicht völlig ausgestanden war, sagte ich mir, es sei mir wohl noch nicht beschieden gewesen, mitten in der Wüste im Kugelhagel der Maschinengewehre der *Royal Air Force* den Tod zu finden. Nachdem ich die Schauplätze der Gefechte von Kowes und Groß-Nabas gesehen hatte, ohne von den Emotionen der Schlacht übermannt zu werden, hatte ich nun die Panik am eigenen Leib gespürt, die die Rebellenkämpfer ergriffen haben muss, als sie von der Artillerie eines europäischen Heeres durchsiebt wurden.

In Sekundenbruchteilen zogen die von einer Kamera des Militärs gefilmten Bilder vom ersten Militärflug meines Bruders Frederick in meinem von Adrenalinschüben aufgeputschten Hirn an mir vorüber. Und dann kam mir in den Sinn, dass ich, hätte mein kleiner Bruder sich nicht dafür hergegeben, diese Flugmaschinen für militärische Zwecke zu nutzen, nicht um ein Haar durch eine dieser Maschinen mein Leben verloren hätte. Noch eine Untat, die meinem Bruder anzulasten war!

Nachdem das Flugzeug der *Royal Air Force* noch einige Male das Flusstal überflogen hatte, ohne uns in unserem Versteck ausfindig zu machen, war es abgedreht und am Horizont verschwunden. Als die Gefahr vorüber war, schaute ich als Erstes nach, ob die Napoleongläser im Fond des Wagens nicht zu Bruch gegangen waren. Doch nicht umsonst war der Behälter dafür gemacht, den Kaiser auf seinen Feldzügen zu begleiten, so dass die fragilen Kristallgläser das wilde Gerüttel in ihrem mit Samt ausgeschlagenen Mahagonikästchen auf wundersame Weise unversehrt überstanden hatten. Beim Gedanken an eine andere wundersame Rettung fiel mir das Akazienwäldchen von Duwisib ein, wo ich mich mit Jakob Marengo zu treffen pflegte. Da spürte ich auf einmal intensiv die Gegenwart des Rebellen und hatte das Gefühl, sein Geist müsse irgendwo in jenem Wäldchen umherstreichen.

Als ich ins dichte Gestrüpp am Flussufer vordrang, dachten der Fahrer und die Boys sicherlich, mir sei nach der ganzen Aufregung plötzlich schlecht geworden. Doch ich war nur auf der Suche nach der am dichtesten belaubten Akazie, um meine Hände auf die rissige Rinde zu legen und mich an Marengos Geist zu wenden:

»Ich möchte Ihnen danken, dass Sie sich an die Herrin von Duwisib erinnert und mir geholfen haben, dieser Gefahr zu entkommen. Ich werde nie vergessen, wie viel ich Ihnen verdanke, und die Erinnerung an Ihre Ritterlichkeit war mir immer eine Quelle der Inspiration.

Ich wollte Ihnen auch eine schwere Sünde beichten, die ich begangen habe und die mir erst vor einigen Minuten so recht bewusst wurde. Ich weiß nicht, ob Sie gehört haben, dass mein Mann im Krieg der Weißen gefallen ist, einem schrecklich grausamen und sinnlosen Krieg wie alle Kriege. Ich selbst habe ihm zur Rückkehr in sein Heimatland verholfen, damit er sich zum Militärdienst melden konnte. Aber was mir nicht klar war bis jetzt, da der Tod mich selbst gestreift hat, war, dass ich ihn in gewisser Weise in seinen zu frühen Tod geschickt habe.

Wie viele meiner Landsleute bewundere ich nur die Sieger, so wie ich Sie bewundere, der Sie bis zu Ihrem Tod immer triumphiert haben. Mein Mann hatte eine schmachvolle Niederlage im Kampf gegen Simon Kopper erlitten, den Rebellen, zu dem Sie unterwegs waren, als die britische Polizeipatrouille Sie gefangen nahm. Als ich meinen Mann, nachdem er schon einmal verwundet worden war, zum Zug begleitete, der ihn wieder aufs Schlachtfeld bringen sollte, schien mein Blick ihm zu sagen: Hoffentlich kehrst du nicht wieder nach einer Niederlage in meine Arme zurück, ich will nicht noch einmal enttäuscht werden. Und er hat mich nicht enttäuscht.«

Die Rache der Wüste

Ein paar Tage später erreichten wir Lüderitz, nachdem wir Rabae und Eleazar am Bahnhof von Aus mit einem ordentlichen Trinkgeld und einem Kilo Dörrfleisch abgesetzt hatten. Das Hotel Kapps hatte sich kurz nach meinem letzten Aufenthalt verändert, obwohl schon da die Gäste ihren Verzehr in der Spitzbar nicht mehr mit Rohdiamanten bezahlten und die Elevinnen des *Green House*, als sie merkten, dass die reichen Diamantfelder versiegt waren, in andere Gefilde ausgewandert waren.

Zu meiner Freude traf ich dort meinen alten Freund Max Baericke, der auf der Hotelterrasse saß und einen Brandy-Soda schlürfte, als sei nichts geschehen. Als Erstes erzählte der Schürferveteran mir mit kaum verhohlener Schadenfreude, die Diamantenindustrie sei aus Kolmanskuppe verschwunden, das sich in eine Geisterstadt verwandelt habe, und die Dünen hätten die inmitten der Wüste errichteten Fabrikgelände zurückerobert.

Ich schlug Baericke vor, mit dem Wagen einen Ausflug zu den alten Diamantfeldern zu unternehmen, denn ich war wirklich neugierig zu sehen, wie sich diese Industriestadt seit Beendigung der Diamantenförderung verändert hatte. Ich beschloss, mich selbst hinters Steuer zu setzen, weil wir ohne Orlich ungezwungener reden konnten. Ich genoss die Begleitung des alten Abenteurers und schätzte es, wie er ohne einen Funken Bitterkeit von einer unheilvollen Vergangenheit und einer nicht eben angenehmen Gegenwart erzählte, als wären die schlimmsten Missgeschicke und Ärgernisse lediglich ein übler Scherz des Schicksals.

Es wurde schon Abend, als wir den Hügel erreichten, wo Zacharias Lewala den Fund gemacht und damit eine wahre Revolution in der Kolonie ausgelöst hatte. Da der Wind noch nicht aufgefrischt hatte, konnten wir einen Rundgang durch die verlassenen Anlagen von Kolmanskuppe machen, ohne dass uns der Sand ins Gesicht schlug. Ein seltsamer Schauder befiel mich beim Anblick der im Sand ertrinkenden Häuser des einst so prunkvollen Städtchens und der zerstörten Diamantenwaschanlage, die seinerzeit die modernste und raffinierteste des gesamten Kontinents gewesen war. Es schien gerade so, als hätte die Wüste sich am Ende an denen gerächt, die es gewagt hatten, die Ruhe der Dünen zu entweihen.

Eine der verrotteten Stahltüren aufzustoßen, um die dunklen Hallen zu betreten, war, als blickte man in einen Zeittunnel. Vor kaum mehr als fünfzehn Jahren, als ich hergekommen war, ruhten die sterblichen Überreste des Karrenführers Coleman noch in ihrem Sandgrab und hüteten das Geheimnis der seit Generationen dort vergrabenen Reichtümer. Und erst ein knappes Jahrzehnt war es her, dass ich den Ort in Begleitung von August Stauch besucht hatte, wo er im Büro des Ingenieurs Kolle einen Haufen Diamanten in die Luft warf, deren Glanz im Lampenlicht in allen Spektralfarben schillerte.

Als wir das verlassene Haus des Chefingenieurs betraten – wo seine Frau uns eine Schweinshaxe mit Sauerkraut zu Mittag aufgetischt hatte –, projizierte das rötliche, durch die zerbrochene Fensterscheibe einfallende Abendlicht auf die rissigen Wände des einstigen Labors ein Kaleidoskop von Licht und Schatten. Und die Reagenzgläser, wo vor Jahren noch raffinierte Filtrate zum Waschen der Diamanten destilliert wurden, dienten nun den Geckos und Eidechsen als Nester. In wenigen Jahren hatte sich das blühende Städtchen in eine Bleibe für Skorpione und Schlangen verwandelt.

Mit trägen Schritten, die im unversehrten Sand tiefe Spuren hinterließen, zogen wir an verlassenen Werkstätten, leeren Hallen und unter Sand begrabenen Eisfabriken vorbei, bis ich Baericke sagte, ich wolle zurückkehren; ich fühlte mich deprimiert. Ich hatte Stauchs flüchtigen Sieg über den Wüstensand miterlebt; doch bei der geringsten Nachlässigkeit des Menschen hatte der Südostwind wieder die Oberhand gewonnen, in kürzester Zeit die Gräben wieder zugeschüttet und war in die hintersten Winkel der Fabrikanlagen vorgedrungen, bis die Sandfläche einem riesigen Mausoleum glich.

THE NEW YORK TIMES, 9. September 1922

Erschütterung beim Völkerbund über die Revolte der Hottentotten

Eingeborene durch Bomben getötet.

Von Edwin L. Hames

Sonderberichterstattung für The New York Times

Genf, 8. September. Auf dem Podium der Vollversammlung des Völkerbunds schwang sich der Abgeordnete aus Haiti heute zum Verteidiger seiner farbigen Brüder in Südwestafrika auf, und am Abend diskutierte man in den vielsprachigen Genfer Klubs, ob ein Mandat des Völkerbunds dazu berechtigt, Hottentotten unter Mandatshoheit von Flugzeugen aus zu bombardieren, nur weil sie sich weigern, eine Hundesteuer zu entrichten; diese Diskussion stellt selbst die Kommentare hinsichtlich der Bemühungen Bob Cecils in den Schatten, dass die ungezügelte Welt sich anständig zu benehmen habe.

Die Bondels leben in der Gegend des Fischflusses, einst deutsche Kolonie, bevor die Welt für Demokratiebestrebungen sicherer wurde. Das Gebiet wurde zum allgemeinen Protektorat des Britischen Königreichs erklärt und speziell unter den Schutz Südafrikas gestellt.

Gerade vor kurzem hatte die Südafrikanische Delegation über eine Rebellion informiert und einen Bericht darüber für die Bibliothek des Völkerbundes angekündigt. Doch das geriet weltweit in Vergessenheit, bis der Abgeordnete Bellegarde aus Haiti nach einer Lobrede auf den Völkerbund, in der er die Zuhörer mit ungewöhnlich schmeichelnden Worten für die Vereinigten Staaten überraschte, die Versammlung auf die angebliche »Strafexpedition gegen die Bondels, Hottentotten, die unter dem Schutz des Völkerbundes stehen«, aufmerksam machte.

»Man hatte Steuern auf die Hütehunde für die Herden dieser armen Menschen erhoben«, fuhr der Redner fort und sagte: »Das ist die Art, wie die Zivilisation diesen Wilden begegnet. Da die Steuern sehr hoch waren, weigerten sich die Bondels zu zahlen, denn dafür hätten sie ihre Herden verkaufen müssen. Daraufhin wurden sie ohne den geringsten Akt des Widerstandes mit der ganzen Macht moderner Kriegswaffen, mit Maschinengewehren, Geschützen und Flugzeugen, angegriffen.

Die nahezu unbewaffneten Eingeborenen wurden massakriert und da die von Flugzeugen abgeworfenen Bomben ihre Opfer nicht gezielt auswählen konnten, kamen dabei viele Frauen und Kinder um …«

Der Bericht billigt, dass Flugzeuge Bomben abwarfen. Der offizielle Bericht umfasst auch die traurige Geschichte eines Esels, der, nachdem er als Nachrichtenträger zwischen Jakes Linien gedient hatte, nach seinem Ableben von ihnen verzehrt wurde. Zum Nachteil von Jakes politischer Zukunft scheint es wenig wahrscheinlich, dass das englische Mandat abgeschafft wird, aber die Hundesteuer wurde um fünfzig Prozent reduziert.

Auf der Terrasse des Kapps

Ich wollte meinen letzten Tag in Südwestafrika nicht in der finsteren Gemütsverfassung enden lassen, mit der ich aus den Dünen zurückgekehrt war, weshalb ich Baericke zum Abendessen auf der Terrasse des Kapps einlud im Vertrauen darauf, dass wir erfreulichere Gesprächsthemen finden würden. Baericke erschien eine Stunde später auf der Veranda des Hotels, tadellos in dunklem Frack, grau gestreifter Hose und Fliege. Hätte ich nicht gewusst, dass der Schürfer ein eingefleischter Junggeselle war, hätte ich vermutet, dass er seinen Hochzeitsanzug aus dem Koffer gekramt hatte.

Er kam mit einer Ausgabe der deutschen Tageszeitung unter dem Arm, die als Schlagzeile den Angriff der Mandatsverwaltung auf das Dorf Haib trug. Er überreichte sie mir diskret unter dem Tisch. Als ich sie entgegennahm, spürte ich etwas Härteres in der

Hand und entdeckte in der zusammengefalteten Zeitung einen blauen Umschlag. Mit dem Zeigefinger auf den Lippen bedeutete mir Baericke, ihn nicht hier zu öffnen, und sagte, nachdem er sich umgeschaut hatte, um sich zu vergewissern, dass auch ja keiner von den Leuten an den umstehenden Tischen uns beobachtete, flüsternd:

»Ich habe Ihnen ein Exemplar des »Blue Paper« mitgebracht, des von den Engländern erstellten Berichts, in dem sie all die Gräueltaten der Deutschen aus der Kolonialzeit aufzählen. Ich weiß, dass Sie eine fortschrittlich denkende Frau sind, aber wenn Sie das lesen, werden Sie zugeben müssen, dass es ein raffiniertes Beispiel von Heuchelei ist. Die gleichen Missetaten, derer sie uns bezichtigen, begehen sie schon seit langem im gesamten *British Empire*.«

Ich hatte von dem »Bericht über die Eingeborenen in Südwestafrika und ihre Behandlung durch Deutschland« gehört, den die britische Regierung kurz nach Kriegsende veröffentlicht hatte, um die von Deutschen begangenen Gräueltaten in den Kolonien anzuprangern. Obwohl, wie wir alle wussten, der wahre Grund für die Beschuldigung der Deutschen war, dass die Engländer das Gebiet der feindlichen Macht behalten wollten, damit die neuen Diamantfunde denen in Südafrika, das bereits unter britischer Kontrolle stand, keine Konkurrenz machten.

Baericke machte seinem Ärger über die Art der Engländer, mit zweierlei Maß zu messen, Luft:

»Sehen Sie nur, wie sie, nachdem sie erst dieses hässliche Pamphlet veröffentlicht haben, in dem sie das Verhalten der deutschen Siedler auf diesem Gebiet anprangern, nun diese armen Bondels niedergemacht haben, nur weil sie sich weigerten, eine Steuer auf ihre Jagdhunde zu zahlen.«

»Wenn Sie mir versprechen, es niemandem weiterzusagen, erzähle ich Ihnen, dass ich rein zufällig in der Nähe des Dorfes war, wo das Heer die Bondelswart angegriffen hat, und gesehen habe, wie sie das Dorf mit ihren Truppen umzingelt haben, damit sie nicht entkommen konnten, um sie dann von Flugzeugen aus zu bombardieren, bis alles zerstört war.«

»Ich schäme mich nicht, manch einen finsteren Hottentotten, der mir die Kehle durchschneiden wollte, mit meinem Bajonett durchbohrt zu haben«, sagte Baericke, »aber ich glaube, es ist nicht das Gleiche, ob man einen Feind von Angesicht zu Angesicht tötet oder eine Handvoll abgerissener Krieger aus der Luft bombardiert, die bis dahin nicht einmal wussten, was ein Flugzeug ist.«

»Ich selbst wäre um ein Haar Opfer dieses Angriffs geworden, als ein britisches Jagdflugzeug unseren Wagen mit dem Maschinengewehr unter Beschuss nahm, sicher um zu verhindern, dass Zeugen des Massakers überlebten.«

Baericke erzählte mir, zu Beginn des Weltkrieges habe er wieder als Soldat angeheuert, um gegen die Engländer zu kämpfen, und nach der Kapitulation der Schutztruppe bei Khorab hätten die Engländer die deutschen Soldaten und die Zivilbevölkerung ins Gefangenenlager von Aus gesperrt, wo sie nicht eben mit Samthandschuhen angefasst worden seien.

»Nach Unterzeichnung des Friedensvertrags teilte die südafrikanische Regierung, die als Mandatsverwalter fungierte, die Deutschen in Gruppen auf: Militärs, Mitglieder der Polizei, solche, die das Schutzgebiet freiwillig verlassen wollten, und unerwünschte Personen. Da die britische Polizei selbst entschied, wer zu welcher Gruppe gehörte, deportierte man viele, um sich ihre Farmen und Besitztümer anzueignen, unter dem Vorwand, sie seien den Briten feindlich gesinnt. Wie soll man auch keine Abneigung gegen jene hegen, die das Land überfallen, einen in Gefangenenlager gesperrt haben und dann noch aus dem eigenen Land vertreiben?«

»Und Sie, die Sie doch alle Voraussetzungen erfüllten, um deportiert zu werden, wie haben Sie es geschafft zu bleiben?«

»Zum Glück sind auch die so korrekt wirkenden Buren empfänglich für Bestechung. Auch wenn ich das Paradies der Hottentotten nie finden konnte, hatte ich noch ein paar wertvolle Steine in einer Kaffeedose aufbewahrt«, sagte er wieder verstohlen um sich blickend.

Tatsächlich war es nicht ratsam, zu laut zu reden, da sich auch einige britische Beamte in ihren lächerlichen, viel zu dicken Tweedanzügen auf der Terrasse befanden. An einigen Tischen saßen auch reifere Burenfrauen, die mit ihren Männern zu wetteifern schienen, wer am schnellsten die größte Menge Steak in sich hineinzuschlingen vermochte.

Etwas später zog Baericke noch ein Dokument aus der zusammengefalteten Zeitung, es war ein Schriftstück auf Deutsch in fast unleserlicher Schrift, das er mir stolz mit den Worten überreichte:

»Falls Sie nach Ihrer Rückkehr in die zivilisierte Welt noch daran interessiert sind, sich an das Flair dieser gottverlassenen Gegend zu erinnern, das sind die Memoiren eines alten Hasen, in denen ich meine Erfahrungen hier in der Kolonie verarbeitet habe. Auch Sie und Ihr Mann kommen darin vor, Hauptmann von Wolf habe ich sogar ein ganzes Kapitel gewidmet. Ich muss zugeben, dass mich Ihrer beider Persönlichkeit, jede auf ihre Weise, sehr beeindruckt hat, als wir auf der Suche nach Diamanten bei Ihnen auf Duwisib Halt machten.«

»Ich nehme an, Sie wissen, dass Hansheinrich im Krieg gefallen ist.«

»Ja sicher, ich weiß auch, dass ihm nachträglich noch ein hoher Orden verliehen wurde; und dass er schon vor seinem Tod für die Gefangennahme einer englischen Patrouille geehrt wurde. Hätte Ihr Mann gewusst, wie sie uns während der Internierung im Konzentrationslager von Aus behandelt haben, wäre er vielleicht weniger rücksichtsvoll mit seinen Gefangenen umgegangen.«

»Als ich meinen Mann das letzte Mal sah, hatte er eine Verletzung am Bein, aber Hansheinrich wollte unbedingt wieder zu seiner früheren Einheit zurück, bevor er sich von seinen Verwundungen erholt hatte. Ich glaube, dass das, was für ihn eine Ehrensache war, ihn letztlich das Leben gekostet hat, denn als sein Regiment dem Vormarsch der Franzosen in der Somme-Schlacht weichen musste, wurde er von seiner Einheit getrennt und niemand konnte ihm helfen, als er einen Bauchschuss erlitt. Wenige Monate später erhielt ich einen Brief, den er am Tag seines Todes bei sich trug und noch im Sterben einem französischen Offizier gab, den er in entgegengesetzte Richtung vorrücken sah.«

Es war fast unmöglich, das Gespräch von den traurigen Erinnerungen wegzulenken, doch als Baericke begann, mir Abschnitte aus seinem Tagebuch vorzulesen, besserte sich unsere Laune in Gedenken an einige der Ereignisse aus der Zeit nach der Rückkehr Baerickes und seiner Freunde von ihrer Suche nach dem Paradies der Hottentotten. Wir schüttelten uns sogar aus vor Lachen in Erinnerung an die Tricks des Halunken Traugott Frederick, die Brandyflaschen und den Besuch der sturzbetrunkenen Farmer im Salon des Schlosses.

»Ehrlich gesagt schäme ich mich für mein Verhalten damals«, gestand ich Baericke, während ich mir mit dem Taschentuch eine Lachträne aus dem Augenwinkel wischte, damit die Wimperntusche nicht verlief, »besonders weil mein Temperament mit mir durchgegangen ist, als ich Hansheinrich und seine Farmerfreunde in diesem betrunkenen Zustand mit ihren verstaubten Stiefeln sah. Denn ich glaube, Gastfreundschaft sollte über derlei Lappalien stehen.«

»Ich habe Ihre Gastlichkeit auf dem Schloss in sehr angenehmer Erinnerung, und wenn Sie meine Memoiren lesen, werden Sie sehen, dass ich diese Szenen mit besonderer Sympathie wiedergebe. Ich hoffe, es stört Sie nicht, dass ich alle Geschehnisse frei heraus und ohne Schnörkel erzähle.«

»Im Gegenteil, seither fühle ich mich in Ihrer Schuld, da weder mein Mann noch ich Ihnen diese Expedition auszureden vermochten, die Sie beinahe das Leben gekostet hätte. Obwohl ich weiß, dass Männer schwer von ihren Hirngespinsten abzubringen sind.«

»Stimmt, diese Suche nach Irrlichtern mitten in der Wüste war ein echter Wahnsinn, aber lassen wir uns nicht alle, Männer wie Frauen, irgendwann im Leben von irgendeinem großen Traum verführen?«

»Wenn ich aufrichtig bin, muss ich Ihnen gestehen, dass die Idee, nach Südwestafrika zu kommen, um hier zu leben, auch ein Wahnsinn war; manchmal denke ich, alles war von Anfang an nur ein Traum, der in manchen Augenblicken auch zum Alptraum wurde. Obwohl ich keine einzige Minute bereue, ihn gelebt zu haben.«

»Auch die Alpträume sind ein Teil unseres Lebens, und vielleicht bereichern sie es ja auch auf ihre Weise. Noch gestern ist mir im Traum wieder der schwarze Vogel erschienen, der neben mir hockte, als ich in der Wüste beinahe verdurstet wäre, und dem ich mit einem Revolverschuss zu verstehen geben musste, dass er zu früh zum Festschmaus erschienen war.«

Wie in alten Zeiten

Um der alten Zeiten zu gedenken, bestellten wir Champagner Dom Pérignon, Hummer Thermidor und Wachteleier mit Kaviar, und ich machte Baericke den Vorschlag, als gerechten Ausgleich für seine Geschenke mich bezahlen zu lassen. Ich wusste, dass es für einen Mann seiner Erziehung fast ehrverletzend war, und obwohl der Schürfer sich nicht rundweg weigerte, merkte ich doch, dass er nicht bereit war, meine Einladung anzunehmen. Als wir den Champagner leer getrunken hatten und bereits der Schimmer der Morgenröte mit dem Tintenfischblau des Atlantiks verschmolz, hörten wir eine Musikkapelle aufspielen, und kurz darauf marschierten uniformierte junge Männer und Frauen auf, die patriotische Lieder auf Deutsch sangen.

»Diese jungen Leute machen unsere Gefühle öffentlich, die ihre Eltern nicht zu äußern wagen«, sagte Baericke. »Ich bezweifle nicht, dass die Deutschen einiges falsch gemacht haben, doch andere Völker haben ähnliche Fehler begangen und scheinen sich nicht dafür verantworten zu müssen. Ich wette mit Ihnen, um was Sie wollen, dass niemand einen Bericht über das veröffentlichen wird, was die Engländer den Bondelswart angetan haben.«

»Nicht nur das, sondern selbst wenn ich persönlich einen Brief an eine englische Zeitung mit der Schilderung dessen schickte, was ich mit eigenen Augen gesehen habe, würde die britische Regierung leugnen, dieses Gräuel begangen zu haben. In Amerika idealisiert man die Engländer zu sehr, aber mein Stiefvater, der Ire war, gab mir zu verstehen, dass es eine Sache ist, wie die Engländer sich in einem Club benehmen, und eine andere ihr Verhalten in eroberten Gebieten. Das Empire wird fern von daheim geschmiedet.«

»Die Briten wollten uns schon immer das Gebiet streitig machen und haben uns im Krieg gegen die Urbevölkerung nur geholfen, als sie merkten, dass die Rebellion sich, wenn man sie nicht niederschlüge, auch gegen sie wenden würde. Die übrige Zeit haben sie ihr doppeltes Spiel gespielt, worin sie Meister sind, so, wie sie es mit Marengo getan haben.«

»Marengos Geschichte kenne ich gut, auch die seines grausamen Todes durch die Hand der Briten, die ihn mitten in der Wüste mit Kugeln durchsiebten.«

»Diese jungen Leute, die da aufmarschieren, wollen gegen die Heuchelei und die Ungerechtigkeit protestieren«, sagte er, auf die Gruppe Jugendlicher deutend, die mit Armbinden in den Farben der deutschen Fahne vorbeizogen. »Heute Abend werden sie sich vor der Haifischinsel versammeln, um dort patriotische Lieder zu singen und über Lagerfeuer zu springen und sich auf den Kampf gegen die Ausbeuter vorzubereiten. Ich bin schon zu alt, um mich in Schwierigkeiten zu bringen, aber ich glaube, diese Jugendlichen haben Kontakt zu politischen Gruppen in Deutschland, die alles zurückholen wollen, was man ihnen genommen hat.«

Den Schluss des Aufmarsches bildete eine Musikkapelle, die »Deutschland, Deutschland über alles« anstimmte, alle Bläser schwarz, in makellosen weißen Uniformen; diese patriotische Demonstration der Ureinwohner wirkte ziemlich absurd, wenn man bedachte, wie schlecht ihre alten Kolonialherren sie behandelt hatten. Aber in Afrika war alles möglich.

Nachdem wir die Champagnerflaschen geleert hatten, bat Baericke um die Rechnung. Und als der Kellner sie brachte, steckte Baericke die Hand in seine Jacketttasche, zog einen Diamanten hervor und warf ihn mit einer herablassenden Geste aufs Tablett. Der afrikanische Kellner war sprachlos zu sehen, dass Baericke zahlte wie in alten Zeiten, und wollte schon protestieren, als Herr Kapps – der die Szene von der Bartheke aus beobachtet hatte – dem Kellner mit einem Augenzwinkern sein Einverständnis signalisierte. Nachdem der Mann sich verdutzt umgeschaut hatte, um sich zu vergewissern, dass auch niemand die Transaktion mitbekommen hatte, wischte er den Stein am Revers seines Jacketts blank, prüfte ihn rasch gegen das Licht und steckte ihn in die Hosentasche.

Der treue Bursche des Hauptmanns

Als ich nach oben auf mein Zimmer ging, beeilte ich mich, das Licht anzuknipsen, um einen Blick auf die Schätze zu werfen, die Baericke mir mitgebracht hatte. Der Bericht über die Behandlung der Eingeborenen war in blaue Pappdeckel eingebunden, gedruckt in der Druckerei der Regierung S. M. in London mit dem bekannten Emblem *Honni soit qui mal y pense*.

Beim Durchblättern des »Blue Paper« stellte ich fest, dass es die Gräueltaten der deutschen Kolonialregierung in Südwestafrika auflistete, seit der erste Kaiserliche Kommissar Göring den Boden des Schutzgebiets betreten hatte bis zur Kapitulation der Schutztruppe bei Khorab. Erwähnt wurden dort die Tricks der Händler, um den Hereros ihr Vieh abzunehmen, der verräterische Angriff der Soldaten unter von François in Hornkranz, von Trothas Grausamkeiten im Krieg gegen die Hereros und Ludwig Cramers Sadismus, dessen Fall ausführlich bis in jede Einzelheit dargelegt wurde, einschließlich der auf der Krankenstation von Gobabis gemachten Aufnahmen von den schrecklichen Narben der Männer und Frauen, die der Farmer ausgepeitscht hatte.

Als ich in Südwest lebte, wusste ich von den meisten dieser Grausamkeiten nichts, doch es berührte mich zutiefst, sie alle schwarz auf weiß in einem harmlos wirkenden Regierungsdokument versammelt zu sehen; das Pamphlet war in der gleichen Druckerei gedruckt worden wie das offizielle Regierungsblatt, in dem das britische Parlament Gesetze und Verordnungen veröffentlichte. Obwohl ich keine wissentliche Mittäterin bei diesen Verbrechen gewesen war, hatte ich doch auch keine Anstalten gemacht, die Verbrecher zu identifizieren oder gar anzuzeigen. Wie viele als friedliche Farmer verkleidete Monster mochten bei uns im Bezirk Maltahöhe gelebt haben? Wie hatten wir nur Saatgut für den Gemüsegarten austauschen und sonntags Psalmen aus dem gleichen Messbuch singen können, ohne zu ahnen, dass bei ihnen der Schambock hinter der Vorratskammertür hing?

In dieser aufgewühlten Gemütsverfassung nach der Lektüre des »Blue Paper« war es mir unmöglich, Schlaf zu finden, weshalb ich mir den Schal umlegte und hinaus auf die Straße ging. Ich schritt rasch aus, gut in meinen Schal gewickelt, damit ich mir in der nächtlichen Brise vom Meer nicht den Nacken verkühlte. Ich trug dieselben Halbstiefel wie auf der Exkursion nach Kolmanskuppe, damit der Sand nicht eindringen konnte. Ich merkte, dass die Bewegung mir guttat und half, die Nachwirkungen des Champagners und die Nervosität zu lindern, weil ich am nächsten Tag das Schiff besteigen musste, wohl wissend, dass ich nie mehr südwestafrikanischen Boden betreten würde.

Während meines langen nächtlichen Spaziergangs suchte ich einige mir vertraute Orte auf, so etwa den Strand, wo Bonito mit dem Schiff gelandet war, oder das Gelände des Burenkamps, wo sonntags die Pferderennen stattfanden. Auf dem Rückweg kam ich in der Nähe der Haifischinsel vorbei und konnte an den Resten der Glut, die von der frisch aufkommenden Meeresbrise wieder entfacht wurden, feststellen, dass die jungen patriotischen Deutschen am Abend zuvor über die Lagerfeuer gesprungen waren.

Als die Morgendämmerung allmählich den Nebel aufriss, erhoben sich die am Ufer hockenden Vögel in die Lüfte, um im Sturzflug über den von der Flut an den Strand geschwemmten Abfall herzufallen. In Erinnerung an die Essenssuche der Lagergefangenen fühlte ich mich derart angewidert, dass ich beschloss, ins Hotel zurückzukehren.

Mir blieb nicht mehr viel Zeit, bis ich zum Hafen aufbrechen musste, und zum Glück hatte ich nur spärliches Gepäck dabei. Das einzig Sperrige und Fragile in meinem Koffer war der berühmte Behälter mit den Napoleongläsern, das Geschenk von Frau Murrmann, das auf wundersame Weise die holpernde Fahrt über die Sandpisten, den knapp vereitelten Absturz in die Schlucht des Fischflusses und den Beschuss durch die *Royal Air Force* überstanden hatte. Sollten die Gläser tatsächlich Napoleon gehört haben, müssen der Ägyptenfeldzug und die Schlacht bei Waterloo im Vergleich zu den Schrecknissen unserer Wüstenfahrt im Mercedes-Coupé ein Kinderspiel für sie gewesen sein.

Als die Stunde des Aufbruchs gekommen war, half Orlich mir, meine Habseligkeiten im Wagen zu verstauen, wobei die hinteren Plätze, die Eleazar und Rabae geräumt hatten, nun der Mahagonikiste mit den Gläsern vorbehalten war. Da kam mir die Idee, das Gläserset, als Dank für seine Dienste und als Andenken an seinen Hauptmann, Orlich zu schenken. Dem Veteranen wären beinahe die Tränen gekommen, was hätte gefährlich werden können, als er den Wagen an den Rand des Kais fuhr. Doch vielleicht funktionierte ja sein innerer Kompass, denn wir fielen nicht ins Wasser.

Bei der Ankunft am Hafen sah ich am Fuß der Treppe für die Passagiere erster Klasse der Woermann-Linie den unvergleichlichen Baericke in seinem Hochzeitsanzug vom Vorabend und mit einem Blumenstrauß in der Hand auf mich warten. Hätte ich nicht gewusst, wie spärlich das Angebot des Lüderitzer Nachtlebens seit der Schließung des *Green House* mangels Kunden war, hätte ich gedacht, der alte Schürfer habe sich die Nacht um die Ohren geschlagen, bis es so weit war, dass er mich am Hafenkai verabschieden konnte.

Obwohl schon Baerickes Worte zum Abschied höchst ergreifend waren, beeindruckte mich noch mehr Orlichs Abschiedsgeschenk, der, nachdem er lange in seinem alten Militärumhang gekramt hatte, einen Packpapierumschlag zu Tage förderte, der offensichtlich durch viele Hände gegangen war, bevor er seinen Adressaten erreichte, nämlich mich. Die gotischen Lettern, in denen »Baronin H. H. von Wolf« darauf geschrieben stand, erinnerten mich an einen anderen Brief, der mit Flecken von der roten Erde der Kalahari in meine Hände gelangt war. Die Adresse auf beiden Umschlägen bestand aus ähnlichen, wenn auch nicht völlig gleichen Schriftzügen, wie man sie in der Militärakademie lernte.

»Von Beginn der Reise an hatte ich diesen Brief für Sie bei mir, aber erst jetzt hielt ich es für den rechten Moment, ihn Ihnen zu überreichen. Er stammt vom Gefreiten Wilke, der Hauptmann von Wolf bereits in Deutschland als Adjutant diente und ihn auch später auf dem Feldzug in Südwestafrika begleitete. Sie werden sich fragen, wie dieses Schriftstück in meine Hände gelangt ist, aber dafür gibt es eine ganz einfache Erklärung: Auf meiner Reise nach Deutschland zur Wiedererlangung meines Augenlichts erfuhr ich, dass ein Verlag in Leipzig Berichte und Eindrücke der

Reiter in Südwest gesammelt hatte, die unter dem Titel »Deutsche Reiter in Südwest. Selbst-Erlebnisse aus den Kämpfen in Deutsch Südwest-Afrika« mit einigen Illustrationen veröffentlicht wurden. Da ich mir das teure Buch nicht leisten konnte, habe ich mir von einigen dieser Berichte Kopien besorgt und diese Geschichte des Gefreiten Wilke seither immer bei mir getragen.«

Ich war von Orlichs Beflissenheit, dieses Dokument immer dabeizuhaben im Vertrauen, dass unsere Wege sich noch einmal kreuzen würden, zutiefst gerührt. In dem Moment brachen sich alle Gefühle Bahn, die ich während der Reise noch hatte unterdrücken können, und machten sich hemmungslos in einem Schwall von Tränen Luft, mit denen ich Orlichs staubigen Umhang von oben bis unten benetzte. Zum Glück betätigte der Obermaat in dem Moment vom Zwischendeck aus die Schiffssirene, um kundzutun, dass das Schiff bereit war auszulaufen, weshalb ich mir rasch die Tränen trocknete und mich beeilte, auf Deck zu steigen. Ich dachte, Hansheinrich hätte es nicht gebilligt, wenn ich vor allen Leuten geheult hätte, schon gar nicht vor den Augen eines Untergebenen.

Ich blieb an die Reling gelehnt stehen, bis das Schiff sich vom Kai löste, die Bucht durchpflügte und die Haifischinsel passierte, deren Baracken nun leer standen. Erst als die Spitzdächer der Häuser von Lüderitz am Horizont verschwunden waren, begab ich mich von Deck in meine Kabine, wo ich den Umschlag aufriss, der den Brief des Gefreiten Wilke enthielt. Darin stand Folgendes geschrieben:

Was von mir zu sagen ist, das hat der Hauptmann von Wolf schon gesagt; aber was der Herr Hauptmann selbst durchmachte, das hat er nicht mit berichtet. Und weil ich doch dabei war, so will ich's hier erzählen; denn bei Kowes, das war ein schlimmer Tag, und ich gab damals nichts mehr für das Leben meines Hauptmanns.

Zuerst ritt, als das Gefecht sich entwickelte, Hauptmann von Wolf allein vor der Abteilung, und als er mich dann vorrief und zur

Spitze schickte, da wussten die braunen Lumpen schon, wo der Führer ritt, und wie nun mal die Kerle schießen, ist das fast immer der sichere Untergang des Führers. Na, Mühe genug haben sie sich auch gegeben; denn einmal schossen sie dem Hauptmann durch die Feldflasche, wo zum Glück nicht mehr viel drin war, und zweimal durch den Gewehrschuh. Dann wurde ihm seine schöne Browningpistole durch einen Schuss vom Gürtel gerissen. Und als wir zurückmussten, da pfiffen die Kugeln, sobald der Herr Hauptmann sich nur zeigte. Die Lumpen behielten ihn immer im Auge. Und gegen Schluss des Gefechtes, als sie schon Patronen sparten und wir schon aufhörten, zu feuern, und aufrecht gingen, flogen sofort wieder die Kugeln, wenn der Hauptmann sich aufrichtete. Ein Geschoss traf ihn auf die linke Brustseite, schlug sich aber platt auf der Patronentasche, in der noch vier Patronenrahmen hintereinander lagen. Wie gut, dass der Herr Hauptmann zuerst die Rahmen von der rechten Seite benutzt hatte!

Als das Gefecht beendet war und wir nach Kowes zurückkehrten, fühlten wir uns wie immer nach einem Rückzugsgefecht, auch wenn wir heldenmütig gegen solche Übermacht gekämpft hatten. Wir sagten uns: »Wie wird man darüber denken, dass wir eine Lafette stehen lassen mussten, nachdem alle Tiere abgeschossen waren?« Aber unser Vorgesetzter, der rühmlich bekannte Major von Estorff, hatte die schwere Lage richtig erkannt und ließ meinem Hauptmann heliographisch seine Anerkennung aussprechen. Mein Hauptmann meinte damals: »Es hätte mich auch nicht gewundert, wenn man mich vor ein Kriegsgericht gestellt hätte.« Na, das konnte er wirklich nicht glauben, denn er hatte sich doch gehalten wie ein Löwe.

Aber ich selbst, ich will meine Fehler nicht verschweigen, wenn auch mein Hauptmann sie mir nicht nachtrug. Ich hatte mein und des Hauptmanns Pferd während des Gefechtes zu halten. Weiß Gott, was den Tieren einfiel; vielleicht wussten sie, was das Pfeifen der Kugeln bedeutete, kurz – beide Tiere rissen mir die Zügel aus der Hand, und fort machten sie, direkt nach Kowes, und meines Hauptmanns Gewehr, das am Sattel hing, nahmen sie mit. So war denn später der Hauptmann, hundert Schritt von den Leuten und hundertfünfzig von den Hottentotten, ohne Schusswaffe. Na, ich kroch hin und gab ihm wenigstens meine Parabellumpistole, und dann nahm der Hauptmann im Zurücklaufen das Gewehr des toten Unteroffiziers Lengowski. Mit diesem Gewehr schoss dann mein Herr noch einige Hottentotten ab, die, über eine freie Fläche laufend, sich in unserer linken Flanke einnisten wollten. Ich sah, wie der eine einen komischen Luftsprung machte und dann mit dem Rücken auf einem Dornenstrauch liegen blieb. Die Kugel hatte den Schädel durchbohrt.

Dass wir uns nicht verleiten ließen, vorzugehen oder halten zu bleiben und das Geschütz auf das andere Ufer herüberzuziehen, war sehr gut; denn durch Aussagen von Gefangenen stellte sich heraus, dass wir Simon Kopper mit über fünfhundert Gewehren uns gegenüber hatten. Dies ist alles, was ich zu sagen habe, zum Gefecht von Kowes. Fast hätte ich vergessen, dass mein Hauptmann leider auch seinen Drilling einbüßte, den der eingeborene Soldat Bockwete trug, der noch vermisst wird und wohl erschossen in irgendeinem Dornbusch liegt.

Gefreiter Wilke,

ehem. Königl. Sächs. Kanonier, dann Reiter der Kaiserl. Schutztruppe f. D.-Südwestafrika.

An der Erwähnung des Drillings erkannte ich, dass der Text authentisch war, denn ein solches Gewehr, ähnlich dem im Krieg verlorenen, hatte ich auf meiner Reise nach Wien, wo ich den weisen Professor mit dem Bart kennengelernt hatte, in Hansheinrichs Auftrag bei einem berühmten Waffenschmied der Stadt abgeholt. Ich fühlte, wie ich um Luft rang, und als ich in den Spiegel der Kabine blickte, sah ich, dass meine Wangen so rot waren wie der Sand der Kalahari bei Sonnenuntergang.

Als ich auf Deck ging, tanzte noch ein schwacher Abendschimmer auf dem Wasser, doch der frische Wind hatte die meisten Passagiere zurück in ihre Kabine getrieben. So konnte ich nach Lust und Laune auf Deck umherstreifen und beobachten, wie die Wellenkämme dunkler wurden, so als gösse ein Geist chinesische Tinte vom Himmel. Nur die weiße Kielspur stach aus dieser Wasserwüste hervor, über der noch Schwärme von Möwen und anderen Seevögeln flatterten, die nach den Abfällen aus der Küche gierten.

Ich war noch so aufgewühlt nach der Lektüre von Wilkes Brief, dass ich gar nicht merkte, wie die Meeresbrise mir allmählich das Papier aus den Händen riss. Einerseits war ich froh zu wissen, dass Hansheinrich sich bei der Schlacht von Kowes doch nicht ganz so feige verhalten hatte, wie ich insgeheim befürchtet hatte, doch andererseits war ich zutiefst verunsichert, weil mir plötzlich klar wurde, dass mein berühmtes afrikanisches Experiment eine Chimäre gewesen war bis hin zu dem vermeintlichen Grund, der mich nach Südwest gebracht hatte: die Hoffnung, meinem Mann zu helfen, sein Selbstvertrauen wiederzugewinnen.

Ich machte keinerlei Anstalten, den Brief zu retten, als die Brise das Papier zunächst auf die Planken des Decks wehte und es dann wie ein Vogel über die Reling flatterte. Ich schaute dem Brief des Gefreiten nach, wie er im Dämmerlicht verschwand und auf die weiße Kielspur niedersank, bis die Seevögel das vergilbte Papier in einem wilden Aufruhr nach wenigen Sekunden in winzige Schnipsel zerfetzt hatten.

Epilog des Herausgebers

Einige Wochen nachdem in der Tageszeitung von Summit die Todesanzeige von Frau von Wolf erschienen war, erhielt ich in der Literaturagentur einen großen Packpapierumschlag, in dem mir die Testamentsvollstrecker das Manuskript ihrer Memoiren zustellten. Der beiliegende Brief besagte, dass die Erblasserin die Publikationsrechte für das Buch meiner Agentur übertrug mit der Auflage, dass jeglicher Gewinn, der die Druckkosten und Auslieferung übersteige, an die Wohltätigkeitsorganisation gehen solle, die im Testament zum Erben des übrigen Vermögens bestimmt worden sei. In dem Umschlag lag auch der Abholschein eines Postamts mit der Anweisung, dem Überbringer eine Fracht auszuhändigen, die aufgrund ihres Umfangs nicht als normale Postsendung aufgegeben werden könne. Doch vorläufig schickte ich noch niemanden, sie abzuholen.

Vielleicht hätte ich diesen Epilog mit einer Entschuldigung für meine Einmischung in die vorliegenden Seiten beginnen sollen, denn ein ungeschriebenes Gesetz gebietet es dem Literaturagenten, so unsichtbar zu bleiben wie möglich. Doch einmal davon abgesehen, dass Jayta Humphreys selbst gegen diese Gepflogenheit verstoßen hatte, als sie in ihrem Bericht meinen Namen erwähnte und sich nicht scheute, mich als jemanden zu schildern, der gerne anderer Leute Gespräche belauscht, muss ich gestehen, dass ich einigermaßen besorgt war, als die Autorin sich in der Einleitung zu ihrem Buch vornahm, nur zu erzählen, was wirklich passiert sei oder sie sich wünsche, dass es geschehen wäre. Wie sollte sie wirklich Erlebtes von Wunschdenken trennen, hatte sich Jayta in ihren Vorbemerkungen gefragt.

Die Verlagswelt kennt ziemlich feste Regeln hinsichtlich literarischer Gattungen, weshalb ich vor dem Problem stand, diese Memoiren, die mir vom Stil und Inhalt her interessant erschienen, entweder nicht zu publizieren, oder eine Geschichte zu veröffentlichen, deren Authentizität fraglich erscheinen mochte. Da erinnerte ich mich an den Überseekoffer mit den Dokumenten, einst von einem Freund in Südwestafrika aufgegeben, der sich nach ihrer Abreise um ihr Anwesen gekümmert hatte.

Ich musste einen Boten meiner Literaturagentur mit der Aussicht auf ein großzügiges Trinkgeld bestechen, damit er den schweren Koffer des Grafen von Lüttichau bei der Post abholte und bis in den dritten Stock des Gebäudes schleppte, wo mein Büro lag. Doch dann merkte ich rasch, dass die Mühe unseres Angestellten – und das anschließende Trinkgeld – sich gelohnt hatte.

Nach genauer Überprüfung des Truheninhalts stellte ich fest, dass die meisten von Jayta in ihren Memoiren geschilderten Ereignisse durch echte Dokumente gestützt wurden, von denen viele mit dem Reichsadler gekennzeichnet waren und mit der Anrede »Euer Hochwohlgeboren« begannen. Es gab auch Zeitungsausschnitte der *New York Times* und der *Washington Post*, die im Datum größtenteils zu der Chronologie von Jaytas Schilderung passten, allerdings ohne dass die Autorin dies noch einmal überprüft zu haben schien. Um die Authentizität des Berichts zu unterstreichen, beschloss ich, einige der Dokumente in den Text einzustreuen. Ich erwog sogar, die Briefe, Rechnungen, Kaufverträge und Gerichtsbeschlüsse in der Originalschrift beizubehalten, um sie vom Text abzuheben, doch dann dachte ich, das könnte mir auch als Beleidigung der Leser ausgelegt werden.

Dennoch muss ich darauf hinweisen, dass ich keinerlei schriftlichen Beweis für die angeblichen Besuche von Jayta Humphreys bei Sigmund Freud finden konnte. Allerdings halte ich es nicht für abwegig, dass die Enkelin eines Pioniers der Medizin, wie Doktor Frederick Humphreys einer war, sich für die bahnbrechenden Theorien des Erfinders der Psychoanalyse interessierte, da er genau zu der Zeit, als Jayta in Dresden lebte, in Wien zu einer berühmten Persönlichkeit wurde. Es ist auch nicht unwahrscheinlich, dass Jayta in New York mit Freud zusammentraf, der sich dort im Zuge mehrerer Vortragsreisen zu nordamerikanischen Universitäten aufhielt.

Trotz gründlicher Suche konnte ich auch kein Foto von Oberleutnant Ernst von Siegler entdecken. Und als ich die offiziellen Dokumente aus dem Kolonialkrieg durchsah, fand ich auch unter den Listen der Gefallenen seinen Namen nicht, obwohl andere Offiziere, die in den Memoiren im Zusammenhang mit der Niederlage von Seatsub genannten werden, dort durchaus verzeichnet waren. Ich weiß nicht, ob Jayta in einem sehr verständlichen Gefühl der Scham den Namen ihres Verehrers verändert hat oder ob die Schutztruppe vielleicht nicht alle Namen der Gefallenen dieser gescheiterten Expedition in die Kalahari dokumentiert hat, so wie sie auch andere Aspekte des Kolonialkrieges verschleierte.

Ich fand auch keinen klaren Beweis dafür, dass Jayta einige Jahre nach dem Weltkrieg nach Südwest zurückgekehrt wäre, mit Ausnahme eines Antrags bei den britischen Behörden auf eine Einreiseerlaubnis und einem positiven Bescheid der Behörden in Pretoria. Doch da es sich um eine eher heimliche, nostalgische Reise handelte, hätte es mich nicht gewundert, wenn Jayta während ihres Aufenthalts in der Kolonie ein Pseudonym benutzt hätte, um sich in Hotels einzuschreiben und ihre Rechnungen zu bezahlen.

Hingegen war es anhand der Zeitungsausschnitte der *New York Times* ein Leichtes festzustellen, dass die Rebellion der Bondelswart mit den Daten übereinstimmte, zu denen Jayta nach Südwest zurückgekehrt sein konnte. Auch der Beginn des Abstiegs von August Stauch fällt in die Zeit, wenn auch der völlige Bankrott etwas später erfolgte, als in den Memoiren behauptet.

Was Jaytas Begegnung mit Max Baericke betrifft, ist es durchaus denkbar, dass sie sich nach dem Ersten Weltkrieg in Lüderitz wiedertrafen, da der Schürfer den Krieg überlebte und erst viele Jahre später in Angola starb. Jedenfalls fand ich in der Truhe das unveröffentlichte Manuskript, in dem der Schürfer seinen Besuch auf Duwisib erwähnt, was zeitlich mit Jaytas Schilderung übereinstimmt. Nicht belegen konnte ich, dass er tatsächlich auf der Suche nach dem Paradies der Hottentotten bei ihr Halt machte oder ob sie die Informationen über seine Expedition der nachträglichen Lektüre seiner Memoiren entnommen hatte.

Ich glaube, dass ich meine Pflicht als Literaturagent mehr als erfüllt habe, indem ich diese offenen Fragen im Geiste des Lesers aufwerfe, und vielleicht habe ich meine Befugnisse als reiner Vermittler bei der Veröffentlichung dieses Buches sogar überschritten. Denn wer eine Autobiographie schreibt, ist lediglich verpflichtet, die Wahrheit zu erzählen, so, wie er sie in Erinnerung hat, und wie Jayta selbst in ihrer Einführung sagte:

»(…) die Idee, mitten in der Einöde ein Schloss aus Stein zu errichten und eine Zucht mit Vollblutpferden aufzuziehen, war so außergewöhnlich, dass es ein weiteres interessantes Experiment wäre, meine Memoiren über ebenjene Zeit zu schreiben: der Versuch, eine unwirkliche Situation derart zu schildern, dass sie so überzeugend wie möglich klänge.«

Epilog des Autors

Als ich zum Botschafter in Namibia ernannt wurde, bedeutete das, nachdem ich als junger Diplomat in Kenia gedient hatte, für mich ein ergreifendes Wiedersehen mit dem Afrika, das mich seit jeher fasziniert und bereits zu dem Roman »Grasregen« (1984) inspiriert hatte. Der Südwesten Afrikas unterschied sich jedoch wesentlich von dem östlichen Afrika, das ich zwanzig Jahre zuvor kennengelernt hatte, sowohl hinsichtlich der Landschaft als auch im Lebensstil, wenngleich beiden afrikanischen Ländern noch deutlich die Spuren ihrer traumatischen Entwicklung hin zur Unabhängigkeit anzumerken waren, die im Fall Namibias noch frischer war.

Als ich auf einer Wüstenfahrt am Steuer meines Landrovers eine Anhöhe erreichte, stieß ich völlig unerwartet auf Schloss Duwisib, das über den umliegenden Dünen und Felshängen zu schweben schien. Der Anblick dieser Fata Morgana aus Stein regte meine Phantasie an, und ich wollte auf der Stelle wissen, wer auf die Idee verfallen war, dieses Anwesen mitten im Nirgendwo zu errichten. Nach der Rückkehr von der Reise begann ich eher mit dem hartnäckigen Eifer des Jägers als aus schriftstellerischer Wissbegier, das abenteuerliche Leben dieser Eheleute, des deutschen Hauptmanns von Wolf und der jungen New Yorkerin aus besseren Kreisen Jayta Humphreys, zu erforschen, die das Schloss erbaut hatten.

Die von Wolfs waren 1907 in das damals deutsche Südwestafrika eingereist mit der Absicht, ein großes Landgut zu erwerben, um sich der Zucht von Rassepferden zu widmen, und da zu jener Zeit die besten Ländereien im Umkreis der Hauptstadt schon vergeben waren, mussten sie sich im fernen Bezirk Maltahöhe niederlassen, bereits an den Ausläufern der Namib. Nichts war leicht an dem afrikanischen Experiment jenes exzentrischen Paares, und so kostete es sie viel Blut und Schweiß, bis sie einen Funken Licht hinsichtlich ihres ehrgeizigen Projekts sahen. Als dann sieben Jahre nach ihrer Ankunft der Erste Weltkrieg ausbrach, mussten die Eheleute nach Europa heimkehren und ihr luxuriöses Anwesen, das sie mit so viel Enthusiasmus errichtet hatten, sowie das Gestüt, das zu diesem Zeitpunkt dreihundert Pferde umfasste, zurücklassen. Um sie nicht versorgen zu müssen, ließen die neuen Herren des Landguts sie frei. Die Nachfahren dieser wieder wild lebenden Pferde kann man noch heute durch die Wüste galoppieren sehen, an die sie sich dank des Bluts der Araberzuchthengste, das in ihren Adern floss, anzupassen verstanden. Während der Zeit der von Wolfs in Südwestafrika passierte viel in der Kolonie, einschließlich der Diamantenfunde in Lüderitz, deren Abbau jene Einöde über Nacht zu einer der reichsten Gegenden der Welt machte.

Informationen über das Leben der ersten Bewohner Duwisibs zu sammeln, fiel mir nicht allzu schwer, da die Zeit, als die von Wolfs dort lebten, erst ein knappes Jahrhundert her war; zumal die exzentrische Lebensweise jenes Paares damals eine unauslöschliche Spur in der Kolonialgesellschaft hinterlassen hatte. Doch infolge der beiden Weltkriege hatten dort bis zur Unabhängigkeit im Jahr 1990 mehrmals die Kolonialherren – erst Deutschland, dann England und schließlich Südafrika – und mit ihnen der Landesname gewechselt.

Während der ganzen Zeit blieben die imposante Fassade von Schloss Duwisib sowie das gesamte Mobiliar nahezu intakt, auch dank der Trockenheit der Wüste, den Gletschern vergleichbar, die hin und wieder vor den Augen erstaunter Expeditionsgruppen den mumifizierten Körper irgendeines vorsintflutlichen Tieres ausspucken. Die Umgebung der Farm und der Bezirk Maltahöhe hatten sich hingegen verändert. Es waren nicht mehr die gleichen Farmersfamilien, die in der Schlossgegend wohnten, denn viele Zeitgenossen der von Wolfs waren infolge der Kriegswirren vertrieben worden. Es gab nur noch wenige deutsche Familien, wie etwa die

Voigts oder die Burgsdorffs, deren Eltern oder Großeltern schon zu Zeiten der von Wolfs dort gelebt hatten.

Da Hansheinrich und Jayta kinderlos geblieben waren, konnten keine direkten Nachkommen der ersten Bewohner von Duwisib ausfindig gemacht werden. Wenn ich Nachfahren von Freunden oder Bediensteten fand – wie etwa den Sohn des burischen Fuhrmanns Esterhuizen, der die Möbel von der Küste durch die gewaltige Wüste bis zum Schloss transportiert hatte –, erfuhr ich, dass sich bei ihnen vermeintlich erinnerte Fakten mit Legenden vermengten, die sich um die von Wolfs rankten, da ihr unkonventioneller Lebensstil in der konservativen Kolonialgesellschaft die Gerüchteküche hatte brodeln lassen.

Als ich dann auf die Idee kam, Ereignisse aus ihrem Leben in Europa zu erkunden, musste ich feststellen, dass der verheerende Luftangriff der Alliierten während des Zweiten Weltkriegs die schöne Stadt Dresden, wo Jayta und Hansheinrich sich kennengelernt hatten, in Schutt und Asche gelegt hatte. Auch das Heeresarchiv in Potsdam war abgebrannt, wo ich Näheres über den obskuren Zwischenfall im Süden der Kolonie hätte erfahren können, der Hauptmann von Wolf seine Karriere gekostet hatte. Zum Glück waren trotz der Wirren der wechselnden Regierungen und folglich der Landessprachen die Nationalarchive in Namibia noch fast vollständig erhalten. Doch natürlich waren die Akten aus der deutschen Kolonialzeit auf Deutsch abgefasst, einer Sprache, die ich leider nicht beherrsche.

So wie der Blinde auf den Blindenführer vertrauen muss, gelang es mir, meine mangelnden Kenntnisse in der Sprache Goethes mit Hilfe zweier hervorragender Mitarbeiterinnen zu kompensieren: die eine die rührende Katherina Stern, ehemalige Beamtin der Nationalarchive Namibias, die mit ihren arthrosegeplagten Händen flink wie ein Wiesel die Hinterlassenschaften und alten Archivmappen durchstöberte, um Unterlagen zu den von Hauptmann von Wolf erworbenen Ländereien zu Tage zu fördern, der vielleicht einen gesellschaftlichen Minderwertigkeitskomplex mit dem Kauf eines großen Landguts kompensieren wollte, ebenso wie er sich mit Baron von Wolf anreden ließ, ohne einen entsprechenden Titel geerbt zu haben. Mit Hilfe von Kathy Stern konnte ich eine Vielzahl von Gerichtsakten entstauben, in die der draufgängerische Hauptmann als Kläger oder Beklagter verwickelt war. Wie andere herausragende Persönlichkeiten der deutschen Kolonialgesellschaft neigte der Hauptmann zum Alkoholkonsum in seiner Statur entsprechenden Mengen. Aufgrund realer Begebenheiten, wie etwa seine verzweifelte Suche nach Diamanten in der Wüste, scheint er auch unter Halluzinationen gelitten zu haben, wie sie die tropische Sonne bei Menschen hervorruft, die sich nicht ausreichend vor ihr schützen. Danke schön, Kathi.

Die andere gute Fee, die mir bei der Suche nach Spuren eines seit langem im Wüstensand begrabenen Lebensstils zur Seite stand, war die ehemalige Sekretärin der Spanischen Botschaft, Karen von Bergen, die, sprachbegabt wie sie war, Deutsch ebenso fließend beherrschte wie Englisch und Afrikaans, nach wie vor die Lingua franca in ganz Südafrika; und obwohl sie es nie offiziell gelernt hatte, machte Karen sogar ihre Gehversuche auf Spanisch. Doch alle Sprachbegabung hätte mir nichts genützt, ohne ihre Fähigkeit, verklausulierte Schriftdokumente wie etwa von Wolfs Korrespondenz mit der Kolonialverwaltung, Berichte des deutschen Generalstabs über Kampfhergänge während des Kolonialkriegs oder Urteile mit dem Reichsadler als Briefkopf – Im Namen des Deutschen Kaisers – in eine literarische Form zu bringen!

Obwohl es unmöglich wäre, alle zu nennen, die mir halfen, die einstige Atmosphäre auf Schloss Duwisib zu rekonstruieren, muss ich zumindest Günter von Schumann erwähnen, den Sekretär der »Namibia Wissenschaftlichen Gesellschaft«. Neben anderen interessanten Dokumenten besorgte Günter mir die in Schreibmaschinenschrift abgefassten Erinnerungen des zum Diamantenschürfer mutierten Veteranen aus dem Kolonialkrieg Max Ewald Baericke.

Baerickes Manuskript – das später von der Wissenschaftlichen Gesellschaft publiziert wurde, als ich Namibia bereits verlassen hatte – war jahrelang von Hand zu Hand zirkuliert als Quelle für Geschichts- und Reisebücher wie die von Olga Levinson, Lisa Kuntze oder die Saga des berühmten südafrikanischen Autors Lawrence Green, der in einem seiner Bücher eine anregende freudsche Theorie entwickelt, die Hauptmann von Wolfs Wunsch erklären würde, sich mit seiner Frau an dem Ort niederzulassen, wo er Jahre zuvor als Soldat versagt hatte. Jedenfalls erzählte Baericke seine Anekdoten so realistisch und humorvoll, dass seine Geschichten, schon bevor sie niedergeschrieben wurden, in den Bars von Windhuk an den Stammtischen kursierten in nostalgischer Erinnerung an die guten alten Zeiten, als die Deutschen noch dort herrschten.

Baericke erzählt, wie er Hansheinrich und Jayta kennenlernte, als er mit einer Gruppe von Abenteurern auf dem Weg zum Paradies der Hottentotten, legendären Diamantfeldern, auf deren Suche in der Wüste schon mehr als ein Forscher ums Leben gekommen war, bei Schloss Duwisib vorbeikam. Doch in meinem Buch ist es Jayta, die vom Besuch der Abenteurer auf ihrem Schloss erzählt, eine verzeihliche literarische Pirouette, da ein Treffen der beiden ja bezeugt ist.

An dem Punkt der Erzählung hatte sich bereits eine große Vertrautheit zwischen der Figur und dem Autor eingeschlichen, und ich beschrieb Jayta Humphreys Gefühle und Reaktionen dermaßen selbstverständlich, dass ich bei mehr als einer Gelegenheit Dinge intuitiv erahnte, die der Protagonistin meiner Geschichte widerfahren waren, bei denen sich im Nachhinein bestätigen sollte, dass sie sich tatsächlich so zugetragen hatten.

Eine der effizientesten und selbstlosesten Spürnasen, die mir – schon nach meiner Zeit in Namibia als Botschafter in Oslo – half, mit meiner Figur vertraut zu werden, war mein norwegischer Freund Peter Ness. Peter stöberte mit seinem Computer in den Archiven europäischer und nordamerikanischer Zeitungen, wo er zahlreiche Berichte über die Familie Jayta Humphreys ausgrub. Ihr Großvater Frederick war ein berühmter Homöopath gewesen, der durch den Verkauf seiner Rezepte reich wurde und seiner Enkelin einen Teil seines Vermögens vermachte. Und ihr Stiefvater John Gaffney – in zweiter Ehe mit Jaytas Mutter verheiratet – war ein angesehener Anwalt irischer Herkunft und ein Freund von Präsident Roosevelt, der ihn zum Konsul in Dresden ernannte, wo die Tochter seiner Frau Hauptmann von Wolf kennenlernte. Die amerikanischen und europäischen Zeitungsartikel, die Peter für mich aufspürte, ermöglichten mir einen tieferen Einblick in das soziale Umfeld und die Mentalität von Jayta, deren Mutter Vorsitzende des liberal und fortschrittlich eingestellten Amerikanischen Frauenbundes war und die Tochter in einem völlig anderen Geist erzogen hatte als in der deutschen Kolonialgesellschaft üblich.

All diese Informationen waren für mich unverzichtbar, da es von Jayta Humphreys selbst keinerlei Aufzeichnung gibt, nicht ein einziger Tagebucheintrag, kein Brief ist erhalten, was die Aufgabe des Biographen zwar erschwert, dem Verfasser ihrer fiktiven Memoiren aber viel erfinderische Freiheit lässt. Man könnte also durchaus sagen, dieses Buch erzählt erfundene persönliche Erlebnisse auf dem Hintergrund wahrer historischer Begebenheiten, wenn es sich in manchen Fällen nicht auch umgekehrt verhalten könnte. Wie schon Miguel de Unamuno in dem unvergesslichen Vorwort zu seinem Roman »Nebel« schrieb, sind Personen »aus Fleisch und Blut«, wie wir sagen, womöglich erfunden, während solche, die wir als fiktiv wahrnehmen, vollkommen real sein können.

Ich hoffe, dieser unamunoeske Nebel hat den Leser bei seinem Flug über die Dünen der Namib begleitet, und vertraue darauf, dass meine Bemerkungen hinsichtlich der Entstehungsgeschichte des Buches die Spannung, die ihm die Lektüre bereitet haben sollte, nicht zu schmälern vermögen.

Toledo, 12. März 2007